Le dernier rêve de Beau-Chêne

J'AI LU

ELIZABETH NELL DUBUS

BEAU-CHÊNE	*J'ai lu* 2346/**6***
L'ENJEU DE BEAU-CHÊNE	*J'ai lu* 2413/**6***
LE DERNIER RÊVE DE BEAU-CHÊNE	*J'ai lu* 2805/**6***

Elizabeth Nell Dubus

Le dernier rêve de Beau-Chêne

traduit de l'américain par Monique LEBAILLY

Éditions J'ai lu

Ce roman est dédié à Roger Scholl,
Sally Gouverneur et Claudette Price

Si un homme s'avance avec confiance
vers ses rêves, et s'efforce de mener
la vie qu'il a imaginée,
il remportera des succès
inespérés en temps ordinaire.

Henry David THOREAU, *Walden*

Ce roman a paru sous le titre original :

TO LOVE AND TO DREAM

PREMIÈRE PARTIE

1

Décembre 1941

La pression que la main exerçait sur son dos se fit plus forte, poussant Caro contre la poitrine de Larry Jordan. Elle renversa la tête en arrière et leva les yeux. « Je ne peux pas danser si vous immobilisez ma colonne vertébrale », dit-elle. Un sourire poli se dessina sur les lèvres de la jeune fille, mais l'expression glaciale qu'affichaient en même temps ses yeux bleus ne dégelait en rien l'atmosphère qui s'était instaurée entre son partenaire et elle.

« Allons, mon p'tit chou, j'essaie seulement de vous garder en mesure avec moi. » La main de l'homme s'alourdit encore et Caro eut l'impression qu'on lui avait attaché un sac de farine de trois kilos autour de la taille; la main de Larry, son bras, son énorme corps étaient si pesants qu'elle se demanda si elle parviendrait à supporter ce poids jusqu'à ce que la chanson s'achève.

Elle se libéra avant que se soit éteint le long et doux soupir de la dernière note et se dirigea vers les toilettes sans un regard en arrière. Elle s'arrêta un instant sur le seuil. Derrière elle, l'orchestre entama un autre morceau, un pot-pourri des chansons de Jerome Kern, qui emplit la pièce d'une musique tendre et romantique. Les lampes coiffées d'abat-jour projetaient une lumière tamisée sur les tables recouvertes de nappes blanches. Les roux et les ors, les cramoisis et les verts Tyrol de la soie et du crêpe de Chine des robes étaient tempérés par les bleus et les gris des costumes masculins. Un brusque éclair de lumière miroitant sur des épaules blanches soulignait les reflets dorés d'une chevelure châtaine lorsque les danseuses traversaient le rayon chatoyant de la boule aux mille reflets qui tournait lentement au plafond.

La porte se referma derrière elle et Caro se dirigea vers le téléphone mural. Elle fouilla dans son sac à la recherche d'une pièce de monnaie qu'elle glissa dans la fente, puis elle attendit la réponse de l'opératrice. « Je voudrais parler à Skye Langlinais, en PCV, dit-elle. A Saint-Martinville. Trois neuf zéro sept. » Elle entendit l'opératrice de Lafayette appeler le central de Saint-Martinville qui répondit : « Qui demande Skye à cette heure de la nuit ? »

Caro coupa la parole à l'opératrice de Lafayette : « C'est Caro Hamilton. Vous êtes Mlle Ellen?

– C'est Mlle Georgette. Caro, qu'est-ce qui vous arrive pour appeler Skye à cette heure? Rien de grave?

– Je vais bien, mademoiselle. Tout à fait bien. Pouvez-vous transmettre mon appel?

– Bon, Caro. Mais j'avais bien dit à Beau, quand il a fait installer ces appareils, que vous, les enfants, appelleriez jour et nuit.

– Oui, mademoiselle », dit Caro.

Elle leva les yeux au ciel pour la jeune fille qui venait d'entrer, l'une de ses anciennes camarades du couvent du Mont-Carmel, à New Iberia, coinça le récepteur contre son épaule et chercha ses cigarettes dans son sac. Elle entendit le téléphone sonner et imagina Skye en train d'émerger avec difficulté d'un profond sommeil pour aller répondre; elle se félicita de ce que la chasse qui devait avoir lieu le lendemain l'eût poussé à rester à la maison et à se coucher tôt.

Skye décrocha à la troisième sonnerie, apparemment bien éveillé, comme s'il était resté debout à attendre son appel. « Caro veut vous parler », lui dit Mlle Georgette. « Elle appelle en PCV d'un téléphone public de Lafayette. Je suppose que vous prenez l'appel?

– Passez-la-moi, mademoiselle. Caro? Tu vas bien, Caro?

– Moi, oui », répondit-elle. Elle attendit que l'opératrice eût raccroché. « Mais mon cavalier, non. Il est de plus en plus ivre. Skye, tu peux venir me chercher?

– Où es-tu?

– Au Toby's. Ça ne t'ennuie pas?

– Je pars tout de suite. Mais quel est le type qui s'enivre alors qu'il est avec toi?

– Un prospecteur de pétrole dont j'ai fait la connaissance chez Becky Laraguier. Il avait l'air bien...

– Caro, tu sais à quoi t'en tenir avec ces types-là.

– Skye, nous bavarderons plus tard.

– Bon. Ne bouge pas, j'arrive tout de suite.

– Tu es vraiment chic, Skye. »

Elle raccrocha et resta debout un moment, entourée de volutes de fumée. Puis elle écrasa sa cigarette et s'assit sur un petit tabouret recouvert de velours, devant la coiffeuse surmontée de miroirs qui couraient le long d'un des murs de la pièce.

« L'orchestre est terrible, ce soir, tu ne trouves pas? » demanda l'autre jeune fille à Caro tandis que celle-ci ouvrait son poudrier et commençait à promener la houppette sur son visage.

« Je l'entends à peine derrière les halètements de mon cavalier. Il est à moitié ivre.

– Je me disais aussi qu'il avait l'air un peu éméché. Tu as besoin qu'on te reconduise?

– Merci, mais Skye va arriver.

– Oh, il est rentré? »

Caro sentit l'intérêt de sa camarade s'éveiller et elle sourit. « Nous sommes tous là. Les hommes vont à la chasse demain matin et l'après-midi nous allons décorer l'arbre. »

L'autre jeune fille se leva et secoua sa jupe. « Comment est-ce, Newcomb? J'ai presque envie de m'y inscrire, mais tu me connais. Je ne veux pas travailler trop.

– Je ne peux rien dire des autres sections, mais en art, c'est dur.

– Allons, tu es terriblement douée. Tes œuvres obtenaient toujours le premier prix.

– Newcomb, c'est une autre paire de manches.

– Alors, je ferais peut-être mieux de laisser tomber et d'aller passer les week-ends à La Nouvelle-Orléans. » Elle prit son sac et se dirigea vers la porte. « Rappelle-toi que si tu as besoin d'aide... mon cavalier et moi, nous resterons ici un bon moment.

– Merci, mais tu connais Skye – s'il dit qu'il arrive, je peux compter sur lui. »

La musique envahit brusquement la pièce lorsque la jeune fille ouvrit la porte, puis le silence retomba après qu'elle se fut refermée derrière elle. Caro soupira. L'orchestre était vraiment bon ce soir. Quel dommage d'être venue avec Larry Jordan! Elle se remit du rouge à lèvres, versa quelques gouttes de parfum sur ses poignets et son cou, puis alluma une autre cigarette. La première bouffée sentait le parfum; elle la posa et s'étudia dans la glace. Tu n'as pas l'air d'une fille qui attire les mufles, pensa-t-elle. Elle releva ses cheveux, garda un moment la masse de boucles blondes loin de sa nuque, puis la laissa retomber. La teinte de son rouge à lèvres rehaussait le rose de ses joues et le bleu canard du crêpe de Chine se reflétait dans ses yeux. Elle rajusta son grand col sur ses épaules et détourna les yeux de son décolleté; elle se souvenait de ceux de Larry Jordan fixés sur sa poitrine et elle frissonna. Ce bon vieux Skye. Heureusement qu'il était à la maison. Si elle avait été obligée de demander à Henri ou à Raoul, ses autres frères, de venir la chercher, elle en aurait entendu de toutes les couleurs. Elle regarda sa montre. Il serait là dans une vingtaine de minutes. Une bataille de plus sur la piste, et puis... sauvée.

Elle éteignit sa cigarette et se leva en regardant son reflet dans la glace. Ça t'apprendra, se dit-elle, à ne pas porter de jupe collante fendue devant lorsque tu sors avec un garçon que tu connais à peine. Elle évoqua sa première conversation avec Larry Jordan, pendant les vacances de novembre. « Becky m'a dit que vous étiez une artiste. Je lui ai répondu qu'elle devait se tromper. Jolie comme vous êtes, vous devriez être mannequin.

– Je ne suis pas assez grande », avait-elle répondu, et elle s'était détournée, mécontente de l'étiquette qu'il semblait lui coller si facilement : « Gentille et jolie. Sait un peu dessiner. »

« Attendez, avait dit Larry. On peut être jolie fille et artiste, n'est-ce pas?

– C'est aussi mon avis.

– Alors, parlez-moi de vous. Que peignez-vous? » Cela avait paru l'intéresser. Aussi avait-elle accepté, lorsqu'il lui avait téléphoné et demandé de sortir avec lui le week-end suivant. Et commis une erreur. Mais Larry en avait fait pas mal d'autres bien plus graves. Quand il était venu la chercher, il avait déjà bu, ce dont elle ne s'aperçut qu'en cours de route. Puis, bien qu'il eût commandé un dîner pour deux, il n'avait rien mangé, préférant continuer à s'imbiber.

A contrecœur, elle rejoignit leur table, marchant avec la même grâce fluide qu'elle avait en dansant. Larry terminait un verre et il fit signe au serveur d'en apporter un autre. Caro gardait les yeux fixés sur la piste et, plus loin, sur l'entrée du dancing, attendant Skye.

« Vous n'avez pourtant pas un nez si long que ça, dit Jordan.

– Je vous demande pardon? répliqua Caro, la tête toujours tournée vers la porte.

– Vous êtes restée si longtemps aux toilettes que j'ai cru que vous étiez tombée dedans.

– Ne soyez pas grossier. »

L'arrogance de Larry fit place à la colère.

« Ne faites pas votre mijaurée. Bon Dieu, Caro, rien ne vous fait rire.

– Je n'ai encore rien entendu de drôle, répliqua-t-elle calmement.

– Caro, ne me mettez pas en boule. Pourquoi sortez-vous avec moi si vous n'avez pas envie de prendre du bon temps? »

Skye apparut sur le seuil et parcourut la salle des yeux; Caro se sentit soudain légère et heureuse. Pour la première fois depuis des heures elle sourit, de ce sourire radieux qui lui était propre. « Alors, vous allez être aussi content que moi que cette soirée se termine. Mon frère vient d'arriver pour me ramener à la maison. Si vous voulez bien m'excuser... » Elle se leva, son petit sac à la main, et se mit à traverser la piste en zigzaguant avec aisance entre les couples, les yeux rivés sur le visage de Skye. Elle entendit Larry pousser une exclamation tandis qu'il s'ouvrait un chemin dans la foule qui se refermait derrière elle, et elle hâta le pas.

« Dépêchons-nous, Skye, il me suit », dit-elle en empoignant son frère par le bras et en lui faisant faire demi-tour.

Il jeta un coup d'œil sur l'homme qui fonçait vers eux, puis il franchit avec Caro la lourde porte capitonnée et l'entraîna dans l'escalier. « La voiture est par là... Fais attention, la pluie a cessé mais il y a des flaques. »

L'air de la nuit était pur et frais. Caro respira à fond et serra le bras de son compagnon. « Merci d'être venu, Skye.

– Quelle idée de sortir avec ce type!

– Quand j'ai fait sa connaissance, il avait l'air bien. On lui aurait donné le bon Dieu sans confession.

– Jusqu'à ce qu'il décide de t'avoir.

– Ne me gronde pas, Skye! » Caro leva les bras et s'éloigna en tournant lentement sur elle-même. La musique de l'orchestre lui parvenait au travers de l'épais mur de brique, mêlée à la pulsation des bars et des boîtes louches, où le jazz alternait avec les musiciens *zydeco*(1) pour créer des rythmes complexes.

Larry Jordan surgit en trombe de l'entrée; il resta en haut des marches, les poings serrés.

« O mon Dieu! » s'exclama Caro. Elle s'arrêta de danser et laissa retomber ses bras comme des ailes.

« Caro Hamilton, revenez tout de suite! » cria Jordan. Il s'avança vers eux avec la démarche chaloupée d'un homme ivre.

(1) Le *zydeco* est une musique populaire de la Louisiane, née de la fusion du blues et du folklore cajun d'origine française, ayant pour instruments un accordéon, une guitare, une batterie et un *rubboard* (plaque d'acier ondulé que l'on gratte avec un ouvre-bouteilles). *(N.d.T.)*

« Nous rentrons à la maison, monsieur Jordan, répondit Skye en se mettant entre Caro et lui. Et je vous conseille de faire de même.

– Je me demande pour qui vous vous prenez, mon vieux. Ecartez-vous de là que je puisse récupérer ma cavalière.

– Je suis Skye Langlinais et Caro est ma demi-sœur. Ses frères et moi avons l'ordre de la ramener chez nous quand elle le demande. Cela n'a rien à voir avec vous. Elle veut seulement rentrer à la maison.

– Et c'est une trop grande dame pour que je la reconduise. »

Skye voyait maintenant les yeux de Jordan; même dans la demi-obscurité, son regard était sombre et méchant, empreint d'une agressivité d'ivrogne, et Skye serra les poings à son tour.

« Monte dans la voiture, Caro, dit-il, et verrouille les portières. »

Il entendit la portière s'ouvrir puis claquer.

« C'est moi qui la reconduis, dit-il.

– Sûrement pas! » répondit Jordan.

Il s'avança, les poings levés. Skye, les muscles bandés, sentit la colère monter en lui. Jordan passa à l'attaque. Son premier direct le toucha à l'épaule, le second rencontra son bras levé. Skye recula en sautillant et commença à encercler son adversaire en cherchant une ouverture. Certes, il titubait et frappait aveuglément, mais il savait boxer. Sa rage lui faisait oublier toute prudence. Il immobilisa Skye d'une pluie de coups droits; certains frappaient dans le vide mais d'autres atteignaient durement leur cible.

Ça suffit maintenant, se dit Skye en chancelant sous les gros poings de Jordan. Nous ne sommes pas sur un ring. C'est une querelle d'ivrogne. Plus tôt j'en finirai, mieux ce sera. Il recula d'un bond hors de portée de son adversaire puis se précipita tête baissée, utilisant son corps comme un bélier. Son crâne s'enfonça dans l'abdomen de Larry et il entendit l'air jaillir de ses poumons. Il recula de nouveau et lui envoya deux directs. Il sentit alors le grand corps mollir. Jordan s'éloigna en titubant et alla s'affaler sur le capot d'une voiture.

Skye le suivit et se pencha sur lui. « Désolé, Jordan. Mais on ne s'enivre pas quand on sort avec ma sœur.

– La chère petite », ironisa Jordan tout pantelant. Il s'accrocha au bord du capot et se redressa. « Je vais m'occuper de toi.

– Occupez-vous de vous-même, ce sera mieux. Vous en avez assez ou on recommence ? » dit Skye en sautillant, prêt à l'attaque. Un souffle de vent ébouriffa ses cheveux châtain clair et Jordan lut dans ses yeux qu'il était sûr de lui.

« Ça suffit, dit-il. Pour cette fois. »

Skye rejeta la tête en arrière et rit. « Vous ne connaissez pas Caro, monsieur Jordan. Il n'y aura pas de prochaine fois. Elle vous avait donné une chance, et vous l'avez gâchée.

– C'est à vous que j'aurai affaire.

– D'accord. Venez à Baton Rouge. Nous pouvons organiser un second match quand vous voudrez. »

Pendant plusieurs minutes ils se défièrent du regard. Puis Jordan se détourna. « Je n'ai pas de temps à perdre », dit-il, et il repartit en vacillant vers la porte du dancing.

Skye attendit qu'il soit entré, puis il se dirigea vers sa voiture. Le visage de Caro contre la vitre couverte de givre n'était qu'une tache pâle et floue. Il aperçut le sien dans le rétroviseur extérieur, lorsqu'il ouvrit la portière, et repoussa une mèche qui lui barrait le front.

« Il ne t'a pas fait mal, j'espère ? » demanda Caro quand il fut assis à côté d'elle. Elle lui caressa la mâchoire puis suivit du doigt la ligne de ce menton volontaire qui reparaissait à chaque génération de Langlinais. Elle connaissait ce visage aussi bien que le sien; elle en avait esquissé le portrait des centaines de fois, ombrant ses yeux gris d'une main rapide et sûre, peignant des reflets blonds dans sa chevelure châtaine. « Skye, je suis désolée. Dans quel pétrin je t'ai fourré! »

Il mit le moteur en marche, recula et effectua une manœuvre serrée pour sortir du parking.

« Je n'ai pas respecté les règles du jeu, mais même ivre Jordan est un bon boxeur et cela aurait pu durer longtemps.

– Je déteste voir les gens se mettre dans des états pareils », dit Caro. Elle se laissa aller contre le dossier de son siège en s'enveloppant plus étroitement dans sa veste de renard. « D'habitude j'arrive à m'en tirer toute seule mais avec quelqu'un qui a bu, c'est plus difficile! »

Skye lui jeta un coup d'œil. Elle avait allumé une cigarette et la fumée s'élevait entre eux. La brume montait des champs humides de rosée, elle formait comme un voile; Skye sentit soudain qu'il ne pouvait comprendre son monde à elle, ni elle le sien.

« C'est un pauvre type, dit-il.

– Il y en a tellement. » Caro comprit le coup d'œil que lui lança son frère et sourit. « C'est vrai, il ne faut pas exagérer. J'ai rencontré de gentils garçons, à La Nouvelle-Orléans. Mais personne d'extraordinaire, tu comprends? » Elle secoua la tête. « Je ne sais pas. Toutes les soirées commencent à se ressembler. Tous les visages aussi.

– Bon Dieu, Caro. Ne te décourage pas si vite. » Il lui tapota la main. « Ne t'inquiète pas. Tu vas rencontrer quelqu'un de formidable. Tu n'as que dix-huit ans!

– Toi aussi, répliqua-t-elle. Et tu as Rosalinde Nasser – ne me prêche pas la patience. »

Rosalinde! Ils allaient sortir ensemble le lendemain soir, et le simple fait d'entendre prononcer son nom suffisait à réveiller sa passion. Il n'oublierait jamais leur première rencontre, l'été précédent, deux semaines après ses examens de fin d'études secondaires. Elle s'était avancée au bord du plongeoir et avait cambré le dos pour exécuter un impeccable plongeon en arrière. Son maillot deux-pièces ne dissimulait pas grand-chose des courbes voluptueuses de sa silhouette bronzée. A l'instant même, il était tombé follement amoureux d'elle.

Très vite, ils s'étaient mis à sortir ensemble. Quand elle partit pour le collège dominicain de La Nouvelle-Orléans et lui pour l'Université d'Etat de la Louisiane, Rosalinde et Skye « se fréquentaient ». Parfois il se demandait si elle était consciente des promesses qu'il lisait dans ses yeux, parfois il doutait qu'elle pût flirter aussi effrontément avec lui sans comprendre l'effet que cela produisait sur lui, mais il refoulait rapidement ces pensées.

La voiture pénétra dans le chemin illuminé par les deux grandes lanternes qui surmontaient le portail des Langlinais. Un peu de givre blanchissait l'herbe. Lorsque Skye rangea son véhicule dans le parking, près de la vaste demeure familiale, il entendit le sifflement indifférent d'un train traversant les champs de canne à sucre, derrière les pâturages. « J'avais oublié le calme qui règne ici », dit-il en aidant Caro à descendre de voiture. « Il y a toujours du bruit dans mon dortoir.

– Je sais », répondit Caro en s'enveloppant dans sa veste de fourrure; son souffle se condensait dans l'air glacé. « C'est pareil à Newcomb... C'est dur d'être seule à La Nouvelle-Orléans. Quand je commence à craquer, je pense à la ferme. A Beau-Chêne. »

Skye lui prit la main, en profonde communion avec elle. Caro aimait autant Beau-Chêne que lui, la ferme des Langlinais; cela se sentait dans chaque tableau qu'elle faisait de ce lieu, dans chaque ligne tracée de sa main. Tandis qu'ils gravissaient les marches du perron et pénétraient dans la maison, il comprit brusquement quelque chose. Les hommes qui rencontraient Caro devinaient peut-être qu'ils ne seraient pas les premiers dans son cœur; en la voyant s'enfermer, solitaire dans son atelier, perdue dans son monde intérieur, probablement décidaient-ils que, si belle, si charmante que fût Caro Hamilton, ils n'étaient pas de force à rivaliser avec son art.

Cinq ans auparavant leur mère avait épousé Beau Langlinais. Caro et ses frères, Raoul et Henri, s'étaient aisément adaptés à leur nouvelle vie à la ferme. Le fait que leur propre maison familiale, Beau-Chêne, n'était qu'à un kilomètre et demi de là, par les bois, les avait aidés à garder un lien avec leur ancienne vie. La naissance de leur demi-frère André, un an après le mariage, avait définitivement uni les deux familles.

Ils se souhaitèrent bonne nuit, puis Skye resta dans sa chambre à fumer. Ce n'était plus la peine de se recoucher. Bientôt il entendrait un léger coup frappé à sa porte, lui signalant que son père était réveillé et prêt à partir. Ils boiraient leur café dans la grande cuisine silencieuse puis partiraient pour Saint-Martinville, en voiture, afin d'assister à la messe de trois heures du matin avec d'autres chasseurs encore ensommeillés. Ensuite, dans leur bateau à fond plat, Skye et Beau, tout en guettant les vols d'oies et de colverts planant dans le ciel noir et froid, parcourraient le labyrinthe de canaux qui sillonnait leurs terres.

Assis là, enveloppé de volutes de fumée, Skye contemplait la terre qui s'étendait jusqu'à l'horizon : trois lieues sur trois pour la ferme des Langlinais, trois lieues sur trois pour Beau-Chêne. Quand les deux familles s'étaient installées, Beau-Chêne était devenu une plantation de canne à sucre, tandis que les Langlinais tiraient leur fortune des marais. Puis on avait trouvé du pétrole dans le sous-sol, ce qui, selon Beau Langlinais, les libérait et les ligotait tout à la fois. Skye ne comprenait pas bien ce que son père voulait dire par là : il savait que l'argent pouvait libérer un homme; quant à voir en quoi il le ligotait...

Il écrasa sa cigarette. Cette nuit n'était pas faite pour des pensées aussi profondes. Il entendit frapper à sa porte et sortit rejoindre son père.

« Fais attention, André... c'est fragile », dit Caro en lui tendant une pomme de pin dorée qu'il devait suspendre à la branche inférieure de l'imposant arbre de Noël qui remplissait l'un des coins du grand salon des Langlinais.

André leva les yeux vers Raoul qui, en équilibre sur le dernier barreau d'une petite échelle, vérifiait les ampoules des guirlandes lumineuses qu'il venait d'accrocher au sapin. « Le Père Noël existait déjà quand tu étais petite? demanda-t-il.

– Bien sûr », dit Emilie, l'une des jumelles, en levant le nez des glaçons qu'elle était en train de mettre dans un bol.

Gennie, l'autre jumelle, prit une canneberge (1), passa son aiguille au travers et la poussa contre le pop-corn qu'elle venait d'enfiler. « Là. Encore quel-

(1) Baie rouge, acidulée, comestible, d'un sous-arbrisseau qui pousse dans les tourbières de la Louisiane. *(N.d.T.)*

ques-uns et mon fil sera plein. Mes doigts ont l'air d'une pelote à épingles. »

« Au fait, où est Skye ? » demanda Henri. Raoul, Caro et lui étaient arrivés la veille de La Nouvelle-Orléans pour la décoration annuelle de l'arbre. Etudes ou pas, c'était ainsi que l'on inaugurait la période de Noël.

« Dehors, en train de récolter des branches de pin et de houx », répondit Caro.

Elle se tourna vers Henri. « Viens m'aider à installer la crèche. » Ils s'agenouillèrent au pied de l'arbre pour disposer soigneusement les minuscules silhouettes dans l'étable en bois que Henri avait fabriquée pour le premier Noël qu'ils avaient célébré ensemble.

« Maintenant, André, dit Emilie, il faut décider de l'endroit où nous allons suspendre le Père Noël.

– Au sommet de l'arbre ! s'écria l'enfant.

– D'accord. » Emilie éclata de rire et le leva à bout de bras.

Les bras chargés de branches, Skye apparut sur le seuil. « On dirait que vous avez presque fini », dit-il en regardant l'arbre. Il déposa son fardeau près de la cheminée. « Je commence à croire que c'est Noël. Si on faisait un peu de musique ?

– J'ai préparé des partitions », dit Caro. Elle ouvrit le piano et fit courir ses doigts sur les touches tandis que ses frères et sœurs se rassemblaient autour d'elle. Henri distribua les feuilles de chant.

Lorsque Caro entama les premiers accords de *Jingle Bells,* sept voix s'élevèrent à l'unisson. Raoul prit des clochettes et se mit à les secouer en mesure.

Caroline Langlinais préparait le dîner dans la cuisine, à l'autre extrémité du hall. Elle sourit à Beau, qui décortiquait des noix ; « Ecoute. Cela ne te rappelle pas la veille de Noël où nous nous sommes mutuellement demandés en mariage? » Elle vint l'embrasser. « Il y a déjà six ans de cela?

– Ç'a passé comme un jour », répondit-il en l'asseyant sur ses genoux. « Et cela durera toujours. »

« On m'a envoyé vous chercher. » Raoul, souriant, venait d'apparaître sur le seuil de la porte.

« Je n'ai plus qu'à mettre le jambon au four, dit Caroline. Pourrais-tu allumer la radio, dans le salon? Ils vont retransmettre *Le Messie* de Händel, à quatorze heures.

– Bien sûr », répondit Raoul en regardant sa montre. « Il est presque l'heure. »

Caroline saupoudra le jambon de sucre roux, l'arrosa de jus d'ananas et le mit au four. « Là! Ça devrait suffire à nourrir l'équipage.

– Avons-nous jamais manqué de nourriture? » fit remarquer Beau. Il mit le reste de noix dans le bol et se leva, brossant les débris de coquille tombés sur son pantalon. « Si l'un d'entre vous y touche, je l'écorche vif. Je les garde pour les pralines. »

Caroline le regarda nettoyer ses mains tachées par les noix. « Je suis bien contente que la Chambre de la Louisiane ne siège pas en ce moment. Tu me manques, même lorsque tu es à Baton Rouge.

– C'est bon d'être à la maison », répondit Beau en s'essuyant. « Si j'avais eu le choix, je ne serais jamais parti. »

Elle se blottit dans ses bras; la force de Beau avait été son bouclier pendant tant d'années. Elle se garda bien de dire : « Reste à la maison. Si tu ne travaillais plus jamais de ta vie, l'argent continuerait à rentrer. » Skye ne l'avait pas encore compris, mais Beau Langlinais savait que la liberté qu'apporte la richesse pousse un homme conscient de ses responsabilités vers d'autres engagements tout aussi astreignants, à leur manière, que le travail de ceux qui sont plus pauvres que lui.

Beau et Caroline passèrent le seuil du salon au moment où les chanteurs entamaient un cantique de Noël. Ils s'arrêtèrent pour regarder la scène. « Oh, Beau, va chercher ton appareil, dit Caroline. J'ai envie d'une photo. »

A la fin du chant, les enfants prirent place en riant, rouspétant et se bousculant. Caro, ses boucles attachées sur la nuque par un ruban émeraude, s'assit au milieu d'un canapé de velours; les cheveux bruns d'Emilie et de Gennie, installées à sa droite et à sa gauche, formaient un contraste frappant avec sa propre blondeur. Les garçons restèrent debout derrière elle. Skye, au centre, semblait être un sosie de son père jeune : son sourire tranquille dissimulait une nature ardente que soupçonnaient peu de gens en dehors de sa famille; Henri se tenait presque raide, ses cheveux clairs sévèrement coiffés; le corps souple et gracieux de Raoul, le plus grand des trois, semblait toujours en mouvement, comme impatient de vivre. André s'agenouilla devant, les yeux fixés sur son père, la main posée sur le genou de Caro. Le flash éclata. Durant un instant, Caroline les vit tels qu'ils apparaîtraient sur la photo : Raoul avec son sourire nonchalant, Skye et son expression ardente, Henri l'air sérieux, Caro en train de rire, les jumelles faisant des mines, André clignant les yeux au moment du flash. Elle recula et heurta quelque chose du pied, par terre.

« Ce sont mes soldats de plomb », dit André en se levant et en venant près d'elle. « Ils font la parade. »

Caroline regarda les soldats bien alignés et leurs armes minuscules, et l'image de ses enfants qui persistait devant ses yeux se superposa à eux. Elle cligna les paupières. « Tu devrais peut-être les ramasser pour qu'on ne marche pas dessus.

– Je vais t'aider, mon garçon », dit Beau. Il s'agenouilla à côté d'André et se mit à ranger les soldats dans leur boîte en bois. Le matin, dans le journal, il avait lu que, de l'autre côté de l'océan, les armées allemandes et russes avaient engagé un vrai combat dont Moscou était l'enjeu. Et loin de là, loin des steppes gelées de Russie, la VIIIe armée britannique affrontait Rommel et ses chars. Beau regarda son plus jeune fils qui jouait à la guerre. Tu ne peux pas y échapper, se dit-il. Même ici, nulle part. De plus en plus souvent, lors de ses rencontres avec d'autres représentants du Corps législatif de la Louisiane, il les entendait exprimer de graves inquiétudes. La réalité familière de la ferme des Langlinais, de Beau-Chêne, lui parut soudain éphémère, comme si, à force de traiter avec un monde plus large, il devenait incapable de compter sur celui-ci.

Il lutta contre l'inquiétude qui l'envahissait. « Cet arbre est le plus beau que j'aie jamais vu.

– Tu répètes la même chose tous les ans, dit Emilie.

– Et tous les ans c'est vrai », répliqua-t-il.

Raoul regarda sa montre et monta le son de la radio. *Le Messie* de Händel emplit la pièce. Quelques instants plus tard la porte d'entrée s'ouvrit et une rafale d'air froid s'engouffra dans le salon.

« Nous allions renoncer à l'espoir de vous voir », dit Beau à ses parents, et il s'avança pour aider sa mère à ôter son manteau.

« Ton père a reçu un coup de téléphone au moment où nous partions », expliqua Alice Langlinais. La bise glaciale de décembre imprégnait encore ses vêtements et ses lèvres tandis qu'elle faisait le tour de la pièce pour embrasser ses petits-enfants. Claude portait un panier plein de pamplemousses et d'oranges.

« C'est Noël », dit-il en posant le panier et en embrassant Caroline. « La Gulf Oil a envoyé cela et une caisse de champagne; de plus je ne sais pas ce qu'il y a au bureau.

– Je suis sûre que nous viendrons à bout de tout », dit Caroline en riant. « Merci, père. »

Alice s'assit sur le divan, André sur les genoux. Claude et Beau restèrent dans l'embrasure de la porte à parler à voix basse pendant que le reste de la famille se vautrait par terre devant la cheminée. La musique de Händel monta comme pour s'emparer de la pièce. Puis, soudain, ce fut le silence.

« Qu'est-ce qui se passe? » dit Raoul. Il se glissa vers l'appareil, la main tendue.

« Mesdames et messieurs, dit le présentateur, nous interrompons ce concert pour vous communiquer une déclaration de la Maison-Blanche. Le président Roosevelt a appris ce matin de bonne heure que les forces japonaises avaient attaqué Pearl Harbor. »

Ils se regardèrent les uns les autres; la même émotion se reflétait sur tous les visages.

« Pearl Harbor? Où est-ce? demanda Caro.

– A Hawaii, répondit Skye. C'est la base de notre flotte dans le Pacifique. » Il alla monter le son de la radio. Le présentateur expliqua qu'ils ne retransmettraient pas la fin du concert mais se joindraient aux autres chaînes pour un reportage commun sur l'événement.

Caro se retourna vers Beau. « Papa, est-ce que cela veut dire... que nous sommes en guerre?

– Je le crains bien. Ou nous allons l'être. »

Suivirent différents commentaires, par des journalistes de New York, des correspondants à Londres et d'autres points du globe. En dépit de ce flot de paroles, les informations restaient imprécises.

Mais ces conjectures sur l'ampleur du désastre répandirent une peur qui, comme le froid de décembre introduit par Claude et Alice, parut changer l'atmosphère même de la pièce. En écoutant ces voix ponctuées de parasites, venant de Singapour, Paris, Washington, la côte Ouest où déjà les Américains pris de panique s'armaient contre la menace d'invasion japonaise, tous réagissaient à ce changement, tournant involontairement les yeux vers les fenêtres et le paysage tranquille sur lequel elles donnaient. Le soleil était déjà bas sur l'horizon, les ombres s'étendaient rapidement sur la pelouse, estompant l'herbe brunie et les roses encore en fleur, assombrissant les nuances des camélias qui poussaient à profusion de chaque côté de l'allée circulaire.

Skye lut la crainte sur les visages des siens et comprit que, comme lui, ils voyaient de silencieuses silhouettes armées de fusils et de mitrailleuses, terribles répliques des soldats de plomb éparpillés sur le tapis, sortir furtivement des bois, courbées en deux pour traverser le pré en courant et encercler la maison. Il sut que, tout comme lui, ils entendaient déjà le bruit des moteurs d'avion, le crépitement de l'artillerie et l'explosion des bombes. Les images d'innombrables bandes d'actualités lui revinrent en mémoire : routes pleines de réfugiés, champs criblés de cratères, villes ravagées par le feu.

« Mais ils ne peuvent pas venir en Amérique, n'est-ce pas? » s'écria Emilie.

La famille tout entière parut alors s'éveiller; elle s'agita, cherchant un exutoire à l'anxiété que la jeune fille venait de formuler. La réunion ne tenait plus qu'à un fil, et le prochain coup porté par la voix d'un commentateur allait la briser, la faire voler en éclats contre le bord terriblement tranchant de la guerre.

« Je vous en prie », dit Caroline d'une voix calme. « Nous ne savons pour ainsi dire rien. Pour le moment, il n'y a aucune décision à prendre. Je crois qu'il faut continuer à faire ce que nous avions prévu. Du moins dans la mesure du possible.

– Tu as raison », acquiesça Alice, qui regarda l'un après l'autre ses petits-enfants rassemblés autour d'elle. « Nous ne savons pas ce qui nous attend. Mais vous êtes issus de gens courageux, de familles qui vivent sur cette terre depuis presque deux cents ans. Des gens qui ont failli la perdre, et qui ont dû la défendre contre l'ennemi. Voilà ce que je veux vous dire : vous, les jeunes, allez être impliqués dans cette guerre bien plus que Claude et moi, Beau et Caroline. La peur n'y changera rien. S'indigner contre les changements qu'elle va introduire dans nos vies non plus. Parfois, ce que nous affrontons est trop puissant et a tendance à nous submerger. A nous faire oublier... les joies de chaque jour. » Alice respira à fond et prit la main de Claude. « Ce que je voudrais surtout vous dire, c'est que, quoi qu'il arrive, souvenez-vous qu'il y a de la joie et de la beauté chaque jour de notre vie. Si vous ne les voyez pas... eh bien, c'est que vous n'aurez pas bien regardé. » Ses regards s'attardèrent sur chacun des jeunes visages, avec affection. Puis elle sourit. « Je dois reconnaître qu'il y a des jours où il faut déblayer une bonne quantité de boue avant de les trouver.

– Je pense que nous avons ici des bras qui savent manier la pelle, dit Claude.

– Vous avez raison, grand-mère. » Skye s'avança pour l'embrasser. « Nous allons tirer le maximum de cette journée. Pourquoi ne pas commencer en buvant les fameux flips de maman?

– Je vais m'en occuper. » Caroline fit signe à Beau et à Claude. « Beau, viens avec moi. Grand-père Claude et toi, vous pourriez battre les œufs en neige. »

Le dimanche après-midi retrouva un rythme presque normal. Seul le staccato de la radio, que l'on avait baissée pour ne pas gêner les conversations, continuait à tambouriner la guerre.

« Je connais beaucoup de garçons qui vont s'engager », dit Caro, pensant à quel point son univers allait changer. Ses yeux vinrent se poser sur l'atlas, et la grande tache bleue du Pacifique qui se détachait sur les couleurs foncées du tapis.

Skye se tenait debout près de la cheminée, le corps tendu. A dix-huit ans il ne pouvait encore s'engager, et il se sentait à la fois contrarié et soulagé. Il frissonna et se retourna pour offrir ses mains à la chaleur du foyer. A Pearl Harbor, les soldats avaient à peine eu le temps d'avoir peur. Mais si l'on savait que l'on allait se battre... si l'on savait que des hommes s'apprêtaient à vous tuer? De nouveau il frissonna, en un rejet involontaire de l'angoisse qui montait en lui. Il pensa à Rosalinde, assise à son bureau en train d'étudier les sujets de son examen trimestriel. Il eut envie de lui téléphoner, d'entendre sa voix. Dans un élan d'honnêteté, il se dit que ce n'était peut-être pas si mal de n'avoir que dix-huit ans : il aurait le temps de devenir plus courageux, le temps d'être avec Rosalinde.

« C'est comme si nous avions vécu dans une de ces boules argentées, dit Caro. Et puis quelque chose est venu la briser. Et rien ne sera plus jamais pareil. »

Skye pensa au pouvoir de sa famille, à sa richesse. Mais contre la guerre mondiale qui ravageait le monde, leur petit empire semblait chétif, sans défense. Pour la première fois de sa vie, il sentit qu'être un Langlinais, cela ne suffisait pas.

2

Janvier 1942

Caro descendit d'un bon pas les marches de la cathédrale Saint-Louis, entraînée par la foule qui sortait de la grand-messe de onze heures. Elle jeta un coup d'œil à sa montre et calcula le temps dont elle disposait pour musarder à Jackson Square avant de rejoindre ses amies au Brennan's. Assez pour faire au moins une fois le tour de la grille en fer forgé et regarder les peintures et les aquarelles exposées là. Elle traversa la rue et aborda le large trottoir où les artistes dessinaient et vendaient leur production.

Il faisait chaud pour un mois de janvier et, après quelques pas, elle ôta son léger manteau et son petit feutre, offrant sa chevelure aux rayons du soleil. Beaucoup de toiles se ressemblaient : les mêmes magnolias, les mêmes bayous, les mêmes vues des mêmes églises. Mais parfois quelque chose de plus original, un artiste doué d'une véritable vision personnelle venait briller parmi ces peintres de calendrier comme un phare sur la mer; c'était à cause de cela que Caro fréquentait Jackson Square.

Elle en découvrit un près du café du Monde et resta fascinée devant ses œuvres, un mélange de dessin à la plume et de fusain. Son utilisation de l'espace blanc l'ayant intriguée, elle oublia tout ce qui l'entourait, pour se plonger dans l'analyse de sa technique.

« C'est vraiment si bon que ça? » dit une voix derrière elle, qui fit suivre cette question d'un petit rire discret.

Elle se retourna et vit un grand jeune homme aux cheveux bruns bouclés, aux yeux bleus amusés et pleins de quelque chose d'autre qui fit jaillir une étincelle entre eux – de l'admiration et de l'intérêt.

« C'est bien meilleur que la plupart des autres », répondit-elle avec prudence, à mi-chemin entre la politesse et une froide réserve. « Je ne suis pas un expert, mais il y a là plusieurs choses très bonnes.

– Vous avez pourtant l'air de vous y connaître. Je vous ai observée. Vous êtes passée devant certaines toiles comme si elles n'avaient pas été là. Moi, il a fallu que je m'arrête et que j'examine chacune d'elles, et je ne suis toujours pas sûr qu'elles valent ce que l'artiste en demande.

– Vous avez envie d'acheter quelque chose? » demanda Caro. Elle ne voulait pas penser au fait qu'il l'avait suivie, ni à la manière dont il la regardait. Ce n'est pas un dragueur, se dit-elle. On est dimanche matin, à Jackson Square, et ici les règles de conduite sont différentes. On peut parler à un inconnu et puis s'en retourner à ses affaires sans problème.

« Dans quinze jours, c'est l'anniversaire de ma mère », dit-il. Il semblait plus près maintenant, bien qu'elle ne l'eût pas vu s'avancer. C'était peut-être parce que son corps semblait remplir son champ de vision, parce qu'il paraissait occuper tout l'espace – elle recula un peu comme pour voir de plus près les croquis qu'elle était en train d'étudier. « Elle n'est jamais venue à La Nouvelle-

Orléans et je pense que ce serait une bonne idée que de lui envoyer une scène bien typique. Je ne veux pas qu'elle s'imagine que son fils préféré vit dans un trou.

– C'est ce qu'elle pense de La Nouvelle-Orléans?

– Elle a toujours vécu à Manhattan. Je suppose qu'elle est atteinte de ce provincialisme quelque peu sophistiqué propre aux New-Yorkais. »

Caro éclata de rire, et il tressaillit. « Eh bien, vous voilà plus humaine. » Il leva la main pour arrêter ses protestations. « Excusez-moi. Je voulais dire que... vous aviez l'air de vouloir continuer à jouer les guides professionnels. Et pour tout vous avouer, je me sentais encore plus horriblement... seul. »

Les yeux bleus qui la regardaient fixement changèrent d'expression; durant un bref instant, elle y vit une espèce de vulnérabilité triste qui lui rappela ce qu'elle-même éprouvait parfois. Involontairement, elle lui prit la main. « C'est moi qui suis désolée. Je n'avais pas l'intention de me montrer... froide. C'est seulement que...

– Votre mère vous a dit, et elle avait raison, de ne jamais parler à un inconnu. C'est exactement ce qu'on a appris à mes trois sœurs. » Il sourit et elle se surprit à suivre des yeux le dessin de ses lèvres, puis à rougir parce qu'il l'avait vue faire. « Ecoutez », dit-il en lui lâchant la main. « Je veux vraiment acheter quelque chose pour ma mère. Et je n'ai pas envie d'une peinture qui ne serait qu'un pastiche. Puis-je vous demander de m'aider? » Il vit le coup d'œil qu'elle jeta à sa montre. « Excusez-moi. Est-ce que je suis en train de vous mettre en retard?

– Oui... non, rien de bien grave, dit-elle. Je vais vous faire une proposition. Allons prendre un café et des gaufres et vous me parlerez de votre mère.

Puis nous ferons le tour du square pour trouver ce qu'il vous faut.

– Avec grand plaisir. Mais je ne suis pas sûr que ma mère approuverait que je prenne un café avec une jeune dame dont j'ignore le nom. » Il s'inclina. « Je suis David Selbin. Le docteur David Selbin.

– Caro Hamilton », dit-elle. Son nom, énoncé ainsi tout seul, lui parut étrange, comme s'il appartenait à quelqu'un d'autre. Elle se rendit compte qu'à l'exception du jour où elle avait fait connaissance pour la première fois de ses camarades sur le campus de Newcomb, elle ne s'était jamais présentée elle-même. Et surtout pas à un homme séduisant. Le docteur David Selbin... Probablement était-il plus âgé qu'elle – et de beaucoup plus instruit.

Tous deux prirent place dans le café bondé, et il promena son regard autour de lui, s'imprégnant du spectacle des garçons en veste blanche qui s'affairaient en tout sens, du bourdonnement des conversations, de l'arôme pénétrant du café au lait et des gaufres. « Cet endroit est typiquement Nouvelle-Orléans, dit-il. Les grands bols en argent le long du comptoir sont attachés par des chaînes afin que personne ne puisse les prendre. » Il sourit et le cœur de Caro bondit dans sa poitrine. « Charme français et pragmatisme, poursuivit-il. Je commence à trouver que c'est une combinaison irrésistible.

– Mon père aussi était médecin », dit Caro. Elle avait besoin de freiner un peu cette conversation qui semblait les emporter à toute vitesse vers un territoire qu'il valait mieux explorer plus lentement. « Un médecin de campagne. A Lafayette. Je suppose que vous ne savez pas où c'est.

– Si. » David but une gorgée de café et mordit dans une gaufre. « L'hôpital de la Charité a là un service. Je suis allé plusieurs fois à Lafayette.

– Alors vous êtes à La Charité?

– Je fais mon internat en médecine tropicale. » Un nuage de sucre en poudre s'envola de sa gaufre et vint retomber sur son costume bleu marine; il se brossa de la main. Il avait de longs doigts maigres; Caro fut sur le point de s'imaginer qu'ils la touchaient, qu'ils la caressaient, et pour la première fois depuis qu'ils s'étaient rencontrés elle eut peur. Il avait terminé l'année précédente son internat de généraliste dans un hôpital de San Francisco et décidé d'étudier une spécialité avant de s'installer. Elle s'entendit répondre, ponctuant les répliques de David, mais pendant tout ce temps-là elle sentait monter en elle un désir tumultueux, dont elle perdait peu à peu le contrôle.

Il doit s'en apercevoir, se dit-elle en le regardant à la dérobée entre ses cils. Est-ce que mes sentiments se lisent sur mon visage? Mais celui de David restait calme, placide. Et lentement, en se forçant à écouter ce qu'il disait, en se concentrant sur les détails matériels de leur cadre, Caro reprit le contrôle d'elle-même. Lorsqu'ils quittèrent le café pour aller acheter le tableau, elle put marcher tranquillement à côté de lui en lui parlant de ses études à Newcomb.

« Une étudiante! » s'écria-t-il.

Elle perçut combien sa surprise était grande et en fut désespérée; pourquoi n'avait-elle pas menti?

« Une étudiante de première année.

– De première année, répéta-t-il lentement. Vous avez l'air si... mûre. » Il paraissait troublé et de nouveau le cœur lui manqua. « J'avais espéré... je souhaiterais vous revoir, Caro.

– Moi aussi, cela me ferait plaisir. » Elle leva les yeux vers lui en essayant d'avoir l'air calme. « Est-ce que... est-ce que c'est un obstacle? »

Les yeux de David s'éclairèrent et il lui sourit. « Pas du tout. »

Elle détourna vivement son regard de celui du jeune homme et se hâta de dire : « L'artiste suivant fait un travail joliment sérieux. Est-ce que votre mère préférerait un paysage ou une scène de rue ?

– Peut-être un peu des deux », dit David en désignant du doigt une toile qui montrait un patio du Quartier français, avec des balustrades en fer forgé et des feuillages luxuriants qui lui prêtaient un caractère exotique. « Que pensez-vous de celle-là ?

– C'est très bon », répondit-elle en étudiant la peinture. « L'utilisation de la lumière et de l'ombre, la manière dont il reprend cette touche rouge vif du mur sur ce pot de fleurs... Vous avez un coup d'œil meilleur que vous ne le pensez, docteur Selbin.

– Oh, j'ai de très bons yeux », répliqua David, et de nouveau Caro détourna les siens.

« Le prix est raisonnable, en plus. A moins que vous vouliez en voir d'autres, je pense que celle-ci convient tout à fait.

– Adjugé », dit David. Il en régla le prix à l'artiste puis, tandis que celui-ci enveloppait la toile, il sortit un agenda de sa poche et l'ouvrit. « J'ai un emploi du temps horriblement chargé, mais je pense que je ne n'ai pas besoin de dire cela à une fille de médecin. Etes-vous libre mercredi soir ? »

Elle ne savait plus; peut-être son temps était-il occupé ce jour-là de l'aube au crépuscule, mais elle ne se rappelait rien. « Oui, dit-elle.

– Pouvez-vous... voulez-vous dîner avec moi ?

– Oui.

– Je vous appellerai. » Il nota son numéro de

téléphone. « Y a-t-il des heures où il est plus facile de vous joindre ?

– J'ai des cours jusqu'à quinze heures le lundi, le mercredi et le vendredi. Et de neuf à onze le mardi, le jeudi et le samedi. »

Il rangea l'agenda dans sa poche. Caro eut l'étrange impression qu'il allait emporter une partie d'elle-même avec lui; brusquement elle eut envie de le toucher, de le serrer contre elle, et de nouveau elle s'écarta de lui. « Je suppose que vous avez toutes sortes de choses à faire, en dehors des heures de cours », dit-il. Ses yeux avaient une lueur malicieuse et elle rougit.

« Les trucs habituels », dit-elle. Délibérément, elle remonta sa manche et regarda l'heure. « Je suis horriblement en retard. Heureusement qu'il s'agit d'un déjeuner au restaurant... Si j'avais été invitée chez quelqu'un, j'aurais été terriblement impolie.

« Puis-je vous accompagner ? » demanda-t-il. Il sentit qu'elle hésitait; de nouveau, elle lut dans ses yeux cette solitude qui le rendait vulnérable. « Désolé, reprit-il. Je ne voulais pas m'imposer.

– Ce n'est pas le cas. Si vous allez dans ma direction... J'ai rendez-vous au Brennan's. »

David fit passer la toile sous son autre bras et lui offrit celui qu'il venait de libérer. Elle le prit et se mit à son pas. Tout était merveilleux : la chaleur du soleil sur sa tête et sur son dos; la manière dont le bras de David la soutenait lorsqu'ils marchaient sur des pavés inégaux; le fait qu'il était plus grand qu'elle et qu'elle devait lever les yeux pour croiser son regard. Mon Dieu, se dit-elle, est-ce que c'est cela, l'amour ?

La Caro qu'il quitta à l'entrée du restaurant et qui rejoignit ses amis se sentait bien différente de celle qui était sortie de Saint-Louis une heure et demie auparavant.

Le barman glissa habilement son gros couteau entre les bords serrés de la coquille et, le faisant tourner, ouvrit l'huître. En souriant, il la glissa sur l'assiette, en face de Skye. « Ça fait quatre douzaines, dit-il. Continuez comme ça et vous allez battre le record de votre père.

– Je ne pense pas que quelqu'un puisse manger autant d'huîtres que papa », répliqua Skye. Il souleva le pot de bière givré et but, puis essuya ses lèvres couvertes de mousse, regarda Raoul et rit. « Mais si vous n'avez pas plus d'appétit, vous deux, je vais gagner mon pari et c'est vous qui paierez le souper.

– J'aime mieux payer que d'être malade », dit Raoul en repoussant son assiette. « J'avoue que j'en ai mangé autant que je pouvais – plus même, je crois.

– Je vais en prendre une autre douzaine, fanfaronna Henri.

– Tant pis pour toi », lança Raoul qui se laissa glisser du tabouret de bar et se dirigea vers la machine à sous. « Je vais rester ici tant qu'il me restera de la petite monnaie. Et puis je m'en irai. »

Skye trempa la dernière de ses huîtres dans la sauce et glissa un cracker en dessous. Elle ne lui parut pas aussi délicieuse que la première; lorsqu'il l'eut avalée, il éprouva un curieux soulagement et alla rejoindre Raoul. « Nous partirons quand tu auras terminé », cria-t-il à Henri tout en regardant les citrons s'aligner dans la machine.

« On n'a jamais vu personne toucher le *jackpot* sur cette machine, dit-il à Raoul. Papa n'a cessé d'essayer depuis ses dix-huit ans et il n'en a jamais tiré plus d'un ou deux dollars.

– Dieu merci, j'ai assez de bon sens pour ne pas chercher à gagner de l'argent avec une machine à sous », répondit Raoul. Il mit une autre pièce dedans, vit trois pommes apparaître et alla recueillir, à l'arrière de la machine, une petite averse de piécettes. « Toujours aussi fauché », dit-il en regardant ce qu'il avait dans la main. « Allons chercher Henri. Il est en train de se forcer à manger cette dernière douzaine... Merde, je suis prêt à régler le pari pour que nous partions.

– J'ai déjà dit à Joe Glorioso de mettre ça sur le compte de papa, répondit Skye. N'importe comment, c'était un pari stupide. » Il vint se placer derrière Henri et lui tapa sur l'épaule. « Viens, les filles nous attendent. »

Henri se retourna. Son visage était couvert de sueur, son teint terreux et ses yeux exorbités. « Je... », commença-t-il, puis, la main plaquée sur sa bouche, il sauta du tabouret et se précipita vers la porte.

Skye allait le suivre mais Raoul le retint. « Laisse-le se débrouiller; Henri devient fou furieux quand on essaie de lui venir en aide.

– Mais il n'est pas bien.

– Non. Pas bien du tout. » Raoul se tourna vers Joe Glorioso qui ouvrait des huîtres à l'autre bout du comptoir. « Pourriez-vous me donner un peu de glace dans une serviette, je vous prie? »

Ils trouvèrent Henri assis sur les marches, la tête sur les genoux. « Je vais recouvrir ça », dit Skye, et il alla prendre des feuilles mortes entassées par le vent hivernal pour recouvrir les vomissures de Henri puis mit par-dessus quelques coquilles trouvées sur le parking. Raoul tenait la serviette froide appliquée contre le front de son frère, une expression sévère sur ses lèvres pincées.

« Je vais mieux maintenant », dit Henri en essayant d'échapper à ses mains.

« Reste comme ça encore une minute ou deux », insista Raoul en lui présentant un glaçon. « Tiens, fais fondre ça dans ta bouche et puis crache. Je vais te donner un chewing-gum. » Il regarda Skye et lui fit un clin d'œil. « Une bonne chose que ce soir tu sortes avec une fille que tu ne connais pas. S'il s'était agi d'une petite amie que tu avais l'intention d'embrasser...

– Je vais très bien ! » Henri repoussa Raoul et se releva, le glaçon à la main.

« D'accord. Alors, partons. »

Ils attendirent que Henri se soit rincé la bouche, après quoi il monta à l'arrière de la voiture de Skye et s'appuya contre le dossier, les yeux fermés, avec sur le visage une expression boudeuse à laquelle tous les siens étaient depuis longtemps habitués.

« J'espère qu'il va changer d'humeur, chuchota Raoul à Skye. Henri peut être très drôle, mais quand il fait la tête...

– On peut compter sur lui », répondit Skye. Il tourna un peu la tête. « Ecoute, Henri, je sais ce que tu éprouves. La semaine dernière, un type m'a défié de boire cul sec avec lui. J'ai passé le reste de la soirée aux toilettes.

– N'importe comment, toi, tu te débrouilles toujours pour tout faire avec élégance, même l'imbécile. »

Ils gardèrent le silence jusqu'à la maison de Rosalinde. Pour secouer l'ennui propre au mois de janvier, ils avaient imaginé de sortir ensemble après un petit arrêt chez Joe pour manger des huîtres. Maintenant, tout en prenant la rue qui menait chez les Nasser, Skye regrettait d'avoir proposé à ses frères de sortir avec eux et demandé à Rosalinde de leur procurer des cavalières. La voyant déjà trop rarement à son goût, il n'avait pas envie de passer la soirée à dérider Henri. Enfin ! pensa-t-il. Ce n'est plus un gamin, qu'il se tienne bien ou pas, c'est lui que ça regarde. Moi j'ai l'intention de m'amuser.

– Oh! là! là! » s'exclama Raoul en voyant la maison des Nasser. « On croirait qu'elle est sortie des *Mille et Une Nuits*!

– Je suppose que c'est le cas », dit Skye en regardant la demeure en stuc couverte de vigne vierge qui se profilait au bout du trottoir. Il évoqua ses tapis rouge foncé, jaune d'or et brun satiné, jetés sur le sol carrelé, son atmosphère imprégnée de l'odeur du safran et de la noix muscade, de la coriandre et du romarin. La maison de Rosalinde le troublait un peu pour les mêmes raisons que la jeune fille; exotiques et sensuelles, toutes deux le plongeaient dans un monde étrange et excitant.

« Ils sont très riches, vous savez », dit Skye en s'extirpant du siège arrière. « Pour des gens qui sont arrivés après que toutes les terres avaient déjà été attribuées.

– L'intelligence, mon vieux, dit joyeusement Henri. L'intelligence et le courage, ça marchera toujours.

– Les Nasser ne sont pas différents de nous, dit Skye. Ils sont seulement... » Il ne trouvait pas de mots pour exprimer sa pensée. « Ils sont seulement... intéressants.

– J'espère que ma cavalière sera aussi... intéressante que Rosalinde. » Raoul vit que son frère prenait mal sa taquinerie et il précisa : « Je plaisantais, Skye. C'est drôlement gentil à toi de nous avoir invités à t'accompagner. Henri et moi, nous allons te faire honneur. »

Le tact avec lequel Raoul l'avait inclus eut un effet immédiat sur Henri. « Tout à fait. Ça va être une merveilleuse soirée. »

Pendant les présentations, Skye garda les yeux fixés sur Rosalinde. Elle portait une robe qui dansait à chacun de ses mouvements; des drapés souples, des panneaux flottants, une jupe qui tantôt la moulait, tantôt semblait posséder une vie propre. « C'est Skye Langlinais, dit-elle en le présentant à deux jeunes filles assises sur un sofa de brocart.

– Mes demi-frères, Raoul et Henri Hamilton. Voilà Rosalinde...

– Felice et Sarah Asky, deux de mes cousines.

– La beauté est un trait caractéristique de votre famille, dit Raoul en prenant la main que Felice lui tendait.

– Et la flatterie celui de la nôtre, plaisanta Henri en s'avançant. Mais dans le cas présent, ce qui pourrait n'être qu'une flatterie devient l'expression de la vérité.

– Mon Dieu, Skye, s'écria Rosalinde. Tu ne m'avais pas dit que tes frères avaient la langue aussi bien pendue.

– Ils ne me disent jamais ce genre de chose. »

Sarah et Felice étaient jolies, mais ne pouvaient rivaliser avec Rosalinde sur le plan de la séduction. Les deux autres couples semblaient ravis les uns des autres.

« J'espère que tes souliers ne t'empêcheront pas de danser, dit Skye. Il y a un orchestre terrible, ce soir, au Chag's.

– Je vais juste dire bonsoir à maman », répliqua Rosalinde.

Cette nuit de janvier était étrangement douce et humide pour la saison; ils conduisirent vitres grandes ouvertes, les cheveux des jeunes filles voltigeant dans le vent. Lorsque Rosalinde se pencha pour allumer la radio, elle tomba sur un bulletin d'information donnant des nouvelles de la guerre.

« Oh, tu ne peux pas changer de chaîne? dit Felice. Mon père n'écoute que ça. Mon frère aîné fait sa préparation militaire, aussi je comprends ce qu'éprouve papa... mais j'en ai vraiment assez.

– Où est votre frère? demanda Skye.

– A Pensacola. Il est dans la marine.

– Réserviste dans la marine, c'est tout ce que je peux viser, dit tristement Raoul. Je suis allé au bureau de recrutement, mais on m'a dit qu'on ne prenait pas les étudiants en médecine, que je ne ferais pas de service actif. Cela vous est égal de sortir avec un officier de réserve? demanda-t-il à Felice en la regardant dans les yeux.

– Et vous, Henri? » Sarah approcha sa cigarette du briquet qu'il lui présentait. Elle tira dessus jusqu'à ce que le bout rougisse. « Etes-vous comme tous les autres, à ronger votre frein en attendant de partir?

– Je n'aurai vingt ans qu'au mois de mai, répondit-il en parlant un peu plus fort. Dieu merci, on a abaissé l'âge de l'enrôlement. Je pourrai m'engager à la fin de mon année scolaire.

– Qu'allez-vous choisir comme carrière? demanda Sarah.

– L'armée. » En entendant ce ton catégorique, Skye se retourna pour le regarder. Henri était assis en biais, pour laisser plus de place aux autres; son profil se découpait nettement sur les lumières de la rue. « J'ai envie d'entrer dans les blindés.

– Les chars! s'exclama Sarah. Mais ils sont toujours en première ligne.

– Pas la peine de s'engager si c'est pour ne pas se battre. » Quelque chose dans la voix de Henri retint l'attention de Skye. Il faisait la même chose lorsqu'il parlait de la chasse; s'il se joignait volontiers à son père et à lui, c'était pour la camaraderie, la paix des marais. S'il tirait, c'était avec son appareil photo. Pourtant lorsqu'il en parlait aux filles, il donnait l'impression, sans jamais mentir, qu'il était un chasseur émérite capable d'en remontrer aux meilleurs.

« Les Allemands ont d'excellents régiments de

blindés, dit Raoul. Si c'est ce que tu as choisi, petit frère, tu auras des chances d'accéder à la gloire.

– Ou bien je peux entrer dans l'espionnage. » Les pupilles de Henri étaient dilatées, le coin de sa bouche frémissait; Skye se demanda qui il voulait convaincre. « Se mesurer au danger, fureter dans les secrets de l'ennemi, être au centre caché de l'effort de guerre... » Il s'arrêta soudain, comme si leur silence l'avait interrompu.

« J'ai lu que lorsqu'on arrêtait un espion on le torturait », dit Felice. Elle frissonna. « J'aime mieux ne pas y penser.

– Pour le moment, précisa Raoul, cette conversation est toute théorique. Henri ne pourra pas s'engager avant le mois de mai et le pauvre Skye devra attendre deux ans, à moins qu'on n'abaisse encore la limite d'âge.

– Je voudrais bien trouver un moyen de partir quand même.

– Je te le défends », dit Rosalinde en posant la main sur son genou. Il ôta l'une des siennes du volant et recouvrit de sa paume celle de la jeune fille. « Pourquoi es-tu si pressé de te jeter dans cette guerre? Tu en parles comme s'il s'agissait d'entrer dans une nouvelle équipe de foot.

– C'est peut-être ce côté-là qui nous attire, dit Henri. La plus coriace de toutes les équipes. » Il semblait plus naturel et cherchait moins à forcer l'attention. « L'appel au mâle primitif tapi en nous. L'appel à nous mesurer aux forces obscures. Une chance de répondre aux questions ancestrales : mes croyances sont-elles solides? Jusqu'à quel point pourrais-je me sacrifier pour elles? »

Ce qu'il disait troubla les autres; ni Raoul ni Skye ne lui répondirent, mais ils réagirent tout de même. Peut-être Henri était-il un peu grandiloquent. Peut-être trichait-il un peu quant à ses exploits. Mais il avait bien mis le doigt dessus. La guerre était, pour eux, une chance d'échapper aux épreuves que la civilisation imposait à chaque génération nouvelle – ou plutôt d'affronter la seule qui en valût la peine.

« Ecoutez, écoutez », dit Raoul.

Begin the Beguine d'Artie Shaw montait de la radio et leur humeur s'améliora. Skye s'engagea dans le parking presque complet du Chag's et regarda sa montre. « Il paraît qu'on peut dîner jusqu'à vingt et une heures. Nous sommes dans les temps.

– Oh, je ne pense pas qu'ils pourraient nous refuser quoi que ce soit, dit Rosalinde lorsqu'il l'aida à descendre de voiture.

– Pourquoi? demanda Skye en la guidant vers l'entrée. Ils connaissent mon père?

– Non. » Rosalinde le précéda pour franchir le seuil et fit un petit signe de tête à l'homme qui se tenait debout à la porte. « Ils connaissent le mien. Mon père est propriétaire du Chag's. » Elle s'avança et dit au maître d'hôtel : « Vous allez nous donner une bonne table, n'est-ce pas, Chuck? Nous aimerions être près de l'orchestre.

– J'avais gardé une table, mademoiselle, mais j'ignorais que vous seriez avec M. Langlinais. » Il avait l'air ennuyé et fit courir son doigt sur la liste des réservations. « Je vais tout de suite effectuer un échange.

– Bon. Nous attendrons ici. »

Skye vit le maître d'hôtel parler à des gens assis à une table près de l'orchestre. Tout d'abord ils protestèrent, puis il se pencha et leur chuchota quelque chose. Ils se retournèrent et regardèrent Rosalinde, Skye et les deux couples qui étaient avec eux. Chuck fit signe à un garçon qui mit les boissons sur un plateau et les porta à une table située dans un coin de la salle.

« Tout est arrangé, mademoiselle », dit le maître

d'hôtel en revenant, le visage rayonnant. « Le temps que vous vous installiez, on va changer la nappe.

– Merci. » Rosalinde le suivit la tête haute, ne regardant ni à droite ni à gauche.

Skye avait l'habitude qu'on lui rende des services que très souvent il n'avait pas demandés; il était accoutumé à ce qu'on lui réserve un régime de faveur – mais pas aux dépens de quelqu'un d'autre.

« Je n'aime pas du tout ça, Rosalinde.

– Quoi? » demanda-t-elle. Ses doigts tambourinaient en mesure sur la nappe et elle gardait les yeux fixés sur l'orchestre.

« Obliger ces gens à nous abandonner leur table. ils sont arrivés avant nous. »

Elle tourna vers lui ses yeux verts.

« Si Chuck avait su que j'étais avec toi et tes frères, il nous aurait réservé cette table.

– Mais il ne le savait pas », dit Skye. Il s'obligea à résister au magnétisme de ces yeux irrésistibles. « Il avait donné cette table à quelqu'un d'autre.

– Aussi a-t-il réparé son erreur. Skye, mon père possède cette boîte de nuit. Quand je viens ici, j'ai le droit de m'asseoir où je veux. » Elle avait l'air agacée; avant que Skye ait pu trouver un autre argument, Henri prit la parole.

« Bien sûr que vous en avez le droit! s'exclama-t-il. A quoi bon posséder un endroit pareil si on ne peut pas en jouir?

– C'est exactement ce que je pense. » Rosalinde se pencha vers Skye et lui sourit; ses yeux verts se firent doux, séducteurs. « Si cela peut te consoler, Chuck va leur offrir les consommations.

– C'est équitable », dit Henri. Il n'était plus du tout de mauvaise humeur et se tourna vers Sarah avec un sourire joyeux. « On danse? »

Raoul et Felice suivirent Henri et Sarah sur la

piste de danse. Skye se leva et tendit les bras à Rosalinde. « Vous dansez? » demanda-t-il, et sa voix gardait encore des traces de son irritation.

« Vas-tu continuer longtemps à me chercher querelle? » dit-elle en se levant.

Durant un instant, avant que le corps de Rosalinde ne se colle contre le sien, la contrariété de Skye persista. Mais elle s'évanouit lorsqu'il l'eut touchée; dès qu'ils se mirent à danser, il oublia son comportement autoritaire.

Il aurait voulu que cela dure à jamais, cette musique, Rosalinde. Il souhaita que le monde reste tel qu'il était; qu'il continue à fréquenter l'université, à explorer toutes les voies qui s'ouvraient à lui. Déjà beaucoup de ses camarades d'études étaient partis et, la semaine passée, l'un d'eux était mort au champ d'honneur. Pendant le service religieux ils s'étaient tous sentis gênés, ne sachant sur quoi fixer les yeux.

Le pari de vider les verres cul sec avait été lancé après la cérémonie : ils avaient espéré échapper à ce malaise en s'enivrant. Malgré sa honte, Skye avait au moins tiré une leçon de cet épisode : la boisson peut vous égayer si vous êtes déjà d'humeur joyeuse, mais dans le chagrin c'est un bien médiocre palliatif.

« A quoi penses-tu? » demanda Rosalinde en revenant avec aisance tournoyer dans ses bras à la fin d'un long swing.

« Je pensais que... lorsque je m'engagerai... c'est la plus jolie fille des Etats-Unis qui attendra mon retour.

– Des Etats-Unis seulement? » Rosalinde rejeta la tête en arrière pour le regarder; sa gorge dessinait une longue courbe crémeuse qui se perdait dans le décolleté en forme de cœur de sa robe verte.

« Du monde, corrigea Skye.

– Voilà qui est mieux », dit-elle en riant. Mais lorsqu'il la fit de nouveau tourner sur elle-même et regarda sa jupe découvrir ses longues jambes minces, ses pieds voltiger dans leurs ballerines de velours vert, il prit conscience qu'elle n'avait pas réagi à l'autre moitié de sa phrase, concernant l'attente de son retour...

3

Mai 1942

« Vous devriez plaire à tante Annette », dit Caro à David tandis qu'ils remontaient Calliope Street. « Vous êtes tout à fait son genre.

– Et quel genre est-ce ? » Pour une fois, il avait eu un week-end de libre; le samedi, ils s'étaient baladés puis avaient dansé jusqu'à deux heures du matin au Blue Room; aujourd'hui, il l'accompagnait chez sa tante où ils étaient invités à déjeuner.

« Sophistiqué. Cosmopolite. Tante Annette peut presque tout pardonner, mais si vous l'ennuyez, prenez garde !

– Expliquez-moi encore votre lien de parenté. C'est la tante de votre mère ?

– Oui. La sœur de son père. Maman et père avaient l'habitude de se retrouver chez tante Annette. »

David haussa les sourcils.

« Vous en parlez comme s'il s'agissait de rencontres secrètes.

– C'était le cas. Les parents de maman ne voulaient pas qu'elle épouse père... leurs amours étaient mêlées à des histoires politiques et financières... et même à Beau-Chêne. En tout cas, ils se sont vus chez tante Annette jusqu'à ce que maman soit obligée de renoncer à père.

– C'est bien compliqué. Je croyais qu'ici les choses étaient plus simples.

– C'est que vous n'êtes pas allé au fond des choses », répliqua Caro en riant. Elle vit un éclair de passion luire dans le regard de David et détourna les yeux. « C'est là. Oh zut! nous ne sommes pas les seuls. » Elle soupira. « Je vous ai prévenu. Tante Annette peut inviter des gens drôlement bizarres. »

Lorsqu'ils gravirent les marches du perron, un bruit de voix les accueillit. La scène semblait normale – des hommes et des femmes dans leurs plus beaux atours en train de siroter des boissons et de bavarder. Ce n'est qu'en arrivant près d'Annette, debout sur le seuil de la porte, que Caro comprit pourquoi elle éprouvait une impression étrange. Bien qu'il y eût une douzaine de personnes rassemblées sur la véranda, aucune ne parlait anglais.

« *Bonjour chérie*(1)*!* » dit Annette en embrassant Caro sur les deux joues. « *Qui est ce beau jeune homme?*

– Tante Annette, je te présente le docteur David Selbin. David, voici ma tante Annette.

– *Enchanté, mademoiselle.* » David s'inclina et baisa la main de son hôtesse.

« Oh, tante Annette, qui sont tous ces gens?

– *Pardonnez-moi* », dit Annette à la personne avec laquelle elle était en train de converser. « *Venez avec moi* », reprit-elle en invitant Caro et David à la suivre à l'intérieur. « Je suis désolée. Je me suis trompée dans mes invitations. J'aurais dû vous dire de ne pas venir aujourd'hui.

– Mais qui sont ces gens? » demanda de nou-

(1) Répliques en italique en français dans le texte.

veau Caro. Elle prit le Dubonnet que sa tante lui tendait et en but une gorgée. « Ils ont l'air tellement... bizarres.

– C'est normal. Ce sont des réfugiés.

– Des réfugiés !

– Il y a une guerre, Caro. Dont une grande partie se déroule en Europe. Dieu merci, ceux-là ont pu s'en tirer. Je travaille pour une organisation qui les aide à s'installer en Amérique – et bien sûr, je fais tout pour les mettre à l'aise.

– Je trouve cela admirable », dit David. Son ton enthousiaste surprit Caro qui le regarda pour voir s'il plaisantait. « Je pense que ce dont manquent le plus ces gens-là, c'est d'invitations comme la vôtre. C'est très beau de votre part d'ouvrir votre maison à des étrangers. »

Annette étudia David un moment avant de prendre sa main dans les siennes. « Vous êtes bon, docteur Selbin. Vous me plaisez. » Elle regarda Caro d'un autre œil. « Je ne te croyais pas assez mûre pour fréquenter un homme de ce genre. »

Caro eut soudain l'impression d'être une enfant de cinq ans entre deux adultes. « Tante Annette, je ne suis pas une petite étudiante évaporée. Je regrette d'avoir eu l'air... impolie vis-à-vis de tes invités. C'est juste que... eh bien, je croyais qu'il n'y aurait que nous trois. Je voulais que tu fasses vraiment connaissance avec David. »

Les yeux de sa tante s'adoucirent. « Alors c'était ça, dit-elle gentiment. Ecoutez-moi... vous allez m'aider à préparer le lunch, et puis, quand tout le monde sera servi, nous chercherons un coin tranquille pour bavarder. D'accord ?

– D'accord. » Caro prenait bien garde à ne pas regarder David : s'étant involontairement découverte, elle ne voulait pas voir l'effet produit par sa phrase malheureuse. Elle posa son verre et suivit Anne dans la cuisine, David sur ses talons.

« J'ai une grande expérience de ce genre de choses », dit David lorsque Annette sortit du réfrigérateur des paquets de viande froide coupée en tranches et du fromage. « L'un de mes oncles tient une épicerie fine. C'est chez lui que je travaillais pendant les vacances, quand j'étais collégien. » Il se mit à disposer les tranches sur les assiettes tandis qu'Annette et Caro y versaient de la salade de pommes de terre et de chou cru. Ce fut vite fait, comme s'ils avaient toujours travaillé ensemble, et lorsque sa tante alla prévenir ses invités, Caro sentit qu'elle s'était tirée de sa première épreuve : un membre de sa famille avait fait la connaissance de David et ils s'étaient mutuellement plu.

Les invités, portant leurs assiettes pleines, se dispersèrent sur la véranda, dans le salon et dans la salle à manger, tandis qu'Annette allait s'installer à une petite table près d'une fenêtre en compagnie de Caro et David. Une femme très âgée se tenait debout sur le tapis, devant la cheminée. En apercevant Annette elle se dirigea vers leur groupe, les yeux fixés sur elle – des yeux bruns mais comme délavés par la vieillesse. Elle tourna la tête pour regarder autour d'elle. « Pourquoi avez-vous pris mes affaires? dit-elle.

– Pour les mettre en lieu sûr », répondit Annette qui se leva et prit ses mains dans les siennes. « Voulez-vous manger un peu? » Un homme s'approcha d'elles, l'air de s'excuser.

« Maman, viens. Je t'ai servie. Viens manger. » Il se pencha vers Annette. « Elle est un peu troublée, ce matin. Je suis désolé de ce qu'elle vous a dit.

– Pas du tout. Je vais vous aider à l'installer.

– Ce n'est pas la peine. Je vous en prie, ne vous dérangez pas. » Il mit son bras autour des épaules de sa mère et l'emmena vers un fauteuil, près d'un guéridon. Caro le regarda qui l'aidait à s'asseoir, dépliait patiemment sa serviette et lui tendait une fourchette. La femme âgée écouta ce que son fils lui disait, regarda la fourchette, s'en empara et la mit dans son sac à main. Puis elle prit l'assiette et vida le contenu dedans.

David se leva, avec sur le visage la même expression d'horreur que le réfugié. La femme âgée se leva et se mit à crier; le son aigu, strident, fracassa l'ambiance tranquille de la pièce. Ses cris montèrent de plus en plus et David traversa la pièce, presque en courant; il dit quelque chose à l'homme qui prit sa mère dans ses bras et l'emporta hors du salon.

« Il faut que je m'occupe d'elle, dit Annette. Caro, calme mes invités, veux-tu, *ma chérie*? » Elle rejoignit David et tous deux disparurent dans le vestibule.

Je ne peux pas, pensa Caro. Autour d'elle les gens s'agitaient, parlaient à voix basse et la regardaient d'un air inquiet. La vie calme qu'elle avait toujours menée la séparait d'eux comme un abîme; elle comprit, et cela la chagrina, que les invités se sentaient responsables du comportement de cette femme qui n'avait pu supporter plus longtemps le fardeau de ses épreuves. Elle se força à se lever et vint se mettre au centre de la pièce. « Je vous en prie, dit-elle. Cette dame est en bonnes mains. Le docteur Selbin va s'occuper d'elle. Je vous en prie, continuez à manger. Ma tante serait désolée que vous interrompiez votre repas. »

Elle sentit ce que ses paroles avaient de ridicule. La politesse est un rempart bien fragile contre cette sorte de souffrance. Bien que la femme âgée eût cessé de hurler, l'écho de ses cris remplissait la pièce et Caro avait de la peine à croire que l'on pût encore avoir envie de manger.

Mais une première personne revint à son assiette, puis une seconde, et en quelques minutes tout se retrouva comme avant; le silence ne fut plus troublé que par le bruit des couverts heurtant la porcelaine et le bourdonnement des voix. Caro rejoignit sa place et mangea du bout des lèvres. Une éternité après, David et sa tante revinrent seuls et Annette passa d'un groupe d'invités à l'autre pour leur parler d'un air calme. David se laissa tomber sur sa chaise et se mit à couper sa viande, les yeux fixés sur l'assiette. Il semblait bouleversé et Caro entendit de nouveau les cris de la femme.

« Com... comment va-t-elle?

– Bien pour le moment. » Il ne la regardait pas mais mangeait méthodiquement, d'une manière qui ne lui ressemblait pas. Elle se dit que c'était ainsi que les réfugiés avaient mangé après qu'elle les avait suppliés de continuer leur repas; comme si lui aussi avait souffert de quelque grand choc.

« Et vous, comment allez-vous? » demanda-t-elle.

Il lui jeta un bref coup d'œil et baissa de nouveau les yeux sur son assiette. Mais elle avait lu dans ce regard une vulnérabilité telle que brusquement elle paniqua.

« David... qu'est-ce qui ne va pas?

– Plus tard. Ecoutez... j'ai dit à votre tante que nous partirions probablement dès que l'ambulance serait arrivée. Vous êtes d'accord?

– L'ambulance? David, va-t-elle si mal que cela?

– Votre tante avait un sédatif. Je le lui ai donné. Mais elle a besoin d'un psychiatre... du moins provisoirement. » Il sourit, tout en faisant une espèce de grimace de colère. « Son fils ne peut pas l'emmener en autobus jusqu'à l'hôpital.

– Est-ce que... vous allez l'accompagner? » Elle se sentait glacée, perdue et un peu fâchée.

David secoua la tête.« J'ai téléphoné à un type

qui s'appelle Fournet. Il est responsable de l'organisation qui accueille les réfugiés. Il va s'occuper de son admission.

– Pas Walter Fournet?

– Si, c'est son nom. » Il la regarda et, pour la première fois depuis qu'il était revenu dans la pièce, ses yeux étaient clairs, presque normaux. « Vous le connaissez?

– C'est le cousin d'une amie. Je l'ai rencontré deux ou trois fois. C'est drôle. Je ne savais pas qu'il faisait ça.

– Si vous le voulez bien... j'aimerais passer le reste de l'après-midi dans un autre endroit.

– Bien sûr », dit-elle. Elle se leva et prit leurs assiettes. Elle entendit une rumeur sur la véranda et l'un des invités entra, suivi d'un homme en blouse blanche.

« Voilà l'ambulance, dit David. Dans un instant ce sera fini, Caro. » Il se dirigea vers le vestibule. Elle emporta les assiettes à la cuisine, les nettoya et les mit à sécher sur l'évier. Elle imagina les brancardiers emportant la petite femme terrorisée qui s'accrochait à son fils, à David. En pensant à ce que la destruction de son univers lui avait fait, Caro fondit en larmes.

Lorsque David la rejoignit, elle sanglotait encore, la tête sur la table de la cuisine.

« Allons », dit-il en s'agenouillant près d'elle et en la prenant dans ses bras. « Qu'est-ce qu'il y a?

– Excusez-moi. » Elle s'appuya contre son épaule, laissant son affection solide l'envelopper. « C'est parce que...

– Je sais. » Il sortit un mouchoir de sa poche et le lui fourra dans la main. « Ecoutez, j'ai une merveilleuse idée : si nous allions au zoo?

– Au zoo? » Un dernier sanglot la fit hoqueter. « Mais oui. » Il se redressa et l'aida à se lever.

« Le soleil brille, il y a là-bas des tas de choses à voir; c'est l'une de mes promenades favorites.

– Oui. C'est une très bonne idée. Je vais dire au revoir à tante Annette.

– Je l'ai déjà fait pour vous. Nous pouvons filer par la porte de derrière. D'accord? »

Brusquement, elle fut prise de l'envie de partir au plus vite. « J'ai laissé mon sac...

– Non, je l'ai pris », dit David.

Ils sortirent par la porte de la cuisine, qui donnait sur un jardin clôturé; une fois le portail franchi, ils se retrouvèrent dans une ruelle et, enfin, Caro respira. « Je ne sais pas pourquoi, j'ai l'impression d'avoir échappé à quelque chose. Il ne m'est rien arrivé. Mais je me suis sentie... je ne sais pas... menacée. »

David lui prit la main. « C'est toute cette peur », dit-il.

Ils marchèrent lentement, main dans la main, vers la rue. « Si l'on réunit dans une pièce un certain nombre de gens qui ont traversé l'enfer, il en résulte une espèce d'angoisse collective.

– C'est ça qui vous a bouleversé, David? »

Ils arrivèrent au coin de la rue et attendirent l'autobus. Ce chaud après-midi de mai était rafraîchi par une brise qui, soufflant de la rivière, jouait avec les feuilles des peupliers et agitait des grappes de glycine sur une tonnelle voisine. « En partie, oui », répondit David. Il lui serra la main. « Je vous... je vais vous en parler, mais pas tout de suite... »

Il attendit qu'ils soient arrivés au zoo pour répondre à sa question. « Ce qui m'a bouleversé, dit-il en s'arrêtant devant le muret du fossé qui séparait les éléphants des visiteurs, c'est que je me suis imaginé ma propre famille dans cette situation. C'étaient les miens que j'entendais crier.

– Je ne comprends pas...

– Vous savez que je suis juif. »

Ses yeux semblaient plus foncés que d'ordinaire, comme si les événements de cet après-midi avaient jeté sur eux une ombre. Il lui avait appris qu'il était juif peu après qu'ils eurent commencé à sortir ensemble. Cela ne disait pas grand-chose à Caro; il y avait pas mal de jeunes filles juives à Newcomb. Elles restaient beaucoup entre elles, mais pas plus que les autres étudiantes venant d'une même école, celle du Sacré-Cœur ou de Louise McGehee, par exemple, qui maintenaient leurs propres cercles. David ne correspondait pas à la vague idée que Caro se faisait d'un patriarche juif, avec grande barbe noire, lunettes et vêtements sombres. David était David. Il n'avait jamais dit qu'il allait à la synagogue; en fait, il ne parlait jamais de religion.

« Je ne vois pas où vous voulez en venir, dit-elle.

– Asseyons-nous. »

Ils trouvèrent un banc à l'abri d'un grand chêne. David se mit à éplucher des cacahuètes qu'il avait achetées pour les singes et à les lancer aux pigeons qui venaient roucouler et battre des ailes à leurs pieds.

« La famille de ma mère est originaire de Varsovie. Celle de mon père est partie d'un petit village autrichien, près de Vienne, pour venir s'installer en Amérique au début du siècle. Mon grand-père paternel a commencé comme tailleur et, lorsqu'il est mort, il était propriétaire de l'une des plus grandes fabriques de vêtements du coin. Le père de ma mère était enseignant. » David sourit, d'un gentil sourire, si fragile, si vulnérable, que Caro fut prise de l'envie de le serrer dans ses bras. « Je suppose que c'est lui qui a poussé ceux de ma génération à faire des études supérieures . parmi mes cousins, il y a quatre médecins, deux hommes de loi et un ou deux docteurs en philosophie.

– Votre famille s'en est très bien tirée, dirait-on. » Caro ne savait pas trop quoi dire : ces gens-là étaient installés aux Etats-Unis depuis moins de cinquante ans, et cela lui paraissait presque incroyable. Sa propre famille étant arrivée au dix-huitième siècle, elle eut brusquement l'impression, sur ce terrain-là, d'être l'aînée.

« C'est vrai, reprit David. Mais ce n'est pas le cas de tous. Nous avons des parents en Europe. Les miens leur ont rendu visite en 1928, quand j'avais douze ans. C'est une expérience étonnante de rencontrer des membres de sa famille que l'on ne connaît pas du tout. L'un de mes cousins était presque mon sosie.

– Sont-ils encore là-bas ? » Elle pensait aux gros titres des journaux, dans lesquels apparaissaient les noms de ces villes : Varsovie, Vienne. Elle frissonna et lui prit la main.

« Je ne sais pas. » Quand il la regarda, elle comprit quelle était la source de sa vulnérabilité, de ses souffrances secrètes. « Nous... nous n'arrivons pas à nous renseigner. Depuis longtemps déjà, les lettres nous reviennent avec la mention " Destinataire inconnu ".

– Mais David... tous ? Peut-être certains d'entre eux sont-ils en sécurité quelque part ? »

Le désespoir qu'elle lut dans ses yeux l'invitait à plonger dans le même gouffre. « Quelques-uns sont arrivés ici en 1933, puis en 1935. Les autres ont décidé... de rester – malgré les nouvelles lois allemandes concernant les Juifs.

– Quelles nouvelles lois ?

– Celles qui limitent les sommes d'argent qu'ils peuvent sortir d'Allemagne. Et même les biens personnels qu'ils voudraient emporter. Plus la mention qu'ils sont juifs portée sur leurs papiers d'identité. » Sa voix était toujours blanche, son visage dépourvu d'expression, mais elle sentait une tension émaner de son corps.

« Ce n'est pas pareil en Pologne ou en Autriche, n'est-ce pas?

– Cela ne saurait tarder. Mon père n'a cessé de leur écrire en les suppliant de venir, leur disant que nous pouvions les recevoir. » David leva les mains, paumes ouvertes, offertes. « Ils ne... l'ont pas écouté. Ils ne sont pas venus.

– Mais il doit bien y avoir un moyen de les retrouver. De savoir ce qui leur est arrivé. » Elle se pencha, lui prit la main et la serra. « Père connaît beaucoup de monde à Washington. Il pourra peut-être faire quelque chose pour vous. Et il y a la Croix-Rouge, vous y avez pensé?

– Caro, vous n'avez aucune idée de ce qui se passe en ce moment en Europe. »

Elle comprit que ce n'était pas seulement l'âge qui les séparait. David se tenait de l'autre côté d'un abîme creusé par la souffrance, une souffrance qu'elle n'avait jamais connue, qu'elle était même incapable de comprendre. Contre la douleur qui l'habitait, ses propres paroles étaient non seulement inutiles mais un peu stupides; elle se sentit perdue, impuissante, comme si elle était arrivée armée d'une épée contre des adversaires pourvus de mitrailleuses.

« Excusez-moi », dit-elle. Elle lutta pour retrouver le contrôle d'elle-même et leva la tête. « J'ai toujours cru que père pouvait accomplir des miracles...

– Ecoutez. Il ne faut pas vous excuser. Rien que de savoir que vous y êtes sensible... » Il se tut et regarda leurs mains entrelacées. « C'est moi qui devrais m'excuser. Je n'avais pas du tout l'intention de gâcher cette journée.

– Une journée passée avec vous ne peut pas être

gâchée, dit-elle. Je suis très... honorée que vous vous soyez confié à moi, David. Réellement, je le suis. »

Elle vit la lumière revenir dans ses yeux, un sourire adoucir ses traits tendus. « Si je n'y prends pas garde, Caro Hamilton, je vais tomber amoureux de vous.

– Est-ce une menace? Ou une promesse?

– Je ne sais pas très bien. » Il se pencha vers elle et, de nouveau, elle fut sensible à l'intensité de sa présence. « Et vous, que voulez-vous que ce soit? »

Plus loin, sur le trottoir, une clochette tinta et Caro sauta sur l'occasion pour faire diversion : « Un marchand de glaces! s'écria-t-elle en se levant. Puis-je vous demander d'aller m'acheter un cornet?

– Vous pouvez me demander tout ce que vous voulez. » Elle lut clairement dans ses yeux ce qu'il voulait dire, mais n'était pas prête à y répondre.

« Alors vous avez de la chance », répondit-elle en évitant de croiser son regard. « Parce que pour le moment, je n'ai envie que d'une glace. C'est un désir facile à satisfaire.

– Trop facile. » Il lui offrit le bras. « Caro, quand vous voudrez plus que cela... vous me le direz? »

De nouveau elle sentit un gouffre entre eux, mais celui-là, c'était elle qui l'avait creusé. David lui parut soudain très loin et elle se dit qu'il n'existait qu'un seul pont possible – mais elle n'était pas prête à l'édifier avec son corps. Et tandis qu'elle cheminait à ses côtés vers le marchand de glaces, elle se demanda si elle le serait jamais.

David ne lui avait plus jamais parlé de sa famille, mais depuis ce dimanche-là elle ne pouvait plus lire les nouvelles de la guerre ou regarder les cartes qui les illustraient sans voir des visages lui rappelant le sien et dont les yeux l'imploraient. Des camarades d'études perdaient des frères, des amoureux, des oncles, des cousins. Dans les églises et les écoles, les listes des victimes s'allongeaient. Lorsqu'elle apprit qu'on avait aperçu des sous-marins allemands dans le golfe du Mexique et que l'on installait des filets en travers du Mississippi pour les empêcher de détruire les raffineries de pétrole et les usines installées sur ses rives, elle comprit combien la guerre s'était rapprochée d'eux.

Elle finit par prendre une décision. A force de lire les petites annonces réclamant à cor et à cri de la main-d'œuvre supplémentaire pour les usines d'armement, elle passa à l'acte.

Elle attendit que tous les membres de sa famille soient réunis pour le dîner dominical avant de leur exposer ses plans. C'était le premier repas qu'ils partageaient depuis les vacances de Pâques et ils bavardaient gaiement. Seul Henri restait silencieux, plongé dans l'une de ses humeurs sombres que la famille avait appris à ignorer. Elle attendit le moment favorable. Lorsqu'il y eut enfin une pause, elle en profita : « J'ai quelque chose à vous annoncer », dit-elle.

Elle vit Emilie regarder sa main gauche puis lever les yeux sur elle, perplexe. « Je ne suis pas fiancée. Je vais... arrêter mes études.

– Quoi? s'exclama sa mère. Ecoute, Caro...

– Maman, je t'en prie. Je ne peux plus supporter de rester là à ne rien faire... pendant que la guerre continue à dévorer nos vies. Il faut que je fasse quelque chose.

– Que veux-tu nous dire? » Caroline semblait prête à encaisser de très mauvaises nouvelles et Beau, qui la regardait de l'autre extrémité de la table, sentit son cœur s'élancer vers elle.

« Maman, ne tire pas de conclusions avant de savoir. Je ne vais pas m'emballer et partir comme infirmière au front, ou quelque chose du même genre. Si je pensais pouvoir le faire, oui, mais je ne le peux pas. » Elle reprit sa respiration, pour se calmer, et regarda sa mère dans les yeux pour l'obliger à reconnaître la profondeur de ses convictions. « Ce que je vais faire, la semaine prochaine, c'est demander un emploi aux chantiers navals de La Nouvelle-Orléans. Et pas seulement pour l'été.

– Les chantiers navals ? » Si Caro avait dit qu'elle voulait devenir danseuse nue dans le Quartier français, sa mère n'aurait pas eu l'air plus stupéfaite ni plus horrifiée. « Mais, Caro chérie, tu ne connais rien à la construction des navires ! »

– Je peux apprendre. Maman, ces chantiers tournent vingt-quatre heures par jour, sept jours par semaine. Ils ont terriblement besoin de main-d'œuvre. Je suppose qu'ils trouveront bien quelque chose à me faire faire.

– Mais, Caro... tu peux sûrement trouver autre chose à faire pour soutenir l'effort de guerre. C'est admirable, mais, chérie... je ne te vois pas dans une usine !

– Moi, je ne me vois pas continuer comme ça. Peindre de belles toiles et de jolies aquarelles, en temps de guerre, c'est absurde.

– Tes études, c'est plus que cela. Tu es vraiment douée. Tout le monde le dit. »

Caro regarda sa mère. Ce que Caroline lut dans ses yeux la bouleversa et elle posa la main sur celle de sa fille. « Ma chérie – c'est si important que cela, pour toi ?

– Oui. Il faut absolument que je me sente utile. Je ne peux plus rester là à ne rien faire. » Elle baissa la tête pour cacher ses larmes qui montaient. « Maman, rien ne pourra m'arrêter. »

Les yeux de Caroline aussi se mouillèrent.

« D'accord, ma chérie. J'espère que si j'avais ton âge je ferais le même choix. Je... je suis très fière de toi. » La mère et la fille se regardèrent et virent dans leurs yeux la même détermination secrète.

« Moi aussi, je suis fière d'elle, dit Emilie en prenant son verre. Et je propose que nous portions un toast à Caro... ouvrière sur un chantier naval!

– Je t'en prie. Ça n'a rien d'héroïque.

– Si, dit Henri. Je voudrais bien avoir une aussi bonne nouvelle à vous annoncer. »

Tous les yeux se tournèrent vers lui. Son silence, durant le repas, ne leur avait pas paru extraordinaire; quand on le laissait tranquille, son humeur changeait toute seule. Mais au ton de sa voix, ils pensèrent que le pire était encore à venir.

« Dans quelques jours, c'est mon anniversaire.

– Bien sûr, répliqua Caroline, et nous ne l'avons pas oublié.

– Oh, j'en suis certain. » Henri avait l'air amer et, en dehors de Skye, assis à côté de lui, personne ne pouvait deviner pourquoi. « Mais vous semblez tous oublier que je vais avoir vingt ans... l'âge du service militaire.

– Henri! s'exclama sa mère d'une voix étranglée.

– J'ai décidé de hâter les préliminaires. Je voulais pouvoir vous annoncer la chose aujourd'hui. » Il se leva, le visage sévère, le corps tendu. « Aussi me suis-je présenté au bureau de recrutement de l'armée, à La Nouvelle-Orléans, le jour où j'ai passé mon dernier examen. Je leur ai dit que je souhaitais m'engager. Ils m'ont répondu de revenir quand j'aurais mes vingt ans, mais j'ai obtenu d'eux qu'on me fasse au moins passer l'examen médical. »

Skye sentit la tension monter dans la pièce.

« J'ai échoué. On m'a réformé.

– Réformé! Henri, qu'est-ce que tu as? » Caroline avait bondi sur ses pieds et mis son bras autour des épaules de son fils.

« J'ai un souffle au cœur », dit-il lentement, en guettant la réaction de sa mère. « Pas assez grave pour que ce soit inquiétant, mais suffisant pour me déclarer inapte au service. »

Tous l'entourèrent alors et lui dirent ces phrases de circonstance, toutes faites, certes, mais qui cependant exprimaient leur peine et leur sympathie. Mais Skye se sentait mal à l'aise : il y avait quelque chose, dans l'expression d'Henri... Brusquement, il comprit. Dans une certaine mesure, cela faisait plaisir à son frère : d'une manière étrange, un peu tordue, il tirait plaisir de ce moment d'attention que toute sa famille lui accordait.

« Quelle journée! » dit Beau à Skye ce même soir. Le calme inflexible d'Henri avait bientôt craqué et il leur avait fait une bonne crise de rage et d'amertume. « Conduis-toi en homme, bon sang de bon sang! » s'était écrié Beau, qui ne parvenait pas à oublier le brusque dégoût de lui-même qui avait envahi le visage d'Henri avant que celui-ci se calme et lui présente des excuses d'un air maussade.

« Je n'aurais pas dû crier après lui, dit-il à Skye.

– Il va s'en remettre. Il n'est pas le seul à être réformé. Il souhaitait partir, ce n'est pas un lâche.

– Je ne crois pas que ce soit si facile que cela. Si toi, Skye, on t'avait réformé...

– J'essaierais de l'assumer, papa. N'est-ce pas toi qui nous as toujours dit de ne pas demander un autre jeu mais de tirer le meilleur parti possible des cartes que l'on a?

– Oui. Mais cela ne t'ennuie pas?

– Quoi ?
– D'avoir la guerre dans ton jeu ?
– Est-ce que j'ai le choix ? » Skye haussa les épaules. « Et puis... » Il désigna d'un geste les terres qui les entouraient. « Ça vaut la peine de se battre pour ça.
– Oui », dit Beau. Sa participation au conflit n'était ni aussi dangereuse ni aussi grisante que celle qui attendait Skye. D'interminables réunions, des discussions épuisantes, des journées passées à Washington, au lieu de s'occuper ici de ses affaires. C'étaient les jeunes comme son fils qui descendraient dans l'arène. Combien d'années passeraient, combien de chagrins s'abattraient sur eux, avant qu'ils se retrouvent tous ici réunis de nouveau ? Il tendit la main vers son fils qui la saisit et la serra affectueusement. « Oui, répéta-t-il. S'il est des choses qui méritent qu'on se batte pour elles, cette terre assurément en fait partie. »
Un peu plus tard, vers les trois, quatre heures du matin, Beau quitta le lit où dormait Caroline et sortit sur la véranda pour contempler la nuit. Assis là, dans la brise nocturne qui caressait sa terre, il pensa à ceux qui dormaient en sécurité dans cette maison mais dont l'avenir était si incertain. Il ne se sentait pas dans son assiette et comprit que ses rythmes corporels avaient changé. Il était sur le qui-vive, et ne pourrait plus dormir profondément tant que la guerre ne serait pas finie et sa famille de nouveau en sécurité. Il se laissa aller contre le dossier de la balancelle, regardant la lune froide et blanche dans le ciel, et attendit ainsi l'aurore.

4

Septembre 1942

Chez Arnaud, il n'y avait plus une table de libre. Comme tous les bons restaurants des Etats-Unis, il devait faire face à une situation nouvelle : les difficultés d'approvisionnement grandissaient en même temps qu'augmentait le nombre des clients, dont beaucoup tiraient de la guerre des profits qui leur permettaient, pour la première fois de leur vie, de dîner dans un endroit de ce type. Mais lorsque David et Caro arrivèrent, le maître d'hôtel leur fit signe de le suivre jusqu'à une table bien placée, dont il ôta le carton de réservation tout en tirant une chaise pour la jeune fille.

« Votre père a téléphoné, mademoiselle Hamilton. Vos parents sont un peu en retard. Mais le temps que vous preniez l'apéritif ils seront arrivés, m'a-t-il dit.

– C'est fou le monde qu'il y a ! C'est tous les soirs comme ça ? » dit Caro en promenant le regard autour d'elle.

Le maître d'hôtel prit un air dédaigneux et parcourut la salle des yeux en isolant d'un regard glacé les clients qu'il ne connaissait pas. « Parmi ceux qui peuvent se permettre, maintenant, de manger ici, il en est beaucoup trop qui ne savent pas faire la différence entre une sauce béchamel et du ketchup. Notre chef se console en pensant que nos anciens clients viennent toujours.

– Eh bien, si les restrictions ne l'empêchent pas de rester à la hauteur, rien ne pourra jamais le faire, dit Caro. Il paraît qu'on va aussi rationner la viande... Je vais commander un tournedos, pendant qu'il y en a encore au menu. »

Elle leva les yeux et vit ses parents à l'entrée de la salle. « Oh, les voilà! » s'exclama-t-elle en se tournant vers David. « Vous allez sûrement leur plaire.

– Je l'espère. » David se leva; un serveur arriva, précédant Caroline et Beau.

Pendant les présentations et la commande des apéritifs, Caro regarda sa mère qui étudiait David. Elle essaya de le voir par ses yeux : la peau claire, des yeux bleus, une épaisse crinière brune. Pas vraiment beau, mais attirant. Très attirant, dirait-elle. A ce moment, les yeux de sa mère rencontrèrent les siens et Caro y lut un message : Mais il est beaucoup trop âgé pour toi! Très attirant... mais beaucoup trop âgé.

« Je suis vraiment content, docteur Selbin, dit Beau. Caro nous a beaucoup parlé de vous et nous avions hâte de faire votre connaissance. »

Caro jeta un regard plein de gratitude à son beau-père. Quel chic type! On pouvait toujours compter sur lui pour faciliter les choses. « J'ai aussi beaucoup parlé de vous à David, dit-elle. Ainsi que de la ferme et de Beau-Chêne, si bien qu'il a l'impression d'y être déjà allé.

– Il faut venir chez nous, un jour, avec Caro, dit Beau. Est-ce que vous chassez? La saison des canards commence dans quelques semaines. »

David rit d'une manière si chaleureuse et si franche que Caroline, en dépit de son anxiété, se sentit attirée par lui. « Il n'y a pas beaucoup de canards dans la Cinquième Avenue, monsieur Langlinais. Je les raterais probablement tous, mais j'aimerais bien essayer.

– Bon, on va organiser quelque chose. »

Les boissons arrivèrent et la conversation passa à d'autres sujets.

« Caro me fait sortir de ma coquille », dit David après que la jeune fille eut posé une question sur un nouvel écrivain qu'il avait connu à l'université. « Elle a une très bonne influence sur moi.

– David ! » s'écria Caro.

Caroline se pencha et lui toucha la main. « Docteur Selbin, je ne pense pas que vous ayez besoin d'aide en ce domaine. Vous êtes tout à fait comme Caro nous l'avait dit et je suis ravie de faire votre connaissance. »

Beau entendit Caro soupirer de soulagement; l'atmosphère se détendit et la conversation se fit plus personnelle.

« Je vais tourner les projecteurs sur Caro, maintenant, dit David. Savez-vous que son atelier a lancé un navire de dix mille cinq cents tonnes en un temps record ? Quatre jours et quinze heures et demie après la pose de sa quille !

– Caro, c'est merveilleux ! s'exclama sa mère. Je ne comprends absolument rien à tout cela, ton travail m'échappe totalement, mais je sais tout de même reconnaître un record impressionnant.

– Je dois avouer que nous étions toutes très fières, dit Caro. On passe des jours et des jours à faire les mêmes gestes. On a besoin de choses comme ça pour se remonter le moral.

– Je suis désolée pour toi, dit Caroline. Tous ces hommes !

– Oh, maman, je t'en prie ! Comme si quelqu'un pouvait me trouver attirante dans mon pantalon de travail, les cheveux dissimulés par un foulard ! Notre chaîne de montage est à peu près aussi séduisante qu'une bande de filles de ferme. Mais je vais te dire une chose... » Ses joues s'empourprèrent brusquement. « ... Le contremaître nous a dit, l'autre jour, que nous étions aussi efficaces que des hommes, et qu'il était content que nous soyons là! » Elle tendit les mains en parlant : ses ongles étaient coupés ras. Caroline les regarda et s'imagina facilement l'allure que devait avoir sa fille au travail : une chemise et un pantalon informes; pas un cheveu de visible; aucun bijou; rien de flottant qu'une machine pourrait happer. Seules les joues et les lèvres rouges des très jeunes filles signalaient leur féminité, comme de petits drapeaux personnels dans un océan de brun grisâtre.

« C'est étonnant ce que les cuisines de Chez Arnaud nous offrent encore, en dépit de la pénurie actuelle », dit Caroline en inspectant les assiettes que le garçon apportait. « Ça a l'air délicieux. Et j'ai vraiment faim; j'ai passé l'après-midi à l'hôpital, au chevet d'Annette, et je n'ai pris qu'une tasse de bouillon à midi.

– Comment va tante Annette? » demanda Caro. Elle se tourna vers David. « Vous vous souvenez? je vous ai dit qu'elle était tombée la semaine dernière et s'était cassé le col du fémur.

– Toujours aussi entêtée et impatiente, continua Caroline. Mais je me fais du souci... elle n'a pas l'air bien du tout. »

Puis la conversation dévia et ils tournèrent leur attention vers les plats succulents qui leur étaient proposés.

« Nous allons rejoindre notre lit, ta mère et moi », dit Beau à la fin du dîner. « Vous voudrez bien nous excuser.

– Mais bien sûr, monsieur », dit David en se levant aussi. « Ce dîner m'a plu infiniment. Merci de m'avoir invité.

– Tout le plaisir était pour moi », répliqua Beau

qui se pencha pour embrasser Caro. « Amuse-toi bien, chérie.

– Merci, papa. »

Caroline vint également embrasser sa fille. « Tu as l'air fatiguée. Ne te couche pas trop tard.

– Je vais organiser une partie de chasse », dit Beau en serrant la main de David.

« Nous ne pouvons pas vous promettre qu'il y aura des canards », dit Caroline en lui tendant la main.

« Je serais très heureux d'y participer. Si nous avons quelques jours de congé ensemble, Caro et moi, je me précipiterai chez vous. »

Ils regardèrent Caroline et Beau traverser la salle, s'arrêtant presque à chaque pas pour répondre à ceux qui les saluaient.

« Votre beau-père est un homme joliment important, ici.

– Oui. Je l'oublie parfois. Je veux dire : pour moi, c'est seulement père, vous comprenez ?

– Et pourtant, vous vous rappelez ce que vous m'avez dit, un jour ? Vous étiez si convaincue de son pouvoir que vous pensiez qu'il percerait le mur de silence dressé par Hitler. »

Elle n'eut pas besoin de lui demander à quel jour il faisait allusion. Depuis l'après-midi où il lui avait parlé de sa famille, tout avait changé entre eux. Lorsqu'ils étaient dans un groupe, elle pensait : Je sais de lui quelque chose que les autres ignorent. Elle s'imaginait que c'était un peu comme lorsqu'on a eu des rapports amoureux avec quelqu'un pendant très, très longtemps; on connaît de son corps tout ce qui est caché aux autres. Pourtant elle repoussait cette analogie. Parce que, si elle continuait à se sentir si proche émotionnellement de David, pendant combien de temps encore pourrait-elle refuser l'intimité physique qui s'ensuivait si naturellement ?

« C'est rudement difficile de lui emboîter le pas, dit David.

– Que voulez-vous dire ?

– Tout le monde n'a pas sa fortune, sa position sociale.

– Je ne m'attends pas à les avoir.

– Mais vous avez grandi avec. Vous vous y êtes habituée. Pourriez-vous vous en passer ?

– Bien sûr que je m'en passerais ! » Elle secoua la tête pour rejeter en arrière les abondantes vagues de sa chevelure. « Me prenez-vous pour une jeune fille gâtée incapable de s'en tirer toute seule ?

– Je pense qu'il est parfois difficile de renoncer à des choses qui en sont venues à faire partie de soi-même, répondit lentement David. C'est pareil pour moi, et il doit y en avoir auxquelles je ne pense même pas et qui influencent ma conduite.

– Vous avez mis le doigt sur mon problème.

– Notre problème. »

Les yeux de Caro rencontrèrent les siens, puis se détournèrent. « Ecoutez, je ne sais pas ce que vous en pensez, mais j'aimerais bien entendre un peu de jazz. Vous êtes partant ?

– Vous changez de sujet, hein ?

– Quel sujet ? » dit-elle en le regardant maintenant droit dans les yeux.

« Nous ne pouvons pas éluder éternellement la question, Caro. » Il se leva. « D'accord. Où voulez-vous aller ?

– A Preservation Hall. L'endroit est affreux mais on y entend la meilleure musique de La Nouvelle-Orléans.

– Bon », dit David en lui présentant son bras. « Cela me changera peut-être les idées. »

Les rues de la ville étaient pleines de marins dont les bateaux faisaient escale au port et de soldats de la base militaire rénovée. Il y avait plus d'hommes en uniforme qu'en civil dans les groupes qui stationnaient devant les boîtes de strip-tease et les bars où l'on jouait du jazz, et Caro prit conscience des regards critiques que les hommes jetaient sur David.

« Ça ne vous ennuie pas qu'on vous regarde comme ça ? demanda-t-elle. Que les gens se demandent pourquoi vous n'êtes pas en uniforme ?

– J'en ai pris l'habitude. Je suis prêt à servir là où l'on a besoin de moi, et il se trouve que pour le moment c'est ici. Et peu m'importe l'opinion des autres. » Il regarda Caro pour voir comment elle allait réagir à ce qu'il s'apprêtait à ajouter. « Je crois qu'aussitôt terminé mon internat, je vais passer en priorité sur la liste des appelés.

– David !

– Les maladies tropicales, c'est une spécialité dont on a besoin en ce moment. Dans le Pacifique, la maladie est tout autant notre ennemie que les Japonais. La malaria et la dysenterie causent autant de pertes que les tireurs d'élite embusqués dans la jungle.

– Je ne veux pas y penser. Du moins, pas maintenant. »

Ils arrivèrent à Preservation Hall et se joignirent à la queue qui attendait que le morceau se termine. Des applaudissements éclatèrent, suivis par un mouvement de foule, et, entraînés par elle, ils se retrouvèrent assis sur des bancs de bois disposés en gradins autour d'une petite pièce. Au piano, une Noire effleurait les touches, essayant des accords, envoyant des ondes harmonieuses vers le plafond bas. Le batteur fumait près de ses instruments et le clarinettiste, assis à une fenêtre ouverte, sirotait un whisky. Une odeur de bière et de bourbon imprégnait ces lieux enfumés.

David ôta sa veste et desserra sa cravate : on

était à la fin de septembre et il faisait aussi chaud qu'en plein été. Il regarda Caro dont le corps se tendait vers les musiciens. Sa robe de soie bien coupée soulignait la rondeur de ses seins et de ses hanches. Il la désira comme il n'avait jamais désiré une autre femme. Elle se retourna vers lui et sourit.

Il mit le bras autour de sa taille et l'attira à lui. « Vous êtes une sorcière. Une ravissante sorcière.

– Non. C'est le vaudou de La Nouvelle-Orléans. J'ai jeté un sort sur vous et je ne vous laisserai jamais partir.

– J'en suis ravi. »

Les accords du piano invitèrent les autres exécutants à se joindre à lui; un par un, chaque instrument se glissa dans la musique tissée par la femme; et David et Caro devinrent un élément de ce fil d'or.

L'autobus avançait en cahotant sous la pluie; ses essuie-glaces balayaient le pare-brise huileux. Caro courut les quelques mètres qui la séparaient de l'arrêt et prit place au bout de la queue. Sa boîte à sandwiches lui heurta la hanche lorsqu'elle se débattit avec son parapluie pour le fermer; l'eau froide qui s'était accumulée dans ses plis se répandit sur son pantalon dont le tissu mouillé et froid vint se coller à ses jambes.

« Vous avez bien failli le rater, aujourd'hui », lui dit l'une des habituées du bus. Elle regarda autour d'elle : pas la moindre place de libre. « Et vous allez rester debout. » Elle se poussa un peu pour que Caro puisse prendre appui sur son siège. « Je peux vous débarrasser de vos affaires, si vous voulez.

– Merci. » Caro lui tendit sa boîte et accrocha son parapluie à son dossier. Les mains enfin libres, elle s'agrippa de l'une à la barre et de l'autre au montant du siège. L'autobus menait sa course d'obstacles au long des rues semées de nids-de-poule, qui semblaient pires chaque matin. Caro s'arc-bouta contre les secousses et quitta, en esprit, l'atmosphère confinée du bus pour revivre la soirée de la veille.

Elle n'avait pas assez dormi parce qu'elle était restée jusqu'à une heure du matin avec David. Chez elle. Annette était morte dans les premiers jours d'octobre en léguant sa maison à Caroline et celle-ci avait proposé à Caro et à deux de ses amies de s'y installer. Le cousin Robert avait déniché une certaine Miss Jennings qui leur servait de chaperon et de gouvernante, et cela faisait plus de six semaines qu'elles avaient emménagé. La veille au soir, ils avaient pendu la crémaillère; David avait trouvé deux côtes de bœuf et Caro ouvert une bouteille de bordeaux mouton-rothschild de la cave d'Annette. Ruth Carrithers et Babs Longwood, ses compagnes, étaient sorties et Miss Jennings s'était retirée tôt avec un petit rhume et un grog bien chaud que Caro l'avait obligée à boire.

Elle sentait encore le corps de David contre le sien. Ses mains sur son cou qui la caressaient. Ses lèvres sur les siennes, sa langue qui explorait sa bouche. Là, dans le bus cahotant, Caro éprouva de nouveau cette excitation amoureuse qui l'avait habitée toute la soirée. Puis elle repoussa ces sensations, aussi violemment qu'elle s'était arrachée aux mains et aux lèvres de David, reculant à l'autre extrémité du divan, le regardant fixement comme si elle avait vu en lui sa propre réaction, qui l'avait surprise. Il lui avait fallu un moment pour retrouver son souffle et calmer les battements de son cœur. David ne lui avait pas rendu les choses faciles.

« Bon Dieu! Caro, avez-vous une idée de ce qui m'arrive quand vous m'embrassez comme ça?

– Non. » Puis, parce qu'elle ne pouvait pas lui mentir : « Peut-être que je ne... que je n'y ai pas pensé.

– Peut-être pas. » Il alluma deux cigarettes et lui en passa une. « Il va falloir que vous preniez une décision. Un moment vous êtes une femme et la minute suivante, vous vous conduisez comme une gamine qui flirte; et cela je ne peux pas le supporter, Caro.

– Je ne flirte pas! cria-t-elle.

– Peut-être pas sciemment. Mais, bon sang, Caro, je ne suis pas un camarade de lycée que l'on peut embrasser une ou deux fois puis renvoyer frustré dans sa chambre.

– Je n'ai pas envie de me conduire comme ça avec vous, David. Je... Pardonnez-moi. Je ne suis jamais sortie avec quelqu'un comme vous. Je ne sais pas comment faire. »

Il s'était rapproché d'elle et l'avait prise dans ses bras en riant. « Vous savez joliment bien ce qu'il faut faire, c'est cela qui me rend fou.

– Moi aussi, David, cela me rend folle. »

Il la regarda un long moment, puis il se pencha et l'embrassa; un tendre et doux baiser. « Bon. Alors je peux encore espérer. »

Et maintenant Caro pensait à toutes les heures, à tous les jours peut-être, qui allaient s'écouler avant qu'elle revoie David. « La barbe! » dit-elle tout haut.

Ils étaient arrivés aux chantiers Higgins et l'autobus ralentit, prenant la file des autres véhicules qui déversaient les travailleurs au poste de garde où ils devaient justifier de leur identité. Elle baissa les yeux sur le badge épinglé à sa combinaison : « Caroline Annette Hamilton, 1,66 m, 53 kg, 343, Calliope Street, La Nouvelle-Orléans, Louisiane. » Tout en suivant la foule qui descendait du bus, elle regarda sa photo, dans un coin de la carte. Etait-ce l'image d'une femme indépendante ou d'une gamine? Pour la première fois, elle comprit qu'elle seule devait en décider; qu'elle avait vraiment le choix. Devenir une femme, ce ne serait pas facile. Le terrain qu'elle parcourait en ce moment n'avait ni jalons ni carte. David s'était offert comme guide... La vraie question, c'était peut-être : pouvait-elle ou non compter sur lui pour effectuer une bonne traversée?

Caro gagna rapidement sa place à la chaîne de montage. Ils étaient en train de travailler sur des péniches de débarquement Eurêka, l'un des deux modèles conçus par Andrew Jackson Higgins. L'Eurêka était un canot automobile de onze mètres de long avec un avant en forme de spatule; son hélice était protégée par une espèce de gouttière pour qu'elle ne soit pas endommagée lors d'un débarquement sur une plage. L'autre modèle que l'on construisait sur le chantier était un bateau lance-torpilles surnommé « Moustique » par les Anglais. Long de vingt à vingt-cinq mètres, il atteignait une vitesse de quatre-vingts kilomètres à l'heure et portait un arsenal impressionnant, comprenant deux canons antiaériens, un troisième capable de percer un blindage, quatre lance-torpilles et huit grenades sous-marines. Le liberty-ship à la construction duquel avait participé Caro en juillet dernier avait été le premier et le dernier monté sur les chantiers Higgins : le contrat avait été résilié à la fin de l'été et maintenant ils ne se consacraient plus qu'aux très petits bateaux.

Travailler sur des cargos, des lance-torpilles ou des péniches de débarquement ne faisait guère de différence pour Caro; le fait que des hommes qu'elle connaissait pourraient un jour se trouver sur le bateau qu'elle construisait l'aidait à tenir.

Son désir de bien travailler, désir partagé par tous les ouvriers volontaires, avait été merveilleusement stimulé par une anecdote touchante : durant l'attaque sur Guadalcanal, un marin dont le bateau avait coulé avait survécu grâce à une ceinture de sauvetage vérifiée, emballée et estampillée par sa propre mère, dans une usine de sa ville natale.

Les haut-parleurs disposés au-dessus de la chaîne de montage rugirent les dernières notes de *La Bannière étoilée* et les bruits des machines prirent le relais.

« Qu'est-ce qu'on fête? demanda la jeune fille qui travaillait à côté d'elle.

– Pardon? » dit Caro sans tourner la tête; une attention absolue à sa tâche était indispensable, et elle avait décidé dès le début que son travail ne serait jamais expédié à l'établi où l'on refaisait les pièces bâclées.

« La musique. *La Bannière étoilée?*

– On la passe chaque fois qu'on reprend le travail », dit Caro, puis elle se replongea dans le hurlement des moteurs et la plainte stridente de l'outil qu'elle utilisait.

A la première pause, sa voisine la suivit aux toilettes. « Au moins, c'est propre, dit-elle. La décoration, c'est une idée de Higgins? » Elle désignait d'un geste du pouce le portrait de Hitler épinglé sur l'un des murs. Sa légende proclamait : « Allons, ma vieille. Ne te presse pas. Chaque minute que tu perds ici nous rend drôlement service. »

Caro éprouva une profonde antipathie pour sa compagne. Bien qu'il lui fût arrivé de plaisanter en décrivant son nouveau lieu de travail à David, elle s'entendit répondre froidement : « Si des milliers d'ouvriers perdent une seule minute à chaque pause, cela fait pas mal d'heures.

– Sans blague. J'ai rien contre. Je m'en moque

de ce que le vieux met sur ses murs du moment qu'il met aussi du bon argent dans mon enveloppe. » Elle ôta son foulard et fit bouffer ses cheveux. « Je déteste porter ce machin. Ça me fait ressembler à m'man.

– Il vaut mieux le garder. On est tout le temps contrôlées. Il y a déjà assez d'accidents comme ça sans les chercher.

– Vous êtes joliment sérieuse, hein? » Elle regarda Caro. « Et puis vous parlez drôlement. Qu'est-ce que vous êtes, l'une de ces étudiantes qui viennent voir comment vivent vraiment les gens?

– Je suis une fille comme les autres. » Caro écrasa sa cigarette et se dirigea vers la porte.

« Ces souliers que vous avez, ils ont dû coûter drôlement cher, dit la fille en la rattrapant. J'ai travaillé dans un magasin de chaussures. Je reconnais du cuir italien à dix pas. »

Caro ne répondit pas; elle avait déjà subi des remarques de ce genre – et de plus agressives parfois – depuis qu'elle travaillait aux chantiers. Dès le bureau d'embauche, où l'on avait refusé de croire qu'une étudiante des beaux-arts de Newcomb pût avoir sérieusement l'intention de rester à une chaîne de montage assez longtemps pour justifier son engagement et sa formation. Elle avait dû expliquer à celui qui la recevait que les hommes ne devaient pas être les seuls à se sacrifier; l'ardeur de cette déclaration les avait tous deux gênés; et elle se demandait encore si c'était à cet entretien ou à une allusion qu'elle avait faite à son beau-père qu'elle devait d'avoir été, en fin de compte, embauchée.

Peu importait la raison, d'ailleurs. Elle avait franchi le cap de l'apprentissage. Elle avait supporté la méfiance de ses compagnes qui, en ces temps où l'essence et les pneus étaient rationnés, l'avaient vue arriver dans sa petite décapotable bleue, cheveux au vent et radio hurlante. Elle rougissait encore en se remémorant sa stupidité.

Caro avait commis une autre maladresse qu'elle ne parvenait pas à oublier. Elle travaillait à l'époque depuis deux mois aux chantiers et se prenait déjà pour une ancienne. Alors qu'elles étaient assises à plusieurs, en train de déjeuner, elle avait ouvert la boîte et déployé la serviette de table sur laquelle elle posait sa nourriture. Un silence particulier s'était installé jusqu'à ce qu'une voix dît : « Qu'est-ce que Mademoiselle du Grand Monde a pour son déjeuner aujourd'hui? Du faisan en gelée? Du caviar et du champagne? » Comprenant que c'était à elle que cela s'adressait, elle avait levé les yeux, un sandwich fin à la main. Tous les regards fixés sur elle ressemblaient à un cercle de fer; elle avait perçu des expressions allant de l'indifférence glacée à l'hostilité ouverte et la panique s'était emparée d'elle – pour laisser bientôt place à la colère.

« Je travaille aussi dur que vous. Pourquoi vous en prendre à moi?

– Mais pourquoi vous travaillez? demanda la meneuse. Vous prenez la place de quelqu'un qu'en a besoin pour vivre, Mademoiselle du Grand Monde.

– Ne m'appelez pas comme ça! » s'écria Caro, le visage rouge de rage. Elle avait l'impression d'avoir treize ans, d'être « la nouvelle » soumise aux brimades.

« Pourquoi on vous appellerait autrement? On a lu votre nom dans le journal du dimanche », répondit la femme d'une voix traînante. « " Mademoiselle Caroline Hamilton, la fille de Mme Claude Louis ' Beau ' Langlinais, la belle-fille du député ' Beau ' Langlinais ", un article sur un thé dansant au yacht-club, samedi. J'ai jamais été à un thé dansant, moi. Le week-end, je fais la lessive et je prépare de quoi manger pour mes gosses, pour toute la semaine. Alors, racontez-nous ça. Qu'on sache comment vivent les riches. »

Caro remit ses sandwiches dans sa boîte et s'enfuit, poursuivie par des rires qu'elle n'oublierait jamais. Il lui avait fallu du courage pour retourner à la chaîne, après la pause de midi, et beaucoup de volonté pour ignorer le torrent de sarcasmes de cette femme qui travaillait à deux postes d'elle. Quand, ce soir-là, elle arriva à sa voiture, quelqu'un avait cassé une douzaine d'œufs dedans; cuits par le soleil d'août, ils avaient durci sur le capitonnage de cuir.

Folle de rage, elle alla au poste de garde réclamer le journal posé sur un banc, l'étala sur le siège, mit le moteur en route et poussa le son de la radio au maximum. Elle prit le temps d'allumer une cigarette puis, la tête haute, sortit fièrement du parking.

Lorsqu'elle arriva à la maison, sa colère bouillonnait toujours. Elle franchit le seuil du salon presque en courant; Ruth et Babs étaient là, en compagnie de Miss Jennings, en train de se badigeonner les jambes de maquillage. « Les garces! » s'exclama Caro en commençant à raconter son histoire. Elle prit la limonade que lui offrait Miss Jennings et s'assit, attendant qu'on la réconforte. Ruth et Babs restèrent laconiques. Seule la femme de charge, horrifiée, fut d'accord avec elle pour dire que cette femme était impolie et vulgaire.

Incapable de changer de sujet, Caro insista : « Ruth, est-ce que les autres filles te traitent comme ça? » Ruth travaillait dans une raffinerie au bord de la rivière, Babs dans une usine de pneus non loin de là. Ni l'une ni l'autre n'avaient jamais relaté d'incident de ce genre, mais Caro en avait conclu, en y réfléchissant sur le chemin du retour, qu'elles étaient avec des femmes d'un niveau social plus élevé.

« Non, jamais », répondit Ruth. Elle étendit sa jambe et l'examina. « C'est bien étalé? »

Caro inspecta la teinture qu'elles utilisaient pour économiser les bas devenus rares. « Ça me paraît bien. N'importe comment, il va faire nuit et personne ne s'en apercevra. Mais pourquoi est-ce qu'elles me harcèlent comme ça? »

Ruth échangea avec Babs un regard qui l'excluait.

« Pourquoi est-ce que vous n'êtes pas exposées aux mêmes persécutions, Babs et toi? »

De nouveau ce regard. Puis Ruth se mit à déverser un flot de paroles sans quitter Babs des yeux. « Babs et moi, nous n'arrivons pas au travail au volant d'une petite décapotable. Une voiture offerte par nos parents. Nous n'avons pas un beau-père dont tout le monde a entendu parler. Nous ne sortons pas d'une vieille famille de La Nouvelle-Orléans; non seulement nous n'avons pas notre photo et notre nom dans le journal, mais nous espérons bien que cela ne se produira jamais car ce serait le signe que quelque chose de terrible nous serait arrivé. Nous n'apportons pas des sandwiches qui coûtent plus cher que ce que dépensent la plupart de ces femmes pour leur nourriture en une semaine. Nous ne portons pas de souliers italiens. » Elle s'arrêta. « Je suppose que c'est à cause de ça. »

Un long silence s'appesantit sur l'agréable salon encombré de meubles. Miss Jennings était brusquement très absorbée par le tablier qu'elle reprisait. Babs accordait toute son attention à la couture qu'elle dessinait sur son mollet. Ruth se dirigea vers le phonographe et commença à fouiller dans les disques.

« Tu veux dire que je suis une sale gamine

gâtée. » La gorge de Caro était sèche et elle but une gorgée de limonade qui rafraîchit sa bouche parcheminée.

« Non, je n'ai pas dit cela », répliqua Ruth. Elle mit l'appareil en marche et posa l'aiguille sur le disque. « Pas plus que n'importe quelle fille qui aurait ta fortune et ta position sociale. Mais écoute, Caro, il n'y en a pas beaucoup comme ça aux chantiers, y as-tu pensé? Je veux dire... as-tu la moindre idée de la vie que mènent les femmes avec lesquelles tu travailles? »

Durant un instant, Caro eut envie de jeter le contenu de son verre à la figure sévère de Ruth. Envie de la mettre à la porte, même. Ruth et Babs avaient de la chance, elles étaient les premières à le reconnaître. Elles avaient insisté pour payer un loyer, mais il était bien inférieur à celui d'une seule pièce dans une pension de famille. Ici chacune avait sa chambre et, comme elle, profitait du reste de la maison. Et puis c'étaient ses parents à elle qui payaient Miss Jennings, sous prétexte que c'étaient eux qui se faisaient du mauvais sang pour leur fille et qu'il n'y avait aucune raison pour que Ruth et Babs participent à des frais exceptionnels.

Puis sa colère s'éteignit.

« Non, dit-elle lentement. Je n'en ai pas la moindre idée. Bien sûr. Comment le pourrais-je?

– C'est vrai, reconnut Babs. Mais elles, elles ont une idée de la vie que tu mènes, Caro, et qu'elle soit vraie ou non elles l'ont tirée des pages d'un journal et de ce qu'elles entendent dire... » Elle sourit à Caro. « Ce n'est pas juste, on ne devrait pas s'occuper de ce que nous faisons en dehors du travail...

– Là n'est pas la question », l'interrompit Caro en se souvenant de ses remarques désinvoltes, de ses questions naïves. Avaient-elles vu le nouveau film avec Katharine Hepburn et Spencer Tracy, *La*

Femme de l'année? Est-ce que l'une d'elles était allée au concert donné par Hazel Scott, le pianiste classique qui jouait aussi bien du Beethoven que du Count Basie, Bach que le boogie-woogie? Ses joues s'embrasèrent en se rappelant le nombre de fois où elle avait annoncé que telle ou telle boutique avait reçu une livraison d'un maquillage devenu rare, au cas où elles auraient envie d'y passer après le travail. « J'ai... j'ai été vraiment stupide. Stupide et mufle. » Dans un élan de contrition, elle ajouta : « Je vais le leur dire, demain. Je vais m'excuser. »

De nouveau Ruth et Babs échangèrent un regard, mais cette fois elles vinrent la serrer dans leurs bras. « Chérie, dit Ruth, ne fais surtout pas ça.

– Que leur dirais-tu? demanda Babs.

– Que je... » Caro s'arrêta. Bien sûr, elle ne pourrait rien dire. « Mais que faire? Je ne peux pas continuer comme ça.

– Eh bien, répondit Ruth en lui souriant, je pense, Caro, que tu devrais utiliser tes talents artistiques pour te fondre un peu dans le paysage. Commence par laisser ta jolie petite voiture à la maison. »

Le premier jour où Caro était venue aux chantiers en autobus, il y avait eu des sifflets et des remarques ironiques. Ce même jour, lorsqu'elle avait sorti de sa boîte des sandwiches œufs-salade et des gâteaux achetés dans une épicerie ordinaire, les autres femmes avaient fait des commentaires sarcastiques. Mais Caro n'avait pas répondu. Elle avait retenu les répliques cinglantes qui lui montaient aux lèvres et elle était restée les yeux fixés sur son travail. Elle ne portait plus de foulards de soie imprimée aux brillantes couleurs mais des fichus trouvés au supermarché. Elle acheta des chemises et des pantalons kaki et un anorak de garçon. Elle ne put trouver de ces grossiers souliers lacés comme en portaient les autres femmes. « Vous avez les pieds trop étroits, madame, lui dit le vendeur. Vous auriez des ampoules. » Elle décida que le cuir italien n'était pas si voyant que ça, surtout à demi caché par son pantalon. Elle cessa de se maquiller, et cette concession-là fut la plus dure. Mais ses compagnes de travail finirent par l'accepter. Mieux... Un jour, au déjeuner, l'une d'elles lui offrit une part d'un gâteau au chocolat fabriqué avec des morceaux économisés en vue d'un anniversaire. A la pause, une autre lui proposa une cigarette. Elle lutta aussi fort contre les larmes qu'elle l'avait fait contre la colère, mais s'en tira très bien. Et, de retour à sa machine, elle se sentit plus heureuse que le jour où son portrait au fusain d'André avait remporté une récompense à l'exposition de printemps de Newcomb.

5

Novembre 1942

Le bruit du stade s'élevait, compact comme un mur. Les milliers de fans du match opposant l'équipe de l'Université d'Etat de la Louisiane à celle de l'Université de Tulane formaient un bloc compact et bruyant. Les supporters de l'UEL n'avaient pas besoin d'exciter la foule, qui chantait, criait, applaudissait les Tigres comme si elle eût encouragé les étudiants qui combattaient alors en Afrique du Nord.

« Ce n'est pas croyable! » dit Rosalinde en mettant les mains sur ses oreilles tandis qu'un rugissement éclatait.

« Attends la fin du match pour dire ça, cria Skye. Comme c'est l'UEL qui va gagner, ils arracheront probablement les poteaux de but. »

La famille de Rosalinde l'avait envoyée au Collège dominicain de La Nouvelle-Orléans; à l'abri derrière ses hauts murs, elle vivait dans un monde clos où la surveillante du dortoir vérifiait l'identité du jeune homme qui venait la chercher; ses heures de sortie étaient très limitées et très précises. « J'ai l'impression d'être un caniche dorloté au bout d'une laisse élégante mais trop courte », avait-elle dit à Skye. Heureusement, le match avait eu lieu le dimanche suivant les congés scolaires qu'elle avait passés à la maison, car sinon elle n'aurait probablement pas obtenu des religieuses la permission d'aller à Baton Rouge.

Rosalinde avait expliqué les règlements à Skye, d'une voix raisonnable, presque maternelle, la première fois qu'il lui avait téléphoné au couvent. « Pour cette semaine, il ne me reste même pas une heure de sortie. Si tu veux me rendre visite, je peux te voir un peu au grand parloir. » Son dortoir disposait de quelques petits parloirs où les plus âgées des étudiantes pouvaient recevoir leurs amoureux dans une demi-intimité – du moment que les portes restaient ouvertes. Mais Rosalinde et les autres élèves de première année ne disposaient que de la salle commune du dortoir. Après sa première visite, Skye avait immédiatement réservé toutes les heures de sortie de Rosalinde du mois suivant.

« Mais comment feras-tu pour venir aussi souvent ? avait-elle demandé. L'essence et les pneus sont rationnés... Skye, c'est de la folie !

– Je vais acheter des bons d'essence à des copains. Je veux être ici le plus souvent possible. » Il avait jeté un coup d'œil circulaire sur le parloir rempli de couples en train de danser, de jouer du piano ou d'échanger furtivement quelques baisers. « Tous les garçons de La Nouvelle-Orléans ne sont pas partis à la guerre. Je ne veux pas que l'un de ceux qui sont restés se fasse des idées à ton sujet.

– Quelles idées, Skye ? » Les yeux verts de Rosalinde pouvaient briller comme des émeraudes – ou lancer des éclairs glacés qui ravageaient le cœur de Skye.

« S'imaginer, par exemple, qu'ils peuvent te faire la cour. Je ne sors qu'avec toi, tu ne sors qu'avec moi, et je veux que tous les autres garçons le sachent. » Ses yeux se posèrent sur sa main gauche. Elle avait accepté sa bague mais ne la portait que quand elle était avec lui – et encore, dans ce cas, la passait-elle souvent sur une chaînette d'or et la laissait-elle disparaître au creux de sa gorge.

« Pourquoi ne la portes-tu pas au doigt? A quoi bon avoir...?

– Moi, je sais que je l'ai, l'interrompit-elle. Tu sais que je l'ai. Pourquoi les autres devraient-ils aussi le savoir?

– Mais parce que je le veux.

– Et moi, non », trancha-t-elle.

Elle était venue se blottir dans ses bras et, ce soir-là, quand sa main attirée irrésistiblement par son sein était venue s'y poser, elle ne l'avait pas repoussée. Il avait pu la caresser au travers du tissu de sa robe; jusque-là, c'était tout ce qu'il avait pu obtenir.

Le coup de pistolet signala que la partie était terminée et les fans, debout sur les côtés, se précipitèrent sur le terrain tandis que les deux équipes partaient en courant. Le tableau des scores marquait : « UEL 18, TULANE 6 ». Ce n'était pas une victoire écrasante mais, en cet automne 1942, elle suffisait pour déclencher une réaction exubérante. Avec de grands craquements, les poteaux enveloppés de tissu violet et doré s'abattirent sous l'assaut enthousiaste des fans pendant que l'orchestre de l'UEL jouait une marche militaire triomphante.

« Sortons d'ici », dit Skye. Guidant Rosalinde dans la foule, il repéra Emilie et Gennie avec leurs compagnons, quelques rangées en dessous d'eux. Il savait que son père et sa belle-mère étaient quelque part dans la foule qui ondulait et serpentait vers les sorties.

Il y avait une fête à son dortoir. Les associations d'étudiants avaient depuis quelque temps constitué une caisse que l'on avait utilisée pour engager un bon orchestre, en remplacement du juke-box habituel. La plupart des mères avaient répondu aux appels au secours en fournissant des aliments. Avec les quelques boissons alcoolisées dissimulées dans les vestiaires et sous les sièges de voiture, qui seraient versées dans les verres de Coca pendant que les responsables regarderaient ailleurs, cela promettait d'être une sacrée fête.

« Durant toute la soirée, tu ressemblais à un chat qui aurait avalé un canari », dit Rosalinde à Skye. Ils avaient à peine quitté la piste et l'orchestre enchaînait morceau sur morceau. « Quand vas-tu le recracher? »

Skye s'écarta légèrement d'elle afin de voir son visage. « T'ai-je dit que tu étais particulièrement sensationnelle, ce soir?

– Si tu l'as fait, je l'ai oublié. Redis-le-moi. » Il lui chuchota quelque chose à l'oreille et regarda la rougeur envahir lentement sa peau blanche.

« Skye Langlinais, je vous en prie », dit-elle, mais son air satisfait démentait cette protestation.

Son costume tailleur de laine verte mettait en valeur ses yeux et sa silhouette; et Skye se dit que les joueurs auraient été incapables de gagner s'ils avaient pu la voir. En regardant ses hanches onduler, ses seins tendre le tissu de son corsage, il pensa : Dieu merci, elle est dans une école religieuse! Puis il s'imagina avec elle, au lit, ses yeux verts enflammés brusquement.

« Tu ne vas pas m'astreindre au couvre-feu, hein? » chuchota-t-il en la serrant plus étroitement.

Rosalinde repoussa une boucle de cheveux qui s'était échappée de sa coiffure en casque.

« Je suis chez ma tante. Elle m'attend à la maison à une heure raisonnable.

– Qu'est-ce que c'est, une heure raisonnable?

– Une heure du matin. » Il vit une petite étincelle s'allumer dans ses yeux. « Je lui ai dit que la fête durerait tard. »

Il attendit d'être stationné face à l'un des étangs du campus pour allumer la radio et mettre de la musique douce. Puis il la prit dans ses bras et l'embrassa longuement. Il sentit ses lèvres s'entrouvrir, son corps s'animer dans ses bras. Sa main remonta jusqu'à sa gorge; l'épaisseur de la veste, s'ajoutant à celle du corsage et de la combinaison, constituait une barrière trop gênante. Il glissa la main dessous et trouva la douce soie qui moulait son sein. Le mamelon durcit sous ses doigts. « Déboutonne ton corsage », dit-il d'une voix rauque qu'il ne se connaissait pas.

« Non. » Rosalinde se redressa en le repoussant. Elle le regarda comme si elle l'évaluait. « Donne-moi une cigarette. »

Il en alluma deux et lui en tendit une en essayant de retrouver son calme. Mais il lui en voulait encore.

« Je vais entrer dans l'Air Force juste après Noël. Je voulais que tu sois la première à l'apprendre.

– L'Air Force! »

Sa réaction lui plut; il aurait voulu voir l'expression de ses yeux.

« Tu n'es pas assez âgé. Tu n'auras vingt ans qu'en avril de l'année prochaine.

– La semaine dernière est passée au Sénat une loi abaissant la limite d'âge à dix-huit ans. Il est certain que le Président va la signer. Donc, pas de problème, Rosalinde. »

Elle posa la main sur son bras. « Attends d'être appelé, Skye, ne t'engage pas.

– Pour me retrouver vautré dans la boue? Me bagarrer dans la jungle où l'on ne voit pas à trente centimètres devant soi? Creuser un terrier et rester là à attendre que l'aviation me couvre, que l'artillerie tire pour moi? Ce n'est pas mon style, Rosalinde. Je veux voler. » Sa voix avait une tonalité qu'elle ne lui connaissait pas et elle comprit, pour la première fois, qu'il y avait en Skye Langlinais des zones dont elle ignorait encore tout. « Je veux piloter un P-37 ou un bombardier. Je veux regarder par mon cockpit et ne voir que les nuages et le ciel...

– Et les avions ennemis. Les canons antiaériens de l'ennemi.

– On ne participe pas à une guerre sans risquer sa vie. Et puisque je dois courir des dangers, je préfère que ce soient ceux-là.

– Est-ce qu'on n'est pas très exigeant pour le recrutement des pilotes? Tu es sûr qu'ils vont te prendre? » Son univers était ébranlé et cela l'étonnait : Skye devait compter plus pour elle qu'elle ne le croyait; il faudrait qu'elle y réfléchisse.

« J'ai déjà passé l'examen médical. Sans problème. » Il se tourna vers elle et la reprit dans ses bras. Elle savait que son exubérance n'avait rien à voir avec elle – sa voix excitée et même ce baiser passionné se nourrissaient d'autre chose. Elle soupira; que cela lui plût ou non, Skye était maintenant engagé dans un autre genre de guerre qui ne serait jamais son alliée.

Henri suivait sa mère et Beau en traînant les pieds dans les feuilles tombées. Il était venu à Baton Rouge pour le match, Skye lui avait trouvé une cavalière, et en ce moment même il aurait dû être à la fête donnée au dortoir de son frère au lieu de traîner derrière leurs parents. Mais la jeune fille avait appelé la veille, tôt le matin, en larmes, pour dire que sa grand-mère était morte et qu'elle devait annuler leur rendez-vous. Comme il était alors trop tard pour trouver une autre cavalière, Skye lui avait proposé de venir au match et au bal avec Rosalinde et lui, mais Henri avait refusé. Sortir avec Skye quand il était lui-même accompagné d'une jeune fille, d'accord, mais être seul à la fête de quelqu'un d'autre, non. Aussi, quand sa mère l'avait pressé de s'installer avec eux dans les premiers rangs, avait-il accepté. Le plaisir d'être assis à une place en vue avait été quelque peu gâché par toutes ces personnes plus âgées ne lui prêtant aucune attention. Ensuite il avait accompagné Beau et Caroline à quatre réceptions, et maintenant il venait de descendre de voiture avec un air de martyr.

« Redis-moi qui sont ces Mitchell », demanda Caroline à Beau en s'arrêtant sur les marches du perron. « Pour ces sorties dans ton milieu professionnel, il me faudrait un programme avec les noms des joueurs.

– Mitch est arrivé ici avec la Standard Oil », répondit Beau en tournant la tête afin d'introduire Henri dans la conversation. Ses yeux lancèrent un sévère avertissement à son beau-fils : Tiens-toi bien et ne fais pas honte à ta mère. « C'est un expert-conseil en pipelines, mais il mène toutes sortes d'autres affaires en même temps... C'est l'un de ces dynamiques Yankees. Sa femme a été chanteuse d'opéra; il paraît qu'elle a fait une jolie carrière.

– Vingt minutes, pas plus, dit Caroline. Ensuite nous irons nous détendre chez les Thériot.

– J'ai dit à Mitch que nous ne ferions que passer. » Beau sourit à Henri. « Les Thériot ont deux jeunes filles. Je pense qu'il y aura des jeunes de ton âge. »

Beau essayait de se montrer gentil. Il ne tenait jamais compte des bouderies d'Henri; il éprouvait même une certaine sympathie pour lui. Mais Henri le trouvait condescendant – le beau père qui laisse tomber quelques miettes pour le mendiant qui attend à la porte. Il suivit sa mère sur les marches d'une maison quelconque, de plus en plus en colère et décidé à filer de son côté dès qu'ils en repartiraient.

Un gros homme jovial, aux joues rubicondes, les accueillit sur le seuil. « Entrez. La fête bat son plein.

– Caroline, je te présente Mitch Mitchell. Voici ma femme Caroline, et son fils Henri. »

Ils suivirent leur hôte qui entra dans un charmant salon; bien que les Mitchell eussent loué la maison meublée, sans l'avoir vue, comme beaucoup de ceux qui affluaient à Baton Rouge, la femme de Mitch avait su apporter assez de détails personnels pour lui donner un certain cachet. « Sallie est là », dit-il en montrant du geste une véranda qui ouvrait sur le salon. « Madame Langlinais, je vous laisse vous présenter toute seule, vous et votre fils, et moi je vais montrer à Beau où est le buffet. »

Sallie Mitchell, debout dans l'embrasure de la porte, entre le salon et la véranda, se retourna soudain et Henri tressaillit. Ses cheveux roux ondulaient sur son front pâle; ses yeux, mis en valeur par d'épais cils noirs, étaient d'un vert si intense et si brillant que le jeune homme en éprouva une espèce de commotion physique. Le décolleté de sa robe laissait voir le creux de sa gorge et sa jupe dessinait ses hanches et ses longues jambes minces. Elle rit et s'avança vers eux, les mains tendues.

« Je suis Sallie Mitchell. Vous êtes Caroline Langlinais, n'est-ce pas? Je vous ai vue entrer avec Beau. » Elle pencha la tête sur le côté en regardant Henri. « Mais je ne sais pas qui est ce charmant jeune homme...

– C'est mon fils, Henri Hamilton.

– Comme c'est gentil d'être venu rajeunir notre petite réception », dit-elle en prenant la main d'Henri entre les siennes. « J'allais justement chanter un peu. Venez m'écouter. » Elle ne lui avait toujours pas lâché la main.

Beau arriva avec des boissons. « Ai-je bien entendu parler d'un concert? Nous arrivons au bon moment. »

Caroline jeta à Beau un regard qui semblait dire : N'oublie pas que nous ne restons pas longtemps, un regard que Sallie intercepta et comprit. Elle avait classé Caroline au premier coup d'œil; la robe de lainage élégante avec le manteau assorti, l'attitude presque royale lui avaient appris, aussi clairement que si elle l'avait connue depuis des années, que cette femme était le produit de l'éducation et du bon goût. Mais quelque chose d'autre avait éveillé son hostilité. Sallie avait l'habitude d'être la femme la plus séduisante de toutes les assemblées. Elle n'était pas d'une beauté classique, mais la vivacité de son visage et la sensualité affichée de son corps, combinées à l'effet que produisaient ses cheveux roux et ses yeux verts, reléguaient les autres femmes dans l'ombre. Elle avait rarement affaire à une rivale de la qualité de Caroline Langlinais, qui possédait non seulement le charme et la grâce d'une grande dame mais encore une aura de sexualité inconsciente, dont Sallie avait pu constater l'effet sur son mari lorsqu'il avait accueilli le couple. Le ressentiment de Sallie face à toute concurrence s'était alors éveillé. Quand elle intercepta le petit échange de regards entre Beau et Caroline, ce ressentiment se changea en aversion. Dès la première fois où Mitch avait ramené Beau Langlinais à la maison pour prendre un verre, Sallie avait jeté son dévolu sur lui. Elle l'avait imaginé marié à ce type de provinciale terne qui rendait son époux avide de trouver du piment ailleurs. Mais en étudiant Caroline, elle sut tout de suite que Beau verrait peut-être ses avances mais n'y répondrait jamais. Humiliée, furieuse, elle se jura d'avoir sa revanche, à n'importe quel prix, et pour commencer, elle décida de les retenir contre leur gré. Elle se tourna vers Henri : « Venez me tourner les pages. Je vous ferai signe au bon moment. »

Le jeune homme se sentit brusquement le centre de l'attention des adultes. Sa mère lui lança un coup d'œil lui intimant de refuser. Comme s'il ne voyait rien, il sourit à Sallie. « Vous prenez un gros risque, madame. Mes capacités musicales consistent à mettre un disque sur un phonographe.

– Je suis prête à le courir, ce risque. Venez. »

Elle se dirigea vers la véranda qu'elle avait transformée en salon de musique. Dans un angle, il y avait un piano quart-de-queue recouvert d'un châle espagnol; des coussins de soie multicolores débordaient des fauteuils et des canapés en osier, des tapis de couleurs vives éparpillés sur les dalles noires complétaient le décor. Sallie ouvrit le piano, étala sa jupe de lamé et tapota le siège à côté d'elle. Henri s'assit lentement, les yeux fixés sur son visage. Il ne comprenait pas la tension qui régnait dans la pièce, ni pourquoi sa mère se tenait si droite, le menton relevé, comme prête au combat. Il se dit qu'elle devait être lasse de ces réceptions professionnelles et que père était désolé de l'y avoir contrainte. Puis il sentit la douce main de Sallie Mitchell se poser sur la sienne et il oublia ses parents. Après tout, c'étaient eux qui lui avaient demandé de venir! Ils lui avaient recommandé d'être poli, de participer. Quoi de plus poli que d'aider leur hôtesse à distraire ses invités?

Les doigts aux ongles rouges de Sallie se mirent à courir sur les touches. Puis elle leva la tête, mettant en valeur les rondeurs de sa gorge, et commença à chanter. Caroline reconnut aussitôt des chansons françaises de salon au romantisme facile, et elle fit une petite moue de dédain. Mais un coup d'œil sur le visage de son fils changea son mépris en inquiétude.

Henri était fasciné par Sallie dont la poitrine semblait se gonfler de musique. Son décolleté bâillait lorsqu'elle se penchait en avant; assis près d'elle, Henri pouvait voir la dentelle crème de sa combinaison. Les yeux de la femme étaient fixés sur son auditoire mais il sentait la légère pression de son corps tout en tournant mécaniquement les pages à son signal.

Lorsque le récital fut terminé, Sallie attendit que meurent les applaudissements puis referma le piano. « Merci, Henri, dit-elle en lui jetant un long regard froid où la glace commençait pourtant à fondre. Vous vous en êtes mieux tiré que je ne pensais. »

Henri se sentit rougir et se leva en hâte, soudain prêt à fuir cette femme qui, bien que plus jeune que sa mère, était certainement plus âgée que lui. « J'y ai pris beaucoup de plaisir, répondit-il très raide. Vous chantez très bien, madame. »

Sallie se leva aussi, en souriant d'un air taquin. « Madame? Je ne suis pas votre aînée à ce point. Mon prénom est Sallie. Passez me voir un jour et nous ferons de nouveau de la musique ensemble. »

Beau se tourna vers Mitch, debout à côté de lui. « Je vous appellerai lundi, au sujet de cette affaire. Je crois que Henri pourrait y travailler avec vous. Merci de nous avoir invités. »

Lorsque Henri sortit avec ses parents, les ténèbres étaient plus épaisses, la nuit silencieuse, et l'air, après l'atmosphère surchauffée de la demeure des Mitchell, lui parut frais et vif.

« Eh bien, Henri, dit Caroline lorsqu'il tint la

porte ouverte pour elle. J'ai vu que tu t'amusais bien. » Il sentit sa mauvaise humeur et, d'instinct, il rit d'un air insouciant tout en s'installant sur le siège arrière. « Au moins là, il y avait une attraction. Mme Mitchell a une jolie voix. Mais je me demande si elle est aussi bonne chanteuse qu'elle le croit. » Il regarda sa mère et sourit. « Je pense qu'elle n'est plus de la première jeunesse, n'est-ce pas ?

– Oh, je suppose qu'elle a encore quelques belles années devant elle. » Caroline se sentait rassurée de ne lire sur le visage de son fils qu'un intérêt poli. Mais, juste pour voir si les hommes ne s'étaient pas fait avoir par Sallie, elle se tourna vers Beau. « Tu ne m'avais pas dit que Sallie Mitchell était si séduisante. »

Beau se pencha vers sa femme et l'embrassa, puis lui prit la main et la serra. « C'est à Mitch que j'ai affaire. Je n'ai vu son épouse qu'une ou deux fois. » Il haussa les épaules. « Elle est assez jolie, je suppose, quoiqu'un peu dure. » Henri vit Beau sourire tendrement à sa mère et il se sentit seul sur la banquette arrière trop vide. Caroline se rapprocha de son mari et se serra contre lui. Et bien qu'elle chuchotât, la bouche près de son oreille afin qu'Henri ne pût entendre, il saisit des lambeaux de phrase : « ... Pas trop longtemps... rentrer à l'hôtel. »

Cette intrusion dans le monde secret des adultes ramena ses pensées vers Sallie Mitchell.

Comme pour souligner le fait que le monde était sens dessus dessous, il fit incroyablement chaud pendant la semaine de Noël; les roses s'épanouirent à foison et les moustiques sortirent en masse des bayous, tandis que se desséchaient le grand sapin et les branches de houx décorant la ferme et Beau-Chêne.

David et Caro se débrouillèrent pour obtenir trois jours de congé et débarquèrent l'avant-veille de Noël. David se croyait prêt à affronter la maisonnée des Langlinais mais, le temps d'identifier tout le monde, il ne commença à se sentir un peu détendu que la veille de Noël. Devinant que tout le clan d'un coup c'était un peu trop pour lui, Caro déclara qu'ils se réservaient un peu de temps en tête à tête et elle l'emmena dans le salon, après le déjeuner, laissant le reste de la famille se disperser pour des courses de dernière minute.

« Passez-moi la chaussette écossaise bleue, voulez-vous ? » dit-elle.

David posa l'album de photos qu'il était en train de feuilleter et lui tendit la chaussette d'André. Caro avait déjà cloué l'une des chaussettes de chasse de Beau à l'intention de David; quand il avait dit, doucement, qu'en tant que Juif il ne fêtait pas Noël, Caroline lui avait rétorqué qu'il suffisait d'appeler ça un bas de Hanoukka (1) et que personne n'était jamais reparti de chez eux sans cadeau.

Il jeta un coup d'œil à la collection de chaussettes suspendues au manteau de la cheminée, et aperçut alors un chandelier dont la forme lui parut familière; il se leva et vint le regarder de plus près.

« C'est une menora? » demanda-t-il d'une voix incrédule.

Caro regarda le candélabre et sourit. « C'est un charmant vieux couple qui l'a donnée à père et à maman pour leur mariage. C'était dans leur famille depuis des années.

(1) Fête de la Dédicace, ou fête des Lumières, que les Juifs célèbrent fin décembre. *(N.d.T.)*

– Un couple de Juifs?

– Oui. » Elle donna un dernier coup de marteau sur le clou et sourit de nouveau. « David... il y a beaucoup de Juifs dans notre entourage. Je regrette de vous désappointer, mais vous n'êtes pas, dans ma vie, un élément aussi exceptionnel que vous le croyez.

– Cela m'aurait pourtant bien plu. » Il l'obligea à se tourner vers lui et l'embrassa. « Vous n'êtes pas la même ici.

– Vous trouvez?

– Je crois que vous n'avez pas autant besoin de moi.

– Nous sommes en vacances!

– Et alors? »

Elle tendit la main et redressa un pompon qui pendait d'un bas. « David... c'est ma famille. Quand je suis avec eux... je sais que je peux compter sur eux. Quoi qu'il arrive. Je me sens... en sécurité. »

Il s'assit sur le divan et l'attira pour qu'elle vienne s'asseoir à côté de lui. « Je ne vous donne pas cette impression-là?

– Ce n'est pas du tout la même chose.

– Alors, expliquez-moi. Expliquez-moi pourquoi je sens que la Caro de La Nouvelle-Orléans a disparu – pourquoi je me retrouve en face d'une jeune fille que je connais à peine.

– Je suppose que tout le monde régresse un peu, en revenant à la maison. » Il sentit qu'elle se crispait, se tenait sur la défensive. « N'ai-je pas le droit de me faire dorloter de nouveau et d'y prendre plaisir?

– Il n'y a pas que ça, dit-il. Moi aussi, j'aime bien me faire dorloter. C'est... je ne sais pas. Vous semblez presque plus compliquée que là-bas. Je prends brusquement conscience de tous vos ancêtres en vous.

– Oh, David! » Elle éclata de rire. « Quelle drôle de manière de dire ça! » Elle prit sa main dans les siennes et en suivit du doigt les lignes de la paume. « Comme si vous ne veniez pas d'une famille qui possède un fameux passé.

– Je suppose que j'avais oublié combien les traditions et les rituels comptent dans les familles. Aujourd'hui, au déjeuner, personne n'a osé commencer à manger avant que vous ayez décidé à qui revenait le tour de lire les dernières prières de l'Avent.

– C'est un moment très important de l'année – du point de vue religieux, bien sûr, mais pour notre famille aussi. N'importe comment, éclata-t-elle, est-ce que la vôtre, de famille, n'a pas de traditions? Surtout vous, vous devriez comprendre.

– Bien sûr. Mais comprendre ne m'empêche pas de me sentir... exclu. »

Il y eut un silence que ni l'un ni l'autre ne savaient comment rompre, puis Caro dit : « Vous n'êtes pas obligé de venir à la messe de minuit avec nous. Je ne veux pas que vous soyez... malheureux.

– J'en ai envie. Vous le savez bien.

– Bon, alors? » Elle essayait de garder un ton léger.

« Eh bien... » Il se leva et lui tendit la main. « Vous m'aviez promis de me montrer Beau-Chêne. Est-ce le bon moment?

– Pourquoi pas? » Elle accepta sa main, mais sans chaleur, et la lâcha dès qu'elle fut sur ses pieds.

« Caro, ne soyez pas fâchée.

– Je ne le suis pas, David. Je... je ne comprends pas. Tout le monde s'est montré accueillant. Tout le monde vous aime bien. » Ses lèvres tremblaient et il se souvint combien elle était encore jeune. A

La Nouvelle-Orléans, celle qui travaillait sur les chantiers et qui habitait Calliope Street semblait... beaucoup plus mûre. Ici, où elle était aimée et choyée, elle refaisait son âge – qu'il avait presque oublié. Il comprit, et cela le chagrina, que son travail et son existence d'adulte imposaient à Caro une tension très dure. Pas étonnant qu'elle aimât revenir ici où elle se sentait protégée par l'amour et les rituels familiaux.

« Moi aussi je les aime bien. Je regrette de m'être montré désagréable. Je me sens étranger ici, mais ce n'est pas la faute de votre famille qui m'a accueilli chaleureusement. » Il se pencha pour l'embrasser, et de nouveau il la trouva plus retenue qu'à l'ordinaire. Et impossible de mettre cela sur le compte de la peur d'être surprise. Non, ce séjour chez elle renforçait ses croyances, son adhésion à un code moral qui leur permettait de s'embrasser longtemps et souvent, mais l'empêchait d'aller plus loin. Il lui avait pourtant déjà dit plusieurs fois qu'il n'était plus en âge de fréquenter une jeune fille qui adhérait à une morale aussi rigide. Mais, code ou non, l'attirance qu'il éprouvait pour Caro Hamilton dépassait le désir physique, et s'il continuait à la voir malgré la frustration dont il souffrait, c'était qu'il ne pouvait pas faire autrement.

« Allons à pied. C'est à un kilomètre et demi et, comme cela, vous verrez mieux les terres. »

Ce dernier mot prenait dans sa bouche un sens spécial; tandis qu'ils se dirigeaient vers Beau-Chêne, il évoquait, tout en l'écoutant décrire la propriété, l'immeuble de grès brun dans lequel il avait grandi, l'appartement qui semblait spacieux parce qu'il occupait tout l'étage et que chacun des quatre enfants avait sa propre chambre. Il essaya de voir les bois qu'ils traversaient avec les yeux de Caro : des chênes que les Langlinais et les Clouet possédaient depuis deux siècles, le chemin tracé par les membres de ces familles qui, pendant des générations, étaient passés là.

En entrant dans la maison, il comprit avec tristesse que la religion et le code moral de Caro n'étaient pas les seules choses qui les séparaient. Elle s'arrêta dans le salon, sous le portrait d'Hélène de Foret de Clouet, la première de cette famille à venir s'installer en Louisiane, et lui raconta comment sa mère avait renoncé à son mariage avec Beau Langlinais afin de préserver Beau-Chêne pour les générations futures. « Quel courage », dit Caro, les yeux fixés sur la peinture. « Elle m'a dit que, si elle avait été seule en cause, elle aurait sacrifié Beau-Chêne – mais elle ne pouvait pas en priver ses descendants.

– Et vous, dit David en se rapprochant et en lui prenant la main. Feriez-vous de même ?

– Moi, je ne suis pas impliquée.

– Pourquoi ?

– Je suppose que c'est l'un des garçons qui en héritera. » Elle rejeta ses cheveux en arrière. « Je préfère ne pas y penser. Ce n'est pas pour demain.

– Mais cela compte beaucoup pour vous, insista-t-il. Cette maison. Cette terre.

– C'est mon foyer.

– Bien sûr. » Il leva les yeux vers le portrait. « C'est une belle peinture. Qui l'a faite ?

– Son fils. J'aime bien me dire que je perpétue une tradition familiale. »

David fut sur le point de répliquer quelque chose, mais il se contint. Caro parlait de son ancêtre comme s'il venait de mourir, alors que sept ou huit générations les séparaient. David était là depuis peu de temps, mais il sentait combien les ancêtres des Clouet et des Langlinais restaient vivants pour leur famille. Dans la sienne, c'était pareil. Mais ici, on eût dit que le groupe ne supportait pas que l'un d'eux meure. En repartant avec Caro vers la ferme, il eut un petit frisson; si sa famille avait une telle prise sur les morts, qu'en était-il des vivants?

Le dîner de Noël était joyeux; tous étaient très excités. Raoul avait commencé son travail dans l'organisation de Walter Fournet qui accueillait les réfugiés. Une fois par semaine il constituait les dossiers médicaux, faisait les vaccins et donnait un coup de main à la clinique que Walter avait créée. « Il me demande tout le temps de tes nouvelles, dit-il à Caro. Il m'a prié de te rappeler qu'il tenait porte ouverte le dimanche après-midi à Royal Street.

– Je travaille souvent le dimanche. Et quand j'ai congé... – elle regarda David – ... en général, je suis prise.

– Walter est un type bien, dit Henri. J'ai participé à quelques-unes de ces petites fêtes. Il donne l'impression d'être un bon vivant, un dilettante, mais il a quelque chose en plus. Il me rappelle un peu ce personnage des romans de Dorothy Sayers, ce détective aristocrate... comment s'appelle-t-il déjà?

– Lord Peter, dit Raoul. Tu as raison, Henri. On croit que Walter ne s'occupe que du vin qu'il va servir au dîner... et on découvre qu'il dirige cet organisme d'accueil des réfugiés.

– Moi aussi, je vais réaliser l'un de mes projets », dit Skye. Il fit des yeux le tour de la table. Ce n'était pas le genre de transition qu'il avait souhaitée, mais il sentait qu'il n'en trouverait pas de meilleure. « Je vais m'engager dans l'Air Force cette semaine. »

Toutes les têtes se redressèrent. Skye entendit à peine les exclamations et le raclement des chaises tandis que tous se levaient – il ne voyait que le visage de son père : un éclair de peur dans ses yeux gris; puis de l'orgueil, de l'admiration. Et du respect. Beau se leva et vint prendre les mains de Skye et les serrer. Dans son dos, le père de famille sentit combien tous étaient tendus. Prenant la bouteille de bourgogne, il fit le tour de la table et remplit les verres. Puis il leva le sien bien haut. « Je vous propose de porter un toast. » Ils levèrent tous leurs verres, attendant ses paroles. « Je bois à Skye et à tous les jeunes gens qu'il va rejoindre, aux cœurs courageux et à l'amour de la patrie de ceux qui vont lutter pour la liberté et la dignité de toute l'humanité. »

Ces mots solennels les arrachèrent à leur première réaction de peur pour les amener à un niveau de réflexion plus élevé, durant le reste du repas. Il serait temps pour ses sœurs, une fois Skye parti, d'ajouter son nom à la liste qu'elles répétaient dans chacune de leurs prières. Temps pour Claude de choisir une épingle de couleur qui représenterait son petit-fils et qu'il déplacerait sur la grande carte punaisée au mur de sa chambre, du camp d'entraînement américain jusqu'aux cieux inconnus qui l'attendaient. Et temps pour lui d'accepter le fait que son fils premier-né était parti à la guerre.

Puis David prit la parole, les yeux fixés sur Caro, mais sa voix retint l'attention de tous. « Moi aussi... j'ai quelque chose à vous annoncer. Comme ma famille est loin... » Il sentit la main de Caro sur son bras, vit ses yeux s'agrandir et s'assombrir de peur. « Je suis sur la liste des réservistes de la marine depuis que la guerre a commencé. Maintenant que j'ai terminé ma spécialité, on veut bien de moi pour le service actif. Je me présenterai à San Diego le lendemain du jour de l'an. »

Il vit les yeux de Caro se remplir de larmes. Il y eut un nouveau concert d'exclamations, d'encouragements, de félicitations, puis Beau intervint de nouveau : « J'aimerais bien vous proposer une... prière qui, je pense, est appropriée à ce jour et valable pour nous tous. » David eut l'impression que la force et la confiance qui émanaient de Beau se diffusaient dans les moindres recoins de cette demeure. Inclinant la tête comme les autres, il pensa : Voilà un homme que je voudrais bien connaître mieux. Et lorsqu'il entendit la prière que Beau avait tirée de la Genèse, il sentit qu'il était enfin à sa place ici. Il ne put s'empêcher de penser que la vie était souvent comme ça : elle vous arrachait d'une main ce qu'elle vous offrait de l'autre.

« " Le Seigneur veille entre toi et moi lorsque nous sommes séparés l'un de l'autre. "

– Amen », répondirent-ils tous.

Puis Caro se leva et vint rejoindre David. « Maman... tu veux bien nous excuser un moment... nous reviendrons pour le dessert. »

Caroline les regarda disparaître dans le hall, entendit leurs voix murmurer... puis le silence. Elle chercha Beau des yeux et lui fit signe en levant les sourcils.

« Je ne sais pas ce que vous en pensez, mais moi j'ai faim. Skye, ne me dis pas que tu refuses d'en reprendre.

– Je ne dis pas non », répondit-il en tendant son assiette à son père. Il se sentait soudain plus âgé, empreint d'une importance nouvelle. Il regarda par la fenêtre, l'attention attirée par le vol d'un cardinal qui s'était trop approché des vitres et filait maintenant. Il suivit l'oiseau des yeux tandis qu'il montait en décrivant un grand arc de cercle. Je vais faire la même chose, se réjouit-il. Je vais m'élancer dans le ciel. « Ecoute, dit-il à Emilie, si je suis au camp de Keesler, Gennie et toi pourrez venir me voir. »

Beau, en percevant l'enthousiasme dont était chargée la voix de Skye, éprouva un mouvement de désir nostalgique, d'envie même. Lors de la Première Guerre mondiale il était trop jeune pour partir, et maintenant il était trop âgé pour celle-ci. Il avait chassé, pratiqué la pêche en haute mer. Il s'était battu à la Chambre des représentants, dans les salles de conseil; mais il n'avait jamais connu cette ultime expérience qui consiste à risquer sa vie avec d'autres. A ce moment, un rayon de soleil pénétra dans la pièce, les baignant tous dans sa lumière dorée. Espèce d'imbécile, se dit-il. Si les hommes mûrs, qui ont ton expérience, rêvent encore de guerres, quand diable prendront-elles définitivement fin ?

« Pourquoi ne m'avez-vous rien dit ? » lui demanda Caro. Après quelques mots affolés et un long baiser, elle l'avait fait asseoir à côté d'elle, sur la première marche du grand escalier, sans lui lâcher la main.

« Pendant très longtemps, je n'ai rien su de précis. Je n'en ai été certain que deux jours avant de venir ici.

– Pourquoi ne me l'avez-vous pas dit à ce moment-là ? »

Il se pencha vers elle et, la regardant fixement, la força à se souvenir. « C'était le soir de notre dernière sortie à La Nouvelle-Orléans. Réfléchissez, Caro. »

Elle rougit et détourna les yeux. Ils étaient allés au cinéma, tout le monde dormait lorsqu'il l'avait raccompagnée chez elle. Les bornes qu'elle mettait à leur intimité avaient tenu. Puis, brusquement, elle s'était retrouvée dans ses bras et avait commencé à céder. Alors, le soutien-gorge déboutonné sous son chandail, elle avait fui et couru se réfugier dans sa chambre. Là elle avait repris son souffle, rajusté ses vêtements et essayé d'oublier ses mains sur son corps. Elle s'était repeignée et remaquillée. Lorsqu'elle était revenue au salon, David lisait un magazine comme si rien d'autre ne l'intéressait au monde. Il était parti peu après. C'était elle qui l'avait embrassé en lui souhaitant bonne nuit; il n'avait pas réagi, lui adressant seulement un drôle de petit sourire, et il s'était éloigné à grands pas dans la nuit.

« Je ne comprends pas. Pourquoi ne me l'avez-vous pas dit?

– Vous avez eu envie d'aller jusqu'au bout; nous le savons tous deux. Mais vous ne vous êtes pas laissée aller à cause de l'Eglise et de votre éducation. Je me suis dit que si je vous disais que je partais... – il sourit de ce même drôle de petit sourire –... vous n'auriez plus la force de résister.

– Mais David! » Sa délicatesse lui fit honte; elle se sentit brusquement très jeune, très ignorante. « J'aurais cru que vous...

– Je n'abuse pas de la faiblesse de ceux que j'aime, Caro. » Il avait l'air presque dur, comme s'il était furieux d'être obligé de s'expliquer; dans son trouble, elle faillit laisser passer ce qu'il avait dit.

Puis les mots la frappèrent et elle le regarda avec de grands yeux. « David... vous avez dit... que vous m'aimez.

– Oui, je t'aime. »

Caro débordait d'émotions tumultueuses. David avait dit qu'il l'aimait, et elle venait de s'apercevoir qu'elle aussi l'aimait. Elle se jeta dans ses bras et chuchota à son oreille, répétant inlassablement les mêmes mots comme si leur répétition pouvait être une amulette contre les forces qui les balayaient, ces forces qu'elle ne pouvait ni comprendre ni contrôler : « Je t'aime. Oh, David, je t'aime! »

Une profonde désolation vint gâcher son bonheur. Leurs sentiments ne pouvaient rien changer, pensa-t-elle. Dans un peu plus d'une semaine il serait parti, et la question de savoir s'il fallait qu'elle lui cède ou non deviendrait un problème théorique. Elle se sentit prise de vertige, au bord de l'évanouissement, et s'appuya contre lui; le cœur de David battait contre sa joue. Elle découvrit alors une vérité nouvelle pour elle : les hommes et les femmes avaient peu de prise sur leur propre vie, même en ce qui touchait le plus intime et le plus secret de leur être.

6

Mars 1943

La porte du baraquement claqua violemment et Skye leva les yeux de son livre. Red Tucker, un élève pilote comme lui, se tenait dans l'entrée, les mains sur les hanches, la mâchoire tendue. « Mec, le mess est complètement bourré de négros », dit-il. Il ôta sa casquette et la jeta sur son lit d'un air écœuré. « S'ils croient que je vais dîner avec une bande de mal blanchis, ils sont dingues. » Il se laissa tomber sur son lit et regarda Skye. « Ils se baladent dans la base, avec leurs petites ailes dorées sur leur col, comme si cet endroit était à eux. » Il se redressa sur un coude, sa figure près de celle de Skye. « On est quelques-uns à penser qu'il faudrait leur donner une leçon. Tu en es, Langlinais ? »

Skye referma son livre en gardant la page avec son doigt. « Calme-toi, Red. On a assez à faire avec nos leçons de pilotage sans nous mettre en plus des ennuis sur le dos. Ces types ne gênent personne.

– Si, moi. Ils me gênent. » Ses lèvres s'élargirent en un sourire qui montra ses dents mal rangées. « Chaque fois que je vois un de ces négros, j'ai envie de taper sur sa gueule de petit malin. » Il ferma le poing droit et l'écrasa sur la paume de sa main gauche. « Ecrabouiller un de ces culottés de bamboulas. »

Skye se leva du lit, le livre à la main. « Je vais manger. Tu peux rester ici à crever de faim si tu en as envie – ce sera à peu près aussi malin que tout ce que tu viens de me sortir. » Il rangea le livre dans son armoire et s'avança vers la porte. Juste comme il posait la main sur le loquet, Red le tira en arrière par sa chemise.

« Baiseur de négros. » Les mains qui tenaient Skye le firent pivoter, et Red souffla, tout contre son visage. « Vous, les Cajuns, vous êtes tellement paumés, au fond de vos marécages, que vous n'avez jamais appris que les hommes blancs ne mangent pas avec les nègres ? »

La colère que Skye retenait depuis que le 99e escadron de chasse, entièrement composé de Noirs, était arrivé à Keesler Field pour des manœuvres, se déchaîna soudain. De la main droite il se libéra de Red pendant que de la main gauche il le prenait à la gorge. Ses jointures blanchirent tandis qu'il resserrait sa prise. Son pouce appuyait sur la pomme d'Adam de son adversaire. Le visage de Red, habituellement rouge, commença à bleuir. Sa bouche se tordit mais aucun son n'en sortit. « Je crois que je n'ai pas bien saisi ce que tu viens de dire, Red. Tu as parlé de quelqu'un qui ne mange pas avec quelqu'un d'autre ? » Il se pencha en avant, les sourcils froncés, comme s'il essayait de comprendre. « Ce que tu veux peut-être dire, c'est que des types bien ne mangent pas avec des salauds comme toi. C'est ça, Red ? » Il augmenta lentement la pression de ses doigts et hocha la tête. « Tu devrais essayer de remuer un peu la tête. Juste pour me faire saisir ce que tu veux dire. »

Skye lut une haine bilieuse dans les yeux de son adversaire. Une veine se gonfla sur les tempes de celui-ci, puis, lentement, il se força à faire un mouvement de haut en bas. Skye diminua alors sa pression et vit la veine s'affaisser peu à peu. « Bon, dit-il. C'est bien. » Il relâcha Red et recula, les pieds légèrement écartés, les mains à la hauteur des hanches, prêt à parer tout mouvement brusque de son adversaire. « Il y a une chose ou deux qu'il faut que tu comprennes, reprit Skye d'une voix calme. Premièrement : je ne me laisse injurier par personne. Deuxièmement : je ne supporte pas que quelqu'un m'attaque uniquement parce que je ne suis pas d'accord avec lui. » Il regarda sa montre. « Troisièmement : ne viens pas t'installer à la table où je suis, Red. Ni aujourd'hui, ni demain, ni jamais. Parce que ça m'est égal de m'asseoir à côté d'un de ces pilotes noirs, mais merde, pas à côté de toi. » Il tourna les talons et ouvrit la porte, emportant l'image du visage haineux de Red.

Maintenant, c'est fait, se dit-il en traversant rapidement la cour. Depuis que tu es là, tu as essayé de rester calme et de ne pas t'en prendre à cet imbécile de péquenot, et tu viens d'en faire ton pire ennemi, un ennemi aussi bête que sectaire. Jusqu'à ce que le 99e escadron de chasse arrive, Red s'était attaqué aux plus petits, aux plus maigres, aux moins doués des élèves, leur rendant la vie intenable par un flot constant d'injures et de mauvaises plaisanteries, et Skye s'était tenu à l'écart, sans prendre la défense des victimes, mais sans non plus rire de leur gêne. Son premier mouvement avait été d'arrêter cet esprit étroit par quelque bon direct à la mâchoire. Seulement il se rappelait ce que son père lui avait dit sur les bagarres : « Quand un type s'est mis dans une situation où il ne lui reste plus qu'à prouver sa valeur, il vaut mieux le laisser se débrouiller tout seul, mon garçon; du moment qu'il n'est pas en danger de mort. » Jusqu'à maintenant, les victimes de Red n'avaient perdu que la face – et certaines d'entre elles commençaient à se rebiffer.

Skye s'arrêta et respira un bon coup : la présence d'un buisson d'osmanthe odorante en fleur près de la porte du mess donnait à l'air ambiant une senteur identique à celle de la maison familiale. Des chênes de Virginie, dont les voiles de mousse s'agitaient doucement dans la brise d'été venue de l'estuaire du Mississippi, se dessinaient vaguement aux quatre coins de la cour; les taches de couleur des azalées faisaient un heureux contraste avec les uniformes kaki qui, de jour, remplissaient la cour. Il savait que la simple présence des Noirs dans l'Air Force engendrerait des débats sans fin; son père et lui en avaient discuté avant que Skye ne s'engage. Beau lui avait fait remarquer que son expérience des Noirs était quelque peu différente de celle des habitants des autres Etats du Sud, et très différente de celle des Américains du Nord.

« D'abord, les Langlinais n'ont jamais possédé d'esclaves, avait dit Beau. Notre famille ne s'est pas consacrée à la culture de la canne à sucre, comme l'ont fait les Clouet : nous n'avons pas cru à l'esclavage et nous n'avons accepté de l'aide que de gens libres. En plus, dans notre partie de la Louisiane, on ne se croit pas supérieur aux autres. Nous sommes proches de la terre : tous otages de la même nature, tous victimes des mêmes inondations, des mêmes sécheresses.

– Mais la ségrégation existe dans nos écoles, avait répliqué Skye. Nous ne traitons pas les Noirs comme les Blancs. A la messe, ils s'assoient sur les derniers bancs; et il n'y a jamais eu aucun Noir au collège de Saint-Peter. »

Skye se souvint de l'expression des yeux de son père, à ce moment. Ils étaient tristes, un peu en colère. Presque blessés. « Je sais, mon garçon. Je sais. » Il avait pris la main de Skye, l'avait serrée dans la sienne. « Je sais aussi autre chose. Je vais voir mon fils aîné partir à la guerre et j'espère bien que ce conflit-là va apporter un monde dans lequel la valeur d'un homme ne dépendra plus stupidement de la couleur de sa peau. Ou de son nom de famille. Ou de l'Eglise qu'il fréquente. »

Skye avait compris sa colère, mais pas son chagrin, jusqu'à ce qu'il arrive à Keesler Field et découvre que, pour beaucoup de ses camarades, un homme qui s'appelait Langlinais, qui venait d'une petite ville de Louisiane dont ils n'avaient jamais entendu parler et qui allait à la messe tous les dimanches était vraiment bizarre – pas tout à fait humain, comme certains l'avaient laissé entendre. Deux hommes qui avaient été ensemble à Dartmouth avaient berné Skye, l'amenant à leur parler, à leur raconter des histoires sur Saint-Martinville. Il n'avait alors jamais eu affaire à la discrimination raciale; il ne savait pas ce que c'était et ne comprit pas qu'ils se moquaient de lui – jusqu'au soir où il entendit l'un d'eux l'imiter pour amuser un groupe d'hommes qui buvaient de la bière dans l'un des bars que les élèves fréquentaient lorsqu'ils étaient en permission.

Même maintenant, des semaines plus tard, le souvenir de cette voix de l'Est essayant de prendre les rythmes chantants de son élocution le rendait furieux. Tom Conrad racontait l'une des histoires que Skye leur avait fournies, mais il la déformait, la rendant stupide, méchante et pas drôle. Skye s'était forcé à supporter ce mépris, cette dérision, jusqu'à ce que les rires éclatent.

Alors il s'était avancé au centre du groupe. « Excusez-moi, mais l'essentiel de cette histoire vous a échappé », dit-il.

Tom Conrad lui lança un long regard qui le mesurait de la tête aux pieds et hocha la tête d'un air insolent, comme si Skye était un peu simplet. « Je ne pense pas qu'elle ait quelque chose d'essentiel. On ne m'a peut-être pas... appris ce que vous, les Cajuns, prenez pour de l'humour.

– On ne vous a surtout pas appris ce que mes compatriotes appellent la politesse », répliqua Skye. Il serrait les poings et pouvait à peine ouvrir ses lèvres raidies.

« Je vous demande pardon », dit Tom Conrad. Son ton de voix était volontairement insultant et ses yeux invitaient les hommes qui se trouvaient autour d'eux à se joindre à ses railleries. « D'après ce que j'ai entendu dire de votre coin de la Louisiane, on y est encore plus ignorant que dans le reste de cet Etat. Et quant à la politesse, quelle sorte de manières peut-on avoir dans un endroit où il y a autant de serpents et d'alligators que d'hommes? » Il rit et donna un petit coup de poing dans la poitrine de Skye. « Mais si vous croyez que je vous dois des excuses... » Il regarda les hommes qui les encerclaient. « Je suis désolé d'avoir gâché votre histoire. Vous devriez nous la raconter, d'accord? »

Durant un instant, Skye crut qu'il allait perdre tout contrôle et sauter à bras raccourcis sur cet homme. Il aurait voulu lui lancer à la figure la fortune, le pouvoir, les terres de sa famille. Il pensa à son père dont les journaux soulignaient constamment la position à la Chambre en chantant ses louanges pour ce qu'il faisait en vue d'améliorer le sort de leur Etat. Il pensa à son grand-père consulté pour toute décision importante par les hommes d'affaires et les politiciens de la Louisiane. Puis il se souvint que les éperons dont il allait orner ses bottes avaient été gagnés par d'autres que lui. Il respira à fond, desserra les poings et s'obligea à poser un pied sur la barre du comptoir et à commander une bière. Puis se força à sourire légèrement en se tournant vers son bourreau. « Je pense qu'un élément a peut-être disparu à la traduction. Mes histoires n'ont pas l'habitude de passer par les bouches des Yankees. » Il avait essayé de mettre l'intonation la plus insultante sur ce dernier mot.

Skye vit flamboyer la colère dans les yeux de Tom et lui sourit plus largement encore. Il sentit son propre sang s'échauffer et réduisit l'espace qui les séparait. « Vous avez peut-être besoin de prendre une leçon afin de mieux raconter les histoires. Si vous me le demandez gentiment, je vous en donnerai une. »

Les hommes autour d'eux éclatèrent de rire, mais cette fois, ce n'était pas de Skye qu'ils se moquaient. « Dans mon pays, nous avons un dicton : " Prendre garde vaut mieux que demander pardon. " Au cas où vous ne comprendriez pas le cajun, cela veut dire : " Il vaut mieux faire attention avant que de demander pardon après. " Aussi, prenez d'abord garde à vos manières, Yankee, et vous n'aurez pas besoin de vous excuser autant.

– Si je ne savais pas que nous finirons tous deux au trou, je vous aurais déjà envoyé au tapis, Langlinais », dit Conrad. Il prononça le nom de Skye de manière à le rendre étranger même à ses oreilles. « Mais un jour, quelque part, je vous retrouverai. Et nous réglerons ça. »

Skye but sa bière en le regardant par-dessus le bord du verre. « Mon vieux, vous ne savez pas que la rancune fait surtout du tort à celui qui l'éprouve ? Elle devient de plus en plus lourde et il ne lui reste bientôt plus de force pour faire autre chose.

– Je pense pouvoir m'en tirer », dit Tom Conrad. Il posa sa chope de bière sur le comptoir.

« Venez, dit-il à ses amis. Trouvons un endroit où l'on n'accepte pas n'importe qui. »

Skye réussit à ne pas répondre. Il trouva moyen, ensuite, de retenir sa colère chaque fois que Tom Conrad et lui se croisèrent. Il se dit que c'était un exercice de discipline, juste un obstacle de plus entre lui et les ailes qu'il voulait mériter.

Aujourd'hui, en entrant dans le mess, il passa rapidement en revue les hommes présents. C'était dimanche et beaucoup étaient partis au cinéma à Biloxi ou à Gulfport. Des pilotes noirs, assis à une table au bout de la salle, parlaient tranquillement entre eux. Des jeunes que Skye connaissait étaient dispersés ici et là; il prit son plateau et rejoignit deux élèves de son escadron.

« Il y a bien longtemps, quelqu'un m'a dit que, si le temps ne me plaisait pas à La Nouvelle-Orléans, je n'avais qu'à attendre cinq minutes et il changerait », disait l'un d'eux au moment où Skye arriva. « On dirait que c'est vrai ici aussi. Avant-hier je gelais presque, et ce soir il fait trop chaud.

– On est en mars, dit Skye en souriant. Mais ne crois pas que ça, c'est de la chaleur. Il fait à peine tiède. Attends jusqu'en août. Là, tu verras ce que c'est.

– Tu crois que nous serons encore à traîner à Biloxi en août? Merde, Skye, ils vont finir notre entraînement, nous installer dans un avion et nous envoyer là-bas.

– Je l'espère bien. » Skye commença à couper sa viande. « J'ai une telle envie de me battre. » Il rougit de son enthousiasme juvénile.

« S'ils te laissaient le choix, Langlinais, qu'est-ce que tu voudrais piloter?

– Un bombardier », répondit Skye. Il pensa à l'énorme B-17, au B-25 encore plus lourd; ses mains se crispèrent et il serra sa tasse de café entre ses doigts.

« On a l'impression de conduire un tracteur, dit l'un des élèves. Moi, je veux un avion de chasse; un P-37 : ça c'est du pilotage. »

La conversation devint technique, chacun ressortant tout ce qu'il savait sur son avion préféré. Depuis un mois qu'il était à Keesler, Skye avait absorbé ces connaissances par tous les pores de sa peau; il prenait les interminables cours accélérés sur les appareils pour ce qu'ils étaient – un moyen de faire d'eux les meilleurs experts du monde; parce que le pays avait besoin d'eux tout de suite et ne pouvait pas se permettre de les garder longtemps aux Etats-Unis. Il jeta un coup d'œil aux pilotes noirs rassemblés dans un coin de la salle. « Ils vont bientôt partir, dit-il. Le bruit court qu'ils seront envoyés en Afrique du Nord.

– J'espère bien que d'ici là nous aurons gagné », dit l'un des jeunes gens en allumant une cigarette. « C'est pas une bande de négros qui va nous être d'un grand secours.

– Hé! garde ça pour toi », répliqua un autre. C'était un gros Irlandais catholique d'une famille de mineurs de Pennsylvanie. Son univers était manichéen; il avait assez souffert, dans son pays natal, de l'humiliation d'être pauvre, irlandais et catholique, pour se sentir en sympathie totale avec tout groupe opprimé. « Je suppose que si l'Air Force dit qu'un type peut voler, c'est qu'il le peut.

– Je parlais du cœur au ventre, reprit le premier.

– Parle pas, ce serait mieux, dit l'Irlandais. Ecoute, mon vieux, je suis pas venu de Pennsylvanie jusqu'ici pour écouter des conneries pareilles. D'accord?

– D'accord. » L'autre garçon piqua du nez dans son café.

L'Irlandais regarda Skye et sourit. « Je peux pas digérer ce que je mange quand il y a une discussion. Viens, Frenchy, allons faire une promenade. »

Les eaux de l'estuaire du Mississippi clapotaient contre la digue; sous le clair de lune les minuscules vaguelettes s'ourlaient d'argent. Les grandes formes sombres des embarcadères en bois qui avançaient dans l'eau étaient garnies à leur extrémité de filets et de fil de fer barbelé, destinés à empêcher les saboteurs venus en petits bateaux d'accéder à la terre ferme.

« C'est beau, ici, hein? » dit l'Irlandais. Ni l'un ni l'autre ne fumaient, les règlemens du black-out exigeant que personne ne fume dehors car le bout rougeoyant d'une cigarette pouvait guider l'ennemi. L'air avait le même petit goût de sel que dans les bayous : l'estuaire débouchant dans le golfe, l'eau était saumâtre, mi-douce mi-salée, et abritait des crabes, des carrelets et l'orphie aux dents acérées qui peut couper la jambe d'un homme. « Tu veux vraiment lancer des bombes, Frenchy?

– Ce n'est pas une question de vouloir ou pas... » Skye s'arrêta. Il avait aussi parlé de ça avec son père. De ce que cela voulait dire, piloter un bombardier.

« A moins de piloter des avions de transport ou de reconnaissance, il faudra bien que tu affrontes le genre de massacres que tu vas faire, mon garçon », avait dit Beau. Son visage était soucieux; rien dans sa vie ne l'avait préparé à conseiller son fils en ce domaine. Il n'était responsable que d'une seule mort, et cela remontait loin, à l'époque où il était un jeune homme à la tête chaude... qui avait mûri en une seule terrible nuit.

« Que je pilote un avion de chasse ou un bombardier, je vais tuer des hommes que je ne connais pas.

– Certains trouvent que c'est mieux comme ça.

– Ils veulent dire que c'est plus facile. »

Beau avait pris Skye par les épaules et l'avait longuement regardé. « L'ennui, mon fils, c'est que les Langlinais n'ont jamais donné la préférence à la facilité. »

Maintenant qu'il avait vu les bombardiers qu'il pourrait piloter un jour, étudié les films militaires des raids aériens, contemplé les panaches de feu et de fumée jalonnant le sillage des avions comme si la terre était devenue un gâteau géant dont les bombes allumaient les bougies... il était moins sûr qu'avant. Non de ses capacités de pilote, mais de ses propres réactions devant les ravages que causerait son bombardier.

Ils entendirent des pas derrière eux et, se retournant, aperçurent les trois pilotes noirs qui se promenaient.

« Bonsoir, dit l'un tandis qu'ils les dépassaient.

– Bonsoir », répondirent-ils tous deux.

Ils restèrent silencieux, respirant le vent frais venu du golfe, écoutant le petit plouf que faisait un poisson en sautant, regardant la lune miroiter sur l'eau grise.

Un cri fit soudain éclater le silence. Puis des exclamations et un bruit de bagarre. Ils se tournèrent vers la droite et virent des hommes qui se battaient.

« Ils ont attaqué les Noirs », dit l'Irlandais qui se mit à courir, Skye sur les talons.

Comme ils atteignaient la mêlée, Skye vit quelque chose de métallique lancer un éclair, dans la main d'un homme. Automatiquement, il lui prit le poignet et tordit l'autre bras dans son dos. « Lâchez ça », ordonna-t-il. Un visage crispé par la haine se tourna vers lui : c'était celui de Red. Skye resserra sa prise. « Laisse tomber ce couteau.

– Bordel de merde, Langlinais, pourquoi viens-tu fourrer ton nez dans ce qui ne te regarde pas? » Ses yeux luisaient de rage. « Lâche ce couteau », répéta Skye, et il vit les doigts de Red s'ouvrir et l'arme tomber dans l'herbe.

« Je l'ai! » L'Irlandais le ramassa. « Putain! c'était pas pour rire », dit-il en levant le couteau au clair de lune pour montrer à Skye son tranchant mortel.

Pendant que celui-ci désarmait Red, l'Irlandais et les Noirs avaient retourné la situation et les assaillants étaient maintenant étalés dans l'herbe. « Prends leurs cravates, Skye, dit l'Irlandais. On va les attacher avec et les laisser là. Il faudra bien qu'ils s'expliquent quand on les trouvera. »

L'Irlandais ligota rapidement les trois hommes avec leurs lacets et leurs cravates. Il se releva et regarda sa montre. « Dans cinq minutes, c'est le couvre-feu. Filons. » Il se tourna vers les trois Noirs. « Ça va?

– Très bien. Et merci.

– C'est rien. » Il donna une grande claque dans le dos du Noir le plus proche. « On se reverra. » Il prit Skye par le bras. « Viens, Frenchy. Je peux inventer une explication pour mes doigts écorchés, mais je n'en trouverai pas pour mon retard. » Il avait, au clair de lune, un grand sourire détendu. « Que j'atterrisse au trou et adieu mes ailes. »

Ce n'est que le lendemain après-midi que Skye apprit le sort de Red et de ses amis; ils avaient réussi à échapper à la prison. Il rencontra l'un des Noirs en se rendant au bureau de poste de la base et, après un salut un peu gêné, il marcha de compagnie avec lui. « Dites donc, vous savez ce qui est arrivé à ces types, hier soir? »

Les yeux marron du pilote s'embrasèrent d'un

feu que Skye ne comprit pas tout de suite. « Et comment ! On nous a fait venir pour témoigner.

– Comme quoi ils vous avaient attaqués ?

– Non, au sujet de l'histoire qu'ils avaient concoctée. Ils ont dit qu'ils avaient été attaqués par des... nègres de la ville. Des types qui étaient venus nous voir, moi et mes amis. Alors on nous a convoqués pour confirmer leurs dires.

– Alors, il ne va rien leur arriver ? »

Il vit un sourire se dessiner sur le visage sombre du pilote. « Oh, mon vieux, je n'ai pas dit ça. Je n'ai pas dit qu'il n'allait rien leur arriver. »

Skye laissa le silence peser sur eux. Puis il lui rendit son sourire. « Si tu as besoin d'aide, fais-moi signe. » Il lui tendit la main. « Je m'appelle Skye Langlinais. »

Le regard du Noir passa de Skye à la main qu'il lui tendait, puis lentement il la prit dans la sienne. « George Washington Harris. Facile de deviner pourquoi je m'appelle comme ça.

– Mon vrai nom – mon nom de baptême –, c'est Claude Louis. Mais c'est aussi celui de mon père, bien qu'il ait un surnom. Et celui de mon grand-père. Et de tout premier-né mâle dans la famille, depuis bien longtemps. Aussi, quand j'étais bébé, on m'a appelé par mes initiales : C.L., ce qui se prononce " ci-el ". Comme un mot français.

– *Ciel*, dit George Harris. *Sky* en anglais.

– Oui. » Skye était furieux d'avoir montré son étonnement. « On a mis un *e* au bout. Aussi ça s'épelle S-K-Y-E. »

Harris éclata de rire, mais d'un rire amical. « Tu es surpris que je sache le français, Langlinais ?

– Un peu, c'est vrai. » Skye se détendit.

« Je suis de Nashville. Mon père est directeur d'une compagnie d'assurances. J'ai fréquenté une véritable école qui avait des manuels et dont les professeurs savaient de quoi ils parlaient. » Harris avait de nouveau l'air moqueur et, en regardant l'homme en uniforme impeccable qui se tenait devant lui, ses cheveux noirs bouclés coupés court sous la casquette, sa peau brune et lisse émergeant du col et des manchettes fraîchement amidonnés, Skye se souvint des Noirs qu'il avait vus à Saint-Martinville, dans les champs. Vêtus de salopettes déchirées, sans chemise. Pieds nus. Les dents gâtées. Des enfants aux gros ventres et aux jambes comme des bâtons. Il chassa ces images, qui se mêlaient maintenant au souvenir du visage de furet de Red, du sentiment de supériorité et du mépris de Tom Conrad, de l'Irlandais se jetant dans la bagarre...

« Je suis content. Je viens de recevoir un colis. Tu aimes les caramels?

– Et comment. En échange, je te donne des gâteaux au müesli... Skye. »

Plus tard, en écrivant à Rosalinde, Skye s'aperçut qu'il ne pouvait pas mettre tout cela en mots. Il essaya de lui parler de Red, de Tom Conrad, de l'Irlandais. De la bagarre et de son amitié avec George Washington Harris. Tout cela avait un sens pour lui, mais en relisant ce qu'il avait écrit, en pensant à Rosalinde, assise près de la fenêtre ouverte de son dortoir, au collège dominicain, il sentit que ces mots n'auraient pas le même pour elle. Il déchira les pages qu'il avait remplies et les jeta. Puis, prenant une feuille blanche, il se mit à écrire : « Chère Rosalinde. Tu me manques. La vie n'est pas la même ici, mais ce qui n'a pas changé, c'est que je pense à toi tout le temps. » Il relut ces mots. Qu'est-ce qui clochait? En continuant à écrire le même genre de phrases, il comprit : Rosalinde lirait cette lettre et la comprendrait très bien; c'était le genre de lettre qu'elle s'attendait à recevoir de lui; mais tout en la cachetant et en collant le timbre, il se dit, avec un curieux serrement de cœur, que ce n'était pas du tout le genre de lettre que lui avait envie d'écrire.

« Ce qu'il vous faut, c'est une lime bâtarde », dit Caro en se penchant sur les outils dont disposait la jeune fille installée à côté d'elle. Elle l'entendit hoqueter et leva les yeux. Sa bouche formait un O parfait et ses yeux étaient écarquillés au maximum. « Qu'est-ce qu'il y a? », demanda-t-elle. Puis elle se souvint de sa propre réaction, la première fois que le contremaître lui avait dit d'aller chercher une lime bâtarde au magasin. « Je regrette, dit-elle en souriant, mais c'est comme ça qu'elle s'appelle. C'est une très grosse lime. Il faut aller la chercher au magasin.

– Je ne pourrai pas », dit la jeune fille. C'était une jolie petite blonde; sa frange bouffante dépassait de son foulard aux vives couleurs et ses mains minuscules semblaient ridiculement inadaptées aux lourds outils posés sur l'établi à côté d'elle. « Je ne pourrai jamais prononcer ce mot-là devant un homme. »

Ce ne sera pas le plus dur de ce que vous aurez à apprendre, pensa Caro. Mais se souvenant combien de temps il lui avait fallu pour s'adapter, elle sourit et lui tapota la main. « D'accord. De toute façon, j'ai moi aussi besoin de quelque chose, alors je vais aller vous chercher votre lime. » Tandis qu'elle remontait la chaîne vers le couloir menant au magasin, elle évoqua la frange ébouriffée qui formait un piège bouclé sur la tête de la nouvelle. Elle faillit revenir sur ses pas, puis poursuivit son chemin plus vite. Elle lui dirait, en revenant, qu'on n'avait pas le droit de laisser dépasser de son foulard la plus petite mèche de cheveux, ni le moindre bout de bretelle ou de ceinture de sa salopette.

Absorbée par ses pensées, Caro oublia de prendre, pour elle-même, une précaution essentielle; elle s'engagea dans un coude sombre du couloir que les filles de cette partie des chantiers appelaient le « coin du loup », parce que certains ouvriers se cachaient là pour bondir sur les femmes qui passaient. Une main se referma sur son bras et l'attira dans l'ombre; une autre recouvrit sa bouche et un corps lourd la poussa dans un coin.

« Tiens, tiens, la jeune fille du monde », dit l'homme. Elle ne pouvait pas voir son visage dans l'obscurité, mais elle reconnut sa voix. C'était l'ouvrier le plus brutal de l'atelier, un ancien boxeur professionnel qui, disait-on, avait perdu son titre parce qu'il s'était mêlé au monde des trafiquants. Quelqu'un lui avait demandé une fois – et ce fut la seule – pourquoi un homme aussi costaud que lui n'était pas à l'armée. En deux directs, le boxeur lui avait cassé le nez et fendu la lèvre, et avait annoncé qu'il avait quelque chose au cœur, mais que, si quelqu'un voulait vérifier l'état de ses poings, il l'invitait à se présenter. C'était aussi un coureur de la pire espèce; plus d'une fois, des filles étaient revenues à la chaîne après la pause du déjeuner, les joues rouges et les yeux épouvantés, et bien qu'aucune n'eût jamais rien dit, les autres femmes savaient qu'il les avait obligées à venir avec lui dans l'une des nombreuses cachettes où les couples se rencontraient brièvement. Il avait dit des choses à Caro chaque fois qu'elle était passée à côté de lui, des mots qu'elle avait fait semblant de ne pas comprendre. Ces derniers temps, il était devenu de plus en plus grossier. Et d'entendre maintenant sa voix dans son oreille, de sentir ses mains sur sa bouche et son bras, elle faillit s'évanouir de peur.

Elle était sûre qu'il allait la violer, là, tout de suite. D'une voix monocorde, il lui dit qu'il allait ôter la main de sa bouche, mais que si elle criait il dirait simplement que c'était elle qui l'avait aguiché, qui avait accepté de faire l'amour avec lui. Sa main quitta lentement sa bouche, aussitôt remplacée par ses lèvres. De sa main libre, il déboutonna son corsage et, l'ouvrant rapidement jusqu'à la taille, il le fit glisser de ses épaules. Lorsqu'elle sentit la main tirer sur son soutien-gorge, Caro se dit qu'elle allait perdre conscience. *S'il me touche, je ne pourrai pas le supporter.* Elle serra les lèvres contre l'assaut de sa langue, mais il l'introduisit de force dans sa bouche. Et juste au moment où il remontait son soutien-gorge et posait la main sur son sein, un cri perçant pénétra comme une lame les ténèbres profondes, l'arrêtant net.

Tout d'abord, Caro crut follement que c'était elle qui hurlait. Les lèvres et la langue de l'homme s'étaient immobilisées. Les cris reprirent, accompagnés d'exclamations, d'appels. Des bruits de pas qui couraient. Un coup de sifflet. « Merde ! » dit-il. Il recula. « Rhabille-toi, ma petite. Je ne veux pas que quelqu'un d'autre voie ce qu'il y a sous la glace. » Il disparut dans le couloir où des gens couraient. Hébétée, Caro remit son soutien-gorge en place et boutonna son chemisier. Deux hommes portant un brancard et une infirmière avec une trousse médicale passèrent au pas de course devant le recoin où elle se trouvait. Caro reprit le couloir et les suivit.

Ils se dirigeaient vers la partie des ateliers où elle travaillait; des gens, le visage blanc d'émotion, étaient rassemblés en cercle. C'est là que je travaille, pensa Caro en s'avançant. Quelque chose est arrivé à mon poste. Elle se fraya un chemin dans la foule en murmurant : « C'est là que je travaille. Laissez-moi passer, s'il vous plaît. C'est là que je travaille. »

La foule ondula, s'écarta pour laisser passer le

brancard et l'infirmière. Caro se glissa dans leur sillage. Elle se retrouva ainsi à l'intérieur du cercle et baissa les yeux. La nouvelle était étendue sur le ciment, baignant dans son sang. Il coulait du sommet de sa tête sur son visage qu'il masquait. Puis il cascadait sur son corsage, l'imbibant, l'assombrissant, et formait une mare sur le sol gris. Mais, outre le sang, cette tête avait quelque chose de bizarre; quelque chose d'étrange. Puis Caro comprit : il n'y avait plus de foulard; plus de cheveux. Ses yeux se levèrent vers la grosse machine qui se dressait, menaçante, derrière la chaîne. Elle savait ce qu'elle allait voir. Un foulard ensanglanté. Un scalp avec une frange blonde frisée, flottant comme un petit drapeau jaune. Elle ferma les yeux et ses genoux ployèrent. Elle sentit qu'on la prenait par les coudes, qu'on lui fourrait quelque chose sous le nez, elle huma l'odeur forte et amère de l'ammoniac. « Mettez la tête entre les genoux, allez », dit une femme en la forçant à s'asseoir sur un banc et à se courber en deux.

Elle lutta contre la nausée qui montait. Elle lutta contre le souvenir de cette tête ensanglantée, de ce foulard ensanglanté, de ces boucles ridicules éclaboussées de sang. Elle garda les yeux fermés jusqu'à ce que la femme lui dise : « On l'a emportée. On est en train de nettoyer. » Alors Caro leva la tête, ouvrit les yeux et cligna les paupières dans la lumière crue. Deux hommes étaient en train de passer la serpillière sur le ciment. Un autre s'en allait rapidement, portant un sac ensanglanté. Qui devait contenir le foulard, pensa Caro. Qui devait contenir aussi... Elle déglutit. Elle ne vomirait pas. Elle ne s'évanouirait pas. Elle se leva. « Ça va maintenant ? » demanda la femme. Un coup de sifflet. « On reprend le travail », dit-elle en se dirigeant vers sa place. « Ils vont envoyer quelqu'un pour la remplacer. » Elle jeta un long regard dur sur Caro. « Vous allez être capable de travailler? »

Caro pensa à David, maintenant à San Diego, à Skye se préparant au combat. « Bien sûr », répondit-elle. Rejoignant son poste, elle reprit le travail. Et elle s'interdit de penser à cette pauvre fille. Elle garda l'esprit et les yeux fixés sur sa tâche. Ce n'est qu'une fois rentrée chez elle, après avoir fait couler un bain chaud et préparé une tasse de thé qu'elle emporta dans la salle de bains, qu'elle pensa à ce qui était arrivé. Le visage stupide de la jeune fille. La stupide frange jaune. Son incapacité à demander une lime bâtarde au magasinier. J'aurais dû la laisser y aller, se dit Caro en pressant l'éponge pleine d'eau chaude sur son dos. Quelqu'un aurait dû l'obliger à fourrer tous ses cheveux sous son foulard, moi j'aurais dû. Elle se figea, le bras en l'air. Mais si cette stupide nouvelle était allée au magasin, si elle était passée dans le couloir obscur, cette horrible main épaisse l'aurait attirée dans le « coin du loup »... elle aurait été violée. Caro ferma les yeux. Elle pouvait presque le voir en train de violenter ce petit corps fragile. Elle vit la peur se changer en douleur dans les yeux de la stupide gamine. La panique. Et puis, l'évanouissement? Elle secoua la tête, le visage durci. Sa main se resserra sur l'éponge et l'eau refroidie jaillit sur ses épaules. Elle se mit à trembler, assise dans la grande baignoire à pieds de lion de sa belle maison de Calliope Street. Son estomac se souleva et brusquement, elle fut prise de nausée. Parce qu'elle prit conscience, clairement, pour la première fois de toute cette terrible journée, qu'elle avait été sauvée de cela par l'horrible accident qui avait coûté la vie à un autre être humain.

Elle sortit de la baignoire et se pencha au-dessus des toilettes, secouée par des haut-le-cœur; mais elle ne vomit qu'un mince filet de bile. Elle se laissa glisser sur le tapis de bain et s'appuya contre la baignoire. Il fallait faire quelque chose. Quelqu'un aurait dû s'occuper de cela, de ces hommes qui s'attaquaient continuellement aux femmes, qui ne se contentaient pas de leur dire des insultes et des grossièretés mais les soumettaient parfois à la violence.

Elle resta longtemps, très longtemps assise par terre, tandis que l'eau du bain refroidissait et que son thé devenait tiède. Jusqu'à ce qu'elle frissonne et que le bord dur de la baignoire marque douloureusement son dos. Alors elle se leva, passa une chemise de nuit et s'enveloppa dans une robe de chambre douillette. Elle se brossa les dents et se rinça longuement la bouche. Elle se brossa les cheveux et se mit de la crème sur le visage. Puis elle descendit silencieusement dans la bibliothèque, décrocha une aquarelle représentant une rue du Quartier français, révélant ainsi un petit coffre-fort mural. Rapidement, elle composa le numéro sur le cadran. Lorsque la porte s'ouvrit, elle plongea la main par-delà les boîtes qui contenaient ses bijoux, tout au fond du coffre. Ses doigts se refermèrent sur un objet lisse et dur qu'elle sortit avec précaution. Puis, le minuscule revolver au creux de la main, elle éteignit les lumières et regagna sa chambre. En se mettant au lit, elle pensa avec satisfaction que la petite arme tiendrait parfaitement dans la grande poche de son pantalon flottant. Et qu'elle serait capable de l'en sortir rapidement, si l'occasion s'en présentait.

7

Mai 1943

Skye gara sa voiture devant la maison des Nasser et ne descendit pas tout de suite, laissant la paix de cette soirée de mai l'envahir. Les osmanthes et les roses, les magnolias et les gardénias exhalaient leurs parfums dans l'air et, pour la première fois depuis son arrivée, c'est-à-dire depuis six heures seulement, il commença à se détendre. Skye n'avait pas encore annoncé qu'à la fin de sa permission, il s'envolerait pour le baptême du feu, mais lorsque son père avait vu les deux minuscules ailes d'or ornant son col, il avait lu dans son regard qu'il savait : le moment était venu pour son fils de quitter définitivement Biloxi.

Durant ces six heures, il avait été entraîné dans un véritable tourbillon; tout le monde parlait en même temps. Lorsqu'il était parti pour New Iberia, encore mal à l'aise dans son uniforme, la tête lui tournait, au sens littéral du terme. Et l'idée que Rosalinde l'attendait n'avait fait qu'empirer son trouble. Il sortit lentement de voiture, se retenant de se précipiter pour l'étreindre avec passion, après tous ces mois de privation.

« Calme-toi, se dit-il. Garde ton contrôle. » Mais lorsqu'elle ouvrit la porte et se jeta dans ses bras, il s'aperçut que ce n'était plus la jeune fille qui se laissait embrasser mais si rarement émouvoir. Il fut surpris par l'ardeur de son baiser et, la tenant à bout de bras, il parcourut des yeux le décolleté profond et la jupe collante de sa robe de soie vert pâle, les fines lanières de ses sandales à hauts talons. « Tu es sensationnelle, Rosalinde. Plus belle que n'importe laquelle des pin-up.

– Je devrais peut-être poser pour ce genre de photos, dit-elle en prenant son sac à main. Pour t'en donner une, bien sûr.

– Je ne veux pas que d'autres types te regardent. » Skye refoula les questions qui lui montaient aux lèvres. Il n'avait jamais demandé à Rosalinde, ni dans ses lettres ni lors de leurs rares conversations téléphoniques, si elle s'était trouvé un cavalier pendant son absence. Elle faisait vaguement allusion à des sorties « en bande », ou parlait d'un film qu'elle avait vu « avec des amis » et, ayant décidé qu'il pouvait supporter l'idée de quelque inapte au service dont il ignorait l'identité, qui ne lui faisait pas plus peur que l'un des frères de Rosalinde, il n'avait jamais exigé de détails. Mais il prit son bras d'un air possessif. « Tu es à moi et personne, sauf moi, ne doit te regarder. »

Elle lui lança un regard entre ses cils épais : le feu s'était éteint dans ses yeux redevenus froids. « Est-ce un ordre, mon lieutenant ? » Elle leva la main et caressa l'une de ses ailes. « Tu es officier, maintenant, n'est-ce pas ? Le lieutenant Langlinais ! C'est merveilleux.

– Ça sonne bien, hein ? » Soudain, il se sentit fier de son uniforme, fier de le porter, de se montrer ainsi dans cette ville familière avec la jolie Rosalinde au bras. « Où as-tu envie d'aller ? Au Toby's ? Au Chag's ?

– J'ai la clef de la garçonnière de mon oncle », dit-elle. Sa voix était aussi calme que si elle eût annoncé qu'elle avait deux billets pour le cinéma.

Il la regarda d'un air ébahi. « Tu as quoi ?
– Mon oncle Toby a une garçonnière au fond de sa propriété. On peut y entrer par l'allée de derrière. Il est à New York et j'ai la clef. »

Ce n'est pas possible. Elle ne comprend pas ce que cela sous-entend, se dit Skye. Il mit la voiture en marche. Il aurait voulu qu'elle dise quelque chose, qu'elle avait organisé une petite fête pour lui et que leurs amis les attendaient là-bas.

Elle leva les yeux, et son regard vert l'enveloppa. « Tu sais où habite mon oncle Toby. Allons-y. »

Elle alluma la radio et tourna le bouton jusqu'à ce qu'elle trouve la chaîne qu'elle voulait; *String of Pearls* de Glenn Miller vint tourbillonner autour d'eux et Rosalinde se mit à battre du pied, son corps gainé de soie se balançant en mesure.

« C'est bon d'écouter ce genre de musique avec une fille à côté de soi, dit Skye. De la musique militaire dans un baraquement plein d'hommes, ce n'est pas la même chose. »

Rosalinde leva les yeux vers lui. « Il doit bien y avoir des jeunes filles ?
– A Biloxi ? Je suppose.
– Tu as dû fréquenter des jeunes filles. Tu ne vas pas me faire croire que tu n'es pas sorti pendant tout ce temps-là ?
– J'ai été invité dans les familles de camarades d'université. Il y avait des jeunes filles, bien sûr. » Il haussa les épaules. « Mais elles ne m'intéressaient pas. C'est normal. Je t'aime.
– Ce n'est pas de ça qu'il s'agit. » Elle changea de position et s'appuya le dos à la portière pour lui faire face. « Moi, je suis sortie, Skye.
– Tu m'en as parlé dans tes lettres, Rosalinde – des bals, du cinéma –, et je me doutais bien qu'il n'y avait pas que des filles. » Il prit un tournant un peu trop vite. « Mais je ne pensais pas non plus qu'il était nécessaire que je m'inquiète.

– Pourquoi t'inquiéter? Je suis assez grande pour savoir ce que je fais. »

Il ne comprenait pas pourquoi elle prenait ce ton... dur, presque vulgaire. « Je ne dis pas cela, Rosalinde. » L'entrée de la demeure de l'oncle se profila devant eux. La propriété était entourée d'immenses touffes de bambous, si vieilles que les feuilles tombées à leur pied et transformées en humus formaient un mur impénétrable.

« Continue. L'allée de derrière commence au coin. »

Il tourna et vit un passage étroit entre deux énormes alignements de bambous. Il y pénétra et aperçut un pavillon de deux étages, illuminé par les phares.

« Gare-toi sous le grand chêne.

– Ecoute, dit-il d'un ton qu'il essaya de rendre désinvolte. Un pilote à l'esprit engourdi peut-il poser une question stupide?

– Bien sûr.

– Qu'est-ce que nous faisons ici? »

La lune s'était levée, assez haut au-dessus des arbres pour éclairer l'intérieur de la voiture et leur permettre de se voir nettement.

« Il y a un bar bien garni, une belle collection de disques... répondit Rosalinde. Un peu d'intimité, ce n'est pas ce que tu souhaites, Skye?

– Là n'est pas la question. Que crois-tu...? » Il secoua la tête. « Ecoute, Rosalinde, je sais ce que beaucoup de types disent actuellement : " Je vais m'embarquer demain, ne peut-on passer une nuit ensemble afin que j'en emporte le souvenir avec moi? "

– Tu vas partir?

– Oui, dès mon retour de permission. »

Un sourire qui lui parut calculateur altéra son visage, qui s'assombrit comme si le rayon de lune s'était déplacé. « Est-ce notre dernière soirée? »

dit-elle en lui prenant la main et en suivant du doigt les lignes de sa paume. La peau de la jeune fille était douce et fraîche et la passion qu'il s'était efforcé de maîtriser l'enflamma. Il la prit dans ses bras et, pour la première fois depuis qu'ils sortaient ensemble, il caressa de la langue les lèvres de Rosalinde qui s'entrouvrirent; puis il fit descendre la fermeture Eclair de sa robe. Alors elle le dévêtit aussi, sortant sa chemise de son pantalon, défaisant la boucle de sa ceinture.

« Entrons, Skye. Maintenant. »

Ils descendirent de voiture en trébuchant, les vêtements en désordre, sans cesser de se toucher et de se caresser. Rosalinde réussit à ouvrir la serrure, ils butèrent sur le seuil et vinrent s'écrouler sur un divan de cuir. Alors elle se releva et commença à ôter ses vêtements, laissant tomber sa robe à ses pieds, faisant passer sa combinaison par-dessus sa tête; enfin elle dégrafa son soutien-gorge et le lança au loin. Couché sur le divan, à demi nu, Skye la regardait. Le clair de lune qui baignait la pièce magnifiait le reflet ivoirin de la peau de Rosalinde, imprégnant de mystère sa toison brune. Skye la dévorait des yeux, et son regard tomba sur sa main droite : elle était nue, vide.

« Où est ma bague? » demanda-t-il, ne reconnaissant pas sa voix tant elle était rauque. « Rosalinde, où est ma bague? »

Elle leva la main et la regarda. Puis elle s'approcha de lui, son corps qui était toute douceur, lignes courbes, sculpture de vieil ivoire brillant au clair de lune. « Je suppose que j'ai oublié de la mettre.

– Tu m'as écrit que tu la portais tout le temps. »

Elle haussa les épaules, et ce mouvement fit osciller les douces rondeurs de ces seins qui l'obsédaient depuis si longtemps.

« Je la porte. Quand j'y pense. »

Brusquement, il se sentit terriblement nu et gêné, et chercha sa chemise qu'il enfila. « Je ne crois pas que ce soit une bonne idée... et j'ai la nette impression que pour toi non plus, d'ailleurs. » Elle le regarda et, pour la première fois de la journée, son masque avait disparu, elle était redevenue la Rosalinde qu'il connaissait, exotique, amusante, sophistiquée, mais vulnérable. Il se leva, lui passa sa combinaison et lui dit : « Mets-la, Rosalinde. Et nous pourrons parler de... de tout cela. »

Elle récupéra le reste de ses vêtements et alla s'habiller, rapidement, dans un coin de la pièce. Le temps qu'elle se retourne, Skye était en train de nouer sa cravate devant un miroir.

« J'aimerais mieux ne pas en parler, si cela t'est égal, dit-elle.

– D'accord. »

Elle fit un geste en direction du bar. « Tu veux boire quelque chose?

– Bien sûr. » Il savait que maintenant tous deux étaient autant en sécurité que s'il y avait eu cinq chaperons dans ce salon, où se sentait une présence aussi chaleureuse que celle d'un être humain. Et bien qu'il ne pût la nommer, pas plus qu'il n'avait pu le faire pour le ton calculateur sur lequel Rosalinde lui avait demandé si c'était sa dernière soirée avec elle, il éprouvait ce même sentiment d'aliénation qui l'envahissait si souvent à Biloxi – comme si tous ceux qu'il rencontrait avaient possédé un passeport pour cet étrange territoire nouveau et que lui-même eût passé la frontière sans papiers.

Le lendemain soir, lorsqu'il reconduisit Rosalinde chez ses parents après une soirée passée à New Iberia, ils s'embrassèrent comme ils l'avaient toujours fait et les mains de Skye restèrent sur les épaules de la jeune fille. Elle portait sa bague, mais il n'en parla pas. Puis il revint à la maison dans le brouillard s'élevant des mares et des bayous qui prenaient les terres dans leurs entrelacs de fils d'argent; les heures qu'il venait de passer avec elle semblaient déjà appartenir à un passé lointain, comme si ce qu'ils éprouvaient l'un pour l'autre, soumis à trop de contraintes, fût demeuré à l'écart du reste de leurs vies.

En se déshabillant pour se mettre au lit, il aperçut son corps dans le miroir, au-dessus de la commode. Ce grand corps mince et musclé, était-ce vraiment le sien? Il se souvint du regard que Rosalinde avait jeté sur lui, tandis qu'il se tenait nu devant elle : trop déconcerté, trop déchiré par ses propres désirs, il ne l'avait pas compris. Mais maintenant, en apercevant le regard froid qu'il jetait sur son propre corps, il reconnut celui de Rosalinde – un regard qui estimait, qui évaluait.

La brise soufflant par la fenêtre ouverte lui joua des tours en parcourant de ses doigts légers son épine dorsale. Il se força à évoquer les minutes où Rosalinde et lui avaient perdu tout contrôle, laissant libre cours à leurs désirs. Il pensa à ce qu'on racontait dans les baraquements, aux plaisanteries ordurières, aux allusions sexuelles; il n'arrivait pas à concilier les sentiments qu'il éprouvait pour Rosalinde avec le désir qu'il avait d'elle.

Pendant longtemps il avait souscrit aux leçons reçues de ses parents lui disant qu'il fallait protéger certaines jeunes filles contre elles-mêmes tout autant que contre son propre désir. Jusqu'à ce week-end il avait rangé Rosalinde dans cette catégorie, mais maintenant il ne savait plus que penser.

Caro reposa la lettre de David et, d'un coup de pied, mit la balancelle en mouvement. Là, à cette extrémité de la véranda, elle était protégée de la rue par un épais buisson de glycines dont les fleurs, blanches, pourpres et lavande, retombaient en grappes épaisses et emplissaient l'atmosphère de leurs couleurs et de leur parfum. Elle se sentait cernée par l'air humide et chaud, par les odeurs sucrées, qui la faisaient presque suffoquer. Elle reprit la lettre et la parcourut de nouveau. « ... Il n'y a rien de précis, bien sûr, mais j'ai dans l'idée que je ne vais pas rester longtemps à San Diego. » Et puis la fin : « J'aimerais bien que tu viennes, Caro. » Et cette supplication : « Je t'en prie. Je t'aime. »

La lettre était arrivée l'avant-veille. Dès le lendemain matin, Caro avait demandé un congé à son contremaître. « Je voudrais voir quelqu'un qui va... s'embarquer », avait-elle dit. Le visage de l'homme était resté inexpressif; la requête de Caro ressemblait à toutes celles qu'il entendait quotidiennement. Tandis qu'il parcourait les rapports la concernant pour prendre une décision, elle réalisa qu'il ne savait même pas si c'était à un époux, un fiancé ou un frère qu'elle voulait dire adieu. Il lui avait donné quatre jours, du vendredi au lundi de la semaine suivante : premier obstacle franchi. Un coup de téléphone à une agence de voyages avait éliminé le second : elle pouvait prendre l'avion ces jours-là, à condition de réserver tout de suite. Maintenant, le billet pour San Diego était sur sa coiffeuse, lui rappelant qu'un dernier obstacle restait à vaincre, et non des moindres.

Si elle allait à San Diego, elle serait obligée de se donner à David : elle ne pouvait pas faire tout ce chemin pour ne pas coucher avec lui, ce serait ridicule – pis encore, un mensonge. Elle se redressa en pensant à ce mot, qu'elle tourna et retourna dans sa tête, bien forcée de reconnaître que son comportement était malhonnête et contraire à ses sentiments profonds. Elle aimait David qui allait s'embarquer et des années peut-être allaient s'écouler avant qu'elle le revoie : à côté de telles évidences, le code moral de son enfance paraissait bien mesquin.

J'ai envie de faire l'amour avec David. J'en ai envie plus que tout, se dit-elle. Elle se laissa aller contre le dossier de la balancelle, laissant le doux mouvement rythmer ses pensées. Elle avait déjà couché de nombreuses fois avec lui en rêve, s'imaginant comment cela se passerait. Si elle en croyait ce que les religieuses du Mont-Carmel lui avaient dit, elle avait donc déjà péché : c'était aussi mal d'y penser que de le faire. Mais elle n'avait jamais pu accepter cette conception : elle trouvait que le fait de résister, de ne pas commettre les actions défendues, envisagées seulement en imagination, était à mettre à son crédit.

Curieusement, c'était Henri qui lui avait présenté son dilemme sous un angle nouveau. Ils étaient allés un jour ensemble au cinéma, puis au Camellia Grill pour y prendre un hamburger et un café. Caro ne cessait de parler de l'héroïne du film et de ses conflits, identiques à ceux dans lesquels elle-même s'enferrait. Cela avivait sa sympathie à son égard.

« Beaucoup de bruit pour pas grand-chose », avait fait remarquer Henri en la regardant par-dessus le bord de sa tasse.

« Ce n'est pas ce que dit l'Eglise.

– La plus grande partie de la morale est fondée sur des raisons pratiques. » Henri avait fait signe au serveur de leur apporter encore du café et s'était tu pendant qu'il remplissait leurs tasses. « Par exemple, si une femme mariée trompe son mari, propriété et fortune ne passeront pas aux vrais héritiers.

– Henri!

– C'est vrai. Lis des livres d'histoire. Et même, avait-il ajouté avec un sourire cynique, étudie celle de l'Eglise.

– Je ne peux pas baser ma décision sur... », avait-elle commencé à dire. Puis elle s'était aperçue de ce qu'elle disait et s'était interrompue, le visage brûlant de honte.

Henri lui avait pris la main. « Caro... Si tu as envie de coucher avec David, fais-le. Si tu ne le fais pas et qu'il lui arrive quelque chose, de l'autre côté de l'océan, tu le regretteras toute ta vie. »

Elle avait laissé tomber le masque et avait montré son trouble au grand jour : « Tu le crois vraiment ?

– Caro, le monde est en train de trembler sur ses bases ! Qu'est-ce que ça peut bien faire que tu couches ou pas avec David ? »

Mais pour elle, cela comptait. Il fallait qu'elle sache si son attachement à des principes avait un sens. Et si ces principes eux-mêmes avaient un sens ou pas. Lorsque David était parti pour San Diego, elle avait cru le problème remis à plus tard, mais maintenant il se réactualisait avec cette invitation et ce billet d'avion. Elle aurait voulu pouvoir en parler à quelqu'un, demander conseil, mais que dirait sa mère si elle s'adressait à elle ? C'était stupide; elle ne pouvait pas demander à sa mère la permission de coucher avec David. Puis, comme s'il avait été assis à ses côtés, elle entendit sa voix lui dire, avec tendresse : « Caro, tu n'as pas à demander aux autres adultes la permission de vivre ta vie. Si tu es assez mûre pour voler vers moi, pour m'aimer, tu l'es assez pour prendre tes décisions toute seule. »

Elle se leva et rentra à pas lents dans la maison. Elle n'était pas obligée de se décider tout de suite. Il lui restait presque une semaine avant le départ, presque une semaine pour résoudre ce dilemme :

elle regretterait peut-être d'avoir couché avec David; mais peut-être plus encore de ne pas l'avoir fait.

Raoul passa la voir le lendemain soir, obsédé par ses cours, parlant avec compétence d'intraveineuses et d'analyses sanguines, portant avec désinvolture une blouse blanche, un stéthoscope dépassant de sa poche. Elle se laissa submerger par le flot de ses paroles, heureuse qu'il la distraie, et désolée de ne pouvoir lui demander son avis. Puis elle se dit qu'il pouvait tout de même l'aider en répondant à une question pratique qu'elle n'oserait jamais poser à David – si elle décidait d'y aller.

– Raoul, à l'école de médecine, est-ce que... est-ce qu'on te parle de... de contraception? » Elle s'aperçut qu'elle ne pouvait pas le regarder, gardant les yeux fixés sur la jupe qu'elle était en train d'ourler. Le silence de Raoul lui révéla qu'il l'avait percée à jour et elle se dit : C'est comme si je les avais tous avertis que j'envisage d'avoir des relations sexuelles avec David Selbin.

« Bien sûr. » Elle attendit ce qu'il allait dire d'autre, mais ce fut tout. Après une minute ou deux, il ajouta d'une voix douce : « C'est tout ce que tu voulais savoir?

– Oui. » Mais lorsqu'il partit, elle le serra dans ses bras et l'embrassa sur les deux joues. « Merci Raoul.

– De rien », dit-il, et il partit en sifflotant.

Elle prit enfin la décision de partir. Ce qu'elle ne savait pas encore, c'était quel genre de péché elle allait commettre. L'Eglise disait que c'était un péché mortel et que rien que de l'imaginer c'en était déjà un, et cela elle ne pouvait pas l'admettre. Non. David constituait une part trop importante d'elle-même. Comment eût-elle pu penser à lui autrement que de cette manière-là? Et puis, n'importe comment, elle pourrait toujours se réconcilier ensuite avec l'Eglise. Car elle établissait une distinction entre Dieu et l'Eglise : Dieu avait assez à faire avec cette guerre; seule une partie de l'Eglise, celle qui était à l'abri, en Amérique, avait le temps de s'occuper de cela – de savoir si Caro Hamilton et David Selbin avaient fait ou non l'amour ensemble. Du moins était-ce là ce qu'elle se racontait.

Caro remonta la bandoulière de son sac plus haut sur son épaule et se leva sur la pointe des pieds pour voir au-delà des gens entassés devant elle. Où était David? L'aéroport de San Diego n'était plus qu'une mer d'uniformes bleus avec, ici et là, une silhouette en kaki qui disparaissait bientôt, submergée par une vague de bleu. Forcément, je suis en retard de cinq heures, pensa-t-elle en essayant d'ignorer son torticolis et la douleur sourde dans son pied, qu'une lourde botte avait écrasé. Il est peut-être retourné à la base. Si je pouvais seulement atteindre le comptoir de la ligne...

Mais cela semblait impossible. Au changement, à Dallas, son vol avait été supprimé et elle avait dû attendre le suivant pendant trois heures. Les deux avions étaient bourrés : enfants poussant des cris, mères épuisées, militaires en permission ou rejoignant leur base – hôtesses et stewards n'avaient pas cessé de dispenser réconfort et consolations. Mais les avions n'étaient pas seulement des moyens d'atteindre une destination prestigieuse, New York ou Paris; à l'instar des grands paquebots reconvertis en transports de troupes, ils volaient tous vers une victoire définitive.

Et puis, il y avait eu les soldats et les marins qui voulaient parler avec elle, lui payer un verre. Et même, durant son attente à l'aéroport de Dallas, coucher avec elle – sauf que le soldat en question avait employé un autre terme plus précis. Alors Caro avait dû abandonner la précieuse place assise qu'elle avait trouvée dans ces lieux surpeuplés pour fuir aux toilettes, lesquelles étaient encore plus encombrées et, en outre, sentaient terriblement mauvais, car les installations conçues en temps de paix étaient envahies par une foule de femmes et d'enfants voyageant depuis des heures, parfois des jours, et qui s'en servaient pour faire leur toilette, leur lessive ou changer leur bébé.

Caro avait l'impression que sa peau, ses cheveux, ses vêtements avaient accumulé plus de crasse qu'en une semaine. Si seulement elle avait pu prendre une douche, se laver les cheveux ! Si seulement elle avait pu trouver David !

Elle eut l'impression que la foule l'encerclait et, cessant de lutter pour s'y frayer un chemin, elle se laissa emporter par le flot humain.

Soudain une main se posa sur son bras, une voix familière parvint à son oreille. Elle se retourna et, durant un instant, elle ne vit plus que le visage de David : les boucles brunes, les sourcils droits, les yeux bleus qui la dévoraient, la courbe de ses lèvres prononçant son nom. Ses joues étaient creuses et son menton mal rasé. Elle tomba dans ses bras en pleurant, en répétant son nom comme une litanie.

« Mon Dieu, que tu es belle ! dit-il en la tenant contre lui.

– Je suis dans un état... », répliqua-t-elle en repoussant ses cheveux de son visage. « J'ai l'impression d'avoir fait le voyage en chariot.

– Je m'en doute. » David leur fraya un chemin dans la foule. « J'ai passé presque toute la journée ici à importuner les employés pour savoir quand ton avion arriverait. »

Elle se suspendit à son bras et le laissa la guider :

maintenant, elle était entre ses mains et devait simplement lui faire confiance.

David avait une voiture, une décapotable cabossée qui roulait « à l'espoir », dit-il. Il jeta son sac sur le siège arrière et ouvrit à Caro la portière avant. « Fichons le camp d'ici.

– Où vais-je m'installer? » demanda-t-elle.

Lorsqu'elle lui avait téléphoné pour lui annoncer sa venue, il avait dit qu'il s'en occuperait. « San Diego est un véritable asile de fous. Tu ne trouverais rien en essayant de retenir une chambre de La Nouvelle-Orléans. »

« Un ami à moi nous prête son appartement, répondit David. Aller à l'hôtel aurait été ridicule : ils sont tous pleins et beaucoup trop chers. Tandis qu'ainsi, nous avons deux pièces et une cuisine – avec vue sur la mer.

– Comme cela, je n'ai pas le choix, répliqua Caro, sentant chacune de ses paroles lui brûler la langue.

– Caro, j'ai cru que le problème était résolu. Nous n'allons pas recommencer, n'est-ce pas?

– Non, David.

– Bon. Tu connais mes sentiments. Tu sais combien je t'aime. Combien je te désire.

– Oh, David, c'est vrai?

– Tellement vrai que cela m'effraie.

– Je croyais que j'étais la seule à avoir peur.

– Chérie, tout va bien se passer.

– Oui, David. »

Il abandonna la route pour tourner dans une petite rue menant à la mer, où se serraient les unes contre les autres des maisons aux cours pleines d'hibiscus et de roses. La plupart étaient en stuc, avec des portes cintrées et des fenêtres à tout petits carreaux; ou bien elles avaient des tuiles et des cheminées ornées de tourelles, à l'espagnole. L'univers de Caro, avec ses colonnes et ses volets, était bien loin. L'eau bleue scintillait au bout de la rue; des petits bateaux bordaient le quai et l'odeur de l'air marin lui donna l'impression de plonger dans un bain purifiant.

David arrêta la voiture devant une maison, la dernière, dont les fenêtres donnaient sur la mer; elle se demanda lesquelles étaient les leurs. Elle leva les bras et s'étira. « Je ne me souviens pas d'avoir jamais été aussi sale, dit-elle.

– C'est un problème facile à régler », répondit-il. Elle pensa aux pièces du premier étage – la chambre à coucher, la salle de bains – et la peur accéléra les battements de son cœur.

« Je suis vraiment terrorisée, dit-elle.

– Je sais. » La passion durcissait la voix de David, dont les regards la brûlaient. Il l'attira à lui. « Montons. » Sa bouche lui caressa l'oreille.

Alors, comme si quelque verrou intérieur venait de sauter, la porte qu'il maintenait fermée s'ouvrit toute grande, et son désir fut si fort qu'il brisa ce qui lui restait de résistance. Tous les refus, toutes les barrières tombèrent, ne laissant subsister que son amour pour lui. « Oui », chuchota-t-elle.

Elle s'arrêta sur le seuil de l'appartement, sachant que, une fois qu'elle l'aurait franchi, elle serait sur un terrain qu'elle n'explorerait pas seule : ils le parcourraient ensemble et, quoi qu'il arrive, elle ne l'oublierait jamais. David lui donna une petite poussée et elle entra dans la pièce.

« Tu as faim? J'ai fait des provisions.

– Oui. Et je voudrais prendre un bain.

– Je vais préparer un plateau pendant que tu te laves. »

Elle entra dans la chambre et ferma la porte. Le lit attira aussitôt ses regards; elle avait du mal à croire que, bientôt, David et elle seraient couchés là et feraient tout ce qu'elle avait imaginé. Elle frissonna et commença à se déshabiller, ôtant son corsage taché par le voyage, sa jupe froissée. Elle remplit la baignoire jusqu'au bord et laissa l'eau chaude l'apaiser, tout en regardant la mousse de savon glisser sur ses seins et s'accumuler sur son ventre, et elle imagina les mains de David sur son corps. Quand elle l'entendit entrer dans la chambre, elle sortit en hâte de la baignoire et se sécha avec une immense serviette qu'elle drapa autour d'elle comme un sarong. David leva les yeux lorsqu'elle ouvrit la porte de la salle de bains. Il posa sur une table le plateau qu'il tenait et s'avança vers elle les mains tendues. Il défit le nœud de la serviette qui tomba à ses pieds comme une flaque bleue. Puis sa bouche se posa sur la sienne. L'une de ses mains se referma sur son sein tandis que l'autre errait sur son corps. La force du désir qui monta alors en elle l'étonna : elle n'arrivait pas à croire que c'était elle, Caro Hamilton, qui tirait sur les vêtements de David tout en répondant follement à son baiser. « Enlève tout ça, dit-elle d'une voix rauque.

– Attends une minute. » Il recula, et sans la quitter des yeux, commença à se déshabiller. Lorsqu'il se retrouva nu lui aussi, il arracha la couverture et la renversa sur le lit. Elle l'attira à elle, pressant son corps contre le sien. Un peu plus tard, alors qu'il la pénétrait, elle songea en un éclair de certitude à quel point elle avait eu raison en prenant la décision de venir.

Ils ne se levèrent que pour manger un peu, passant chaque minute à découvrir les territoires secrets de leurs corps. Au soir du deuxième jour, Caro se retourna dans ses bras et rit doucement. « Je pensais...

– A quoi? dit David en se penchant pour l'embrasser.

– ... Que je ferais mieux de trouver quelques cartes postales pour pouvoir parler de San Diego, quand je rentrerai. » Elle rit de nouveau, pour le taquiner, et dit, d'un air de conspirateur : « Je ne voudrais pas avouer que je n'ai vu de la ville que l'aéroport et cette chambre. »

8

Juin 1943

Une poussière épaisse s'élevait des fossés séparant la route empierrée des champs de canne à sucre, ajoutant une autre couche à la crasse qui recouvrait les camions de ce convoi de prisonniers de guerre allemands arrivant à Saint-Martinville, qui se dirigeait vers le camp établi à Evangeline Park, dans les faubourgs. Lorsque les véhicules commencèrent à serpenter dans les rues, les gens sortirent de leurs maisons pour regarder passer les prisonniers en silence. C'était une parade sans roulements de tambour, une victoire sans drapeaux. Il était midi lorsque les camions passèrent devant l'église. L'angélus se mit à sonner. Dans toute la cité, des têtes s'inclinèrent, des mains firent le signe de croix. Certains prisonniers baissèrent aussi la tête et plus d'un, en entendant les cloches, eut brusquement l'impression de se retrouver dans un monde où la vie reprenait ses droits.

Au même moment, dans un bureau de fortune du camp, Caroline et Emilie Langlinais attendaient l'arrivée du convoi en compagnie d'autres membres de la Croix-Rouge. Ce jour marquait la fin de plusieurs semaines de négociations avec le commandant du camp Polk de Leesville, l'un des trois principaux camps de prisonniers de guerre de la Louisiane : les Allemands arrivaient là puis étaient envoyés dans l'un des camps secondaires de l'Etat. En cet été 1943, dans les zones rurales de la Louisiane, plus d'un fermier qui s'était demandé comment il allait faire la récolte dans ses champs de canne à sucre, de coton ou de riz attendait avec impatience l'aide de ces prisonniers de guerre, qui allaient combler le terrible vide laissé par les hommes partis au front.

La stratégie élaborée par le général américain Eisenhower et le général britannique Montgomery pour balayer les forces du maréchal Rommel d'Afrique du Nord avait porté ses fruits; trois cent mille prisonniers allemands avaient été embarqués pour l'Amérique. C'était une partie de ce flot qui atteignait maintenant Saint-Martinville.

Caroline se leva et, sur le pas de la porte, regarda les baraquements vides qui pouvaient abriter jusqu'à six cents hommes au moment des récoltes d'automne. Ce premier groupe en comptait deux cents, constituant le complément de main-d'œuvre qui resterait là d'un bout de l'année à l'autre. D'un bout de l'année à l'autre? se dit-elle. Dieu du ciel, ces hommes allaient vraiment s'installer là jusqu'à la fin de la guerre? Si nos ennemis se mettaient à labourer nos propres champs, ce monde était vraiment devenu fou! Le son des cloches lui parvint dans l'atmosphère paisible et elle se mit à réciter : « L'ange du Seigneur annonça à Marie qu'elle enfanterait le Sauveur et elle conçut par l'opération du Saint-Esprit. Je vous salue, Marie, pleine de grâce... »

Elle vit alors arriver le premier camion, dont les phares traçaient des cercles de lumière dans la poussière épaisse qui assombrissait ce jour d'été. Elle s'agrippa au montant de la porte. Ces hommes n'étaient pas ses ennemis; ils avaient des familles

– une mère qui les aimait, un père qui se faisait du souci pour eux, une épouse esseulée, des enfants qui attendaient leur retour. Elle ouvrit la porte toute grande. Un officier américain sauta du premier véhicule et vint à elle. « Madame Langlinais ?

– Oui. Nous sommes prêtes. »

Lorsqu'elle reprit sa place parmi les autres femmes, elle jeta un coup d'œil sur elles. Leurs visages révélaient à quel point chacune était impliquée dans cette guerre. Celles qui n'avaient pas de proche dans les forces armées affichaient simplement de la curiosité. Les autres avaient les traits tendus et se tenaient trop droites.

A la fin de l'après-midi, leur tâche routinière les avait toutes engourdies. Une ligne d'hommes en gris s'étendait de la porte au bureau de Caroline; chaque homme s'arrêtait devant elle pour faire enregistrer son identité, puis passait devant des tables alignées pour recevoir les petits sacs que les scouts et les jeunes de la Croix-Rouge préparaient depuis des semaines. Des hommes qui traînaient les pieds, des hommes poussiéreux, suants, pâles de fatigue ou congestionnés par la chaleur écrasante, blonds, bruns, grands, petits, gros, maigres. Et les yeux anxieux ou froids. Et, rarement, une question, un bonjour hésitant, en allemand, ou en français, ou en anglais. Parfois, un commentaire à voix basse à un camarade; un rire qui faisait sursauter les femmes, confrontées soudain à une agressivité sexuelle inattendue.

Les hommes refusent les femmes, pensa Caroline. Elle se récita mentalement la liste des activités que le comité avait prévues, et qui allaient des concerts au théâtre amateur. Elle pensa aux plantations qui s'étendaient de chaque côté du camp et attendaient le travail de ces hommes. Elle pensa aussi au petit nombre de gardes, aux maisons isolées. Et résolut d'occuper le plus possible Emilie à la ferme ou aux bureaux, en ville. Mais pas ici. Et surtout pas à Beau-Chêne – sa propriété bien-aimée, maintenant dangereuse.

Il avait commencé à pleuvoir pendant la dernière étape du vol transatlantique, une pluie battante qui secouait l'avion et s'abattait sur ses ailes comme un rideau gris. Skye, juché sur l'un des bancs qui couraient tout au long de la carlingue, se retourna et contempla la pluie qui se confondait avec les vagues tout aussi grises de l'océan. Il fut l'un des premiers à entrevoir l'Angleterre; en regardant le rivage voilé par la pluie, il évoqua son premier séjour en Europe, pendant l'été 1936; pour fêter leur mariage, son père et sa belle-mère avaient emmené leurs six enfants en voyage. Ç'avait été un vrai « festival » de cathédrales et de musées, d'hôtels cinq étoiles et d'auberges de campagne. Pendant les premiers temps de la guerre, Henri, Raoul, l'une des filles ou lui, tombant sur un nom familier, dans un article de journal, pouvait dire : « Vous vous rappelez ce petit village de France où nous avons déjeuné avec une vraie marquise, dans son château? Il a été bombardé hier. » Cela leur faisait mal de regarder l'album de photos et de se voir folâtrant sur une plage maintenant couverte de fils de fer barbelés, ou posant au pied de la tour Eiffel dans un Paris désormais occupé par les nazis. Au moins, se dit Skye lorsque l'avion de transport entama lourdement sa descente, je ne suis jamais venu dans la campagne anglaise, et donc aucun souvenir ne se rattache à notre nouvelle base.

Il ne connaissait pas plus que ses compagnons la localisation exacte de ce camp d'aviation; c'était quelque part entre Brighton et Portsmouth. Depuis que les bombardiers britanniques et américains avaient commencé une offensive commune, on avait concentré sur la côte sud de l'Angleterre la force aéroportée des deux nations.

Si l'on avait questionné chaque pilote présent dans cet appareil sur l'histoire de la VIIIe armée aérienne et sur ses objectifs militaires, il les aurait récités tout d'une traite, Skye en était certain; le premier contingent était arrivé en Grande-Bretagne en mai 1942. L'armée de l'air américaine étant engagée dans des actions en Afrique du Nord et dans le Pacifique, sa présence en Angleterre était restée pendant longtemps relativement faible. A la fin de 1942, elle ne disposait que de cent bombardiers lourds, opérant à partir de ses bases du Huntingdonshire et de l'est de l'Angleterre.

Cent, ce n'était pas assez. Le bombardement de jour était particulièrement périlleux car les avions de chasse qui, normalement, devaient escorter les bombardiers n'avaient pas une autonomie de vol suffisante; pour que les lourds appareils américains – les Liberator et les forteresses volantes – pussent pilonner efficacement l'Allemagne sans escorte, un minimum de sept cents bombardiers eût été nécessaire, dont trois cents capables de s'envoler n'importe quand, pour n'importe quel raid. C'était par le nombre seul que les forces de bombardement américaines pourraient survivre aux batteries anti-aériennes allemandes et aux prouesses désespérées de la Luftwaffe.

Maintenant que la guerre en Afrique du Nord était finie, on pouvait détacher une partie de la puissance aérienne américaine en Angleterre. Le 10 juin, les quartiers généraux des forces alliées avaient lancé l'opération « A bout portant »; Britanniques et Américains allaient vraiment travailler ensemble. De nuit, les objectifs allemands seraient pilonnés par les bombardiers lourds britanniques, les Lancaster, dont la voie était jalonnée par les

Pathfinder, des appareils qui survolaient la cible à basse altitude et lançaient des fusées éclairantes rouges. De jour, les B-17 américains, les forteresses volantes, et les B-24, les Liberator, s'envoleraient en masse vers le même objectif. Le but essentiel de l'opération « A bout portant » était de désorganiser et de détruire le système économique, industriel et militaire de l'Allemagne, tout en sapant le moral de son peuple. Certains objectifs avaient la priorité : d'abord les chantiers de construction de sous-marins, suivis par l'aéronautique, les transports, les raffineries et autres usines clefs de l'industrie de guerre allemande.

« On va réellement y tâter », avait dit l'un des camarades de Skye à la sortie du dernier briefing avant leur départ pour l'Angleterre. « Le bombardement de jour, c'est un foutu truc. Rien entre eux et nous, que quelques nuages – j'aurais dû m'engager dans la marine quand je le pouvais encore.

– Nos bombardiers peuvent voler hors de portée des tirs de la DCA, avait répondu Skye. Et nos canonniers sauront se charger de la Luftwaffe.

– C'est ce qu'on dit. Mais je me sentirais mieux si les avions de chasse restaient avec nous jusqu'au bout – on a déjà l'impression d'être abandonnés quand on les voit partir pendant les manœuvres. Qu'est-ce que ce sera sur le terrain ?

Skye regarda la piste monter vers l'appareil, puis il sentit le choc des pneus heurtant le macadam, pendant tout ce temps il avait dans la bouche le goût amer de la peur. Il comprenait la nécessité de cette tragédie consistant à pilonner, de jour comme de nuit, les objectifs allemands. Mais en pensant aux avions de chasse de la Luftwaffe, rapides comme l'éclair, qu'il avait vus dans les films militaires, il se remémora le jour où, se baignant dans le bayou Teche, Gennie avait hurlé qu'elle voyait un alligator, et où il était revenu à toute allure vers le rivage. Mais tu t'en es tiré, se dit-il. Tu t'es baigné dans ce même bayou des milliers de fois et tu es toujours revenu sain et sauf à la maison.

On ouvrit la porte et, soulevant son paquetage, il suivit ses camarades sous la pluie. Des pilotes de la RAF les attendaient au pied de l'échelle et serraient la main de leurs collègues américains. A l'extrémité du champ d'aviation, des bâtiments apparaissaient vaguement sous la pluie. Brusquement, Skye sentit la fatigue s'abattre sur lui. Il avait besoin d'un verre, d'un peu de nourriture et d'un lit, juste dans cet ordre-là. Comme s'il lisait dans son esprit, l'un des pilotes britanniques vint lui emboîter le pas.

« Tony Harrington, dit-il en lui tendant la main. Bienvenue en Angleterre.

– Skye Langlinais. Vous ne savez peut-être pas où je pourrais trouver quelque chose qui ressemble à un verre?

– Je suis justement là pour ça. Nous donnons une petite fête au mess, et nous sommes venus inviter les Yankees à se joindre à nous.

– Vous êtes en poste ici? Ce n'est pas une base américaine?

– Services de liaison, répondit Harrington. Nous mettons au point les détails de la stratégie commune. » L'officier britannique semblait joyeux. Quand ils eurent rejoint les autres et que les nouveaux arrivants eurent été servis, Skye apprit la raison de cette allégresse.

Deux nuits auparavant, le 24 juillet, les bombardiers britanniques avaient effectué leur premier raid contre Hambourg. Sur les sept cent quatre-vingt-onze appareils – des quadrimoteurs, sauf soixante-treize d'entre eux –, douze seulement n'étaient pas rentrés à la base. Grâce à une nouvelle technique de brouillage radar baptisée « Fenêtre », on avait lancé en grande quantité des bandes de papier d'aluminium de trente centimètres de long, ce qui avait troublé le radar qui dirigeait les tirs de la DCA et les avions de chasse.

Le lendemain, deux cent cinquante-deux bombardiers américains avaient pilonné Hambourg en se frayant un passage dans les nuages de fumée qui obscurcissaient leurs cibles, un chantier de construction de sous-marins, et une usine de moteurs d'avion. « Une partie de la fumée provenait de feux allumés par les Allemands dans l'intention de les gêner, dit Harrington. Mais les autres s'élevaient des objectifs que nous avions touchés la nuit d'avant. » Il remplit de nouveau le verre de Skye. « Il va falloir encore travailler pour mettre cette technique au point. Mais nous sommes drôlement contents de vous avoir avec nous. »

Des questions montèrent aux lèvres de Skye, mais il les noya dans une gorgée de whisky. Qu'est-ce que ça vous fait comme effet de voir une ville en flammes?

En parcourant des yeux cette minuscule salle mal aérée, il fut frappé par la différence existant entre les visages des pilotes britanniques et ceux des Américains qui venaient de débarquer. Harrington et ses camarades avaient l'air harassé d'hommes ne dormant pas assez et travaillant sans répit, sans pouvoir se détendre.

Skye et les autres Américains semblaient frais, reposés : des bleus. Il frissonna et remonta le col de sa veste. On était en juillet, le temps était encore très frais. Il faudrait s'habituer à pas mal de choses.

« ... environ six cents kilomètres, maintenant. Et ils s'efforcent de l'augmenter.

– De quoi s'agit-il? demanda Skye en se rapprochant du groupe principal.

– Nos Thunderbolt peuvent nous emmener à six

cents kilomètres du point de décollage. On ajoutera des réservoirs partout où il est possible de les fixer. »

En l'espace de quelques minutes, ils en étaient déjà venus à parler boutique. Se remémorant ses premières séances de discussion, là-bas, à Keesler, Skye se vit lui-même : jeune, tellement jeune – et ignorant; mon Dieu, tellement ignorant! Pensant que pour devenir pilote il ne fallait que quelques connaissances et du cœur au ventre. Il hocha la tête à l'intention de Harrington qui brandissait la bouteille. Maintenant, il n'était guère plus âgé... de quelques semaines seulement – mais ô combien moins ignorant! Il pouvait écouter cette discussion sur les tactiques d'évitement et visualiser les manœuvres; il pouvait suivre un débat sur les mérites respectifs du Lancaster britannique et du Liberator américain et comprendre les arguments des deux parties.

Il dériva vers une fenêtre obturée par des rideaux et qui donnait sur les abords du terrain. On avait cloué un tissu noir sur les montants, comme sur toutes les autres fenêtres de la base. Si près de la côte, les obus des sous-marins constituaient une menace aussi réelle que les bombes lancées des avions. En explorant les alentours de la base, Skye allait bientôt découvrir qu'on avait enlevé les poteaux indicateurs des routes, formant un véritable labyrinthe pour les non-initiés : ainsi les éventuels saboteurs n'auraient-ils même pas pu lire le nom du lieu où ils se trouvaient.

Pour le moment, debout là en train de regarder les autres, d'écouter et d'évaluer, il prit conscience qu'il faisait exactement ce que son père lui avait enseigné lorsqu'il chassait en territoire inconnu : « Marche le plus en ligne droite que tu peux afin de savoir exactement où tu es. Interprète les signes pour déceler les autres présences dans le bois. » Un bon conseil, pensa-t-il, qui lui avait servi plus d'une fois; restait à voir s'il se révélerait utile dans le ciel, au-dessus de l'Allemagne.

Un son éclata au-dessus de sa tête, une vibration régulière, le bruit d'avions volant dans la nuit. Tous cessèrent de parler, les yeux levés vers le plafond comme pour voir les centaines d'appareils passer dans le ciel.

« C'est Hambourg de nouveau », dit Harrington en consultant sa montre. Son regard croisa celui de Skye. « S'ils laissent quelque chose, ce sera peut-être votre tour la prochaine fois. »

Les sept cent quatre-vingt-sept bombardiers qui pilonnèrent Hambourg, en cette nuit du 27 juillet 1943, ne laissèrent effectivement pas grand-chose derrière eux : avec une grande précision et une concentration tout exceptionnelle, ils lancèrent sur la ville plus de mille deux cents tonnes de bombes incendiaires. Un ouragan de feu se propagea une demi-heure après la première vague de bombes – un pilote dit plus tard à Skye que les nuages, illuminés par cet énorme brasier, ressemblaient « à du coton imbibé de sang ». Et bien que les conséquences politiques de la bataille de Hambourg se soient fait attendre longtemps, son effet immédiat, s'ajoutant à la chute de Mussolini qui avait eu lieu le 25, fut de secouer terriblement le haut commandement du Reich. Le maréchal Goering fut comme assommé. La réaction du Führer, elle, fut caractéristique : en accueillant quelques jours plus tard le nouveau chef du gouvernement italien, le maréchal Pietro Badoglio, Hitler lui dit : « Le jour viendra, peut-être dans trois cents ans, où nous pourrons nous venger. »

Mais pour Skye Langlinais, et pour des centaines d'autres aviateurs américains, Hambourg ne signifiait qu'une chose : porter la guerre au cœur de l'Allemagne.

Le petit ventilateur mobile posé sur un classeur en face d'Henri, tournant inlassablement d'un côté à l'autre, remuait à peine l'air humide et chaud. Son souffle effleurait les papiers entassés sur le bureau et, en haut du meuble de rangement, derrière Henri, il en soulevait parfois un, l'envoyant voltiger jusqu'au sol.

Mais ce n'était pas lui qui faisait frissonner Henri, ni perler la sueur sur son front glacé. Ses yeux étaient fixés sur une lettre qu'il tenait devant lui. Déjà le papier collait à sa main moite et il eut l'impression qu'il se fondait dans sa chair, que les mots devenaient une partie de lui-même avec laquelle il serait obligé de vivre jusqu'à sa mort.

Pour la première fois depuis qu'il avait demandé à Beau de lui octroyer la direction de la Carolina Oil, petite société de production fondée par celui-ci juste avant la guerre, il regrettait cette faveur. Il essaya de se rappeler comment il se sentait quelques minutes auparavant, avant d'avoir ouvert cette lettre. Il tenta de ranimer la fierté qu'il avait éprouvée en lisant les derniers chiffres de production de la Carolina Oil. En 1941, l'industrie pétrolière américaine, déjà productrice des deux tiers du pétrole mondial, avait battu tous les records avec un total approximatif d'un milliard quatre cents millions de barils de pétrole brut. En ce premier jour de juillet 1943, l'industrie privée avait mené à bien soixante-trois pour cent de ses projets d'expansion liés à la guerre. Une partie de cette production était constituée par de l'essence à octane cent, qui procurait aux Alliés un grand avantage sur leurs ennemis. Quarante mille barils d'essence à indice d'octane élevé étaient produits chaque jour par les raffineries américaines pour les avions de chasse et les bombardiers sur les fronts d'Europe et du Pacifique. Ce carburant assurait aux avions une plus grande puissance, une plus grande vitesse de décollage et de montée, un plafond plus élevé, une plus longue autonomie de vol et une plus lourde charge. Le rôle crucial joué par le pétrole dans la machine de guerre des Alliés enrichissait les propriétaires de puits et Henri avait vu grimper les bénéfices de la Carolina Oil avec le sentiment d'accomplir enfin quelque chose. Cette fierté lui avait fait du bien; lorsqu'il déjeunait chez Mike et Tony ou aux Jardins d'Italie avec d'autres hommes d'affaires, ils ne se moquaient plus de lui en commandant du lait pour le bébé, mais l'écoutaient et le traitaient comme l'un d'eux.

Mais la lettre avait tout changé. Personne ne voudrait plus déjeuner avec lui. Son père allait le réexpédier à Loyola en disant que la décision qu'il avait prise en janvier de laisser Henri quitter provisoirement le collège pour s'essayer aux affaires avait été nettement prématurée. Il relut la lettre en espérant l'avoir mal comprise; mais non, les mots disaient la même chose incroyable, sonnaient toujours le même terrible glas : trois paiements sur un billet garantissant le prêt qui couvrait l'achat d'une fabrique de caoutchouc synthétique n'avaient pas été honorés et, par suite de ce défaut de règlement de M. Mitchell, M. Henri Hamilton de la Carolina Oil, en tant que cosignataire, devrait verser la somme dans sa totalité.

Comment était-ce possible? Il n'avait rien signé. Quatre mois auparavant, Henri était allé voir Beau, qui en tant que président du conseil d'administration avait le dernier mot, pour lui présenter la proposition de Mitch; il avait écouté avec attention et pris des notes. « Mitch va s'en tenir au butyle, avait expliqué Henri. Il y a quatre manières de fabriquer du caoutchouc synthétique, et beaucoup de gens choisissent le buna-S parce que c'est le procédé le mieux connu. Mais le butyle est plus facile et plus rapide – et les matières premières sont meilleur marché.

– Et ses utilisations sont aussi nombreuses que celles du buna-S ? Si l'exploitation du butyle est trop limitée...

– Il est tout aussi élastique. On s'en sert beaucoup pour les chambres à air. Mitch dit que si nous signons les papiers cette semaine, nous pourrons vendre le produit dans un mois.

– Je ne savais pas que les choses étaient si avancées, avait dit Beau.

– Mitch dit que vous lui aviez recommandé de m'appeler », avait riposté Henri.

Beau comprit que Henri se mesurait à lui en opposant sa propre expérience et son sens des affaires aux siens, déterminé à lui prouver qu'il avait mûri, qu'il était devenu compétent. Mais je sais déjà qu'Henri a une vive intelligence, pensa Beau. Il peut saisir des détails qui échappent à beaucoup d'hommes plus expérimentés que lui; il est fait pour les affaires. Si je pouvais seulement l'en convaincre lui-même, nous n'aurions plus d'ennuis avec lui. Mais l'opinion de quelqu'un compte peu si l'on n'a pas confiance en soi – et Henri n'avait pas très bonne opinion de lui-même.

« Je lui ai dit de t'appeler », reconnut Beau en prenant un ton conciliant. « Mais il t'a sûrement donné un prospectus d'émission. Je l'ai prévenu, comme je te l'ai déjà dit, que je n'allais pas engloutir une forte somme dans un projet sans avoir vu de vrais chiffres.

– Il dit qu'ils l'ont posté la semaine dernière », répondit Henri. Il semblait sur la défensive et ses lèvres commencèrent à esquisser la moue bien connue. « Vous savez combien de temps le courrier met en ce moment. Si nous sommes obligés de l'attendre, l'affaire va nous échapper. Cela fait cinq semaines que l'usine est sur le marché. Mitch a un contact dans la boîte mais il faut faire vite ou ils trouveront un autre acheteur.

– Nous devons en prendre le risque, Henri. Je suis désolé, mais il s'agit d'une grosse somme d'argent. Je me suis toujours imposé les mêmes règles, dans toutes les affaires que j'ai conclues. Je n'investis jamais autant d'argent sans avoir vu, au minimum, un prospectus d'émission.

– C'est un marché très juteux, insista Henri.

– Il en a l'air. Je suis très, très content de la manière dont tu as mené les préliminaires, Henri; tu t'en es bien tiré. Mais Mitch ne peut s'attendre que nous achetions sans une information plus sérieuse. » Beau regarda Henri, la voix toujours calme et conciliante. « Je m'étonne même que Mitch nous propose cela sans avoir préparé une étude détaillée du projet.

– Il pense probablement que nous pouvons lui faire confiance, murmura Henri.

– Cela n'a rien à voir. »

Henri ouvrit la bouche puis la referma. « Bon. Je vais dire à Mitch qu'il faut qu'il nous trouve un prospectus d'émission, ou l'affaire ne se fera pas.

– Il y a d'autres marchés, Henri. Quand on va savoir quel homme d'affaires tu es, tu auras plus de propositions que tu ne pourras en étudier.

– Plus de propositions à prospecter afin que vous puissiez prendre une décision.

– Toi aussi, tu as des décisions à prendre. Après tout, tu as intérêt à ne garder que les idées qui te paraissent bonnes. Rappelle-toi que la Carolina Oil appartient pour moitié à ta mère. Tu en auras ta part un jour – ce qui signifie que les bénéfices que tu réalises sont aussi les tiens.

– J'ai tendance à l'oublier, dit Henri, l'air plus joyeux. D'accord, je vais faire savoir à Mitch ce que nous avons décidé. »

Il l'avait fait. Il en était sûr.

Avec frénésie, il se remémora en détail son dernier entretien avec Mitch Mitchell, en mars. Celui-ci n'avait pas fourni de prospectus d'émission et le « Pas question » de Beau était demeuré ferme. Mitch avait écouté sans rien dire; seuls ses yeux trahissaient sa colère. Fouillant à tâtons dans les papiers de son porte-documents, il avait tendu à Henri une grosse liasse de documents à l'écriture serrée. « Il vous faudra signer cette décharge. Cela vous délivrera de tout engagement de précontrat. »

Henri n'avait pas bien compris de quoi Mitch parlait; il commençait à lire les papiers lorsque Sallie Mitchell était entrée avec un plateau chargé de whiskies à l'eau. Il avait bu un verre, puis deux, puis trois. Il avait rangé les papiers pour les emmener afin de les lire plus tard et avait passé le reste de la soirée à boire et à écouter Sallie chanter. Il était soulagé que les Mitchell ne soient pas fâchés : il avait pris l'habitude de passer souvent les voir, durant ses premiers mois passés à Baton Rouge. Son petit appartement n'était pas très confortable et, Skye parti, il ne voyait plus grand monde; or les Mitchell étaient amusants, pas beaucoup plus vieux que lui, et en compagnie de Sallie il se sentait formidable.

A un moment donné, Mitch avait disparu en murmurant quelque chose à propos de son travail, et après cela... tout devenait confus dans l'esprit de Henri. Il croyait se rappeler qu'il était resté assis sur le divan avec Sallie, et que même il l'avait embrassée. Ce souvenir le mettait au supplice; quand il s'était réveillé, le lendemain matin, il n'avait pu se rappeler s'il avait lu les papiers et les avait signés, ou s'il les avait juste laissés à côté de sa chaise. Il avait décidé d'attendre que Mitch lui téléphone; comme il ne l'avait pas fait, il s'était dit qu'après tout il avait dû lire et signer quand il était encore sobre.

Henri n'était pas retourné chez les Mitchell. Beau lui avait en effet confié deux ou trois autres affaires, et, le temps qu'il les étudie et mette au point les négociations, il avait fait connaissance de gens de son âge. Il avait continué à penser qu'il allait tomber sur Mitch par hasard quelque part, car pendant des mois il n'avait pu aller où que ce soit sans apercevoir sa lourde silhouette familière, sans entendre son rire tonitruant. Puis il avait oublié les Mitchell, s'était replongé dans son travail, et il avait eu la satisfaction de voir la Carolina Oil prospérer.

Jusqu'à aujourd'hui...

A plusieurs reprises il tendit la main vers le téléphone, pour à chaque fois la retirer. Finalement, il arracha le combiné de son support et appela l'opératrice. « Je veux une communication avec préavis : M. Conrad Johnson de la First National Bank, à Greenville, Ohio. » Puis il lut le numéro de téléphone figurant sur la lettre. « Je reste en ligne jusqu'à ce que vous me le passiez. »

Henri attendit pendant environ un quart d'heure, en fumant nerveusement.

Il regardait, par la fenêtre ouverte, les passants sur les trottoirs de Third Street. Deux jeunes filles avec des chapeaux de paille à large bord et des gants blancs se promenaient en regardant les vitrines; deux aviateurs s'arrêtèrent à leur hauteur. Que n'eût-il pas donné pour être l'un d'eux, pour porter un uniforme qui eût affiché son patriotisme et lui eût facilité les choses. Que n'eût-il pas donné pour être ailleurs, pour être quelqu'un d'autre, mais pas Henri Hamilton, les doigts crispés sur un téléphone glissant et souhaitant qu'un miracle se produise.

Lorsque Johnson fut enfin en ligne, Henri dut se forcer pour parler. « Ici Henri Hamilton. De la Carolina Oil. J'ai reçu aujourd'hui votre lettre et je tiens à vous dire que je n'ai jamais entendu parler d'aucun emprunt. Nous... J'ai refusé cette affaire. Je n'y suis pour rien.

– Ce n'est pas ce que disent nos livres de comptes. Nous avons un dossier complet sur cet emprunt. Votre signature figure sur plusieurs documents : un bilan de la Carolina Oil, une mise en garantie de ses actifs...

– En garantie ! » Le mot jaillit des lèvres d'Henri, emportant les toiles d'araignées qui obscurcissaient son cerveau. « Monsieur Johnson, je ne sais ce que vous détenez, mais si vous avez un document donnant la Carolina Oil comme garantie d'un emprunt, je sais foutrement bien que je ne l'ai pas signé. Et vous devez bien le savoir. Pour cela, il aurait fallu que je vienne dans l'Ohio, à votre banque. »

Il y eut un silence à l'autre bout du fil et Henri se dit que le mauvais rêve était fini. Quelle que fût cette erreur, il ne l'avait pas commise. Qui avait jamais entendu parler d'une banque ayant prêté de l'argent sur la signature d'un associé invisible ?

« J'ai bien peur que ce ne soit pas le cas, dit Johnson. Nous avons opéré une enquête sur vous, sur la Carolina Oil, et l'un de nos agents m'a assuré qu'il vous avait parlé plusieurs fois au téléphone, en présence de M. Mitchell, pour confirmer l'exactitude de ce que vous aviez dit par écrit. J'ai des rapports écrits sur vos conversations téléphoniques, au cas où vous auriez besoin de vous rafraîchir la mémoire.

– J'ai une excellente mémoire, dit Henri en refoulant dans le noir les fragments de cette soirée de mars. Vous feriez mieux d'envoyer quelqu'un ici avec ces papiers que vous prétendez détenir. »

Cette fois le silence se prolongea, puis Johnson reprit la parole. « Vous vous mettez dans une situation joliment intenable, monsieur Hamilton. Notre banque serait dans son droit en entamant des poursuites judiciaires pour prendre possession de la Carolina Oil.

– Je ne bougerai pas tant que vous n'aurez pas envoyé quelqu'un ici, répliqua Henri. Ecoutez, parlons comme si nous étions du même côté, d'accord? Parce que si Mitchell s'est donné toute cette peine, il a dû en tirer quelque chose.

– Il a obtenu de l'argent pour l'usine, voilà ce qu'il en a tiré.

– Alors, pourquoi est-ce que l'usine n'a pas servi de garantie? N'était-ce pas la procédure normale?

– L'usine n'est pas encore opérationnelle.

– Mitch m'avait dit qu'elle était prête à démarrer! explosa Henri.

– Vous voyez bien que vous êtes au courant, dit Johnson d'une voix glaciale.

– Nous en avons discuté. Je lui ai dit non.

– Mais j'ai en ma possession un document indiquant la Carolina Oil comme garantie provisoire. Nous voulons notre argent, monsieur Hamilton.

– L'usine existe bien?

– Mais oui, elle existe! Nos agents l'ont vérifié. Pour qui nous prenez-vous?

– J'ai bien peur que Mitch Mitchell ne nous ait pris tous deux pour des imbéciles. Vous m'avez dit qu'il existe une usine, mais je ne serais pas surpris que Mitch Mitchell en soit le propriétaire. Ecoutez : je vais contacter Mitchell, et entre-temps, vous feriez bien d'envoyer quelqu'un ici. Si vous entamez une procédure pour vous emparer de la Carolina Oil sans être sûr de ce que vous faites, vous pourriez vous retrouver avec un procès qui vous ruinerait. » Il raccrocha sans attendre la réponse de Johnson. Bon Dieu, quel pétrin! Il alluma une cigarette et se mit à la fenêtre. Les jeunes filles et les aviateurs étaient partis, ensemble ou séparément, il n'en savait rien. Son impression de sécurité avait disparu, ainsi que son sentiment de pouvoir. Il resta là à regarder la fumée s'élever tout droit dans l'air pesant, tel un petit ruban gris. Il attendait que son esprit lui fournît une réponse, mais rien ne vint. Appeler Mitchell, se dit-il. Il donnerait une explication. Mais en regardant sa cigarette se consumer jusqu'au bout, il sut que s'il appelait Mitch il n'y aurait personne, et que ce serait la seule explication possible. D'une manière ou d'une autre, Mitch l'avait dupé. Mitch l'avait roulé.

Le souvenir de cette soirée de mars lui revint, mais maintenant tout était clair, ravivé par la peur. Il se voyait allongé sur les luxueux coussins de soie, Sallie penchée sur lui, ses cheveux roux brillant sous la lueur d'une petite lampe. Sallie lui avait mis une plume à la main et avait tenu le papier pendant qu'il traçait son nom. Une seule fois. Pas plusieurs fois. Pas sur plusieurs documents. Une seule fois.

Alors, c'est comme cela que Mitch avait fait. Il avait obtenu une signature et falsifié les autres; quant à l'homme auquel l'employé de banque avait parlé, cela pouvait être n'importe qui. Henri écrasa sa cigarette et prit une fois de plus le téléphone. Il appela l'opératrice, l'entendit lui répondre. Il fut sur le point de lui donner le numéro du bureau de son beau-père, à Washington, puis il se ravisa et raccrocha. Beau pouvait le tirer d'affaire, il le savait. Mais alors... Henri secoua la tête : avoir recours à père, c'était pire que les conséquences exposées par le directeur de la banque. Non, il résoudrait cela tout seul. Et la première chose à faire était de retrouver Mitch Mitchell.

Mais en quelques coups de téléphone, Henri découvrit que personne ne savait où se trouvait celui-ci; et lorsque plus tard, dans l'après-midi, il passa en voiture devant la maison d'Oleander Street, avant de rentrer chez lui, il lui trouva un air abandonné : l'herbe avait poussé dans l'allée et quelques journaux tachés de pluie s'entassaient en haut des marches. C'est drôle, pensa-t-il avec un petit frisson, comme un endroit qui avait paru si intime en mars pouvait sembler si étranger maintenant. Son cœur se mit à battre trop vite. Il se força à respirer calmement en rejoignant sa voiture et en reprenant lentement le chemin de la maison. Ce soir-là il resta seul assis dans son appartement à regarder la nuit tomber, préparant ses plans tandis que l'obscurité gagnait autour de lui.

9

Septembre 1943

Caro se fraya un chemin parmi les couples qui dansaient dans l'espace réservé à cet effet, entre une massive armoire en noyer à l'une des extrémités du salon et une cheminée en marbre à l'autre bout. Elle sortit hors d'haleine sur le balcon surplombant Royal Street. « Hou! là! là! » dit-elle en s'appuyant contre la balustrade en fer forgé et en s'éventant vigoureusement. « Un morceau de plus de Buddy Rich et je m'écroulais.

– Je n'en crois pas un mot », répondit Walter Fournet qui la suivait en lui tendant un verre. « Vous êtes la meilleure danseuse de La Nouvelle-Orléans, Caro Hamilton. Il faudrait plus que cela pour vous obliger à vous asseoir.

– Je préfère ce morceau de Sinatra! » Henri venait de mettre *I'll Never Smile Again*, et la voix tendre du chanteur, jointe à l'heure avancée de la nuit, faisait se rapprocher les corps qui se balançaient, presque immobiles; combien d'entre eux allaient se retrouver ensemble dans un lit, se dit Caro en éprouvant douloureusement dans sa chair l'absence de David. Elle but son verre à petites gorgées et leva les yeux vers Walter.

« Me croirez-vous si je vous dis que j'ai encore des bouteilles mises en cave par mon grand-père avant la Prohibition ? Il a dû en cacher assez pour mettre un yacht à flot.

– Heureusement qu'il l'a fait », dit Henri en se joignant à eux. « Vous savez recevoir, Walter. » Il se retourna pour regarder la pièce meublée avec goût de choses venant de la famille Fournet et de ce que Walter appelait ses trouvailles. « C'est probablement le plus bel appartement du Quartier français. Je connais des gens qui tueraient pour l'avoir.

– Moi aussi, répliqua leur hôte. Si jamais vous avez besoin d'un pied-à-terre dans cette ville... je suis souvent en déplacement et vous seriez ici chez vous.

– Je pense que je vais vous prendre au mot, un de ces jours. Cousin Robert est toujours content de m'avoir... mais depuis qu'il a décidé de se coucher à dix heures, cela me refroidit d'aller chez lui. »

Dieu merci, pensa Caro, Henri était de bonne humeur. Les rares fois où elle l'avait vu cet été, il semblait inquiet et se montrait plus renfermé et irritable que jamais. Quand Gennie l'avait appelée pour lui annoncer qu'elle allait organiser des spectacles dans les hôpitaux militaires et quitterait La Nouvelle-Orléans au début de septembre, et qu'ils s'étaient tous rassemblés pour célébrer son départ, Caro avait espéré à demi qu'il ne viendrait pas : c'eût été trop triste si sa rancœur d'être réformé avait gâché la soirée d'adieux de Gennie. Mais Henri était arrivé d'excellente humeur et l'était resté jusqu'à ce qu'ils conduisent Gennie à l'avion, aujourd'hui. Quitter l'université et entrer dans les affaires, c'était vraiment ce qui pouvait arriver de mieux à Henri, avait pensé Caro. Elle avait remarqué la manière dont père avait fait l'éloge des succès commerciaux d'Henri et dont sa mère avait souligné l'utilité de la production de la Carolina Oil dans l'effort de guerre. Elle avait vu Henri s'épanouir sous l'approbation de tous.

Walter et son frère commencèrent à discuter des effets qu'aurait sur la prochaine saison de football le départ des joueurs de l'université pour le camp de Tulane, en vue de leur préparation militaire. Il était minuit passé et, bien que le bruit de la circulation fût aussi fort dans Bourbon Street, seules quelques lumières restaient allumées dans Royal Street. En dehors de la musique qui sortait de l'appartement de Walter, on n'entendait plus qu'une automobile de temps à autre et les voix de quelque couple couche-tard.

Aussi, lorsque la voiture découverte arriva, Caro se pencha-t-elle pour regarder le couple qui en occupait les sièges avant. Longue et noire, l'auto semblait un morceau d'ébène luisant sous les lumières des réverbères. Son intérieur était rouge sombre et la fille, assise très près du conducteur, vêtue de blanc. L'homme qui la tenait par les épaules, ainsi qu'il était fréquent en ces temps de guerre, était beaucoup plus âgé qu'elle. Ses cheveux brillaient comme de l'argent, et ceux de la jeune fille comme du jais. Elle éclata de rire en rejetant la tête en arrière, et Caro, placée juste au-dessus d'elle, vit qu'il s'agissait de Rosalinde Nasser.

« Ça ne va pas? demanda Walter en la voyant reculer brusquement.

– Ce n'est rien. » Elle lui tendit son verre. « Puis-je avoir encore un peu de ce délicieux gin? Et je crois que vous avez raison : je suis de taille à résister à Buddy Rich ou à n'importe quel autre batteur.

– Voilà qui me plaît mieux, dit Walter en la reconduisant dans le salon.

– Je vais m'en aller, dit Henri. Merci pour la soirée, Walter. Je te dis au revoir, Caro. Je dois retourner à Baton Rouge demain de bonne heure.

– Ne me fais pas penser à demain.

– Pas besoin de me reconduire », dit Henri en serrant la main de Walter. Il embrassa Caro et se faufila dans la foule, brusquement inquiet à l'idée d'être en retard au rendez-vous que lui avait fixé Mitch Mitchell.

En effet, au moment précis où il se disait qu'il lui fallait prévenir père sans tarder de la situation où il se trouvait, le miracle qu'il n'attendait plus s'était produit : Mitchell l'avait appelé, s'était excusé longuement et avait juré que tout allait bien se terminer. « C'est une longue histoire, avait-il dit. J'ai été envoyé à l'étranger – je ne peux pas dire où ni pourquoi – et Sallie est allée dans sa famille. Mais je serai à La Nouvelle-Orléans ce week-end et nous allons mettre les choses au clair.

– Johnson m'a envoyé un employé avec les documents, Mitch. Je l'ai vu il y a trois semaines. Ma signature est sur toutes les pages.

– Allons, ne vous énervez pas. » La grosse voix de Mitch coulait aussi généreusement qu'il versait le bourbon. « J'ai dit que c'était une longue histoire – et assez fantastique. Mais faites confiance à Mitch. Tout va s'arranger. »

Depuis cet appel, Henri balançait entre l'espoir et le doute, mais la confiance qu'il avait autrefois accordée à Mitch et le week-end passé en famille lui avaient redonné de l'optimisme. Aussi se dirigea-t-il vers le lieu de rendez-vous fixé par Mitchell en sifflotant. Pourtant sa chanson s'arrêta net lorsqu'il eut trouvé l'hôtel; bien que manquant d'expérience en ce domaine, il lui sembla qu'il s'agissait d'un hôtel de passe de basse catégorie, un endroit si sordide que même les étudiants en mal d'aventures se seraient bien gardés d'y mettre les pieds. Il fit deux fois le tour du pâté de maisons et revint devant la porte, la regardant comme si cela pouvait en faire sortir Mitch.

Le fait que celui-ci fût descendu en un tel endroit commençait à l'alarmer : quelle sorte d'homme était-il donc pour amener son épouse dans un lieu pareil ? Un flot de souvenirs l'envahit, dont chacun révélait la différence des mondes auxquels ils appartenaient l'un et l'autre. Il se prit à douter que Mitchell pût réparer le mal qu'il avait causé et son cœur se mit à battre plus rapidement. Luttant contre une envie folle de fuir, il ne résista qu'en se rappelant les louanges dont ses parents l'avaient comblé peu auparavant. Ne s'était-il écoulé que douze heures depuis que, assis à la table familiale, il avait modestement rabaissé les succès dont on le félicitait publiquement ?

Une femme survint par-derrière et se colla contre lui. « Tu montes, chéri ? » dit-elle. Son front et son nez brillaient à la faible lumière de la rue. Seules les rides profondes qui sillonnaient ses joues étaient encore poudrées. Son visage était une ruine. La ruine d'une vie, se dit Henri, et il sentit ses forces lui revenir. Il devait aller voir ce que Mitch avait à lui proposer, au lieu de rester là. Il aurait déjà dû être en train de gravir les escaliers quatre à quatre, pour en terminer au plus vite. Il repoussa la femme et entra comme une flèche dans l'hôtel, où régnait une obscurité encore plus profonde que celle de la rue. Il vit briller une lumière rouge au-dessus de numéros à peine visibles et s'avança vers l'ascenseur en détournant la tête de la réception où l'employé ronflait bruyamment. Le courage lui revint. Si Mitchell était dans une situation désespérée, Henri pourrait l'obliger à tout avouer. Un homme aussi pauvre n'avait plus rien à perdre. En pensant à l'argent et au pouvoir dont il disposait, il sourit.

Son assurance ne fit que croître lorsqu'il sortit

de la cabine et longea le couloir vers la chambre dont Mitch lui avait donné le numéro; le plafond était bas, les murs constellés de fissures et de taches. La moquette était si mince sous ses pieds qu'il pouvait sentir toutes les inégalités du plancher. Il frappa fort à la porte 318, et chacun de ses coups annonçait sa confiance en lui.

Mitch ouvrit la porte, sa grande et lourde silhouette bloquant presque complètement l'entrée; puis il s'écarta. Henri eut à peine le temps d'apercevoir une table de toilette couverte de poudre renversée, de brosses et de peignes pleins de cheveux. De la lingerie vulgaire et grise était négligemment posée sur les sièges et une paire de bas de soie gisait sur le sol. Il entendit sa mère réprimander Caro... « Personne ne doit savoir qu'une dame est passée dans une salle de bains ou dans un vestiaire. Elle ne doit pas laisser une seule trace. »

Puis il vit Sallie se précipiter sur lui, totalement nue. Mitch lui arracha sa veste, déboutonna sa chemise; Sallie détacha sa ceinture, fit tomber son pantalon. Mitch le poussa sur le lit et Sallie grimpa sur lui et frotta sa peau moite contre la sienne en lui soufflant dans la figure. Quelque chose d'autre se passait, un éclair de lumière vive, une fois, deux fois, trois fois. Mon Dieu, un appareil photo! Il rassembla ses forces et la repoussa en se jetant, tout tremblant, à bas du lit. Un petit homme tenant un appareil photo serré sur sa poitrine s'enfuit de la pièce et Mitch, qui lui tenait la porte ouverte, la referma derrière lui.

« Bon », dit Sallie en enfilant un kimono japonais de soie vert vif et en prenant la cigarette que Mitch lui tendait. « Désolée que cela ne vous ait pas intéressé plus, Henri. Du moment que vous payez le prix, il aurait mieux valu que vous en ayez pour votre argent.

– Qu'est-ce que vous voulez? demanda Henri furieux en remontant son pantalon et en boutonnant sa chemise.

– Nous avons ce que nous voulions, répondit Mitch en s'asseyant lourdement sur le lit. Du moins, nous l'aurons quand les photos seront développées. » Il souffla sa fumée dans le nez d'Henri. « Ces images sont notre garantie. La garantie que vous allez cesser de faire des histoires et vous comporter comme il faut.

– Faire des histoires! Ecoutez, Mitch, vous avez falsifié ma signature... »

Mitch leva sa grosse main. « Epargnez votre salive. Ce que vous dites là ne m'intéresse pas.

– Vous avez tort! J'ai consulté un avocat! On peut prouver que ces signatures sont des faux, et vous le savez.

– Comme je vous l'ai dit, ça ne m'intéresse pas. Si vous aviez des projets, je suis sûr que maintenant vous allez les laisser tomber.

– Et pourquoi? » demanda-t-il. Mais en disant cela, il vit, comme si c'était lui qui avait tenu l'appareil photo, Sallie et lui couchés sur le lit.

« Je ne pense pas que vous ayez envie que votre mère ou votre beau-père voient ces photos. En fait, ce ne sont pas eux qui les verront... en premier. Elles passeront peut-être d'abord entre les mains des ennemis politiques de Beau. Ou des amies de votre mère. »

Henri savait qu'il était inutile de protester; Mitch n'hésiterait pas à le faire, c'était évident. Il rassembla ce qui lui restait de dignité pour faire carrément face à celui-ci. « Bon. Que voulez-vous?

– Voilà qui est mieux. Sallie, sers-nous à boire. Vous prenez un verre?

– Non, merci. » Ses jambes tremblaient et il aurait bien voulu s'asseoir, mais il ne voulait pas donner à Mitch – ni à cette femme – la satisfaction de le voir s'effondrer.

« D'après ce que j'ai compris, reprit Mitch, vous allez être obligé de rembourser cette banque de l'Ohio, n'est-ce pas?

– Les documents sont des faux...

– Mais ces photos les valident.

– Je ne les laisserai pas s'emparer de la Carolina Oil. Si vous vous imaginez ça, vous êtes dingue.

– Vous n'êtes pas obligé. Il suffit que vous remboursiez l'argent à la banque.

– Où obtiendrai-je une somme pareille?

– Vous contrôlez les actions de la Carolina Oil, n'est-ce pas?

– Où voulez-vous en venir?

– Si vous me vendez, disons, les trois huitièmes des titres... je vous paierai suffisamment pour que vous puissiez rembourser le prêt.

– Les trois huitièmes! Vous êtes dingue. C'est une entreprise familiale! Je ne peux pas...

– Si, Henri. Vous ne voulez pas. Mais demain après-midi, lorsque vous aurez vu les photos et les enveloppes prêtes pour l'expédition, vous changerez d'avis. » Mitch écrasa sa cigarette et se leva. Sa grosse main se referma sur le col d'Henri. « Vous n'êtes qu'un sale gosse gâté à qui on n'a pas assez mis le nez dans ses saletés pour qu'il grandisse. Peut-être que maintenant vous allez grandir, Hamilton. Je connais Beau Langlinais et il pensera que ce n'est pas trop cher payé si cela fait de vous un homme. »

Le mépris de Mitch acheva Henri. Il ramassa sa veste et sortit, sentant leurs regards sur son dos. Glacé et brûlant à la fois, il se dirigea en titubant vers l'ascenseur et appuya sur le bouton d'appel. Il se sentait malade, plus malade qu'il ne l'avait jamais été.

Sans savoir comment, il trouva un taxi et réussit

à traverser le hall du Pontchartrain d'un pas ferme, le visage calme. Il se félicita du fait que sa chambre donne sur le couloir : il n'avait pas ainsi à affronter le regard d'un des membres de sa famille. De toute façon, pensa-t-il en regardant sa montre, tout le monde est couché.

Henri dormit mal et fut réveillé par la sonnerie du téléphone. C'était Walter Fournet : « J'ai ici quelque chose qui vous appartient. Si vous avez un peu de temps avant de partir pour Baton Rouge, vous pourriez peut-être passer le prendre?

– Quoi...? » Henri secoua la tête pour s'éclaircir les idées. Il avait la migraine et se sentait un peu malade; il regarda son réveil, étonné. « Mon Dieu! Il est cinq heures et demie du matin.

– Désolé, dit Walter du même ton glacial. J'ai des heures bizarres. Mais je pense que c'est quelque chose que vous serez bien content d'avoir en votre possession. J'aimerais bien que vous veniez le plus rapidement possible.

– Qu'est-ce que c'est? » Un soupçon lui traversa l'esprit, mais il osa à peine espérer que Walter Fournet eût pu réussir à se procurer les photos compromettantes.

« Oh, je n'ai pas très envie de décrire ça par téléphone. Ce n'est pas quelque chose dont on parle dans une conversation convenable.

– D'accord. J'arrive tout de suite. »

Il s'habilla en se demandant comment Walter aurait pu mettre la main sur ces photos; mais aucune hypothèse ne se présenta à son esprit et il descendit tout décontenancé prendre un taxi.

Lorsque Walter lui ouvrit la porte, Henri sentit la bonne odeur des œufs au bacon qui cuisaient et s'assit avec gratitude à la table de la salle à manger. « Le petit déjeuner sera bientôt prêt.

Prenez du café et jetez un coup d'œil sur ce qu'il y a dans cette enveloppe », dit son hôte en retournant dans la cuisine.

En toute hâte, Henri fit glisser sur la nappe les tirages brillants et les bandes de négatifs, et il se dit qu'il ne pourrait jamais oublier ces images. Il rassembla les photos et allait les déchirer lorsque la main de Walter l'arrêta. « Ceci constitue une preuve – si vous le voulez.

– Une preuve! Vous pensez qu'il faut aller en justice? »

Walter remit les tirages et les négatifs dans l'enveloppe qu'il fourra dans sa poche. « Non. » Il retourna à la cuisine chercher leurs assiettes.

« Mais vous avez parlé de preuves...

– Faites-moi confiance », dit Walter en s'asseyant à la table. « Ne laissez pas vos œufs refroidir. » Il sourit. « Vous avez déjà meilleure mine que lorsque vous êtes arrivé. Mangez et vous vous sentirez un autre homme.

– Walter...

– Plus tard. Je ne discute jamais affaires quand j'ai l'estomac vide. »

Au moment du café et des cigarettes, Walter fit avouer toute l'histoire à Henri. Tout d'abord, celui-ci essaya d'être objectif, de présenter les faits comme une affaire qui avait mal tourné. Puis la peur et l'angoisse des derniers mois reprirent le dessus; il se mit à marcher de long en large dans la salle à manger et devint de plus en plus agité. Une fois l'histoire commencée, il raconta tout dans les moindres détails; il parla, parla, à peine conscient de son auditeur. Puis, épuisé, il se laissa tomber sur sa chaise. « Ce que je ne supporte pas, c'est l'idée que père tombe là-dessus. Il était si content de moi...

– Et pour de bonnes raisons. Ecoutez, Henri,

vous avez eu affaire à de vrais as de l'escroquerie. Tout le monde aurait pu tomber dans ce piège.

– Sauf père. Sans prospectus d'émission, pas d'affaire.

– Mais vous le lui avez dit.

– Ouais. Mais je ne voyais pas combien c'était grave que Mitch n'en ait pas donné. Et puis, je me suis conduit comme un imbécile en... en buvant trop et en signant ce papier.

– Si vous insistez pour être impitoyable vis-à-vis de vous-même, je ne peux plus rien dire. Passons à l'essentiel... qu'allez-vous faire?

– Ce que je vais faire? » Henri regarda son hôte d'un air surpris. « Pourquoi... sans les photos... Mitch est désarmé.

– Mais il faut agir très vite. Il ne va pas lui falloir longtemps pour s'apercevoir qu'il a été doublé. J'imagine qu'il ne restera pas à traîner par ici.

– Comment avez-vous eu ces photos?

– Peu importe. Qu'allez-vous faire pour arrêter Mitch?

– Je ne sais pas. Que me conseillez-vous?

– Appelez votre beau-père, pour commencer. Racontez-lui tout. Je suppose qu'il obtiendra aussitôt un mandat d'arrêt contre Mitch.

– En parler à père! » Henri reprit l'air hagard qu'il avait en arrivant. « C'est la dernière chose que je voudrais faire!

– Pourquoi? Vous croyez qu'il n'a jamais commis d'erreur? Quand je l'ai rencontré hier, il m'a donné l'impression d'être un type rudement chic.

– Mais, Walter...

– Pouvez-vous vous en tirer sans lui?

– Non. Mais vous pourriez, vous. » Henri ne savait pas quels contacts et quel pouvoir avait Walter Fournet. Mais puisqu'il avait réalisé un miracle, un second ne lui serait pas impossible.

« Désolé. J'ai fait tout ce que je pouvais.

– Alors, je suis fichu. Père va me reprendre la gestion de la Carolina Oil dès qu'il sera au courant.

– C'est un risque à courir; au moins l'affaire restera dans la famille. » Il avait eu un ton si coupant pour dire ces derniers mots que Henri leva rapidement les yeux. Le visage de Walter était de nouveau inexpressif mais il avait cru y voir une petite grimace, et il sentit que, malgré son ton amical, cet homme pensait que tout ce gâchis aurait pu être évité.

« D'accord, dit-il en se levant. Je... je vais lui parler tout de suite.

– Bon. Je pense que c'est la meilleure chose à faire. » Lorsque Henri fut parti, Walter alla au téléphone et appela Beau Langlinais. Leur conversation fut brève : lorsque Beau lui demanda comment il avait mis la main sur les photos, Walter dit laconiquement : « L'un de mes employés est tombé dessus. Il avait l'ordre de m'amener ce genre de chose.

– Vous avez de drôles d'employés.

– Oui.

– Nous devrions peut-être parler de cela un jour, dit Beau.

– Peut-être.

– En attendant, merci. Et aussi, merci de m'avoir appelé. Je ne veux pas céder devant Henri. Et en même temps...

– Il a été très dur vis-à-vis de lui-même, monsieur Langlinais. Cela ne me regarde pas mais... il est probablement plus sévère envers lui-même que vous ne le serez jamais.

– Je vais y penser. Les joueurs de base-ball et les hommes d'affaires se gardent bien de boire quand les enjeux sont aussi gros.

– Je crois que Henri le sait, maintenant.

– Nous verrons. Et mon prénom, c'est Beau. »

Après avoir raccroché Walter fit sa valise, en repassant dans son esprit les événements des dernières heures. Henri n'avait pas été le seul à prendre des risques. En temps ordinaire, Walter aurait rendu les photos d'Henri et de Sallie à son informateur sans un regard de plus. Le gibier qu'il pistait en ce moment était bien plus gros, et bien plus important pour les Etats-Unis qu'un gamin coincé dans une escroquerie. Si Henri n'avait pas été le frère de Caro, il aurait été encore dans leurs filets. C'est vous qu'il devrait remercier, Caro, pensa Walter. Vous et personne d'autre.

Plus tard ce matin-là, lorsque son avion décolla de La Nouvelle-Orléans et monta au-dessus du lac avant de virer vers l'est, il regarda la ville à ses pieds. Quelque part, en bas, Caro travaillait à son poste sur la chaîne de montage. Et elle ne pensait pas à lui, comme Walter le savait trop bien, mais à David Selbin qui servait quelque part sur un destroyer dans le Pacifique.

10

Novembre 1943-Janvier 1944

Un vent froid soufflait de la Manche, faisant frissonner l'eau et danser l'écume sur les rochers. Skye remonta son col et enfonça son bonnet de laine sur sa tête; un bon feu dans la cheminée et une tasse de thé l'attendaient, mais il avait besoin de la force du vent et des vagues pour chasser les idées noires, besoin de la solitude de cette plage hivernale pour penser plus clairement.

La satisfaction d'être en service actif l'avait soutenu pendant les mois d'août et de septembre, lui avait permis de tenir le coup même lorsqu'il était devenu de plus en plus évident que les bombardements de jour n'allaient pas marcher aussi bien que prévu – ou plutôt donneraient les résultats escomptés mais avec des pertes très lourdes. Il avait effectué son premier grand raid le 17 août. Il pilotait l'un des trois cent soixante-seize B-17 se dirigeant vers les fabriques de roulements à billes de Schweinfurt et l'usine Messerschmitt de Regensburg. Les bombardiers, en dépit de leur blindage et de leurs canons, se retrouvèrent dans une position intenable, et soixante forteresses furent abattues. Skye rentra sain et sauf, conscient du fait qu'il ne le devait ni à la compétence ni au courage de ses compagnons, mais à la plus fragile des ressources humaines : la chance.

Il ne fut pas mécontent lorsque, durant cinq semaines, les bombardiers américains pilonnèrent des objectifs situés plus près des côtes de France. Il se sentait infiniment moins exposé lorsqu'il constatait, en regardant par son cockpit, la présence rassurante des P-39 et des P-47 prêts à s'occuper de la Luftwaffe, que lorsqu'il n'y avait rien que l'air bleu et vide entre lui et ces frelons meurtriers.

Mais du 9 au 14 octobre, la VIIIe armée aérienne tenta de nouveau de pénétrer plus profondément de jour l'espace aérien allemand, et cela quatre fois de suite. L'avion de Skye fit partie des deux cent quatre-vingt-onze qui s'envolèrent, en deux vagues, en direction de Schweinfurt pour la dernière mission de la série. Debout là, dans le noir, sur le sable mouillé, tout en regardant sans les voir les vagues obscures, il se remémorait chaque instant du raid. Son courage avait disparu pour faire place à la peur lorsque les avions de chasse les escortant avaient fait demi-tour au-dessus d'Aix-la-Chapelle. A peine le dernier eut-il effectué son tournant, en saluant des ailes les bombardiers qui poursuivaient leur chemin, que les chasseurs allemands fondirent sur eux : on eût dit que les nuages les fabriquaient, interminablement. Et les salves des roquettes allemandes déchirèrent l'air tandis que la Luftwaffe tentait d'abattre les forteresses volantes.

Son avion sursautait sous l'impact de l'attaque. Agrippé aux commandes, il s'efforçait de ne penser qu'à la tâche à accomplir – amener son bombardier au-dessus de l'objectif et l'y maintenir jusqu'à ce qu'il n'y ait plus de bombes à lancer. Alors la DCA allemande se déchaîna, et de grands éclairs de feu montèrent vers eux; le monde devint un enfer peuplé d'hommes qui cherchaient à le tuer

Il vit des avions tomber; il ne saurait que plus tard combien les Allemands en avaient descendus. Ils tombaient du ciel avec de grandes traînées noires, tels des cerfs-volants aux queues trop lourdes. Il réussit à atteindre Schweinfurt, à garder son avion intact jusqu'à ce que les bombes soient larguées. Puis il rentra, mais, en descendant de sa carlingue, il trouva un camp bouleversé par le nombre des appareils perdus. Un bombardier sur cinq n'était pas revenu; quand on fit le total des pertes pour la semaine, tout le monde fut atterré du résultat : cent quarante-huit forteresses volantes abattues. Si précis qu'eussent été les bombardements, si terrible la destruction des objectifs, la VIIIe armée ne pouvait se permettre un pareil prix. On leur dit que, pour le moment, il n'y aurait plus de raids de ce type sur le Reich.

Skye se méprisa pour le soulagement que lui apporta cette annonce et qu'il éprouva à participer à des missions moins lointaines et moins dangereuses. Ce qu'il détesta le plus, ce fut de se dire qu'il était peut-être un lâche.

Tony Harrington se douta de ses sentiments et tenta de le rassurer, avec délicatesse et sans jamais aborder le sujet de front. « Quelqu'un a pris une décision idiote en vous envoyant, vous autres, dit-il sans regarder Skye. C'est toujours comme cela. Quelqu'un qui est assis bien tranquillement dans un bureau décide de vérifier une théorie. Puis quand il s'aperçoit que ça ne marche pas, il change d'idée et fait ce qu'il aurait dû commencer par faire.

– Mais des hommes ont été tués, dit Skye, et des avions détruits. »

Tony haussa les épaules. « On sacrifie toujours des hommes et du matériel quand on essaie des stratégies nouvelles. » Il se pencha et serra la main de Skye. « Essaie de ne plus y penser, Skye.

Considère les vols comme quelque chose que tu fais deux ou trois fois par semaine... et puis c'est fini jusqu'à la prochaine fois.

– C'est dur tout de même. Quand je ne pars pas... des copains le font. » Certains des hommes avec lesquels il avait suivi l'entraînement étaient déjà portés disparus, tombés dans un avion en flammes ou flottant impuissants sous les ailes de soie d'un parachute. Et chaque fois que l'un d'eux ne revenait pas, il devait affronter de nouveau le fait qu'il avait été une fois de plus sauvé. Il pensait que cela devait signifier quelque chose, mais il ne savait pas quoi.

« Tu as un week-end de permission à prendre, lui rappela Tony. Pars d'ici. Va à Londres.

– Je ne connais personne là-bas. Et puis j'ai vu cette ville avant la guerre. Je ne suis pas certain d'avoir envie d'y retourner en ce moment. J'aimerais mieux aller dans un endroit tranquille... où je n'aurais plus besoin de penser aux avions et aux bombardements. »

Alors Tony lui avait parlé de cette petite auberge au bord de la mer; c'était un endroit si peu connu qu'il y serait probablement l'unique client. Et de fait, jusqu'à cet après-midi, il avait été seul.

La femme qui tenait cette auberge l'avait accueilli le soir précédent avec un repas chaud et lui avait montré sa chambre sans trop bavarder. Il avait refermé la porte de la petite pièce et savouré le luxe de la solitude, se délectant de cette intimité inconnue au camp. Il avait tout tripoté : les rideaux, les petits tapis tissés, le rocking-chair et ses coussins. Il avait mis le coquillage contre son oreille pour entendre la mer, secoué la petite boule contenant un minuscule couple de jeunes mariés, pour voir les pétales de rose miniatures tourbillonner autour d'eux. Il avait laissé la banalité de cette chambre envahir son esprit et commencé à croire que s'il revenait à la maison – lorsqu'il reviendrait à la maison – tout serait comme avant.

Sa chambre serait là, avec tous ses vieux trophées, tous les souvenirs des camps d'été du temps où il était boy-scout. Sa raquette de tennis. Son fusil de chasse. Et quand il sortirait de sa chambre, à la maison, il descendrait l'escalier et ils seraient tous là, dans le salon. Papa. Mère. Emilie et Gennie. André. Il sentit alors ses larmes couler, et il les essuya avec colère. Non qu'il eût honte de pleurer ou qu'il pensât que ce n'était pas viril de regretter sa famille et son foyer. Mais parce qu'il avait peur, s'il cédait une seule fois à l'émotion, de ne plus pouvoir supporter ce vide. Et il comprit que cet abîme qu'on appelle mal du pays était beaucoup plus profond et dangereux que celui auquel on donne le nom de peur.

Alors il se coucha, se pelotonna sous l'édredon et sombra dans un sommeil profond. Quand il s'éveilla, il vit qu'il avait dormi douze heures et descendit déjeuner avec une faim de loup.

Il passa le jour suivant à parcourir les champs qui longeaient l'étroite grève. L'aubergiste lui avait préparé un pique-nique de pain, de fromage et de pommes, et fourré deux bouteilles de bière dans son sac. La prescription de Tony s'avéra efficace : cet après-midi-là, Skye se sentit presque normal, la terrible tension des semaines précédentes diminuant à chaque pas qu'il faisait.

Il était passé près de l'auberge pour descendre sur la plage et avait vu une voiture en train de se garer au parking. Ayant été prévenu d'une nouvelle arrivée, il s'était surpris à regretter sa solitude. Tu n'es pas obligé de bavarder avec lui, pensa-t-il. Mais ce serait difficile de prendre le thé dans le minuscule salon tout en ignorant l'autre client. Si c'est un dragon ou un raseur, je pourrai toujours prendre le thé dans ma chambre, se dit-il en revenant enfin à l'auberge.

« J'allais justement vous appeler », dit l'hôtesse dès son entrée. « Ma cliente est arrivée. Elle est montée faire un brin de toilette; dès qu'elle sera descendue, je servirai le thé. »

Une femme, se dit Skye. Oh, eh bien, une petite conversation polie et il s'excuserait. Tony lui avait recommandé d'aller dîner au pub du village; il irait là et mangerait sans se presser, et le temps qu'il revienne, il serait prêt à passer une autre nuit de sommeil réparateur et sans rêves.

Il entra dans le salon et s'installa dans l'un des fauteuils, devant la cheminée, ferma les yeux et laissa l'odeur du feu de bois le ramener chez lui. Il voyait presque la grande tête dorée de son chien Marq, sa fourrure luisant à la lumière des flammes. Il sentait presque le parfum favori de sa mère. Il renifla : il sentait *vraiment* le parfum de mère. Il ouvrit alors les yeux et vit une jeune femme qui lui tournait le dos et se chauffait les mains devant l'âtre.

« Est-ce bien *Shalimar*? » demanda-t-il.

Elle se retourna, le visage dans l'ombre. « Je vous demande pardon? »

Skye se leva en rougissant. « Je suis désolé. Je dormais à moitié et j'ai senti votre parfum. Il... il m'a rappelé celui de ma belle-mère. *Shalimar*.

– Oui, c'est bien ça », dit-elle. Elle hésita puis lui tendit la main. « Natalie Watkins.

– Skye Langlinais. » Sa main était petite mais énergique. Il y avait une rangée de petits cals en haut de sa paume; il se demanda ce qui les avait causés. « Vous êtes américaine, dit-il.

– Cela vous déçoit? » répondit-elle en s'asseyant dans le fauteuil en face de lui.

« Non. C'est seulement que je n'ai pas vu une seule jeune fille américaine depuis que je suis ici.

– Et cela fait longtemps que vous êtes ici?

– Je suis arrivé en juillet – ou bien, vous voulez dire : ici, à l'auberge? Depuis hier.

– Elle a l'air bien, n'est-ce pas?

– C'est un ami qui me l'a recommandée. Il dit que c'est l'endroit rêvé quand on cherche la paix et la tranquillité. »

Elle se pencha, comme si elle allait se lever. « Je ne voudrais pas vous déranger...

– Oh! non, pas du tout. Je vous en prie...

– J'avais tellement envie de boire du thé au coin du feu. La route a été longue.

– Alors, vous avez fait connaissance? » dit l'hôtesse tout en poussant d'un air affairé une table roulante. « J'ai pensé que pour vous deux je ferais un petit extra. Une sorte de petite fête.

– Si jamais vous venez en Louisiane, madame Phillips, j'espère vous rendre la pareille, dit Skye. Votre auberge dépasse vraiment tout ce que Tony Harrington m'avait laissé espérer.

– Oh, vous connaissez Tony? » s'exclama Natalie, la main en suspens au-dessus de la théière à fleurs.

« Oui. Il est officier de liaison à mon camp d'aviation. Et c'est aussi mon ange gardien, je pense. D'une certaine manière, Tony m'a pris sous son aile. Vous le connaissez, alors?

– Il vient souvent à Londres, pour rencontrer mon patron. C'est un gentil garçon. » Elle lut la question dans les yeux de Skye et montra son uniforme. « Je suis dans le corps auxiliaire de l'armée de l'air. Chauffeur du lieutenant-colonel Hap Morris. » Natalie surprit le rapide coup d'œil de Skye sur ses mains. « Ce qui explique les cals. Je devrais porter des gants – cela fait partie de l'uniforme. Mais je crois avoir dépareillé au moins deux douzaines de paires... »

Toute retenue avait disparu en lui, sous l'effet de

la chaleur du feu, de l'arôme du thé et du comportement naturel de la jeune fille assise en face de lui. Elle n'était pas vraiment jolie, se dit Skye. Bien que séduisante, très séduisante : une épaisse toison dorée avec des reflets auburn; des yeux bruns à la pupille cerclée de noir, ce qui les faisait paraître plus grands qu'ils n'étaient; ni foncés ni clairs, entre les deux; sa peau était presque dorée, comme si elle eût tant bronzé durant l'été que même la grisaille de l'automne ne pouvait lui enlever tout son éclat.

« De quel coin de la Louisiane êtes-vous? demanda-t-elle. J'ai un oncle qui habite presque à la sortie de Saint-Francisville.

– C'est environ à cinquante kilomètres de Baton Rouge. Je suis de Saint-Martinville, quatre-vingts kilomètres à l'ouest et quarante au sud de Baton Rouge.

– Je sais où se trouve Baton Rouge. J'ai passé mon enfance en Virginie. Quand Huey Long a été gouverneur, mon oncle a lutté contre lui tant qu'il a pu. Papa lisait tout ce qu'il pouvait trouver là-dessus. » Elle s'arrêta et regarda Skye dans les yeux. « Excusez-moi. Peut-être que votre famille soutenait Long.

– Elle l'a combattu bec et ongles. Si votre oncle a été un fervent adversaire de Long, mon père et mon grand-père l'ont probablement connu.

– Il s'appelle Paul Watkins. Il a longtemps été membre de la Chambre des représentants.

– Comme mon grand-père. Et mon père maintenant. »

La cordialité qui naissait entre eux se nourrissait de chaque réplique échangée. Skye prit un scone que Natalie lui tendait et étala dessus une épaisse couche de confiture de framboises. « Dites-moi, vous voulez bien dîner avec moi? Tony a dit que le pub du coin est relativement bien. »

Elle remplit leurs tasses avant de répondre. « Ecoutez, je vais être probablement un peu brutale. Mais neuf fois sur dix, cela évite des complications par la suite. Je suis fiancée à un officier de marine; il est sur un bateau, quelque part dans le Pacifique. » Elle le regarda de nouveau dans les yeux et il se dit qu'il n'avait jamais vu un visage de femme aussi franc que le sien. « Aussi, bien que j'aie très envie de dîner avec vous... ça n'ira pas plus loin. » Skye ne répondit pas et l'expression de Natalie changea, se fit anxieuse. « Je suis désolée. J'ai lâché ça un peu trop vite. Au jugé. » Elle se pencha en avant, et sa chevelure scintilla dans la lumière du feu. « Mais il y a beaucoup d'Américains qui sont à Londres pour un week-end de détente et, la plupart du temps – souvent même –, ils veulent que je... eh bien, que je fasse partie du week-end. J'aime mieux offenser un gentleman que d'encourager un goujat. »

Skye rit de bonheur. Il se sentait soudain libre, libre et bien dans sa peau. « Je suis sûr que neuf fois sur dix ce petit discours est nécessaire. C'est très bien que vous l'ayez tenu. Mais j'ai moi-même une jeune fille qui m'attend là-bas, quelqu'un qui compte beaucoup pour moi.

– Comme la plupart de ceux que je rencontre à Londres. Ce qui n'a pas l'air de les retenir beaucoup.

– Je ne joue pas avec les sentiments des autres. Et vous non plus, j'en suis sûr.

– Non, moi non plus. Alors, nous dînons ensemble?

– Oui. Un peu tard, je pense, après un thé pareil.

– J'ai des lettres à écrire. Et depuis que je suis arrivée, je rêve d'un bon bain chaud.

– Alors pourquoi ne pas nous retrouver ici à huit heures?

– Très bien, Skye. Et maintenant, je vais rapporter la table roulante à notre hôtesse. Vous feriez mieux de manger le dernier scone. »

Il monta dans sa chambre en se demandant pourquoi son nom sonnait différemment dans la bouche de la jeune femme. C'était comme s'il l'avait entendu prononcer pour la première fois. Ou comme s'il avait entendu Natalie le dire tant de fois qu'elle lui avait communiqué une inflexion particulière.

L'impression d'être tombé par hasard sur une amie de longue date ne fit que se confirmer tout au long du repas; ils n'avaient pas seulement en commun les opinions et la carrière politiques de leurs familles, mais de nombreux goûts similaires : les romans policiers de Dashiell Hammett et les comédies musicales de Gilbert et Sullivan.

« Vous devriez venir de temps en temps à Londres, dit Natalie. Je peux avoir des places pour une opérette de Gilbert et Sullivan.

– Merci. Ce sera avec grand plaisir. C'est là le genre de chose qui peut chasser les idées noires. »

Il ne lui dit pas à quel point son humeur gaie et son maintien naturel faisaient déjà contre lesdites idées noires. Il se sentait bien avec elle, détendu et le cœur léger, et il prolongea la soirée le plus possible. Avant de se quitter, ils décidèrent d'un commun accord d'aller le lendemain matin à pied au village pour assister au service religieux. « Je suis certaine que c'est assez *High Church* pour que vous vous sentiez à l'aise, lui dit Natalie. Votre pape n'en fera pas une histoire, n'est-ce pas?

– Je ne crois pas que je serai excommunié pour avoir assisté à un service anglican », répondit Skye en riant.

Le lendemain matin, Skye découvrit que Natalie avait raison : les prières, le déroulement de la cérémonie, l'encens, les enfants de chœur et même certains chants, tout cela ressemblait à la messe à Saint-Martinville; en fermant les yeux il pouvait presque se croire chez lui. Sauf, bien sûr, l'accent anglais qui rendait étrangères les prières les plus familières, ainsi que l'absence de statues. Mais il se sentait parmi les siens et, lorsqu'ils sortirent de l'église, il échangea des sourires avec les autres fidèles et serra chaleureusement la main du célébrant.

« L'ennui, c'est que nous qui sommes de cette partie de la Louisiane, nous nous sentons étrangers dans le reste de l'Etat, dit-il. Nous sommes restés trop longtemps à l'écart, je suppose... c'est une sorte d'enclave culturelle.

– Une très belle enclave si elle produit des gens comme vous. J'espère que vous viendrez à Londres, Skye. J'ai passé un très bon week-end.

– Et moi de même. » Puis le temps se mit à défiler trop vite : il se retrouva bientôt en train d'aider Natalie à monter dans sa voiture; il lui donna les sandwiches que Mme Phillips avait préparés et la regarda partir. Il n'était pas obligé de s'en aller avant le milieu de l'après-midi, mais le feu dans la cheminée n'était pas aussi réconfortant sans personne avec qui le partager, ni sa dernière promenade sur la plage aussi tonifiante.

« J'ai rencontré une amie à toi, dit-il à Tony en revenant au camp. Natalie Watkins.

– Vraiment? C'est amusant que vous soyez allés là-bas le même week-end. » Quelque chose dans son sourire éveilla les soupçons de Skye. Est-ce que Tony s'était arrangé pour que Natalie et lui se rencontrent à l'auberge? Il repoussa immédiatement cette idée. Tony avait entendu parler de Rosalinde, il avait vu sa photo. Et puisqu'il connaissait Natalie, il savait aussi qu'elle était fiancée.

Il oublia bien vite ce week-end et la paix momentanément retrouvée en se plongeant dans ses nouvelles missions. Novembre fit place à décembre. Il alla à Londres voir *Les Pirates de Penzance* avec Natalie; et ils passèrent le reste du week-end à chantonner des fragments des airs du spectacle, chacun d'eux complétant les vers que l'autre avait oubliés. Il se mit à penser de plus en plus à Natalie, mais comme la plupart du temps l'évoquer le faisait rire, il se dit qu'elle n'était pour lui qu'une bonne camarade. Ils étaient deux Américains loin de leur terre natale, arrachés à leurs vies normales.

Vers la fin de janvier, Tony invita Skye chez lui, à la campagne, pour un long week-end; il mentionna en passant que sa femme, Alicia, avait inclus Natalie parmi les invités. « Je serai content de la revoir », dit Skye tout aussi naturellement, en réussissant à dissimuler l'émotion suscitée par cette nouvelle – son cœur avait sauté de joie.

« Quatre piques, dit Natalie en faisant un clin d'œil à Skye.

– Contre, répliqua Alicia Harrington.

– Surcontre, renchérit Skye en souriant à Natalie.

– Ces Américains sont téméraires, dit Tony en regardant son jeu. Je ne vous tirerai pas de là. Je passe.

– Bon, répondit Natalie. Skye, j'espère que vous ne bluffez pas en surenchérissant.

– Ne laisse pas cette fille rejeter le blâme sur toi. C'est elle qui t'a poussé à jouer.

– Et c'est moi qui ai surcontré. Mais j'ai une confiance totale en Natalie. Prépare-toi à te faire plumer, Tony.

– A moi de jouer, dit Alicia en étudiant attentivement son jeu. Laissez-moi réfléchir. Je veux à tout prix vous démonter avec mon entame. »

La chaleur et la paix qui régnaient dans cette pièce les isolaient du froid de ce mois de janvier : un grand feu brûlait constamment dans la cheminée, et Alicia avait tiré les épais rideaux des fenêtres à meneaux de la salle de jeu où ils étaient installés. Aucun d'eux ne pensait plus au monde extérieur. Ceux qui étaient dans l'armée avaient même quitté l'uniforme, et leurs tweeds confortables, leurs doux chandails contribuaient à rendre insouciante l'atmosphère de cet après-midi.

En franchissant le portail de Hedgeforth, Skye avait été surpris par les dimensions et la majesté de la demeure de Tony. La maison se dressait au bout d'une longue allée, entourée de pelouses tirées au cordeau et d'un immense parc. Tony et Alicia l'accueillirent aussi cordialement que s'il avait été un familier de leur foyer et, à la fin du dîner de cette première soirée, Skye et les autres invités formaient déjà un groupe amical.

Natalie ne cacha pas qu'elle était aussi contente de voir Skye que lui de la retrouver; lorsqu'on décida de jouer au bridge, après le déjeuner du samedi, ils annoncèrent en riant qu'étant les seuls Américains présents ils étaient prêts à affronter n'importe quelle équipe britannique. Le jeu de Natalie s'avéra aussi hardi que celui de Skye. Elle demandait le maximum compte tenu de son jeu et s'en servait avec sang-froid, perdant calmement et accueillant ses succès avec un petit sourire satisfait.

Brusquement la porte qui était derrière elle s'ouvrit toute grande, et Bill Collins, un autre officier américain, entra, l'édition londonienne du *Times* à la main. « C'est facile, ici, d'oublier qu'il y a la guerre, dit-il. Jusqu'à ce qu'on lise quelque chose comme ça. » Il leur tendit le journal pour qu'ils puissent voir la manchette : « LES ALLIÉS DÉBARQUENT À ANZIO SOUS UN TERRIBLE BOMBARDEMENT. »

« O mon Dieu! » dit Tony en parcourant l'article. Il passa le journal à Skye. « Ces pauvres types. Ils ont affronté une sacrée résistance à laquelle ils ne s'attendaient pas; les Allemands étaient planqués bien à l'abri dans les collines et nos hommes se sont trouvés à découvert sur cette saleté de plage.

– On aurait pensé que l'aviation avait suffisamment pilonné les défenses ennemies avant le débarquement, dit Bill.

– Parfois, je me dis que les Allemands sont comme des méduses, remarqua Skye. Quand on coupe une partie de leurs forces, elles repoussent dix fois plus vigoureuses. Les défenses aériennes allemandes sont bien plus efficaces maintenant que lorsque nous sommes venus vous rejoindre, à l'automne dernier.

– Moi, dit une voix nonchalante provenant d'un coin de la pièce, sachant que le 99ᵉ escadron de chasse devait participer à l'offensive contre l'Italie, je ne suis pas surpris d'apprendre qu'il restait autant de Boches.

– Je ne comprends pas, dit Alice Harrington, en se tournant vers l'homme qui lisait, assis dans un gros fauteuil en cuir tiré près de la cheminée.

– C'est simple, répondit Ted Compton en posant son livre et en se levant. Le 99ᵉ escadron de chasse n'est composé que de nègres – qui ont prouvé qu'ils sont encore plus froussards que noirs.

– C'est abominable de dire ça, répliqua Skye, dont la colère s'éveillait.

– Pourquoi? » Compton s'était approché de la table de jeu et les regardait de haut, la bouche tordue en un petit sourire. « Etiez-vous avec eux en Afrique du Nord, lorsqu'ils ont fait demi-tour et sont retournés en quatrième vitesse au camp, la première fois qu'ils ont dû affronter le feu de l'ennemi ?

– Vous y étiez, vous ?

– Non. Mais j'ai des amis qui y étaient. L'attitude du 99ᵉ a déshonoré l'armée de l'air tout entière. D'ailleurs, il y a une enquête en cours actuellement...

– Et ça vous fait plaisir ?

– Quoi ?

– De calomnier des camarades, des pilotes américains ?

– Dites donc, ne me mettez pas dans le même sac que... »

Skye se leva et poursuivit. « ... Que des Américains qui, bien qu'ils n'aient pas le même enjeu que vous dans cette guerre, pensent que cela vaut la peine de se battre pour le peu qu'ils ont.

– De quoi diable parlez-vous, Langlinais ? »

Skye sentait la tension monter dans la pièce. Il savait qu'il aurait dû s'arrêter, changer de sujet, s'asseoir et reprendre la partie; il savait qu'il n'aurait pas dû troubler la précieuse tranquillité que leur offraient Tony et Alicia – mais un regard de plus au visage arrogant et dédaigneux de Ted Compton, et les mains lui démangeaient de le gifler.

« Je parle du fait que les pilotes ou les soldats noirs n'ont pas autant de choses à défendre que... disons, vous et moi. Parce que vous et moi et tous nos compagnons blancs, nous combattons pour beaucoup de bonnes choses. La liberté. Le droit de posséder et de protéger nos biens. Des écoles convenables. Le droit d'être des Américains libres comme vous et moi nous le sommes.

– Est-ce que vous seriez un de ces imbéciles de socialistes ? » demanda Compton. Son ton indiquait clairement que pour lui, le seul qui était en train de se ridiculiser, c'était Skye Langlinais.

Tony Harrington prit alors la parole, aussi calmement que s'il se joignait à une conversation qui l'intéressait : « Compton, j'ai eu entre les mains des rapports sur le comportement du 99e adressés au quartier général de Londres, et ils ne contiennent pas de quoi se sentir honteux. » Il sourit pour adoucir ces derniers mots. « N'importe comment, il y a une devise, écrite au-dessus de la porte de cette demeure, et nous essayons d'y être fidèles. » Il regarda sa femme assise en face de lui et elle la récita doucement avec lui : « " Car la maison d'un homme est son château, et son foyer est le plus sûr refuge pour quiconque y séjourne. "

– Ce qui signifie, poursuivit Alicia, que si nous restons conscients des terribles conflits qui se déchaînent au-delà du portail de Hedgeforth, nous essayons de ne pas les introduire ici.

– Je vous prie de m'excuser, se hâta de dire Skye. Vous tous. Je suis d'un tempérament trop vif et je ne réfléchis pas toujours avant de parler. » Il tendit la main à Ted Compton. « J'étais au camp de Keesler lorsque le 99e est venu y faire des manœuvres, avant son départ pour l'Afrique du Nord. Je suis devenu l'ami d'un des pilotes. Je me suis aussi battu pour les défendre, quand j'y pense. Je suppose que je ne suis pas impartial.

– Je suppose que c'est aussi mon cas, dit Compton. » Ils se remirent à jouer et Bill Collins emmena Ted faire une promenade dans le parc.

« Je crois que je ramasse le reste », triompha calmement Natalie. Elle étala ses cartes sur la table. « L'as de carreau est maître, le roi de cœur prend votre reine, Alicia; je coupe votre as de trèfle et les autres piques sont maîtres.

– Aïe! dit Alicia. Mais c'est le jeu. Tony, nous

allons être obligés de mettre l'argenterie de la famille au clou pour payer ça.

– Une promenade sur votre pelouse et un grand whisky en rentrant suffiront, dit Skye. Vous venez, Natalie ? Cette concentration mentale excessive m'a épuisé. J'ai besoin d'un peu d'air frais. »

Les terriers qui sommeillaient devant le feu levèrent les yeux, les oreilles dressées.

« Vous avez prononcé les mots magiques, dit Alicia. Air frais. Cela vous ennuierait beaucoup de les emmener courir avec vous ?

– Ce sera avec joie, au contraire. » Natalie s'agenouilla et prit l'un des terriers dans ses bras. « Mon chien me manque tellement.

– Venez jouer avec les nôtres tant que vous voudrez. » Alicia regarda Skye. « Vous aussi, Skye. Nous sommes contents de vous avoir ici. »

Il eut l'impression, durant un instant, que Natalie, Alicia, Tony et lui formaient un groupe uni. Il se déplaça pour briser le charme et monta chercher son manteau, en se disant que le bonheur qu'il éprouvait tenait au week-end lui-même et non à la présence de la jeune fille.

L'air était vif et clair, le sol dur de gelée. Ils marchèrent vite, les trois terriers courant devant eux, jusqu'à ce qu'ils atteignent l'extrémité des pelouses en terrasses et le début du parc. Tout au bout d'une allée d'ormes, Bill Collins et Ted Compton fumaient, debout près d'un banc de marbre.

« Il faut de tout pour faire un monde, dit Skye.

– Vous faites allusion à Compton ?

– Il a fallu qu'il ouvre sa grande gueule ici. Moi aussi, d'ailleurs.

– Vous avez défendu vos idées. » Les joues de Natalie étaient roses de froid et ses yeux brillaient de la force de ses convictions. « Je me suis sentie fière de vous.

– C'est facile de parler... » Skye secoua la tête. « ... Mais quand on est aux commandes d'un bombardier... » Il se tut, mais vit au regard que lui lança Natalie qu'elle le comprenait. Il pensa à ce qu'il éprouvait lorsqu'il grimpait dans la cabine de pilotage de sa forteresse volante et attendait le signal du départ. Le premier moment d'excitation tournait vite à l'ivresse lorsque les côtes anglaises s'estompaient et qu'il ne voyait plus, en dessous de lui, que la Manche sombre et agitée, que les vagues montant vers le ciel comme pour l'engloutir. C'était facile de ne ressentir que la vibration des moteurs, la pulsation de son avion, tandis qu'il se dirigeait vers l'Allemagne. Mais quand les Messerschmitt surgissaient des nuages et que les canons s'embrasaient, l'ivresse se transformait en peur, avec l'impression que la mort l'attendait là. Une seconde décharge d'adrénaline lorsque les avions de chasse américains fonçaient, pour engager le combat avec les aviateurs allemands. Et puis les prières, marmonnées chaque fois qu'il partait en mission. Des prières pour que, par un miracle de précision, les bombes ne tombent que sur des objectifs militaires. Pour qu'il n'y ait pas de mère qui fouille dans les décombres laissés par ses bombes en pleurant ses enfants morts. Pour qu'aucune famille ne se tienne debout, muette de chagrin devant les ruines d'une maison. Il se disait et se répétait sans cesse que les Allemands étaient ses ennemis. Mais il savait, à un autre niveau, que les Allemands n'étaient pas une masse anonyme. C'étaient des êtres humains comme Natalie et lui. Ils avaient leurs rêves, leurs peurs secrètes, leurs fardeaux terribles et leurs devoirs librement acceptés. Ils avaient une âme.

« Je suppose que le point de vue que l'on a d'un

bombardier est différent, dit-il. Mais même là-haut, je me dis : quand ce sera fini, espérons que nous tous – qui que nous soyons, où que nous vivions – serons de nouveau maîtres de nos âmes. »

Pendant longtemps, elle resta immobile à le regarder. Puis il vit des larmes se former, une brume qui fit de ses yeux des agates vues au travers d'une vitre. Elle se pencha vers lui et l'embrassa doucement sur la joue. « Je suis heureuse de vous connaître, Skye Langlinais. » Puis elle recula et regarda les chiens assis, pantelants, à leurs pieds. « Faisons un peu courir ces bêtes paresseuses, dit-elle. Je parie que j'arriverai avant vous tous à la maison. »

Il fonça derrière elle. Elle courait bien, à grandes foulées régulières, ce qui lui rappela ce qu'elle lui avait raconté sur elle-même – son enfance passée dans une plantation de Virginie où son père l'emmenait à la chasse avec ses frères et lui avait appris à monter à cheval dès son plus jeune âge. Un sentiment de bien-être l'envahit. Il avait apporté un nouvel album de Frank Sinatra qu'Emilie lui avait envoyé; après dîner, il le mettrait sur le phono et ils danseraient. Et avant dîner, il écrirait à Rosalinde. C'était bon d'avoir autre chose à lui dire que la routine militaire, dont il ne parlait guère d'ailleurs. Il pourrait décrire la maison et parler du prétendu fantôme qui hantait la galerie des tableaux. Il rejoignit Natalie juste au moment où elle arrivait sur le seuil de la porte et resta là à rire avec elle et à reprendre sa respiration. Mais il ne parlerait probablement pas de sa nouvelle amie à Rosalinde. La distance pouvait déformer les choses; il n'était pas certain que Rosalinde, qui semblait croire qu'il n'y avait qu'un seul type de relation entre un homme et une femme, comprît son amitié avec Natalie.

En y réfléchissant, une fois revenu dans sa chambre, il se dit que Rosalinde se conduisait encore comme une collégienne. Il s'assit au bureau et prit une feuille de papier à lettres posé là, qui portait les armoiries gravées des Harrington. Ça va lui plaire, se dit-il. « Chère Rosalinde, je t'écris dans la chambre à coucher d'une demeure qui fut construite sous le règne de la reine Elisabeth. Je suis l'invité de Tony et Alicia Harrington... » Sa plume s'arrêta et il regarda fixement le papier. Il n'arrivait pas à évoquer le visage de Rosalinde; il ne la voyait plus. Il mit la main dans sa poche et sortit le petit porte-cartes où il rangeait son portrait. Il l'ouvrit et posa la photo devant lui. Oui, c'était bien elle : les yeux verts le regardaient sous les fins sourcils arqués; la bouche dessinait une petite moue provocante; les joues étaient à peine rosées. Rosalinde Nasser – la jeune fille dont il était amoureux. Il entendit sonner le carillon d'une horloge. Il reprit la plume et se mit à écrire rapidement : « La maison est immense – il faudrait que je reste un mois pour tout voir... »

Il écrivit sans réfléchir et remplit quatre pages avant de s'arrêter. En conclusion, il ajouta, toujours sans réfléchir : « Je pense sans cesse à toi et attends avec impatience de pouvoir enfin te tenir dans mes bras, t'embrasser et rester avec toi pour toujours. Avec tout mon amour, Skye. » Comme il pliait les feuilles pour les glisser dans l'enveloppe, ses yeux tombèrent sur ces derniers mots : « pour toujours ». Lorsqu'il pilotait son bombardier, sa vie était comptée en heures, en minutes. Personne ne pouvait plus dire « pour toujours ».

Il commença à s'habiller pour le dîner en pensant à la soirée qui l'attendait. En quittant sa chambre, le nouveau Sinatra sous le bras, il jeta un coup d'œil sur la lettre à Rosalinde, posée sur le bureau. « Pour toujours. » Bien sûr, c'étaient des mots qu'on disait comme ça, mais en descendant le grand escalier de pierre, une pensée vint le harceler. Et tout le reste? Est-ce que c'étaient seulement des mots qu'on disait comme ça?

11

Mars 1944

Caro recula pour mieux voir le tableau et plissa légèrement les yeux. « C'est très bon, n'est-ce pas? dit-elle à Walter. C'est même l'une des meilleures toiles que j'aie vues depuis bien longtemps. Qui est l'artiste? Son nom ne me dit rien...

– En réalité, elle peint depuis peu. Elle est très jeune. Ann Baron, d'une petite ville du Texas. Elle est en train de se faire un nom. »

Caro rit en essayant de dissimuler son amertume. « Je vais commencer à la détester.

– Vous ne peignez plus du tout?

– Quand le pourrais-je? » Elle se détourna et marcha vers la porte de la galerie, puis s'arrêta, regardant la morne lumière de cette fin d'après-midi. « Désolée », dit-elle lorsque Walter la rejoignit. « Cela fait deux nuits que je dors mal... et faire le tour des galeries, ce n'était peut-être pas une si bonne idée, après tout.

– Je me tiens à votre disposition pour aller où vous voudrez.

– Allons manger dans un restaurant chinois. Et ensuite, écouter du Dixieland. »

Walter attendit qu'on les eût servis avant de ramener la conversation sur l'art. « Si j'avais pu prévoir que les œuvres d'Ann Baron vous feraient de la peine, je ne vous aurais jamais emmenée là, dit-il.

– Je le sais. C'est moi qui suis idiote. Personne ne m'a obligée à faire ce travail. Si j'avais voulu peindre toute la journée, je l'aurais fait.

– Non, vous ne l'auriez pas fait, car vous faites partie de ces gens qui donneront toujours la primauté à ce qu'ils pensent devoir faire sur ce qu'ils ont envie de faire.

– Pas toujours », répondit Caro en pensant à son séjour à San Diego. Mon Dieu, elle avait l'impression qu'un siècle s'était écoulé depuis!

« La plupart du temps », insista Walter. Il lui prit la main. « Ne vous est-il jamais venu à l'idée que vous possédiez peut-être un tel talent que votre peinture avait plus de valeur que votre travail sur le chantier?

– Les peintures ne lâchent pas de bombes. Les aquarelles ne transportent pas de troupes. Je ne peux pas, actuellement, m'asseoir devant un chevalet... Pour vous dire la vérité, je suis en colère qu'Ann le puisse. Pourquoi ne participe-t-elle pas à l'effort de guerre? »

Walter haussa les épaules. « Peut-être le fait-elle. Peut-être mène-t-elle sa propre guerre...

– Epargnez-moi ces histoires de guerres personnelles. Nous en avons une terrible qui se déroule en ce moment, et jusqu'à ce qu'elle soit finie... eh bien, vous ne me verrez pas beaucoup peindre.

– Ça ne durera pas éternellement, vous savez. Que ferez-vous alors? » insista Walter.

Elle posa ses baguettes et le regarda. « Si j'avais su que cette soirée se transformerait en interrogatoire, je serais restée à la maison. Bon sang, Walter, comment puis-je savoir?

– Allez-vous épouser le docteur Selbin? »

Cette question la fit tressaillir, comme le regard direct de Walter. Habituellement, il parlait des choses graves d'une manière détournée, ne disant pas carrément ce qu'il avait en tête. Sa réponse devait donc avoir de l'importance pour lui... Elle baissa les yeux sur son assiette, comme si elle hésitait sur le choix de sa prochaine bouchée.

« Je n'en sais rien, dit-elle finalement.

– Mais vous y avez réfléchi. » Puis, avant qu'elle ait pu répondre, il fit marche arrière : « Désolé. Je suis indiscret. Je n'ai pas à me mêler de ça. »

Brusquement, elle eut envie de lui parler de David, de vérifier ses propres sentiments par rapport à l'opinion de Walter sur le monde dans lequel tous deux avaient grandi. « Ne dites pas de bêtises. Vous avez le droit de poser des questions. Et puis, maintenant que vous avez abordé le sujet, je me demande... Est-ce que vous pensez que c'est là une idée absurde?

– D'épouser David?

– Oui. »

Walter haussa les sourcils et fit signe au serveur de leur apporter une autre théière. « Ma chère Caro, je n'ai pas la moindre idée de ce que vous attendez du mariage ou de ce que le docteur Selbin peut en attendre. Je suis donc incapable de dire si c'est une idée absurde ou pas.

– J'en attends... les choses habituelles... »

Mais Walter, en haussant les sourcils, l'arrêta.

« Les choses habituelles? Oh, je ne pense pas. Ou alors vous devriez voir ensemble si ces " choses habituelles " sont les mêmes pour l'un et l'autre.

– Parce qu'il est juif et moi catholique?

– Et parce qu'il est de New York et vous de La Nouvelle-Orléans.

– Ce n'est pas si important que cela. »

De nouveau, le haussement de sourcils qui mettait ses paroles en doute.

« Oh, bon, d'accord : nous sommes très différents. Tellement différents que parfois, je... » Elle s'interrompit en pensant que, dans certains domaines, David et elle se ressemblaient terriblement; et combien, quand elle était en sa compagnie, les différences importaient peu. Elle sourit à Walter. « Toute cette discussion est théorique, en fait : David est quelque part dans le Pacifique et moi je suis ici. Jusqu'à la fin de la guerre, je n'ai pas de décision à prendre.

– Et c'est pourquoi un grand nombre de gens seront désolés lorsque la guerre sera terminée. »

Elle ne répondit rien et écarta de ses pensées ce que venait de dire Walter. Elle comptait sur lui pour la sortir, pour l'entraîner dans un monde où il était encore possible d'être frivole, de s'amuser un peu.

Le Famous Door était plein à leur arrivée, mais un billet de vingt dollars leur procura une table, et un second de meilleures places. Les tables jouxtaient la scène étroite, des gens étaient debout le long des murs et devant les portes, des couches de fumée alourdissaient une atmosphère imprégnée d'odeurs d'alcool et de sueur, et par-dessus tout cela il y avait la musique obsédante des Dukes of Dixieland. La moiteur faisait briller leurs noirs visages tandis que leurs doigts volaient sur les clefs des cuivres et que leurs mains faisaient vibrer la peau tendue sous le roulement des baguettes. Le cœur de la salle chaude et enfumée, c'était les cinq musiciens, dont les rythmes devenaient ceux de la foule : chaque pouls battait avec les leurs, chaque tête oscillait, chaque corps se balançait, chaque pied tapait avec les leurs.

La musique détendit Caro, jusqu'à ce qu'une main se pose sur son épaule et qu'une voix prononce son nom; elle ne reconnut pas tout de suite son frère, debout devant elle.

« Salut Caro, salut Walter, dit Henri. C'est

chouette de vous rencontrer ici. » Walter lui fit signe de prendre place à leur table.

« Installe-toi », dit Caro en élevant la voix pour se faire entendre par-dessus la musique. « Je ne t'ai pas vu depuis un temps fou. Que fais-tu en ville?

– Je viens de m'inscrire. Je retourne à l'université. » Il prit une chaise et s'assit. « J'y ai bien réfléchi... j'ai besoin de diplômes pour ce que j'aurai envie de faire après la guerre. » Il eut un petit sourire. « Autant étudier maintenant, avant que les campus soient pleins de héros.

– Vous deux, vous parlez comme si la guerre devait se terminer demain, dit Caro.

– Pas demain, intervint Walter. Mais la chance tourne. Elle tourne nettement.

– Et la Carolina Oil? » demanda Caro.

Henri rougit et tourna la tête pour que Walter ne s'en aperçoive pas. « Père m'a pas mal aidé, ces derniers temps. C'est un peu... compliqué. Je ne suis pas encore capable de m'en tirer tout seul. Je ne lâche pas complètement... mais ce n'est plus un travail à plein temps.

– Ce sera bon de t'avoir de nouveau à La Nouvelle-Orléans », dit Caro. Il y eut un drôle de silence, durant lequel Walter et Henri firent tout pour ne pas se regarder. Puisqu'on ne lui proposait aucune explication, Caro changea de sujet. Elle savait que Walter pouvait se montrer cachottier. A une certaine époque, elle s'était dit qu'il avait quelque chose à cacher, mais plus tard elle avait décidé qu'il était simplement comme ça, que c'était un trait de caractère au même titre que ses manières raffinées ou sa parole facile. « Raoul est plongé dans son travail. Je ne le vois pour ainsi dire jamais. »

Les musiciens faisaient une pause. Walter regarda sa montre puis Caro. « Vous m'en voudriez beaucoup si je vous reconduisais tôt? J'ai un rendez-vous à l'aube et j'aurai besoin de toute ma présence d'esprit.

– Pour moi aussi ce serait préférable, répondit Caro. Nous posons demain matin les quilles d'un nouveau type de péniche de débarquement. » Elle regretta aussitôt d'avoir dit cela; elle avait l'habitude de ne jamais parler de son travail et, bien qu'elle ne pût imaginer que Walter ou Henri iraient divulguer les secrets du chantier naval, une prudence née de la discipline lui fit chercher un moyen de réparer sa gaffe. Mais elle se dit qu'elle ne pourrait ainsi qu'empirer les choses, et elle changea de sujet.

A mi-chemin de la voiture de Walter, ils furent accostés par trois conscrits dont les uniformes kaki étaient ornés de rubans; au lieu de laisser passer le trio, ils bloquèrent le trottoir en les regardant d'un air belliqueux.

« Pardon, je vous prie, dit Walter sans s'arrêter.

– Quel est le mot de passe?

– Justement, je voudrais passer, répondit Walter.

– Ce n'est pas ça », intervint un deuxième, qui regarda ensuite ses compagnons. « Qu'est-ce que nous allons faire de ce type? Il n'a pas le mot de passe, il ne porte pas son uniforme... » Il s'interrompit, comme si une idée lui était soudain venue à l'esprit. « Dites donc, attendez. Je me montre peut-être injuste envers vous. Si vous ne portez pas votre uniforme, c'est peut-être parce que vous n'en avez jamais eu.

– Peut-être. Maintenant, pourriez-vous nous laisser passer?

– Et votre ami? insista le soldat en montrant Henri. Lui aussi, il a oublié de mettre son uniforme? Ou n'en a-t-il jamais eu?

– Si j'étais vous je laisserais tomber tout ça, dit Walter.

– C'est vous que je vais faire tomber », répliqua un autre. Aussitôt les trois hommes les encerclèrent : l'un saisit Caro et l'entraîna plus loin, tandis que les deux autres s'en prenaient à Henri et Walter.

Caro se blottit contre le mur de brique, l'homme qui la tenait lui bloquant la vue. Elle entendit des coups de poing, des grognements, des halètements... puis un corps qui tombait; de la chair frappant de la chair, et un cri aigu. Elle se débattit de nouveau, mais l'homme était trop fort. Un autre corps tomba, puis un troisième. L'homme qui la tenait sembla soudain voler en l'air et Walter se dressa devant elle en frottant ses mains gantées l'une contre l'autre.

Henri s'assit et porta la main à sa bouche ensanglantée; il avait l'air hébété. Les trois soldats étaient étendus sur le sol; l'un semblait inconscient, les deux autres à demi assommés.

« Vous n'avez rien? demanda Walter.

– Je... non, je vais bien. Henri... » Elle ouvrit son sac et en sortit un mouchoir. « Tiens, dit-elle en le tendant à Henri, essuie tes lèvres. »

Henri ignora le mouchoir, ainsi que la main que Walter lui tendait pour l'aider à se relever. « Je ne me suis pas révélé d'un grand secours, dit-il. Qu'est-ce que vous leur avez fait? » Refusant toujours l'aide de son ami, il se remit péniblement sur pied. Les soldats étaient en train de faire de même; l'attaque de Walter, combinée à l'alcool qu'ils avaient ingurgité, leur avait ôté toute envie de se battre et, une fois relevés, ils s'éloignèrent en titubant sans un regard en arrière.

« Quelques prises de judo, répondit Walter. Vous n'avez vraiment rien? dit-il de nouveau à Caro. Cela a dû être terrible pour vous...

– Ils ne m'ont rien fait. Henri, laisse-moi regarder ta bouche. » Elle vit des fragments blancs sur le trottoir et se pencha. « Henri ! Ils t'ont cassé des dents ?

– On dirait », répondit-il. Lorsque Caro s'approcha de lui, il recula. « Ecoute, Caro... je peux m'en tirer tout seul. Je ne suis peut-être pas d'une grande aide dans une bagarre... mais je peux soigner mes blessures sans que ma grande sœur vienne s'en mêler.

– Personne ne... », commença Caro.

L'expression du visage d'Henri l'arrêta. L'étrange tension entre les deux hommes était plus forte que jamais. Elle eut l'impression qu'un mur les séparait, Walter et elle, de l'endroit où se tenait Henri.

« Ce n'est pas ta faute... », commença-t-elle maladroitement. Henri lui lança un regard furieux et tourna les talons, s'éloignant aussi vite que sa jambe endolorie le lui permettait.

« Pauvre Henri », dit-elle à Walter. Elle se sentait soudain épuisée. Si elle n'allait pas rapidement se coucher, elle risquait de tomber évanouie. « Il aurait tant voulu faire de grandes choses...

– Vous n'y pouvez rien. Maintenant, je vais vous reconduire.

– Ça ne vous ennuie pas, ce qu'ont fait ces hommes ? » dit-elle tandis qu'il l'aidait à monter dans la voiture. « Se moquer de vous parce que vous n'êtes pas... en uniforme.

– Je fais ce que j'ai à faire, ils font ce qu'ils ont à faire. Nous servons tous notre patrie. » Il regretta aussitôt d'avoir dit cela. Mais peut-être Caro étaitelle trop fatiguée ; peut-être n'avait-elle pas entendu...

« Que faites-vous pour votre pays ? Je me le suis souvent demandé.

– L'accueil des réfugiés... »

Elle secoua la tête. « C'est un organisme privé. Et ce sont les gens d'ici qui en assurent le fonctionnement. De plus, cela ne vous rapporte pas un centime.

– Tout le monde n'est pas obligé de travailler pour gagner sa vie. C'est votre cas.

– Walter, qu'est-ce que vous faites pour votre pays?

– Quelque chose de très assommant qui vous ennuierait à mourir. » Il mit un doigt sur ses lèvres, parodiant les affiches de l'Oncle Sam qui mettaient en garde contre les bavardages inconsidérés. « Faites-moi confiance. Il vaut mieux que vous ne soyez pas au courant. »

La discipline l'emporta sur la curiosité; si Walter ne voulait rien lui révéler, c'est qu'elle n'avait pas besoin de savoir.

Skye traversa le terrain en courant jusqu'à ses quartiers, son courrier à la main. C'était un de ces jours fastes où il recevait tout un paquet de lettres en même temps, comme si tous les membres de sa famille avaient décidé de concert de lui écrire.

Il y en avait une de Rosalinde dans le lot : elle s'excusait de ne pas écrire plus souvent dans la première moitié, et dans la seconde elle promettait de faire mieux. Ses prétextes semblaient fragiles, voire spécieux : des cours, des examens, des exposés... qu'est-ce que cela voulait dire? Combien de temps fallait-il pour gribouiller quelques mots sur un formulaire *V-mail*(1)? Si Caro trouvait le temps de lui envoyer de longues lettres amusantes, pleines d'anecdotes et de petits croquis à la plume,

(1) Le message adressé à un soldat en campagne outre-mer était transcrit sur un microfilm qui, arrivé à destination, était agrandi et distribué par l'armée. *(N.d.T.)*

elle pouvait bien lui expédier un de ses petits mots d'écolière. Il s'abandonna à sa colère en réfutant les excuses de Rosalinde. Elle disait qu'elle n'était pas très douée pour écrire, mais qu'elle ne cessait de penser à lui. Mais, bon sang, à cause de cette guerre, beaucoup de gens faisaient par devoir des choses pour lesquelles ils n'étaient pas doués ! Et nom de Dieu, ils les faisaient bien !

Il relut la lettre de Rosalinde, puis la déchira en petits morceaux qu'il jeta à la corbeille à papiers. Ça lui aurait fait du bien de venir voir ce qui se passait à Londres : le courage de ces gens qui vivaient dans des ruines; la foi qu'ils avaient dans la victoire de leur pays; l'héroïsme avec lequel ils supportaient la perte de leur maison, de tous leurs biens, la mort des membres de leur famille... et il leur restait encore assez d'humanité pour accueillir avec courtoisie les Yankees, pour leur ouvrir leur foyer – et leur cœur. Pour partager une tasse de thé et un gâteau malgré le sévère rationnement, et se montrer pleins de reconnaissance pour le chocolat, les cigarettes et le savon que Skye et les autres Américains leur donnaient en retour. Rosalinde ne savait rien de tout cela, pensa-t-il.

Il essaya de se convaincre de l'impossibilité qu'elle le sût dans le milieu abrité qui était le sien – protégée qu'elle était physiquement par les murs et le règlement du pensionnat, mentalement par son ignorance de ce que la guerre était réellement, et émotionnellement par son innocence. Même la scène de séduction qu'elle lui avait jouée, la dernière fois qu'il l'avait vue, était empreinte d'un certain caractère d'innocence – comme si elle eût cru que ce qu'elle se proposait de faire avec Skye existait hors du temps, hors de la vie qu'elle menait habituellement. Persuadé qu'elle s'était offerte à lui pour satisfaire le désir qu'il avait d'elle, pas une seconde il n'imagina qu'elle pût se donner identiquement à quelqu'un d'autre.

Radouci, il prit du papier et se mit à écrire : « Chère Rosalinde. C'est bon d'avoir de tes nouvelles. Voir ton écriture rend ton absence encore plus douloureuse et plus grand le désir que j'ai de toi... » C'est cela qu'elle veut que je lui dise, pensa-t-il. Et en pensant au plaisir qu'elle aurait à le lire, il oublia son propre désappointement. Il lui écrivit toutes les choses qu'une collégienne de La Nouvelle-Orléans, croyait-il, souhaitait s'entendre dire par son amoureux plongé loin d'elle dans un autre univers. Et lorsqu'il eut fini, il était de nouveau convaincu de son amour pour Rosalinde et de son impatience de la revoir.

Il fourra les lettres à la boîte le lendemain matin, en se rendant au champ d'aviation. Au pied de son appareil, tout en attachant son casque, il huma l'air et pensa que le printemps arrivait. Là-bas, à Beau-Chêne, les feuilles duveteuses des cyprès devaient pointer, le vert doux de l'herbe nouvelle contrastait avec celui plus sévère des pins et des chênes; les champs étaient sans doute encore nus, mais dans quelques semaines, les fermiers découvriraient un matin en se réveillant les vagues vertes de pousses prometteuses d'abondantes récoltes; il y avait des veaux dans les pâtures, des poulains à l'étable, des chatons dans les greniers à foin. Le désir de revoir son pays lui fit tellement mal qu'il tourna la tête, afin que son équipage rassemblé autour de lui ne pût voir dans ses yeux les larmes qui l'auraient trahi.

« Encore un raid facile, dit son copilote. Mais je ne m'en plains pas. » Il montra du pouce les avions de chasse dont les moteurs chauffaient. « Avec ces petites merveilles autour de nous, prêtes à tirer, notre travail devient un plaisir. »

L'autonomie de vol des avions de chasse égalait

maintenant celle des bombardiers; quand Skye pilotait, il avait autour de lui des Mustang qui descendaient en piqué et faisaient des loopings; la Luftwaffe avait été décimée. Les Allemands ne pouvaient plus empêcher le bombardement des chemins de fer et des routes qui sillonnaient la France.

La victoire semblait proche et une espèce de jubilation s'emparait des Alliés; depuis le mois de janvier un mot revenait constamment sur toutes les lèvres : « Overlord », le nom de code de l'opération de débarquement prévue en Europe. Le général Dwight David Eisenhower avait été nommé commandant en chef des forces alliées chargées de la libération de l'Europe occidentale par les chefs d'état-major des Etats-Unis et de la Grande-Bretagne. Ce qu'il leur dit était clair : « Vous allez débarquer en Europe, et conjointement avec les autres nations unies, pénétrer jusqu'au cœur de l'Allemagne et détruire ses forces armées. » Pour répondre à ses ordres on rassembla des hommes, des tanks, des navires et des avions dans le sud-est de l'Angleterre. Chaque fois que Skye survolait les côtes anglaises, il observait l'énorme accumulation de cuirassés, de destroyers, de croiseurs et de péniches de débarquement. Alignés le long des quais, ils remplissaient les ports; leur camouflage en faisait une masse indistincte qui se balançait au gré du flux et du reflux de la mer. Et, comme nés de cette incroyable marée qui entraînait les armées de toute la terre vers cette île, des hommes préparaient, sur ce rivage, l'une des campagnes les plus audacieuses de tous les temps.

Skye s'était vite lassé des discussions qui faisaient rage durant ces mois précédant le Débarquement. Comme la plupart des Américains, il voulait abattre l'Europe, forteresse de Hitler, avec tous les moyens dont il disposait. Une histoire relativement brève et une expérience plutôt mince des guerres à l'échelon international, jointes à une foi dans sa puissance industrielle qui s'avéra justifiée, poussaient l'Amérique du président Roosevelt à croire qu'un débarquement en Europe ne pouvait se terminer que par la victoire totale des Alliés.

Les Britanniques, eux, étaient hantés par les terribles batailles qui s'étaient déroulées trente ans auparavant, lors de la première conflagration mondiale. Ils se souvenaient des soldats mourant par dizaines de milliers dans les plaines des Flandres, sautant sur des mines, noyés dans la boue, étouffés par les gaz. Ils savaient qu'il faudrait se battre contre Hitler sur le continent et ils ne manquaient pas de bonne volonté. Mais quand Winston Churchill, leur Premier ministre, écrivit au président Franklin Roosevelt, tout au début du plan Overlord : « Mon cher ami, c'est de beaucoup la chose la plus grande que nous ayons jamais tentée », et plus tard, au général américain George Marshall : « Nous nous acquitterons de notre part du contrat, mais prions Dieu que cela ne nous coûte pas trop cher », il se faisait l'écho des sentiments de beaucoup de ses compatriotes qui avaient appris, en défendant cette île puis leur empire pendant des siècles, que le courage dépourvu de prudence avait fait perdre plus d'une bataille.

L'industrie américaine avait la capacité de produire l'énorme quantité de matériel nécessaire à la réalisation de ce projet hardi, et les militaires américains étaient déterminés à le mener à bonne fin. Cet élan emporta enfin l'adhésion des Britanniques et ainsi la volonté et la puissance des deux anciens Alliés furent-elles unies à nouveau pour forger l'épée qui allait décapiter le pouvoir nazi.

Les avions de la VIIIe armée constituaient le tranchant de cette épée : ils détruiraient le système de transport qui faisait affluer les soldats et le matériel allemands sur les côtes de la France et de la Belgique. Ils ne devaient pas laisser un seul pont intact sur la Seine ou la Loire. A chaque pont détruit, les rêves de conquête des Allemands deviendraient plus fragiles.

« Ils doivent se douter que nous allons envahir l'Europe, dit Skye plus d'une fois tandis qu'ils rentraient en laissant derrière eux des contrées en flammes.

– Mais ils ne savent pas où nous débarquerons. Ni comment, répondait son copilote. Ils ne le savent pas plus que nous. »

Parfois, comme en ce matin de mars, Skye avait l'impression qu'il allait passer le reste de sa vie à grimper dans le poste de pilotage de son B-17, à rouler jusqu'à sa place dans la formation, puis à décoller dans le ciel bas. Parfois il pensait qu'il continuerait à jamais, comme s'il ne savait plus rien faire d'autre. C'était devenu une routine, et le soulagement qu'il éprouvait à bombarder les ponts, les voies de chemin de fer et les routes, vidés de toute présence humaine par les sirènes d'alarme, rendait les choses presque mornes. Il décollait, il accomplissait sa mission, il revenait, il atterrissait. Jusqu'à la fois suivante.

Aussi, lorsqu'un moteur toussa puis s'arrêta, il n'éprouva qu'un peu de contrariété. Trois moteurs, c'était plus que suffisant pour rentrer; il n'était qu'à quelques kilomètres de son objectif et il n'y avait pas de raison de faire demi-tour.

Un second moteur mourut peu après qu'ils eurent lancé les bombes. Et en dépit des Mustang qui s'attachaient à eux, écartant les Messerschmitt qui les défiaient toujours, un obus atteignit encore un moteur et il ne leur en resta plus qu'un.

« Il vaudrait mieux que je me pose », dit-il dans l'interphone. De la fumée montait de l'appareil; l'équipage rendit compte des dégâts causés par l'obus et le copilote s'exclama : « Se poser! Tu veux dire sauter en parachute. L'appareil peut exploser d'une seconde à l'autre. Skye, dis-leur de se préparer à sauter, c'est notre seul espoir. »

Le pilote du Mustang qui était du côté de son aile gauche intervint : « Ça va mal, mon vieux. Nous ne vous lâcherons pas, mais vous feriez mieux d'abandonner ce coucou en vitesse. »

Les choses se précipitèrent. Skye se retrouva devant la porte ouverte, la cordelette du parachute dans la main. Sous lui, les membres de son équipage descendaient en flottant, protégés des tireurs allemands par deux Mustang. Il prit une grande bouffée d'air et tomba comme on lui avait appris à le faire. Il se mit à compter, attendant qu'il soit loin de l'appareil pour tirer sur la corde. Il sentit une secousse et le parachute se déploya au-dessus de lui. Retenu par son harnais, il se balança, plongé dans l'humidité des nuages et envahi par la peur.

Il n'entendait que le rugissement des Mustang, ne voyait que la splendeur du ciel matinal; il ne sentait rien, ne pensait à rien, enveloppé dans un cocon de terreur. Puis il heurta le sol et roula, traîné par le parachute. Il entendit des cris à peu de distance; il ne comprit pas les mots mais le ton était clair : quelqu'un lançait un ordre.

Il se releva et regarda dans la direction des cris : un petit escadron de soldats allemands marchait vers lui, encadrant les membres de son équipage. Il vit les fusils pointés sur lui, les reflets du soleil sur une baïonnette. Nom, grade et numéro matricule, se dit-il. Il n'avait rien d'autre à leur dire. Il s'arma de courage, se redressa de toute sa taille. Une douce brise lui caressa la joue; il regarda à ses pieds et vit une petite fleur bleue. S'il fermait les yeux, il pourrait se croire chez lui.

Les Allemands s'étaient rapprochés; l'un d'eux

s'avança, un pistolet à la main. Il désigna du geste l'étui de Skye qui sortit son arme et la jeta sur le sol. « Je m'appelle Claude Louis Langlinais. Je suis le commandant de bord. Mon numéro matricule est... » Derrière lui, une tourterelle roucoula. En rejoignant ses camarades, il se dit qu'il était facile pour ce petit oiseau de prendre son vol, d'aller de ce champ à un autre... un champ anglais. De se retrouver en lieu sûr. Il n'arrivait pas à croire que cette terre qu'il avait survolée librement fût devenue sa prison. Ce n'était pas possible que l'appareil qu'il pilotait lui ait ainsi manqué. Il fut pris de vertige, la tête lui tourna, comme s'il n'avait pas mangé depuis des heures, comme s'il avait bu trop de bière. Ce n'est qu'après avoir marché pendant un kilomètre qu'il accepta de reconnaître qu'il faisait maintenant partie des disparus. Il était prisonnier. Quelque chose s'éveilla alors en lui, un instinct qu'il ne se connaissait pas. Il se mit à étudier le terrain, à calculer d'après la distance parcourue depuis leur objectif l'endroit où ils pouvaient être. Il commença à préparer son évasion.

12

Avril-Juin 1944

La première onde de choc frappa la chaîne de montage de Caro avant que les flammes ne jaillissent. Elle recula en chancelant, s'accrochant au bord de son établi, clignant les yeux derrière ses grosses lunettes protectrices. Le mur au fond de l'atelier se transforma en une nappe de feu qui parut dévorer les hommes et les machines. Puis les sirènes se mirent à ululer et les ouvriers, quittant leur poste, s'alignèrent pour évacuer la pièce.

Des équipes de secours, portant des tuyaux d'incendie tout flasques, coururent vers les flammes; au moment où le premier jet d'eau les toucha, il y eut une autre explosion qui fit voler le feu en éclats brillants comme des torches.

Caro suivit aveuglément les autres, le cœur battant. Elle ne voyait que le dos et la tête couverte des ouvrières qui étaient devant elle, elle n'entendait que les sirènes et les cris des blessés, elle n'éprouvait qu'une espèce de terreur hébétée. Si l'explosion s'était produite cinq minutes plus tôt, elle aurait été prise en plein dedans, penchée sur l'établi où l'on envoyait les travaux défectueux. Soudain elle eut une vision d'elle-même déchiquetée par la déflagration, et elle lutta pour se maîtriser, pour ne pas bousculer celles qui la précédaient afin de sortir plus vite. « Je vous en prie, mon Dieu. Je vous en prie, mon Dieu. » Comme dans la plupart des prières qu'elle faisait en ce moment, elle n'exprima pas sa demande. Ce qu'elle voulait, c'était que tout cela se termine.

Ils se retrouvèrent enfin dans la cour de l'usine et s'éloignèrent en toute hâte des bâtiments pour se regrouper près de la clôture et contempler l'incendie. Haletante, Caro s'appuya contre le grillage. « Une cigarette? » demanda la femme qui se trouvait à côté d'elle en lui présentant un paquet de Lucky Strike tout froissé.

« Merci.

– Je crois que cette pauvre Nancy y est passée. »

Caro pensa à la femme qu'elle avait aidée moins d'une demi-heure auparavant. Elle se mordit les lèvres et ravala la bile qui lui montait à la gorge. « Un peu plus, j'y étais. » Ces mots la suffoquèrent, et elle se tut.

« Je sais, dit la femme en lui tapotant le bras. Il ne faut plus y penser.

– Non. Bien sûr. »

Quand le signal de fin d'alerte retentit, une heure plus tard, elle revint avec les autres dans l'atelier. On avait déblayé les débris, emporté le corps de Nancy et envoyé à l'hôpital les cinq ouvrières blessées. Deux péniches de débarquement prêtes pour l'expédition avaient été gravement endommagées et trois autres nécessitaient d'importantes réparations. Quand on demanda des volontaires pour des heures supplémentaires afin de rattraper le temps perdu, Caro leva la main; n'importe comment elle dormirait mal, alors autant rester au chantier.

Vers le milieu de l'après-midi elle fit une pause, debout sur le seuil de la porte, à respirer la douce brise d'avril. Ce n'était pas juste que le ciel de printemps présente encore ce joli bleu délavé, que les feuilles nouvelles des pacaniers soient aussi douces et légères, que l'air caresse ainsi son visage. Le paysage aurait dû être rude, composé de lignes anguleuses et d'ombres tranchées, de rouges criards et de noirs menaçants. Le monde aurait dû s'assortir à son humeur.

A la fin de mars ils avaient appris que Skye était porté disparu; la semaine passée on leur avait dit qu'il était dans un camp de prisonniers, quelque part en Allemagne. Skye en Allemagne, David dans le Pacifique. Depuis presque deux mois elle était sans nouvelles de lui, et bien qu'elle se dît que la flotte du Pacifique avait autre chose à faire que de transmettre du courrier, cela ne la réconfortait pas. Elle en avait assez de cette angoisse, de cette peur; elle se sentait très seule. Elle ne voyait plus aucune de ses anciennes compagnes de classe, à l'exception de Babs et Ruth – et encore lorsque leurs horaires coïncidaient. Raoul faisant la navette entre l'école de médecine et l'hôpital, c'était comme s'il n'eût pas été là. Henri semblait très occupé; il s'était finalement trouvé une bande de jeunes qu'il aimait bien et qui le lui rendaient. Avant, Caro l'asticotait pour qu'il se fasse des amis, maintenant elle le harcelait pour qu'il passe plus de temps avec elle. Restait Walter, qui était très souvent absent de La Nouvelle-Orléans.

S'apitoyer sur son propre sort, c'est le passe-temps le plus déplaisant qui soit, se dit-elle. Allons, Caro, cesse de t'attendrir sur toi-même. Il y a dans le monde entier des millions de gens qui donneraient tout ce qui leur reste pour être sains et saufs aux Etats-Unis. Elle énuméra toutes les raisons qu'elle avait de remercier Dieu d'être en cet endroit, à ce moment. Mais aujourd'hui, ça ne marchait pas.

Elle écrasa sa cigarette et se prépara à retourner

au travail avec son cafard. J'ai besoin de campagne, décida-t-elle. J'ai besoin de la ferme et de Beau-Chêne. Père siégeait à Washington, mais maman, André et Emilie étaient à Saint-Martinville et veillaient à l'exploitation des deux domaines, tout en se consacrant, en plus, au service civil. Je vais faire des heures supplémentaires cette semaine, se dit-elle, et le prochain week-end j'irai là-bas. Rien que d'y penser elle se sentit mieux, et le temps qu'un coup de sifflet marque la fin de la pause, elle avait presque retrouvé son équilibre.

Puis d'autres coups de sifflet se firent entendre, deux brefs suivis d'un long, ce qui signifiait qu'il allait y avoir une annonce. Caro resta immobile, écoutant la foule des ouvrières faire peu à peu silence. « Nous avons toutes raisons de croire que l'explosion, qui a fait un mort et cinq blessés et, de plus, endommagé cinq péniches de débarquement, est l'œuvre de saboteurs. Les agents de sécurité vont faire une enquête. Vous êtes priés de coopérer avec eux et de répondre le plus franchement possible à toute question qu'ils vous poseront. Et n'oubliez pas que vous ne devez *rien* répéter de ce que vous entendez dans ces murs, à *toute personne* extérieure aux chantiers. »

Son autobus était presque arrivé au coin de Calliope Street lorsque Caro se souvint que, plusieurs semaines auparavant, juste avant que l'on commence à travailler sur ces péniches de débarquement... N'en avait-elle pas parlé à quelqu'un? Elle fouilla dans sa mémoire, essayant de se rappeler l'épisode. Et puis, une fois descendue du véhicule et engagée dans sa rue, elle se rappela : au Famous Door; à Walter et Henri. Elle s'arrêta... Qu'avait-elle dit?... Pas grand-chose, et ni l'un ni l'autre n'avait paru y faire attention. Tu es vraiment en train de perdre la tête, se dit-elle en reprenant sa marche. Après tout, même si tu as dit quelque chose à propos des quilles de cette nouvelle sorte de péniche de débarquement... pour l'amour du Ciel, Henri est ton frère. Et Walter ton meilleur ami...

Un coup de sifflet aigu retentit, par-dessus le vrombissement des machines, le bourdonnement des moteurs, le rat-a-tat du marteau à rivets, suivi de deux autres, un bref et un long, signal qu'une annonce allait être faite au haut-parleur. Caro arrêta sa perceuse et se redressa en essayant de détendre les muscles de ses épaules. Elle se frictionna la nuque; c'est là qu'elle avait toujours un peu mal après une longue station debout. Une fanfare éclata, bientôt remplacée par la voix bien connue du Président. Elle regarda sa montre : onze heures du matin, et aussitôt lança une petite prière : « Je vous en prie, mon Dieu, faites que ce ne soit pas une mauvaise nouvelle. »

« Mes chers compatriotes. En cette heure décisive, je vous demande de vous joindre à moi pour une prière : Seigneur tout-puissant, nos fils, la fierté de notre nation, ont réussi aujourd'hui une opération qui comptera dans la lutte qu'ils mènent pour préserver notre démocratie, notre religion et notre civilisation et libérer une humanité souffrante. Garde-les dans le droit chemin et dans la vérité. Donne de la force à leurs bras, de la vaillance à leurs cœurs et rends leur foi inébranlable... »

Peu à peu tous les visages s'éclairèrent. Le jour J. Le message du Président continuait mais on ne l'entendait plus. Les cris et les rires s'élevaient jusqu'au plafond métallique, y ricochaient et redescendaient comme amplifiés. Puis les ouvrières se mirent à chanter, une voix après l'autre reprenant l'air. « Dieu bénisse l'Amérique, le pays que j'aime... » Les yeux de Caro se remplirent de larmes et elle ne vit plus ni ses voisines, ni les machines, menaçantes, autour d'elle. « Soutiens-la, guide-la dans la nuit à la lumière d'en haut. » Sa voix s'éleva et elle essuya les larmes de ses yeux. « Dieu bénisse l'Amérique, ma patrie, ma douce patrie... » Lorsqu'elle revint à son travail, elle regarda fixement le marteau à rivets qu'elle tenait à la main, et il lui parut subitement étranger : c'était quelque chose qu'elle pourrait poser et abandonner là à jamais quand la guerre serait finie.

« Quand la guerre sera finie... » Cela faisait si longtemps qu'on répétait ces mots qu'ils en avaient perdu leur signification. Mais maintenant, ils voulaient dire quelque chose. Ce débarquement, c'était le commencement de la fin. David allait lui revenir. Et Skye serait libéré. Cela lui faisait mal, même aujourd'hui, de penser à Skye. L'expression du visage de père, en apprenant que Skye était porté disparu, la torturait encore, bien que cette douleur eût été ensuite adoucie par la nouvelle qu'il était toujours vivant. Père était tombé dans les bras de maman en faisant de drôles de bruits que Caro avait identifiés comme des sanglots. Elle n'avait jamais entendu un homme pleurer, ni vu un chagrin aussi désespéré que celui-là. Sa mère avait caressé les cheveux de Beau, baisé ses joues, son front, les mains qui s'agrippaient à elle. Et puis Caro s'était enfuie pour dissimuler ses propres larmes et prier pour Skye. En cet instant aussi elle pria pour lui : « Gardez-le sain et sauf, murmura-t-elle. Ramenez-le à la maison. »

Puis, résolument, elle se remit au travail. Elle savait que, dans les semaines qui allaient suivre, tout le pays verrait aux actualités ce qui se passait si loin d'ici. Elle savait qu'en rentrant chez elle elle achèterait l'édition du soir du *States Item* et que les gros titres en noir hurleraient des histoires de bravoure et de gloire. Des histoires de mort. Tout ce qu'elle savait pour le moment, c'était que le Débarquement avait eu lieu. Aussi pouvait-elle considérer ces heures de transition comme une sorte de répit, car lorsqu'elle aurait lu les journaux, elle ne pourrait plus penser à autre chose. Elle suivrait les armées pas à pas, de village en village; elle lirait des noms de vieilles cités et de monastères, d'endroits abritant les grands trésors de la civilisation européenne; elle pleurerait leur destruction, honteuse de se lamenter davantage sur la perte d'un Rembrandt que sur celle de vies anonymes.

A l'heure du déjeuner, elle téléphona au bureau de Walter pour lui rappeler sa promesse. « Il me reste quelques bouteilles de champagne de mon grand-père que je garde pour le jour du débarquement. Et vous serez dans les premiers servis », lui avait-il dit.

C'est la secrétaire qui répondit, sur un arrière-fond si tumultueux que Caro eut du mal à comprendre ce qu'elle disait.

« Désolée du bruit, cria la jeune fille. Nous sommes envahis par les réfugiés... ils sont tellement heureux que nous ayons débarqué en Europe; ils pensent déjà à retourner chez eux.

– M. Fournet est-il là ? » La jubilation qui régnait à l'autre bout du fil faisait sentir encore plus à Caro sa solitude, et elle souhaitait désespérément entendre une voix amie.

« Je regrette. Il est absent. Vous voulez que je lui transmette un message ?

– Non. » Elle raccrocha. Tout en retournant au travail, elle décida d'essayer de mettre la main sur Henri. Ce n'était vraiment pas drôle de boire du champagne seule, pensa-t-elle, même le jour où les Alliés levaient le rideau sur l'acte final de cette longue et épuisante guerre.

Dans les jours qui suivirent, journaux et radios inondèrent les Américains avides de nouvelles de détails sur le jour J. Chaque kilomètre gagné était accueilli avec allégresse, comme un pas vers la victoire. Dans tout le pays, des fermiers aux ouvriers, tous retournèrent au travail avec une énergie nouvelle.

Il y eut cependant d'autres réactions. Ainsi, à Saint-Martinville, comme dans les autres camps de prisonniers d'Amérique, la nouvelle du Débarquement causa des mouvements divers. Il y avait ceux qui se montraient ouvertement soulagés à l'idée que Hitler serait bientôt renversé et que des Allemands plus sains d'esprit dirigeraient leur pays, et il y en avait d'autres qui soutenaient avec fanatisme que Hitler allait rejeter les armées alliées à la mer et les poursuivre jusque sur les côtes d'Angleterre. Mais d'une manière générale, dans les jours qui suivirent le Débarquement, l'atmosphère fut plutôt léthargique, apathique, comme si les prisonniers se trouvaient suspendus entre deux mondes.

Cette léthargie était favorisée par leur isolement; la canne à sucre poussait en rangées serrées de tiges vertes, entrelacées en une masse presque impénétrable. Entre elles, d'étroits chemins de terre noire et féconde menaient jusqu'aux extrémités des champs, qui s'étendaient pendant des kilomètres, dans toutes les directions autour de Beau-Chêne. Les champs de Caroline rencontraient ceux des Billeaud, qui rencontraient ceux de quelqu'un d'autre, jusqu'à ce que toute la région fût couverte de pousses graciles; et lorsque le vent les agitait, on aurait cru entendre la terre soupirer.

En cette fin du mois de juin, la canne à sucre ne faisait que la moitié de la taille qu'elle atteindrait à la récolte, en octobre, et les gardes qui patrouillaient dans les champs pouvaient aisément surveiller les prisonniers allemands binant interminablement, rangée après rangée. Des ouvriers agricoles noirs travaillaient avec eux, et une camaraderie s'était vite instaurée entre les deux groupes, basée sur la reconnaissance mutuelle de leurs tristes sorts. Depuis un an qu'ils étaient à Saint-Martinville, certains prisonniers avaient tenté de s'évader et s'étaient réfugiés dans les cabanes de leurs compagnons noirs; mais on les avait vite dénichés et renvoyés à Fort Polk.

Ils avaient alors compris que l'évasion n'était pas aussi facile que le laissaient croire une surveillance toute relative et l'absence de clôtures. Certes, on pouvait aisément se cacher derrière les cannes à sucre et atteindre un fossé de drainage, le suivre jusqu'à un chemin et s'y engager. Mais ce qu'il leur fallut apprendre, c'était l'isolement des exploitations, la distance séparant des villes les zones rurales où ils vivaient. Les chemins se déroulaient sur des kilomètres et des kilomètres sans offrir le moindre refuge. Beaucoup d'histoires de tentatives d'évasion couraient dans le camp et les prisonniers ne se lassaient pas d'imaginer de nouveaux stratagèmes. Certains d'entre eux prétendaient même que, s'ils pouvaient seulement atteindre les rives du golfe du Mexique, à cinquante kilomètres au sud, ils seraient recueillis par un sous-marin allemand; d'autres voulaient aller vers le nord pour se perdre dans la foule d'une grande cité. Mais aucune de ces villes n'était à proximité et ils étaient séparés du golfe du Mexique par des bayous inexplorés. Lorsque le bruit courut qu'un groupe de prisonniers d'un autre camp s'était engagé dans les marais, mais avait été repris couvert de piqûres de moustiques et souffrant de morsures de serpents, ils avaient changé d'idée, et s'ils pensaient encore à s'évader, c'était en suivant les voies de chemin de fer.

A l'instar des autres camps du pays, les gens qui dirigeaient celui de Saint-Martinville et ceux qui y étaient emprisonnés avaient joint leurs efforts pour le rendre aussi confortable que possible. Les membres de la Croix-Rouge et les Allemands cultivés organisaient des concerts ou des spectacles. Bien que l'effectif de ce camp fût réduit, il y avait assez de musiciens pour monter un petit orchestre de chambre et, ce printemps et cet été-là, les habitants de Saint-Martinville vinrent certains soirs s'installer sur des couvertures, à l'extérieur de la clôture du camp, pour écouter des valses viennoises et d'autres morceaux de musique légère.

Ceux qui entraient en contact avec les prisonniers – des planteurs et des gens de la ville – se faisaient une loi de ne jamais discuter politique avec eux. Dès le début, l'ambiance du camp avait été bonne et tous souhaitaient que cela continue. En général ils respectaient ces prisonniers qui avaient fait campagne en Afrique du Nord. Leur insouciance de Cajuns les avait aidés à accepter la présence de ces ennemis parmi eux.

L'un des planteurs organisa même une petite fête pour les remercier du bon travail qu'ils avaient fait, et l'on voyait parfois un Allemand s'asseoir à la table de la famille qui l'employait. C'est pour cela qu'un inspecteur suédois de la Croix-Rouge put écrire dans son rapport que le camp de prisonniers de guerre de Saint-Martinville était « le plus agréable de tous ceux des Etats-Unis ».

Beau croyait presque superstitieusement que, s'il observait à fond les règles de la convention de Genève concernant les prisonniers de guerre, et même s'il allait au-delà – ce qui était le cas –, son fils serait bien traité.

« Comme cela, nous voyons si nous sommes capables de faire le bien, dit-il à Emilie un après-midi. Nous rendons plus facile la vie de ces pauvres types.

– Et nous prions pour que quelqu'un fasse de même vis-à-vis de Skye », répliqua-t-elle en lui prenant la main et en la serrant. « Je sais. Oh! papa, je sais. Mais parfois, quand je suis au camp, en train d'organiser un concert ou de donner des leçons d'anglais, je... eh bien, je me sens *découragée*. Cela ne sert peut-être à rien de faire preuve de bonne volonté. Après tout, il y a cette guerre. Et quel bien pouvons-nous en tirer?

– Je ne suis pas sûr qu'une guerre puisse apporter quelque chose de bien. On espère surtout qu'elle empêchera un mal encore plus grand.

– J'aimerais bien croire que mon travail est utile. Je pense à Gennie qui distrait les blessés dans les hôpitaux – ou à Caro qui construit des navires. Ou à Skye... » Emilie éclata en sanglots sur son épaule. « Oh! papa, crois-tu qu'il va bien?

– Il faut l'espérer. Et prier. » Maintenant que la guerre se déroulait en Europe, le courrier venant d'Allemagne était encore plus mal transmis. Quel réconfort tirer d'une lettre vieille de plusieurs mois? Il serra Emilie dans ses bras. Elle n'avait que vingt-deux ans, mais les responsabilités que les bureaux et la ferme faisaient peser sur elle l'avaient mûrie. Ses yeux noisette pétillaient encore de malice et elle aimait toujours danser et aller à des surprises-parties, mais il y avait en elle un côté sérieux qui ne venait pas seulement de la guerre. Beau venait d'apprendre qu'elle s'était chargée d'appeler régulièrement les familles du coin qui avaient perdu un fils au champ d'honneur. En pensant au courage qu'il lui fallait pour accompagner ainsi ceux qui étaient plongés dans le deuil, il l'embrassa tendrement. « Tu n'as pas idée de ce que cela signifie pour moi – et pour Caroline – de t'avoir ici avec nous. D'avoir de la jeunesse à la maison... tes amis qui passent... un semblant de vie normale. »

Elle lut dans ses yeux la douleur qu'habituellement il leur dissimulait et ravala ses larmes. « Tu veux dire que " ceux qui ne peuvent qu'attendre servent aussi leur pays " ». Elle lui fit un petit sourire.

« Parfois, c'est ce qu'il y a de plus difficile à faire. » Beau n'en avait jamais dit autant sur ce qu'il ressentait. Savoir que son fils aîné était prisonnier et ne rien pouvoir faire, c'était l'épreuve la plus dure de sa vie. Il avait toujours cru en son pouvoir de protéger ceux qu'il aimait. « Bon, dit-il en se détournant et en clignant les yeux, accordons-nous une petite récréation. Va chercher André et allons nous baigner, d'accord?

– D'accord! » s'écria Emilie.

Plus tard, étendu sur la rive et regardant André nager, Beau comprit que, dans sa lutte pour le pouvoir, ce qu'il cherchait vraiment ce n'était pas un empire, mais une barrière protectrice. Des douves. Quelque chose qui pût conserver sains et saufs sa famille et sa terre.

Un rosier Lady Banksia obstruait presque les fenêtres de la bibliothèque de Beau-Chêne, ses fleurs jaunes formant un rideau entre la pièce et le monde extérieur. Perché au bord de la vasque où buvaient les oiseaux, un merle moqueur chantait, accompagné par les cardinaux rouges voltigeant près de leurs nids. En contrepoint rassurant au bourdonnement des insectes et aux chants familiers des oiseaux, les lames d'une tondeuse à gazon cliquetaient au loin. Emilie installa le coussin plus confortablement derrière son dos et se pencha sur le livre qu'elle tenait à la main. Elle était venue à Beau-Chêne après le déjeuner pour passer une heure tranquille en compagnie de l'un des vieux livres qui remplissaient les imposantes étagères d'acajou.

On n'a jamais l'impression d'être seul ici, pensa-t-elle en sentant la maison fraîche vivre autour d'elle. Les volets du côté ouest étaient fermés pour la protéger de l'accablante chaleur de l'après-midi, mais les fenêtres donnant à l'est et au nord étaient ouvertes et les rayons du soleil revivifiaient les brocarts fanés, prêtant aux anciens portraits un éphémère éclat doré. Elle pensait avec plaisir à tous ceux qui, vivant là, avaient pris des livres sur ces mêmes rayons, s'étaient installés dans ce même fauteuil pour y passer un après-midi de détente.

Sans savoir pourquoi, elle leva soudain les yeux de son livre, le nez tendu comme pour humer le vent. Elle aperçut alors un mouvement dans l'ombre, au bout de la pièce, près du grand bureau, et tandis qu'elle guettait, le corps raidi, un homme apparut, une machette à la main.

Son cœur se mit à battre si fort qu'elle n'entendit plus rien d'autre, pas même le léger bruit qu'il fit en marchant sur le tapis persan qui recouvrait le sol de la bibliothèque. C'est un prisonnier, pensa-t-elle. Le connaissait-elle ? Avait-elle travaillé avec lui au camp ? Mais son regard terne lui disait que non; pour lui, Emilie n'était qu'un obstacle, quelqu'un qui se trouvait en travers de son chemin.

« Que voulez-vous ? lui demanda-t-elle en se redressant. Elle serra le livre dans sa main en réfléchissant. Si elle arrivait à le distraire, à crier pour que la personne, quelle qu'elle soit, qui tondait la pelouse l'entende... Elle ne quittait pas des yeux le visage de l'homme.

« Ne bougez pas, ne criez pas. » Il était tout près d'elle maintenant et elle pouvait sentir l'odeur de sa sueur, voir la boue des champs sur ses souliers.

« Que voulez-vous? répéta-t-elle.

– De l'argent. Des vêtements.

– Il n'y a pas d'argent ici. Et pas de vêtements non plus.

– Dans une si belle maison il n'y a pas d'argent? Les gens n'ont pas de vêtements?

– Il n'y a personne ici... », répliqua Emilie, et en voyant son sourire elle comprit qu'elle venait de commettre une terrible erreur.

« Il n'y a personne. Vous voulez dire que personne n'habite ici?

– Oui. » Ses lèvres étaient sèches, elle passa sa langue dessus. Elle le vit regarder sa langue, aperçut dans ses yeux une expression qu'elle ne comprit pas.

« Alors, il n'y a ni argent ni vêtements.

– Exactement. » Dans un élan de courage, elle ajouta : « Vous ne pourrez pas vous enfuir, vous le savez bien. Vous n'avez nulle part où aller. »

Le prisonnier n'avait pas changé de position; il brandissait toujours sa machette dont la longue lame recourbée brillait. « Vous pensez que je devrais retourner dans les champs, c'est cela?

– Est-ce que ce ne serait pas plus raisonnable? » Elle reprenait courage. Peut-être allait-il céder, faire demi-tour et repartir par où il était venu. « Je ne... je ne dirai rien. »

Ce fut sa seconde erreur. Il s'avança et de sa main libre lui saisit le poignet. Il la regarda des pieds à la tête. « Tu n'es pas aussi belle que les femmes de mon pays. Mais tu as tout ce qu'il me faut. »

Elle ne comprenait pas sa froideur, son ton monotone et l'immobilité de son corps. Malgré son tutoiement subit, il était comme un robot, ou une marionnette, dont tout élément humain avait disparu. Elle se força à le regarder dans les yeux. Elle ne répondrait rien, elle ne gaspillerait pas ses forces en paroles inutiles. Elle se concentrait sur la seule chose essentielle – sauver sa vie.

« A genoux », lui dit-il.

Elle le regarda fixement, sans comprendre. Il mit la main sur sa tête et la poussa vers le sol. « A genoux, répéta-t-il. Déboutonne ma braguette. »

Elle tomba sur le sol et se mit à genoux avec peine, regardant les jambes de son pantalon tachées de sueur. Elle ne comprenait pas ce qu'il voulait d'elle, mais l'odeur aigre de ses vêtements, sa voix dure et pâteuse lui donnèrent la nausée et elle croisa les bras sur sa poitrine, les lèvres serrées pour lutter contre son malaise.

« Ne fais pas celle qui ne comprend pas ce que je veux », dit-il. Il prit une boucle de ses cheveux et tira dessus méchamment. « Ou préfères-tu que je t'enfile ? » Un torrent d'obscénités jaillit de ses lèvres, comme s'il déversait sur elle toute sa haine et toute sa luxure. « Mais je ne veux pas me salir avec toi. » De son autre main, il ouvrit sa braguette et sortit son organe. « Prends-le dans ta bouche. Tout de suite. Ou je te tue. »

Elle ferma les yeux. N'importe comment, il allait la tuer. Il était bien obligé de le faire. Elle serra les lèvres encore plus fort et pencha la tête, comme pour l'offrir à sa lame.

Et puis elle entendit un gémissement suivi d'une série de coups. « Tire-toi de là, Emilie », cria son père. Elle ouvrit alors les yeux et le vit en train de frapper l'Allemand de ses poings, plusieurs fois jusqu'à ce que l'homme tombe. Alors Beau se pencha et lui tapa furieusement la tête contre le sol. « Sors d'ici, Emilie », cria-t-il de nouveau. Elle se releva et gagna la porte à reculons, incapable de se détourner de la scène. Le visage du prisonnier était couvert de sang, ses yeux vitreux, sans regard. Les mains de son père s'étaient refermées sur sa gorge et elle vit qu'il commençait à serrer.

Papa va le tuer, pensa-t-elle. Puis le brouillard que la terreur avait mis entre elle et la réalité se déchira et elle courut vers lui en criant : « Papa... non. Arrête! »

Beau hésita, leva les yeux et elle ne le reconnut pas. « Papa, je vais bien. Je n'ai rien. Papa... tu l'as arrêté à temps. Ça suffit. »

Elle vit la raison lui revenir. Ses mains se desserrèrent et il s'assit, haletant, sur la poitrine du prisonnier inconscient. « D'accord. » Il se leva et tira du bureau une corde épaisse avec laquelle il attacha les mains de l'homme derrière son dos. « Je vais appeler le shérif. Il emmènera ce type à Fort Polk. Qu'ils fassent de lui ce qu'ils veulent... mais s'ils le gardent, même une seule nuit, à Saint-Martinville... je ne réponds pas de moi.

– Comment as-tu su qu'il était ici? » demanda Emilie. Elle ne voulait pas regarder l'homme étendu par terre; ni penser à ce qui avait failli arriver. Elle s'appuya contre l'un des grands fauteuils à oreillettes. « Je... je peux avoir une cigarette?

– En réalité, répondit son père en sortant deux cigarettes et en lui en présentant une, c'est un merveilleux hasard que je sois ici. » Il ne la quittait pas des yeux, attendant de voir quelle réaction nerveuse elle allait avoir. « Après le déjeuner, je me sentais ensommeillé et j'ai pensé que je ne pourrais rester éveillé qu'à condition de faire une promenade. J'ai pris le vieux sentier par simple habitude, je suppose, et puis j'ai décidé de venir voir comment était la maison. » Il prit le visage de sa fille entre ses mains. « C'est sûr que tu vas bien, ma petite chérie?

– J'aime mieux ne pas en parler. » En se rappelant le tranchant brillant de la lame, cette main qui l'obligeait à s'agenouiller, la puanteur de ce pantalon, son courage s'effondra. Elle se mit à frissonner et éclata en sanglots. Son père la prit dans ses bras et elle appuya la tête sur sa poitrine. Elle savait qu'elle était « saine et sauve », physiquement intacte. Qu'elle allait surmonter cette réaction nerveuse; qu'elle attendrait avec son père l'arrivée du shérif; ils pourraient même boire du café à la cuisine avec le prisonnier bien ligoté et enfermé dans la resserre voisine. Mais lorsqu'elle s'arracha à l'étreinte de son père et leva les yeux vers lui, elle sut que d'une certaine manière elle n'allait pas bien. Qu'elle n'irait plus jamais bien.

« Promets-moi, papa, que... tu n'en parleras pas à mère. Ni à personne d'autre. Tu ne peux pas dire qu'il... qu'il était en train de nous cambrioler? »

La sagesse qu'il lut dans les yeux d'Emilie lui donna envie de pleurer. Il comprit qu'elle voulait protéger Caroline et ses sœurs de cette souillure. « Tu es un brave petit soldat », lui dit-il en l'embrassant. Il sentit qu'elle se rétractait un peu, qu'elle se dérobait très légèrement à sa tendresse, et pensa que cette misérable guerre était responsable d'une vilaine cicatrice de plus.

13

Fin juin-septembre 1944

Avec son roi, Guy Loring prit quatre des pièces qui restaient à son adversaire dont la reine se retrouva sans défense. « A vous de jouer, dit Loring en se rasseyant sur ses talons.

– Je ne peux plus jouer. Vous avez gagné. »

Guy se tourna vers Skye tout en alignant de nouveau les pièces. « A vous, maintenant. »

Skye s'installa de l'autre côté de l'échiquier. Guy Loring n'était pas depuis longtemps au camp, mais déjà il s'était acquis le respect de tous. Il avait fait partie du premier commando américain ayant débarqué sur les plages d'Afrique du Nord et n'avait été capturé vivant, disait-on, que parce qu'il était blessé et inconscient. Il avait reçu un entraînement bien différent de celui de l'infanterie. Il savait tuer à mains nues et se maintenait en forme en faisant chaque jour de la gymnastique. Depuis son arrivée, en avril, il s'était plutôt tenu à l'écart.

Le bruit avait couru tout d'abord que Loring était un espion allemand placé là pour découvrir les projets d'évasion. On parlait souvent de tentatives qui n'étaient que des pièges machinés par des prisonniers collaborant avec les nazis. Mais Skye avait vite jaugé Loring et décidé qu'il était son homme. Il possédait un instinct qui lui permettait d'identifier ceux qui accordaient plus d'importance à l'honneur qu'à la vie.

Comme ils étaient aussi forts l'un que l'autre aux échecs, la partie promettait de durer longtemps; aussi leurs quelques spectateurs se dispersèrent-ils. « Je vous ai observé, Langlinais, dit Loring. J'ai quelque chose à vous proposer. »

Skye sentit ses cheveux se hérisser. Avant même que Loring eût commencé à parler, il avait deviné ce qu'il voulait lui dire. « Vous allez essayer de vous évader? » demanda-t-il, les yeux fixés sur le jeu.

Du coin de l'œil, il vit Loring sourire d'un air sardonique. « Je ne vais pas essayer. Je vais m'évader. Nous sommes cinq. Voulez-vous être le sixième?

– Comment allez-vous vous y prendre? dit Skye en mettant son roi à l'abri.

– Je ne peux pas vous répondre. Il faudra me faire confiance. Ça marchera. Alors, c'est oui? » Loring étudia le jeu puis leva les yeux. « Vous avez douze heures pour prendre votre décision. Si vous n'êtes pas sûr de pouvoir vous fier à moi, je ne vous en voudrai pas, mais n'oubliez pas que moi je me suis livré à vous. »

Skye n'attendit pas douze heures pour aller voir Guy Loring et lui dire qu'il était d'accord. Après tout, sa grand-mère ne lui avait-elle pas toujours dit que la fortune sourit aux audacieux? Mieux valait risquer sa vie que de rester là à attendre que la guerre se termine.

Il fallait commencer par creuser un tunnel sous les baraquements, la clôture et les champs entourant le camp, pour émerger à l'abri d'un petit bois. « C'est tout ce que vous avez besoin de savoir pour le moment », dit Loring aux hommes qu'il avait choisis. « Ce ne serait pas bon pour vous d'être au courant de ce qui se passera quand nous serons sortis du camp. »

Personne ne discuta ce point. Si les Allemands découvraient le tunnel et les questionnaient... eh bien, quelles que soient leurs méthodes d'interrogatoire, les prisonniers ne pourraient pas dévoiler ce qu'ils ne savaient pas.

Ils commencèrent à creuser cette semaine-là. Skye, lorsque son tour fut venu, fouilla le sol de ses mains, ou avec une cuillère dérobée à la cuisine du camp. Il cachait la terre dans ses poches ou la mettait dans de petits sacs attachés à ses jambes, et la jetait ensuite dans les latrines ou l'éparpillait sur le sol de terre battue de la prison. Quand on l'envoyait travailler hors du camp, il pouvait sortir en douce de plus grandes quantités de terre. Mais toujours, quand il passait sous les miradors flanquant la porte, il sentait son dos se raidir contre les balles dont la peur le tenaillait.

Le temps se mesurait maintenant à la longueur du tunnel. Loring avait choisi le plus court chemin vers le bois et calculé qu'ils devraient creuser sur une centaine de mètres avant d'atteindre le couvert. Bien que chacun des six hommes n'enlevât, à chaque fois, que bien peu de terre, Loring se déclarait satisfait. Les jours avaient beau leur sembler se traîner, il leur assurait qu'ils avançaient comme prévu.

Puis, un soir de juin, Guy vint trouver Skye, vibrant d'émotion mais luttant pour garder un visage impassible. Il avait appris, par ses contacts avec la Résistance, que les Alliés avaient débarqué. Pour la première fois Skye crut à la réalité du tunnel, et il se dit que leur évasion n'était pas seulement un rêve qui lui permettait de tenir. Savoir que leurs armées étaient en Europe leur redonna à tous du courage et, jour après jour, poignée après poignée, le tunnel les mena vers la liberté.

Loring ne l'avait dit à personne, mais il savait parler allemand. Il put deviner, à partir de bribes de conversations entre les gardiens et le personnel du camp, que l'invasion de la Normandie avait durement ébranlé le haut commandement allemand – non parce qu'il ignorait qu'il y aurait un débarquement, mais parce qu'il avait été totalement trompé par de faux renseignements. Les premiers jours, cette confusion avait joué en faveur des Alliés. Mais les Allemands avaient ensuite fait venir leurs meilleures divisions blindées sur le front de l'Ouest, où les Alliés n'avançaient que pied à pied.

Le tunnel progressait au même rythme. Les semaines se traînaient. Seule la pensée que le jour de l'évasion approchait soutint Skye durant ces jours de tension et de fatigue croissantes. Lorsqu'il était trop épuisé, il n'arrivait plus à juguler sa peur. Avec son calme habituel, Loring fit remarquer que, la situation empirant pour les Allemands, la discipline commencerait à se relâcher et les prisonniers pourraient bien servir d'exutoire à leur colère et à leur frustration. L'idée de se trouver désarmé devant la rage de ses gardiens stimula Skye. Dans cette perspective, il semblait moins dangereux de s'évader que de rester au camp.

Et puis un jour, celui qui creusait se retrouva à l'air libre, dans le bosquet, par-delà les champs. Le tunnel était terminé. Peu après arriva la nuit qu'ils attendaient tous, une nuit d'août sans lune. Loring les prévint, après le repas du soir, alors qu'ils se promenaient par petits groupes dans la cour de la prison. Ils commenceraient à partir à deux heures du matin et entreraient chacun à leur tour dans le tunnel à cinq minutes d'intervalle. Après, des résistants français les prendraient en charge. Au lever du soleil, ils seraient en France.

Les yeux brillants d'excitation, il parlait d'un ton calme. Skye éprouva un instant d'ivresse : demain, à cette heure-là, il serait libre.

Jamais soirée n'avait paru aussi longue; jamais il ne s'était senti aussi tendu. Lorsque Skye se trouvait par hasard près de l'un de ses cinq compagnons d'évasion, il s'en éloignait vite afin que rien dans leur comportement ne pût les trahir. Puis il s'inquiétait de ce que ce mouvement même pût attirer l'attention sur lui. Il fut en partie soulagé lorsque Guy lui dit que le personnel du camp avait organisé une petite fête pour l'anniversaire du commandant. « Le schnaps et la bière vont couler. Ils dormiront comme des souches et nous n'aurons à nous inquiéter que des gardes. »

Ceux-ci patrouillaient suivant des horaires fixes pendant plusieurs semaines, puis un changement avait lieu, mais une fois celui-ci effectué, ils inspectaient les baraquements à la même heure plusieurs jours de suite. Le nouvel horaire était entré en vigueur trois jours auparavant. Si Loring avait choisi cette nuit-là, c'était à cause de la conjonction de ces trois éléments : le nouvel horaire, l'absence de lune et l'anniversaire du commandant.

Skye ne s'attendait pas à dormir cette nuit-là et ne le souhaitait pas. Il lui fallait rester sur le qui-vive. Il demeura allongé dans l'obscurité du baraquement, écoutant les bruits, humant l'air pour y déceler des signes de danger. Puis il fut deux heures du matin; dans quinze minutes, ce serait son tour.

A deux heures et quart, il se laissa glisser furtivement de sa paillasse sur le sol et rampa vers la porte. L'entrée du tunnel s'ouvrait sous le baraquement, dans un coin dissimulé derrière les piliers de ciment qui le surélevaient. Chacun devait partir seul et s'engager dans le tunnel sans savoir si les autres y étaient aussi ou non. Skye avait bien tendu l'oreille, mais il n'avait pas entendu les autres quitter leur lit. Lorsqu'il passa la tête à la porte, il se demanda s'ils étaient bien partis. A moins que ce ne fût un piège? Peut-être Loring était-il en ce moment même au quartier général du camp tandis que des gardes attendaient à l'entrée du tunnel pour s'emparer d'eux?

Il s'avança en rampant sous le baraquement, se servant de ses coudes pour se propulser vers le tunnel. L'obscurité était totale : même la lumière des miradors ne pénétrait pas jusqu'ici; et lorsque quelque chose passa en courant sur ses jambes, il dut se mordre les lèvres pour ne pas crier. Puis il atteignit l'ouverture. Il tendit les mains et sentit le vide froid et noir. Durant un instant il se cramponna au bord, paralysé par la peur, puis il se força à continuer. Un autre prisonnier devait pénétrer dans le tunnel à deux heures vingt, il fallait que l'entrée soit dégagée.

Il progressa, essayant de ne penser qu'au but et de surmonter sa claustrophobie. Tandis qu'il se traînait sur le ventre dans les ténèbres, il sentait les parois du tunnel se refermer sur lui comme un cercueil de terre. Il n'avait pas parcouru dix mètres que ses vêtements étaient déjà couverts de boue, que ses doigts saignaient en s'écorchant sur des racines et des pierres. Il perdit tout sens du temps et de la distance. Il essaya d'abord de compter les minutes, mais cela lui parut soudain inutile : dans ce monde souterrain il n'y avait plus ni temps ni espace. Il repoussa cette pensée et se traîna aveuglément en avant.

A certains moments il crut entendre quelqu'un devant ou derrière lui, mais la plupart du temps il se sentit seul au monde, en train de se creuser un chemin vers la liberté dans cette tombe humide et obscure. Il ne voulait pas se laisser aller à penser aux autres possibilités, mais, en dépit de ses efforts, des images de mort apparaissaient devant lui dans le noir. Il avait vu des cadavres de prisonniers suspendus aux fils de fer barbelés entourant l'enceinte; il avait vu les restes ensanglantés, abandonnés dans les champs, de ceux qui avaient essayé de s'évader. Il savait qu'aucune loi internationale n'arrêterait les gardiens. La libération de Paris par les Alliés, quelques jours auparavant, avait eu plus d'effet encore sur le moral allemand que le débarquement, et, bien que le personnel fût en fête ce soir-là, l'atmosphère du camp était inquiétante.

Juste au moment où il commençait à croire qu'il n'atteindrait jamais l'extrémité du tunnel, Skye sentit une bouffée d'air frais. L'odeur de l'herbe le calma. Il fit un dernier effort pour remonter et les larmes inondèrent ses joues. L'orifice du tunnel débouchait dans le sous-bois. Comme il en sortait, une silhouette émergea des ténèbres et il entendit Loring lui dire : « Restez couché. Venez ici en rampant. Près de moi vous pourrez vous redresser. » Une fois debout, Skye regarda le camp brillamment illuminé au travers des arbres. Des gardes étaient postés aux miradors et les faisceaux de leurs projecteurs traçaient un cercle fatidique autour d'eux.

« Si tout le monde est dans les temps, nous serons en sécurité avant que nos gardiens aient découvert notre départ. Je vais rester ici. Continuez à travers bois. Un résistant français vous attend près d'un ruisseau, à l'orée. » Loring sembla se fondre dans l'ombre, laissant Skye encore plus seul. Il suivit le sentier que son compagnon venait de lui indiquer; ce n'était pas un chemin, mais une espèce de piste tracée par les animaux descendant boire au ruisseau. Au moment où il vit l'eau scintiller à la lueur des étoiles, une main lui toucha l'épaule tandis qu'une autre se plaquait sur sa bouche.

« Le collier de diamants », lui chuchota quelqu'un à l'oreille, et Skye se détendit : c'était le mot de passe que Guy avait choisi, le titre d'une nouvelle de Maupassant.

« Tout ce qui brille n'est pas or », répondit Skye – et il eut brusquement envie de rire. L'évasion était une aventure, un jeu comme ceux auxquels Henri, Raoul et lui s'adonnaient pendant les longues journées d'été de leur enfance. Il vit quelque chose briller dans la main de l'homme et le couteau vint trancher le fil de ses rêveries. Il prit la corde qu'on lui tendait et, selon les instructions qu'on lui donnait, l'attacha autour de sa taille.

« Suivez le cours du ruisseau, dit le maquisard. Quelqu'un d'autre vous attend plus loin. Gardez la tête sous l'eau jusqu'à ce qu'on vous signale que vous pouvez respirer. Le coin est très dangereux. »

Skye se glissa dans le ruisseau et plongea la tête dans ses eaux boueuses. La corde flottait derrière lui en attendant d'être lestée par le poids de celui qui le suivait; elle était tendue devant lui, le reliant à celui qui le précédait. Il retint sa respiration et s'efforça de garder son calme. Le lit du ruisseau n'était pas profond et il avait l'impression que son dos offrait une large cible bien visible. Il s'enfonça encore un peu, comme si quelques centimètres d'eau de plus pouvaient le protéger des balles de mitrailleuse.

Très vite il crut que ses poumons allaient éclater. Il n'avait plus d'air; s'il ne sortait pas la tête pour respirer, il mourrait suffoqué. Il sentit ses yeux s'exorbiter et se dit qu'il allait ouvrir la bouche et avaler n'importe quoi – l'eau qui le noierait, la boue qui engorgerait ses poumons. Il sentit ses membres s'engourdir, ses mains devenir insensibles. Juste à ce moment on tira sur la corde, un coup bref suivi d'un long. Le signal qu'il pouvait se redresser pour respirer.

Sa tête jaillit hors de l'eau et il ouvrit largement la bouche, aspirant l'oxygène à grandes goulées. Devant lui il aperçut vaguement l'un de ses compagnons, la tête à peine sortie du ruisseau. Des roseaux poussaient sur les bords et il vit les étoiles briller dans le ciel.

Puis il se retrouva la tête sous l'eau, en train d'avancer tout en étreignant la corde détrempée. De nombreuses fois ils s'arrêtèrent ainsi pour respirer avidement et il en perdit bien vite le compte – ainsi que celui des rochers sur lesquels il s'entailla les genoux et se meurtrit les mains; et des prières qu'il récita; et du nombre de fois où il crut perdre conscience. Enfin vint le signal auquel il ne croyait plus : trois secousses brèves. Il était arrivé.

Affaibli, incrédule, il sortit la tête de l'eau. Devant lui, un homme était en train de gravir le bord boueux et glissant de la rivière, aidé par celui qui était déjà arrivé en haut. Skye se redressa et s'avança en vacillant. Des mains le saisirent et le hissèrent. Ils s'éloignèrent du ruisseau et se mirent à l'abri d'un bouquet d'arbres où trois hommes les attendaient. En l'espace de quelques minutes, Loring et deux autres survinrent. Ils restèrent un moment en cercle, haletants, unis par le même épuisement, la même émotion. L'un des hommes du maquis s'adressa en français à Guy; Skye saisit un mot ou deux – un bateau les attendait pour leur faire traverser le Rhin. Il fallait se dépêcher.

Il suivit les autres parmi les arbres sans se préoccuper des branches qui le fouettaient. Puis il monta dans un petit canot automobile amarré à l'orée du bois et s'assit, immobile, pantelant. Les muscles tendus, les nerfs à vif, il entendit le moteur tousser et se prépara au pire : les Allemands allaient sûrement jaillir des bois et tirer sur eux; un obus allait sûrement tracer un arc de cercle au-dessus du fleuve impassible, en briser la surface et creuser un trou qui avalerait leur esquif. Mais rien ne vint troubler le calme de la nuit, sauf le bruit du moteur ou le murmure occasionnel d'une voix. L'air frais collait ses vêtements mouillés contre sa peau moite. Ce n'est pas pire qu'à la chasse, pensa-t-il lorsqu'il se mit à frissonner. Tu es passé plusieurs fois par-dessus bord dans les bayous, et tu t'es contenté d'en rire. Il se mit à claquer des dents et se recroquevilla sur lui-même. Il avait froid, il était fatigué, engourdi. Il n'en pouvait vraiment plus.

Quelques minutes plus tard, le canot s'arrêta et le moteur se tut. Skye descendit dans l'eau et pataugea en trébuchant jusqu'à la terre ferme. Il vit un groupe de gens qui les attendaient et s'avança vers eux. Qu'ils soient français ou non, amis ou ennemis, il s'en fichait : s'il y avait des êtres humains, il devait y avoir du feu, de la nourriture, un endroit où dormir. Il buta et tomba, le pied pris sous une racine qui faisait saillie sur sa route. Sa tête vint heurter quelque chose de dur et il perdit en partie conscience. Il avait l'impression d'être coupé du monde extérieur, comme s'il était encore sous l'eau. Il sentit qu'on le soulevait et qu'on l'emportait. Une main se posa sur sa joue, une main douce et légère, et il entendit une voix, grave et mélodieuse : « *Pauvre homme. Portez-le avec précaution.* »

Lorsque Skye s'éveilla, ce fut au son de la même voix, celle d'une jeune fille qui chantait doucement, assise auprès d'un feu. Il resta étendu à la regarder. Elle était jeune, très jeune. De grands yeux bruns, des cheveux noirs réunis en chignon sur la nuque; une chemise d'homme serrée par une ceinture, un pantalon flottant sur son corps mince; ses pieds, dans de grosses chaussettes, effleuraient sans bruit le plancher. Il reconnut la chanson : c'était une berceuse que sa grand-mère lui chantait quand il était petit. Des larmes d'épuisement lui vinrent aux yeux et il se mit à sangloter sans pouvoir s'arrêter. La jeune fille quitta alors son siège pour s'approcher de lui. « Vous êtes réveillé », dit-elle en anglais. Elle lui caressa le visage. « Vous êtes en sûreté maintenant. Plus tard, vous rejoindrez votre armée.

– Où suis-je?

– Il vaut mieux que vous ne le sachiez pas. Les Allemands ne nous ennuient plus en ce moment – ils sont trop occupés à se battre. Mais... cela vaut mieux.

– Mon nom, c'est Skye.

– Vous pouvez m'appeler Adèle. Je vais vous apporter à manger. »

Guy Loring apparut dans l'après-midi. Il portait une grande blouse grise de paysan et un béret enfoncé jusqu'aux yeux. « Nous partirons lorsqu'il fera nuit. Vers Paris.

– Tous ensemble?

– Pas vraiment. Par deux. » Il marchait de long en large, les mains derrière le dos, la tête droite, la voix énergique. « Jusqu'ici, ç'a été du gâteau. Encore un petit peu de chance et nous pourrons nous battre de nouveau. »

Skye rejeta la couverture grossière qui le recouvrait et se leva. Le sol oscilla sous ses pieds et il fit un terrible effort pour rester droit. Ce refuge n'était, après tout, qu'une étape et ils devaient aller plus loin, où d'autres dangers les attendaient.

« Ça va mal? » demanda-t-il en montrant la porte. Il vit un éclair de surprise dans les yeux de Guy et comprit qu'il vivait avec le danger, l'attendait avec impatience – et que même cela lui réussissait.

« C'est difficile à dire. Les Alliés effectuent des percées partout... aussi il y a des poches où l'on se bat dur... des endroits déjà libérés... » Il haussa les épaules. « Il y a un peu de tout, je suppose. » Ses dents brillèrent lorsqu'il lui adressa son petit sourire désabusé. « Je pense que nos amis de la Résistance n'ont pas plus envie d'être pris que nous. » Il lui tendit une blouse de paysan semblable à la sienne. « Ce qui est sûr, c'est que nous ne pouvons pas rester ici.

– Non », dit Skye. Il regarda Adèle qui tournait quelque chose en train de cuire dans une marmite suspendue au-dessus du feu. La paix de la pièce l'envahit. A l'extérieur de la fenêtre, un rosier grimpant arborait ses petits drapeaux de couleur comme si la guerre n'eût pas existé. L'odeur des herbes aromatiques qui mijotaient imprégnait l'air. Le lit, derrière lui, était doux avec son matelas fait du duvet de centaines d'oies. Quelle magie utilisait-elle, cette jeune fille qui luttait au coude à coude avec des hommes, dans un mouvement clandestin où les règles n'avaient pas cours et où, si l'on était pris, c'était pour être soumis à une longue torture et à une mort horrible? Comment avait-elle fait pour maintenir cet espace sain, cette tranquillité au milieu de la terreur?

Il secoua la tête, comme pour se débarrasser de sa léthargie. Il ne pouvait pas rester ici. Ce n'était que la première étape de son retour vers la guerre. Sa guerre. Un autre avion l'attendait peut-être en Angleterre, mais qui pourrait tout aussi bien s'envoler d'un aérodrome taillé dans une île de corail à l'autre bout du monde. Son voyage de retour serait peut-être plus long mentalement que physiquement, pensa-t-il en ôtant sa chemise de prisonnier pour revêtir la blouse. Il passa la tête par l'encolure et vit que Loring l'observait. « Je suis prêt », dit-il, en espérant que son compagnon en serait plus convaincu que lui.

« Adèle va vous conduire au lieu du rendez-vous », dit Guy qui baissa la tête pour franchir la porte basse.

Adèle vint s'asseoir sur un petit tabouret, un tricot à la main. « Il va vous falloir un certain temps, vous savez. C'est toujours comme ça.

– Un temps pour quoi?

– Pour vous habituer à ne plus être prisonnier. » Elle se pencha sur son travail. La douce couronne de ses cheveux lui rappela soudain Rosalinde. « Mais c'est comme tout le reste. Le temps s'écoule et on s'habitue.

– C'est le cas pour vous? » Son imagination s'avérait incapable d'évoquer la vie qu'elle avait pu mener depuis le début de l'Occupation.

« Quand on n'a pas ce qu'on désire, on doit aimer ce qu'on a. » Elle posa le tricot sur ses genoux et leva les yeux vers lui. « Je n'aime pas la guerre, seulement les Boches l'aiment, eux. Et je ne peux pas m'arrêter de vivre en attendant qu'elle se termine, *n'est-ce pas*? Alors je fais ce que je peux. »

Skye et Guy partirent ensemble, le lendemain. Un résistant les accompagnait, un vieux fermier imperturbable, qui mâchait une chique de tabac en cheminant d'un pas lourd sur les chemins de terre quadrillant la campagne. Cet épisode de leur évasion était décevant dans sa trivialité; malgré les coups de fusil au loin et les bombardiers qui passaient parfois, en route vers quelque objectif éloigné, ils ne croisèrent aucune patrouille allemande.

Ils rejoignirent les lignes américaines le troisième jour. Le fermier s'anima alors pour boire le whisky qu'on leur offrit et fourrer dans ses poches des cigarettes et des plaquettes de chocolat. Lorsqu'il les quitta, Skye le regarda partir avec une tristesse rêveuse. Une partie de son existence était terminée, qui semblait n'avoir aucun rapport avec tout ce qu'il avait jamais connu. Et, bien qu'il n'eût aucune envie de la revivre, curieusement, c'était à contrecœur qu'il la voyait s'effacer.

Ils devaient s'envoler pour Londres à bord d'un transporteur qui venait d'amener des troupes en renfort, pour y subir l'interrogatoire que l'on faisait passer à tous les prisonniers évadés. « Nous allons être obligés de nous battre avec eux pour qu'ils nous laissent repartir au front », dit Guy.

Skye avait oublié cette règle qui, pour protéger la Résistance, écartait du front tout prisonnier évadé – car s'il était repris, les Allemands n'auraient de cesse d'apprendre comment il avait fait pour fuir.

« Mais la Résistance s'est ouvertement jointe à nos forces armées, sur tout le territoire français. Ça change les choses.

– Je l'espère bien. Je n'ai pas fini de régler leur compte aux nazis. »

Moi non plus, pensa Skye. Mais avant toute chose – dès l'instant où j'en aurai terminé avec les formalités – j'irai voir quelqu'un. Le visage de Natalie lui apparut, ses yeux dorés plissés par le rire, sa bouche souriant joyeusement. Elle connaissait suffisamment cette guerre pour comprendre son humeur, cette espèce de vide dans lequel il se sentait. Alors que sa famille et Rosalinde éprouveraient un formidable soulagement de le savoir libre et se contenteraient de louer le Seigneur. Il se demanda, et ce n'était pas la première fois, si les cicatrices invisibles ne pouvaient pas, à longue échéance, s'avérer plus gênantes que celles que tout le monde pouvait voir.

Skye gravit en courant les marches de la maison de pierres grises où Natalie travaillait. Comme beaucoup d'autres demeures londoniennes transformées en bureaux à cause de la guerre, celle-là gardait un peu de son caractère privé; un feu flamboyait dans le hall et les portraits de famille qui ornaient les murs n'avaient rien d'officiel. Depuis qu'il avait fait son rapport et reçu une permission, il s'était demandé s'il allait appeler Natalie au téléphone ou se présenter sans s'être annoncé. Il n'avait cessé d'y penser pendant son trajet jusqu'à Londres; le lieutenant qui conduisait la jeep, persuadé que le capitaine Langlinais n'était pas encore remis de sa captivité, avait gardé un silence respectueux, ce qui lui avait laissé tout le temps de réfléchir.

Il avait imaginé leur conversation au téléphone, comment elle réagirait, ce qu'il lui répondrait. Puis il s'était dit qu'elle serait peut-être absente de son bureau et qu'il devrait laisser un message. Mais ce message, comment le formuler? Dire à une personne inconnue que c'était le capitaine Skye Langlinais qui appelait Mlle Watkins pour lui faire savoir qu'il était libre?... Il trouva plus facile de passer sans prévenir. Si elle n'était pas là, s'était-il dit, il pourrait lui laisser un mot.

Et puis il s'était mis à analyser ses sentiments. Pourquoi son cœur battait-il plus vite? Pourquoi cette hâte qui semblait le pousser en avant? Ce n'est qu'une amie, se dit-il. Pourquoi est-ce que je réagis comme si elle était plus que cela pour moi? A ce moment, il avait même fait demi-tour et mis le bouquet de fleurs qu'il avait acheté dans les bras d'une dame âgée, tout étonnée, qui promenait tranquillement un épagneul en laisse sur le trottoir. Il avait parcouru deux pâtés de maisons dans la direction opposée lorsqu'il parvint à triompher de son indécision.

« Ne fais pas l'imbécile, Langlinais. Tu es dans une période de transition, c'est tout. Ne sois pas si cérébral. » Il avait alors éludé le vrai problème : l'émotion qu'il ressentait lorsqu'il pensait à Natalie n'avait rien à voir avec l'amitié.

Cela en fait partie aussi, s'était-il dit en traversant la rue pour acheter un autre bouquet à un étal de fleuriste. Rappelle-toi ce qu'a dit le médecin : pendant un certain temps, n'importe quelle jeune femme, même si elle n'est pas terriblement séduisante, provoquera en vous une réaction de désir.

A présent, il se tenait debout devant l'entrée de la maison, le souffle aussi court que s'il avait gravi une montagne. Il empoigna le bouton de porte en bronze, ouvrit le battant et se força à entrer. Comme au moment de quitter l'avion désemparé, il avait l'impression de tomber dans un gouffre. Il s'approcha du bureau où un sergent était assis, le visage impassible.

« Je voudrais parler à Mlle Natalie Watkins. » Voyant les mâchoires du militaire se crisper, il sortit sa carte. « Je suis le capitaine Langlinais. Pouvez-vous... pouvez-vous l'appeler, je vous prie? »

La main du sergent se posa sur le téléphone; il décrocha et dit quelque chose que Skye n'entendit pas, puis reposa le combiné. Quelques instants plus tard, un simple soldat se présenta. « Suivez-moi, mon capitaine », dit-il. Le hall d'entrée donnait sur un dédale de corridors. Enfin le soldat s'arrêta devant une petite porte et dit : « C'est là, mon capitaine. »

Skye le regarda disparaître à un tournant du couloir. Puis le silence se referma sur lui et il resta à regarder la porte, ses fleurs à la main. Il se décida à heurter le bois : le premier coup le fit sursauter, aussi frappa-t-il les deux autres plus légèrement. Il crut entendre un mouvement, de petits bruits – puis la porte s'ouvrit et Natalie apparut.

« Oui? » dit-elle.

A la lumière des fenêtres qui étaient derrière elle, il la vit pâlir. « Oh, Skye! » Elle tendit la main, comme pour prendre les fleurs, si bien qu'il les lâcha et que pétales et feuilles vertes tombèrent entre eux. Elle s'élança vers lui, mit les bras autour de son cou et l'embrassa. Elle détacha ses lèvres des siennes pour murmurer son nom puis l'embrassa de nouveau. La passion qui avait couvé en lui toute la journée s'enflamma. Il la serra contre lui, sa bouche s'écrasa sur celle de Natalie. Elle réagit, pressa plus fort son corps contre le sien... puis s'écarta.

« Skye. Mon Dieu, tu es là! Tu vas bien! » Elle remit les bras autour de son cou et l'embrassa encore, mais cette fois ses lèvres se posèrent sur sa joue. « Tu m'as donné une de ces émotions!

– Je suis désolé... j'aurais dû... t'appeler... je ne pensais pas...

– C'est parce que je suis si heureuse de te voir. Je croyais que tu étais toujours en Allemagne. Je pensais... » Elle se laissa tomber dans un fauteuil et pencha la tête pour dissimuler les larmes qui remplissaient ses yeux.

Les siens commencèrent à s'embuer lorsqu'il s'agenouilla à ses pieds. « Natalie, pour l'amour de Dieu, ne pleure pas. Je ne sais plus que faire quand les femmes pleurent. Je n'aurais pas dû venir à l'improviste...

– Je ne suis pas tout à fait dans mon assiette. C'est la guerre qui m'a rendue nerveuse. Et puis de lever les yeux et de te voir... » Elle regarda les fleurs éparpillées par terre et, pour la première fois depuis qu'il était entré dans la pièce, elle sourit.

« Vraiment, Skye, dit-elle en se relevant, tu es probablement le seul homme que je connaisse capable d'apporter des fleurs à une femme alors qu'il vient de sortir d'un camp de prisonniers de guerre. » Elle se pencha, commença à les ramasser et il vint l'aider. Elle leva les yeux, avec une expression inquiète. « Est-ce que... tu as beaucoup souffert ? »

Il lui tendit la dernière rose et l'aida à se relever. « Il vaut mieux ne pas en parler, ne plus y penser. Il faut fêter ma libération. Je suis ici, prêt à t'emmener, ce soir, dans le meilleur restaurant de Londres. D'accord ? »

Il avait adopté le tutoiement qu'elle avait lancé la première. Ses yeux dorés s'agrandirent au souvenir de son impétueux accueil. « Je risque de me rendre ridicule en public, dit-elle. Tu veux bien affronter ce danger-là ? Mon Dieu, Skye, quand je t'ai vu, j'étais si étonnée... si ravie... » Elle rougit, puis éclata de rire. « Je n'avais pas l'intention de... de me jeter sur toi comme ça.

– Ça m'a plutôt fait plaisir. » Skye s'efforçait de retrouver leur amitié décontractée, leur camaraderie. « Je me suis dit que tu répétais pour le jour où tu reverrais ton fiancé. »

Il lança le mot avec précaution, guettant sa réaction. « Oui, il faut que je m'exerce », dit-elle. Ayant disposé les fleurs dans une cruche, elle posa celle-ci sur son bureau, puis cassa la tige d'un petit œillet et le lui tendit. « Mets-le à ta boutonnière, Skye. Nous avons quelque chose d'important à fêter... » Elle se tut et le regarda, puis s'avança lentement, une main tendue. Il sentit ses doigts tracer la ligne de son menton, de sa mâchoire, remonter jusqu'à son front et redescendre caresser l'autre joue. « Je suis vraiment très heureuse de te voir, Skye Langlinais.

– Je suis vraiment très heureux de te voir, Natalie Watkins. »

Elle regarda la fleur qu'elle tenait encore. « Je pense que ce n'est pas permis, sur un uniforme. »

La main de Skye se referma sur la sienne. « Je la veux tout de même. » Il prit l'œillet et le mit dans sa poche. Et puis, parce qu'il avait peur de ce qui pourrait arriver ensuite, il regarda sa montre, s'excusa en prétextant un rendez-vous et s'enfuit presque chercher le salut dans la rue.

Lorsqu'il vint la chercher pour dîner, Skye se dit qu'il n'avait jamais trouvé Natalie si belle. La robe du soir qu'elle avait portée chez les Harrington n'avait pas rehaussé l'or de sa chevelure et l'ambre de ses yeux comme la soie cuivrée qu'elle portait maintenant. Après le repas, ils prolongèrent la soirée dans une boîte de nuit. C'était la première fois, pensa-t-il, qu'ils dansaient ensemble. Le corps de Natalie était souple, détendu, et se laissait guider. Elle le suivait comme s'ils avaient été partenaires dans une école de danse. Lorsque ses cheveux effleuraient ses lèvres, il sentait *Shalimar,* son parfum habituel.

La soirée fut ponctuée par la musique, par toutes les chansons qu'il n'avait pas entendues depuis une éternité. Lorsqu'ils se retrouvèrent presque seuls sur la piste, Skye attira Natalie vers le juke-box et poussa le bouton pour obtenir *You'll Never Know.*

« Depuis que je suis revenu, je rêve de tenir une jeune fille dans mes bras et de danser avec elle sur cet air », chuchota-t-il.

Elle s'inclina légèrement en arrière. « Vas-tu fermer les yeux et faire comme si j'étais Rosalinde ? »

Ils se fixèrent mutuellement sans rien dire, sans sourire, immobiles. Skye savait que le souvenir de leurs deux corps, si faits l'un pour l'autre, brûlait entre eux. Il la serra plus fort et l'entraîna à nouveau.

La voix de Sinatra vibrait autour d'eux, les mots connus semblant parler à leur place. « Je me demande, dit Natalie, s'il est vraiment possible de savoir jusqu'à quel point quelqu'un vous aime... » Il vit le visage de la jeune fille dans un miroir. Sa tête reposait sur son épaule, elle avait une expression détendue, rêveuse. Mais ses yeux étaient grands ouverts et, lorsqu'elle s'aperçut qu'il la regardait, elle appuya plus fort sa main sur la nuque de Skye et replia ses doigts dans sa paume.

Ils terminèrent la soirée chez Natalie. Ils firent des œufs brouillés sur un réchaud et mangèrent le reste d'un jambon de pays que la mère de la jeune femme lui avait envoyé. « Ma mère est convaincue qu'il n'existe de bonne nourriture qu'en Virginie. Elle m'expédie constamment des colis... »

C'est étonnant, se dit Skye. Plus il découvrait de choses sur Natalie, plus il s'apercevait combien ils se ressemblaient. Et pourtant, le diamant brillait toujours à son doigt et la photo de Rosalinde était la première chose qu'il voyait chaque matin en se levant.

Peut-être pouvait-on avoir de l'amitié toute sa vie pour une femme mais il n'avait jamais pensé auparavant que ce genre de relation pût exister. En lui disant au revoir, il la sentit frémir dans ses bras, et son propre corps réagit aussi. Bon sang! Il pouvait toujours essayer de se mentir et de se dire que Natalie Watkins n'était qu'une amie, mais pour être honnête il devait reconnaître que ce qu'il voulait vraiment, c'était l'emmener vers le lit le plus proche. Mais il ne parvenait pas à s'imaginer en train de faire l'amour avec une femme qui n'était que son amie – quoi qu'ait pu dire le médecin du camp à ce sujet.

En revenant à son hôtel, il poussa l'introspection encore plus loin. Ce qu'il avait éprouvé cet après-midi, ce soir, n'était-ce qu'un simple désir charnel? Est-ce que cela ne ressemblait pas à de l'amour?

Une fois couché, il resta longtemps éveillé, à penser à Natalie et à son lieutenant, à penser à Rosalinde... Rosalinde et lui ne se connaissaient plus. Mais écrire en lui demandant de rompre ne rendrait pas les choses plus faciles, au contraire. Il avait changé, mûri. Mon Dieu, après ces derniers mois, il avait l'impression d'avoir soixante ans. Et Rosalinde avait dû changer, elle aussi. Lorsqu'il pensait à ce qu'il avait toujours vu de prometteur en elle, il ne parvenait pas à se décider à lui écrire une lettre de rupture. Parce que, tout attiré qu'il était par Natalie – et pas seulement aujourd'hui, mais depuis le premier jour où il l'avait rencontrée –, il savait que la guerre engendrait des idylles rapides et des déceptions qui l'étaient tout autant. Il savait que ni lui ni Natalie ne seraient jamais plus ceux qu'ils étaient en ce moment particulier de leurs vies, plus jamais il ne serait aussi las, suspendu ainsi à un fil entre le devoir et le patriotisme d'un côté, et de l'autre le risque et la mort; plus jamais elle ne serait obligée d'être constamment brave, indépendante – ni aussi vulnérable, si loin de chez elle et de tout ce qui pouvait la rassurer.

Aussi eût-il été stupide, et destructeur, de rompre avec Rosalinde qui avait dû mûrir, devenir quelqu'un de bien, pour courir après Natalie, après une personne qu'elle cesserait bientôt d'être.

Peut-être que demain il irait dans un autre genre de bar et trouverait un autre genre de fille. Une de celles que le médecin lui avait prescrites.

Il sombra dans le sommeil en se rappelant le conseil de son père, qui faisait écho aux paroles du médecin : « Il y a une grande différence entre l'amour pour lequel tu paies et celui que tu as “ gratuitement ”, Skye. Celui pour lequel tu paies coûte beaucoup moins cher, à longue échéance. »

En pensant au prix qu'il devrait payer s'il profitait de la solitude de Natalie, s'il transformait ce qui n'était que simple désir en un véritable amour, il comprit ce que son père voulait dire. Ce ne serait pas bien de prendre cette attirance, ces goûts communs, et de les métamorphoser en amour. Ce ne serait pas bien de la courtiser, de lui faire oublier son lieutenant, si loin. Si encore il eût été sûr de ses propres sentiments... mais il ne l'était pas. La seule chose qu'il savait, par cette nuit de septembre 1944, c'est qu'il était prêt à reprendre du service, à monter dans un avion et à accélérer la fin de cette guerre. Tout avait changé maintenant. Même les prisonniers évadés pouvaient retourner se battre. Alors, toutes ces complications disparaîtraient. Il serait loin de tout cela, trop loin pour s'en souvenir. Et puis il rentrerait chez lui.

14

Janvier 1945

Les derniers noms du générique disparurent de l'écran et les lumières revinrent dans la salle. L'esprit encore plein du film qu'elle venait de voir, Caro resta assise un moment. Elle regarda sa montre. Ginger Rogers et Ray Milland venaient de remplir deux heures de ce dimanche de janvier qui n'en finissait pas, mais il en restait encore quelques-unes à passer avant de se coucher. Elle avait soigneusement minuté son arrivée au cinéma de façon à entrer dans la salle juste au moment où le film commencerait, afin de manquer les actualités qu'elle ne supportait plus de voir.

Elle ne pouvait s'empêcher d'imaginer David sur tous les navires qui sombraient ou sous le tir de la mitrailleuse du kamikaze fonçant sur le pont où il se tenait. Elle essayait de ne pas le voir, à genoux sur une plage de corail, lacéré par les balles alors qu'il soignait un marin mourant. Ses nerfs étaient en train de lâcher. Même l'évasion réussie de Skye, l'automne dernier, n'avait été qu'un répit temporaire à l'angoisse qui l'habitait en permanence. Son frère était retourné se battre et la famille pensait qu'il s'était trouvé au cœur des Ardennes, des terribles combats menés en Belgique, dernière poche de résistance de l'armée allemande vaincue.

L'Amérique avait payé là un lourd tribut qui resterait gravé dans son histoire, ainsi que le courage de ses soldats qui avaient fait de la bataille des Ardennes non seulement une défaite de l'ennemi mais le début de la chute du Reich de Hitler. Quelque six cent mille Américains y avaient participé; bilan : dix-neuf mille morts, quarante-sept mille blessés et quinze mille prisonniers. Caro avait été désespérée en lisant que les SS avaient massacré une semaine avant Noël quatre-vingt-dix prisonniers de guerre près d'un petit village de Belgique. Ça aurait pu être Skye; ce pouvait être David.

Les amulettes ne valaient plus rien, les rituels avaient perdu leur pouvoir. Ce n'était pas vrai que si elle travaillait, si elle s'évertuait à ne pas perdre une seule seconde, Dieu la récompenserait et qu'ils survivraient tous les deux. Ce n'était pas vrai que si elle était gentille avec tous ceux qu'elle rencontrait, si elle accomplissait le moindre de ses devoirs parfaitement et joyeusement, Dieu la récompenserait et qu'elle retrouverait une vie normale. Maintenant que la bataille des Ardennes était finie, les Allemands reculaient sur tous les fronts et les Russes, dont les armées avaient cessé d'avancer depuis l'été 1944, s'étaient finalement remis en marche et traversaient la Pologne pour faire la jonction avec les forces alliées.

Son esprit était rempli d'images de tempêtes de neige, d'hommes en marche, de réfugiés tirant des voitures à bras et d'orphelins de guerre affamés. J'ai besoin de me changer les idées, pensa-t-elle, de faire un tour au soleil. C'était un de ces jours d'hiver dont la douceur annonce le printemps. Les camélias fleurissaient et les bourgeons des rosiers pointaient vaillamment. Je vais passer chez Walter voir ce qu'il compte faire ce soir, décida-t-elle; et elle prit le tramway de Saint-Charles au Quartier français avec un sentiment de plaisir anticipé.

Walter savait accueillir le récit de ses tracas d'un haussement de sourcils et d'un sourire patient. Il l'écouterait, hocherait la tête et, sans dire un mot, lui tendrait un bourbon à l'eau avec de la menthe fraîche pilée, ou du lait au rhum parfumé à la muscade, ou une autre de ses « médecines », comme il les appelait; et le temps qu'elle se trouve à court de mots et qu'elle ait savouré la moitié de son verre, elle se sentirait délicieusement détendue et dans un tout autre monde – comme si elle était Alice et qu'elle fût tombée dans le terrier merveilleux de Walter, lui avait-elle dit une fois.

Volets clos, trottoirs vides, Royal Street était en léthargie. Il y avait dans l'air une somnolence, une tranquillité qui n'existaient nulle part ailleurs dans la ville, où les nerfs étaient mis à rude épreuve par la guerre, et où les querelles éclataient au moindre incident. L'avant-veille, par exemple, Caro avait été témoin dans son atelier de la dispute de deux ouvrières.

Cela avait commencé par quelque chose de tout simple : l'une des femmes parlait à l'autre de la lettre qu'elle venait de recevoir de son frère cantonné à Fort Benning, en Géorgie. Une fermière possédant un élevage de poulets près de la base militaire avait transformé les poulaillers en chambres qu'elle louait aux soldats, mais la laideur des lieux et l'absence d'intimité avaient plongé sa jeune belle-mère dans les larmes. « Ecoute, si c'est tout ce que ton frère a subi – des gens qui écoutaient pendant qu'il faisait l'amour avec sa femme –, il a de la chance, avait répliqué l'autre. Moi, le mien, il a été amputé des deux jambes, tu comprends ? » La discussion s'était envenimée, elles s'étaient mises à crier et l'une d'elles avait giflé l'autre, qui s'était rebiffée. Caro et ses compagnes avaient essayé de les calmer avant l'arrivée du contremaître, mais en vain. Tout cela l'avait rendue malade.

Et surtout, pensa-t-elle en levant les yeux vers le balcon de Walter, j'en ai assez d'entendre dire que j'ai bien de la chance de ne pas être obligée de travailler pour gagner ma vie. Et d'avoir une maison aussi spacieuse. Et bien de la chance d'être vivante. Je déteste me culpabiliser. Walter était le seul – à sa connaissance – à comprendre cela. Il était le seul à savoir que Caro appréciait ses privilèges et ne supportait pas que quelqu'un d'autre attire l'attention sur eux.

« Vous pensez que vous payez votre dû, lui disait-il, et qu'ils devraient vous laisser tranquille. Mais ils ne le feront jamais, ma chère. Jamais. »

Ce soir ils me laisseront tranquille, pensa-t-elle. Walter va me raconter une de ses histoires drôles et me servir un verre de ses réserves illicites, et quand je reviendrai chez moi je me sentirai mieux.

Lorsque Caro arriva en haut de l'escalier, elle entendit de la musique derrière la porte fermée. Elle crut tout d'abord que Walter recevait des amis, mais en se rapprochant, seuls lui parvinrent la pulsation pressante de la batterie et les cris de la trompette : l'un des disques de jazz de son ami. Il devait donc être seul, en train de se passer ses morceaux favoris.

Puis, par-dessus la musique, elle entendit un gémissement aigu, vite étouffé. Sa main resta en suspens au-dessus de la sonnette. Quelqu'un avait-il crié à l'intérieur ? Le morceau de Duke Ellington allait se terminer et Caro mit l'oreille contre la porte. Le disque s'arrêta et une petite plage de silence suivit avant que l'autre ne se mette en place. Caro perçut alors une voix d'homme, grave, cassante, une série de sons bizarres, puis un autre cri, vite interrompu, auquel succéda un bruit mat.

Et la musique reprit, celle d'Artie Shaw, rapide, joyeuse.

Elle resta là à essayer de se raisonner. Il devait y avoir une explication, simplement elle n'arrivait pas à imaginer laquelle. Pourtant, elle sentait bien qu'il se passait quelque chose de grave, car Walter ne mettait jamais la musique aussi fort; il disait qu'un son trop puissant dans un si petit espace en altérait la pureté. Et, ne mélangeant jamais les musiciens, il ne serait pas passé sans transition de Duke Ellington à Artie Show. Non, il aurait soigneusement établi un programme de disques, selon un ordre logique. De plus, Walter n'aurait jamais invité des gens qui criaient.

Un fracas, le bruit de quelque chose qu'on brisait, la fit sursauter. La question était réglée : Walter aimait trop ses objets pour les jeter par terre.

Elle regarda autour d'elle l'étroit corridor, le palier paisible. Les autres locataires ne se manifestaient pas. Soit ils faisaient la sieste, soit ils étaient ailleurs. Elle alla à la fenêtre et baissa les yeux vers la rue. Elle aussi était vide, silencieuse sous le soleil. Caro ne voyait même pas où elle aurait pu téléphoner. Et à qui téléphoner? se dit-elle. A la police? Que leur dirait-elle?

Elle imagina la conversation : « J'ai un ami, Walter Fournet. Il mène une vie un peu... spéciale. Il est impliqué dans de drôles de manigances, du moins je le suppose. Et aujourd'hui, je suis sûre qu'il est en danger.

– Bien sûr, madame », dirait le policier. Elle voyait le clin d'œil qu'il ferait à son collègue, son haussement d'épaules. Dans le Quartier français plus que partout ailleurs, il y avait des gens bizarres. Elle revint sur la pointe des pieds vers la porte de l'appartement et écouta de nouveau. Elle ouvrit son sac, la main sur le revolver qui ne la quittait plus.

Puis elle la posa sur la poignée ciselée de la sonnette de Walter. Elle pouvait la tourner et attendre que l'on réponde. Elle se tiendrait prête, l'arme à la main, et si ce qu'elle voyait ne lui plaisait pas, elle... Sa main retomba. S'il se passait quelque chose de vilain à l'intérieur, la dernière chose à faire était de s'en mêler. La peur s'empara d'elle et elle courut se réfugier dans un recoin du couloir.

Elle avait terriblement envie de s'en aller. Elle pensa à sa maison de Calliope Street, à sa chambre, au chandail qu'elle tricotait, aux lettres qu'elle avait à écrire – un après-midi bien rempli. Après quoi elle téléphonerait à Walter : « C'est drôle ce qui m'est arrivé, lui dirait-elle. Je suis allée chez vous cet après-midi – mais je me suis dit qu'avec ce qui avait l'air de s'y passer... je ferais mieux de vous laisser tranquille. Alors je suis rentrée chez moi. » Et la voix traînante de cet indolent de Walter lui expliquerait tout et ce serait très bien qu'elle ne soit pas intervenue.

Mais à supposer qu'elle ait deviné juste, et que toutes les choses bizarres qui semblaient se passer derrière la façade de dilettantisme de Walter aient bien fait irruption, telle une de ces marées rouges qui, montant du fond de l'océan, jettent sur le sable des animaux aux formes étranges? A supposer que les cris étouffés, le bruit mat et le fracas de vase brisé signifiaient bien ce qu'elle croyait? Dans ce cas, si elle n'intervenait pas, rien de ce qu'elle pourrait dire par la suite ne saurait la justifier – ni aux yeux de Walter ni aux siens.

Elle remonta le couloir à pas de loup pour rejoindre l'étroit balcon courant le long de la façade sur cour et sur lequel donnaient les portes de service des appartements. Celle de Walter était fermée à clé et au verrou et elle demeura là, indécise, à se demander comment elle pourrait faire pour entrer. L'imposte était entrouverte, rien qu'un petit rectangle avec une moustiquaire solidement fixée, mais c'était la seule voie. Elle prit sa lime à ongles et desserra les vis qui tenaient le cadre, priant pour que la musique reste aussi tonitruante et que personne à l'intérieur ne l'entende.

Elle ôta ses souliers, monta sur un gros pot de fleurs, franchit l'étroite ouverture en s'écorchant les coudes et les genoux, et se retrouva tout essoufflée dans le minuscule office. La tête lui tournait comme si elle allait s'évanouir, et elle s'appuya contre le mur, les yeux fermés, les jambes molles.

Elle entendit un autre bruit, puis un gémissement qui se termina par un cri – vite étouffé lui aussi, et suivi par le bruit de chute d'un corps. Elle empoigna son arme et tourna avec précaution la poignée de la porte, l'ouvrant juste assez pour s'y glisser, et elle se retrouva dans la belle cuisine de Walter. Le soleil faisait étinceler la rangée de casseroles de cuivre suspendues au mur, et Caro se demanda comment cette pièce pouvait paraître aussi paisible alors qu'elle était plongée dans une terreur pareille.

Pieds nus sur le carrelage, elle la traversa en se coulant le long du mur. Le miroir de la salle à manger lui permit de voir le salon de Walter, et ce qu'elle découvrit dans le cadre doré et sculpté fit trembler ses mains : ligoté et bâillonné, Walter était assis de travers dans l'un de ses fauteuils dix-septième, et un homme immense était debout en face de lui, un pistolet à la main; de l'autre il tenait un jeune homme dont les bras étaient attachés derrière le dos. Celui-ci rejeta la tête en arrière pour essayer d'éviter la crosse de l'arme qui vint lui frapper le front, et Caro vit que c'était Henri. Mon Dieu! Henri. Du sang coula de son front, sur ses joues et sur sa chemise blanche. Ses yeux étaient si noirs qu'ils semblaient enfoncés dans leurs orbites, et à ses lèvres pâles et sèches perlait du sang, là où il les avait mordues.

Elle n'arrivait pas à croire à la réalité de cette scène, qui ressemblait par trop aux formes vagues et sombres hantant ses cauchemars. La musique claironnait toujours, et elle vit que Walter serrait les mâchoires avec une expression d'entêtement. L'homme au pistolet aboya quelque chose, un ordre bref, et Walter secoua la tête d'un air provocant, de droite à gauche et de gauche à droite, lentement. L'homme leva son pistolet et en appliqua le canon sur la tempe de Henri. Alors, aussi posément qu'elle reprit son souffle, Caro leva son arme, visa soigneusement et tira. Puis s'arrêta et tira de nouveau. Deux taches noires apparurent dans le dos de l'homme, s'étalèrent et coulèrent sur sa chemise blanche. Il se tourna à demi vers elle, puis laissa tomber son revolver, et enfin s'écroula sur une petite table dorée en envoyant valser les bibelots qui y étaient posés.

Durant un instant, Caro et Walter se regardèrent fixement, puis elle se précipita et desserra son bâillon. Henri s'était effondré sur le divan et y demeurait immobile, les mains toujours ligotées.

« Walter... qu'est-ce qui se passe?

– Je vous expliquerai plus tard, répondit-il tandis qu'elle finissait de le détacher. Occupez-vous de Henri, voulez-vous? J'ai des coups de téléphone à donner. Vous savez où est le cognac. »

Il disparut dans sa chambre et elle l'entendit parler au téléphone. J'aurais bien besoin de cognac, moi aussi, pensa-t-elle en délivrant son frère. Pour atteindre les bouteilles d'alcool, il lui fallait enjamber le cadavre et elle ne pouvait s'y résoudre. Elle prit le châle espagnol qui recouvrait le piano et le jeta dessus, essayant de ne pas penser à ce qu'il dissimulait.

Elle apporta le verre de cognac à Henri qui était assis, les yeux vides. « Bois ça. » Son regard était effrayant et elle comprit que les sentiments de son frère devaient ressembler aux siens : stupéfaction et incrédulité.

« Qu'est-ce qui s'est passé? » lui demanda-t-elle.

Lorsqu'il porta le petit verre d'alcool à ses lèvres, sa main tremblait tellement qu'il en coula sur son menton. Le sang commençait à sécher sur son visage blême en y dessinant un étrange quadrillage. Le tremblement de sa main s'atténua et il but une autre gorgée.

« Donne-moi une cigarette, s'il te plaît. »

Elle en alluma deux et en plaça une entre les lèvres de son frère. Il tira plusieurs petites bouffées qu'il exhala rapidement. Elle s'assit auprès de lui et, d'une voix douce, le questionna de nouveau : « Henri, que diable s'est-il passé ici? »

Il la regarda et elle vit la honte brûler dans ses yeux, aussi vivement que l'extrémité rougeoyante de sa cigarette. « C'est... c'est ma faute. » Sa voix était brisée et il se tut.

« Ta faute? Henri... »

La voix de Walter l'interrompit : « Ne vous donnez pas tant d'importance, mon vieux. Il m'aurait trouvé un jour ou l'autre, tôt ou tard...

– Tôt, à cause de moi. » Henri regarda Walter. « Et c'est par ma faute que nous avons tous deux failli mourir. »

Walter se pencha sur Henri et, repoussant ses cheveux, exposa au jour l'entaille qui balafrait son front; elle ne saignait plus mais bâillait, encore brillante. Caro sentit son estomac se soulever et recula contre le fauteuil qui était derrière elle. « Venez avec moi. Je vais rapprocher les lèvres avec un pansement. Vous pourrez vous faire mettre des points de suture demain. »

Henri se leva et s'avança vers Walter en trébuchant, la fumée bleue de sa cigarette traçant comme un sillage. Il ne regarda pas son ami mais passa devant lui pour se rendre dans la salle de bains. « Walter? insista Caro.

– Plus tard. » Elle remarqua combien il était tendu, encore sur le qui-vive; tout danger n'était pas écarté. Elle s'éloigna de ce qu'il y avait sous le châle, en emportant son cognac. Le silence de l'appartement se referma sur elle, insupportable. Elle se pencha sur le phonographe et le mit en marche.

Lorsque Walter reparut, seul, elle l'affronta. « Mais enfin, dites-moi ce qui se passe!

– J'ai fait allonger Henri sur mon lit », dit évasivement Walter. Il lui sourit – mais ce n'était que l'ombre de son habituel sourire désabusé. « Je ne sais pas s'il a besoin ou non de se reposer, mais moi, je ne pouvais plus supporter ses mea culpa. » Il prit la bouteille et se servit un peu de cognac, puis il leva son verre en regardant Caro. « Bravo! Vous êtes arrivée juste à temps.

– Walter! Qui était cet homme? Pourquoi Henri a-t-il dit que c'était sa faute?

– Plus tard », répéta-t-il. Il remit la pièce en ordre, redressant la table dorée, reposant les bibelots à leur place, la statue – celle dont la chute avait causé ce fracas – sur son piédestal. Il enjambait le cadavre couché sous la soie avec la même désinvolture que s'il s'était agi d'une installation permanente au centre de la pièce. Caro se retrouvait dans le même état d'esprit que lorsque Walter lui racontait l'une de ses histoires extravagantes ou improvisait une expédition qui la distrayait de son travail quotidien.

« Pourquoi faites-vous cela? dit-elle. Est-ce que la police ne demande pas toujours qu'on ne touche à rien?

– La police?

– Ce n'est pas la police que vous avez appelée? Quand vous avez téléphoné?

– Non, dit Walter tout en retapant les coussins du divan.

– Mais, Walter... j'ai tué cet homme. Il faut mettre la police au courant. Il faut l'appeler. »

Elle entendit des pas sur le palier et le bruit argentin de la sonnette. Walter fit entrer trois hommes vêtus de noir. Elle se pelotonna dans son grand fauteuil à oreillettes et resta coite, se sentant de plus en plus perdue.

L'un des hommes vint droit au cadavre, souleva le châle et regarda attentivement son visage. Puis il le recouvrit et se redressa en hochant la tête. « Je vais faire venir un brancard par l'entrée de service », dit-il, et il disparut dans l'escalier.

Walter et les deux autres entrèrent dans la salle à manger et, assis à l'un des bouts de la table, parlèrent à voix basse, têtes rapprochées. Caro s'appuya contre le dossier du fauteuil et ferma les yeux : elle n'avait pas envie d'entendre ce qu'ils se disaient, elle ne voulait pas savoir.

En entendant le nom d'Henri elle ouvrit les yeux. Walter et l'un des hommes se dirigèrent vers la chambre à coucher; ils voulaient sûrement savoir pourquoi Henri disait que c'était sa faute, mais elle était trop fatiguée pour s'en soucier et referma les yeux.

Puis il y eut un bruissement. Walter et l'autre

homme se tenaient devant elle. Ce dernier voulait lui poser des questions, expliqua Walter, et qu'elle y réponde aussi clairement que possible.

« Jack Morris », dit-il en lui tendant la main. Elle se dit que ce nom n'était probablement pas plus réel que tout le reste. Elle avait du mal à se concentrer sur ce qu'il lui demandait. Henri et l'autre homme parlaient, de l'autre côté de l'appartement. Elle n'arrivait pas à se rappeler pourquoi elle était venue ici, ou pourquoi elle avait pensé qu'il se passait quelque chose de vilain. Mais Morris était patient, très patient. Elle se dit qu'il devait avoir une grande expérience des interrogatoires et finit par lui dire ce qu'il voulait savoir.

« Revenons sur un point. Vous avez entendu un bruit qui ressemblait à un cri et pensé que quelque chose clochait. » Il sourit. C'était le genre de sourire auquel on s'exerce devant un miroir jusqu'à ce qu'il soit au point et qu'on puisse le ressortir à volonté. « Mais, mademoiselle, vous n'avez pas l'air d'être le genre de personne qui entre par effraction dans un appartement, même si c'est celui d'un ami, simplement à cause d'un petit cri. »

Il attendit que Caro réponde et elle regarda Walter en cherchant une réplique. « Je pense qu'il se demande s'il n'y a pas eu quelque chose d'autre, intervint ce dernier, un autre jour, ici même, qui vous ait fait penser que quelque chose clochait. » Les yeux de Walter lui envoyaient un message, mais elle ne put le déchiffrer. Elle pensait depuis longtemps que Walter devait mener une vie dangereuse, et dit lentement : « Je pense que Walter est le genre d'homme auquel des choses bizarres peuvent arriver. S'il trouve une pièce sur le trottoir, ce n'est jamais une pièce de dix cents, c'est toujours un demi-dollar. »

Elle regarda l'homme qui la questionnait. Ce qu'elle disait n'était pas très logique, mais il hocha la tête et sourit avec la même patience. « Je vois. Vous pensez que... ce n'était pas totalement improbable que Walter ait... des ennuis. »

Caro hocha la tête et sentit que Walter se détendait.

« Passons au revolver. Vous avez toujours une arme sur vous, mademoiselle? », dit l'homme – avec le même ton que pour dire : « Avez-vous toujours un mouchoir sur vous, mademoiselle? »

Elle pensa à sa mère qui lui mettait dans la main des carrés de toile pur fil, fraîchement repassés, lorsqu'elle quittait la maison, et elle se mit à rire nerveusement. Impossible de s'arrêter, et les rires se transformèrent en sanglots secs, déchirants, qui eux non plus ne finissaient pas. Elle savait que Walter et Jack Morris la regardaient, et se regardaient, et auraient bien voulu qu'elle cesse. Elle ravala un sanglot en plein milieu. Sa gorge se serra, douloureusement. L'air pouvait à peine passer; elle prit une courte inspiration par le nez, puis une autre, et une autre, jusqu'à ce que sa gorge se décrispe et laisse passer l'air.

« J'ai toujours ce revolver sur moi. Je... je travaille aux chantiers navals Higgins. Je rentre souvent tard chez moi.

– Je pense que Mlle Hamilton sera d'accord pour parler avec vous quand elle se sera reposée, dit Walter.

– Oui, bien entendu », confirma Caro.

Morris rapprocha son siège et la regarda dans les yeux. « Je n'ai pas besoin de vous dire, mademoiselle, que vous ne devez parler de tout cela à personne, n'est-ce pas? A personne.

– Non, chuchota-t-elle. Non, je ne dirai rien.

– A personne », répéta-t-il.

Il regarda Walter qui se hâta de conclure : « Je me porte garant de son silence. Elle ne dira pas un mot.

– Très bien. »

Son compagnon était revenu de la chambre à coucher de Walter. Il regardait une aquarelle accrochée au-dessus de la cheminée.

« Je suis prêt », dit Morris.

L'autre se retourna et vint à eux. Son visage était totalement dépourvu d'expression mais il décocha un bref regard à Walter et dit, très bas : « Nous allons le garder à l'œil. » Il fit de la tête un léger mouvement en direction de la chambre et Caro comprit qu'il parlait de Henri.

Walter haussa les épaules. Il avait les mains dans les poches et jouait avec de la monnaie. En entendant le faible tintement, Caro se dit qu'il tenait probablement ses pièces porte-bonheur.

On entendit des pas en provenance de l'office et deux hommes entrèrent, portant une civière pliée, suivis par le troisième personnage. Ils enlevèrent le châle espagnol et le tendirent à Walter, puis ils chargèrent le corps et le couvrirent d'une toile goudronnée.

« Y a-t-il du sang sur votre châle? » demanda Caro à Walter. Sa voix lui parut stridente, presque hystérique, et elle se mordit les lèvres.

L'un des hommes murmura quelque chose. Elle entendit : « état de choc », « médecin », et ferma les yeux jusqu'à ce qu'ils soient partis et que Walter revienne lui prendre les mains.

« Caro », dit-il.

Elle ouvrit les yeux et le regarda. Les yeux de Walter étaient clairs, calmes, mais un tic qui agitait sa paupière et l'artère qu'elle voyait battre sur sa gorge le trahissaient. « J'aurais bien voulu que rien de tout cela n'arrive.

– Moi aussi », murmura-t-elle. Elle craignait, si elle parlait vraiment, de se mettre à crier.

Henri apparut sur le seuil et resta là, le visage figé. « Ils ont dit que je pouvais partir.

– Bien sûr, répondit Walter.

– Ils ont essayé de me faire peur. Comme si je n'étais pas déjà suffisamment effrayé comme ça. Je ne l'ai pas fait exprès, Walter.

– Personne ne le croit, Henri. »

Caro fit l'effort de se redresser. « Fait quoi ? Qu'as-tu fait, Henri ? »

Il entra dans la pièce, fit quelques pas et s'arrêta. « J'ai parlé. Ailleurs qu'à l'université. Walter ne t'a rien dit ?

– Non.

– Taisez-vous, Henri.

– Il faut bien qu'elle le sache.

– Pas maintenant. Ils vous ont dit qu'il valait mieux que vous partiez pour quelque temps ? Puisque vous êtes la dernière personne qu'on ait vue avec lui.

– Et mes cours... ?

– Eh bien vous les manquerez pendant quelques semaines. Allez à votre dortoir et restez-y, Henri. Je viendrai ce soir, d'accord ?

– Vous me faites assez confiance pour me laisser partir », dit Henri. Il avait ce ton maussade que Caro connaissait bien et elle devina combien il était malheureux. Elle aurait voulu le réconforter, mais ses jambes ne pouvaient pas la porter. Elle se laissa aller en arrière contre le dossier et attendit la suite.

« Effectivement, dit Walter en souriant légèrement. Je l'ai toujours fait. Il va falloir que vous passiez par-derrière. Un des hommes de Morris va vous conduire au dortoir où vous ferez vos valises. Il restera avec vous jusqu'à ce que nous décidions de l'endroit où vous irez.

– Ecoutez, Walter, vous ne pouvez pas disposer comme ça de ma vie...

– Henri, les règles de vie normales sont provisoirement suspendues, cet après-midi. Je suis désolé, mais nous ne pouvons pas prendre le risque que vous soyez ramassé avant que le reste de ce petit nid ait été nettoyé. »

Le corps d'Henri s'affaissa et Caro comprit qu'il avait renoncé à lutter. Il s'approcha d'elle et la regarda. « Je regrette que tu te trouves mêlée à tout ça, Caro. Je... Ecoute, je te dois la vie. Je le sais. »

Elle fit un geste de la main. Elle ne voulait pas entendre cela, qu'on lui rappelle ce qu'elle avait éprouvé en voyant le canon de l'arme posé sur sa tempe. « Ce n'est rien, Henri. Je... suis contente d'être arrivée au bon moment. »

Henri se pencha et l'étreignit, le visage soudain décomposé. « Bon Dieu, Caro, quand est-ce que je vais apprendre à la fermer ?

– Ce n'est rien, dit-elle de nouveau en lui tapotant la tête. Je t'en prie, Henri...

– Elle est à bout, Henri. Pourquoi ne partez-vous pas ? Laissez-moi m'occuper d'elle.

– Bon.

– Si on vous pose des questions, au dortoir... l'homme de Morris est quelqu'un que votre famille a envoyé pour vous ramener à la maison.

– D'accord. » Henri hésita, fit demi-tour et sortit rapidement de la pièce. Caro entendit ses pas, une porte s'ouvrir, se refermer... puis le silence.

« Qu'est-ce qu'il a fait ? »

Walter s'agenouilla devant elle et se mit à lui frictionner les mains. Sa peau était fraîche, sèche et douce, et elle songea que la coquille qui renfermait ce dédale complexe portant le nom de Walter Fournet était décidément bien fragile.

« Il a parlé de moi à quelqu'un qui se posait déjà des questions à mon sujet. Quelqu'un de plutôt dangereux.

– L'homme que... que j'ai tué ? »

Walter hocha la tête.

« Mais qu'est-ce qu'il a dit, que savait-il sur vous, Walter ?

– Rien d'extraordinaire. La seule chose concrète, c'était... une fois, j'ai récupéré un document dont il avait terriblement besoin. Lorsque mon nom est venu dans la conversation, Henri a voulu... faire savoir aux autres qu'il savait... le genre de pouvoir que... que j'ai. » Le visage de Walter s'assombrit, obscurci par le poids d'un savoir qui semblait l'attrister. « L'homme qui est venu ici avec lui traînait dans les bars, s'introduisant dans les conversations, lâchant des noms – dans un but bien plus sinistre que de s'amuser de... vantardises. Henri n'a pas eu de chance, c'est tout. Il s'est trouvé au mauvais endroit au mauvais moment.

– Mais pourquoi cet homme en avait-il après vous, Walter ? » Elle pensa à des films qu'elle avait vus, au monde clandestin et trouble des espions. « Vous êtes un agent secret ?

– Vous voulez bien faire quelque chose pour moi, Caro ? »

Il lui frictionnait toujours les mains, mais le mouvement circulaire régulier ne concordait pas avec l'agitation de ses yeux. Elle aurait voulu qu'il ressemble plus au Walter qu'elle connaissait, à celui qui pouvait tout arranger, alors elle hocha la tête. « Oui.

– Alors, ne me posez plus de questions. Oubliez tout cela, si c'est possible. »

Elle regarda l'endroit où le corps était tombé. « Je l'ai tué, Walter. »

Il mit un doigt sur les lèvres de la jeune fille. « Chut! Essayez de ne pas y penser, Caro.

– Pouvez-vous me dire quelque chose, Walter?

– Si c'est en mon pouvoir.

– Aurait-il... Y avait-il des chances pour qu'il soit tué tôt ou tard? »

Walter se leva et sortit deux cigarettes de son paquet. Il en tendit une à Caro, l'alluma puis fit de même pour la sienne avant de répondre : « Etant donné le travail qu'il faisait, je pense que c'était fort probable.

– Je m'aperçois que ça ne m'aide pas beaucoup.

– Caro, est-ce que vous pouvez en parler à quelqu'un? Je ne veux pas dire... tout raconter, mais seulement... en parler? »

Durant un instant, le monde lui parut vide. David était plus loin que jamais; et puis comment cette unique mort, même si elle en était responsable, pouvait-elle compter à côté des douzaines dont il était témoin chaque jour? Un visage flotta devant ses yeux. Elle se souvint d'une voix. « Il y a père. Mon beau-père.

– C'est parfait », dit Walter, avec un tel enthousiasme qu'elle se demanda l'impression que père avait pu faire sur lui. « Où est-il?

– Là, maintenant? » Elle appuya la tête sur le dossier du fauteuil et réfléchit. C'était difficile, ses pensées allaient et venaient comme si elles n'avaient pas d'endroit où se poser. « Je ne suis pas certaine. Peut-être à Baton Rouge. N'y a-t-il pas des primaires, cette semaine?

– Si », répondit Walter. Il avait mis de nouveau les mains dans ses poches et il semblait détendu, mais son pouls battait plus rapidement que jamais et le tic contractait toujours sa paupière.

« Alors, il est peut-être à Baton Rouge. Je sais

qu'il travaille avec le gouverneur pour faire élire Davis. » Sa tête retomba en arrière et elle ferma les yeux. « Maman doit savoir », dit-elle en lui donnant le numéro.

Beau était bien à Baton Rouge, en réunion avec le gouverneur et quelques autres pour mettre au point les dernières stratégies des élections primaires. La voix de Walter Fournet le mit tout de suite sur ses gardes; un appel d'un homme comme lui, à cette heure, ne pouvait pas être pris à la légère. Il comprit à demi-mot qu'il était arrivé quelque chose à Caro et qu'elle avait besoin de lui. Au souvenir de sa première rencontre avec l'univers de Walter Fournet, Beau ne posa pas de questions. On l'appelait non pour lui donner des explications, mais pour aider Caro à supporter un choc et à réduire la menace que son état actuel faisait peser sur ce monde secret.

« Je la garde chez moi jusqu'à votre venue. Je pense qu'il vaut mieux qu'elle ne reste pas seule. »

Il persuada Caro de s'allonger sur le divan convertible de son bureau. Elle pouvait entendre des sons étouffés au-delà de la porte close : éclats de voix, bruits de portes s'ouvrant et se refermant, cliquetis de vaisselle. Puis ce fut le silence, puis la musique. Mais pas du jazz, du Chopin, ses ballades... notes d'argent éparpillées dans l'air, traçant une ligne scintillante qui la protégeait de ce qui s'était passé. Elle nicha sa tête dans l'oreiller à la taie satinée et s'endormit.

Lorsqu'elle se réveilla, père était assis près d'elle et lui tenait la main. Le crépuscule hivernal était déjà tombé et la pièce plongée dans l'obscurité. Il alluma une lampe près du divan. « Caro? Ma chérie? »

Elle s'assit et se réfugia dans ses bras. La tête sur

son épaule, elle s'abandonna enfin aux larmes. Pas étonnant que mère ne supporte pas d'être séparée de lui, pensa-t-elle. Ses bras étaient comme des cercles d'acier autour d'elle, elle n'avait jamais rien connu de plus solide que sa poitrine, et sa voix la calmait, répétant sans cesse que tout allait bien, qu'il était là, que c'était fini et qu'elle allait oublier tout cela.

« Mais j'ai tué un homme, dit-elle enfin, appuyée de nouveau contre les oreillers.

– C'est comme ça quand on a une arme, Caro », dit Beau. Tout au long du trajet entre Baton Rouge et La Nouvelle-Orléans, il avait cherché ce qu'il allait pouvoir lui dire. Et finalement décidé que moins il parlerait, mieux ce serait. Ce n'était pas le moment de faire des cours de morale ou de porter des jugements éthiques. L'heure était au pragmatisme; il devait faire comprendre à Caro qu'à partir du moment où elle s'était mise à porter une arme, pour quelque bonne raison que ce fût, elle s'était exposée à ce genre d'accident.

« C'était pour me protéger...

– Oui. Et tu t'en es servie pour protéger Henri et Walter. »

Ses yeux étaient clairs, pleins d'assurance. Serait-elle un jour aussi sûre d'elle? se demanda-t-elle. Serait-elle jamais capable d'assumer totalement les conséquences de ses actes?

« Et si tu n'avais pas tiré sur cet homme, Henri serait mort. Et Walter aussi, probablement. » Beau ne voulait pas penser à Henri. Walter se faisait surtout du souci pour Caro, mais, juste avant de raccrocher, il avait dit : « J'aurais besoin de vous, que vous preniez des dispositions au sujet d'Henri. » Oui, pensa Beau. Pauvre Henri qui faisait toujours des faux pas, même lorsque la voie semblait parfaitement tracée.

« Je n'ai jamais cru que je m'en servirais », dit-elle.

Il se pencha vers elle et la regarda avec des yeux tellement tristes qu'elle se sentit au bord des larmes. « Je sais. Je sais, Caro. On ne pense jamais qu'on sera obligé de se servir de son arme, qu'il s'agisse d'un revolver ou de son équivalent moral. On continue d'espérer, malgré les preuves du contraire, que ceux qui nous en veulent vont appliquer les règles – seulement, dans leur monde, il n'y a pas de règles, il n'y en a jamais eu.

– Je crois que je ne pourrai plus jamais porter cette arme », dit Caro.

Beau se souvint des sous-entendus prudents de Walter et de son avertissement, bien clair. « Je pense que tu ferais mieux de ne pas t'en séparer, Caro. Du moins pour le moment. »

Elle sentit la peur revenir. « Vous voulez dire... que ce n'est pas fini?

– Je n'ai pas dit cela. Walter et moi, nous pensons qu'il vaudrait mieux que tu quittes la ville et que tu ailles à la maison.

– Je ne veux pas.

– Bon. Mais garde ton revolver, Caro. »

Il savait que Walter veillerait sur elle et il ne pensait pas que le rôle de Caro était connu de ceux qui pouvaient lui faire du mal. Mais c'étaient les vantardises irréfléchies d'Henri qui les avaient mis tous trois en danger et Beau résolut d'avoir une conversation avec lui. Il était temps que ce garçon prenne conscience de ses faiblesses; et plus que temps pour lui de les corriger.

Il vit Caro tripoter sa bague, faire descendre et monter son bracelet le long de son bras. Elle n'était pas près de retrouver son équilibre nerveux, et pendant longtemps chaque ombre lui paraîtrait menaçante, chaque bruit alarmant. En regardant ses cheveux que la lumière de la lampe faisait briller sur les oreillers bleu pâle, ses joues roses de sommeil, Beau eut du mal à croire que la guerre qui se déchaînait dans le monde avait pu entrer dans cette pièce et s'en prendre si cruellement à elle.

« Je vais te reconduire chez toi. Et puis tu vas t'habiller parce que je t'invite à dîner au restaurant. D'accord? »

Elle fut d'abord choquée. Quoi? Finir cette journée en dînant avec son beau-père comme si elle était encore étudiante et qu'il fût venu la voir parce que c'était dimanche? Manger au restaurant et bavarder pendant que, quelque part, un corps reposait, rigide, glacé, avec deux trous sanglants dans le dos? Puis elle se dit qu'elle allait accepter. Ce qu'ils feraient ne changerait rien à ce qui s'était passé. Il restait encore beaucoup de temps avant que la nuit tombe et peu de manières de le faire passer. Ce dîner et leur conversation frivole pourraient leur faire oublier, pendant une heure ou deux, ce qui était arrivé de terrible dans sa vie. Au minimum, cela l'occuperait.

« D'accord », dit-elle. Elle ne lui demanda pas où Henri irait, ni où Walter était parti. Il l'aida à descendre les marches et à monter dans la voiture qui les attendait, au bord du trottoir. Puis, tandis qu'ils suivaient la rue toujours ensommeillée, elle se retourna pour jeter un long regard sur l'appartement de Walter. Sur le balcon les palmiers lui faisaient signe, la ferronnerie se recourbait comme une vigne gracieuse. Elle pouvait imaginer Walter debout, là-haut, le verre à la main, regardant passer les gens. Elle évoqua les pièces ornées de beaux meubles et de tapis anciens. Des pièces silencieuses, protégées par la richesse. Cet appartement avait été son refuge; c'est là qu'elle allait lorsque la solitude l'étouffait et que la peur la tenait sous son emprise. Maintenant ces pièces étaient vides, nues; leur charme n'opérait plus. Elles avaient perdu leur innocence et, dans toute la ville, elle n'avait plus un seul endroit où courir se cacher.

15

Eté 1945

Après leur victoire des Ardennes, les armées alliées se déversèrent comme un torrent à travers l'Europe. Les Allemands battaient en retraite en faisant sauter les ponts derrière eux et en détruisant les munitions qu'ils ne pouvaient emporter. Par un miracle qui stupéfia les Alliés, le pont de Remagen sur le Rhin demeura intact; c'est par là qu'ils entrèrent en Allemagne. Et c'est sur l'Elbe que les Américains rencontrèrent les Russes. Le général Patton libéra les camps où des prisonniers émaciés et des piles d'ossements témoignaient de l'horreur – et Berlin tomba.

Une minute après minuit, le 9 mai 1945, les canons firent silence dans toute l'Europe et le peuple libéré descendit dans les rues, sa jubilation faisant un contrepoint triomphant au silence mortel des vaincus. Et désormais, le flot de ces hommes qui avaient traversé l'Atlantique et la Manche, remonté l'Italie pour former la plus grande armée de toute l'histoire de l'humanité inversa son mouvement. Les hommes quittèrent leurs chars et leurs canons de DCA, abandonnèrent leurs bazookas et leurs grenades, et revêtirent leurs uniformes décorés de médailles pour entamer le long retour au pays en rêvant de ce qui les attendait là-bas. Ils ramenèrent avec eux les visages des camarades qui ne reviendraient pas, le souvenir des voix qu'on n'entendrait plus, et la hantise d'atrocités que personne chez eux, ils le savaient, ne pourrait comprendre. Mais ils emportèrent aussi les brillantes couleurs de la gloire, de l'honneur et du devoir accompli. Derrière eux il y avait des années d'une guerre pénible, implacable; devant eux, des défilés sous une pluie de serpentins, de joyeuses fanfares, la jeune fille de la maison d'à côté et les petits frères qui avaient grandi.

Ils rapportèrent aussi des Luger allemands et des parfums français, un goût pour le vin et quelques notions de la vieille culture européenne. La guerre était terminée et les Américains rentraient à la maison. Et si nombre d'entre eux en savaient maintenant plus long sur la mort qu'ils ne l'auraient souhaité, la mort sous des formes qu'ils n'auraient même pas imaginées, ils avaient aussi appris autre chose. Ils avaient vu l'humanité mise à l'épreuve et ils l'avaient vue survivre. Ils avaient fait reculer un fléau qui mettait en danger l'existence même de l'homme, et leur génération serait à jamais auréolée de gloire.

Lorsque Skye rencontra des civils qui lui parlèrent de la guerre, il s'aperçut rapidement qu'ils prêtaient à son B-17 des qualités mythiques. Il devenait un héros. En quittant la fête donnée au village proche de la base, il se dit : Ils m'attribuent le mérite de la victoire, mais ils m'auraient accablé de reproches si nous avions été vaincus!

Il se dégoûta vite de cette joie frénétique, de ce délire qui semblait s'emparer de tous, qui fut d'ailleurs rapidement gâché par l'amertume des premières ironies du sort : le soldat tué par une grenade à la quinzième minute de la paix, la patrouille isolée et massacrée avant que les Allemands aient reçu l'ordre de déposer les armes. Il écouta, essaya de répondre aux questions inévitables, participa à d'interminables discussions sur le thème : Maintenant que la guerre est finie, qu'allez-vous faire? Sa réponse était simple : « Reprendre mes études de droit. » Mais cela aussi lui semblait irréel. Il se sentait fatigué et vieux. Nerveux et anxieux, et en même temps apathique, indifférent à l'idée de commencer une vie nouvelle.

Le soleil reflétait une lumière rose sur la rivière. Des nuages s'amoncelaient à l'horizon et des lisérés d'or délimitaient les nuages et l'eau; la silhouette d'un grand oiseau se découpa sur une bande de ciel bleu lavande.

« Ce doit être le plus bel endroit du monde », dit Natalie en trempant ses doigts dans l'eau claire qui clapotait.

« Le plus paisible. » Skye faisait rapidement avancer le bateau à coups de perche vers le débarcadère où Tony et Alicia Harrington les attendaient avec le panier du pique-nique. C'étaient eux qui avaient eu l'idée de cette dernière rencontre avant que Skye retourne aux Etats-Unis et que Natalie suive le lieutenant-colonel Hap Morris à son nouveau poste, à Washington.

« J'ai promis au colonel Morris de rester là-bas jusqu'à ce qu'il soit rendu à la vie civile, dit Natalie lorsqu'il lui demanda quels étaient ses projets.

– Et après?

– Je ne suis pas sûre de ce que je vais faire. J'avais commencé des études de journalisme avant la guerre... je vais peut-être les reprendre. » Les yeux de Skye étaient rivés au diamant qui ornait l'annulaire de sa main gauche, mais il ne lui demanda pas si épouser son lieutenant n'était pas la suite logique de ce programme. Depuis son retour d'Allemagne, il ne l'avait vue qu'une douzaine de fois, chaque rencontre étant faite du même mélange troublant d'amitié désinvolte et de désir irrésistible, et chaque fois il avait quitté Londres en se jurant de ne plus jamais passer une soirée pareille.

« Maintenant que la guerre est finie, nous pouvons faire tout ce que nous voulons, ou presque, n'est-ce pas? » avait-il dit. Ces mots, « maintenant que la guerre est finie », revenaient tout le temps et renfermaient toutes les possibilités dont ils avaient rêvé pendant toutes ces années.

On répétait cette petite phrase dans toute sorte de contextes : « Maintenant que la guerre est finie, je vais reprendre mes études »; « Maintenant que la guerre est finie, nous pourrons nous marier »; « Maintenant que la guerre est finie, je vais monter mon affaire »; « Maintenant que la guerre est finie, nous pouvons recommencer à vivre ».

Maintenant que la guerre était finie, il allait rentrer chez lui, le surlendemain, à bord d'un avion transporteur. A coups de perche il faisait avancer le bateau, qui passa devant une petite maison dont le toit de tuiles dépassait tout juste au-dessus d'une haie. Il resterait une semaine à la maison avant la reprise des cours. Il n'arrivait pas à croire que bientôt il pousserait sa pirogue à coups de perche sur le bayou Teche, entre les gros chênes couverts de mousse, sur l'eau boueuse, dérivant lentement sous le soleil écrasant d'août. Il n'arrivait pas à imaginer qu'il pourrait dormir aussi tard qu'il le voudrait – toute la journée si cela lui plaisait. Et paresser sur la véranda, à siroter le bourbon de son père. Retrouver Rosalinde.

Il regarda Natalie, assise silencieuse à la proue du bateau. Elle portait un grand chapeau de paille qui lui dissimulait le visage, et une jupe de mousseline qu'agitait doucement la brise du soir. « Je n'arrive pas à croire que c'est fini, dit-il.

– Moi non plus.

– Mais toi, tu continues encore un peu... tu seras à Washington, n'est-ce pas?

– Oui. Mais après cela... je me sens incapable de faire des projets à long terme. » Elle leva la tête. Son visage était triste. Il se demanda si elle avait reçu de mauvaises nouvelles de son lieutenant et préférait ne pas en parler.

– Je me sens terriblement vieille.

– Je suppose que la guerre nous a mûris.

– Ce n'est pas de ça que je parle. C'est que... j'ai déjà dit adieu à tant de gens Et je n'ai que vingt et un ans. Comme si le nombre de ceux que je ne reverrai jamais dépassait largement celui de ceux qu'il me reste à connaître. » Elle haussa les épaules. « C'est ça qui me donne l'impression d'être vieille.

– Eh bien », dit-il en faisant de grands signes aux Harrington qui étaient en train de préparer le pique-nique à quelques mètres de là, « je te propose d'en revoir au moins un. Echangeons nos adresses, promettons-nous de nous retrouver, quelque part, quand nous serons de nouveau intégrés dans la vie civile.

– Avec grand plaisir, Skye.

Il attacha le canot au débarcadère et l'aida à débarquer.

Ils s'installèrent auprès d'Alicia et de Tony, sur une couverture, et regardèrent le soleil descendre. La nourriture était bonne, le vin pétillant, la conversation légère, et il finit par se détendre.

Mais son corps ne parvenait pas à oublier la guerre. En début de saison sportive, quand il n'était pas assez entraîné, ses muscles tremblaient pendant des heures. Il ne parvenait pas à surmonter son excitation. Là, c'était pareil : il avait été sur le qui-vive pendant trop de mois pour arriver à se détendre; il avait passé trop de nuits en compagnie du danger pour pouvoir bien dormir. Mais bientôt il serait à la maison, et le profond silence de cette fin d'été à la campagne l'envelopperait. L'épaisse poussière des chemins ne cacherait rien de plus effrayant qu'une automobile ou un attelage tirant une charrette. L'air humide formerait une couche protectrice entre la ferme et le ciel vide où ne passeraient que de paisibles avions. Les seuls coups de fusil proviendraient des champs de canne à sucre où quelqu'un tirerait sur un mocassin (1). L'emploi du temps serait rythmé par l'heure des repas et de la messe. Son seul devoir serait de se reposer.

« Alors, qu'est-ce que tu vas faire en premier, Skye, quand tu seras rentré? demanda Tony en lui versant du vin.

– La première chose que je vais faire? Voir Rosalinde. »

Alicia rit et dit quelque chose qu'il ne comprit pas. Il ne s'aperçut pas non plus que Natalie baissait la tête pour qu'on ne voie pas son visage. Il se renversa en arrière, s'appuya sur un coude et regarda la rivière. Il appellerait Rosalinde et emprunterait la voiture de son père pour aller à New Iberia. Il se rendrait tout droit à la maison des Nasser et frapperait à la porte; et quand Rosalinde ouvrirait, il la prendrait dans ses bras et lui dirait qu'ils allaient se marier. Tout de suite, ce mois-ci. Avant son départ pour l'Université d'Etat de la Louisiane. Elle viendrait avec lui. Ils trouveraient un appartement près du campus et Rosalinde, qui avait fini ses études en mai, pourrait décorer des

(1) Grand serpent venimeux d'Amérique du Nord, voisin du crotale, mais peu dangereux malgré sa réputation. *(N.d.T.)*

intérieurs toute la journée, à condition d'être là le soir lorsqu'il rentrerait.

Leurs familles seraient sans doute surprises. Il devrait peut-être discuter un peu, se montrer ferme. Leur faire comprendre que Rosalinde et lui avaient perdu trop de temps et ne pouvaient plus se contenter de passer de brefs week-ends ensemble, de se voir à dates fixes. Ils avaient besoin d'être enfin près l'un de l'autre, tout près. La guerre les avait séparés trop longtemps. Maintenant, ils pouvaient reprendre les choses où ils les avaient laissées avant que cette drôle de cassure ne se produise.

« Ce que je vais surtout faire, dit Skye en regardant la rivière, ce que je vais faire en premier, c'est épouser la jeune fille que j'aime. »

De l'instant où il traversa en courant l'aérodrome de La Nouvelle-Orléans pour se jeter dans les bras de son père à celui où il vit Rosalinde, son retour s'accomplit comme il l'avait rêvé. Son père, mère, André, Emilie, Caro, Raoul et Henri, au premier rang, tout contre la corde qui empêchait la foule de se déverser sur le champ d'aviation, pendant que le transporteur tournait en rond et atterrissait. Le dîner au Caribbean Room, les serveurs affairés, tout le monde qui parlait en même temps, mère s'arrêtant au milieu d'une phrase pour s'emparer de sa main, son père qui ne le quittait pas des yeux.

Puis le retour à la maison par le marais d'Atchafalaya, par les champs de maïs et de canne à sucre, en passant devant des fermes qui avaient besoin d'être repeintes. L'arrêt traditionnel au café Palace d'Opelousas, pour boire plusieurs tasses de leur délicieux café. L'arrivée à Saint-Martinville où Skye, regardant de chaque côté de la voiture, ne vit plus que des rangées et des rangées de canne à sucre.

Luella se tenait sur la véranda et agitait son tablier pour le saluer. Elle lui mit les bras autour du cou et il huma son odeur de talc et d'amidon. Marq sauta sur lui et faillit le faire tomber en balayant son visage de sa langue râpeuse.

Gennie appela de New York en promettant de venir à la maison le prochain week-end, pour l'anniversaire d'André. Finalement, ils laissèrent Skye tranquille assez longtemps pour qu'il puisse passer ses coups de téléphone et mettre ses projets sur pied. Il donna à l'opératrice le numéro de Rosalinde et attendit en retenant son souffle qu'elle vienne répondre. Il remarqua que sa voix aussi était altérée par l'émotion; il ne douta pas une seconde que c'était de bonheur. Il lui dit qu'il allait venir la voir et serait là dans une heure. Puis il troqua son uniforme contre des vêtements civils, le costume qu'il avait porté le jour où il avait reçu son diplôme de fin d'études secondaires. Le pantalon était trop court de trois centimètres, et les épaules beaucoup trop étroites. « Nous t'achèterons quelque chose demain », dit son père lorsque Skye vint lui demander les clefs de la voiture. « En attendant que tu ailles à La Nouvelle-Orléans et qu'Alcide s'occupe de toi. »

Depuis l'après-midi où il avait décidé d'épouser Rosalinde, il n'y avait plus pensé. Il n'avait pas réfléchi à grand-chose durant les dernières semaines, cette période de transition entre la guerre et la paix. S'il n'était pas parti se battre, il aurait terminé ses études à l'université en mai de cette année, il serait entré à la faculté de droit cet automne – et se serait sûrement marié. Impossible de remettre sa vie sur la voie où elle était engagée quatre ans auparavant. Skye ne pouvait que reprendre ce qu'il avait laissé derrière lui : ce costume, cette expérience, cette jeune fille.

Lorsqu'il arriva à la maison des Nasser, c'est une servante qui répondit à son coup de sonnette et l'introduisit au salon. A l'extérieur c'était la canicule, ici il faisait sombre et frais; Skye s'assit sur un fauteuil recouvert de soie. Rosalinde sortit des ombres du vestibule. Il s'avança vers elle, les bras grands ouverts. « Rosalinde! »

Elle s'arrêta juste hors de sa portée et le regarda d'un air hésitant. « Bonjour, Skye. » Puis, avant qu'il ait pu l'atteindre, elle s'esquiva et alla s'asseoir sur une chaise basse, les pieds à plat sur le sol, les mains croisées sur les genoux.

« Rosalinde... » Et alors il vit le diamant à l'annulaire de sa main gauche. Un énorme solitaire taillé en marquise, avec une lourde monture en or.

« Je suis fiancée, Skye. Je vais me marier à Noël. » Elle regardait dans le vide, fixant l'ombre tapie dans les coins de la pièce. « Je voulais te l'écrire... mais je ne savais pas comment le dire. Je suis désolée.

– Quoi? » Ne trouvant rien à dire, il secoua la tête, comme pour s'éclaircir les idées. La pièce était la même que lorsqu'il était entré, la maison aussi mais son univers avait basculé. « Qui? Qui est-ce? demanda-t-il.

– Tu ne le connais pas. C'est un... cousin éloigné.

– Je n'arrive pas à y croire. J'ai attendu si longtemps... Es-tu amoureuse de lui?

– Bien sûr que non. » Rosalinde repoussa une boucle de cheveux retombée sur son front et il vit la blancheur et la douceur de son bras. Il eut envie de baiser le creux à l'intérieur de son coude, de faire courir ses lèvres tout au long de ce bras si rond. Il avait envie de la posséder. Il pensa à toutes les fois où il l'avait quittée frustré parce qu'il la respectait. Il pensa à ce soir où ils étaient allés dans la garçonnière de son oncle. « Tu ne l'aimes pas et tu vas l'épouser ? » Il tressaillit au ton de sa voix.

« Oui. » Son dos était droit, son menton ferme. Son visage était dépourvu d'expression, ses yeux étaient vides. Il fut soudain pris de l'envie de lui faire mal, de la mettre en colère, de l'obliger à éprouver une émotion, n'importe laquelle.

« Tu vas coucher avec lui. Coucher avec un homme que tu n'aimes pas. »

Elle ne dit rien. Au fond de ses yeux passa quelque chose qu'elle cacha derrière le voile de ses longs cils.

« Toutes ces fois où je te désirais et où tu m'as repoussé... »

Elle se passa la langue sur les lèvres et lui jeta un bref coup d'œil. « Il y a eu... cette fois-là, Skye.

– Chez ton oncle, c'est vrai. Mais j'ai eu l'impression, tout le temps que nous avons passé là, que tu étais loin de moi. Que ce que tu voulais faire n'avait rien à voir avec moi. »

Elle se leva et s'approcha de lui. Elle portait une robe jaune pâle aux lignes simples, presque sévères, et les rondeurs de ses seins et de ses hanches contrastaient avec cette coupe droite. Il se dit qu'elle resterait toujours la plus exotique et la plus belle des femmes qu'il pourrait jamais connaître. « Je... j'essayais de me débarrasser de toi, Skye. Je pensais que si je pouvais te pousser à... à me prendre, je serais débarrassée de toi. »

Il se leva et lui prit les mains. « Qu'est-ce que tu veux dire, Rosalinde ?

– J'ai pensé que si nous faisions l'amour... après avoir beaucoup trop bu et sans éprouver de... tendresse... » Elle se rapprocha et il serra ses mains plus fort. « ... Eh bien, je pensais que si je gâchais ça, je ne passerais pas le reste de ma vie à me demander comment c'est de... faire l'amour avec quelqu'un parce qu'on l'aime. J'aurais su que cela ne faisait pas partie de l'amour. Que ce n'était jamais que... de la lubricité. Ou le devoir conjugal.

– Alors tu n'as jamais eu l'intention de m'épouser ?

– Non, jamais. »

L'extrême légèreté de son ton donnait du poids à ses paroles. Elle parlait comme s'ils l'avaient toujours su tous les deux.

« Tu veux dire que j'aurais dû m'en douter ?

– Oh, Skye. Je suis syrienne. Nous nous marions entre nous. Tu aurais dû le savoir.

– Eh bien non, je ne le savais pas ! Je ne sortais qu'avec toi, Rosalinde, et tu sais bien que j'ignorais cela.

– Ce n'était qu'une amourette d'étudiants. » Elle avait l'air très lasse; ses mains étaient molles dans les siennes et, lorsqu'il les lâcha, elle les laissa tomber comme si elles étaient trop lourdes. « Personne ne prend une relation comme ça au sérieux, Skye.

– Moi, si. » Il avait oublié les moments où, de l'autre côté de l'océan, il regardait fixement la page blanche et se forçait à la remplir. Il avait oublié les fois où il regardait sa photo et se demandait qui pouvait bien être cette jolie fille souriante. Il avait vécu dans un temps à part qui formait une parabole par rapport à sa vie. Maintenant, il voulait revenir à quelque chose de normal; moins il aurait de décisions à prendre, plus vite il pourrait voyager. « Tu te trompes, Rosalinde. Tu as tort d'épouser un homme que tu n'aimes pas. Tu vas gâcher ta vie. »

Ce qu'il avait cru voir plus tôt dans ses yeux flamboya et toute lassitude disparut. « Gâcher ma vie, Skye ? Au contraire. Je pense qu'en épousant mon cousin Eddie j'évite probablement de gâcher ma vie pour de bon. »

Il sentit en elle une force obscure, quelque chose qu'il avait perçu fugitivement le soir où elle l'avait emmené dans la garçonnière de son oncle. Peut-être avait-il fabriqué sa propre Rosalinde, une jeune fille qui correspondait à ses besoins et à ses rêves.

« Il y a tout de même un point sur lequel tu te trompes, Rosalinde. A propos de l'acte sexuel. C'est aussi une manière d'exprimer l'amour. »

Elle haussa les épaules. « Peut-être. Je me souviens d'avoir observé ton père et ta belle-mère quand ils sont ensemble... et je pense qu'ils représentent sans doute l'exception à la règle. Mais en ce qui me concerne, la raison de l'acte sexuel, ce n'est pas le plaisir. C'est l'élément d'un marché que je suis prête à passer.

– Il vaut mieux que je parte », dit Skye, dont les mains se contractaient convulsivement : voulait-il la gifler ou la secouer, la choquer, agir sur son amour-propre pour la tirer de cette vision des choses qui lui paraissait de plus en plus terrible? Mais il n'avait plus rien à dire. Il fit demi-tour, traversa la pièce, le couloir, le vestibule, et descendit les marches au dallage rouge pour retrouver la lumière vert et or de cette fin d'après-midi. Il y avait autour de la voiture de son père une brume de chaleur, un reflet aveuglant. Il ferma les yeux pour ne pas être ébloui et mit la main devant son visage. Quand il l'ôta et rouvrit les yeux, il lui sembla regarder dans une lunette des choses extrêmement éloignées. La maison d'en face lui était étrangère; le trottoir qui serpentait entre les racines des arbres menait à des endroits mystérieux. Il lutta pour surmonter cette impression de confusion, de chaos. Très haut au-dessus de sa tête un avion bourdonnait et, la main en visière devant ses yeux, il le chercha dans le ciel. Un biplan volait pesamment parmi les nuages cotonneux. Durant un instant, Skye sentit le frémissement de son propre avion lorsqu'il le faisait descendre en piqué. Il s'agrippa à la voiture et le métal chaud lui brûla la main. Puis le bruit de l'appareil s'éteignit et le silence retomba.

Il monta dans l'auto et mit le moteur en marche. Après tout, il avait des décisions importantes à prendre. Il partit sans un regard sur la maison des Nasser, examinant chaque pensée avec précaution, comme si elle cachait une vérité à découvrir. Lorsqu'il se gara devant la ferme, il commençait à éprouver une espèce de soulagement. Il gravit les marches en sifflotant. Bon sang! N'importe quoi pouvait l'attendre au-delà du prochain tournant. N'importe qui.

Il traversa l'entrée en courant et se précipita dans la cuisine. « Luella, j'ai senti l'odeur de ta confiture à quinze kilomètres d'ici. Tu n'as pas lavé la bassine? Tu me l'as gardée? »

Luella sourit d'une oreille à l'autre. « Monsieur Skye, j'ai chassé André avec ma grande cuillère. Je lui ai dit que vous reveniez de la guerre et que la bassine était pour vous.

– Donne-moi deux cuillères, Luella. Il y en a bien assez pour deux. »

Il appela André et tous deux s'installèrent sur les marches de la cuisine pour racler les restes de confiture attachés aux côtés et au fond de l'énorme bassine. Le petit garçon, assis sur ses genoux, lui posait des questions sur la guerre. Quand ils eurent terminé, ils décidèrent de descendre au bayou pour y nager un peu. André prit la main de Skye et lui dit, avec gravité : « C'est fini maintenant, hein, Skye? Ça ne recommencera plus?

– La guerre, tu veux dire? Non, André. C'est bien fini. »

Et, pour la première fois depuis que le Japon avait demandé l'armistice, il réalisa que la guerre était réellement terminée.

Caro était assise dans le salon, un verre posé sur la table à côté d'elle et une cigarette à la main. Elle avait fumé un demi-paquet en un peu plus de deux heures et la bouteille de cognac, aux trois quarts pleine lorsqu'elle s'était installée, était maintenant à moitié vide.

« Tu vas avoir une sacrée gueule de bois, demain », se dit-elle. Elle ne s'était jamais enivrée délibérément, mais comment réagir autrement à la lettre de David arrivée ce matin ?

« ... Aussi, je crois que je vais accepter la proposition de Phil, écrivait-il. Je sais que nous avons beaucoup discuté de mon installation à La Nouvelle-Orléans, mais la clinique de Phil est l'une des meilleures de San Francisco. J'accepte, cela va me faire gagner un temps fou. San Francisco est une ville aussi passionnante que La Nouvelle-Orléans. Je pense qu'elle te plaira... »

Elle n'avait pas encore lu le reste. Avec un début pareil, cette lettre ne pouvait pas lui dire ce qu'elle souhaitait entendre – ce qu'elle avait besoin d'entendre : « Caro, tout ce que je veux, c'est être avec toi. C'est cela l'essentiel. Tout le reste est secondaire. » La lettre ne disait pas cela. Elle n'envisageait même pas que Caro pût ne pas avoir envie de quitter La Nouvelle-Orléans. Retourner à Newcomb et terminer ses études, c'était important. La lettre ne tenait pas compte d'elle. Elle ajoutait un poids de plus à celui qu'elle portait déjà sur la poitrine, au niveau du cœur. Depuis le début de l'année. En fait, pour être franche, depuis ce dimanche, où, dans l'appartement de Walter, elle avait tué un homme. Son ami avait essayé de la débarrasser de ce poids, et père aussi. Une semaine après, Walter l'avait invitée à souper; sur le balcon il avait fait griller des steaks, trouvés Dieu sait où, sur un barbecue improvisé. Il avait sorti une bouteille de mouton-rothschild d'avant-guerre, qui avait engourdi sa douleur. Il ne lui avait pas appris grand-chose, mais elle avait deviné ce qui serait arrivé si elle n'était pas arrivée à temps.

Walter devait être dans le contre-espionnage. Père semblait être au courant : il lui avait demandé de ne plus poser de questions. « Je t'en prie. Fais-nous confiance. » Ils n'avaient répondu qu'à une seule question. Henri avait-il bavardé au sujet de la nouvelle péniche de débarquement? Etait-ce par elle que les saboteurs avaient su à quel moment frapper? Walter avait répondu qu'honnêtement il n'en savait rien. Les amis d'Henri aimaient à jouer aux échecs au bar Napoléon, et les gens qui passaient là venaient d'un peu partout – des matelots de la marine marchande, des réfugiés... Comment savoir qui avait dit quoi, qui avait entendu quoi? Ce dont on était sûr, c'est que les vantardises incontrôlées de Henri avaient conduit l'homme qu'elle avait tué jusqu'à Walter. C'était tout. Elle devait s'en contenter.

Puis Roosevelt était mort. C'était le seul président qu'elle ait connu. Etait-il vraiment possible qu'il ne fût plus là? Et début mai, la guerre avait pris fin en Europe. Tout de suite après, juste au moment où elle commençait à aller mieux, parurent les photos de Dachau, Buchenwald, Auschwitz. Elle en avait rempli un dossier, avec les témoignages des hommes qui avaient libéré les camps.

Elle avait alors reçu de David une longue lettre, presque incohérente, où il disait et répétait sa conviction déchirante que tous les parents dont sa famille avait perdu la trace étaient maintenant retrouvés, que leurs os blanchissaient avec des millions d'autres le sol de l'Europe. Elle avait tout de suite répondu en lui offrant le peu d'espoir dont elle était encore capable, sans lui parler de son dossier qui grossissait chaque semaine. Elle espérait qu'il n'avait pas accès à autant de sources qu'elle. Comment des hommes pouvaient-ils faire des choses pareilles? Tout ce que révélaient ces photos... Qu'était-il arrivé, là-bas?

Son esprit reculait avec horreur devant ces documents, ces articles, mais il en arrivait d'autres chaque semaine. Des photos de jeunes filles de son âge réduites à l'état de squelettes, travaillant comme des esclaves. Ces images de Dachau et de Buchenwald lui révélaient une guerre bien différente de celle qu'elle avait cru connaître. Quand elle pensait aux camps, puis aux espions et aux saboteurs présents aux Etats-Unis, elle était épouvantée et se disait qu'un océan n'était pas une barrière infranchissable.

Le Japon, vaincu par deux bombes atomiques sur Hiroshima et Nagasaki, avait demandé l'armistice. Les cinq cent mille soldats américains qui seraient morts en cas d'invasion du Japon avaient été ainsi sauvés – ainsi que les millions de Japonais qui auraient donné leur vie pour défendre leur pays. Elle ne savait plus que penser de tout cela. Elle se sentait mal à l'aise en présence de Walter, maintenant; elle avait essayé d'aller chez lui plusieurs fois, depuis ce fameux dimanche, mais cela ne marchait pas. Il le savait et elle voyait bien qu'il en souffrait. Mais il avait une tâche à accomplir, qui n'avait pas pris fin à cause d'un certain après-midi, et elle le rencontra de moins en moins. Elle ne fréquentait pour ainsi dire plus personne.

Elle n'avait fait qu'attendre David. Elle regarda à nouveau sa lettre. Oui, ils avaient parlé de son installation à La Nouvelle-Orléans. Elle s'était même convaincue de la réalité du film intérieur qu'elle se repassait si souvent et qui lui avait permis de tenir pendant ces interminables mois : David partant de cette maison le matin, elle se rendant à ses cours à Newcomb. Tous deux travailleraient dur et, le temps que David se soit fait une clientèle, elle aurait terminé ses études. Elle serait restée à la maison, elle aurait fait des bébés et de la peinture, deux formes de créativité se nourrissant l'une de l'autre.

Ce film avait été comme tous les films : il n'avait montré que le beau côté des choses, laissant dans l'ombre le fait de savoir si les enfants seraient catholiques ou juifs. Ne tenant aucun compte des différences existant entre David et Caro, il n'avait montré que ce qu'ils avaient en commun.

Mais apparemment, David n'avait pas monté le même film. Dans le sien, ce qu'il voulait l'emportait sur ce qu'elle désirait. Elle relut ce qu'il disait de San Francisco : « San Francisco est une ville aussi passionnante que La Nouvelle-Orléans. Je pense qu'elle te plaira. » Etait-ce une demande en mariage? Ou pensait-il qu'elle ne viendrait là-bas que pour un certain temps? Elle secoua la tête. Il allait bientôt revenir de la guerre, ils se verraient et parleraient de tout cela. En attendant... Elle se leva pour allumer la lampe. Si elle continuait à boire, elle serait vraiment ivre.

Caro sentit un souvenir s'éveiller, quelque chose de douloureux, qui avait fait pleurer sa mère. Qu'était-ce donc? Elle ferma les rideaux et s'assit. Puis, comme elle prenait son verre, tout lui revint en mémoire. Elle était enfant à l'époque. Sa grand-mère était venue vivre chez eux, à Lafayette. Elle restait enfermée dans sa chambre et, comme elle n'aimait pas manger avec eux, la plupart du temps on lui montait son repas sur un plateau. De temps à autre c'était Caro qui le faisait, si sa mère et Bea étaient trop occupées. Et maintenant, elle se rappelait ce qui faisait pleurer sa mère : sa grand-mère assise à table avec une bouteille devant elle, un petit verre à la main. Un verre qui était rarement vide et qu'elle remplissait, encore et encore. Souvent elle ne parvenait même pas à tenir sa fourchette, et quand elle le faisait la nourriture tombait et cascadait sur les dentelles de son peignoir. Assez vite, sa mère avait cessé d'envoyer Caro porter le plateau; et puis grand-mère était allée vivre ailleurs et elle ne l'avait jamais revue.

Elle se leva et reboucha la bouteille. Elle se sentait un peu partie, mais elle n'était pas ivre. Elle allait se faire un sandwich au fromage et réchauffer de la soupe. Puis elle écouterait la radio; c'était dimanche soir et elle pouvait compter sur Jack Benny et Edgar Bergen pour la faire rire. Elle alla préparer son dîner, le mit sur un plateau et l'emporta dans la petite pièce attenante à sa chambre.

Tout son matériel était entassé là : son chevalet, ses carnets de croquis, ses tubes de peinture, abandonnés à la hâte lorsqu'elle avait quitté l'école des beaux-arts pour travailler aux chantiers navals. Elle posa le plateau sur sa table à dessin et se percha sur le tabouret. Tout en mangeant elle feuilletait son carnet d'esquisses, s'arrêtant parfois pour le lever vers la lumière. C'est meilleur que je ne pensais, se dit-elle, et elle sentit son cœur se réchauffer.

Elle termina son sandwich et vida son bol de soupe. Puis, repoussant le plateau, elle prit une page blanche, vierge, et se mit à dessiner.

DEUXIÈME PARTIE

16

Octobre 1948

Le flot de lumière dorée qui se déversait par les portes-fenêtres ouvertes tombait sur les peintures accrochées tout autour de la pièce, avivant leurs couleurs. Une grande femme maigre se pencha sur une toile, puis recula pour l'étudier attentivement. Caro Hamilton, debout au milieu d'un groupe de gens, prit la main de sa mère. « O mon Dieu ! Mlle Clements est là.

– Elle doit être très fière de toi, Caro. Parmi tous les jeunes qui viennent de terminer leurs études à l'école des beaux-arts, y en a-t-il beaucoup qui exposent dans une galerie aussi prestigieuse ? répondit Caroline. Le succès d'un élève ne peut que rejaillir sur la renommée de son professeur.

– Je m'étonne encore que Charles Dupuy m'ait demandé de participer à cette exposition. » Puis, comme le propriétaire de la galerie fonçait vers elle, Caro dit, d'une voix plus forte : « Ah, monsieur, je ne saurais vous remercier assez pour cette chance que vous...

– Taisez-vous », l'interrompit Dupuy en lui prenant le bras et en le fourrant sous le sien. « Venez, nous allons parler à Mlle Clements. » Il lui fit traverser la salle tout en prodiguant sourires et mots d'accueil. « Quand j'ai vu vos œuvres à l'exposition de votre école, j'ai compris qu'il fallait que je mette la main sur vous, sinon l'un de mes concurrents profiterait de votre talent. » Il s'arrêta plusieurs fois pour parler à des gens en présentant Caro comme « une jeune artiste qui va très vite se faire un nom ». « Il faut vous habituer aux feux de la rampe, ma chère enfant », lui murmura-t-il à l'oreille. « Vous êtes réellement en passe de vous faire un nom – et si j'y participe, nous en tirerons l'un et l'autre une belle somme d'argent. »

Ils arrivèrent enfin près de Mlle Clements, qui se tourna vers M. Dupuy et le regarda fixement. « Ah, Dupuy. Vous avez su disposer les œuvres de Caro de façon fort heureuse. Elles sont très bien mises en valeur ainsi. » Elle embrassa Caro. « Je ne connaissais pas cette aquarelle. Elle est merveilleuse.

– Je l'ai peinte cet été... » Une fois de plus, elle se demanda si ce que l'aquarelle en question transmettait aux spectateurs correspondait bien à ce qu'elle avait voulu exprimer. « Je ne la trouve pas très... originale.

– Pas originale ! » Mlle Clements jeta un nouveau regard au tableau, puis passa à deux autres accrochés un peu plus loin. « Tout cela fait preuve d'une vision originale. Que vous arrivez à faire passer avec sincérité.

– Pourriez-vous, mademoiselle, m'aider à convaincre Caro qu'en ce début de carrière elle doit vendre tout ce que les clients souhaitent acheter ? Il y a au moins trois personnes qui me réclament une peinture qu'elle ne veut pas céder.

– Qu'ils prennent n'importe quelle autre, répliqua Caro. Au prix que vous estimerez juste. Mais pas celle-là.

– Alors, laissez-moi les aider à en choisir une autre. La valeur de votre production va augmenter; ils font donc une affaire en achetant maintenant.

– Je veux être parmi les premiers acheteurs, dit Mlle Clements. J'insiste pour avoir le droit de choisir en premier. Et ne discutez pas.

– Oh, mademoiselle, dit Caro, vous n'allez pas acheter! J'aimerais tellement vous en offrir une... Mon Dieu, c'est le moins que je puisse faire! Sans vous, et tous les encouragements que vous m'avez prodigués depuis trois ans, je ne serais pas ici aujourd'hui.

– Bien sûr que si. Même si vous aviez dû peindre sur du carton ou des vieilles planches, vous seriez ici. » Le professeur prit la main de Caro et la regarda : elle avait le même visage sévère que d'habitude, mais au lieu du regard exigeant qui stimulait les étudiantes ou les faisait quitter la salle de cours en pleurant, ses yeux étaient pleins d'affection et d'approbation – une artiste en regardant une autre. « Caro. Les professionnels ne *donnent* pas leurs œuvres. Ils les vendent. A tout le monde. » Un petit sourire adoucit ses traits anguleux. « Si, pour mon anniversaire, vous voulez m'offrir une petite esquisse, un dessin à la plume, j'accepterai. Mais ne donnez jamais, jamais aux gens la mauvaise habitude de ne pas payer.

– Je suis tout à fait d'accord avec vous, renchérit Dupuy. Maintenant, venez faire votre choix, chère mademoiselle, avant que ces gens avides ne m'aient dépouillé.

– Tu as entendu ça, dit Skye en survenant derrière Caro. J'ai intérêt à ne lâcher aucun des dessins que tu m'as donnés autrefois. Si j'échoue en tant qu'avocat, je pourrai toujours ouvrir une galerie et m'enrichir avec tes œuvres.

– Je vais continuer à travailler, tu sais, dit Caro

en prenant le bras de son frère et en soupirant de bonheur. Oh, Skye, je commence enfin à comprendre que je suis une artiste!

– Mais tu es une artiste. Moi j'aimerais bien être avocat. J'ai l'impression que je n'arriverai jamais au bout de mes études.

– Tu n'en as plus que pour deux ans. Ça va passer comme un éclair.

– Même un éclair, ce n'est pas assez rapide à mon goût. Mais je ne veux pas jeter une ombre sur ce joyeux événement. Je vais aller faire monter le prix de tes œuvres.

– Tu vas te retrouver avec mes toiles sur les bras, l'avertit Caro.

– Après ce qu'a dit Dupuy? Aucun risque. »

Il s'avança d'un pas nonchalant vers le propriétaire de la galerie, en grande conversation avec un couple élégant. Caro se retourna pour jeter encore un coup d'œil à l'aquarelle qu'elle refusait de vendre. Elle ne supportait pas l'idée de s'en séparer. Ainsi exposées en pleine lumière, ses couleurs semblaient refléter l'essence même du printemps. Une allée de chênes, vue en diagonale, occupait le centre et se fondait dans un paysage verdoyant; au premier plan, une pelouse d'un ton intense. Cette représentation de Beau-Chêne baignait dans une atmosphère mystique, éthérée. Comme l'écrivit le critique d'art du *Picayune Times*, le style de Caro la rangeait « dans le courant impressionniste, bien qu'elle transmette un goût du terroir qui, sans cesse, ramène à elle l'attention des visiteurs ».

Caro se détourna de sa peinture avec la certitude que ce seul tableau valait bien tous les sacrifices et les longues heures de travail des trois dernières années.

Brusquement, ses yeux s'agrandirent en apercevant l'homme qui franchissait l'entrée. « David! » s'écria-t-elle en se précipitant vers lui.

Il la prit dans ses bras et se pencha pour l'embrasser. « J'ai failli sortir pour pousser l'avion afin qu'il aille plus vite, tellement j'avais peur de rater ton premier vernissage. »

Prenant conscience des regards posés sur eux, elle se dégagea tout en gardant la main de David dans la sienne. « Tu n'as rien manqué. M. Dupuy pousse ces pauvres gens à acheter – et toute ma famille est en train de faire monter les enchères. Si c'est ça, montrer ses œuvres, je ne suis pas sûre de pouvoir continuer à le faire.

– Ne dis pas de bêtises. Tu mérites tous les compliments qu'on te fait. Et je suis prêt à braver ceux qui ne te couvriraient pas de louanges.

– Maintenant que tu es là, j'ai tout ce que je peux désirer. Je voudrais bien que tu restes plus longtemps... c'est un tel voyage pour si peu de jours...

– Mes malades ont besoin de moi », dit David en lui caressant gentiment la joue.

« Moi aussi.

– Nous pouvons peut-être régler ça, maintenant que tu peux voler de tes propres ailes et te passer de Mlle Clements.

– Bon », répondit-elle en faisant semblant de ne pas comprendre ce que voulait dire David et en l'entraînant vers sa famille. « Tout le monde est là. Gennie est arrivée de New York, Fielding et Emilie sont venus de Saint-Francisville, il y a maman et père – et toi, enfin. C'est le plus merveilleux week-end que j'aie eu depuis longtemps.

– Si content que je sois de rencontrer ta famille, Caro... c'est avec toi que je veux être. » Il s'arrêta et la regarda. « Je n'ai pas réservé à l'hôtel, cette fois-ci.

– David...

– Chérie, j'ai bien voulu sauver les apparences et te rencontrer à l'hôtel tant que tu étais encore étudiante. Mais tu es une femme maintenant. Il n'y a aucune raison de ne passer que deux heures ensemble dans une chambre d'hôtel pour préserver je ne sais quelle fable, alors que ta famille sait parfaitement que nous sommes amants.

– Pas ici, David. Je t'en prie.

– Bon. Mais je n'ai pas l'intention de jouer ce jeu-là plus longtemps, Caro. C'est... dégradant. »

Il tendit la main à Beau qui venait au-devant de lui.

« Très heureux que vous ayez pu venir. Caro aurait été terriblement déçue de ne pas vous voir.

– Rien n'aurait pu me retenir », répondit David.

Beau sentit la tension qui régnait entre eux et regarda Caro. Elle avait les joues rouges, les yeux brillants. « Je pense que Caro a très bien tenu le coup. Mais elle a affaire à toutes sortes de gens – et pas tous faciles. » Il rit et tapota la main de sa belle-fille. « La plupart de ceux qui viennent ici s'y connaissent en art, et même si c'est dur d'entendre des critiques, du moins ces gens-là savent de quoi ils parlent. Mais il y a toujours quelqu'un comme cette femme, là-bas, avec un chapeau rouge. Elle a poursuivi Caro pendant au moins vingt minutes en insistant pour qu'elle note le nom et l'adresse de son beau-frère. Il travaille dans une boîte qui fabrique des calendriers et elle pense qu'ils pourraient peut-être acheter des œuvres de Caro. Bien sûr, elle l'a prévenue qu'elle ne recevrait pas plus de cinq dollars par aquarelle !

– Moi aussi je veux acheter, dit David. Caro, que penses-tu de cette toile ? Elle me rappelle quelque chose, bien que je sois incapable d'identifier la scène.

– Oh, c'est le débarcadère, à Beau-Chêne. J'ai pris quelques libertés avec le sujet.

– J'aime beaucoup cette lumière. » David recula un peu et l'étudia longuement. « Ça évoque pour moi des heures calmes passées sur un bateau... » Il secoua la tête. « En tout cas, il me faut ce tableau.

– Oh, David, tu n'as pas besoin de l'acheter! Laisse-moi te le donner.

– Je ne suis pas stupide. Dans quelques années, les gens m'envieront d'avoir eu du flair.

– Dès que vous vous serez entendus avec Dupuy, dit Beau, allez prendre un verre au Commander's Palace avec Caro, pendant que je rassemblerai le reste de la tribu.

– D'accord. » David avait remarqué lui aussi le visage tendu de Caro, sa respiration haletante, son débit trop rapide et ses regards anxieux. Il glissa le bras autour de ses épaules et la guida vers le tableau représentant le débarcadère. « Il sera très bien dans mon cabinet. Il aura un effet calmant sur mes malades nerveux. » Il la regarda avec inquiétude. « Comment vas-tu?

– Très bien. Juste un peu... tendue, je pense. Ces derniers jours ont été très mouvementés. Et je n'ai pas l'habitude de ça. Quand j'étais étudiante et que nous faisions des expositions, c'était important, mais pas autant.

– Est-ce que tu dors bien?

– Pas trop. » Elle lui sourit. « Mais je pense que ce petit problème sera résolu ce soir.

– Caro... tu ne veux toujours pas envisager d'aller voir un psychiatre?

– Non, répondit-elle catégoriquement. Regarde, M. Dupuy est en train de se battre pour vendre quelque chose. Monsieur, j'aimerais vous présenter le docteur David Selbin, un... vieil ami à moi qui est venu de San Francisco.

– Et vous avez fait tout ce chemin pour acheter un Hamilton?

– Oui. Celui-là. » Il désigna la peinture, sans quitter Caro des yeux.

« Un excellent choix. Vous avez bon goût, docteur.

– J'ai eu un bon maître. Caro m'a aidé à acheter des tableaux le premier jour où nous nous sommes rencontrés.

– Et maintenant, vous achetez les siens. » Dupuy consulta le catalogue et dit : « Ce tableau-là vaut quatre-vingt-cinq dollars.

– Bon. Puis-je vous le laisser jusqu'à demain après-midi ?

– Evidemment. Si vous le souhaitez, je peux même vous l'expédier. Si cela vous arrange.

– Je vous le dirai plus tard. »

David guida Caro à travers la foule jusqu'au vestibule qui donnait sur la rue. Il y avait là une petite alcôve où il la poussa pour l'embrasser; elle répondit aussitôt à son baiser.

« Si nous n'étions pas au soir de ton vernissage, je te dirais : Passons-nous de dîner et allons tout de suite chez toi. » Il l'embrassa de nouveau. « Tu ne vas pas m'envoyer à l'hôtel, n'est-ce pas ?

– Non, tu as raison. Je suis une femme maintenant. Seulement, à La Nouvelle-Orléans, où les gens me connaissent... » Elle s'interrompit. Il était inutile de s'attarder sur ce sujet. Ils en avaient déjà suffisamment discuté. Lorsqu'elle était à l'école des beaux-arts et que Babs et Ruth logeaient chez elle, elle ne pouvait ni le laisser passer la nuit dans sa chambre, ni le rejoindre à l'hôtel. Maintenant ses amies étaient parties, il ne restait plus que les conventions sociales.

Elle lui prit le bras et l'entraîna au-dehors. « J'ai vraiment besoin d'un verre, chéri. »

Ils montèrent dans la voiture de Caro et sortirent du Quartier français pour se rendre au Commander's Palace. David conduisait en silence, laissant

Caro bavarder de choses et d'autres. Lorsqu'ils eurent commandé leurs cocktails, il lui prit la main et se mit à lui caresser la paume.

« Parle-moi de tes insomnies.

– Il n'y a rien à en dire. Cette exposition m'a énervée...

– Pas de cauchemars? »

Elle regarda fixement son verre, se concentrant sur la tranche d'orange et la cerise au marasquin qui le décoraient. « Parfois.

– Toujours les mêmes?

– Toujours. »

Son ton égal dissimulait la terreur sous-jacente à sa réponse. La main de David se resserra sur la sienne.

« Je n'ai rien contre les psychiatres, David. » Elle sourit tristement. « C'est simplement que tout ce qu'ils pourraient dire ne saurait rien changer.

– Cela ne changerait rien au fait. Mais pourrait lui faire perdre de son... pouvoir.

– Je vais essayer de continuer comme ça encore un peu. J'en ai moins maintenant... je suis parfois tranquille pendant des mois.

– Bon. Si c'est ce que tu souhaites... »

Elle le regarda, les yeux pleins de douleur. « Je ne veux pas ressortir tout ça, David. Je ne veux pas me ressouvenir de tous les détails. Je fais tout pour oublier. Et la plupart du temps, ça marche.

– Bon », répéta-t-il. Il porta la main de Caro à ses lèvres et la baisa. « Promets-moi une chose... que ce soir, tu n'auras pas de cauchemars.

– Je n'en ai jamais quand je suis avec toi.

– Cela devrait te faire réfléchir. »

Il n'en dit pas plus, sentant que la tension nerveuse de Caro s'accroissait. En observant le sang-froid dont elle faisait preuve, il se demanda de nouveau quel maelström de sentiments se cachait sous cette calme surface. A la galerie ou dans ce restaurant, on ne voyait en elle qu'une belle jeune femme dans une élégante robe de soie de la couleur de ses yeux bleus; son collier de perles et ses gants de chevreau annonçaient clairement qu'elle vivait dans un monde un peu à part. Personne, sauf lui et son beau-père, ne savait qu'à la fin de la guerre, lorsque Caro avait abandonné sa salopette, ses souliers d'ouvrière, ses gants épais et son assortiment de foulards, elle n'avait pu chasser les souvenirs de ces années passées aux chantiers navals. Elle avait donné l'impression de se glisser aussi aisément dans la routine familière de l'école des beaux-arts que dans ses jupes écossaises et ses chandails de cachemire. Seuls Beau et David savaient que Caro avait encore des cauchemars dont elle s'éveillait en tremblant, au bord de la crise de nerfs. Eux seuls connaissaient les carnets de croquis remplis de tentatives pour exorciser ses démons. Ces dessins-là n'avaient rien de la force calme des paysages de son exposition; c'était cette discipline qui tenait les monstres de la nuit à distance, lui permettait de poursuivre son œuvre à la lumière bénéfique du jour et qui finirait, David en était convaincu, par la libérer.

Il avait un plein dossier de ses esquisses; c'était presque le journal de leur liaison. Quand il avait commencé à exercer à la clinique de Phil Jacobs et que Caro était retournée à ses pinceaux, ils ne s'étaient vus que rarement : un peu à Noël, à Pâques, quelques jours l'été. Puis, lorsqu'ils s'étaient sentis mieux intégrés à leur vie d'après-guerre, leurs rencontres avaient eu lieu une fois par mois, tantôt à San Francisco, tantôt à La Nouvelle-Orléans. Et ils avaient appris à vivre entre ces retrouvailles. David écrivait quotidiennement, souvent deux fois par jour; aussi Caro recevait-elle parfois une lettre de lui le matin et une autre l'après-midi – et elle lui répondait presque aussi fréquemment. Une fois par semaine ils bavardaient au téléphone, le dimanche après-midi. C'était un jour qui tenait une grande place dans leurs vies c'était aussi ce jour-là qu'ils se disaient adieu, lorsqu'ils avaient passé le week-end ensemble.

Pour eux, tout cela n'était que provisoire. C'était un mot qu'on avait appris à utiliser pendant la guerre, et cela voulait dire : jusqu'à ce que Caro ait terminé ses études et que David se soit fait une clientèle. Maintenant, elle avait quitté l'école et fait le tour des musées et des galeries d'Europe; elle était revenue à La Nouvelle-Orléans pour y peindre et elle exposait chez Dupuy. Il n'y avait plus d'obstacle entre eux, se dit David. Et il allait faire comprendre cela à Caro avant de repartir pour San Francisco.

Skye parcourut la foule des yeux, guettant les réactions aux œuvres de Caro. Il était fier de sa sœur, et ravi de voir que presque chaque visiteur, après avoir longuement contemplé les tableaux, feuilletait ensuite le catalogue afin d'en apprendre davantage sur l'artiste. Elle a tellement travaillé qu'elle mérite bien cela, pensa-t-il.

Puis, la voyant partir avec David, il s'excusa auprès des gens avec lesquels il était en train de parler et revint à la toile préférée de Caro pour l'admirer une dernière fois. Une femme se tenait devant, occupée à prendre des notes. Skye la regarda fixement... Ce n'est pas possible, se dit-il. C'est simplement quelqu'un qui a les cheveux de Natalie Watkins... sa silhouette... Elle bougea la tête et il aperçut son profil.

« Natalie! » Sa voix retentit dans la salle. Des têtes se tournèrent vers lui et Natalie pivota sur ses talons.

« Skye! Skye Langlinais, ça alors!

– Que diable fais-tu ici ? » dit-il en s'approchant à grands pas. Il la prit dans ses bras et l'embrassa, sans réfléchir. Durant un bref instant, les lèvres de la jeune femme répondirent aux siennes. Puis, comme sur un signal, ils s'écartèrent l'un de l'autre.

« Toi d'abord, décida-t-il. Que fais-tu à La Nouvelle-Orléans ? Et ici, en plus ?

– Je vis maintenant à Baton Rouge. Je suis journaliste au *Morning Advocate.* Parmi les exposants, il y a quelqu'un de Baton Rouge... et le rédacteur en chef a dit que là-bas, on connaissait aussi Caro Hamilton.

– C'est ma belle-sœur.

– Je m'en souvenais. » Une rougeur vint colorer ses joues. « Je me suis dit... que tu y serais peut-être.

– Tu vis à Baton Rouge et tu n'as pas essayé de me joindre ?

– Cela ne fait pas longtemps que je suis là. J'ai obtenu mon diplôme de journaliste en juin, à l'Université de Virginie. Puis j'ai passé l'été à chercher un emploi. Mon oncle Paul m'a invitée à passer deux semaines à Saint-Francisville, et il m'a dit que je devrais poser ma candidature à l'*Advocate.* Je suppose que ce qui m'a décidée, c'est la situation politique du coin – l'histoire de Huey Long m'a toujours fascinée. Je me suis demandé ce que devenait la Louisiane avec son frère Earl comme gouverneur.

– Une exposition, c'est loin d'être un événement politique. » D'un rapide coup d'œil il nota la disparition du diamant qui ornait la main gauche de Natalie en Angleterre. Des questions lui vinrent à l'esprit; il lui prit la main et dit : « Nous avons des années à rattraper. Tu veux bien dîner avec moi ? »

Elle parut hésiter. « Et toi, Skye ? Je sais pour

quoi tu es ici – au vernissage. Mais qu'est-ce que tu es devenu ?

– J'étudie le droit. J'ai essayé de mettre les bouchées doubles mais j'ai encore deux ans à tirer.

– Tu es à l'Université d'Etat ?

– Oui. » Il enfouit ses mains dans ses poches et la regarda. « Je n'arrive toujours pas à comprendre pourquoi tu ne m'as pas prévenu lorsque tu es arrivée ici. Si je n'avais pas tant d'amitié pour toi, je te ferais une belle scène.

– J'ai pensé que tu avais réalisé les projets dont tu nous avais parlé.

– Quels projets ?

– Tu avais dit que dès que tu serais rentré chez toi, tu épouserais Rosalinde.

– Oh ! Oui, j'ai dit ça. Eh bien, je ne l'ai pas fait. » Il regarda la main de Natalie. « A propos, et toi ? Tu étais fiancée.

– Il a épousé quelqu'un d'autre... une infirmière qui l'a soigné quand il était blessé.

– Je suis désolé d'apprendre ça », dit Skye tout en sentant son cœur bondir de joie, comme pour démentir ses paroles.

« Ce sont des choses qui arrivent. »

Un silence s'établit, que Skye rompit en disant : « A propos de ce dîner... Comme toute ma famille est là... nous allons fêter l'exposition de Caro au Commander's Palace. Viens avec nous, je t'en prie.

– Je ne veux pas m'imposer dans une réunion de famille.

– Pas du tout. Il y a toujours place pour les amis dans nos petites fêtes. » Il lui prit la main et la conduisit vers Beau et Caroline qui parlaient avec Emilie et son mari, Fielding.

« J'aimerais vous présenter tous à Natalie Watkins », dit Skye. Cela faisait bien longtemps que ses parents n'avaient pas vu ses yeux briller comme cela. « Voici ma belle-mère et mon père. Ma sœur Emilie et son mari Fielding Horton. J'ai invité Natalie à dîner avec nous. Elle craignait de nous déranger, mais je lui ai dit qu'avec nous il y a toujours quelques invités de dernière heure.

– Bien sûr », dit Caroline. Elle prit la main de Natalie dans la sienne. « Je suis si heureuse de faire votre connaissance. Skye nous parlait beaucoup de vous dans ses lettres, lorsque vous étiez tous deux en Angleterre, pendant la guerre.

– Nous avons passé quelques bons moments ensemble. Mais vraiment, madame, je ne voudrais pas...

– Pas du tout. Tout le monde sait que les petites fêtes des Langlinais sont très peu conventionnelles. Il nous arrive d'en changer le lieu ou le nombre de convives. Et ce que nous désirons surtout, c'est que vous veniez dîner avec nous.

– Merci, mère. » Skye se tourna vers Natalie. « Je vous en prie, acceptez.

– Vous êtes la nièce de Paul Watkins, n'est-ce pas? dit Emilie. La semaine dernière, justement, il nous parlait, à Fielding et à moi, de sa nièce venue de Virginie pour travailler à l'*Advocate*... mais je n'avais pas fait le rapprochement.

– Oh, vous connaissez mon oncle Paul?

– Nous habitons à dix kilomètres à peine de chez lui, dit Fielding. Au nord de Saint-Francisville, à Magnolia Hill.

– C'est très joli par là. J'y suis allée plusieurs fois.

– Demandez à Skye de vous emmener chez nous, alors, dit Emilie. Il a un filleul de dix-huit mois qu'il devrait venir voir plus souvent.

– Merci, ce sera avec grand plaisir. »

Il y eut alors un silence dont Skye apprécia la qualité particulière, sentant la cordialité du cercle familial englober Natalie. Un élan de bonheur le submergea. « Je ne sais pas ce que vous en pensez, mais je meurs de faim. N'avais-je pas entendu parler d'un dîner?

– Tu ne te trompes pas, dit Beau. Emilie, Fielding et toi, vous venez avec nous? Skye, est-ce que Natalie et toi vous pouvez trouver Gennie et l'amener?

– D'accord. » Skye présenta son bras à Natalie. « C'est si merveilleux de te revoir, dit-il chaleureusement. Et ne crois pas que je vais te laisser quitte avec un seul dîner. Tu n'es pas très pressée de rentrer à Baton Rouge?

– Je ne dois remettre mon article que lundi, j'ai réservé une chambre au Monteleon. J'adore La Nouvelle-Orléans...

– Si nous allions écouter du jazz après dîner?

– Volontiers. J'adore ça.

– Et puis, nous irons prendre un café et manger des beignets au café du Monde.

– Merveilleux.

– Et demain, je t'emmène prendre le petit déjeuner au Brennan's.

– D'accord.

– Nous établirons le programme de la journée à ce moment-là.

– Oui, patron. » Natalie éclata de rire. « Skye, c'est si bon de te revoir!

– Moi aussi, je suis rudement content. »

En se rendant au Commander's Palace, Gennie et Natalie se mirent à parler théâtre; Natalie était souvent montée à New York voir des pièces pendant qu'elle était à l'université, et elles découvrirent qu'elle avait probablement vu Gennie sur scène sans savoir qui elle était.

« Bien sûr, je n'ai pas gardé le nom de Langlinais, dit-elle en riant. Personne ne réussissait à le prononcer et j'ai renoncé à le leur apprendre. Je joue sous celui de Gennie Langley, mais je ne m'attends pas que vous vous souveniez de moi : je n'avais que de tout petits rôles... heureusement, ils commencent à s'étoffer. »

Skye écoutait leur conversation avec un sentiment de bien-être qu'il n'avait pas éprouvé depuis longtemps. Au cours de ces trois dernières années il était sorti avec beaucoup de jeunes filles – un nombre impressionnant quand il y réfléchissait. Lorsqu'on l'accusait de papillonner, il répondait qu'il ne le faisait pas exprès. Il travaillait énormément, prenant autant d'heures de cours par trimestre que possible. Il ne sortait que rarement avec quelqu'un – seulement lorsque l'occasion l'exigeait ou qu'une jeune fille se présentait sur sa route. Même si certaines d'entre elles avaient fait la connaissance de sa famille, elles n'avaient jamais pris une grande importance à ses yeux; il ne s'était senti attiré par aucune. Natalie, c'était autre chose; elle était différente des autres. Et tout de suite il avait senti que sa famille trouvait la jeune femme sympathique. Ce qui, se dit-il en garant sa voiture, est tout à fait normal. Après tout, j'ai beaucoup parlé d'elle dans mes lettres. Et même par la suite, une fois rentré.

« Nous nous étions promis de ne pas perdre contact », dit-il à Natalie en se tournant vers elle. « Or en fait, à l'exception d'une carte de vœux à Noël, je n'ai jamais eu de tes nouvelles.

– Je croyais que tu étais marié. Et que nous avions trop à faire pour poursuivre des amitiés de guerre. » Elle sourit. « En dehors d'une carte de Noël, je n'ai pas eu beaucoup de nouvelles non plus de ta part. »

Ce n'est qu'après dîner, lorsqu'ils eurent repris le chemin du Quartier français, que Skye se permit de poser les questions qui lui avaient trotté dans la tête toute la soirée. « Quand as-tu su, pour ton fiancé? Après ton retour aux Etats-Unis?

– Non. Pendant notre dernière semaine en Angleterre. J'ai reçu la lettre... Oh, je pense, un jour ou deux avant notre pique-nique.

– Tu le savais ce jour-là? Mais tu n'as rien dit...

– Skye, qu'est-ce que j'aurais pu dire? » Elle détourna les yeux, les dirigeant vers le tramway qui était en train de les dépasser.

« Mais tu étais avec des amis... nous aurions pu te réconforter... faire quelque chose. »

Elle se retourna et posa la main sur son bras. « Oh, Skye. Tu étais la dernière personne à laquelle j'aurais dit qu'on... m'avait laissée tomber. Surtout après l'annonce de tes projets de mariage avec Rosalinde. » Il vit la pâleur se répandre sur son visage; elle se pencha sur son sac et en sortit un paquet de cigarettes. « Je veux dire, c'était une joyeuse réunion, la guerre était finie, tout le monde avait les yeux tournés vers l'avenir... je ne voulais pas vous parler de mes petits problèmes. »

Il ouvrit la bouche puis la referma. Sans mot dire. Que pouvait-il objecter à cela? « Eh bien, pour ce que ça a donné, j'aurais mieux fait de me taire. Je ne savais pas de quoi je parlais. Je suis revenu pour découvrir que Rosalinde était fiancée à un cousin dont elle n'était même pas amoureuse.

– Oh, Skye! »

La réaction de Natalie réveilla ses sentiments d'antan. « Oui, j'ai éprouvé la même chose. Je n'y ai rien compris.

– Ça a l'air invraisemblable...

– Il faut comprendre le point de vue de la famille de Rosalinde. Ce que je n'ai su faire, à l'époque. Mais maintenant si, je crois. Ce sont des Syriens, et ils ont gardé leurs anciennes coutumes.

Pour eux, le but essentiel du mariage est de renforcer les liens familiaux et commerciaux.

– Est-ce qu'elle t'aime toujours?

– Je n'en sais rien. » Ils étaient arrivés au Quartier. Il se gara dans un parking puis coupa le moteur. « Pour te dire la vérité, Natalie, je ne suis pas sûr que Rosalinde m'ait jamais aimé... ou que moi je l'aie vraiment aimée. Si même nous savions l'un et l'autre ce que ce mot signifiait.

– Vous étiez jeunes tous les deux...

– Pas plus jeunes que toi. Qu'importe, tout cela est fini.

– Et...? » Sur le trottoir, devant chez Pat O'Brien, la lueur des néons dorait ses cheveux. Il se souvint du plaisir qu'il avait eu à danser avec elle et regretta de ne pas être plutôt allé au Blue Room.

« Et quoi?

– Tu as trouvé quelqu'un pour la remplacer? »

Il pensa aux jeunes filles, toutes jolies, douces, aimables, qu'il avait emmenées danser, dîner, ou au cinéma; avec lesquelles il avait joué au tennis, s'était baigné, avait fait du bateau. Elles n'avaient pas de noms, ne signifiaient rien dans sa vie. « Non », dit-il, et il lui prit la main. « As-tu trouvé quelqu'un pour remplacer le lieutenant?

– Non », répondit-elle. Lorsqu'ils entrèrent dans la boîte de nuit, elle dit, presque trop bas pour que Skye pût l'entendre : « Mais j'ai appris quelque chose : que plus jamais je ne m'emballerais comme ça de nouveau. »

En fait, il l'entendit, mais ne s'attarda pas sur les mots. Ceux-ci, comme il l'apprenait chaque jour à l'école de droit, n'avaient que la signification qu'on voulait bien leur prêter. C'est à son ton qu'il s'attacha : un ton déterminé, nourri par la douleur et formé par le chagrin. Eh bien, pensa-t-il, moi non plus je n'ai pas envie de m'emballer comme ça.

« Où vas-tu? » demanda David en prenant le bras de Caro, lorsque, le lendemain matin, elle s'assit au bord du lit.

« Faire du café. » Elle se pencha et l'embrassa. « Tu n'en as pas envie?

– Seulement si tu me promets de revenir. » Il l'attira à lui.

« Je ne vais peut-être pas y aller.

– C'est une bien meilleure idée. » Ses bras se refermèrent sur elle et elle se laissa retomber dans ce monde qui n'existait que lorsqu'ils étaient ensemble. Un monde pas plus grand que leur lit, mais qui contenait, tant qu'ils y étaient, tout ce que l'un et l'autre avaient jamais désiré.

Plus tard, quand ils se levèrent pour aller à la cuisine faire du café et des œufs brouillés, Caro pensa avec regret que d'une certaine manière ce monde était beaucoup trop restreint, puisqu'il s'arrêtait à la porte de la chambre à coucher.

« On prend le petit déjeuner dans le patio? » demanda David en battant les œufs.

« Non, mangeons plutôt à l'intérieur », répondit Caro, les yeux fixés sur l'eau qu'elle versait dans la cafetière.

« Mais pourquoi?... Il fait un temps superbe, non?

– J'aimerais mieux pas, David.

– Attends... laisse-moi deviner. Tu ne veux pas que la voisine voie un homme sortir de ta maison si tôt le matin?

– Je sais que tu trouves ça stupide. Je suis désolée. Il n'y a pas de raison de la scandaliser...

– Je n'ai pas dit que je trouvais ça stupide. Allons, Caro, je ne prends pas plaisir à scandaliser les vieilles dames.

– Ce n'est pas ce que j'ai voulu dire.

– Nous n'allons pas nous disputer pour ça, n'est-ce pas? » dit-il en se penchant sur la cuisinière pour décrocher un plat.

« Certainement pas. » Elle lui embrassa l'oreille en laissant sa langue courir sur les replis. « Si tu veux manger dehors, d'accord. En fait, c'est probablement d'un petit scandale dans sa vie que ma chère vieille voisine a besoin.

– J'ai une bien meilleure idée. Prenons notre petit déjeuner au lit.

– Qu'est-ce que tu sous-entends par là? dit-elle d'un air malicieux. Oh, David, pourquoi faut-il que tu partes? J'ai envie de prendre le petit déjeuner au lit, le déjeuner au lit et le dîner au lit...

– Tu n'as qu'à venir avec moi. »

Pendant un moment, elle parut très occupée à mettre les assiettes et les couverts sur un grand plateau, à verser le café et à sortir les petits pains au lait du four. « Parfait. Allons parler de tout cela. » Elle prit le pot de café et il la suivit en portant le petit déjeuner. Ils s'assirent sur le lit, jambes croisées, le plateau entre eux. « Quand tu dis que je n'ai qu'à venir avec toi... qu'est-ce que tu entends par là?

– Caro, depuis que j'ai quitté la marine, je suis prêt à t'épouser. Tu le sais. C'est toi qui retardes les choses...

– Pour finir mes études. Pour te donner le temps de t'établir.

– Bon. Tout ça, c'est fait. Tu as terminé. Je suis établi. Alors viens et épouse-moi.

– Ou toi, épouse-moi et partons.

– C'est la même chose.

– Pas vraiment. » Elle posa sa tasse et le regarda. « Ce n'est pas la même chose. Et c'est là tout le problème.

– Je ne vois pas en quoi un changement dans la formulation...

– Mais l'important, c'est ce qu'il implique : c'est

une chose d'aller là-bas et de t'épouser. C'en est une autre que tu m'épouses et puis que nous partions là-bas. Je veux me marier ici, David; au sein de ma famille.

– Bien sûr. Je sais que ta famille voudra un mariage à grand tralala... Excuse-moi, je ne voulais pas dire cela comme ça, mais c'est ça qu'ils veulent, non? Et toi aussi, j'imagine. C'est bon, je peux supporter l'épreuve.

– Non. Nous ne pouvons pas nous marier à l'église. Et à moins que tu ne promettes d'élever nos enfants en catholiques... nous ne pourrons même pas nous marier devant un prêtre, David. »

Il se pencha et sortit deux cigarettes du paquet posé sur la table de nuit, les alluma et en tendit une à Caro. « J'avais espéré que cela ne comptait pas autant pour toi, Caro. Alors viens et épouse-moi. Nous pourrons faire cela dans l'autre sens. Laisser l'Eglise en dehors de ça.

– Si nous laissons l'Eglise en dehors de ça, ce n'est pas la peine que je me marie.

– L'Etat de Californie pense qu'il peut légitimer les unions.

– Ce n'est pas cela que je veux dire, David... et les enfants? »

Il fit des yeux le tour de la chambre. « Je ne vois pas d'enfants. Il se peut même que nous n'en ayons pas.

– Tu ne veux pas d'enfants?

– Si, je veux des enfants. Mais, Caro! je te veux, toi, plus encore. Je ne suis pas prêt à échanger le bonheur présent contre l'éventualité d'avoir des enfants.

– Pourquoi n'aurions-nous pas d'enfants? Je suis en bonne santé, toi aussi...

– Des tas de gens en bonne santé ne peuvent pas avoir d'enfants. » Il rit avec une amertume qu'elle ne lui avait pas connue depuis longtemps. « J'ai une idée. Adoptons des enfants. Des enfants déjà baptisés... ou déjà juifs. » Il la regarda en mimant l'expression de quelqu'un qui vient d'avoir une idée lumineuse. « Je sais... nous adopterons des enfants ayant survécu aux camps de la mort. Nous ferons d'une pierre deux coups, pour ainsi dire.

– David! » De choquée, elle devint inquiète. Le visage de David était crispé de douleur et elle repoussa le plateau pour le prendre dans ses bras, le bercer sur son sein. « Oh, chéri, je suis désolée. Nous y arriverons, David. Je t'assure. Ça ira bien, tu verras. Il doit bien y avoir une solution...

– Je l'espère. » Il leva la tête et la regarda. « Parce que si je te perdais, Caro, je perdrais la seule chose qui compte pour moi au monde.

– Tu ne me perdras pas, David.

– Alors, épouse-moi.

– Tu n'as pas envie que je t'épouse comme ça.

– Si, je le veux.

– Non, David. Tu ne vois pas? Si je renie une partie importante de moi-même... que je l'ignore comme si elle ne comptait plus... je laisserais cette partie de moi en dehors de notre mariage. Il y aurait un vide, David, un vide que tu ne pourrais pas combler.

– Alors c'est sans espoir, Caro. Je comprends ce que tu veux dire... ce serait comme si je devais abandonner une partie de mon héritage.

– Il doit bien y avoir une issue. Il faut seulement que je réfléchisse... »

Il lui prit la main et la serra contre sa poitrine; elle sentit sa chaleur, les poils frisant légèrement sur sa chair.

« Il y a quelque chose d'autre, David.

– Quelque chose d'autre?

– J'ai peur d'être absorbée. J'ai peur de laisser tout ce que j'ai fait depuis trois ans – mes amis, ma famille, ma maison – pour une vie qui est tellement tienne.

– San Francisco est l'une des villes les plus avancées de tout le pays sur le plan artistique. Tu pourras peindre tant que tu voudras. Bon Dieu! Caro, qu'est-ce qui pourrait t'absorber?

– Toi. Ton travail. Tes amis.

– Mes amis t'aiment, Caro.

– J'ai rencontré Phil et Sarah Jacobs. Et cet autre couple, dont j'ai oublié les noms.

– Tu leur as plu, répéta David avec entêtement.

– Et moi, je les ai trouvés sympathiques. Mais, David... ce n'est pas suffisant pour construire toute une vie...

– Bon Dieu! Caro, c'est moi que tu épouses, pas mes amis!

– Je suis la fille d'un médecin, David, tu t'en souviens? Je sais que l'épouse d'un médecin est souvent livrée à elle-même... et j'ai besoin d'être sûre, David. J'ai besoin d'être sûre que ce temps, je l'utiliserai pour que Caro continue. Que je ne la perde pas. »

Il s'appuya sur l'oreiller et la regarda. « Je vois que tu as beaucoup retourné tout cela dans ta tête.

– Bien sûr. Pas toi?

– Pas autant, apparemment. Je suppose que j'espérais... » Il fronça les sourcils. « C'était un espoir peu réaliste. Je m'en aperçois maintenant.

– Tu espérais que, une fois mes études terminées, je mettrais de côté certaines de mes idées.

– Quelque chose comme ça.

– David, as-tu jamais réfléchi... que si tu m'aimes, c'est peut-être en partie à cause de ces mêmes idées dont tu voudrais que je me débarrasse? »

Elle vit une lueur briller dans ses yeux, un

sourire détendre son visage. Il ouvrit les bras et elle s'y précipita. « Bon sang, dit-il en l'embrassant. Tu as raison, tu sais. Mais écoute... penses-tu pouvoir utiliser un peu de ce fameux vaudou de La Nouvelle-Orléans pour nous tirer de là ? Parce que, je te le dis, Caro Hamilton... d'une manière ou d'une autre, il faut que tu viennes à San Francisco. Je te veux. Je ne peux plus vivre sans toi.

– Moi non plus, je ne peux plus vivre sans toi, David », murmura-t-elle. Et elle l'embrassa, comme pour sceller leurs âmes.

17

Janvier 1949

« Quelle belle maison ! » s'exclama Natalie lorsque Skye tourna dans l'allée qui menait à la ferme. Au bout, le bâtiment déployait sa véranda, dépouillée de la vigne qui l'ombrageait en été. Ses volets encadraient gaiement des vitres étincelantes et de la fumée s'élevait d'une énorme cheminée, au centre du toit en pente. « Tu m'avais dit que tu vivais dans une ferme !

– Eh bien, c'en est une. Tu ne croyais pas tout de même pas que j'habitais une cabane en bois ?

– Bien sûr que non ! Je suppose que je n'y avais pas réfléchi.

– Mais si tu avais vu une maison bâtie sur un appontement dont le marais venait lécher les pieds, tu n'aurais pas été étonnée », dit-il d'un air taquin. Il s'arrêta sur l'aire de stationnement en béton et fit le tour de la voiture pour l'aider à descendre. « En tout cas, les Langlinais ont beau se montrer citadins et raffinés, la première fois qu'un étranger vient ici, il s'attend à voir confirmé tout ce qu'on raconte sur la Louisiane. Je n'oublierai jamais la colère d'Emilie, le jour où j'ai amené ici une camarade d'université qui croyait que tout le monde allait parler un patois incompréhensible et que les femmes porteraient des robes taillées dans de la toile à sac.

– Et pourquoi cela, à ton avis? » demanda Natalie. Elle s'arrêta et regarda la maison des Langlinais, enveloppée par la paix de cet après-midi de janvier. « Pourquoi est-ce que nous nous cramponnons à des idées fausses sur les gens, même si nous avons les preuves du contraire?

– Tu veux dire, pourquoi est-ce que nous ne tenons pas compte de ce que nous dit notre instinct? La mémoire primitive? Je ne sais pas. Même au camp, j'ai eu du mal à remettre en cause ce que je croyais savoir sur les Allemands à la lumière du comportement des gardes. Tu vois ce que je veux dire, des images venues du *Prince étudiant*?

– Oui, je vois. » Natalie prit la main de Skye et la serra. Cet élan de sympathie le toucha : elle était la seule personne de sa connaissance maintenant à comprendre les allusions qu'il faisait à sa vie pendant la guerre. Et s'il n'aimait guère s'appesantir sur cette époque, il était conscient du fait que ce passé commun tenait une part importante dans l'attirance qu'il éprouvait pour elle.

Caroline sortit sur le porche, suivie par André.

« Skye! C'est moi qui ai fourni les sarcelles qu'il y a dans le gambo que nous allons manger! cria-t-il. Papa en a eu quelques-unes mais j'en ai tué autant que lui.

– Ce matin, c'était la première fois qu'André chassait », expliqua Caroline à Natalie. Elle prit affectueusement son fils par les épaules. « Son père dit qu'il un chasseur-né, comme tous les Langlinais.

– Mon vieux, il faut que tu me racontes ça. Je crois qu'il va falloir que je veille sur mes lauriers.

– Natalie, je vais vous montrer votre chambre.

André, tu veux bien porter le sac de Mlle Watkins ? »

Lorsqu'elle redescendit, Beau et Skye étaient dans la cuisine en train d'ouvrir des huîtres. Elle les regarda disposer les moitiés de coquille contenant les fruits de mer sur un lit de glace.

« A la maison aussi, nous chassons et nous pêchons, dit-elle, perchée sur un tabouret à côté de Skye. Il a fallu que j'aille à l'université pour m'apercevoir que très peu de gens pouvaient aller se promener et ramener de quoi souper.

– Vous vivez à la campagne ? demanda Caroline.

– Dans une plantation, aux environs de Charlottesville. J'ai grandi entourée d'une bande de frères... je crois que j'avais dix ans passés lorsque j'ai compris que j'étais une fille.

– Maintenant, personne ne pourrait s'y tromper », fit remarquer Beau en souriant.

Natalie se sentit brusquement chez elle, comme si elle avait toujours passé ses vendredis soir à la ferme, avec cette famille. Aussi à table, lorsque Skye lui passa un bol de gambo fumant, elle le regarda et lâcha, à l'étourdie : « Mais je croyais que vous étiez catholiques ?

– Bien sûr que nous sommes catholiques. Pourquoi ?

– Il y a de la viande dedans, et on est vendredi », répondit-elle en rougissant. Le silence se fit général et elle sentit que Beau, Caroline et André la regardaient.

« Ce n'est pas de la viande, c'est de la sarcelle, dit Skye.

– Je ne comprends pas...

– C'est comme ça, expliqua Beau. La plupart des canards sauvages, oui, nous disons que c'est de la viande et nous n'en mangeons pas le vendredi. Mais la sarcelle ? » Il haussa les épaules. Natalie commençait à savoir que ce geste, chez les Langlinais, signifiait qu'une règle observée par le reste du monde ne convenait pas aux Cajuns. « La sarcelle mange la même chose que les poissons. Des plantes d'eau. Du menu fretin. Des choses comme ça. Alors, un animal qui se nourrit comme les poissons, ce n'est pas de la viande ! »

Natalie se joignit à l'éclat de rire qui accueillit ces paroles de Beau, mais elle resta perplexe. Même lorsque Caroline lui eut dit que le père Richard, le curé de Saint-Martin-de-Tours, était en train de se régaler de cette même soupe que Caroline lui avait envoyée l'après-midi, elle conserva un doute. Les règles suivies par les autres, ces gens-là les respectaient ou non, selon leur bon plaisir.

« Vous savez vraiment vivre, ici », dit-elle à Skye le samedi matin, tandis qu'il l'emmenait en ville rendre visite à ses grands-parents. Claude et Alice l'accueillirent à bras ouverts; ils bavardèrent pendant toute la matinée en buvant de minuscules tasses de café noir. Comme elle présentait des tartelettes aux mûres qui sortaient du four, faites avec des baies cueillies et mises en bocaux durant l'été, Alice dit sur un ton d'excuse : « Ma pâtisserie n'est pas excellente. Je pétris toujours trop la pâte.

– Ma mère disait la même chose à Alice, chaque fois qu'elle mangeait l'un de ses gâteaux, fit remarquer Claude en tapotant la main de sa femme. Maintenant qu'elle n'est plus de ce monde, Alice a repris cela à son compte – juste pour garder le contact, vous comprenez ? »

Natalie sentit la présence des vies passées qui imprégnait la pièce, ainsi que toutes les autres de la ferme. Tous les coins et recoins du domaine des

Langlinais semblaient habités par cette fidélité et cet amour qui régnaient dans la famille. « Je me sens bien ici », dit-elle tandis qu'ils se rendaient à New Iberia pour déjeuner. « C'est totalement différent de la Virginie – pourtant, en même temps, c'est la même chose.

– Je suis content que tu dises ça. » Sur la route de Saint-Martinville elle se rapprocha un peu de lui, et lorsqu'il lui prit la main elle ne la retira pas. Elle monta faire la sieste et pensa à Skye jusqu'à ce qu'elle tombe endormie.

Ils avaient commencé à sortir régulièrement ensemble après le vernissage de Caro, en octobre. Tout d'abord ils s'étaient surtout vus le samedi; Skye manquait de temps et Natalie était astreinte, au journal, à un horaire irrégulier. Bien que Skye continuât à l'appeler un peu à l'avance pour retenir son samedi, il avait pris l'habitude de lui téléphoner lorsqu'il était content de la manière dont il avait travaillé et pouvait prendre une heure ou deux de détente.

« Tu es une fille drôlement chouette », lui dit-il à plusieurs reprises. « La plupart des autres refusent de sortir au dernier moment – elles préfèrent rester à la maison plutôt que de reconnaître qu'elles sont libres, de peur qu'on ne pense qu'elles n'ont pas de succès auprès des garçons.

– Je ne suis pas du genre à agir contre mon propre intérêt par vanité. Et puis, tout cela est assez stupide, non? »

Il acquiesça, mais elle n'était pas sûre qu'il eût compris ce qu'elle voulait dire : jouer à faire croire qu'on était tout le temps invitée par des garçons était stupide. Peut-être pensait-il que leur relation n'était pas assez importante à ses yeux pour qu'elle se donne la peine de jouer? Ils gardaient entre eux une certaine distance, sans s'être concertés. Pour se donner le temps de réfléchir. Avant de franchir le pas, lorsqu'ils seraient prêts à courir ce risque.

Pour Natalie, cette distance commençait à ressembler à une barrière. Elle aimait beaucoup Skye qui était, de tous les hommes qu'elle connaissait, celui dont elle préférait la compagnie. Pourtant elle se souvenait de ses sentiments pour Steve, son ex-fiancé, qu'elle ne pouvait pas regarder sans se sentir fondre littéralement, et dont le son de la voix, même au téléphone, la bouleversait totalement. Skye ne lui faisait pas cet effet-là. Et apparemment, elle ne lui faisait pas non plus cet effet. Au moment où elle sombra dans le sommeil, elle se posa une dernière question : avait-elle envie que cela change?

Comme un obus éjecté d'un mortier, le coq noir jaillit en l'air, les ergots brillants. Le coq rouge sauta une seconde plus tard, les serres en avant, l'œil fixé sur son ennemi. Ils se rencontrèrent à mi-course pour un rapide échange de coups et des plumes volèrent. Chacun retomba en arrière sur le sol poussiéreux de l'arène, sans avoir perdu une goutte de sang. Leurs propriétaires les reprirent et les calmèrent. Autour de Skye et de Natalie, la foule se détendit, alluma des cigarettes et déboucha des canettes de bière.

« Dieu du ciel, Skye! » dit-elle en s'appuyant contre le bord rugueux du banc derrière elle. « C'est... c'est terrible et beau en même temps. Je n'ai jamais rien vu de semblable.

– Tu ne regrettes pas d'être venue?

– Pas encore. Cela donnerait matière à un merveilleux article couleur locale...

– Il vaudrait mieux ne pas trop spécifier l'endroit, si tu veux vraiment écrire là-dessus. C'est tout à fait illégal. Il est interdit de transporter ces oiseaux d'un Etat à un autre, interdit de les dresser à se battre, interdit d'organiser un combat... et bien sûr, interdit de faire des paris dessus.

– Mais c'est pourtant l'essentiel, n'est-ce pas? De parier sur celui qui survivra?

– C'est exact. » Skye montra les coqs perchés maintenant de chaque côté de l'arène. « A la fin, l'un des deux mourra... et son propriétaire perdra pas mal d'argent. »

Natalie se retourna vers la fosse et regarda les deux coqs qui tournaient l'un autour de l'autre, attendant le premier geste agressif de l'adversaire. Ils sautèrent en même temps. Au sommet de leur courbe, les ergots firent mouche. Le noir cria et retomba maladroitement tandis que le rouge déployait ses ailes et fonçait de nouveau sur son adversaire. Son entraîneur le saisit à temps et le retint pendant que celui du coq blessé l'examinait, cherchant avec douceur le sang sous les plumes noires.

« Que va-t-il se passer, maintenant? » demanda-t-elle. La foule avait commencé à rugir, une cacophonie de huées et de quolibets auxquels se mêlaient des cris d'encouragement et des vivats.

« Le rouge est blessé, lui aussi. Tu vois? En haut de son jabot. »

Comme un collier écarlate, un cercle de sang luisait sous la lumière crue qui éclairait la blessure.

« On ne peut pas arrêter? s'écria-t-elle. S'ils sont blessés tous les deux...

– Non. Mais il n'y en a plus pour longtemps. »

Les deux coqs jaillirent des mains de leurs propriétaires, les ailes étendues comme des dais noir et rouge, et se portèrent une série de coups cruels. Leurs ergots et leurs becs jaunes dessinaient des signes de mort dans l'air plein de poussière. Le coq rouge se dégagea soudain, resta immobile un instant, puis ses ailes se replièrent comme un éventail et il tomba. Du sang jaillit de sa poitrine et ses plumes rouge et or dessinèrent des traînées dans la boue. Le noir battit des ailes et chanta victoire, par-dessus les hurlements de la foule, qui résonnaient dans le petit bâtiment. Natalie vit des hommes fouiller dans leurs poches et jeter de l'argent dans des paumes tendues. Elle regarda dans l'arène. Le propriétaire du coq vaincu l'en sortait avec précaution, comme s'il eût été encore vivant, pendant que le vainqueur se rengorgeait, ayant oublié sa blessure, les ergots rouges du sang de son adversaire.

« Veux-tu que nous partions, maintenant? demanda tranquillement Skye.

– Cela ne t'ennuie pas?

– Pas du tout. » Ils gagnèrent le bout de la rangée et descendirent les marches de bois qui menaient au-dehors. Natalie s'aperçut qu'elle retenait sa respiration; l'atmosphère semblait imprégnée de sang, et lorsqu'ils furent dehors, elle resta un moment sur le seuil à respirer profondément l'air pur et froid.

« Plus terrible que beau, finalement, hein? dit Skye.

– Oui. » Elle lui prit le bras et se laissa guider sur le sol inégal jusqu'à la voiture. « Je suppose que je ne suis pas aussi coriace que je le croyais.

– Tu vas tout de même écrire un article.

– Je ne crois pas... Je... Je pense que je manque du détachement nécessaire.

– Les combats de coqs provoquent des réactions différentes suivant les personnes. Je n'en suis pas féru mais on s'attend à ce que nous venions de temps à autre. » Il l'aida à monter en voiture. « Tu vas préférer le *fais dodo* auquel nous allons assister maintenant. Là aussi, on s'attend à ce que nous venions... mais c'est un plaisir que d'y participer. »

Elle n'avait pas besoin de demander la signification de ce « nous », ni pourquoi on s'attendait qu'ils viennent. Depuis sa première rencontre avec le père de Skye, elle avait fouillé dans les archives du journal pour se renseigner sur sa carrière et elle éprouvait maintenant pour lui un mélange de respect et d'affection. Beau Langlinais était une figure presque héroïque, car il défendait avec acharnement ce en quoi il croyait et s'opposait avec le même courage à ce qu'il estimait mauvais. Il mettait souvent son honneur en jeu, et c'était pour cela qu'il gagnait. Skye lui avait raconté l'histoire des amours de son père et de sa belle-mère, et la fascination que cette famille exerçait sur elle s'était encore accrue. Mais quelque chose la tracassait. Elle ne pouvait s'empêcher de voir en Skye l'héritier du nom et de la position de sa famille, l'héritier d'un statut social, d'une fortune et d'un certain pouvoir. Pourtant, quand elle se regardait dans un miroir, elle n'y voyait pas une princesse de conte de fées, une jeune fille élevée pour vivre dans un château pendant que son prince affrontait les dangers. Elle voyait une jeune femme ordinaire, ni belle ni laide, qui essayait de se faire une place dans un monde où les femmes étaient tenues à l'écart de la scène politique. Plus elle découvrait la place énorme qu'y avait tenue et qu'y tenait encore la famille Langlinais, plus elle se disait qu'elle n'aurait à jouer dans la vie de Skye que le rôle d'une compagne agréable.

Elle pensa à la Virginie, aux maisons paisibles le long des rives de la James, à la sérénité de ceux qui y vivaient. A la courtoisie qui régnait à l'université. A la fierté de cet Etat qui avait fourni tant d'hommes au gouvernement de la nation. Elle se souvint de la manière dont elle avait été élevée, au milieu de ses frères. Avec eux elle avait fait du cheval et chassé; elle avait partagé leurs jeux aventureux dans les collines boisées entourant leurs terres. Elle avait grandi dans une atmosphère de rude simplicité, dans le cadre d'une maisonnée où sa mère et elle pouvaient s'exprimer en toute franchise et où aucun sujet n'était considéré comme devant être écarté en présence des dames.

Le père de Natalie enseignait l'économie à l'Université de Virginie, tandis que sa mère dirigeait la plantation, et elle avait toujours vu le premier partir en voiture le matin tandis que la seconde allait surveiller les ouvriers agricoles. Toujours connu une maison pleine de chiens de chasse, de conversations passionnantes, une vie libre en compagnie d'hommes. En réfléchissant à tout cela, Natalie prit conscience avec étonnement du fait que, en dehors de son service dans les WAAF (1), elle n'avait jamais vraiment vécu avec des femmes. Tous les jours elle faisait le trajet avec son père et en profitait pour bavarder avec lui, de tous les sujets imaginables. De tout ce dont parlent les hommes, pensa-t-elle ironiquement. Ce n'était pas pour elle, les longues discussions sur la dernière mode parisienne; ni les après-midi passés à échanger des confidences avec d'autres filles, en buvant du Coca-Cola et en fumant.

Mais je n'aurais pas souhaité être élevée autrement, pensa-t-elle; je suis peut-être un garçon manqué, mais ça me plaît. Son honnêteté foncière l'obligea à approfondir cette affirmation. Parce que c'était cela, l'autre chose qui la tracassait : dans la famille de Skye, toutes les femmes, de Caroline à ses sœurs, étaient tellement féminines. Pas seulement parce qu'elles étaient jolies – plus que jolies,

(1) *WAAF* : Women Auxiliary Air Force (Auxiliaires féminines de l'armée de l'air). (*N.d.T.*)

belles –, pas seulement parce qu'elles s'habillaient avec élégance, mais à cause de tout leur comportement; leur façon de se mouvoir, les petits gestes qui leur prêtaient un charme ineffable. Et, comme disait James Barrie(1), lorsqu'une femme a du charme, elle n'a besoin de rien d'autre. Mais si elle n'en a pas... Natalie se dit qu'elle ne possédait pas ce charme-là.

« A quoi penses-tu? demanda Skye en souriant et en lui tendant une cigarette.

– Excuse-moi. » Elle lui rendit son sourire et tira quelques profondes bouffées. Skye alluma la radio. Tout d'abord elle n'y comprit rien, puis s'aperçut que le présentateur parlait français. Il se tut et une musique étrange, discordante, au rythme fort et régulier, s'éleva.

« C'est ce que nous appelons le *zydeco.* Un mélange de traditions musicales françaises et africaines, un peu espagnoles et même germaniques. »

Il gara la voiture sur un parking qui entourait un long bâtiment en bois nanti d'une petite enseigne au néon bleu au-dessus de la porte. « C'est probablement le meilleur *fais dodo* de tout le coin, dit Skye. Je pense que cet élément de la culture cajun va mieux te plaire que les combats de coqs.

– *Fais dodo,* qu'est-ce que ça veut dire? » demanda Natalie. Elle aperçut, entre les voitures garées là, quelques bogheis, dont les chevaux attendaient patiemment entre les brancards.

« Littéralement, cela veut dire " dors ". Les gens amènent leurs bébés et les installent tout autour de la salle pour qu'ils dorment. » Il lui caressa la main. « Maintenant, viens avec moi. »

Lorsqu'ils entrèrent, le bruit l'étonna : un groupe de musiciens se déchaînait à l'extrémité de

(1) Ecrivain écossais, auteur du célèbre *Peter Pan.* (*N.d.T.*)

la pièce, des gens battaient des mains, les talons des danseurs frappaient le sol en cadence, un bébé pleurait. Sans parler du bourdonnement des conversations.

« Mon Dieu! », dit-elle en se remémorant les danses posées de ses soirées d'étudiante.

Brusquement des hommes et des femmes les entourèrent en souriant timidement. Skye fit le tour du cercle, leur serra la main en les appelant par leurs noms.

« Quand est-ce que vous aurez fini vos études? demanda une femme.

– J'ai encore une année après celle-ci, madame Hébert.

– Je ne sais pas comment vous pouvez supporter ça si longtemps! » dit-elle en mettant la main devant sa bouche et en riant.

Skye rit aussi et donna une grande claque dans le dos d'un homme qui se trouvait près de lui. « Je ne pourrais pas le supporter si je ne revenais pas de temps en temps à la maison pour manger de la vraie nourriture et danser de vraies danses.

– Regardez Althea », dit Mme Hébert en montrant une jeune fille aux yeux et aux cheveux noirs, qui se tenait un peu en dehors du cercle. « Vous voyez comme elle a grandi. Quand vous êtes entré, elle a dit : " Maman, je vais demander à Skye de danser avec moi. Qu'est-ce que t'en penses? Il voudra bien, dis? " » Mme Hébert mit les mains sur ses hanches et regarda sa fille. « Alors, Althea. Skye est ici. Tu lui demandes, oui ou non?

– Pas besoin », dit Skye. Il se fraya un chemin dans la foule jusqu'à la jeune fille. « Althea, tu veux bien danser avec moi? »

Natalie resta avec les autres à regarder le couple au centre de la piste. Lorsque la musique commença, un changement parut se produire en Skye, et elle vit presque tomber les manières désinvoltes qu'il arborait à Baton Rouge et à La Nouvelle-Orléans : son corps sembla se ramasser sur lui-même puis se détendre, comme sur des ressorts. Il prit Althea dans ses bras et se mit à danser. C'était un pas de deux rapide, assez simple, mais il y avait des variations, des sautillements, des petits bonds, des plongeons, des mouvements des bras et de la tête qui rendaient la danse plus complexe. Et quelque chose d'autre – l'intensité avec laquelle les partenaires se regardaient, leurs yeux ne s'écartant jamais du visage de l'autre. Une communication s'établissait entre leurs corps, même quand ils étaient à trente centimètres l'un de l'autre. Les gens autour d'elle chantaient avec les musiciens, et elle tendit l'oreille pour comprendre les paroles. « *Jolie blonde, jolie fille, chère petite chérie, mon cher cœur, tu m'as délaissé, tu es partie avec quelqu'un, en Louisiane; tu m'as laissé dans ma douleur.* » Elle fit le tour de la salle des yeux. Les murs en bois manquaient de fini et les poutres qui soutenaient le toit étaient nues. Il n'y avait pas de nappes sur les tables, les chaises étaient en jonc tressé. C'était un lieu rustique, primitif. Et pourtant... en dépit de cette nudité, des jeans et des vestes kaki des hommes, des robes simples des femmes, il régnait là une ambiance qui l'attirait et, en même temps, lui faisait sentir combien ce monde était différent du sien. Les femmes, quel que fût leur âge, se déplaçaient avec une espèce de grâce faite de franchise et de douceur. Elle savait qu'elle-même était à son avantage; le vert soutenu de sa robe de jersey de laine faisait ressortir la couleur de ses yeux et de sa chevelure. Les regards masculins, admiratifs, confirmaient qu'elle n'avait aucune raison de se sentir moins attirante que les autres femmes présentes.

Elle regardait Skye faire virevolter sa partenaire. Althea était souple et ses yeux ne quittaient pas le visage de son partenaire. A voir la manière dont elle le regardait, dont son corps semblait pencher vers le sien, Natalie comprit en quoi ces femmes étaient différentes d'elle. Elles voulaient plaire aux hommes et cherchaient à attirer leur admiration par chacun de leurs gestes et de leurs regards – mais pas d'une manière qui pût les abaisser. Simplement comme si elles trouvaient en eux quelque chose d'unique et faisaient tout pour l'obtenir.

Skye aussi avait l'air différent, tandis qu'il dansait en face d'Althea : les muscles de ses épaules jouaient sous sa chemise et ses longues jambes maigres semblaient dures et fortes lorsqu'il se penchait en arrière, en faisant porter son poids sur ses cuisses. Elle ne l'avait jamais vu ainsi; il était plus vivant, plus séduisant, plus irrésistible que le garçon qu'elle avait rencontré en Angleterre et retrouvé à Baton Rouge. Et bon sang, pensa-t-elle, tandis que l'accordéon lançait un dernier accord et que Skye s'inclinait devant Althea pour la remercier, c'est son peuple, son territoire qui le rendent comme ça. Et c'est bien là le problème : où est ma place, là-dedans?

Caro se mit à la fenêtre et regarda dans la cour. Elle ne voulait pas voir l'homme qui, derrière elle, sortait une à une ses œuvres et les posait sur le chevalet. De temps à autre, il émettait de petits bruits, mais elle n'aurait su dire s'ils étaient approbateurs ou non. Elle avait beau se répéter que son opinion ne comptait pas tant que cela, elle savait bien qu'elle lui importait en fait.

« Louis Koenberg est propriétaire de la plus grande galerie de San Francisco, lui avait dit David lors de leur conversation dominicale. Il va à La Nouvelle-Orléans la semaine prochaine et passera chez Charles Dupuy pour chercher de nouveaux artistes. Je lui ai montré ton tableau – celui que j'ai acheté l'automne dernier. Il n'a pas dit grand-chose, Caro. Seulement que c'était très prometteur.

– David... J'ai entendu parler de lui. C'est l'un des plus grands marchands de tableaux. Il ne va pas perdre son temps avec moi.

– Le laisseras-tu décider de cela lui-même?

– Bien sûr.

– Ecoute... si Mahomet ne va pas à la montagne, la montagne ira à Mahomet. Et Mahomet viendra peut-être ici. »

Elle avait raccroché, bouleversée. L'idée de montrer son travail à un expert réputé lui donnait le vertige mais le premier problème serait vite résolu. Koenberg viendrait, regarderait ses œuvres et elles lui plairaient ou non. C'était le second qui la faisait marcher de long en large, incapable de se concentrer sur le livre qu'elle était en train de lire avant l'appel de David. Même si Koenberg n'aimait pas ce qu'elle faisait, David continuerait à insister pour qu'elle vienne à San Francisco. Les jours qu'ils passaient ensemble, leurs lettres et leurs conversations téléphoniques tournaient autour d'un seul thème depuis octobre : puisque ni l'un ni l'autre ne voulait abandonner sa religion, elle déménagerait, s'installerait dans un atelier, et ils laisseraient les choses évoluer toutes seules.

Ce programme paraissait assez raisonnable. Elle pouvait travailler partout, David non. De plus, l'école des beaux-arts de Californie, installée à San Francisco, était en passe de devenir sous la direction de Douglas MacAgy, le centre de la peinture abstraite. Bien que le travail de Caro fût d'un tout autre style, c'était intéressant pour elle d'habiter une cité où se développaient de nouvelles tendances.

Son indécision tenait à deux raisons. Tout

d'abord, si elle quittait La Nouvelle-Orléans, elle abandonnerait du même coup sa très bonne relation avec Charles Dupuy et, sans galerie, elle aurait du mal à s'imposer dans le monde artistique de San Francisco. En second lieu, elle avait le pressentiment, presque la conviction, qu'une fois là-bas, loin de toutes ses racines, elle céderait peu à peu à David et l'épouserait civilement.

Mais si Louis Koenberg aimait sa peinture, il pouvait très bien lui proposer de l'exposer. Ce serait une raison d'aller là-bas et résoudrait l'un des deux problèmes. Une partie d'elle-même souhaitait par-dessus tout voir David tous les jours, partager sa vie. C'était la chose la plus merveilleuse et la plus effrayante du monde. Effrayante parce qu'elle avait peur de lui céder, si loin de sa famille, de ses amis. Elle ne craignait pas que David essaie de l'obliger à l'épouser en dehors de l'Eglise, c'était d'elle qu'elle se défiait.

Ce manque de confiance en elle remontait à ce terrible dimanche où elle avait tué un homme, chez Walter – pas blessé, mais tué. Père et Walter avaient dit et redit qu'elle n'avait pas tiré dans ce but, mais ils avaient eu beau lui répéter que son geste avait été instinctif, qu'elle avait voulu protéger Walter et Henri, dans son cœur elle se disait qu'elle aurait pu viser le bras ou la jambe de cet homme – l'arrêter par une simple blessure.

Aussi n'était-elle pas sûre de pouvoir faire confiance à ses instincts. Si elle partait pour San Francisco, elle devrait faire très attention.

« Eh bien, ma chère, dit Koenberg en la rejoignant près de la fenêtre, je vois pourquoi le docteur Selbin m'a suggéré de venir voir vos œuvres. C'est très bon ce que vous faites. Vraiment très bon. »

Elle pivota sur ses talons; elle n'avait vu en lui qu'un petit homme distingué, habillé de gris. Elle remarquait maintenant l'acuité de son regard, l'intelligence de son visage, la vitalité de ses longs doigts souples. « Je vous... remercie.

– Vous me remercierez lorsque je vous aurai rendue riche et célèbre. Je veux m'occuper de vos œuvres. Nous déjeunons ensemble et nous discutons de notre transaction?

– Transaction? » Caro regarda fiévreusement ses peintures, rangées contre le mur. L'une des huiles était restée sur le chevalet; elle représentait le cimetière de Beau-Chêne. Koenberg prit Caro par le bras et la ramena devant elle.

« Cette toile est fascinante pour plusieurs raisons. La force de la composition, la réduction des couleurs au noir et au blanc, avec juste une très légère touche de vert – la lumière, qui est presque une absence de lumière –, déjà, cela donne beaucoup à penser. Mais elle est aussi fascinante à cause de ceci. » Il montra les couronnes de roses qui décoraient les deux tombes, au premier plan. « Je n'ai jamais rien vu de tel, sauf peut-être au Mexique, où il y a beaucoup d'objets folkloriques associés au jour des Morts. Est-ce quelque chose de similaire? Ou les avez-vous inventées?

– Oh! non, elles sont bien réelles. Les femmes des environs de Saint-Martinville – où se trouve Beau-Chêne, la propriété familiale – les fabriquent et les vendent le jour de la Toussaint.

– Mais de quoi sont-elles faites?

– D'une forme en fil de laiton. Les fleurs sont en papier crépon. On trempe la couronne dans la cire. Je n'en ai jamais vu au cimetière familial de Beau-Chêne, mais je voulais exprimer, grâce à elles, une idée... » Elle se tut. Ou bien Koenberg voyait ce qu'elle voulait dire, ou il ne comprendrait jamais.

« Tout à fait exact, dit-il en hochant la tête. Et c'est cette juxtaposition de cultures qui rend le monde de votre peinture si passionnant. Vous êtes un bon peintre, votre talent est incontestable, ainsi que vos connaissances techniques. Mais où vous dépassez beaucoup d'autres, c'est dans la quantité de matériaux que vous avez rassemblée. » Il désigna du geste les peintures posées le long du mur. « Votre sensibilité ressuscite une culture disparue. » Il fit un clin d'œil à Caro et rit. « Vous voyez, je suis déjà en train de rédiger le texte pour le catalogue de votre première exposition. Allons-y, je suis prêt à déjeuner.

– Ma première exposition ! Vous allez vraiment m'exposer ?

– Vous n'êtes pas liée à Dupuy ?

– Non, je n'ai pas signé de contrat avec lui. Je présente seulement des œuvres chez lui et il prend une commission sur celles que je vends. Vous prévoyez déjà... une date ?

– Voyons. Nous sommes en janvier. Oh, je pense que nous pourrons faire votre vernissage le deuxième week-end de mai. »

Elle s'aperçut qu'elle avait retenu sa respiration. « Alors, cela me laisse du temps.

– Oui, vous avez quelques mois devant vous. Ce ne sera pas trop pour prendre contact avec les gens que vous devez rencontrer et pour peindre assez afin de remplir ma plus grande salle. J'espère que vous pourrez vous installer rapidement – nous avons beaucoup de travail à faire tous les deux.

– Mais cela veut dire qu'il faut que je parte tout de suite...

– Si vous voulez exposer chez moi avant que je ferme ma galerie pour l'été, oui.

– Je ne suis pas sûre de pouvoir m'en aller si vite... » Je ne suis pas sûre de pouvoir prendre cette décision, pensa-t-elle. Elle suivit Koenberg hors de la galerie et attendit, sur le trottoir, à côté de lui. Il la regarda avec une expression indéchiffrable, puis lui offrit le bras et l'emmena vers un bar où l'on dégustait des huîtres, au coin de la rue.

« Mademoiselle Hamilton, est-ce que je me suis trompé en regardant vos œuvres ? » Il n'attendait pas d'elle une réponse mais gardait les yeux fixés sur son visage. « Parce que j'y ai vu le travail d'un peintre totalement consacré à son art.

– Oui. C'est ce que je suis.

– Alors, je vous prie de m'expliquer pourquoi vous vous comportez comme une gamine timide qu'un jeune homme vient d'inviter au bal. Je ne suis pas un prétendant, mademoiselle. Je ne flirte pas avec vous. Je suis un homme d'affaires qui essaie d'effectuer une transaction commerciale. Si vous n'êtes pas prête à discuter de ce genre de question, nous allons déjeuner ensemble amicalement, puis nous nous disons adieu. »

Comment avait-elle pu penser que Louis Koenberg n'était qu'un homme rondelet et doux ? Il avait une forte personnalité et semblait occuper tout l'espace autour d'elle. Relevant le menton, elle le regarda dans les yeux. « Je suis un peintre et je fais passer mon art avant tout. Je vous prie de m'excuser. J'ai été... eh bien, tellement surprise. Je suis très heureuse que mes peintures vous plaisent. Et si vous voulez vraiment m'exposer, je suis prête à commencer mes valises dès cet après-midi. »

Il lui prit les deux mains et rit. « Bon. Maintenant, vous commencez à ressembler à cette Caro Hamilton dont m'avait parlé le docteur Selbin. »

Brusquement, la situation lui apparut dans toute son ampleur. Le célèbre Louis Koenberg, propriétaire de l'une des plus prestigieuses galeries de tout le pays, aimait ce qu'elle faisait. Il allait l'exposer chez lui. Et il était aussi content de l'avoir, qu'elle de travailler avec lui. Elle se mit à marcher plus vite; elle brûlait d'arriver au restaurant et de trouver un téléphone. Il était onze heures à San Francisco, David serait encore à son cabinet. Elle se répéta ce qu'elle allait lui dire. Il suffisait de peu de mots : « J'arrive, David. Viens me chercher à l'aéroport. »

Les trois semaines suivantes ressemblèrent à un seul jour interminable entrecoupé de quelques périodes de sommeil. Caro n'eut pas besoin de fermer la maison de Calliope Street; Raoul, qui pratiquait maintenant la pédiatrie, fut très heureux de pouvoir s'y installer et Henri, qui faisait ses études à l'Université de Chicago, s'y réserva une chambre pour ses séjours à La Nouvelle-Orléans. Elle rangea les affaires qu'elle ne voulait pas emporter dans des caisses bien étiquetées, avec l'impression qu'elle scellait toute une période de sa vie et la mettait de côté dans le grand placard au fond du vestibule. Caroline insista pour organiser une petite fête d'adieux à Beau-Chêne, afin que tout le monde puisse voir Caro partir. Il y eut aussi des déjeuners avec des amis, à La Nouvelle-Orléans, une journée trop vite passée avec Skye à Baton Rouge, un week-end chez Emilie et Fielding à Saint-Francisville. Lorsque Caro s'installa dans l'avion elle se sentit épuisée. Elle regarda La Nouvelle-Orléans disparaître au loin, tandis que l'appareil prenait son essor dans le ciel hivernal.

Elle s'assoupit et n'émergea de son demi-sommeil que pour prendre le plateau que lui tendait le steward. Quelques minutes plus tard, elle entendit le pilote annoncer que l'on approchait de San Francisco. Elle sortit son maquillage, mit de la poudre sur les cernes qui entouraient ses yeux et une nouvelle couche de rouge sur ses lèvres. Et tandis qu'elle se tenait debout dans l'allée, attendant de quitter l'avion, elle comprit enfin qu'elle n'allait pas reprendre ce vol pour retourner à La Nouvelle-Orléans dans un jour ou deux. Elle était obligée de rester ici – du moins pour les mois à venir. Peut-être pour toute la vie.

Elle se hâta d'avancer et refoula ses doutes. Sur les marches, elle respira l'air vif et chercha David parmi ceux qui attendaient, laissant l'amour qu'elle éprouvait pour lui la submerger. Alors elle le vit qui se frayait un chemin vers la porte, contre la chaîne retenant la foule. Elle se mit à courir, dépassant comme une flèche les passagers qui étaient devant elle – puis elle se retrouva dans ses bras, s'accrocha à lui, sentit ses lèvres sur les siennes. Et, tandis qu'il l'embrassait encore et encore, elle l'entendit chuchoter : « Bienvenue à la maison, chérie. Bienvenue à la maison. »

18

Juin 1949

« Il y a au moins une chose de bien dans toute cette fumée, dit Beau à Natalie, c'est qu'elle éloigne les moustiques. »

Il plongea son pinceau dans la sauce qui mijotait sur un côté du gril et le passa lentement sur le morceau de bœuf en train de rôtir. En brûlant, le bois formait des braises rougeoyantes, et lorsque le gras de la viande tombait, il en sortait une fumée épaisse qui restait suspendue au-dessus de la rôtissoire, comme attachée aux branches du chêne voisin.

« Ça sent drôlement bon, dit Natalie. J'en oubliais pourquoi je suis venue. Mme Langlinais voudrait savoir si vous avez envie d'une autre bière.

– Le barbecue, ça donne soif. Dites-lui que oui. Et demandez-lui de me trouver quelque chose à manger avant que je ne me jette sur cette viande.

– Je n'ai jamais vu autant de nourriture de ma vie. Je vais vous en préparer un échantillon et vous l'apporter tout de suite.

– Merci, *chérie.* » Beau regarda Natalie retourner vers la maison, ses longues jambes bronzées, son corsage négligemment noué à la taille. Une fille rudement jolie, se dit-il. Skye a le bon goût des Langlinais.

« M. Langlinais a envie d'une bière, dit Natalie à Caroline, qui était en train de goûter à la salade de pommes de terre qu'elle venait de tourner. Et il dit que si on ne lui donne pas à manger, il va se mettre en grève et nous n'aurons rien à manger.

– Je vais à sa rescousse. Natalie, goûtez-moi ça. Il faut un peu plus de sel, non ? »

Natalie prit la cuillère que Caroline lui tendait et goûta à la salade. « Je pense que ça va », dit-elle en jetant l'instrument dans l'évier où trempaient des casseroles.

« Alors, s'il vous plaît, mettez-la au réfrigérateur. » Caroline sortit deux canettes d'une grande glacière, les posa sur un plateau déjà chargé de biscuits salés et de fromage et se dirigea vers la porte de derrière.

Skye apparut, venant du vestibule. « Je viens de battre Fielding à plate couture au gin rummy. Tu veux te mesurer au vainqueur ?

– Fais attention, répondit Natalie en riant. Je gagnais mon argent de poche en jouant avec mes frères. »

Ils sortirent sur la véranda où Emilie, Fielding, Raoul et son amie s'étaient installés. Les ventilateurs fixés au plafond brassaient l'air chaud et des stores aux brillantes couleurs filtraient l'ardent soleil de cette fin d'après-midi.

« Je commence à douter de l'existence d'Henri », dit Natalie en s'asseyant en face de Skye et en le regardant battre les cartes. « Je ne l'ai pas encore rencontré. Va-t-il passer tout l'été à Chicago ?

– Non, il fait un voyage avec des amis de l'université. Il est parti depuis presque un mois. »

Natalie coupa et leva sa carte. « Trouve mieux », dit-elle en montrant à Skye un as de cœur.

Il coupa, obtint un dix de pique et lui tendit le paquet. « A toi la donne. » Il prit un crayon et écrivit leurs noms en haut de la feuille de marque. « Qu'allons-nous jouer ?

– Qu'est-ce que tu joues habituellement ?

– Fielding et moi, c'est une partie de chasse. Il me doit un week-end chez lui.

– La Virginie, c'est un peu loin pour y régler une dette de jeu.

– Je vais te dire : jouons d'abord, puis le gagnant décidera de l'enjeu.

– D'accord. » Elle battit les cartes et les distribua, puis mit son jeu en ordre. « Est-ce que Henri se plaît à Chicago ?

– Je suppose. Sinon il ne serait pas resté là-bas.

– On en parle dans les journaux de temps en temps », dit-elle. « Certains étudiants – et des professeurs – ont formé des associations qui leur attirent des ennuis.

– Henri n'a jamais parlé de ça. » Skye tira une carte de son jeu et la posa avec hésitation sur la table. « Quel genre d'associations ?

– On a qualifié ça de foyers du communisme. Il y a eu un congrès à Chicago, il y a environ dix-huit mois. Qui a fait du bruit. Des progressistes et des libéraux se sont rencontrés pour enterrer la hache de guerre – et n'ont réussi qu'à se diviser en factions encore plus virulentes qu'avant.

– Il me semble que j'ai lu quelque chose là-dessus, dit Skye. On ne peut plus ouvrir un journal sans trouver une kyrielle de dénonciations. »

Natalie tira une carte du talon et la mit dans son jeu. « L'une de ces factions s'appelle les Citoyens progressistes d'Amérique; ils sont ouvertement procommunistes. Les autres sont les Américains pour l'Action démocratique; ils sont anticommunistes et font parler d'eux aussi. »

Skye posa son jeu et regarda Natalie. « J'ai l'impression que tu ne me dis pas tout cela sans raison. Est-ce que je me trompe? »

Elle leva les yeux sur lui, l'air malheureux. « C'est seulement que... eh bien, il n'y a probablement rien de grave là-dedans... je ne sais pas ce qui m'y a fait penser... mais l'un de nos journalistes assistait à ce congrès. Il était chargé de faire plusieurs articles concernant les retombées du décret sur la clause de loyauté... il est allé à Chicago parler avec certains de ceux qui y assistaient, pour voir s'ils relevaient de cette ordonnance.

– Qu'est-ce que Henri vient faire là-dedans?

– Oh! presque rien. J'étais dans la salle de rédaction, il y a une semaine ou deux. On faisait la pause, rien d'important ne sortait du télex... et un type s'est mis à parler de ce Backer, ou Jackson, peu importe le nom, qui est accusé d'avoir trahi son serment de loyauté et qui va passer en jugement; et bien sûr, nous avons commencé à discuter de tout ça, de ce que la commission parlementaire des Activités antiaméricaines devenait vraiment impossible. Alors le journaliste qui avait été à Chicago a dit que nous serions surpris d'apprendre le nombre de gens ayant des affiliations douteuses, sur lesquelles on fermait les yeux à cause de leur nom. Lorsque l'un de nous l'accusa de raconter des choses qu'il ne pouvait pas prouver, Tom – le journaliste – a répliqué que l'un de nos propres représentants à la Chambre avait un petit-fils qui avait participé au congrès de Chicago; et que puisqu'il y avait une foule de communistes à ce congrès, peut-être que Henri Langlinais l'était.

« Qu'est-ce que tu racontes? » cria Skye en colère. Il se cramponna au bord de la table et se pencha vers elle, oubliant son jeu. « Comment s'appelle ce type? Je lui ferai rentrer ses paroles dans la gorge!

– Tu ne crois pas que Henri était à ce congrès?

– Bon Dieu, ton journaliste y était bien! Depuis quand le fait d'assister à un congrès signifie-t-il que l'on est coupable?

– C'est en train de mal tourner, Skye.

– Peut-être dans d'autres parties du pays. Mais pas ici. Même quand le Ku Klux Klan était à son apogée dans le reste de la Louisiane, il n'a jamais pu mettre le pied ici. Notre région est tellement catholique que lorsque le pape éternue, nous sortons tous notre mouchoir. C'est le dernier endroit où le communisme pourrait s'implanter.

– Mais, Skye, Henri est parti étudier à Chicago. »

Il lut de l'inquiétude dans ses yeux et se calma. « Ecoute, Natalie, je sais que lorsqu'on écoute les nouvelles jour après jour, la commission des Activités antiaméricaines semble devenir folle. Mais je t'assure, Henri ne s'est jamais occupé de communisme. Il est parfois écervelé, mais c'est un démocrate – les rares fois où il s'occupe de politique. » Il ramassa son jeu éparpillé et rangea de nouveau ses cartes. « Je te remercie de m'en avoir parlé. Mais il n'y a pas de quoi s'inquiéter.

– Non, bien sûr. C'est seulement que nous entendons plein d'histoires sur les activités de cette commission qui ne sont jamais rendues publiques. Et c'est effrayant, Skye. Vraiment effrayant.

– Un désir évident de s'emparer du pouvoir. » Puis il sourit et lui caressa légèrement la main. « Tu as réussi à me distraire du jeu. Je n'arrive plus à me rappeller quelle carte tu as jouée.

– Ça n'a plus d'importance parce que j'ai gagné. » Elle étala son jeu sur la table et rit de l'expression de Skye. « Est-ce que je t'ai pris beaucoup de points ? Je l'espère bien... j'ai l'intention de gagner cette série-là.

– Distribuez, madame, pendant que je fais le total de mes pertes. »

Mais tout en comptant ses cartes et en notant les points de Natalie, il se dit qu'il allait avertir Henri que, même à Chicago, on ne pouvait pas échapper aux regards lorsqu'on faisait partie d'une famille en vue.

Plus tard, lorsqu'ils eurent fini de souper et que le soleil eut disparu du ciel, ne laissant qu'une lueur rose éclairer le monde, Skye et Natalie marchèrent jusqu'à Beau-Chêne. « La lune va bientôt se lever », dit-il en lui prenant le bras pour la guider sur le sentier parsemé de racines. « Beau-Chêne est toujours magnifique – mais au clair de lune, ce lieu devient magique. »

Ils firent le tour de la maison, envoûtés par les beautés de cette nuit de juin. Les roses avaient diffusé leur parfum tout au long du jour et il imprégnait encore l'air, mêlé à la senteur de l'herbe fraîchement coupée et du jasmin. Les murs de brique rose blanchissaient au clair de lune, les colonnes s'élevaient comme des fantômes de l'ombre des arbustes à leur pied. Le couple gravit l'escalier qui menait à la galerie du premier étage, et resta là à regarder l'allée de chênes, calmes, silencieux sous la lune.

« Je comprends pourquoi ta belle-mère n'a pas voulu quitter cet endroit, dit Natalie. On ressent la même chose autour de certaines grandes maisons de Virginie... une sorte de lien direct avec le passé. » Elle frissonna et regarda derrière elle. « Je m'attends presque à voir les premiers des Clouet sortir des boiseries.

– Tu ne m'as pas dit ce que je te devais. Pour la partie de gin rummy. »

Elle s'appuya contre la balustrade, les yeux fixés

sur le sol. « Je n'y ai pas pensé. Pourquoi ne pas laisser tomber?

– Impossible. Tu m'as battu loyalement; je paie toujours mes dettes.

– Un dîner, alors.

– Nous dînons tout le temps ensemble.

– Un dîner spécial. Dans un endroit où nous ne sommes jamais allés.

– J'ai une idée, dit-il en guettant sa réaction. Pourquoi n'irions-nous pas dîner au Grand Hôtel? Tu en as entendu parler?

– Non.

– C'est un lieu de vacances très connu, près de Mobile – entre la baie de Mobile et le golfe. Une belle promenade en voiture le long de la côte. Qu'en dis-tu?

– Ça me paraît bien loin pour un dîner. » Elle avait l'air étonnée.

Il se tut, hésitant à prononcer les paroles qui allaient tout changer entre eux. « J'ai pensé que nous pourrions y passer un week-end », dit-il enfin.

La vulnérabilité de Natalie apparut soudain sur son visage; elle se détourna, regarda fixement la pelouse éclairée par la lune. Le calme de cette scène contrastait tellement avec le tumulte de ses émotions qu'elle ne lui semblait plus réelle. Beau-Chêne n'était pas réel. Cette nuit n'était pas réelle. Ce que Skye disait n'était pas réel... Elle se retourna vers lui pour le regarder dans les yeux.

« Alors? demanda-t-il.

– Oui », chuchota-t-elle.

Il l'attira à lui. Sa peau était douce, soyeuse, encore chaude de soleil. Les lumières de la maison et les lanternes changeaient la galerie en scène de théâtre. Il sentit cet instant glisser hors du temps et l'embrassa avec douceur, couvrant sa bouche de la sienne, goûtant la faible saveur de poivre dont ses lèvres étaient encore imprégnées. Puis elle répondit à son baiser et mit les bras autour de son cou.

Comme c'était facile de l'aimer, pensa-t-il en la serrant plus fort contre lui. Comme c'était délicieusement facile d'être aimé. Les bords déchiquetés de ces deux mondes se mirent tranquillement en place pour ne faire qu'un tout : il n'y avait plus « avant » la guerre et « après », il n'y avait qu'une continuité.

Il l'entendit murmurer quelque chose et leva la tête. Ses yeux reflétaient la lumière ombreuse. « Rappelle-moi qu'il faut que je joue plus souvent au gin rummy avec toi, Skye Langlinais », dit-elle. Mais ses yeux pleins d'émerveillement contredisaient la légèreté de son ton et il se pencha pour l'embrasser de nouveau. Il savait que pour tous deux commençait une autre vie.

Caro prit le verre que David lui tendait et but lentement un peu de vin. Puis elle l'éleva à la hauteur de ses yeux et regarda le paysage au travers de son contenu rosé, du haut de la plateforme en séquoia qui semblait jaillir tout droit du coteau dans l'air froid. La baie se déployait devant elle, mais la vue était différente de celle qu'elle avait de son appartement, près de Russian Hill. A travers le vin, déformée par la courbure du verre, la ville semblait rétrécie; au lieu d'être une porte ouverte sur le Pacifique, San Francisco avait l'air d'un petit monde clos, recroquevillé sur lui-même. L'idée la fit sourire. Debout à côté d'elle, le dos tourné à la baie, David lui rendit son sourire. « Tu te sens bien?

– C'est merveilleux. »

Phil et Sarah Jacobs les avaient invités pour une soirée toute simple, avec un seul autre couple, Jake Rubin et Mollie Haskell. Caro connaissait déjà bien leurs hôtes; étant donné le nombre incroyable de gens dont elle avait fait la connaissance depuis quelques mois, les Jacobs accédaient au statut d'anciens amis. Comme Caro, Mollie Haskell était peintre. En les invitant, Sarah avait ajouté : « Mollie vient d'avoir sa première grande exposition en mars dernier. Vous aurez pas mal de choses à vous dire, toutes les deux. »

Lorsqu'on les présenta l'une à l'autre, Mollie fit allusion à l'exposition de Caro. « J'ai vu vos toiles chez Louis Koenberg. J'aime ce que vous faites. Vous avez des idées intéressantes.

– Ce n'est pas le genre de chose qu'on fait par ici, répondit Caro. Quand je regarde les œuvres des autres, je me demande ce que Koenberg a vu en moi.

– Moi, je ne me le demande pas. » Mollie était une grande femme dont l'abondante chevelure rousse était retenue en arrière par un foulard multicolore. Elle portait une tenue de ville lavande avec une large ceinture du même imprimé éclatant que le foulard. Ses bras étaient chargés de minces bracelets en or. « Ce que vous faites est bon. Très bon.

– Peu de critiques disent la même chose », laissa échapper Caro. Elle essaya de penser à ce qu'elle pourrait dire d'autre, qui effacerait ce qu'elle venait de révéler sur elle. Mais le sourire de Mollie lui indiqua qu'elle la comprenait.

« Ecoutez, mon chou... vous êtes nouvelle ici, et même si Koenberg vous a découverte, les critiques seront sans pitié.

– C'ést ce que dit Louis.

– Il a raison. Et cet article de l'*Examiner*? Je vous tordrais joyeusement le cou si je pensais que cela pourrait m'aider à obtenir une critique comme celle-là. » Mollie se pencha vers Caro. « “ Mlle Hamilton ne peint pas simplement les paysages, les gens de sa Louisiane. Elle ne peint pas seulement les choses qu'elle *connaît*. Elle peint aussi des choses qu'elle ne connaît pas. " Ecoutez, Caro... que vous le sachiez ou non, c'est un très bon article.

– Merci. Je... vais vous avouer la vérité. J'ai encore un peu de mal à me voir comme les gens le font, ici. J'ai de la peine à croire qu'on me prend au sérieux. »

De nouveau, Mollie hocha la tête. « Bien sûr. Pendant des années, vous avez été la mignonne petite Caro Hamilton qui, en plus, savait peindre. Quand elle ne faisait pas ce qu'une jeune fille de la bonne société se doit de faire. Je ne suis pas du Sud, mais je sors d'une famille qui a ses propres idées sur Mollie et sur ce qu'elle aime. » Son rire était amical et Caro sentit fondre ce qui lui restait de réserve. « Ils voulaient que je devienne assistante dans le cabinet dentaire de mon oncle Harold. J'ai essayé de les apaiser en me servant de ses échantillons de râteliers pour une série de peintures à l'huile... Je ne sais pas pourquoi, mais cela ne les a pas calmés. »

Caro se joignit aux rires qui accueillirent l'histoire de Mollie. Elle prit la main de David et la serra. « J'aime bien tes amis », lui chuchota-t-elle. Elle vit les yeux de Mollie se poser sur elle, narquois, presque amusés.

« David! Jake! » appela Phil du barbecue installé au bord de la plate-forme. « Si vous voulez manger, vous feriez mieux de venir m'aider. »

Mollie regarda les hommes s'éloigner, avec cette même lueur ironique dans l'œil. Elle but une gorgée de vin en regardant Caro par-dessus le bord de son verre. « Vous vivez ensemble?

– Je vous demande pardon?

– David et vous. Vous vivez ensemble?

– Non! »

Mollie leva la main. « Je ne veux pas être indiscrète. Mais moi je franchis les barrières. Je vais où les anges ont peur de marcher. Jake et moi nous vivons en ménage.

– Pourriez-vous me dire pourquoi vous avez posé cette question ? Parce que, vraiment, je trouve que cela ne vous regarde pas », dit Caro en essayant de ne pas avoir l'air froide, de trouver le ton approprié qui ferait comprendre à Mollie qu'elle l'aimait bien, mais trouvait impossible de répondre à sa question.

« Bien sûr que cela ne me regarde pas », dit Mollie. Elle semblait toujours aussi joyeuse, comme si la réaction de Caro ne l'ennuyait en rien. « Je suis seulement curieuse. David parle de vous... comme si vous étiez la femme la plus incroyable qu'il ait jamais rencontrée... je veux dire, il perd tout sens des proportions, quand il s'agit de vous. J'ai pensé que, s'il était aussi amoureux, il serait normal que vous viviez ensemble.

– D'où je viens, les gens ne vivent ensemble qu'une fois qu'ils sont mariés. » Les yeux de Caro se posèrent sur Jake et Phil près du foyer.

« Non, Jake ne m'aime pas comme David vous aime. Nous nous entendons bien, nous comblons mutuellement nos besoins. Mais David... » Elle secoua la tête. « ... Nous l'estimons beaucoup. C'est le genre de type, une fois qu'on est ami avec lui... on n'a pas envie de le voir souffrir.

– Je n'ai pas l'intention de faire souffrir David, dit Caro, soudain en colère.

– Je n'ai pas voulu dire ça. » Mollie se tut et resta là à faire tinter la glace dans son verre, tout en contemplant la baie. Puis elle se retourna et regarda Caro d'un air attentif, et lui dit, d'une voix basse et déterminée : « J'essaie seulement de vous faire comprendre... que nous sommes prêts à vous aimer aussi, Caro. A vous aimer beaucoup.

Nous vous respectons déjà parce que David vous aime – et qu'il admire ce que vous faites. Nous étions – nous, les amis de David – impatients de vous rencontrer. » Elle sourit. « Parfois, je ne sais pas tenir ma langue. Excusez-moi si je suis allée trop loin.

– Ce n'est rien. » Spontanément, elle prit la main de Mollie. « Merci de ce que vous venez de dire. Je suis très flattée. Et je vous en sais gré. »

Mollie regarda son verre. « Il est vide. Allons chercher à boire... et puis trouvons-nous un coin pour parler art. »

Tandis qu'elles se dirigeaient vers le bar, Caro pensait aux mois précédents. Il y avait eu la frénésie des premières semaines : trouver un appartement, défaire les caisses, aménager un atelier. Et s'habituer à sa nouvelle vie. Son univers s'était à la fois rétréci et élargi. Le monde extérieur se limitait aux rues qui menaient de son appartement à celui de David et à la galerie de Koenberg. Elle ne connaissait rien de la ville en dehors des restaurants où ils avaient mangé, des théâtres qu'ils avaient fréquentés et des parcs où ils avaient pique-niqué lors de ses brefs séjours. Maintenant elle n'avait même pas le temps de retourner dans ces lieux familiers; chaque heure sans David, elle la passait devant son chevalet ou avec Koenberg. Pour la première fois depuis que David et elle s'étaient rencontrés, elle ne s'irritait pas des exigences de sa profession à lui, car la sienne était tout aussi absorbante.

Mais si le monde extérieur s'était réduit, son univers intérieur s'était élargi. Eloignée qu'elle était ainsi de La Nouvelle-Orléans et des conventions qui l'étouffaient, elle jouissait d'une liberté nouvelle dans ses relations avec David. Cela lui paraissait bon de connaître si peu de gens et de n'avoir à rendre compte de ses actes à personne.

Elle faisait ce qu'elle voulait de ses loisirs et, lorsqu'elle avait travaillé dur, lorsqu'elle était restée des heures durant penchée sur sa toile, concentrée sur la peinture qui allait y prendre forme, et qu'elle partait retrouver David, elle découvrait qu'elle n'avait jamais été aussi heureuse, aussi comblée.

Elle savait qu'une fois passé ce moment, tellement intense, de l'adaptation, le quotidien prendrait plus d'importance. Mais pour le moment, elle était encore ivre de ses premiers succès, elle croyait encore qu'en venant ici elle avait pris la bonne décision.

David la vit approcher et vint au-devant d'elle.

« Je vous sers du vin à toutes les deux ?

– David, j'aime bien ton amie, dit Mollie.

– Eh bien alors, trinquons. » Il leva son verre, Caro fit de même; les deux verres tintèrent l'un contre l'autre. Elle but son vin à petites gorgées et, levant les yeux, aperçut leur image à tous deux qui se reflétait dans un miroir prismatique suspendu au-dessus d'une fenêtre en plein soleil. Le miroir tournait lentement au bout de son fil, ses trois côtés scintillants formant une pyramide allongée. Leurs visages y apparaissaient petits, comme pressés dans cet espace étroit, et elle étudia avec une vive attention cette image devenue pour elle la réalité tandis qu'elle percevait le monde extérieur comme un rêve.

Puis elle sentit quelque chose éclore en elle; une toile vide qui se remplissait de formes et de couleurs. Elle se pencha en avant, regardant fixement le miroir, gravant dans son esprit les déformations que les surfaces rigides faisaient subir à leurs chairs. Ses mains cherchèrent les instruments de travail qui n'étaient pas là et elle fut prise de l'ardent désir de se retrouver dans son atelier et d'esquisser la peinture qui attendait de naître.

« Caro ? » dit David.

Elle ferma les yeux et vit encore les plans brisés, tous les fragments de réalité dont elle se servirait pour créer un nouvel ensemble. C'était fixé dans sa mémoire. Elle rouvrit les yeux et prit les mains de David dans les siennes. « Je meurs de faim », dit-elle. Encore une heure ou deux avec ces gens charmants, pensa-t-elle, puis ils retourneraient à la maison. Ils feraient l'amour et David rentrerait chez lui, près de l'hôpital. Elle resterait couchée dans son grand lit, les rideaux ouverts afin de pouvoir regarder la baie. Elle glisserait dans un doux sommeil et lorsqu'elle se réveillerait une belle lumière dorée remplirait l'atelier. Elle tendrait une nouvelle toile sur un châssis, la placerait sur son chevalet et elle commencerait à la remplir de la vision qui n'existait que dans son esprit. Elle serra les mains de David et l'embrassa sur la joue. « Oh ! David... comme je suis heureuse d'être venue. »

19

Juillet 1949

Skye ralentit pour tourner et franchir les grilles du Grand Hôtel et négocia soigneusement les méandres de l'allée bordée de pelouses qui menait au complexe hôtelier. Des pisonias et des zinnias dressaient leurs têtes colorées et s'épanouissaient dans la chaleur de l'été; au loin, la lumière du soleil se reflétait sur les eaux.

« Nous sommes dans l'un de ces bungalows », dit Skye à Natalie en lui montrant un petit bâtiment au milieu d'une pelouse ceinturée de haies. « Le Grand Hôtel a un très beau golf et beaucoup de clients se lèvent tôt. J'ai pensé que nous serions mieux seuls.

– Oui. » Natalie portait des lunettes de soleil qui cachaient ses yeux, mais sa voix était tendue et la ligne de sa mâchoire durcie. Ses mains, sur ses genoux, tortillaient son mouchoir.

« Natalie, dit-il avec douceur. Si tu ne veux pas... il y a une salle de séjour dans les bungalows. Et un divan convertible. Si tu changes d'avis... d'accord. Je comprendrai. »

Elle leva la main et lui caressa le bras. Bien que Skye ne montrât pas son anxiété, sous son air calme il était en proie au doute. A Beau-Chêne l'idée lui était apparue comme allant de soi, cette nuit-là, mais maintenant il aurait bien voulu ne pas avoir monté une telle histoire autour de leur première nuit ensemble. Ç'aurait été tellement, tellement mieux de finir l'une de leurs soirées à Baton Rouge au lit, doucement, naturellement. Tandis que proposer d'aller si loin, pour trois jours...

« Je ne vais pas changer d'avis, Skye. Je sais ce que je veux. Et c'est toi que je veux. Je suis seulement un peu nerveuse, et fatiguée du voyage. Un bon bain dans la mer suivi d'une douche et j'aurai l'impression d'être une autre femme.

– J'aime bien celle que j'ai en ce moment », dit-il avec sérieux et il en fut récompensé par le sourire qui détendit le visage de Natalie. Il arrêta l'auto devant la réception et sortit du véhicule. « Attends-moi ici, je vais demander les clefs. » Elle le regarda entrer et pensa de nouveau combien il s'était montré prévenant, attentionné. Skye s'était soucié de la protéger, en choisissant ce bungalow qui leur assurerait solitude et intimité.

Elle ne voulait pas voir plus loin que ce weekend. Elle ne voulait pas se demander si c'était là le prélude à une nouvelle phase de leurs relations ou s'ils cherchaient simplement à se libérer mutuellement. Tout ce qu'elle savait, c'est qu'elle était terriblement attirée par lui et ne pouvait plus masquer ses sentiments, bien qu'elle supposât qu'une partie de cette attraction qui les poussait l'un vers l'autre provenait de leur passé commun. Lorsque Skye se sentait frustré d'être encore étudiant et qu'elle souffrait de son statut de journaliste femme et néophyte, ils pouvaient retrouver dans les souvenirs de l'autre le reflet d'un moi plus mûr. Elle savait combien de missions il avait accomplies; elle savait combien c'était dur pour lui d'écouter les rapports décrivant les destructions qu'il avait causées, et d'être obligé d'y retourner pour recommencer, encore et encore. Elle savait ce que c'était que de perdre un ami de mort violente. Elle était la seule à connaître ce Skye-là. Et il le savait. Ces années ne sembleraient pas toujours aussi importantes, mais pour le moment elles étaient riches de sens. Elle devait se mordre la langue lorsqu'un journaliste politique réputé, qui n'était pas allé à la guerre à cause de sa mauvaise vue, lui lançait des pointes sous prétexte qu'elle faisait les comptes rendus des thés mondains et des réunions d'associations. Elle n'était pas près d'oublier le jour où il avait trouvé l'article qu'elle avait écrit sur un scandale politique dans la commune d'Ascension et l'avait lu tout haut dans la salle de rédaction. Elle avait tenu bon, se refusant à pleurer sous ses railleries, mais ses joues s'étaient enflammées de colère. Elle aurait pu lui rétorquer d'aller se promener dans les rues de Londres détruites par les bombardements et qui, dans les derniers jours de la guerre, avaient été la cible des V 2 tombant silencieux d'un ciel vide pour apporter la mort et la destruction. Mais elle ne dit rien de tout cela. Elle serra les poings, pensa à Skye et endura la mise en boîte, sachant qu'elle devait supporter ces brimades si elle voulait se faire accepter par les hommes du journal. Cela commençait d'ailleurs à payer; le rédacteur en chef l'« empruntait » parfois au rédacteur mondain et l'avait même une fois envoyée faire un reportage. J'attendrai, pensait-elle. Ma patience aura raison d'eux.

« Tout est réglé », dit Skye en revenant à la voiture. Le portier sortit derrière lui et s'installa sur la banquette arrière.

« Continuez de suivre l'allée, contournez le bâtiment et prenez la première à gauche, dit-il. C'est l'un de nos plus jolis bungalows. Avec une magnifique vue sur la mer. »

Il les précéda à l'intérieur, ouvrit les fenêtres du côté de la baie et mit en route le ventilateur qui souffla une brise tiède dans la pièce. « Ça se rafraîchit, le soir, dit-il. Il y en a deux plus petits dans le placard si celui du plafond ne suffit pas. »

Puis il partit en fourrant les billets que Skye lui avait donnés dans la poche de sa veste amidonnée. Natalie et Skye se regardèrent, ne sachant par quoi commencer.

« Tu as dit que tu voulais te baigner », dit Skye.

Natalie se tenait sur le seuil entre la salle de séjour et la chambre. Une partie du mobilier était en rotin, le reste en fer forgé peint en blanc, avec des coussins, des rideaux et un dessus-de-lit en tissu à fleurs. Des nattes de couleurs vives couvraient le sol carrelé et une grande fougère comblait le foyer vide de la cheminée.

« C'est très bien, Skye », dit-elle. La brise venant du golfe avait un léger goût de sel. « Pour tout t'avouer... si je peux prendre une douche je ne me baignerai pas maintenant. Je me sens brusquement si fatiguée que j'ai envie de dormir.

– Pendant que tu te laves, je vais demander qu'on nous apporte du thé glacé et un en-cas de fromage et de fruits.

– D'accord. » Elle ferma la porte de la chambre et resta là un moment, à essayer d'analyser ce qu'elle ressentait. De l'inquiétude? Elle était surtout heureuse à l'idée de passer la nuit, le week-end avec Skye. Un week-end comme elle n'en avait jamais connu auparavant. Elle se déshabilla à la hâte, jetant ses vêtements en un tas qu'elle fourra dans le panier d'osier de la salle de bains. Elle laissa l'eau chaude couler longtemps et se savonna plusieurs fois. Lorsqu'elle sortit de la douche, sa peau était toute rouge.

Elle passa la chemise de nuit de batiste et le déshabillé qu'elle avait achetés pour le voyage. La chemise était blanche, parsemée de violettes, garnie de ruchés de dentelle. Elle noua la ceinture de satin du kimono et entra dans la salle de séjour.

Skye, debout devant la fenêtre, regardait l'eau clapoter contre la digue. Il entendit le bruit de ses pieds nus sur les carreaux et se retourna. Une expression de tendresse mêlée de désir apparut sur son visage et il s'avança vers elle, les bras tendus. Elle s'y glissa et leva le visage pour qu'il l'embrasse.

« Le thé va arriver, dit-il après un long baiser. Laisse-moi cinq minutes pour prendre une douche... et puis... » La voix lui manqua et elle sentit ses lèvres sur les siennes. Il s'arracha à elle et disparut dans la chambre. Elle entendit se refermer la porte de la salle de bains, imagina Skye nu sous la douche, l'eau fouettant son corps.

Lorsque le serveur arriva avec le thé, elle s'en versa dans un verre empli de glaçons et le liquide froid lui sembla pénétrer dans son sang et en ralentir le rythme. Là-bas, à Baton Rouge, la salle de rédaction devait être bourdonnante d'activité : machines à écrire cliquetant, sonneries des téléphones, gens entrant et sortant d'un air affairé. Ici le temps n'existait plus; il n'y avait que le soleil et le silence, la solitude... et Skye. Elle entendit la porte de la salle de bains s'ouvrir et posa son verre. Baton Rouge, le journal, c'était loin, très loin. Ici, elle n'avait pas besoin de se tenir sur ses gardes. Derrière cette porte, Skye l'attendait, et elle alla vers lui, dépouillée de tous les rôles qu'elle avait dû jouer. Elle courut presque se jeter dans ses bras.

Il la souleva et la porta sur le lit, où il la déposa avec précaution. Il s'allongea à côté d'elle, sa bouche se posa sur la sienne, ses mains la caressèrent doucement. Elle l'étreignit et laissa ses doigts courir légèrement sur son dos. Comme il est gentil, comme il est tendre, se dit-elle. Elle sentit la force de son désir sous cette tendresse, un désir qui attendait qu'elle y réponde. Son propre corps commença à réagir. Soudain, il lui sembla qu'ils avaient fait l'amour de nombreuses fois ensemble; qu'ils se connaissaient déjà, qu'ils étaient habitués à leurs rythmes propres, à leurs besoins réciproques. Elle n'était plus nerveuse ni inquiète. « Je te désire », dit-elle. Elle se redressa et commença à ôter sa chemise de nuit; il l'aida à la faire passer par-dessus sa tête. Sur son visage elle vit de nouveau cette tendresse pleine de désir, de nouveau ses bras se tendirent vers elle... Une dernière pensée lui traversa l'esprit : plus question de se demander s'ils cherchaient simplement à se libérer l'un par l'autre. Skye Langlinais était devenu une partie de son être, un élément essentiel de sa vie.

Le rédacteur en chef frappa sur la table pour attirer leur attention. « Bon. Ecoutez, les gars », dit-il. Il regarda Natalie assise dans un fauteuil, contre le mur. « Et vous, Natalie. » Des têtes se tournèrent vers elle. C'était la première fois qu'on lui demandait d'assister à une réunion du comité de rédaction et, bien qu'elle se fût promis de ne pas chercher à déceler des signes d'acceptation ou de rejet, de se contenter de faire son travail, elle ne put s'empêcher d'observer les visages de ses collègues. La plupart semblaient indifférents; comme Skye le lui avait fait remarquer, en dehors de ceux, heureusement rares, dont les préjugés déformaient le jugement, les gens étaient bien trop absorbés par leurs propres soucis pour s'occuper en plus de la vie des autres.

« Ici, au journal, nous constituons une section des forces anti-Long. Earl n'est pas le même genre d'homme que Huey, mais à sa manière il veut lui aussi s'emparer du pouvoir et contrôler les gens.

Un bon nombre de ceux qui se cachaient derrière Huey marchent à fond avec lui... et peu leur importe de quelles mains ils vont recevoir les privilèges qu'ils convoitent. » Il commença à répartir les tâches : un journaliste allait résumer l'ascension de Huey au pouvoir; un autre décrirait la transmission du sceptre à Earl. L'essentiel, ce serait les articles consacrés aux hommes qui s'opposaient à Earl Long, et au centre de ceux-ci, il y avait Beau Langlinais. « Il va probablement nous fournir le papier le plus intéressant, dit le rédacteur en chef, car aux premiers temps de la carrière de Huey, Langlinais fut l'un de ses partisans les plus dévoués. Aussi trouverons-nous sûrement, dans les éléments apportés par son interview, l'explication du désenchantement progressif de toute une partie de la population. » Ses yeux passèrent des journalistes assis en face de lui à Natalie. « Watkins, vous vous occuperez de Beau Langlinais. Cela va vous prendre pas mal de temps, aussi ai-je dit aux dames du carnet mondain qu'il faudrait qu'elles se passent de vous pendant un moment.

– Bien, monsieur », dit Natalie en s'efforçant de cacher sa joie. Dieu merci, elle avait déjà fait beaucoup de recherches sur Beau Langlinais. Elle reverrait ses notes et esquisserait ce qu'elle voulait écrire. Voir le rédacteur politique, interviewer Beau... sa liste de choses à faire était déjà prête dans sa tête quand elle revint à son bureau. Il lui restait quelques comptes rendus à terminer et à rendre à la rédactrice du carnet mondain avant de pouvoir consacrer tout son temps à sa nouvelle tâche. Elle s'installa à sa machine et commença à taper, de plus en plus vite, les phrases habituelles : « des fleurs à profusion »... « de la dentelle au point d'Alençon garnissait une jupe de mousseline sur fond de satin »... « Il y avait, à cette garden-party »... Mon Dieu, se dit-elle en sortant une feuille de sa machine et en l'ajoutant à la pile à côté d'elle, si je m'en tire bien avec l'article sur Beau Langlinais, je n'aurai peut-être plus besoin d'écrire ce genre de papiers.

A l'heure du déjeuner, elle avait terminé et alla à la cafétéria prendre un sandwich et boire un Coca, avec l'impression de fêter quelque chose. L'accueil que lui firent ses confrères lui parut différent; qu'elle se fît des idées ou pas, elle avait l'impression d'être mieux acceptée qu'avant.

Elle se joignit à deux hommes qui lui firent signe au lieu de s'asseoir, comme d'habitude, près de la femme qui s'occupait de la chronique immobilière. Tom Burns, le grand reporter politique, entra au moment où les deux autres se levaient pour partir. Il avait tracé à grands traits un résumé de la carrière de Huey Long et se vantait, selon son habitude.

« Je ne devrais pas me plaindre, dit-il en décapsulant une bouteille de soda et en se vautrant sur le siège placé en face de Natalie. Je n'ai qu'à sortir un paquet d'anciens articles des archives, en faire un collage et rédiger un nouveau chapeau... j'en aurai vite terminé. » Il but une longue gorgée en regardant Natalie par-dessus sa bouteille. « C'est un beau reportage qu'on vous a donné. » Il reposa sa boisson et s'essuya la bouche, puis mit les bras sur la table et se pencha vers elle. « Vous savez pourquoi il a fait cela? » Comme Natalie ne disait rien et continuait de le regarder avec un intérêt poli, il éclata de rire. « C'est un coup monté. »

Natalie regarda sa montre et recula sa chaise. « Il faut que je parte, Tom. Merci pour cette petite conversation. »

Comme elle se levait, Burns lui saisit le poignet. « Attendez, Watkins. Vous devriez écouter ce que j'ai à vous dire. »

La cafétéria était vide et quelque chose dans le

ton de Burns fit que Natalie se rassit. « Bon. Mais écoutez, Tom... vous ne vous êtes jamais montré très chic avec moi, jusqu'à présent.

– Bon. C'est vrai. Je vous en ai fait voir de toutes les couleurs, Watkins. Mais vous l'avez bien pris. Et je vous respecte, à cause de cela. Aussi, je vais vous donner une chance et vous dire ce que mijote notre patron. Il vous met à l'épreuve, vous comprenez ?

– Non, je ne comprends pas.

– Il sait que vous fréquentez Skye Langlinais. » Il la vit rougir et rit. « Allons, ma vieille. Vous travaillez dans un journal. Vous croyez que nous ne savons pas tout ce qui se passe dans cette ville ? En tout cas... il veut voir si vous savez rester objective. Ecrire sur le grand Beau Langlinais sans faire de lui le nouveau Messie.

– Le fait que je fréquente le fils du député Langlinais n'a absolument rien à voir avec mon travail. » Tout en parlant, Natalie prit conscience du soulagement qu'elle éprouvait. Elle avait lu tout ce qu'on pouvait trouver sur Beau Langlinais et nulle part, jamais, il n'était fait mention de quelque chose qu'il aurait caché ou falsifié.

« D'accord », dit Burns en buvant d'un trait ce qui restait dans sa bouteille. Il lui fit un clin d'œil. « Vous me devez un service, Watkins.

– Je ne l'oublierai pas. »

Elle revint à son bureau et se mit à coucher quelques notes sur le papier, en se forçant à ne plus penser qu'à son travail. Bientôt elle se laissa complètement absorber par lui et la liste des questions s'allongea. Lorsque le soir arriva elle se sentit rassurée; elle était obligée de faire un article sur le père de l'homme qu'elle aimait... mais c'était sur sa vie publique. Et cela ne pouvait en rien affecter ses relations avec Skye et sa famille. Pourtant, pensa-t-elle en s'habillant pour le dîner, peut-être valait-il mieux qu'elle n'en parle pas tout de suite; attendre qu'il lise son article et jouir alors de sa surprise. Un doute la harcelait toujours lorsqu'une idée lui vint à l'esprit. Les professeurs de Skye ne recommandaient-ils pas à leurs élèves de ne jamais oublier deux règles d'une importance capitale? La première, c'était de ne jamais se laisser impliquer émotionnellement dans une affaire, et la seconde de ne jamais révéler ce qu'ils avaient l'occasion d'apprendre à quelqu'un n'ayant pas droit à cette connaissance.

Pour le journaliste c'est pareil, pensa Natalie. Et si je veux me conduire en professionnelle, je dois aussi suivre ces règles. Skye comprendra ça.

Caro fit glisser le petit anneau sur le clou que David venait d'enfoncer dans le mur et elle redressa le cadre doré. « Je me conduis peut-être d'une manière ridicule? dit-elle.

– Pas du tout! Combien de peintres de ton âge – et même de n'importe quel âge – peuvent se permettre d'encadrer un chèque de trois mille dollars obtenu lors de leur première exposition? Et un chèque signé Louis Koenberg. C'est merveilleux, Caro.

– Louis m'a regardée drôlement lorsque je lui ai demandé si je pouvais avoir le chèque encaissé. Il a ri et dit que j'étais une femme du Sud sentimentale.

– Continue à peindre comme ça et tu pourras tapisser tous tes murs avec ses chèques.

– Il va exposer en même temps les œuvres de Mollie et les miennes, cet automne, te l'ai-je déjà dit?

– Non! c'est formidable. Je suis très heureux que vous vous entendiez bien. Mollie et Jake sont deux de mes plus anciens amis. Mais j'avais un peu peur que ça ne colle pas entre elle et toi.

– Nous sommes très différentes. Mais j'aime sa franchise et j'admire ce qu'elle fait.

– Quand votre exposition aura-t-elle lieu?

– A la mi-octobre, je crois.

– Je suppose qu'elle rejoindra Jake après... Mollie n'est pas femme à manquer un vernissage.

– Excuse-moi. J'ai dû laisser passer quelque chose. Où est-ce que Jake va partir?

– Tu ne l'as pas entendu au dîner, l'autre soir? Il va en Israël.

– En Israël!

– Il nous en a parlé... »

Caro secoua la tête. « Je devais être à la cuisine, en train d'aider Sarah. Je ne me souviens pas d'avoir entendu ça. Il sera parti combien de temps?

– Il va s'installer là-bas. Mollie aussi, d'après ce que j'ai compris.

– David! » Elle s'assit sur le lit et attira David près d'elle. « Pourquoi vont-ils habiter en Israël?

– Pour donner un coup de main. Ils estiment qu'il le faut. Israël a besoin de toute l'aide qu'on peut lui apporter.

– Mollie est peintre, David. Ils ont besoin de peintres?

– Ils ont besoin de tout le monde. N'importe comment, Jake est ingénieur. Dieu sait qu'ils vont trouver à l'utiliser. Quant à Mollie... Tout le monde là-bas fait un travail manuel. En partie par nécessité... il y a la terre à défricher et fertiliser. Mais aussi par fierté. Pendant longtemps on a dit que les Juifs vivaient de leurs cerveaux et du travail des autres. » Ses yeux s'étaient obscurcis, comme s'ils voyaient quelque chose entre Caro et lui. « On a dit aussi de nous que nous ne pouvions pas nous battre et que nous ne le voulions pas. Je suppose qu'Israël va prouver que cette théorie est fausse. Nous allons faire fleurir le désert. Et s'il faut prouver que nous savons faire la guerre, nous le ferons aussi. »

Elle lui prit la main pour le ramener là, dans la chambre. « Partent-ils pour de bon ?

– Ils n'en savent rien. Jake fait l'essai, il va voir comment ça marche.

– Et Mollie ? Et son travail ? Peindra-t-elle encore ?

– Mollie fera ce qu'elle doit faire. Elle donne l'impression de quelqu'un qui se fiche de tout, mais au fond c'est une fille formidable. Je ne me fais pas de souci pour elle. »

De nouveau, Caro sentit un abîme entre eux, mais cette fois c'était elle qui l'avait creusé. Mollie et elle passaient pas mal de temps ensemble et l'art occupait une grande place dans leurs conversations. Elle avait vu combien son travail comptait pour Mollie et s'était sentie toute mortifiée. Car si son chemin à elle avait été relativement facile – de bonnes études d'art payées par sa famille, assez d'argent pour vivre confortablement, qu'elle vende ou pas –, Mollie avait dû s'en tirer toute seule.

« C'est simple, lui avait-elle expliqué. Si j'avais fait ce que voulait ma famille, ils auraient volontiers casqué. » Elle haussa les épaules. « L'art c'est du superflu, du luxe. Le luxe, on se le paie soi-même. »

Aussi Mollie donnait-elle des leçons et travaillait-elle dans une boutique de fournitures pour artistes, peignant le reste du temps. Et déjà elle en était à sa seconde exposition en un an.

« Si elle part maintenant, elle va perdre la renommée qu'elle s'est bâtie, tu comprends, David. Des galeries comme celle de Louis Koenberg, on n'en trouve pas à tous les coins de rues.

Peut-être qu'une chance pareille ne se représentera pas. »

Il lui lança un regard excédé. « Tu ne comprends pas, Caro. Mollie peut réaliser quelque chose que beaucoup de Juifs américains ne peuvent pas faire. Elle va partir vivre en Israël et participer à l'événement le plus important qui nous soit arrivé depuis des siècles. Caro, tu ne comprends pas ce que cela signifie pour nous, Israël? Une chance de vivre dans notre propre pays, libérés de la persécution et de la haine. Pour l'amour de Dieu, je pensais que je n'aurais pas besoin de t'expliquer ça, à toi!

– David... Je suis désolée. » Elle se tut. Il n'était qu'à quelques centimètres d'elle, mais un abîme les séparait. Il y avait là un mur, le mur de son incompréhension à elle, le mur de sa passion pour une terre qu'il n'avait jamais vue. « Non, je pense que je ne sais pas ce que cela signifie, David. Je crois que seul un Juif peut le comprendre. »

Il vit qu'elle était blessée et la prit dans ses bras. « Tu comprends mieux que tu ne le crois, ma chérie. Je ne serais pas ici, sinon. »

Elle se pelotonna contre lui, laissant son corps la rassurer; et de nouveau, elle se dit qu'il n'existait aucune barrière assez forte pour résister à leur amour, aucun mur que leur passion ne pût abattre.

« Il faut vraiment que tu ailles à l'hôpital maintenant? dit-elle en glissant sa main dans la chemise de David.

– Je pourrais peut-être tricher un peu », répondit-il en l'attirant sur le lit.

Cette fois ce fut elle qui joua le rôle actif, sa bouche cherchant la sienne, ses mains le caressant pour amener son désir au niveau du sien. Elle sentait en elle une frénésie qu'elle n'avait jamais connue, voulant le posséder tout entier et se sentir totalement possédée par lui. A un moment donné elle se redressa, haletante, et le regarda comme si elle ne l'avait jamais vu.

« Tu es incroyable », dit-il.

Comme elle se penchait de nouveau vers lui, elle aperçut leur image dans le miroir suspendu en face du lit. Ses yeux de peintre saisirent les formes, leur composition, les couleurs de leur chair : ses cheveux blonds encadrant son visage empourpré, les lignes courbes de son propre corps, la tête brune de David sur l'oreiller blanc.

Elle garda cette image en tête tandis qu'elle l'embrassait, promenant sa bouche de son cou à sa poitrine. Son désir se déchaîna et elle se déplaça pour le laisser la pénétrer. Aussi longtemps que nous aurons cela, pensa-t-elle, rien ne pourra nous séparer.

Lorsque David fut parti, elle resta immobile à contempler la baie. Au long des mois, cette masse d'eau dont la surface changeait en fonction du vent et de la marée était devenue pour elle une présence. Elle en était venue à la connaître presque aussi bien que les paysages de son enfance : lorsqu'elle la regardait, elle sentait se renforcer les liens qui s'étaient tissés entre ce lieu et elle.

Elle avait cru que David aussi s'était attaché à San Francisco. Et pourtant, lorsqu'il parlait d'Israël, il y avait quelque chose d'autre dans sa voix... Elle se souvint de la manière dont il disait « nous » : il s'identifiait nettement à Israël et à son peuple... Caro soupira et contempla la baie, comme si son calme eût pu la rassurer; mais ce soir-là elle n'avait pas de réponses à lui apporter – sombre plaque de verre argentée et impénétrable, chatoyant au clair de lune. Caro non plus n'avait pas de réponses. Elle ne comprenait pas pourquoi David était tellement choqué qu'elle accorde plus d'importance à l'art de Mollie qu'à la fertilisation du désert en Israël. Elle ne comprenait pas que

Mollie pût laisser tomber sa carrière pour aller là-bas. Mais rien de tout cela n'était grave, rien de tout cela ne pouvait affecter sa vie. Sa vie avec David. Non, c'était impossible. Et pourtant si, cela l'affectait.

« Natalie? » La voix de Beau était chaude et amicale. « Ma secrétaire m'a dit qu'un journaliste de l'*Advocate* était en ligne – je n'avais pas compris que c'était vous.

– Je souhaiterais que vous m'accordiez un rendez-vous. On m'a demandé d'écrire un article sur vous, en tant que leader des anti-Long... J'ai déjà fait le travail de recherche, et maintenant j'aimerais m'entretenir avec vous. »

Il y eut un petit silence, puis Beau reprit d'une voix toujours chaude, toujours amicale, mais légèrement différente : « Alors c'est un appel professionnel. D'accord, je vais consulter mon agenda. » Il y eut une pause plus longue et il reprit : « Nous pourrions déjeuner ensemble? Demain, chez Mike et Tony...

– J'aimerais mieux venir à votre bureau, si cela ne vous dérange pas. J'aurai besoin de prendre des notes... et il y a toujours tellement de monde chez Mike et Tony.

– C'est vrai. Vous n'auriez même pas besoin de faire imprimer votre article; toute la ville serait au courant avant que le soleil se couche. Bon... vers dix heures du matin, après-demain? Ce n'est pas trop tard pour vous?

– C'est parfait. Merci beaucoup, monsieur.

– Je serai très heureux de vous voir. Vous pourrez dire à votre rédacteur en chef que je le remercie : ce doit être un pur plaisir que d'être interviewé par vous. »

Après avoir raccroché, elle se sentit un peu

désorientée par la perspective de passer d'une relation amicale à un entretien professionnel. Et bien sûr, en disant que ce serait un plaisir d'être interviewé par elle, Beau ne sous-entendait pas qu'il espérait qu'elle lui facilite les choses. Il se montrait simplement galant, de cette galanteric qui exigeait que l'on fasse des compliments aux dames même dans une conversation d'affaires. Elle avait grandi dans ce climat de galanterie en Virginie et l'avait retrouvé ici. Ce n'était pas de l'hypocrisie, cela faisait seulement partie des mœurs. Mais, pensa-t-elle en regardant Tom Burns au téléphone, à son bureau situé à l'autre extrémité de la salle, la galanterie exige autre chose en contrepartie. Elle demande que je ne me conduise pas comme Tom Burns, que je ne fouine pas partout, que je n'exige pas certaines réponses, que je ne le harcèle pas. Elle demande que, même dans mes fonctions de journaliste, je n'oublie jamais que je suis une dame.

Elle relut tous les dossiers sur Beau, ligne par ligne, à la recherche du moindre méfait ou d'une alliance constituée à son seul profit. Il n'y en avait pas. Ses ennemis disaient que Langlinais n'était pas forcément vertueux, mais qu'étant donné sa richesse il n'avait aucune raison de se comporter de façon malhonnête. Ses alliés affirmaient que ses actes étaient à la mesure de l'homme : l'intégrité de Beau n'était nullement une simple conséquence de sa richesse. Impossible de dire qui avait raison, de ses ennemis ou de ses alliés, aussi Natalie laissa-t-elle tomber la question. Son point de vue dans l'article n'aurait rien de neuf : elle se demanderait pourquoi Beau Langlinais dépensait son temps et son énergie à gérer la Louisiane, alors que la vie qu'il aurait pu mener était si enviable. En d'autres termes, pensa Natalie tout en admettant qu'il s'agissait là d'un cliché : qu'est-ce qui faisait courir Beau Langlinais?

Elle espérait que l'interview le lui révélerait.

« J'ai dit à Nancy de ne pas me transmettre d'appels téléphoniques et de nous accorder une heure », dit Beau en introduisant Natalie dans son bureau et en refermant la porte. « Est-ce que ce sera suffisant?

– Certainement. » Natalie prit la chaise qu'il lui présentait et ouvrit son carnet de notes. « Comme je vous l'ai dit au téléphone, j'ai lu à peu près tout ce que contiennent les archives du journal sur votre carrière, aussi ne vais-je pas vous ennuyer avec les détails. »

Beau croisa les bras et les appuya sur le bureau. « Alors que puis-je vous dire? »

Elle posa son bloc-notes sur ses genoux et le regarda dans les yeux. Ils ressemblaient tellement à ceux de Skye que durant un instant elle sentit faiblir l'objectivité qu'elle voulait garder. Puis elle se dit qu'il lui fallait tout oublier hormis le fait qu'elle était une journaliste ayant un article à écrire.

« Pourquoi avez-vous soutenu Huey dès ses débuts?

– Je pense que je croyais dans ce qu'il voulait dire.

– Ce n'était pas le cas de votre père. »

Il haussa les sourcils et lui sourit : « Vous avez vraiment bien préparé cette interview. La plupart des gens ne s'en souviennent même pas.

– Alors, pourquoi?

– Je croyais dans ce que Long voulait faire, répéta Beau. Sa cause me paraissait bonne... » Il leva la main et haussa les épaules. « Voilà. »

Natalie posa son crayon et le regarda, essayant

de formuler le mieux possible sa prochaine question. « Monsieur Langlinais, je dois vous avouer que je trouve cela un peu difficile à croire. D'après ce que j'ai appris, votre père et vous aviez des opinions totalement opposées au sujet de Huey Long. Et franchement, étant donné la force des sentiments qui vous lient tous, dans votre famille, je ne comprends pas comment un homme aussi jeune que vous l'étiez à l'époque a pu se jeter à corps perdu dans le soutien d'un candidat que son père combattait. Ou alors vous y étiez poussé par une raison émotionnelle. »

Beau regarda le crayon qu'elle tenait à la main. « Etes-vous l'un de ces journalistes auxquels on ne peut rien dire de confidentiel, Natalie ?

– Non, monsieur.

– Alors si je vous donne la vraie réponse... vous me permettrez de vous en proposer une autre qui ne sera pas un mensonge... mais qui ne représentera pas toute la vérité ?

– Monsieur Langlinais, vous n'êtes pas obligé de me donner la vraie réponse. Je suis étonnée que personne ne se soit jamais demandé pourquoi vous n'avez pas suivi votre père; pourquoi vous avez risqué une rupture avec lui.

– D'abord, papa n'a rien dit, il n'a pas dramatisé la situation. Puis j'ai vite compris que je m'étais trompé. » Il sourit d'un air un peu piteux. « Grâce, je dois le reconnaître, à l'aide de mon père. La raison pour laquelle je me suis embarqué avec Long, au début, est la plus simple de toutes. Le désir de me venger.

– De vous venger ! De qui ?

– Je suis désolé, mais je ne peux pas vous le dire, Natalie. Cela implique quelqu'un d'autre. Disons que j'avais été blessé, gravement blessé... et que j'ai trouvé que la seule manière d'atteindre la personne que je blâmais le plus, c'était de passer par Long.

– Ce devait être le père de Mme Langlinais, dit Natalie avec douceur. Charles Livaudais. »

Beau se redressa en sursaut et la regarda avec de grands yeux. « Vous êtes très forte, Natalie. Oui, c'était lui. Il était l'avoué de deux grosses entreprises que Long avait dans le collimateur, en tant que membre d'une commission d'enquête. J'ai pensé que plus j'aiderais Long, pis ce serait pour Livaudais.

– Et ça a marché ? »

Natalie lut dans ses yeux un très ancien chagrin et regretta d'avoir posé cette question. Il leva la main devant son visage, comme pour se dissimuler derrière, et sa bouche se tordit. « Je suis désolée. Je n'aurais pas dû insister... »

Derrière l'écran que constituait sa main il parla, et sa voix était si basse qu'elle dut se pencher pour l'entendre. « Oui, ça a marché. L'empire Livaudais a commencé à s'écrouler... et quand cela s'est produit, j'avais eu entre-temps une raison supplémentaire de le haïr. Rien de ce qui lui arrivait ne me paraissait suffisant. » Il se força à la regarder. « Je ne peux pas parler de cela, Natalie. Pas à l'improviste, même à une amie... je ne peux pas.

– Je me suis vraiment écartée du sujet. J'ai beaucoup d'autres questions à poser. Passons à... »

Il leva la main. « Attendez. J'ai tiré une terrible leçon de cette expérience. On s'engage souvent dans une cause pour des motifs personnels... si l'on n'apprend pas à les mettre de côté, ils dénaturent, et même empoisonnent, tout ce que nous faisons. Voilà ce que j'ai appris. » Il respira longuement et son visage se détendit. « J'ai essayé de ne jamais l'oublier, Natalie. Quels que soient mes intérêts personnels... je prends du recul. J'essaie d'avoir un point de vue objectif. »

Son crayon volait sur le papier; lorsqu'il se tut, elle dit : « Pourrai-je citer ce que vous venez de dire ?

– Je vous fais confiance, Natalie. Du moment que vous ne mentionnez pas Mme Langlinais ou son père... que vous ne laissez même pas soupçonner que nos rapports personnels étaient en cause... écrivez ce que vous voudrez.

– J'aimerais savoir quelle impression vous a faite Long, la première fois que vous l'avez vu », dit Natalie en tournant la page. « Vous vous en souvenez ? »

Pendant le reste de l'heure elle griffonna des notes, remplissant plusieurs pages. Beau savait raconter, redonner vie au passé. Cherchant à expliquer l'impact que Long avait eu sur des hommes pourtant lucides et aguerris, il avança des hypothèses qui fournirent à son article une logique interne intéressante.

Elle se leva et le remercia. « Si je sors des pages du carnet mondain et accède au genre de papier que je souhaite écrire, ce sera sans doute grâce à vous », dit-elle en lui tendant la main.

« Ça ne va pas s'écrire tout seul, dit Beau en montrant son bloc-notes. J'ai guetté votre signature et lu quelques-uns de vos articles. Je suis en bonnes mains, Natalie. » Il fit le tour du bureau, prit ses mains dans les siennes et se pencha pour l'embrasser sur la joue. « Et Skye aussi. »

Soudain elle se sentit détendue : après tout, il était peut-être possible de rester impartiale. Lorsqu'elle pénétra dans l'ascenseur pour redescendre au rez-de-chaussée du Capitol, elle se dit avec soulagement que Beau ne lui avait confié qu'une histoire privée qui ne concernait plus personne. D'après ce qu'il avait dit, elle pouvait supposer que... mais elle refoula sa curiosité. Elle avait maintenant toute la matière nécessaire pour écrire un bon article et si elle n'y parvenait pas, elle ne pourrait s'en prendre qu'à elle-même.

20

Août-Septembre 1949

L'article de Natalie sur Beau Langlinais parut le second dimanche d'août; il commençait à la une dans un encadré et se poursuivait à l'intérieur sur presque toute une page, illustré par plusieurs photos de Beau à différentes époques de sa carrière. La première le montrait au côté de Huey Long sous le chêne d'Evangéline, à Saint-Martinville, après le discours qui lui avait permis de remporter les élections.

« Tu es vraiment son portrait craché », dit Natalie à Skye en tenant les bords du journal à cause du ventilateur en marche posé près du lit. « C'en est stupéfiant.

– Question de gènes. » Il se pencha et l'embrassa. « La fille qui m'épousera devra aimer mon physique, car tous nos fils l'auront.

– Les pauvres », répliqua Natalie, taquine, en mettant les bras autour de son cou et en lui rendant son baiser. Elle se dégagea et reprit le journal. « Je suis tellement fière de voir mon nom en première page de l'édition dominicale de l'*Advocate* que j'ai l'impression d'être sur le point d'exploser.

– Ne fais surtout pas ça. » La bouche de Skye descendit vers son sein.

– Je ne plaisante pas, Skye.

– Et moi non plus, Natalie. » Il se redressa et lui sourit. « Je suis presque aussi fier que toi, bien que je n'y sois pour rien.

– Mais c'est pour cela que je suis si contente, Skye. C'est que j'ai fait ça toute seule. » La véhémence assombrissait ses yeux ambrés. « Quand on a grandi avec une bande de frères... on pense qu'on peut réussir dans un monde d'hommes. Du moins quand on a des frères comme les miens. En réalité, je crois que je n'avais pas compris tout de suite ce qu'est vraiment un monde d'hommes... Mes parents n'étaient pas comme cela : ils étaient unis au sens fort du terme. Papa avait ses cours, maman la plantation... ils passaient beaucoup de temps ensemble, et partageaient tout un tas de choses. » Elle secoua la tête. « Ce n'est qu'à l'université que je me suis rendu compte que tous les couples n'étaient pas comme ça.

– Natalie, depuis que je te connais, tu as amplement réussi dans tout ce que tu as entrepris. J'ai toujours trouvé ça très attirant.

– Je le sais, Skye. Tu m'as toujours encouragée. Mais tu es une exception, le sais-tu? La plupart des hommes, au journal... Eh bien, leur attitude va de l'hostilité ouverte de Tom Burns à l'indifférence la plus totale, en passant par les brimades modérées. Et, bon sang, je vais leur montrer qu'ils se trompent.

– A quel propos? demanda Skye en se calant contre les oreillers.

– A propos de leurs préjugés! Ils pensent que tout écrivain en jupon doit se cantonner aux recettes de cuisine ou aux meilleures façons de s'occuper d'un bébé.

– N'es-tu pas un peu injuste? Il y a des femmes journalistes célèbres en Louisiane... elles ont l'air de bien s'en tirer.

– “ Des femmes journalistes célèbres ? ”... Oh, Skye !

– Bon, je reconnais que cela peut paraître un peu condescendant. Mais, Natalie, tu ne peux pas t'emparer de tout le bastion mâle. » Il montra l'article du doigt. « Relis les paroles de mon père que tu cites... au sujet de la nécessité de ne pas se laisser envahir par ses émotions personnelles lorsqu'on se dévoue à une cause.

– *Touché*. Mais c'est dur, Skye. Bien sûr, Tom Burns m'a fourni un tuyau... mais il ne laisse jamais passer une occasion de me faire un croche-pied. Si j'étais un homme, il ne se conduirait pas comme ça.

– Ou si tu n'étais pas une femme aussi séduisante. » Skye l'attira contre lui.

« Qu'est-ce que tu veux dire par là ?

– Tu ne tiens pas compte, dans leur comportement, de la place tenue par l'attirance sexuelle qu'ils éprouvent pour toi. Tu es une femme très séduisante... ils voudraient bien coucher avec toi... mais tu es aussi une collègue, et très brillante. Aussi te font-ils supporter leurs frustrations... ils te harcèlent ou ils t'ignorent.

– C'est tellement injuste !

– Je ne voulais pas te bouleverser en te disant cela. Mais seulement te donner mon point de vue.

– Tu as sans doute raison. Mais dans ce cas, c'est leur problème et je tiens à conserver une attitude strictement professionnelle.

– Tu m'en vois ravi. » Skye avait encore envie de faire l'amour, d'écarter le drap et de caresser les muscles crispés de Natalie jusqu'à ce qu'ils se détendent et qu'elle réponde à son désir, mais au moment où il toucha le drap, il hésita. L'air semblait lourd, et pas seulement en raison de l'humidité dont il était chargé, et il changea d'avis. Ayant toute la journée devant eux, ils pourraient peut-être aller à Saint-Francisville et prendre un bain dans la retenue du ruisseau, chez Emilie et Fielding. Le temps qu'ils soient revenus à Baton Rouge, il ferait sûrement moins chaud dans l'appartement et le ventilateur au-dessus de la fenêtre de la chambre brasserait une brise fraîche venue de la rivière.

« Je meurs de faim », dit-il en sortant du lit et en mettant son slip. « Tu prends une douche et tu t'habilles pendant que je fais quelques-unes de mes fameuses crêpes ?

– Je me lève. » Mais Natalie resta au lit, le drap tiré jusqu'au menton, à relire ostensiblement son article, jusqu'à ce que Skye eût quitté la pièce.

Jake Rubin embrassa d'un regard appréciateur la salle du restaurant, sans oublier aucun de ses luxueux aménagements. « C'est un vrai festin que tu nous offres là, David. Mange bien, Mollie, ma vieille. Tu ne reverras pas de longtemps quelque chose qui ressemble à Chez Ernie.

– Bonne nouvelle pour ma ligne, répliqua-t-elle. J'ai l'intention de faire fondre tout ça en faisant fleurir le désert. Ça fait trop longtemps que je traîne ça avec moi.

– J'aurais bien voulu que tu puisses remettre ton départ jusqu'au vernissage, intervint Caro. Ce n'est que dans quelques semaines.

– Israël n'attend pas. Et puis mes peintures se vendront bien toutes seules. Les gens n'achètent pas une toile par sympathie pour l'artiste. Pas notre genre de clients, en tout cas. »

Caro ouvrit la bouche pour continuer à discuter, mais se contenta de boire. Elle ne comprenait pas Mollie Haskell. Depuis qu'elle l'avait rencontrée, elle l'avait crue totalement absorbée par son art et prête à tous les sacrifices pour lui. Et pourtant, juste au moment où elle commençait à se faire un nom, elle fichait le camp et laissait tout tomber. Sans nouvelles œuvres d'elle, Koenberg chercherait un autre peintre et elle risquait fort de ne plus avoir de galerie à son retour – si elle revenait jamais.

Caro la vit prendre son sac et se lever, et la suivit. Tout en louvoyant entre les tables elle se pénétrait de la richesse des arômes, des textures, des couleurs, des surfaces chatoyantes qui faisaient la renommée de ce lieu. L'abondance des dorures et du velours rouge, les miroirs, les vêtements à la mode et les bijoux des femmes, la calme assurance et l'autorité des hommes... tout cela formait un monde si proche de celui qu'elle avait laissé à La Nouvelle-Orléans qu'elle comprit pourquoi elle se sentait heureuse dans certains endroits de San Francisco.

Elle entra dans les toilettes et trouva Mollie en train de nettoyer sa jupe devant un lavabo. « On peut lire mes sorties sur mes vêtements, dit Mollie. Je ne sais pas aller à une soirée sans renverser quelque chose ou me faire une brûlure de cigarette quelque part. » Elle laissa retomber sa jupe et alluma une cigarette. « Alors, qu'est-ce qui te tracasse ?

– Rien.

– Bien sûr que si. Tu n'as toujours pas compris pourquoi je ne restais pas quelques semaines de plus – pourquoi je m'en vais avant le vernissage.

– Mollie... Je sais que le projet de Jake est prêt à démarrer. Sa présence là-bas est indispensable, alors bien sûr...

– Je lui emboîte le pas ? C'est ce que tu penses ? Que je change de vie pour suivre Jake ?

– Non, tu déformes les choses en les présentant comme ça. Je sais que tu as tes propres raisons de partir. C'est que... si tu n'y vas pas à cause de Jake, pourquoi ne pars-tu pas à un moment qui te conviendrait un peu mieux? Parce que, quoi que tu dises, Mollie... tu sais bien que beaucoup de gens aiment rencontrer l'artiste, parler avec lui de l'œuvre qu'ils achètent. Tu as raison... je ne comprends pas en quoi quelques semaines peuvent changer les choses là-bas. »

Mollie écrasa sa cigarette et regarda sa jupe. « C'est presque sec. » Elle reprit son sac. « D'accord, voyons si je peux t'aider à comprendre. Tout d'abord, Caro, mon travail, ma vie... tout cela n'appartient qu'à moi. Quant à suivre Jake, nous allons vivre dans un kibboutz, et nous ne savons pas si ce sera le même... Pour le vernissage... Caro, j'ai payé assez cher le droit d'être un peintre. Je suis peintre. Et si je décide de mettre le peintre en sommeil pendant un certain temps pour faire autre chose... eh bien, j'ai aussi payé assez cher le droit de prendre cette décision. Maintenant revenons avant que les hommes n'envoient des sauveteurs à notre recherche. »

Toute la soirée fut imprégnée de l'allégresse avec laquelle Jake parla du projet qui l'attendait, des conditions de travail en Israël. Caro essaya d'imaginer la vie qui les attendait, Mollie et lui, une vie qui ne serait pas sans danger. « Tous les habitants des kibboutz sont armés, dit Jake. Si l'un des pays limitrophes passe à l'attaque, nous saurons nous défendre.

– On ne peut pas laisser Israël tranquille? s'étonna Caro. Après tout ce que les Juifs ont subi...

– Nous avons servi de boucs émissaires pendant trop longtemps, dans beaucoup d'endroits, dit David. Ça, c'est peut-être fini. »

Il y avait de la colère dans sa voix. Jake et Mollie réagirent aussitôt. « C'est fini, acquiesça Jake.

Nous revenons dans notre pays et, bon Dieu, nous allons y rester.

– Buvons à cela, dit David. J'aimerais bien porter le premier toast de la soirée, si vous le voulez bien. » Ils prirent tous leurs verres. David fit tinter le sien contre celui de Jake, puis celui de Mollie, enfin celui de Caro. « " Le Seigneur, Dieu de nos pères, vous rende mille fois plus nombreux et vous bénisse, comme Il l'a promis. " »

Le verre de Caro rencontra ceux de Mollie et de Jake, et ils burent tous ensemble. Bien qu'elle essayât de se persuader que le toast porté par David les concernait tous, elle ne pouvait s'empêcher de se sentir exclue. Israël n'était important pour elle que dans la mesure où elle partageait l'existence de David.

C'est bien après minuit qu'ils quittèrent Jake et Mollie, après avoir prolongé la soirée dans un petit bar près du quai. Tous deux étaient très fatigués lorsqu'ils arrivèrent chez Caro. Sachant que David était levé depuis l'aube, elle lui proposa de rester. Elle prit son visage entre ses mains et le regarda avec inquiétude. « Chéri, tu as l'air épuisé.

– Je suis littéralement claqué, dit David en ôtant ses boutons de manchettes. La journée a été longue j'ai eu aussi ma dose d'émotions. Mon Dieu ! Jake est comme un frère pour moi. Il va terriblement me manquer.

– Je sais. » Elle se déshabilla lentement et, le temps qu'elle se glisse dans le lit, David était déjà profondément endormi. Elle se pelotonna contre lui et tomba bientôt, elle aussi, dans un sommeil de plomb.

Un long gémissement la tira brusquement de l'inconscience. Elle se souleva sur un coude et regarda David. Il gémit de nouveau et, dans le peu de lumière qui filtrait du couloir, elle vit que son visage était crispé, tordu par une grimace de douleur. Il poussa un vrai cri et s'éveilla, la regardant sans la voir. « Chéri, dit-elle en l'étreignant. David, c'est Caro. Chéri, ça ne va pas? » Elle le vit reprendre lentement pied dans la réalité, et alluma la lampe de chevet. « Qu'est-ce que c'était? » demanda-t-elle.

David s'assit, tira une cigarette du paquet posé sur la table de nuit et se mit à fumer, les yeux fixés sur le mur opposé, la respiration encore haletante; peu à peu il se calma, son pouls ralentit. Elle l'embrassa sur la joue et demanda de nouveau : « Qu'est-ce que c'était, David?

– Je n'aurais pas dû prendre ce dernier verre. L'alcool a libéré les monstres.

– C'était le même rêve que d'habitude?

– Une autre version. » Il avait l'air plus épuisé que lorsqu'ils s'étaient couchés, quelques heures auparavant, et elle le berça dans ses bras.

« Tu as envie d'en parler?

– Je vais plutôt essayer de l'oublier », dit-il en éteignant sa cigarette et en l'attirant à lui.

Lentement, attentivement, ils se mirent à faire l'amour, laissant chaque baiser, chaque caresse les emporter loin de l'horreur qui avait torturé David. Caro sentit qu'il commençait à se laisser aller, qu'il renvoyait le rêve dans les profondeurs d'où il était sorti. Mais il reviendrait, comme il l'avait fait l'année précédente : le même thème, à quelques variantes près. David rêvait de la mort atroce de certains de ses parents, perdus dans le maelström de la guerre. Caro savait que sa famille avait tenté, par tous les moyens possibles, de savoir ce qui leur était arrivé; mais il y avait trop de demandes semblables, trop de quêtes désespérées, et jusqu'à maintenant ils n'avaient rien appris. La naissance d'Israël, en mai 1948, leur avait redonné de l'espoir. Parmi tous les exilés qui y affluaient, il y aurait sûrement des survivants des camps, ils auraient sûrement des nouvelles.

Caro était persuadée que si des membres de la famille de David avaient survécu, ils seraient entrés en contact avec leurs parents en Amérique. Mais quand elle le lui avait dit, il avait répondu que leur premier souci aurait été de se retrouver entre eux, de rassembler le peu de biens qui leur restaient et de rebâtir leur vie. « Peut-être que seuls les plus jeunes sont vivants, dit-il. Il est possible qu'ils ne sachent même pas comment nous joindre. » Elle en conclut que David s'accrochait à des fétus de paille, mais comme elle eût sans doute réagi de la même manière si elle avait été dans une situation semblable, elle ne répliqua rien à cela.

Peu à peu il cessa d'en parler mais les rêves commencèrent. Impossible de comprendre ce qui les déclenchait. L'intervalle entre deux cauchemars pouvait se mesurer en mois ou en jours. Parfois David avait besoin d'en parler, de se purger de toute cette horreur; mais la plupart du temps il refusait de leur accorder une place dans sa vie diurne.

Et Caro le comprenait, tourmentée elle aussi par un rêve récurrent dans lequel un homme ensanglanté tombait à ses pieds. Mais son travail l'aidait beaucoup et les cauchemars se rapportant à l'homme qu'elle avait tué un dimanche après-midi chez Walter s'espaçaient. Elle y pensait aussi plus rarement dans la journée.

Elle se serra contre David, souhaitant que la chaleur de sa propre chair, l'ardeur de son désir le ramènent dans un monde où l'on ne faisait pas délibérément mal aux autres et où il était possible d'espérer. « Je t'aime », chuchota-t-elle.

Il poussa un long soupir hoquetant et elle comprit que les démons étaient partis. « Moi aussi, je t'aime. O mon Dieu, Caro, je t'aime plus que tout. »

L'anxiété et le doute qu'avaient éveillé en Caro les propos de Mollie disparurent. Mollie avait toute liberté d'action. Elle avait payé le droit de décider seule en ce qui concernait son art, sa vie. Mais pas moi, pensa Caro. Et je ne le souhaite pas. Je suis liée à David; je ne peux pas séparer mon amour pour lui de mon art, du reste de ma vie. Je ne peux pas diviser ma vie en compartiments et passer de l'un à l'autre sans jeter un regard en arrière. Le travail et l'amour peuvent remplir nos existences et exorciser nos démons. Elle se sentit alors aussi proche de lui qu'il était possible de l'être. De tout son être, elle crut qu'elle l'était.

Le téléphone sonna.

« Qui que ce soit je vais m'en débarrasser sans tarder, dit Skye à Natalie avant de décrocher. Ce n'est pas une heure pour appeler. »

Natalie regarda sa montre et bâilla. Presque minuit, et le lendemain elle devait être au journal à sept heures et demie. Elle bâilla de nouveau et, se calant contre un oreiller, repassa dans sa tête l'emploi du temps de sa semaine. Il y avait ce procès de Pointe Coupée, et la réunion, à Livingston, de ces gens qui voulaient mettre des livres à l'index. « Attendez-vous à des cinglés, lui avait dit Tom Burns. Certains d'entre eux pensent qu'il faudrait censurer *Les Aventures de Huckleberry Finn.* »

Elle entendit Skye s'exclamer, vit sa main se crisper sur le combiné. « Quoi? D'accord. Ne quitte pas. Reprends tout depuis le début, Henri. Et parle lentement. Je vais prendre des notes. » Il fit un signe frénétique à Natalie qui lui passa un bloc de papier et un crayon, les yeux fixés sur son visage.

« Qu'est-ce que c'est? » chuchota-t-elle, presque inaudible.

Il secoua la tête, pressant plus fort l'écouteur contre son oreille, et prit rapidement quelques notes. « Je vais appeler papa tout de suite. Il pourra te joindre à ce numéro? Je sais qu'il voudra te parler. Bon. Ecoute... essaie de ne pas te faire trop de mauvais sang, hein? Ces gens-là ont déjà commis des erreurs. Papa saura quoi faire. Bien sûr, Henri, quand tu veux. »

Il raccrocha lentement, en gardant les yeux fixés sur son papier. Puis il se tourna vers elle, l'air bouleversé. « Henri est assigné devant la commission des Activités antiaméricaines.

– Oh non!

– Il a reçu le papier il y a deux heures... il est allé chez un ami... il m'appelait de là. » Skye secoua la tête. « Pauvre Henri. La meilleure chose à faire est de joindre papa.

– Et c'est toi qu'il a appelé?

– Il dit qu'il ne voulait pas réveiller tout le monde en appelant à la maison. En fait, il espère que papa pourra régler ça sans que sa mère le sache.

– Oh, Skye! Je ne pense pas que ce soit possible. Ces choses-là se savent toujours.

– Oui, mais ce n'est pas comme s'il était assigné ici. Il est à Chicago. Personne n'a jamais entendu parler de ce stupide petit groupe avec lequel il s'est mouillé.

– De quoi est-il accusé?

– Il faisait partie d'une espèce de groupe d'étude. » Skye marchait de long en large, à grands pas nerveux. « Il dit qu'ils étudiaient la philosophie, les formes de gouvernement, des trucs comme ça.

– Ça semble assez anodin.
– Je suis sûr que ça l'était, Natalie. Mais les noms des organisateurs étaient sur les listes de suspects visés par McCarthy et ses amis. C'est l'éternelle histoire. On se joint à la mauvaise bande et quand ils sont pendus, on se balance à la même corde. » Il s'arrêta et regarda le téléphone. « La seule chose que je puisse faire, c'est appeler papa. Je devrais attendre demain matin, mais Henri est complètement affolé. La même chose est arrivée à l'un de ses amis, il y a deux ou trois mois... il a perdu son travail avant même d'être passé devant la commission. C'est tout de même épouvantable de voir bafouer les principes de justice que notre pays a toujours respectés.
– Je me demande si l'ami... n'a pas livré le nom d'Henri.
– Il n'y a pas encore pensé. Il est là-bas, à Chicago, incapable de dormir. Il a l'impression qu'il ne lui reste... plus personne sur qui compter.
– Dieu merci, il t'a, toi », dit Natalie.
Skye appela l'opératrice, lui donna le numéro de son père et attendit impatiemment que Beau décroche. Il n'y avait pas de danger que mère réponde; beaucoup trop de gens appelaient Beau à n'importe quelle heure et cela faisait des années, comme il le disait, qu'il assurait la permanence.
« Papa? C'est Skye. La sonnerie n'a réveillé que toi? Non, personne n'a eu d'accident de voiture. Peux-tu me prendre sur un autre poste? Je ne veux pas que mère entende. »
Il y eut un silence, puis Skye reprit la parole et donna à son père des détails sur la situation d'Henri, en lisant les notes qu'il avait prises. « Il est en train de rentrer chez lui. Je lui ai dit que tu l'appellerais. » Skye écouta et hocha la tête. « Bien, papa. J'ai dit à Henri de ne pas trop s'inquiéter...

que tu saurais quoi faire. » Un autre silence. « Je sais. C'est un beau gâchis. Je suis d'accord avec toi... Henri aurait dû deviner à certains signes que, au minimum, le groupe sympathisait avec le parti communiste, mais bon Dieu! de là à essayer de renverser le gouvernement... Tu sais aussi bien que moi que la majorité des gens que l'on traîne devant ces commissions ne pensent pas plus que toi et moi à trahir ou à faire la révolution. D'accord. Tiens-moi au courant. Et, papa... merci. »

Il raccrocha et revint vers le lit. « Papa va appeler Henri. Il dit qu'il ne pourra agir que lorsqu'il connaîtra le degré de gravité de l'affaire. Bien sûr, il a, à Washington, des amis qui ont le bras long... » Skye secoua la tête et alluma une cigarette. « Pas la peine que je te le dise, mais bouche cousue, hein?

– C'est évident. Il est tard, Skye, et nous avons tous deux une semaine très chargée. Peux-tu me ramener chez moi?

– Bien sûr. » Il la regarda un moment, puis se pencha et prit son visage entre ses mains. « Natalie, qu'est-ce qui ne va pas?

– Rien... je suis fatiguée, c'est tout. Tu sais bien que les dernières semaines de septembre, je me traîne jusqu'à ce que le froid arrive. » Mais elle évita son regard et il l'observa, perplexe, se diriger vers la porte.

« Attends. C'est cette histoire d'Henri qui va te poser un problème?

– Qu'est-ce que tu veux dire? » Son ton et son visage lui révélèrent qu'il avait mis le doigt sur la plaie.

« A ton journal. Pour ton travail. Je veux dire... c'est un sujet d'article.

– Skye, j'ai entendu, par hasard, une conversation privée – deux même – alors que j'étais dans la maison d'un ami. Pour moi, c'est confidentiel.

– Peut-être que papa va arranger les choses avant que le bruit ne se répande. Je l'espère de tout mon cœur.

– Moi aussi. »

Ils gardèrent le silence tandis que Skye reconduisait Natalie par les rues silencieuses. Il pensait à son père qui devait être déjà en train d'échafauder une stratégie et à Henri, si loin, si seul dans cette épreuve. Quant à elle, plus elle cherchait à fuir la vérité, plus celle-ci se faisait évidente. Se jurer de rester objective et de ne pas laisser ses préoccupations professionnelles s'immiscer entre Skye et elle, c'était très bien. Mais pour la seconde fois, sa conscience professionnelle était mise à rude épreuve par quelque chose qu'elle avait appris confidentiellement. Lorsque Beau lui avait révélé qu'il avait soutenu Long afin de ruiner un homme qui lui avait fait du mal et qu'elle avait décidé de ne pas mentionner cela dans son article, elle s'était dit que ce fait ne pouvait intéresser personne. Mais l'assignation d'Henri, c'était une *nouvelle.* Et si Skye s'imaginait que son père pourrait arranger cela en coulisses, Natalie était moins optimiste. Dès l'instant où le nom d'Henri sortirait dans la presse de Chicago, les journaux d'ici en parleraient. Et elle était en train de laisser passer un scoop sensationnel.

Le lendemain, elle s'habilla avec une impression de lourdeur qu'elle ne pouvait attribuer seulement à l'humidité qui imprégnait l'air. Jusqu'à ce que la nouvelle de l'assignation d'Henri atteigne la salle de rédaction de l'*Advocate,* elle serait en proie à l'anxiété.

Au journal tout le monde s'affairait, comme d'habitude, et elle se laissa bientôt distraire par sa tâche. Elle appela plusieurs personnes de Pointe Coupée pour recevoir confirmation des données du procès, mit la dernière main à son article et commença à assimiler les éléments de base sur le groupe de censure de Livingston. Il était près de midi lorsque le rédacteur en chef passa près de son bureau et lui dit de venir dans le sien. Elle se douta de ce qu'il allait lui dire mais le suivit en espérant qu'il s'agissait seulement d'un autre reportage sans rapport avec Henri Hamilton.

Elle essaya de garder un visage impassible, de ne montrer qu'un strict intérêt professionnel : « Watkins, vous avez l'air de savoir de quoi je vais vous parler. Pourquoi ? » Comme elle demeurait silencieuse, il reprit : « Henri Hamilton a été assigné à Chicago, hier, devant la commission des Activités antiaméricaines. On l'accuse de s'être associé à des communistes notoires, et la liste des organisations auxquelles il serait mêlé est d'une longueur impressionnante. Etiez-vous au courant ?

– Pas en qualité de journaliste. » Elle pouvait à peine répondre tant sa bouche était sèche.

« Qu'est-ce que ça veut dire ?

– Je l'ai appris uniquement parce que j'étais chez un... ami. C'était une situation personnelle, confidentielle et...

– Bordel de merde, ça n'existe pas, ça ! Vous le saviez bien qu'on l'apprendrait aujourd'hui. Vous nous avez fait perdre une chance de battre les autres journaux de l'Etat. »

Elle passa la langue sur ses lèvres et toussa pour s'éclaircir la gorge. « Je pensais bien que la nouvelle atteindrait Baton Rouge. Mais je ne voulais pas trahir la confiance d'un ami.

– Watkins, je sais que vous fréquentez Skye Langlinais. Ne faites pas la sainte nitouche avec moi. Si vous ne pouvez pas garder votre objectivité vis-à-vis des Langlinais, pourquoi diantre ne me l'avez-vous pas dit quand je vous ai demandé de faire un article sur Beau ? Qu'est-ce que vous avez dissimulé ?

– Rien ! » Elle se leva et lui fit face, ne contenant sa colère qu'avec peine. « Je n'ai rien dissimulé.

– Peut-être. Mais, Watkins, il va s'écouler du temps avant que je vous redonne un reportage de cette importance.

– Ce n'est pas juste. Vous avez dit vous-même que c'était un bon article... sérieux, bien écrit...

– Ce qu'il y avait dedans était sérieux. Je ne peux pas en dire autant de ce qui n'y était pas.

– Que voulez-vous dire ? »

Il prit une chemise derrière lui, en tira l'article sur Beau Langlinais et se mit à lire : « " Une expérience personnelle convainquit Beau Langlinais que Long était l'homme à suivre. " » Il reposa le papier et la regarda. « Vous n'avez pas dit en quoi consistait cette expérience personnelle. Est-ce que Beau vous l'a dit ? Ou est-ce que vous ne le lui avez pas demandé ?

– Je... il me l'a dit... Ce... Ça ne m'a pas paru très intéressant.

– De quel point de vue ? Le vôtre ?

– Ça s'est passé il y a trop longtemps...

– Vous auriez dû m'en laisser seul juge.

– Alors, pourquoi ne me l'avez-vous pas demandé à ce moment-là ? Vous avez lu l'article avant qu'il aille sur le marbre... »

Le rédacteur en chef haussa les épaules.

« L'article paraissait bien sans cela. Et à l'époque, je croyais que vous faisiez passer votre travail en premier. C'est vous qui m'avez supplié de vous changer de rubrique. J'ai pensé que vous seriez assez intelligente pour ne pas nous cacher quelque chose. »

Elle le regarda fixement, sans répondre.

« Peu importe. Je vais donner l'histoire de Hamilton à quelqu'un d'autre. Retournez à votre travail.

– Mais...

– Vous n'avez pas de temps à perdre, Watkins. Moi non plus. Retournez à votre travail. »

Lorsqu'elle entra dans la salle de rédaction, le silence se fit. Mon imagination me joue des tours, pensa-t-elle en s'avançant vers son bureau la tête haute. Ils ne peuvent pas savoir que je viens de me faire réprimander, se dit-elle. Puis, juste au moment où elle allait se laisser tomber sur son siège, la voix de Tom Burns l'atteignit, par-dessus le léger brouhaha qui avait repris. « Hé, Natalie ! Henri Hamilton et Skye Langlinais sont quoi l'un par rapport à l'autre ? »

Elle se figea sur place, incapable de répondre. Puis elle s'assit et introduisit une feuille de papier dans sa machine à écrire. Elle se mit à taper : « Le temps est venu, pour tous les hommes de bonne volonté, d'apporter leur aide au parti. Le loup est sorti du bois. » Encore et encore, elle aligna des phrases sans suite. Lorsqu'elle eut rempli la page, elle avait retrouvé son calme. Elle prit alors une autre feuille de papier et commença à écrire sur son vrai sujet. Elle ne voulait pas penser à ce que Tom Burns allait faire avec l'histoire d'Henri. Ce serait forcément un article impitoyable, rempli d'insinuations malveillantes, rédigé sur un ton presque joyeux. Elle ne savait si son collègue détestait particulièrement Beau ou haïssait simplement tous ceux qu'il enviait. N'importe comment, pensa-t-elle, je ferais mieux d'avertir Skye ; maintenant que la chose a été rendue publique, la meute va se déchaîner.

21

Octobre 1949

« Là, dit Skye en tenant une petite bougie contre l'amadou et le petit bois. Ça devrait prendre.

– Le premier feu de l'année », dit Caroline. Elle tendit les mains vers la flamme. « Pourquoi est-ce que je n'ai vraiment chaud que lorsqu'il y a un feu dans la cheminée ?

– C'est l'instinct primitif, répliqua Beau. Je ne sais pas ce que vous en pensez, mais moi je meurs de faim. Caroline, si tu servais le gambo tandis que j'ouvre la bouteille de vin ?

– Je peux vous aider ? » demanda Natalie, assise à côté de Skye, en se levant d'un bond.

« Vous pouvez tourner la salade, dit Caroline. Henri, si tu apportais quelques plateaux...

– Mais bien sûr », répondit-il. Il leva la tête mais retomba aussitôt en léthargie, regardant fixement les flammes qui léchaient les rugueuses bûches de pacanier et en feraient bientôt une belle flambée.

« Viens avec moi, mon vieux, dit gentiment Skye. Mère les range dans le placard du vestibule. »

Beau les regarda sortir de la pièce. Tout en manipulant le tire-bouchon, il repassait dans son esprit les événements des dernières semaines. Le lendemain du coup de téléphone de Skye, il avait pris l'avion pour Chicago, où il était resté jusqu'à la fin de l'affaire. Encore maintenant, il était incapable d'évaluer ce que cela lui avait coûté en faveurs politiques. Il avait fait appel à ses amis, à tous ceux qui avaient une dette envers lui – qu'il eût pu utiliser au bénéfice d'une douzaine d'autres causes. Henri avait dû se présenter, certes, mais les dents des administrateurs menant l'interrogatoire, des gens situés tout en bas de la hiérarchie, avaient été limées avant que la procédure ne commence; aussi avait-il pu repartir disculpé.

Disculpé, mais non indemne. L'Université de Chicago ne lui avait pas demandé de quitter son poste de maître-assistant en philosophie, c'était Henri qui avait décidé de donner sa démission. Malgré les arguments avancés par Beau à Chicago, et tout ce qu'avait pu dire sa mère quand il était rentré à la maison, Henri était resté inflexible : il ne retournerait pas à Chicago. Il ne ferait plus jamais confiance à personne de là-bas. Il ne pouvait oublier l'image qu'il avait donnée de lui-même à la commission – celle d'un homme si naïf qu'il n'avait pas compris qu'un grand nombre de ses amis étaient inscrits au parti communiste.

« Si je suis aussi stupide que ça, on ne peut pas me lâcher dans une classe, dit-il à Beau.

– Henri, il n'y avait pas d'autre moyen que de jouer la carte de la naïveté. Si un membre de la commission s'était douté que tu connaissais les appartenances politiques des leaders de ton groupe d'étude, il te l'aurait fait chèrement payer.

– C'est déjà fait », dit Henri en jetant sur la table une liasse de coupures de presse et en allant se mettre à la fenêtre, le corps rigide et le dos tourné.

Beau n'avait pas besoin de lire les articles. Tom Burns s'était déchaîné contre Henri, traçant le portrait d'un fils de famille faible et imbu de lui-même. Bien que le journaliste ne se fût pas exprimé ouvertement, ses sous-entendus étaient transparents : les gens riches se croyaient tout permis. Burns avait aussi épluché la vie de Beau, surtout une fois les résultats de l'affaire connus. A côté de l'article qui lui était consacré, il y avait un encadré où il se demandait pourquoi le beau-fils de Beau Langlinais s'en était tiré alors que tant d'autres, beaucoup moins impliqués que lui, avaient été déclarés coupables. Cela faisait de Beau un politicien avide de pouvoir, que rien ne pouvait empêcher d'arriver à ses fins. Burns ne se trompait pas en supposant que Beau avait tout fait pour influencer les membres de la commission, mais il avait tracé de lui un portrait totalement inexact. La lecture de cet article accabla Natalie de chagrin et de culpabilité.

« Personne ne peut rien te reprocher, lui dit Skye. Burns est une teigne, il se déchaîne toujours contre quelqu'un. C'est un manque de chance que papa en ait fait les frais, c'est tout.

– Mais si j'avais parlé de l'assignation d'Henri à Jack Lawton dès mon arrivée, ce matin-là, il m'aurait probablement chargée d'écrire cet article.

– Natalie, tu as fait ce que tu croyais juste, et je t'en suis très reconnaissant. Ecoute, je ne pense pas que j'aurais supporté de lire tout cela sous ta signature.

– Je n'aurais pas écrit cela », dit Natalie, prenant conscience qu'elle exprimait la vérité.

Après l'incident, avait suivi une période de consternation durant laquelle elle avait beaucoup réfléchi à ses ambitions de journaliste et à son amour pour Skye. L'atmosphère de la salle de rédaction était devenue plus hostile que jamais. Elle savait que la malveillance de Burns poussait la plupart de ses collègues à demeurer neutres, mais ce n'était pas la neutralité qu'elle voulait. Un poste était vacant au *Picayune Times.* Elle avait proposé sa candidature et l'avait obtenu. Elle commencerait dans une semaine, le 1er novembre.

En dépit de leurs efforts pour rendre joyeux ce repas autour du feu, les silences entre un sujet et le suivant se firent de plus en plus longs, et la conversation de moins en moins spontanée. Henri n'y participait pas, ne répondant aux questions directes que par monosyllabes, mangeant son gambo d'une manière mécanique qui révélait clairement qu'il ne savait ni où il était ni ce qu'il faisait.

« J'ai envie de faire une promenade », dit Skye lorsque la vaisselle fut terminée et que Caroline eut annoncé qu'elle était épuisée et montait se coucher. « Natalie, Henri, qu'en dites-vous ?

– Je voudrais parler avec père, répondit Henri. Allez-y tous les deux.

– Attendez-nous, alors. Nous ferons des grogs en rentrant. »

Ils prirent leurs vestes et sifflèrent Marq qui descendit les marches en bondissant, pour se précipiter dans la nuit glacée. La pleine lune de l'équinoxe d'automne baignait la ferme de sa lueur orangée; l'extrémité des graminées scintillait de lumière et le champ ondulait en vagues argentées. Les masses noires des arbres, secoués par le vent, se découpaient sur le ciel. Le silence de l'hiver proche s'emparait déjà de la terre. Les oiseaux se blottissaient au fond de leurs nids ou sur les montants de la clôture; un hibou guettait sa proie.

« Dieu que c'est beau ! » s'exclama Skye. Ils se prirent par le bras et traversèrent la pelouse en direction d'une vaste prairie.

« Je me fais du souci au sujet d'Henri, dit Natalie. Il... il a l'air tellement perdu.

– Je sais. Tout son univers s'est écroulé. » Skye

l'aida à gravir l'échalier et dégringola à sa suite. « En parlant de cela... le mien aussi s'écroule. Je ne me résigne toujours pas à ce que tu ailles t'installer à La Nouvelle-Orléans, la semaine prochaine.

– Skye, je ne pouvais pas rester à l'*Advocate*. Ce poste au *Picayune* me sauve la vie. Très vite Lawton m'aurait renvoyée au carnet mondain, et j'aurais été obligée de partir.

– Pourquoi ne m'as-tu rien dit?

– Je suis désolée. C'était en plein milieu de l'histoire d'Henri : il m'a fait venir et m'a dit qu'il espérait que les choses allaient s'arranger, mais que je devais comprendre que si ma présence dans la salle de rédaction ne cessait pas de constituer un facteur de trouble, il ne pourrait faire autrement que de me transférer ailleurs.

– Le salaud!

– Il ne m'a pas blâmée, Skye. Il savait très bien que Tom Burns s'acharnait contre moi, mais il a un journal à faire sortir, et une journaliste débutante ne compte pas assez pour qu'il entre en guerre avec son meilleur reporter à cause d'elle.

– Tu aurais dû m'en parler, Natalie! J'y serais allé et j'aurais donné une bonne leçon à ce Burns.

– Skye, ça n'a plus aucune importance. Je me suis tirée d'affaire en démissionnant.

– Peu importe, on n'aurait pas dû le laisser t'intimider... te harceler comme ça...

– Oh, Skye. C'est quelque chose qui arrive à des tas de gens. »

Il s'arrêta et la prit dans ses bras. « C'est toi qui comptes pour moi, et toi seule. Maintenant, tu t'en vas à cent kilomètres d'ici!

– Cent kilomètres, ce n'est pas si loin. Et puis tu en es à ta dernière année d'études. Tu travailleras mieux sans personne pour te distraire.

– J'ai une idée », dit-il en l'attirant à lui. Sa joue était froide contre la sienne, son corps chaud et vigoureux sous l'épaisse veste. « Marions-nous, Natalie. Reste avec moi. »

Elle ne répondit pas, leva la tête pour l'embrasser et le serra plus fort contre elle. Puis elle se dégagea et lui prit la main. « Non, Skye.

– Natalie, je t'aime. Je veux t'épouser.

– Parce que je m'en vais?

– Parce que je te veux. Je te veux avec moi tous les jours, toutes les nuits, pendant toute ma vie. »

Elle posa la main sur ses lèvres. « Chut, Skye, ce n'est pas le moment.

– Que veux-tu dire? »

Une brusque rafale de vent les assaillit, éparpillant des feuilles mortes sur leurs grosses chaussures. « Rentrons. Je commence à avoir froid.

– D'accord. Rentrons. Mais je ne laisse pas tomber le sujet, Natalie. C'est trop important pour moi. »

Elle pénétra la première dans la maison chaude et pleine de l'arôme du feu de bois et des épices. La lumière était allumée dans le vestibule et une lampe brillait sur le palier du premier, mais la demeure était silencieuse.

Dans le salon, ils trouvèrent un message d'Henri posé sur le manteau de la cheminée : « Je suis monté me coucher. On se verra demain matin. Henri. »

« C'est comme ça, dit Skye. Mets une autre bûche dans le feu et tisonne un peu les braises pendant que je fais les grogs. »

Il attendit qu'ils soient installés sur le tapis, devant la cheminée, les bols fumants à la main. « Bon. Maintenant, dis-moi. Pourquoi ne veux-tu pas m'épouser?

– Parce que je n'ai pas encore réalisé les projets que j'avais en tête, Skye.

– Natalie...

– Chéri, laisse-moi finir. Je t'en prie. » Elle s'éloigna de lui et s'adossa contre le divan. « J'ai travaillé dur pour devenir journaliste. Même à l'université, j'ai dû faire mes preuves. On m'avait nommée administratrice du journal, mais bien sûr le rédacteur en chef était un garçon. Et quand éclata un scandale de trafic de diplômes, je dus confier l'article à un rédacteur – alors que c'était moi qui avais tout découvert –, sous prétexte que c'était arrivé dans une association de garçons. »

Elle vit qu'il allait parler et leva la main. « Skye, crois-moi, je n'en ai gardé aucune rancœur. Mais bon sang, regarde ce qui m'est arrivé ici. A côté du problème d'Henri, je suppose que ce n'est qu'une broutille. Mais j'avais mis le pied à l'étrier : j'étais une journaliste qui écrivait de vrais articles sur de vraies nouvelles. Et maintenant... » Elle but une gorgée et détourna les yeux, mais Skye vit tout de même briller ses larmes. « Maintenant, il faut que je reparte de zéro.

– Pas si tu m'épouses », dit-il avec entêtement.

Elle se retourna brusquement. « Je n'arrive pas à croire que tu puisses dire une telle chose. » Il perçut une telle tristesse dans sa voix qu'il glissa sur le tapis pour venir s'asseoir à côté d'elle.

« Chérie... qu'est-ce qui t'empêche de m'épouser? Est-ce si important que cela d'être journaliste? Est-ce que tu as l'intention de tout sacrifier à ta carrière?

– Est-ce important pour toi d'être juriste?

– Ce n'est pas la même... Excuse-moi. Je ne dois pas dire cela, hein? Parce que je ne sais pas vraiment combien ta carrière compte pour toi. Sauf que là, maintenant, elle semble plus importante que notre amour.

– Je ne sais pas si elle est plus importante ou non. Chéri, essaie de comprendre : je n'ai même pas de carrière; j'essaie d'en avoir une. Et j'ai la chance de pouvoir en commencer une. Et d'apprendre si je peux y arriver ou pas!

– Bien sûr que tu le peux. Tu es très forte, Natalie. Tu le sais.

– Je peux écrire. Mais il me manque peut-être une qualité essentielle. Ce qui fait de Tom Burns, tout arrogant et odieux qu'il est, un journaliste vraiment remarquable. Une espèce de dureté...

– Tu es bien assez dure comme cela. Tu as toutes les qualités qu'il faut.

– Je n'en sais rien, Skye. Mais je vais le découvrir.

– A La Nouvelle-Orléans.

– Le *Picayune* est un journal autrement important que l'*Advocate*. C'est une chance merveilleuse que j'ai là. Si je la laisse passer... j'ai bien peur de le regretter toute ma vie.

– Mais tu ne regretterais pas de ne pas m'avoir épousé. »

Elle soupira et le regarda dans les yeux. « Mais qu'est-ce que tu as, Skye? Tu te conduis... Bon sang, tu es aussi arrogant que Tom Burns! Est-ce que tu es prêt à renoncer à la faculté de droit? Est-ce que tu me proposerais d'abandonner pour moi quelque chose dont tu as rêvé toute ta vie? Comment oses-tu présenter cela comme un choix possible?

– Je ne le fais pas exprès, Natalie. Je suis désolé si j'ai l'air arrogant. Je suis désolé d'avoir l'air de faire passer mes ambitions avant les tiennes. Je... je ne te vois pas comme une journaliste. Je pense à toi comme à la femme que j'aime plus que tout au monde.

– Moi aussi, je t'aime.

– Je suppose que j'ai toujours cru que lorsque

deux êtres s'aimaient comme nous... ils se mariaient tout naturellement.

– Skye, tu as encore une année d'études à faire. Ne pouvons-nous... attendre encore un peu? Jusqu'à ce que tu aies fini?

– Je suis bien obligé de dire oui, semble-t-il. Je ne peux pas me marier tout seul. »

La colère de Natalie s'éteignit et elle se pencha vers lui. « Je suis désolée, Skye. Je n'ai pas envie de te faire souffrir...

– Tu as raison, Natalie. Je ne peux pas te demander de renoncer à tes projets parce qu'ils m'empêchent d'obtenir ce que je désire. Je n'ai rien à exiger de toi.

– Tu as mon amour », dit-elle en l'embrassant.

Il la tint serrée contre lui, embrassa ses paupières, ses joues, mit enfin sa bouche sur la sienne et l'allongea sur le tapis, à côté de lui.

Nous sommes proches l'un de l'autre, si proches... nous ne l'avons jamais été autant, pensa-t-elle pour se rassurer. Mais lorsque le feu s'éteignit, derrière eux, et qu'un souffle d'air froid entra dans la pièce, elle ne put s'empêcher de se demander si cent kilomètres ce n'était pas trop, après tout.

Carol flânait dans la rue, s'arrêtant avec curiosités devant chaque boutique, se délectant de l'atmosphère particulière du quartier chinois de San Francisco. Elle aimait bien venir là; c'était le voyage le plus rapide qu'elle eût jamais effectué dans un pays exotique, un aller et retour au Cathay dans l'après-midi. Son salon de thé préféré était un peu plus loin et elle accéléra le pas, se réjouissant à l'avance de l'heure paisible qu'elle allait y passer.

Le carillon à l'embrasure de la porte tintinnabula lorsqu'elle le frôla en passant, doux accueil oriental qui reflétait la sérénité du lieu. Caro s'assit à sa table habituelle et commanda du thé, regardant avec un plaisir indolent la serveuse le verser dans sa tasse.

Elle remercia la femme, qui s'inclina puis s'éloigna silencieusement, ses épaisses sandales glissant sans bruit sur le sol dallé.

Le goût du thé s'unissait bien à la senteur de l'encensoir de cuivre doucement balancé par la brise. Un bruit de voix venait de la pièce voisine : un guide expliquait à des touristes débarqués d'un car la signification des différents bibelots exposés le long des murs. Elle l'entendit recommander à quelqu'un de frotter le ventre d'un bouddha afin d'avoir des bébés potelés.

Son propre abdomen lui parut soudain vide, et elle prit conscience de l'intérieur de son corps, comme d'un élément distinct d'elle-même et ayant sa vie propre. Etre enceinte, avoir un bébé qui grandirait là... une graine minuscule qui se diviserait et croîtrait, occupant son propre espace. Elle s'envelopperait dans le kimono de soie rutilant qu'elle venait de s'acheter, formant un cocon brillant pour elle et le bébé, installés dans une paix inébranlable, tel le bouddha sur l'étagère. Pendant que l'enfant grandirait, elle tisserait des images en se servant des fils de sa vie et de celle de David, jusqu'à ce que le bébé ne sache plus où commençait l'une et où finissait l'autre. Cela plairait à David, pensa-t-elle. Cela lui plairait beaucoup. Et à elle aussi.

Elle soupira. Un bébé, c'était une bonne idée. Mais la réalité posait toujours les mêmes problèmes, soulevait le même conflit. Le bébé serait baptisé catholique, si Caro restait fidèle à sa religion; et élevé aussi en catholique. David devrait non seulement donner son accord, mais le promettre. Promettre que ses enfants fréquenteraient une école catholique. Le Vendredi saint, il devrait les regarder pleurer la mort d'un Christ que reniait sa propre religion. On pouvait toujours penser à ces promesses comme à quelque chose d'abstrait tant que l'enfant n'était pas là, mais quand il serait né... David ne voudrait-il pas que ses enfants adoptent ses croyances? Comment pourrait-il supporter l'idée d'être le seul Juif dans une famille de catholiques romains? Ce qui la ramenait au dilemme essentiel : tout compromis qu'elle proposerait ou accepterait minerait sa foi tout entière. Elle avait entendu parler d'une famille mixte dans laquelle les garçons étaient juifs et les filles catholiques, mais elle ne connaissait pas de prêtre qui accepterait une solution de ce type. Aucun des prêtres qu'elle fréquentait ne les marierait si David ne promettait pas d'élever ses enfants dans la religion catholique. Et si elle n'était pas mariée à l'église, elle ne le serait pas du tout. Le bébé ne serait pas béni. Il naîtrait d'une mère qui n'aurait pas de force de caractère, une mère qui aurait vacillé alors qu'elle aurait dû demeurer ferme.

La chaleur de la tasse de thé lui rappela qu'elle devait le boire. « Tu es trop dure avec toi-même, lui avait dit David. Est-ce que tu crois vraiment que ton dieu te rejettera parce que tu n'as pas mis tous les points sur les *i* et toutes les barres aux *t* de la lettre de la Loi? » Et puis, il avait dit quelque chose qui lui revenait sans cesse parce que cela paraissait plus vrai que tout ce qu'on lui avait appris : « N'importe comment, toi et moi, nous sommes plus mariés que si nous avions été bénits par le pape en personne. Ce qu'il y a entre nous est éternel, Caro, que quelqu'un ait prononcé ou non des mots pour nous. » Oui, avait-elle répondu. Oui. Aussi pouvaient-ils rester comme ils étaient; ils n'avaient pas besoin de se marier... les mots n'y changeraient rien, ni en mieux, ni en pire. A moins qu'elle n'eût un bébé. A moins qu'elle ne décidât que ce vide en elle ne correspondait pas à un doute quant à son engagement définitif, mais qu'elle était une matrice attendant de donner la vie.

Venant de l'arrière-boutique, elle entendit les notes hésitantes d'un piano, quelques accords, puis une suite de gammes. Elle regarda au travers du rideau de perles qui tenait lieu de porte et vit une petite fille perchée sur un tabouret, ses mains minuscules courant sur les touches. Le propriétaire de la boutique était debout derrière son comptoir, sa longue natte brune se balançant doucement tandis qu'il remuait la tête au rythme de la musique.

« C'est votre petite fille? demanda Caro à la Chinoise qui avait servi le thé.

– Oui. » La femme sourit et s'inclina.

« Je jouais du piano, quand j'étais petite », dit Caro.

La femme sourit de nouveau. Les voix des touristes s'éloignèrent et s'éteignirent. Un moment de paix, cet après-midi à Chinatown : elle avait flâné dans les rues étroites, fait du lèche-vitrines, de petits achats futiles – un éventail en bois de santal, un kimono de soie, des bâtonnets d'encens, une boîte de thé au jasmin. Elle sourit, songeant à la manière dont elle allait bientôt accueillir David. De l'encens brûlerait, le thé serait prêt à infuser; elle-même serait nue sous les plis de la douce et somptueuse soie du kimono. Elle regarda sa montre. Le temps de croquer le boutiquier, le temps de retenir en quelques traits l'image de la petite fille au piano, celui de dessiner une femme en train de frotter le ventre du bouddha. Puis rentrer à la maison. Et David.

Elle termina en même temps ses dessins et son thé, fourra son carnet et son crayon dans son grand sac en toile et sortit dans la rue, maintenant pleine de monde. C'était une fin d'après-midi de la dernière semaine d'octobre; un vent froid soufflait de la baie et beaucoup de passants portaient des tuniques et des vestes matelassées, les mains dans leurs larges manches. Je vais allumer un feu dans la cheminée, pensa-t-elle. Jeter de l'encens sur les bûches. Elle sentait presque la bonne odeur de la fumée, voyait presque la pièce devenue temple, un temple prêt pour la célébration d'un certain rituel.

Le téléphone sonnait lorsqu'elle entra, et sitôt qu'elle eut décroché lui parvint la voix excitée de sa mère à l'autre bout du fil. « J'ai une drôle de nouvelle à t'annoncer. Tu sais que Henri était resté très abattu... il est allé voir le père Richard pour essayer de s'en tirer... et hier il est rentré à la maison, après une longue discussion avec lui, en disant qu'il avait pris une décision. Caro, il va se joindre à un groupe que le diocèse de Lafayette envoie en mission au Guatemala!

– Au Guatemala! Maman, ce n'est pas vrai!

– Je sais. J'étais stupéfaite. Mais plus Henri en parle, plus ça paraît logique. Il a toujours été fasciné par l'archéologie... or il y a près du village des ruines où il pourra faire des fouilles. Beau et lui ont eu un long entretien. Il paraît que Henri veut se faire pardonner tous les ennuis qu'il a causés.

– Pauvre Henri. Ce sera très bien pour lui. Un environnement différent, un bon travail...

– Il va déjà mieux depuis qu'il a pris sa décision. J'aimerais bien que tu viennes avant son départ, Caro. Je sais que cela lui ferait plaisir.

– Bien sûr que je vais venir. »

Elle sentait combien sa mère était lasse, sous toute cette excitation, et elle pensa de nouveau aux longues semaines de souci et de tension nerveuse qu'elle avait subies avant que Beau ramène Henri à la maison. « Maman, Henri est tiré d'affaire. Il va aller de mieux en mieux.

– Je sais. » Caroline eut un petit rire, s'efforçant de paraître joyeuse. « Quelqu'un, l'autre jour, a dit quelque chose que j'ai trouvé cruellement vrai : une mère ne peut pas être plus heureuse que le plus malheureux de ses enfants.

– Eh bien, nous serons tous heureux, ce week-end.

– Moi aussi. David pourra-t-il venir? Je sais combien un médecin est occupé, mais nous aimerions bien l'avoir.

– Je vais le lui dire. Je t'appellerai demain pour te dire quand nous arrivons. »

Caro alluma le feu et prépara tout ce qu'il fallait pour le thé. Puis elle s'installa sur un coussin, près de l'âtre, pour respirer l'odeur sucrée de l'encens et songer à Henri. Elle l'imagina dans la jungle du Guatemala, minuscule silhouette sur un fond épais de vert. Il sera très bien là-bas, pensa-t-elle. En éternel étudiant qu'il est, il y trouvera de quoi alimenter son esprit. Ainsi c'est fini, toutes ces semaines d'anxiété, ces coups de téléphone, cette attente du pire en s'accrochant au moindre espoir... encore un chapitre de clos.

Elle entendit la clef de David dans la serrure et se leva de son coussin. « Oh, tu es là, c'est bien », dit-il. Il tenait une lettre à la main, qu'il lui tendit pour ôter son pardessus. « C'est de Jake. Il a l'air d'être aux anges. »

Caro parcourut rapidement la lettre, description enthousiaste de la vie dans un kibboutz. « Il a l'air heureux. J'en suis contente.

– Oui. » David prit la tasse qu'elle lui tendait et huma l'air. « Tu es allée à Chinatown.

– J'ai passé un merveilleux après-midi à faire des croquis. Et puis, quand je suis rentrée, j'ai eu un appel de maman. David... Henri part au Guatemala ! Travailler dans une mission. C'est étonnant, non ?

– C'est peut-être ce dont il a besoin.

– C'est ce qu'il pense. Maman voudrait que je vienne pour le week-end. Henri partira en milieu de semaine et elle rassemble tout son monde pour une fête d'adieux. Bien sûr elle voudrait que tu viennes, si tu réussis à te libérer.

– J'ai prévu d'aller à une conférence, vendredi soir. Un rabbin qui est allé en Israël va parler à la synagogue.

– Il faudrait que nous partions vendredi. Cela t'ennuierait beaucoup de ne pas y aller ? »

David fit lentement tourner la tasse entre ses mains, regardant dedans comme si les feuilles de thé eussent contenu la réponse. « Caro, ce n'est pas qu'une conférence. C'est... eh bien, c'est une séance de recrutement.

– De recrutement ? Pour quoi ? »

Il leva les yeux et la regarda. « Pour Israël.

– Israël ! Quoi ? David... tu penses à partir en Israël ?

– Cela m'est venu à l'esprit. Sincèrement... oui, j'y ai réfléchi. »

Elle se laissa retomber sur le coussin en le regardant avec de grands yeux. « Mais, David... pour combien de temps ? Et pourquoi ne m'as-tu rien dit avant ?

– Il n'y avait rien à dire. Maintenant non plus, d'ailleurs. Comme je viens de te le dire, l'idée d'aller en Israël m'est venue à l'esprit. J'y ai réfléchi. Jusqu'à maintenant... rien de plus.

– Je n'arrive pas à croire que tu aies pensé à me quitter sans m'en dire un mot.

– Caro, je pense à des tas de choses. Toi aussi.

– Mais c'est grave, David. Cet après-midi justement, je me suis souvenue de ce que tu m'avais dit, tu sais, que toi et moi nous étions plus mariés que si le pape en personne nous avait bénis. Et maintenant tu m'annonces cela de but en blanc !

– Je n'ai pas encore pris la décision de partir. Je sens que je devrais. Je me sens presque obligé d'y aller. Mais je ne suis pas certain de le pouvoir. Ou de le vouloir. La seule chose dont je suis sûr, c'est que cette décision-là je dois la prendre seul. Parce que si je te fais entrer en ligne de compte, je sais que je ne partirai pas.

– Si tu sens que tu dois y aller, David, je ne te retiendrai pas. Et si tu as gardé cela pour toi tout seul, je ne pense pas que je puisse me mettre en travers de ton chemin.

– Ce n'est pas juste de dire ça, Caro.

– C'est toi qui n'es pas juste ! » Elle sauta sur ses pieds et lui fit face. « Tu parles de ne pas tenir compte de moi dans ta décision. Ne sais-tu pas que je fais déjà partie de ta décision ? Juste comme tu fais partie de toute décision que je prends. Ce n'est pas cela, l'amour ?

– Caro... Ce n'est pas ce que je veux dire. Mon Dieu, tu ne sais donc pas que tu es au centre de toutes mes pensées ? Tu crois que je veux te quitter ?

– Alors ne pars pas.

– Ce n'est pas si simple. » David s'assit sur le divan et appuya sa tête sur le dossier d'un air las. « Chaque fois que je lis une lettre de Jake... chaque fois que j'assiste à une conférence sur Israël, que je lis un nouvel article... je sens que je ne fais pas ce que je devrais faire. Je... je n'apporte pas ma contribution.

– Et l'argent que tu donnes ? Ils ont aussi besoin d'argent, David.

– C'est vrai. Et je me le répète sans arrêt. Mais, Caro, ce n'est pas suffisant. L'argent... ce n'est que de l'argent. Regarde Henri : il pourrait envoyer de l'argent à cette mission. Mais non : il va là-bas.

– David... Ce n'est pas du tout la même chose.
– Mais l'idée est la même. Si j'envoie de l'argent... Oh, comment t'expliquer ça?
– Tu n'en as pas besoin. Tu veux donner quelque chose de plus important que de l'argent. Tu veux donner de ton temps, de ta force. Une partie de ta vie. Et une partie de la mienne, aussi.
– Caro... Je ne choisis pas entre Israël et toi. Ne pose pas cela comme ça.
– Ce n'est pas ce que je dis. J'essaie de... m'habituer, David. D'abord à l'idée que tu m'as caché quelque chose..: et ensuite, au fait que tu vas probablement partir. » Elle avait l'air aussi épuisée que lui et se laissa tomber dans un fauteuil près de la cheminée.
« La seule raison pour laquelle je ne t'en ai pas parlé, c'est que j'ai besoin de prendre cette décision seul, Caro. Je ne peux pas partir en dépit de toi, je ne peux pas partir à cause de toi. Tu ne comprends pas cela? »
Elle lut un tel chagrin dans ses yeux qu'elle se leva, vint s'installer à côté de lui et le prit dans ses bras. « Si, je comprends. Je... me conduis en égoïste, David. Ce que tu crois devoir faire, c'est tout le contraire de ce que je désire... mais je ne te demande pas de ne pas partir.
– Tu n'es pas égoïste, ma chérie. Absolument pas. Tu as le droit d'exiger de moi que je discute de cela avec toi, le droit d'exiger que je tienne compte de toi. J'ai bien peur d'avoir tout gâché en lâchant cela comme ça.
– Il n'y a pas de bonne manière d'annoncer les mauvaises nouvelles. Ce serait... ce serait pour longtemps?
– C'est difficile à dire. Au moins six mois.
– Six mois, David... alors je pars avec toi.
– Chérie, ce n'est pas possible... » Il l'embrassa, ses yeux implorant sa compréhension.

« Pourquoi ? Mollie Haskell est partie avec Jake. Tu penses que je suis trop faible pour vous aider ?

– Ce n'est pas cela. Mollie et Jake ne vivent même plus ensemble. Ils se voient une fois par mois.

– Alors ?

– Alors si ça marche, c'est parce qu'ils sont partis à cause d'Israël et non des sentiments qui les lient l'un à l'autre. Mais toi, Caro... tu ne partirais qu'à cause de moi. Et cela ne marcherait pas. Si je te perdais de vue – et il y a beaucoup de chances pour que cela se produise –, je serais horriblement inquiet. Tu te retrouverais seule.

– Dans un kibboutz plein de gens ?

– Dans un kibboutz plein de Juifs. » Il lui caressa le visage d'un geste si aimant, si doux, que les larmes montèrent aux yeux de Caro. Ceux de David étaient solennels, presque tristes. « Chérie, je sais ce que tu penses des Juifs. Je sais quelle sympathie tu éprouves pour nous. Mais tu ne sais pas comme les esprits sont montés, en ce moment, en Israël. Je pense que ce serait... Je suis sûr que tu te retrouverais très seule, c'est tout.

– Tu veux dire que je ne m'intégrerais pas.

– C'est plus compliqué que ça. Nous sommes liés les uns aux autres par une douleur qui a marqué notre âme. Nous sommes habitués à tout, depuis les rebuffades jusqu'à la persécution; nous recherchons la compagnie de nos frères, même quand les choses vont bien. Quand cela va mal... en temps de crise... ce même lien nous unit plus que tout.

– Et n'importe qui ne peut pas s'introduire parmi vous, c'est cela ? » Elle essayait de dissimuler sa colère, mais il la perçut dans sa voix et lui prit les mains.

« Caro, tu ne serais pas seulement tenue à

l'écart. Tu ne pourrais pas du tout pénétrer dans un kibboutz.

– Alors je pense qu'il n'y a rien d'autre à dire. Ma famille sera désolée de ne pas te voir ce week-end. Mais étant donné les circonstances, je pense qu'il vaut mieux que tu ne manques pas ta conférence.

– Ne pouvons-nous couper la poire en deux? Prendre un vol soit dans la nuit de vendredi, soit samedi matin très tôt?

– David, tu veux vraiment aller à La Nouvelle-Orléans avec moi?

– Bien sûr!

– Alors, tu reviendras à moi?

– Revenir?

– D'Israël. Ce n'est pas... la fin de nous deux?

– Comment peux-tu demander cela?

– J'ai besoin de savoir, David.

– Bien sûr que je reviendrai. Purgé de cette... obsession.

– Je l'espère. » Elle se nicha contre lui et sentit la lettre de Jake, dans la poche de son kimono, la frôler comme les ailes raidies d'un oiseau. Une vision lui apparut, celle d'une silhouette sombre, grande et informe. Elle n'éprouvait pas de fourmillements dans les doigts, ni l'envie pressante de tendre la main vers une plume ou un pinceau; quelle que fût cette silhouette sombre, l'heure de sa naissance n'était pas encore venue.

Pas plus, pensa-t-elle tristement en levant son visage vers celui de David, que n'était venu, pour leur bébé, le temps de naître.

22

Janvier 1950

Bon, se dit Caro en se levant et en se dirigeant vers l'arbre de Noël dressé près de sa grande fenêtre, pas la peine de prolonger l'agonie. On va fêter les Rois et il est temps de le descendre. Il pleuvait, une petite pluie qui glissait le long des vitres, oblitérant le monde extérieur. Ce qui me convient tout à fait, pensa-t-elle.

Il n'y avait pas un mois que David était absent et déjà elle avait du mal à supporter sa solitude. Les six semaines précédant son départ pour Israël avaient été terribles, l'émotion de leur séparation s'ajoutant aux tâches normales d'un déménagement. Lorsqu'elle l'avait vu s'envoler, quelques jours avant Noël, elle avait senti brusquement le poids de sa lassitude. Elle était si fatiguée qu'elle avait failli ne pas retourner en Louisiane pour les congés, de peur que les rituels et l'amour de sa famille ne parviennent pas à calmer son chagrin. Finalement, elle y était tout de même allée, parce que rester à San Francisco ne rimait à rien. Et cette semaine à la ferme avait été une oasis. Non seulement à cause de l'apaisement qu'elle y avait trouvé, mais parce qu'elle s'aperçut que sa vie n'était pas la seule à être bouleversée.

Henri apprenait à lire aux Indiens et explorait

avec bonheur les ruines mixtèques et zapotèques. Gennie allait se marier avec un professeur d'économie de l'Université de Columbia; Beau et Caroline se rendraient à New York pour le mariage au début de janvier, et les autres verraient le couple après la clôture des représentations de la pièce où jouait Gennie. « Et puis, je reviendrai pour donner le coup d'envoi de ma campagne de candidat au Congrès », avait annoncé Beau en passant le bras autour des épaules de Caroline et en la serrant contre lui. « De notre campagne », s'était-il repris.

Ce sujet tint une grande place dans leurs conversations. Beau estimait qu'il était temps pour lui d'entrer dans la course. « Je piaffe en voyant le mouvement des Dixiecrats (1) diviser le parti démocrate. Il y a beaucoup à faire à Washington et je veux y participer. » Les élections étaient fixées en novembre et déjà il organisait sa campagne. Caro repartit pour San Francisco en sachant que sa mère serait presque totalement absorbée par Beau et son élection pendant les onze mois à venir, et une petite part d'elle-même se sentait délaissée; comme si l'élan qui portait sa mère et son beau-père les eût en même temps éloignés d'elle.

Et David, lui, avait disparu dans une faille du temps, entraîné par des forces qui les dépassaient tous les deux. Sa solitude devint presque insupportable : elle ne pouvait s'éveiller le matin sans se demander ce que faisait David de l'autre côté du globe. Elle lutta contre cette obsession en surchargeant son emploi du temps. De telle sorte que, en ce sixième jour de janvier, elle commençait à apprendre à vivre sans David, à affronter la réalité de son absence.

Elle rangea les décorations de Noël dans leur

(1) Les partisans du Sud traditionnel. (*N.d.T.*)

boîte, qu'elle ferma avec du scotch. Il y avait de la place dans le grand placard au fond du vestibule, en dépit des caisses contenant les affaires de David; le médecin qui le remplaçait à la clinique avait en effet sous-loué son appartement, et pour lui faire de la place David avait laissé plusieurs coffres à la garde de Caro.

En soulevant l'un des cartons, elle regarda la fiche scotchée dessus : les mots « Papiers de famille » y étaient tapés à la machine. Elle le mit de côté, pensant que s'il contenait des photographies il vaudrait mieux le ranger ailleurs. Elle le porta dans le salon et le posa sur l'âtre qu'elle venait de balayer soigneusement.

Cédant à la curiosité, elle décida de l'ouvrir.

La première chose qu'elle y trouva fut un grand livre noir, sans rien qui pût indiquer ce qu'il contenait. Elle l'ouvrit à la première page, qui était remplie de noms et de chiffres. Elle comprit que ce devait être une sorte d'index, que les chiffres correspondaient à la pagination du registre, et elle passa à la suivante. Un nom de femme était écrit en haut, sa date et son lieu de naissance en dessous. Il y avait des photos la représentant à différents âges de sa vie. Et une légende écrite de la main de David : « Cousine du côté de ma mère. (Voir arbre généalogique, appendice A.) »

Puis Caro lut la dernière ligne de la page, et la pluie glacée qui coulait le long des vitres parut s'introduire dans la pièce. « Morte à Buchenwald, mars 1941. » Elle serra convulsivement le registre, sachant maintenant ce qu'il contenait. Elle ne pouvait pas en regarder les pages. Elle ne voulait pas savoir... mais bien sûr, elle le fit tout de même. Soixante-cinq pages, soixante-cinq noms. Des visages, ceux des membres de la famille de David qui avaient disparu. Des jeunes filles en robe d'intérieur, des jeunes gens en costume de tennis. Des femmes âgées portant leurs années avec grâce, leurs bijoux avec une fierté tranquille. Des hommes que la prospérité semblait rendre solides. La phrase « Au milieu de la vie, nous sommes dans la mort », que l'on dit au service religieux des obsèques, lui vint à l'esprit tandis qu'elle tournait les pages, d'abord rapidement, comme pour apprendre le pire et en être débarrassée, puis plus lentement, lisant chaque entrée, ressentant l'agonie qui s'y dissimulait. Buchenwald. Dachau. Auschwitz. Ces mots sonnaient un terrible glas dans sa tête. Elle laissa tomber le livre sur ses genoux et replia les bras sur sa poitrine frissonnante. Un gémissement s'échappa de ses lèvres. Quelque chose lui revint en mémoire... des coupures de journaux qu'elle avait gardées. Elle se leva et alla dans son atelier, fouilla dans une boîte qui contenait toutes sortes de choses recueillies au cours des ans. Et retrouva le dossier qu'elle avait constitué sur... l'horreur.

Des articles de journaux sur les victimes de la folie d'Hitler. D'autres découpés dans *Life* avec des photographies de cadavres empilés. Des interviews de soldats qui avaient libéré les camps de la mort. Les mêmes photos, les mêmes mots – l'horreur. L'horreur. L'horreur.

Elle serra le dossier contre elle, comme si la chaleur de son corps pouvait annihiler la terrible aura de mort qui l'entourait. Puis elle l'emporta dans le salon, s'installa de nouveau devant le feu et éparpilla son contenu sur le tapis. Elle allait du registre aux coupures de presse, des membres de la famille de David aux terribles camps dans lesquels ils étaient morts. Parmi ces corps empilés, il y avait peut-être celui de la tante Anna; ce four crématoire avait peut-être réduit en cendres le cousin Josef. Une émotion qu'elle n'avait jamais connue monta en elle, composée de colère, de peur et d'un chagrin infini. Elle tapa du poing sur le sol et ses lèvres formulèrent son refus. Non. On ne pouvait pas oublier ça, on n'avait pas le droit de laisser cela glisser dans le passé. Il lui sembla que son esprit s'enveloppait d'un brouillard rouge au travers duquel elle vit se former des silhouettes noires. Ce qu'elles représentaient, elle le savait maintenant. Et quels tableaux demandaient à naître.

Pendant longtemps elle resta là à regarder fixement les flammes, laissant les silhouettes s'emparer de son esprit. Elle n'avait plus besoin de feuilleter les pages du registre noir ou de lire le contenu de son dossier. Tous deux faisaient partie de son être. Elle ne savait pas à quel moment David avait appris le destin des membres de sa famille, mais peu importait. L'essentiel, c'était qu'elle eût compris ce qui l'avait poussé à partir pour Israël. Et il fallait qu'il sût que cette compréhension était issue non seulement de son amour pour lui, mais de celui qu'elle portait à l'humanité.

Maintenant elle était prête à peindre; elle le sentait dans ses doigts, qui semblaient animés d'une vie autonome, doués d'un talent indépendant d'elle. Et c'était comme si sa colère, sa peur et son chagrin venaient de renverser une solide barrière pour lui frayer un passage vers un espace encore vierge. Cette exploration allait prendre beaucoup de temps et consommer toute son énergie. Il n'en resterait guère pour la petite série de peintures à laquelle elle travaillait, tirées des croquis qu'elle avait pris de Beau-Chêne lors de ses derniers séjours là-bas. Des peintures élégantes, subtiles, imprégnées de luxe... des peintures qui auraient pu décrire la vie des parents de David... avant Hitler.

Une idée explosa en elle, la remplissant de

lumière. Elle vit ces peintures distinguées sous cette impitoyable lumière et comprit soudain, clairement, ce qu'elle allait faire. Alors, oublieuse de tout le reste, possédée par cette lumière, cette émotion, elle se rendit dans son atelier et se mit au travail.

« Encore une année d'élections », dit Ben Roberts, le rédacteur en chef du *Picayune*, en jetant un coup d'œil à Natalie. Il regarda le communiqué de presse qu'il tenait à la main. « Beau Langlinais se jette dans la course du troisième district... il va y avoir un grand barbecue à Saint-Martinville pour donner le coup d'envoi de sa campagne. Notre reporter local en fera le compte rendu, Natalie, mais j'aimerais bien que vous me fassiez un résumé de la vie de Langlinais. Il nous faudra trente centimètres de colonne dans l'édition régionale et réduire cela de moitié pour celle d'ici.

– Je... je connais très bien M. Langlinais. Je... je fréquente son fils Skye.

– Ce n'est qu'un résumé de biographie, Natalie. Un parti pris favorable ne peut y changer grand-chose.

– Je voulais que les choses soient claires dès le début.

– Votre conscience professionnelle est un meilleur mentor que moi, dit Roberts. Dites-moi si vous avez besoin de quelque chose. Je voudrais cela pour vendredi.

– Bien. »

Elle avait son article de l'*Advocate*, mais pour savoir comment le *Picayune* avait traité Beau au fil des années, elle alla aux archives après déjeuner et entama ses recherches. La signification de la candidature de Beau dépassait sa position dans son district et son Etat. En tant que modéré, il se dressait contre les extrémistes du parti démocrate, les Dixiecrats d'une part et les ultralibéraux de l'autre. Dans tout le pays les officiels du parti auraient donc l'œil fixé sur lui, et à Washington en particulier. Tout ce que l'on écrirait sur lui, même un simple résumé biographique, serait recueilli et répercuté par les agences de presse.

Natalie trouva ce qu'elle voulait et prit beaucoup de notes. De nouvelles informations sur la famille Langlinais : des comptes rendus d'événements mondains, des annonces matrimoniales, des notices nécrologiques – ses yeux s'arrêtèrent sur l'une d'elles : Françoise Alicia Langlinais, décédée le 16 juillet 1922. Natalie parcourut rapidement la notice. Il s'agissait de la sœur de Beau; elle était morte très jeune. Avec respect, comme si elle sentait le chagrin de la famille monter de la page jaunie, elle remit la notice dans le dossier. Elle avait presque franchi la porte lorsqu'elle pensa à quelqu'un d'autre sur qui elle aurait aimé se renseigner : Charles Livaudais, le père de Caroline Langlinais.

Rapidement elle chercha son dossier et commença à le feuilleter. Comme celui des Langlinais, c'était un mélange d'événements personnels et professionnels. Ces Livaudais avaient fortement marqué la société de La Nouvelle-Orléans, se dit Natalie en regardant une énième photo de M. et Mme Charles Livaudais à un dîner ou un bal. Il y avait aussi des photos de Caroline, dont la dernière en mariée. Après cela le dossier s'amincissait, les articles se faisaient plus rares. Et elle arriva au dernier, la notice nécrologique de Charles Livaudais. Elle découvrit avec émotion qu'il s'était suicidé. Quel signe de déchéance, se dit-elle, que personne n'ait pu dissimuler ce fait au public. Le *Picayune* avait gardé de la retenue et ne donnait aucun détail sur le suicide dans l'article qui accompagnait la notice. Mais, pensa-t-elle, le *States Item* est un canard d'un autre type. Je parie qu'ils en ont dit plus... et je suis assez curieuse pour aller y fouiner.

Plusieurs jours passèrent avant qu'elle trouve le temps de se rendre à l'autre journal, dont un ami lui ouvrit les archives. Son espérance ne fut pas déçue. L'*Item* disait que le lieu du suicide de Livaudais était un « nid d'amour » et se demandait depuis combien de temps il l'utilisait. Il y avait des interviews des voisins qui l'avaient vu venir là très souvent, ainsi qu'une jeune fille brune qui entrait de temps à autre dans la maison, mais jamais le couple ensemble. A partir de ce petit indice, le journaliste avait lâché la bride à son imagination et ses suppositions écœurèrent Natalie par leur relent de voyeurisme et leur mépris de toute décence.

Cela avait dû être terrible pour cette pauvre Mme Langlinais, pensa-t-elle en remettant le dossier en place. Bien sûr, elle ne s'appelait pas ainsi à l'époque; c'était encore Mme Hamilton, et Beau était encore marié à sa première femme, Louise.

Elle se figea sur place au souvenir de ce que Beau lui avait dit, l'été dernier. « L'empire de Livaudais a commencé à s'écrouler... et quand cela s'est produit, j'avais eu entre-temps une raison supplémentaire de le haïr. » Le froid humide de ce mois de janvier a dû traverser les murs épais de ce bâtiment, pensa-t-elle. Elle était glacée et sortit en hâte du journal pour aller se réchauffer dans le café le plus proche.

Assise devant une tasse fumante, Natalie se dit que le chagrin et le scandale n'épargnaient pas les vies les plus fabuleuses. Pour se revigorer un peu, elle pensa à Skye qui l'avait invitée à venir à Saint-Martinville ce prochain week-end. Deux jours à la campagne, c'était juste ce qu'il lui fallait, même si cela impliquait un barbecue de campagne électorale. Mais en revenant à son journal, elle ne put s'empêcher de se poser des questions sur la mort de Charles Livaudais; qu'est-ce qui avait pu pousser Beau, en plus des problèmes politiques, à le haïr à ce point?...

« Je voudrais te montrer quelque chose, dit Skye en tendant la main à Natalie. Mets ta veste, nous partons.

– Tu as intérêt à ce que ça vaille la peine de quitter un bon feu. »

En ce dimanche après-midi, ils étaient tous fatigués du barbecue de la veille. Après la messe de onze heures et le déjeuner, ils s'étaient dispersés : Beau travaillait dans son bureau, Caroline faisait la sieste, André était parti avec un ami, il ne restait plus que Skye et Natalie qui somnolaient un peu devant le feu en attendant l'heure de partir pour Baton Rouge et La Nouvelle-Orléans.

Elle demeura silencieuse pendant le trajet. Les champs, de chaque côté de la route, étaient nus et seuls les chênes de Virginie avaient encore tout leur feuillage; les autres arbres tendaient leurs bras dépouillés avec leurs myriades de doigts vers le ciel hivernal. « Même en hiver il règne une sorte de beauté ici, tu ne crois pas? » dit-elle lorsqu'ils entrèrent dans Saint-Martinville.

« Moi je trouve que d'une manière générale la campagne ne perd jamais son charme », répondit Skye en tournant dans une rue latérale, le long de l'église, pour venir stationner en face de l'immeuble où se trouvaient les bureaux de Beau Langlinais. « Nous y sommes », dit-il en venant l'aider à descendre de voiture.

Elle le suivit à l'intérieur. Il lui tint la porte et

s'inclina avec un grand geste du bras : « *Entrez, mademoiselle!* »

C'était une pièce banale : un bureau, des sièges confortables, une grande table, des rayonnages de livres. Puis elle aperçut les photos posées sur le bureau et le grand classeur. Beau et Caroline Langlinais. Les enfants Langlinais. Et son propre visage, la regardant depuis le bureau. « Skye... Skye, c'est ton bureau?

– Oui. Qu'en penses-tu? » dit-il, rayonnant.

Elle se laissa tomber dans l'un des fauteuils en face du bureau et le regarda fixement. « Mais... tu n'as pas encore terminé tes études?

– Je n'ai plus qu'un seul examen à passer. » Il se percha sur le bureau. « J'ai pensé que... c'était idiot d'être coincé toute la semaine à Baton Rouge alors que je n'ai qu'une séance de TP le lundi après-midi. Quand papa a dit qu'il allait se présenter au Congrès, nous avons décidé que je pouvais commencer à m'occuper des affaires de la famille... et de certains de ses clients privés... au moins faire le travail préparatoire.

– Je ne savais pas que ton père avait autant de clients privés.

– Il est l'avoué de pas mal de familles. Ce n'est pas le travail le plus passionnant pour un légiste, mais au moins ça me mettra dans le bain. Qu'en penses-tu? »

Elle se leva pour venir l'étreindre. « Je pense que c'est merveilleux. C'est un beau cabinet; mais je me demande pourquoi il y a ma photo.

– C'est pour que tu m'inspires. » Skye la serra plus fort et l'embrassa.

– Dis-moi. Tu vas passer la plus grande partie de ton temps ici, maintenant?

– Eh bien oui.

– Alors nous ne nous verrons presque plus. Les aller et retour entre Baton Rouge et La Nouvelle-

Orléans, je pouvais encore m'en arranger... mais avec mon emploi du temps, venir ici sera impossible.

– C'est le gros inconvénient. Je garderai mon appartement à Baton Rouge et j'y serai un jour par semaine, pour mon cours. Et je suis sûr qu'il se présentera d'autres occasions pour moi d'aller là-bas.

– Mais quand tu auras terminé tes études... tu vas exercer ici?

– Bien sûr.

– J'avais... sottement espéré que tu pourrais... t'installer à La Nouvelle-Orléans.

– Natalie, tu sais bien que papa a commandé une plaque " Langlinais et Fils " depuis que je suis entré à la faculté de droit.

– Je sais. C'est pourquoi je dis " sottement ". » Elle prit le coupe-papier en bronze et fit courir son doigt le long du tranchant. « Je devrais peut-être demander à Ben Roberts de m'envoyer ici comme correspondante locale. »

Elle vit l'espoir s'allumer dans ses yeux et regretta aussitôt ses paroles. « Je n'aurais pas dû dire cela, Skye. Je commence à me faire un nom au *Picayune* et je vais y rester pas mal de temps.

– Ce serait plus intéressant que tu ne le crois d'être correspondante ici. Les petites villes peuvent fournir matière à de bons articles.

– J'en suis sûre. » Elle reposa le coupe-papier et fit semblant d'étudier le motif d'un serre-livres. « Je veux... Je veux me faire un nom toute seule, Skye. Je veux que les gens voient ma signature et la reconnaissent. Je pense que j'ai l'air... je ne sais pas... de rechercher avidement la gloire. Mais ce n'est pas la gloire que je cherche. C'est...

– La réussite, suggéra-t-il. Ecoute, Natalie, tu as tout autant que moi le droit de vouloir ce genre de chose. Je suis malheureux que ton travail soit à La

Nouvelle-Orléans et le mien ici... mais c'est comme ça et nous n'y pouvons rien.

– Tu vas me manquer », dit-elle en espérant qu'il allait lui dire la même chose.

« Tu me manques toujours. » Il l'attira à lui et l'embrassa avec cette passion qui faisait tout oublier à Natalie. Elle se serra contre lui, laissant toutes ses pensées disparaître devant son désir.

« Partons tout de suite pour être le plus tôt possible à La Nouvelle-Orléans, dit Skye.

– Oh! oui.

– Je n'ai cours qu'à quinze heures demain.

– Et moi, je ne suis pas obligée d'aller au journal avant cet après-midi.

– Alors, mettons ce temps à profit », dit-il.

Ils passèrent une merveilleuse matinée au lit, qu'ils apprécièrent d'autant plus que le reste du monde était au travail. Mais lorsque Skye fut reparti pour Baton Rouge, elle ajouta la distance entre cette ville et Saint-Martinville aux kilomètres qui les séparaient déjà. Il s'éloigne de plus en plus, pensa-t-elle. Puis une autre idée lui vint, qui l'épouvanta presque : Tu vas peut-être découvrir quelque chose, se dit-elle. Découvrir ce qui compte le plus pour toi : ton amour pour Skye ou ton travail... Et il a beau dire qu'il viendra souvent te voir... peut-être le fera-t-il au début. En aura-t-il le temps lorsqu'il exercera son métier? Et aura-t-il autant envie de venir?

23

Avril-Mai 1950

Beau Langlinais s'arrêta sur les marches menant de la galerie à la pelouse et regarda la fête déferler autour de lui. Ce qui n'aurait dû être qu'une réunion de famille pour le retour d'Henri s'était métamorphosé en un rassemblement de tous les parents et amis; la ferme n'avait pas suffi et un bon nombre d'invités s'étaient installés à Beau-Chêne.

Il descendit lentement l'escalier, prenant le temps de parler à des gens qui remontaient vers la galerie où jouait un orchestre. Il cherchait Caroline pour l'inviter à danser. Il rencontra le docteur Jaubert, le fils du vieux médecin qui avait soigné les Langlinais pendant des années. « Paul! ça fait plaisir de te voir. Je suis content que tu sois venu.

– J'ai failli ne pas pouvoir. Une vilaine histoire, cet après-midi... une jeune fille est morte des suites d'un avortement. » Il avait baissé la voix mais Natalie, debout à l'ombre d'un des grands piliers, l'entendit et se retourna à temps pour voir la réaction violente de Beau.

« Un avortement! Fait par qui, Paul? Tu le sais? »

Le docteur Jaubert se rapprocha de Beau et

Natalie s'appuya contre le pilier en se demandant si elle devait leur faire connaître sa présence.

« Ce doit être cette même femme qui se manifeste de temps en temps.

– Bon Dieu, tu ne peux pas la coincer?

– Cette fois-ci je vais essayer. J'en ai déjà parlé à Conrad. Il est prêt à la faire comparaître si je lui présente un témoin sérieux. Il en a assez de la convoquer à la barre et de la voir repartir triomphante.

– Je vais lui parler, dit Beau. C'est un bon magistrat, mais personne ne l'aide. Je pense que je peux faire quelque chose.

– Beau, vous êtes en pleine campagne électorale. Vous n'avez pas le temps de vous mêler d'une histoire pareille.

– J'en suis seul juge, Paul. » Natalie ne voyait pas son visage, mais à sa voix elle comprit qu'il était très en colère et se demanda pourquoi. Pourquoi Beau Langlinais se mêlerait-il d'un procès qui ne pouvait être qu'un bouillonnement d'émotions et une source de conflits? Si même cela va jusque-là, pensa-t-elle en se rappelant ce que venait de dire le médecin. Elle vit Skye se diriger vers elle avec deux verres et alla au-devant de lui, laissant Beau et le docteur Jaubert discuter à voix basse.

« Qu'est-ce qui se passe? lui demanda Skye. Tu as l'air émue.

– Rien », répondit-elle. Mais comme ce qu'elle venait d'entendre la tracassait vraiment, elle ajouta : « J'ai surpris une conversation entre ton père et le docteur Jaubert. Une jeune fille est morte des suites d'un avortement illégal, aujourd'hui... et on dirait que Beau va tout faire pour porter l'affaire devant la justice.

– Ce n'est pas vrai! En plein milieu d'une campagne électorale?

– C'est ce que le docteur Jaubert lui a dit. Mais il a l'air tout à fait décidé.

– Ça me fait peur. Il doit s'agir de cette femme qui opère entre ici et Breaux Bridge. Elle se fait passer pour une sage-femme, mais je crois que tout le monde sait à quoi s'en tenir à son sujet. »

Natalie s'arrêta au milieu de la pelouse, horrifiée. « Tu veux dire que tout le monde sait qu'elle pratique des avortements et que personne n'y fait rien ?

– Il faudrait la prendre sur le fait, Natalie. les jeunes filles qui survivent... n'ont aucune raison de se plaindre. Celles qui meurent... la plupart du temps, leur famille ne veut pas en parler... ne veut pas ajouter la honte au chagrin. Je suppose que cette fois-ci la fille est morte à l'hôpital et que le docteur Jaubert était présent, c'est toute la différence.

– Quelle terrible histoire ! J'admire ton père, de vouloir faire quelque chose... mais cela me paraît une mauvaise idée.

– Le procureur fédéral doit pouvoir s'en tirer tout seul. Ce qu'il faut, c'est un témoin. S'il n'y en a pas... » Il haussa les épaules. « ... Pas de jugement.

– Pourtant la jeune fille est morte !

– Il aurait fallu trouver le corps dans la maison de cette femme, et celle-ci les instruments à la main. Elle est déjà passée devant le tribunal, mais au dernier moment la fille qui devait témoigner s'est défilée.

– Je ne pensais pas que des choses pareilles pouvaient se passer ici », dit Natalie en englobant du geste les lanternes japonaises qui éclairaient le jardin, les tables chargées de mets, toute cette scène d'une élégance raffinée. « Cela devrait protéger d'une laideur pareille.

– Eh bien non. Je ne pense pas qu'il y ait un

coin du monde qui puisse le faire. » Skye lui sourit et ajouta, d'un air de défi : « Je te l'avais dit, que les correspondants des petites villes tombaient sur des histoires qui en valaient la peine.

– Je m'en aperçois.

– Mais l'appel de la grande cité est toujours le plus fort ?

– Skye...

– Désolé. Je n'ai pas l'intention de te harceler. Pas maintenant. » Il prit le visage de Natalie entre ses mains et déposa un doux baiser sur ses lèvres. « Mais je ne peux pas te promettre qu'une fois diplômé et installé ici, je ne mènerai pas contre ta résolution une campagne à laquelle tu auras du mal à résister. Même si je dois monter une énorme histoire pour te tenter.

– Skye n'est pas gentil avec toi ? dit Henri. Désolé de vous interrompre.

– Oui, tu nous déranges, mais comme ce soir tu joues le rôle du fils prodigue, je te pardonne, répliqua Skye.

– Henri, tu as l'air en pleine forme, dit Natalie. La vie au Guatemala semble te réussir.

– J'en suis moi-même étonné. » Tout le monde avait remarqué le changement qui s'était produit en lui : il paraissait plus grand, il avait pris du poids, ses muscles s'étaient développés, il avait bronzé; il marchait et parlait avec une énergie qui semblait avoir totalement dissipé sa morosité habituelle. « La vie à la mission me plaît tellement que j'ai pris une décision. Je vais en parler à nos parents mais j'aimerais bien voir ta réaction d'abord.

– Qu'est-ce que c'est ? demanda Skye.

– J'ai décidé de devenir jésuite.

– Prêtre !

– Ça te choque ? Moi aussi, ça m'a choqué au

début. Je ne me suis jamais considéré comme quelqu'un qui pouvait devenir prêtre.

– Je ne crois pas que cela corresponde à un type bien précis, dit Skye. Je suis sûr que tu feras un bon prêtre. » Il donna à son frère une grande claque sur l'épaule et lui sourit. « Au moins, au confessionnal, tu ne ressembleras pas à ces prêtres qui se conduisent comme s'ils étaient nés avec une soutane.

– Voici Caro. J'aimerais aussi le lui dire. » Henri croisa le regard de sa sœur et lui fit signe de se joindre à eux. « J'étais en train d'annoncer quelque chose à Skye et Natalie : je vais entrer dans un séminaire de jésuites.

– Henri ! Mais c'est merveilleux ! » Elle le prit dans ses bras et l'embrassa; l'enthousiasme illuminait son visage.

« J'ai un peu peur, mais on ne prononce pas ses vœux avant douze années de noviciat. J'aurai le temps de peser le pour et le contre.

– Tout se passera bien, affirma Caro. Je dois dire que je n'ai jamais pensé que tu deviendrais prêtre... mais, je ne sais pas pourquoi, je suis certaine que ça marchera.

– Tu es un amour, Caro. » Skye vit que l'émotion allait devenir trop forte pour Henri. « Tu ne nous as rien dit sur le Guatemala, se hâta-t-il d'intervenir. C'est comment, là-bas ?

– C'est un pays sous-développé, mais beau, très beau. Tu serais stupéfaite, Caro, en voyant certains produits de l'artisanat indigène. J'ai rapporté des tissages faits par des Indiennes, près d'Oaxaca. Et puis les ruines... » Henri s'embarqua dans un survol anthropologique et archéologique de la culture guatémaltèque. Caro et Skye échangèrent un sourire.

« Ce bon vieux prof d'Henri », chuchota Skye à Caro.

Elle acquiesça en riant. Henri allait devenir prêtre, se répétait-elle. Et les jésuites étaient célèbres pour leur excellente formation religieuse et intellectuelle. On pourrait les appeler les « talmudistes de l'Eglise catholique », pensa-t-elle. Elle se tourna vers Henri pour lui poser une question, puis se dit que ce n'était pas le moment. Lorsqu'il serait au séminaire depuis un certain temps... elle pourrait peut-être lui demander de poser un problème à ses professeurs : si un homme et une femme s'aiment profondément et que l'un soit juif et l'autre catholique... peuvent-ils se marier dans le respect mutuel de leurs principes religieux ?

Caro souleva la dernière peinture et la posa sur le chevalet, puis recula pour contempler la double rangée de toiles remplissant la salle de l'East Gallery de Koenberg. Elle était revenue de Louisiane la dernière semaine d'avril et avait travaillé avec la même intensité qu'en janvier, février et mars. On était maintenant à la fin du mois de mai et elle venait de terminer sa série. Volontairement elle ne l'avait pas encore regardée dans sa totalité, attendant d'être enfin détachée du processus créatif pour avoir un minimum d'objectivité.

Tout d'abord elle ne parvint pas à distinguer les trente peintures comme des entités séparées, ne percevant que des couleurs et des formes. Puis, lentement, sa vision se focalisa et elle put identifier certains traits individuels : tel fragment d'ombre, tel élément de composition. Et elle fut saisie par la force qui émanait de ses œuvres... Durant un instant elle éprouva un sentiment de fusion avec elles, comme si les tableaux s'emparaient de son âme. Elle demeura hésitante, sur le point de se laisser convaincre... Leur qualité était-elle vraiment aussi grande qu'elle en avait l'impression ?

Sa concentration était si intense qu'elle n'entendit pas Koenberg arriver. Elle lui avait demandé de préparer trente chevalets afin de présenter les tableaux dans l'ordre où elle voulait qu'il les voie. Maintenant il était là et recevait en silence l'impact de cette nouvelle série. Caro avait disposé les chevalets en biais, afin que le spectateur, entrant dans l'East Gallery, puisse suivre la double rangée avant de rencontrer la grande toile qui dominait, au centre des deux lignes. Lorsque Koenberg eut saisi le thème qui inspirait les tableaux, il s'écria, en proie à une émotion insupportable : « Mon enfant, ma chère enfant... Qu'est-ce que vous avez fait là ?

– C'est... Ce n'est pas bon ? demanda-t-elle en se retournant avec inquiétude.

– Ce mot perd toute signification, appliqué à ceci », répondit-il. Il la prit par le bras et elle sentit combien il était ému. « Regardons-les. Laissez-moi voir le résultat de ce long travail. Si chaque toile est à la hauteur de l'impression d'ensemble... » Il lui tapota la main. « Allons-y. »

Les cinq premières peintures étaient basées sur les croquis qu'elle avait pris à Beau-Chêne. Elles montraient des gens prenant le thé dans des belvédères fleuris, jouant au croquet sur des pelouses d'un vert lumineux, dansant dans des salles pleines de dorures, faisant du bateau à voiles sur des mers d'un bleu pur, dînant aux chandelles. Les teintes étaient pastel, la lumière claire. Ce qui faisait sortir ces œuvres de l'ordinaire, c'était une certaine tension dans les lignes des corps, une certaine intelligence sur les visages. La vitalité qui les traversait leur prêtait une force qui faisait dire au spectateur : Et après ? Et après ?

Les mêmes personnages apparaissaient dans les cinq tableaux suivants, de nouveau présentés dans des décors familiers : pique-niques dans des clairières, femmes attachant leur chapeau, deux mères se promenant avec leurs enfants – mais dans cette série-là, les silhouettes étaient légèrement éloignées les unes des autres, les visages se détournaient, les corps se mouvaient dans des espaces séparés sur la toile. La lumière avait perdu un peu de son intensité; des ombres obscurcissaient les lointains et la vitalité dont étaient chargées les cinq premières peintures s'était subtilement modifiée, jusqu'à donner l'impression que dans chaque toile deux forces s'opposaient l'une à l'autre, créant un conflit.

Ce qui s'accentuait dans les cinq suivantes. Les mères se croisaient sans se voir, leurs enfants blottis contre elles. Des gens dînant au restaurant se tournaient carrément le dos, une jeune femme refusait le bouquet d'un prétendant, un patron regardait un ouvrier d'un air furieux. Les tons pastel avaient disparu au profit d'une palette plus foncée et les ombres autour de la scène dominaient maintenant, semblant émerger des êtres mêmes qu'elles obscurcissaient.

« J'étais loin de soupçonner... dit Koenberg. Je savais que vous travailliez à quelque chose de neuf... quelque chose de très important. Mais, ma chère Caro, c'est merveilleux. Est-ce que vous sentez combien c'est remarquable?

– Non. Je... Oh, Louis, c'est vraiment bon? »

Il se pencha et l'embrassa sur la joue, puis la regarda d'un air grave. « C'est plus que bon, Caro. Infiniment plus. » Il lui tapota de nouveau la main et la fourra sous son bras. « Maintenant... voyons le reste. »

La grande peinture, à la croisée, était sombre au centre et éclairée sur les côtés, par une lumière intense d'un rouge doré. Les silhouettes n'étaient que des ombres un peu plus claires que le fond; deux groupes, en formations angulaires, s'opposaient l'un à l'autre, divisant la composition en deux. Dans les quatre tableaux suivants, on retrouvait les personnages des premières scènes dans le même cadre. Mais les belvédères étaient surmontés de mitrailleuses, des bottes en marche écrasaient le jeu de croquet, des réfugiés s'entassaient dans les salles de bal et le bateau était chargé de gens qui écopaient désespérément pour le garder à flot; la lumière et l'ombre se poursuivaient l'une l'autre sur les toiles; la composition était torturée et le conflit devenait chaos.

Les cinq peintures au centre de cette ligne montraient des gares avec de luxueux compartiments de première sur l'une des voies et des wagons à bestiaux pleins d'êtres humains sur l'autre; les enfants qui tout à l'heure jouaient gaiement dans des clairières se tapissaient maintenant dans des ruelles, l'étoile de David cousue sur leurs vêtements. Dans la cinquième, un petit groupe de fidèles se rassemblait autour d'un autel en regardant furtivement par-dessus l'épaule la section d'assaut nazie qui patrouillait à l'extérieur.

Puis ce furent les cinq dernières toiles et Caro sentit les doigts de Koenberg se crisper sur son bras, s'enfoncer dans sa chair jusqu'à ce qu'elle en perçoive les ongles au travers du tissu de sa veste. Elle essaya de les voir par ses yeux... Les femmes nues tentant de se couvrir de leurs mains décharnées. Les enfants marchant deux par deux vers un petit bâtiment carré. Les hommes creusant une fosse commune sous la menace des fusils qui allaient les exécuter. Et puis, l'ultime scène. L'intense lumière d'un rouge doré qui avait décoché ses flèches dans chacune des quinze dernières peintures remplissait celle-ci. Elle brûlait tout devant elle – des tessons de théière, le mât d'un bateau à voiles, des silhouettes humaines qui fuyaient –, les flammes semblant jaillir de la toile et vouloir lécher le spectateur, menaçant de dévorer quiconque s'en approcherait trop.

Koenberg se détourna et prit Caro dans ses bras. Il appuya son visage contre le sien et elle sentit ses larmes se mêler aux siennes. « Mon enfant, ma chère enfant. Je ne me doutais pas que vous saviez... »

La tension nerveuse qui l'avait empêchée de dormir la nuit précédente la quitta et elle s'appuya sur l'épaule du vieil homme. Il sanglotait ouvertement maintenant, et elle comprit qu'il pensait à ses parents, à ses amis, qui n'avaient pu échapper aux flammes d'un rouge doré qui portaient le nom d'holocauste. « Je... je ne sais pas si j'ai le droit de... Je crains de m'être montrée... présomptueuse.

– Présomptueuse ! » Il se redressa et contempla les toiles. « Ma chère enfant, vous avez fait de la terrible épreuve qu'a traversée notre peuple une expérience partagée par toute l'humanité. » Il se pencha et l'embrassa sur la joue. « David sera très fier de vous. Il faut attendre son retour pour le vernissage.

– Oh, Louis, vous croyez ? Il ne sera pas là avant un bon mois.

– Bien sûr que nous allons l'attendre. » Il lui sourit. « Que ne ferais-je pas pour une artiste telle que vous ? »

24

Juin 1950

Ben Roberts s'arrêta devant le bureau de Natalie et lui tendit une liasse de feuillets. « Qu'est-ce que vous en pensez ? »

Elle parcourut rapidement les pages, en essayant de ne pas laisser transparaître ses émotions sur son visage. L'article était écrit par le correspondant local du *Picayune* à Saint-Martinville; il s'agissait du procès d'une sage-femme du coin, accusée d'avoir pratiqué un avortement criminel. Mais l'intérêt essentiel en était que Beau Langlinais avait siégé au tribunal en tant qu'assistant assermenté du procureur fédéral. « Je ne sais pas, répondit-elle en rendant les papiers à Roberts.

– Cela ne vous paraît pas bizarre qu'il se mêle d'une histoire pareille ? En plein milieu d'une campagne électorale, avec l'émotion que cela soulève, le nom d'une famille traîné dans la boue...

– Je suis d'accord. Cela semble étrange. Mais après tout, Beau Langlinais est bien connu dans ce district. Ce n'est pas comme s'il devait partir de zéro. Je suppose que ce procès était important à ses yeux.

– Sans doute. Moi, je préfère ne pas faire de bruit au sujet de cette affaire. Je ne vais pas envoyer quelqu'un. Le correspondant local suffira. Mais je vais vous dire ce que j'en pense.

– Je vous écoute. » Ses mains restaient suspendues au-dessus du clavier de sa machine, prêtes à reprendre la frappe de l'article qu'elle était en train de rédiger.

« Je pense que Beau a probablement parmi ses amis quelqu'un qui a perdu une fille à la suite d'un avortement. Quelque chose comme ça. Il est émotionnellement impliqué dans cette histoire. Sinon, comment expliquer qu'il se soit embarqué là-dedans en pleine campagne électorale? C'est la seule explication que j'ai pu trouver.

– Vous avez sans doute raison », répondit Natalie en reprenant son travail. Depuis la petite fête donnée en l'honneur d'Henri, elle n'avait jamais reparlé de cela avec Skye; ce qu'elle savait du procès, elle l'avait lu dans les journaux. Les parents de la victime avaient accepté de témoigner et la cause semblait gagnée d'avance. L'article qu'elle venait de lire était un résumé des débats. Le réquisitoire de Beau avait été d'une éloquence enflammée et Natalie repensa au ton de sa voix, pleine de colère, lors de sa conversation avec le docteur Jaubert.

Il était tard lorsqu'elle partit du journal pour se rendre à l'arrêt du bus. Le pavé était brûlant. Un petit vent chaud éparpillait la poussière du caniveau et les bouts de papier jetés dans la rue. Une bonne douche froide et une boisson glacée, pensa-t-elle. C'était ce jour-là que Skye passait l'examen du barreau. Elle regarda sa montre et calcula le temps qui restait avant qu'il arrive ici, à La Nouvelle-Orléans.

« Vaincu ou vainqueur, je viendrai », avait-il dit. Bon, il n'aurait pas les résultats mais elle avait mis du champagne à rafraîchir. Skye avait eu la mention très bien à sa licence; fêter son titre d'avocat aujourd'hui était encore prématuré, mais sans danger.

Tandis qu'elle se brossait les cheveux et refaisait son maquillage, quelque chose qu'avait dit Ben Roberts lui revint à l'esprit. « Beau a probablement un ami qui a perdu une fille à la suite d'un avortement. » La main qui tenait le rouge à lèvres demeura suspendue en l'air et Natalie se regarda dans le miroir. Etait-ce un ami ou Beau Langlinais lui-même qui avait ainsi perdu quelqu'un de sa famille? Pas un enfant. Alors qui?

Arrête, se dit-elle. C'est exactement le genre de journalisme que tu détestes, toutes ces questions qui mènent à de sales histoires, comme un vautour à une charogne. L'image l'écœura et elle alluma la radio, se forçant à penser à autre chose. Mais le procès et Beau Langlinais la hantaient et elle n'arrivait pas à se laisser distraire.

Skye arriva juste au moment où la soirée amenait un peu de fraîcheur; Natalie prit cela comme un bon présage. Ils avaient décidé auparavant du programme de la soirée : ils commenceraient par manger des steaks grillés dans le minuscule patio de Natalie, en buvant du champagne, simple prélude à une nuit d'étreintes amoureuses. Skye était fatigué par les examens mais transporté de joie à l'idée d'en avoir terminé avec ses études. « Est-ce que j'ai changé? » demanda-t-il en se levant afin de se voir dans le miroir de la coiffeuse. « Je me sens très vieux et très sage.

– Tu me parais très séduisant. Dans le genre sage, ajouta-t-elle d'un ton taquin.

– J'étais tellement obsédé par mon examen que j'ai oublié de te dire quelque chose. J'ai reçu une lettre de George Harris, tu sais, le pilote noir dont j'ai fait la connaissance à Biloxi.

– Il était au 99e escadron, c'est cela?

– Oui. Quelle mémoire! Eh bien, il vient en

Louisiane dans une semaine pour une entrevue à la faculté de droit. Il travaille avec son père dans les assurances, mais il aimerait bien avoir un diplôme de droit. Je suis content de le revoir.

– Je t'imagine en train d'essayer de le faire entrer à l'hôtel Heidelberg, et te faisant mettre à la porte.

– Je vais l'inviter chez moi. C'est un monde tout de même, que deux vieux copains ne puissent même pas prendre une bière ensemble. Je vais faire des provisions et nous aurons notre petite fête à la maison.

– J'aimerais bien faire sa connaissance », dit Natalie, et lorsque Skye la regarda, un sourcil levé, elle ajouta : « Non, sans rire. Tu sais combien tes motivations profondes m'ont toujours fascinée, et cet homme en relève.

– Voyons si je peux te fasciner ici même et à l'instant », dit-il en se tournant vers elle.

Quelques jours plus tard, alors qu'elle était au bureau d'état civil afin de vérifier une date de naissance pour un article biographique sur l'un des maires de la ville, Natalie se surprit en train de sortir le fichier de l'année 1922. Arrête ça, se dit-elle tandis qu'elle cherchait les décès survenus le 16 juillet. Elle tira un certificat portant le nom « Langlinais, Françoise Alicia ». Elle pouvait encore remettre la fiche à sa place, chercher son renseignement et courir se réfugier au *Picayune*. Si, comme tant d'autres services, l'état civil avait été transféré à Baton Rouge, les dossiers de Saint-Martinville ne se seraient pas trouvés ici. Il faut que je sache, se dit-elle, et elle alla à la fenêtre pour mieux lire l'encre passée. Elle chercha la ligne concernant la cause du décès. « Hémorragie interne d'origine inconnue. » Prise de malaise, elle s'appuya contre la croisée. La voix de Beau lui revenait en mémoire : « Oui, ça a marché. L'empire de Livaudais a commencé à s'écrouler... et quand cela s'est produit, j'avais eu entre-temps une raison supplémentaire de le haïr. Rien de ce qui lui arrivait ne me paraissait suffisant. »

Elle pensa à Charles Livaudais, à la maison de Dumaine Street et à la jeune fille brune que les voisins avaient vue entrer. Oh! non, se dit-elle en remettant le fichier en place d'une main tremblante. Mon Dieu!

Tout au long du chemin la ramenant au *Picayune*, l'image qu'elle s'était faite autrefois de sa carrière de journaliste lui revint – son esprit comme un iceberg, la partie immergée cachant toutes les vilaines petites histoires de la vie des gens et l'autre révélant ce qui était clair et pur.

« George est vraiment en retard, dit Skye en regardant de nouveau sa montre.

– Il a probablement sous-estimé la longueur du trajet, répliqua Natalie. Tu sais comment c'est quand on conduit dans une ville qu'on connaît mal.

– N'empêche qu'il avait dit qu'il serait ici en milieu d'après-midi, et qu'il est presque six heures.

– Il a peut-être eu un ennui mécanique. »

Ils étaient tous deux arrivés à midi à Baton Rouge. Le temps qu'ils fassent des courses et déjeunent, il était presque trois heures. Depuis ils attendaient George.

Ils se mirent à jouer aux cartes et ils entamaient une deuxième partie lorsque le téléphone sonna. « C'est lui », dit Skye, soulagé, et il décrocha le combiné.

« Allô! » Il entendit une voix lointaine qui se détachait mal d'un bruit de fond cacophonique.

Puis la voix se fit plus forte et il reconnut celle de George, à la fois étrangère et familière.

« Skye. C'est toi ?

– George ! Je me faisais un sang d'encre. Où diable es-tu ? »

Natalie vit la main de Skye se crisper sur le combiné.

« Tu es *où* ?

– En prison. A West Feliciana. On m'a arrêté il y a environ deux heures. On dit que j'ai tué une femme. Une femme blanche. » La peur faisait trembler sa voix.

« Ecoute, George, j'arrive tout de suite. Pas un mot à personne d'autre, tu m'entends ? Passe-moi le shérif ou l'un de ses adjoints. »

De sa main libre il tapota la table. Dès qu'il entendit quelqu'un d'autre au bout du fil, il se mit à parler rapidement, d'une voix mordante. « Ici Skye Langlinais. L'avocat de George Harris. Langlinais. Quoi ? Oui. C'est mon père. » Puis son visage s'empourpra et ses yeux gris s'emplirent de fureur. « Faites gaffe ! aboya-t-il. Et prenez soin de mon client. Vous entendez ? Je serai là dans une heure... et il vaudra mieux pour vous que je le trouve en bon état. »

Skye raccrocha bruyamment. « George est en prison. A Saint-Francisville. Il faut que j'y aille tout de suite.

– Mon Dieu, Skye ! On l'accuse de quoi ?

– Viol et meurtre.

– Oh, non ! Mais il était en route pour venir ici...

– Je n'en sais pas plus. Je prends mes affaires et je te laisse fermer l'appartement, si tu veux bien. Et pourrais-tu appeler Emilie ? Lui dire ce qui est arrivé... et que j'ai besoin de dormir chez eux ce soir ?

– Bien sûr. Skye, ce doit être une erreur. »

Il revint dans le salon, son sac de voyage à la main. Sa tristesse la bouleversa. Des gros titres défilèrent devant ses yeux. Lynchage. Passage à tabac. Tribunal illégal. Sa gorge se serra. « Pars vite, Skye. Je m'occupe de tout ici. Et j'appelle Emilie. » Elle se leva et vint à lui. « Mais, Skye, pour l'amour de Dieu, appelle-moi à La Nouvelle-Orléans dès que tu sauras quelque chose !

– C'est promis. » Il la prit dans ses bras; elle appuya la tête contre sa poitrine et s'accrocha à lui un moment avant de le laisser partir. Il descendit les marches en courant, jeta son sac à l'arrière de la voiture et démarra dans une envolée de graviers.

Elle laissa la porte se refermer bruyamment derrière elle et s'assit, abattue, sur le lit, une cigarette à la main. De la fumée s'élevait encore de celle que Skye avait écrasée à la hâte et elle l'éteignit. Elle se sentait comme engourdie et il lui semblait que ce n'était qu'en accordant de l'attention à de petits détails de ce genre qu'elle pourrait affronter cela : George Harris, se rendant à une invitation de son vieux copain d'escadrille, avait été arrêté pour viol et meurtre. D'une Blanche.

Et Skye, une semaine après son entrée au barreau, fonçait par la nationale 51 vers Saint-Francisville, chevalier étincelant ayant pour toute armure son innocence et pour épée sa foi dans un ami.

Les quarante-cinq minutes du trajet donnèrent à Skye le temps de se reprendre et de réfléchir à ce qu'il allait faire. La première chose, parler avec George. Puis le faire passer le plus vite possible devant le juge afin d'obtenir sa libération sous caution et décider de la date du procès. Du moins, pensa-t-il, si l'on ne peut pas mettre les choses au clair tout de suite et rejeter l'accusation. Même une fois George libéré, ce serait loin d'être terminé... Skye devrait amener les policiers qui l'avaient arrêté à se justifier, à prouver, devant la cour si nécessaire, que George n'avait pas simplement été ramassé et enfermé parce que c'était un Noir étranger à la commune, conduisant dans un pays où tout le monde, blanc ou noir, était connu et où les étrangers, surtout les Noirs, avaient intérêt à savoir quoi répondre aux questions des curieux.

Si George n'était pas libéré sous caution – Skye sentait qu'il devait se préparer à cette éventualité, et son ami aussi –, alors il avait du pain sur la planche probablement pour tout l'été. Ses pensées revinrent à son père, qui se consacrait totalement à sa campagne, après avoir obtenu la condamnation de l'avorteuse. Le jury avait voté coupable, mais cela avait été dur à négocier, et maintenant que le premier élan vertueux était retombé, les gens blâmaient Beau Langlinais d'avoir exposé au grand jour ce que l'on tolérait en secret depuis longtemps, comme quelque chose de fort laid mais de nécessaire. Les parents de la victime, qui avaient accepté de témoigner contre la femme, voyaient discuter ouvertement de la honte de leur fille et en voulaient à Beau de les avoir poussés à déposer plainte auprès du procureur. A tout prendre, Beau n'avait recueilli pour sa peine que les louanges sincères de ses amis et de quelques autres personnes, tandis que l'opinion quasi unanime était qu'il avait fourré son nez dans une histoire ne le concernant pas. Non, Skye ne pouvait pas demander à son père d'intervenir dans l'affaire de George. Défendre un Noir accusé d'avoir violé et tué une Blanche, c'était la dernière chose à faire pour un candidat au poste de gouverneur. Or, s'il lui laissait seulement entendre qu'il avait besoin d'aide, son père arriverait comme une flèche. Non, il faut que je m'en tire tout seul, pensa-t-il en se garant devant les locaux de la police.

Il donna son nom au planton de service et attendit debout, jusqu'à ce que le shérif sorte de son bureau et se présente devant lui en le regardant des pieds à la tête.

« Alors, c'est vous l'avocat.

– C'est moi. Et j'aimerais voir mon client, je vous prie.

– Vous allez le voir. Calmez-vous un peu. Je veux m'assurer que vous et moi, nous nous comprenons bien. » Il attendit un moment, mais comme Skye ne disait rien, il poursuivit : « Telles que je vois les choses, j'ai mon boulot à faire et vous avez le vôtre. Le mien, c'est de tout faire pour que votre client se présente devant un tribunal, et le vôtre, c'est de veiller à ce qu'il coopère avec le système dans lequel nous sommes. Je ne porte aucun jugement sur votre client; il ne m'intéresse pas. Il est ici, c'est mon prisonnier. Mais j'ai dans l'idée qu'il se croit un peu trop au-dessus des nègres que nous avons ici, dans le coin. Et il faudra que vous lui fassiez comprendre, bien que je ne m'occupe pas de ce qu'il pense, qu'il va avoir la vie dure si mes adjoints blancs et les administrateurs noirs s'aperçoivent qu'il se prend pour un grand seigneur. J'ai pas besoin d'en dire plus, hein?

– Je pense que ça suffit. » Skye était content d'avoir eu ce trajet à faire. Il se contrôlait bien, maintenant. Il suivit le shérif avec un grand calme apparent.

George était couché sur le matelas sans drap d'un lit de camp métallique, fixé au mur de brique. « Skye! Merci d'être venu.

– Rien n'aurait pu me retenir. » Il attendit que le shérif soit rentré dans son bureau avant de s'asseoir près de George sur le matelas.

« Bon. Nous n'avons pas de temps à perdre,

George. Je voudrais que tu me racontes toute l'histoire, avec le plus grand nombre de détails possible. Ne te presse pas. Ne laisse rien passer.

– Je suis innocent, Skye!

– Je le crois. »

Harris le regardait fixement; ses yeux brillaient et Skye le vit émerger de l'apathie dans laquelle il s'était réfugié pour échapper à la réalité de sa situation. Dieu merci, pensa-t-il, car la vitalité et le courage de George étaient leurs seuls alliés.

« Je venais de Natchez et j'entrais en Louisiane, sur la 51. J'avais emporté un pique-nique et j'ai mangé dans la voiture, à mi-chemin entre Natchez et Saint-Francisville. Je n'avais pas prévu de m'arrêter à nouveau avant d'arriver chez toi. » Il se tut un moment et Skye comprit ce que ce silence signifiait. George ne pouvait pas acheter à manger quelque part; il n'avait pas l'intention de s'arrêter, sauf en rase campagne, parce qu'on ne l'accepterait nulle part. Skye s'imagina ce que c'était que de voyager en été sans pouvoir entrer dans un café pour boire quelque chose de frais et se passer de l'eau sur la figure.

« Bon. Et alors?

– La voiture a commencé à chauffer. J'ai de temps en temps des ennuis, il doit y avoir une petite fuite quelque part. Comme je ne savais pas si j'étais loin d'une station-service et que je ne voulais pas avoir des ennuis avec mon radiateur en rase campagne, j'ai décidé de m'arrêter à la prochaine maison pour demander si je pouvais avoir de l'eau. »

George déglutit et se lécha les lèvres, comme il avait dû le faire le matin sur la route déserte et brûlante. « J'ai pensé que j'avais de la chance... juste après le tournant suivant se trouvait une ferme, qui avait l'air très bien tenue. Je me suis engagé dans l'allée – pas trop, juste pour être hors de la route – et j'ai frappé à la porte. »

La cellule sentait le renfermé, mais Skye était avec George sur une véranda qu'il ne connaissait pas, frappant à une porte étrangère, isolé de la route par le silence de l'inconnu. « Un homme est venu ouvrir et je lui ai demandé si je pouvais prendre de l'eau au robinet. Je le voyais d'où j'étais. Il a dit : " Allez-y, mais fermez-le bien quand vous aurez fini. " Il m'a guetté pendant que j'allais chercher le bidon que j'emporte toujours, que je le remplissais et que je versais l'eau avec un entonnoir dans le radiateur. Et puis je suis reparti.

– Qu'est-ce que tu as fait après?

– J'ai continué ma route vers Baton Rouge. J'ai traversé Saint-Francisville et devais être à une dizaine de kilomètres de la ville lorsque j'ai entendu des sirènes derrière moi. J'ai regardé dans le rétroviseur et j'ai vu deux voitures de police qui fonçaient. Il n'y avait personne d'autre sur la route, et bien que ne voyant pas ce qu'ils avaient contre moi... je me suis arrêté. »

De nouveau, le silence épais et chaud de cette route de campagne déserte sembla se refermer sur eux. Skye sentit un filet de sueur couler dans son dos et il imagina celle qui avait dû ruisseler sur le visage et les bras de Harris tandis qu'il attendait que les policiers descendent de voiture et s'approchent de lui.

« Ils m'ont dit de sortir les mains en l'air. Ils m'ont fouillé pour voir si j'avais des armes, puis ils m'ont mis les menottes et amené ici. L'un d'eux s'est mis au volant de ma voiture... je suppose qu'elle est quelque part, près d'ici.

– Je vais leur demander de me la confier. Et la mettre à l'abri.

– Est-ce que cela veut dire que je suis coincé ici pour un bon moment ?

– Je ne peux rien te dire avant d'avoir vu le juge. Je n'ai même pas parlé au shérif. Je voulais entendre d'abord ta version des faits avant la leur.

– Skye, c'est une affreuse histoire.

– Je ferais mieux d'aller les voir, maintenant. » Skye se leva et regarda Harris. « Tu as besoin de quelque chose ?

– A part sortir ? Non, ça va bien.

– Je te laisse mes cigarettes. Et je repasserai te voir avant de m'en aller. »

La panique qui remplit les yeux de Harris effraya Skye. « Ecoute, je connais des gens ici qui ont de l'influence. Je vais leur parler, leur faire comprendre qu'il faut te garder comme les joyaux de la couronne, d'accord ? »

Les yeux de George se posèrent sur les fenêtres garnies de barreaux. « Merci. Je pense que ces barreaux suffisent pour m'empêcher de sortir... mais je ne suis pas sûr qu'ils puissent retenir des gens déterminés à entrer.

– Personne ne va entrer. Et si nous pouvons passer devant le juge demain, tu sortiras peut-être sous caution l'après-midi même. » Mais lorsqu'il tapa sur les barreaux de la cellule pour faire venir le geôlier, l'espoir qu'il avait eu de régler rapidement l'affaire avait presque disparu.

« Ça s'est bien passé avec votre client ? » demanda le shérif Lockwood, en soulignant avec dérision le mot « client ».

« Oui, merci. J'ai entendu ce qu'il avait à me dire. Maintenant, j'aimerais savoir pourquoi il est ici.

– Vous savez pourquoi. Il a violé et tué Marlène, la femme de Whitney Hale.

– C'est cela le chef d'accusation ?

– Ne vous fichez pas de moi, Langlinais. Vous savez très bien de quoi il s'agit.

– Je n'ai pas lu l'acte d'accusation. Je n'ai lu aucune déposition... »

Le shérif ouvrit un dossier, en sortit des feuilles de papier qu'il fourra dans la main de Skye. « Voilà l'acte d'accusation. Vous voyez ce que dit Hale. Sa fille a vu Harris sortir de l'appentis, il y est entré et a vu sa femme violée... et tuée...

– Où était Hale quand cette prétendue attaque a eu lieu ?

– Vous voulez lire la déposition détaillée ?

– J'aimerais bien.

– Faudra attendre demain. C'est pas encore tapé à la machine, ça l' sera pas avant demain matin.

– Bon. Racontez-moi alors. Où était Hale ?

– Dans un champ. Sa fille était entre la maison et le champ. Elle a vu le négro sortir de l'appentis, elle a crié pour appeler son père, il a couru après lui. Le négro est monté dans sa voiture et s'est débiné.

– Et puis ?

– Et puis Hale a trouvé sa femme, comme je vous l'ai dit. Elle était pas belle à voir... le coroner a rarement vu pire. » Le shérif regarda Skye. « Vous êtes sûr de vouloir vous occuper de cette affaire, Langlinais ?

– Et ensuite ? » demanda Skye sans tenir compte de sa question.

« Ensuite, Hale nous a appelés. Il nous a dit de chercher un nègre au volant d'une Chevy jaune et blanc de 49. Une bagnole de luxe. Je pense qu'il peut s'offrir aussi un avocat blanc de luxe.

– Et c'est tout ?

– Vous voulez des photos ? Il était bien trop occupé à taper sur Marlène pour avoir le temps d'en prendre.

– Est-ce que je peux passer un coup de fil ?

– Vous allez faire monter la facture.
– C'est un appel régional. »
Le shérif haussa les épaules et Skye décrocha le téléphone. Lorsqu'il eut obtenu Emilie, il se mit à lui parler d'une voix forte pour être sûr que le shérif en train de lire son journal l'entende. « Emilie. C'est Skye. Natalie t'a appelée? Bon. Ecoute. Je serai là dans une heure environ. Mon client s'inquiète, l'incident a pu exciter les gens. Je me demande si Fielding ne pourrait pas passer ici? J'aimerais bien qu'il voie George, pour le rassurer un peu. Tu crois que c'est possible? Bien. Alors je l'attends.
– Vous organisez une petite fête ici? ironisa le shérif lorsque Skye eut raccroché.
– J'ai demandé à mon beau-frère de venir parler à George Harris. Vous le connaissez probablement. Fielding Horton.
– Vous êtes parent avec Fielding?
– Il a épousé ma sœur.
– C'est un type bien. » Le shérif reprit les papiers que tenait Skye et les rangea dans le dossier. « J'ai un peu chassé avec lui. Vous n'êtes pas idiot, n'est-ce pas, Langlinais?
– J'espère bien que non.
– Ecoutez, il suffisait de dire que vous étiez parent avec Fielding. Vous n'aviez pas besoin de le déranger.
– Je veux qu'il parle avec George. Si vous n'avez rien contre.
– Non, je ne m'y oppose pas. »
Ils fumèrent en silence jusqu'à ce que Fielding arrive. « Désolé de ce qui arrive », dit-il en serrant la main de Skye. Il tenait un sac à la main. « Emilie a préparé des sandwiches et des trucs comme ça. Pour dépanner ton client.
– Merci. Shérif, vous voulez bien nous y conduire de nouveau? »

Lockwood fit le tour de son bureau, la main tendue. « Fielding, votre beau-frère et moi, nous avons parlé de cette affaire. Je suppose que vous avez tout entendu aux informations... ce n'est pas bien beau.

– Un meurtre, ça ne l'est jamais, dit Fielding. Je n'ai pas eu l'occasion de parler avec Skye, alors je vais le lui dire maintenant. Ici, nous sommes des gens civilisés et nos prisonniers n'ont rien à craindre.

– C'est vrai, intervint le shérif. Bien sûr, parfois il y a des gens qui s'excitent, qui tentent de nous faire des ennuis...

– Et le reste de la population les calme. Allons voir Harris, maintenant. »

Les cigarettes à moitié fumées, aux pieds de George, témoignaient de sa nervosité. Il se leva pour les accueillir mais il paraissait angoissé. Ce n'était plus l'homme avec lequel Skye avait parlé tout à l'heure et qui s'efforçait de garder son calme.

« Je viens de réaliser dans quelle situation je suis, dit-il en s'emparant de la main de son ami. Oh, Skye, je suis épouvanté. »

Moi aussi, pensa Skye. Moi aussi.

« Qu'est-ce qu'ils ont, les Langlinais, en ce moment ? » dit Ben Roberts en s'asseyant à la table où Natalie prenait son déjeuner. « D'abord Beau se mêle du procès d'une faiseuse d'anges, et maintenant voilà que Skye défend un Noir accusé de viol et de meurtre à West Feliciana. Je voudrais que vous y alliez pour faire le compte rendu du procès.

– Ben, vous savez que je... fréquente Skye.

– Ça ne va pas changer l'issue du procès.

– Pourquoi moi? Cette affaire n'est pas très importante.

– Elle peut le devenir. Ce n'est pas comme si George Harris était un gars du coin qui avait déjà eu des ennuis avec la police. Il a fait des études, il a servi dans l'armée de l'air pendant la guerre... je pense que ça peut faire un bon article. » Il vida sa tasse en la regardant. « La guerre a définitivement changé les choses, dans ce pays. Les hommes qui se sont battus ne redeviendront pas des parias de la société. On ne peut pas prévoir ce qui va se passer là-bas... mais, quoi que ce soit, c'est peut être un signe des temps à venir.

– Skye disait quelque chose à ce sujet pendant la guerre... sur le fait qu'on ne pouvait pas demander à un homme de défendre des droits et des privilèges qu'il n'avait pas.

– Je suis d'accord. » Il se leva. « Vous pouvez retenir tout de suite une chambre à l'hôtel...

– J'ai un oncle à Saint-Francisville. Je peux loger chez lui.

– De mieux en mieux. Si les choses se corsent, appelez-moi. Nous enverrons un dessinateur et des photographes.

– C'est tellement ridicule. Voilà George Harris en route pour voir Skye à Baton Rouge... et on prétend qu'il s'est arrêté en cours de route pour tuer une femme. Qu'en pensez-vous?

– Ce que j'en pense importe peu. Ce qui compte, c'est ce que pense le jury. Demandez de l'argent au caissier, Natalie. Vous aurez besoin de manger. » Il reposa sa tasse vide et sortit, laissant Natalie terminer son repas. Mais le sandwich poulet-salade semblait insipide, le Coca-Cola soudain ne pétillait plus. Elle jeta le reste de son déjeuner à la poubelle et retourna à sa machine à écrire, déjà en esprit avec Skye, à Saint-Francisville.

Il l'appela ce soir-là, et elle put sentir la déception dans sa voix : les témoins avaient tellement accablé George, à l'audience de l'après-midi, que le juge avait refusé de le mettre en liberté provisoire.

« Le procureur, un type qui s'appelle McPherson, a cité la fille de la victime en disant qu'elle avait non seulement vu George sortir de l'appentis où l'on a trouvé le corps de sa mère, mais qu'il tenait son pantalon à deux mains et courait comme un fou. » Skye soupira; c'était un long soupir de lassitude qui donna envie à Natalie de le prendre dans ses bras. « Alors ce McPherson m'a regardé, puis il a regardé George, ensuite le juge, et il a dit qu'il ne savait pas ce qu'en pensait le reste de la cour, mais que lui ne voulait pas voir libérer sous caution un Noir – pardonne-moi, il a dit un *nègre* – incapable de garder son pantalon boutonné devant des dames blanches.

– Oh! Skye!

– Ça n'a pas beaucoup plu au juge non plus. Il s'appelle Charles Rowland. Papa dit qu'il jouit d'une bonne réputation. Mais il ne l'a tout de même pas mis en liberté provisoire.

– Alors George est toujours en prison.

– J'ai demandé qu'il soit rapidement jugé et, Dieu merci, nous avons obtenu une date relativement raisonnable.

– Ce sera quand?

– Fin juillet. Le procès commencera le 24.

– C'est dans presque cinq semaines. Cela te laisse assez de temps?

– Il faudra bien. Si cela traîne trop, ce sera pire. Dans un petit trou comme ça, un viol doublé d'un meurtre ne s'oublie pas rapidement. Je ne rentrerai pas dans des détails macabres, mais le corps était dans un piteux état, et quand le jury verra les photos... Ce qui me rend fou, Natalie, c'est qu'il est innocent. On pourrait croire que le fait qu'il a de l'instruction et s'est bien battu pendant la guerre compterait en sa faveur... eh bien non, pas pour la plupart des gens d'ici. S'il n'est pas du genre à s'écraser devant eux, c'est un sale nègre arrogant et ils ne peuvent pas le supporter. Heureusement, il y a Fielding. Je n'ai plus peur que George soit lynché, mais je ne me fais aucune illusion sur la manière dont le procès va se dérouler. »

Natalie mit le récepteur contre son autre oreille et alluma une cigarette avec celle qu'elle terminait. Elle fumait beaucoup trop et ne mangeait pas assez. Elle pouvait toujours attribuer cela à la chaleur et aux tensions professionnelles, mais elle savait bien que son vrai problème, c'était l'éloignement de Skye. « Tu es nouveau dans la profession, mais aussi un bon avocat. Tu es intelligent, tu es intègre... et quand tu tiens quelque chose, tu ne le lâches pas facilement.

– Peut-être. Mais beaucoup de gens pensent que je défends une mauvaise cause. Le pire de tout, c'est de savoir que George est terrorisé. Quand je suis dans sa cellule, je sens sa peur, entre nous. Moi aussi j'ai peur, mais moi je sors; lui il est obligé de rester. Chaque fois que je me retrouve à l'air libre, je comprends mieux ce que c'est que d'être noir. Bien sûr, je ne peux pas vraiment savoir ce que c'est... Je sais que toi, tu penses que nous, les Langlinais, nous vivons dans un monde à part... mais tu es trop polie pour le dire. Pour dire que nous portons des œillères en or... que nous ne savons pas comment vit le reste du monde.

– Skye...

– Attends, Natalie. Je suis fatigué, effrayé, et je te désire tant que c'est presque insupportable, mais il faut que je te dise quelque chose.

– Vas-y. » La fumée s'enroulait autour du téléphone, léger voile qui la cernait autant que le son de la voix de Skye.

« Nous vivons peut-être dans une sorte de royaume, mais nous faisons tout pour que les autres puissent mener la même vie. Et maintenant, j'ai la chance de pouvoir vérifier cela. J'ai la possibilité de voir si je peux faire appliquer la justice. Seulement, quand je vois quel abîme il y a entre ce que je pense de la justice et ce que les autres en pensent, cela me décourage. Et j'ai violé la première règle des hommes de loi – ne pas s'impliquer émotionnellement dans une affaire. J'y suis plongé jusqu'au cou. Je sens que tant de choses en dépendent... La vie de George. Et une bonne partie de mes croyances. » Il s'arrêta, garda un peu le silence puis dit : « Natalie ? Natalie, tu es là ? »

Elle ravala les sanglots qui l'étouffaient. « Oui, chéri. Je suis là.

– Ça va bien ? Tu as l'air bizarre... Je n'avais pas l'intention de faire un discours...

– Je pleure, Skye. Mais je vais bien. Tout à fait bien. Ben Roberts m'envoie à Saint-Francisville, pour le procès. Je vais être à tes côtés, Skye. »

Elle entendit un bruit étranglé, puis des sons étouffés. Elle tenait le téléphone tendrement, elle le berçait comme elle aurait voulu le bercer, lui. « Ça va, mon chéri ?

– Maintenant, oui », dit-il. Pour la première fois depuis l'appel frénétique de George Harris, Skye se sentait réellement un peu mieux.

25

Juin 1950

Les premières semaines de juin furent parmi les plus heureuses que Caro eût jamais passées. Le temps semblait s'être arrêté, entre la fin de son travail et le vernissage de son exposition. Elle allait souvent à la galerie, pour dresser la liste des invitations, rédiger les textes d'accompagnement du catalogue et, de temps à autre, elle faisait une pause pour étudier ses toiles. Elle avait de plus en plus l'impression d'avoir accompli quelque chose de capital. Maintenant, elle prenait chaque peinture séparément, examinait chaque détail, sondait les profondeurs de son être pour en découvrir la source.

Elle passa une journée particulièrement agréable en compagnie du photographe qui vint prendre des clichés pour le catalogue et les diapositives de ses dossiers. Il ne cacha pas son admiration pour son travail et parla en connaisseur des plus subtils détails techniques. Au moment de partir il lui serra chaleureusement la main. « Vous êtes une merveilleuse artiste », dit-il. Il parcourut encore des yeux les tableaux, puis lui sourit : « Et un merveilleux être humain. »

Curieusement, elle avait l'impression d'être enceinte, ou plutôt, elle supposait que c'était comme cela que l'on se sentait au tout début d'une grossesse : fragile et pourtant pleine d'énergie, suspendue, hors d'haleine, au bord d'un vaste territoire inconnu, dont on entrevoyait vaguement les sommets et dont on ne pouvait qu'imaginer les vallées. Elle savait qu'une nouvelle œuvre commençait à prendre vie en elle. Très bientôt, elle ne se contenterait plus de ces petites tâches quotidiennes, de ces jours tranquilles et monotones. Et malgré l'absence de David, ce temps d'attente, imprégné du sentiment du travail accompli, avait une douceur, une chaleur réconfortantes.

Elle n'avait pas compté ainsi les jours depuis la fin de ses études secondaires et l'attente de la remise des diplômes. La date du retour de David était fixée au 30 juin; son exposition ouvrirait ses portes le 5 juillet. Elle accrocha un calendrier près du miroir de la salle de bains et raya chaque jour écoulé, avant de se coucher. L'épaisse ligne rouge qui avançait vers la fin du mois constituait le baromètre de son humeur; plus l'une s'allongeait, plus l'autre montait en flèche.

Un soir elle rentra tard, après un dîner improvisé avec Koenberg. Comme il lui avait adressé toute la journée de petits sourires mystérieux, elle se doutait qu'il avait de bonnes nouvelles à lui apprendre et qu'il ne les lui livrerait qu'à son heure. Un an auparavant Caro serait devenue folle d'impatience, mais sa sérénité permettait à Louis de mener les choses à son rythme. Si la nouvelle était bonne, l'attente la ferait paraître encore meilleure.

« Je me suis permis quelques petites libertés au sujet de vos œuvres », annonça Louis au souper. Il avait choisi un restaurant du voisinage où l'on servait des fruits de mer livrés chaque jour. Les clients étaient des habitués et c'était un des endroits de San Francisco qui donnaient l'impression à Caro d'être en Louisiane. « J'ai invité des gens à venir les voir. » Il sourit d'une oreille à l'autre et lui tapota la main. « Caro, une très grande galerie de Los Angeles veut les exposer. Et après cela, une autre de Santa Monica. J'attends encore un ami de Carmel, mais je...

– Louis! » Elle le regardait avec de grands yeux, rendue muette par l'émotion.

« Qu'y a-t-il d'étonnant à cela? Cette exposition est unique, merveilleuse, dans la conception comme dans l'exécution.

– Je n'aurais jamais cru... Louis, je ne sais pas quoi dire.

– Mangez vos ormeaux, répliqua-t-il en montrant son assiette. »

Docilement, elle reprit sa fourchette et recommença à manger, les yeux toujours fixés sur son visage. « Mais, Louis, je croyais que vous vouliez faire durer l'exposition tout l'automne! »

Il la regarda d'un air pensif, circonspect. « Ce n'est pas tout.

– Autre chose?

– Mes amis et moi... nous croyons qu'il faudrait en faire des reproductions. Une belle série de planches originales, tirées à la main.

– Je ne comprends pas... Louis, pour l'amour du Ciel! De quoi parlez-vous?

– Caro, il ne faut pas que ces tableaux soient éparpillés, vendus un par un. La série perdrait toute sa signification. Vous êtes sûrement d'accord?

– Bien sûr. Je n'ai jamais eu l'intention de les vendre. Je ne les ai pas faits pour ça...

– Ma chère Caro, la raison pour laquelle vous les avez peints est évidente. La chose parle d'elle-même. Mais des gravures, on pourrait les vendre.

– Mais qui achèterait trente gravures, Louis? Et sur un sujet pareil?

– Mes amis et moi y avons réfléchi. D'abord, des

organismes juifs ont déjà demandé à faire une vente aux enchères d'une série de gravures, dont le produit serait envoyé en Israël. On donnerait les gravures elles-mêmes à une synagogue, ou on les accrocherait dans les bureaux de ces organismes.

– Louis, vous voulez dire que vous avez déjà discuté avec ces gens ? Et ils... ils ont envie de mes œuvres ?

– Caro, vous n'avez pas encore compris ce que vous avez fait ? Vous avez transcendé l'horreur et fait une œuvre d'art à partir d'événements d'une atrocité inexprimable.

– Je ne sais pas quoi dire, Louis. Je... Les mots me manquent.

– Je n'en veux qu'un seul, mon enfant. Oui.

– Oh, Louis. Oui. Bien sûr que c'est oui. »

Elle était rentrée chez elle dans un état d'allégresse auquel la nuit même semblait participer. Les étoiles du solstice d'été scintillaient dans le ciel et elle se dit, avec jubilation, que c'était la veille de la Saint-Jean. Encore une semaine et David serait là. Une nuit à ouvrir toutes grandes les fenêtres, à déguster du vin et à contempler les étoiles. Elle jeta son sac sur une chaise et regarda rapidement son courrier, en mettant de côté certaines lettres : une de Henri, une de sa mère et, ô mon Dieu, une de David.

Elle les posa sur une petite table et alla dans sa chambre pour se changer. Elle se décida pour son kimono de soie. Elle se servit un verre de vin, l'emporta avec les lettres dans son atelier et s'installa dans son fauteuil à bascule, de façon à voir la baie. Elle lut d'abord celle d'Henri, qui racontait sa vie au séminaire. Il parlait plusieurs fois d'un certain père Connolly et elle nota ce nom. C'était peut-être le prêtre qui trancherait le nœud gordien de leur dilemme; on verrait cela plus tard.

La lettre de sa mère lui apportait un bref compte

rendu du procès de la faiseuse d'anges. Père avait gagné, mais il l'avait payé cher, et elle l'avait persuadé de prendre une semaine de vacances à l'occasion du vernissage. Skye avait passé l'examen du barreau et travaillait déjà à sa première cause, une affaire criminelle. J'ai foi en Skye, son père aussi, continuait sa mère. Et bien que ce soit douloureux pour Beau de se tenir à l'écart, il a promis de laisser Skye se débrouiller tout seul. La lettre se terminait par des histoires plus gaies et Caro la mit de côté afin de la relire plus tard. Elle prit avec impatience celle de David qui, elle en était sûre, lui dirait par quel vol exactement il comptait rentrer à la maison.

La lettre commençait sans précautions oratoires. L'écriture de David, habituellement bien formée, était presque illisible, mais la signification des premières phrases était claire : « Jake est blessé. Un obus syrien est tombé sur son équipe; un homme est mort, un autre ne survivra sans doute pas et Jake a perdu une jambe. Il est hospitalisé ici, à Jérusalem... » Elle prit l'enveloppe et regarda le tampon de la poste avant de revenir à la lettre qu'elle dévora. « ... et comme disent les médecins, " il est aussi bien qu'on peut l'espérer ". Il a bon moral – Jake est énergique. Mais ce qu'il ne sait pas, c'est qu'il perdra peut-être aussi l'autre jambe... on l'a opéré, mais cela reste problématique. Je ne peux pas le quitter, Caro. J'ai appelé Phil Jacobs et il dit qu'on peut m'attendre un peu plus longtemps. Actuellement, je vis au jour le jour... » Elle laissa tomber la lettre sur ses genoux et dirigea son regard vers la baie.

Depuis quelques mois, elle sentait bien que David n'était pas encore prêt à rentrer. Il faisait comme s'il l'était dans ses lettres... mais sous les mots il y avait peu d'enthousiasme, et elle voyait se renforcer son engagement vis-à-vis d'Israël. Pourtant, chaque lettre était pleine de son amour pour elle, du désir qu'il avait d'être auprès d'elle.

Elle se leva et se mit à la fenêtre, humant le parfum des roses qui s'épanouissaient sous la croisée. Elle contempla l'eau miroitant au clair de lune, scintillant sous la lumière des étoiles. La nuit était silencieuse. Caro respira à fond plusieurs fois de suite, comme pour calmer la terrible douleur qui lui broyait le cœur. Lorsqu'elle se fut calmée, elle reprit la lettre de David. Encore des protestations d'amour, encore l'aveu du besoin qu'il avait de sa présence. Elle savait qu'il était sincère. Elle savait aussi que, s'il ne trouvait pas le moyen de concilier son amour pour elle et ce qu'il considérait comme un devoir à l'égard de son peuple, ils en resteraient éternellement au point mort.

Ce n'est pas possible, se dit-elle. Elle se leva et alla à son bureau prendre des horaires d'avions. Peu avant le départ de David, elle avait demandé à son agence de voyages des renseignements sur les vols pour Jérusalem. C'est bon de savoir que je peux arriver rapidement là-bas, s'était-elle dit. Si elle faisait rapidement ses bagages, si elle appelait l'agence tôt le lendemain matin... Dieu merci, j'ai un passeport en règle, pensa-t-elle. Elle mit les horaires dans sa poche. Tout en préparant ses affaires, elle composa le télégramme qu'elle allait envoyer à David : « Puisque tu ne viens pas, je pars. J'arriverai à Jérusalem à 20 h 30 heure locale, vol TWA 642. Réserve pour moi à ton hôtel. Je t'aime. Caro. »

Juste avant de refermer sa valise, elle retourna dans l'atelier et prit les diapos de ses nouvelles œuvres. Elle resta longtemps immobile à en soupeser la pile, puis la glissa dans une enveloppe qu'elle rapporta dans sa chambre et rangea avec soin entre ses vêtements.

26

Juillet 1950

Skye inspecta George Harris, embrassant d'un seul coup d'œil la coupe classique de son costume gris et le dessin discret, bordeaux et bleu, de sa cravate.

« Ça ira? » demanda George. Il tourna lentement sur lui-même, la tête penchée et les mains sur les hanches. « Est-ce ainsi que s'habille un nègre qui sait rester à sa place lorsqu'il se présente devant le juge?

– George. Je sais ce que tu ressens, mais...

– Non, tu ne sais pas ce que je ressens, répliqua George en colère. Tu ne peux pas comprendre ce que je ressens.

– D'accord, dit Skye en contenant sa propre colère qui montait. Je ne sais pas ce que tu ressens. Je ne peux pas le savoir. Mais je sais une chose. Il faut que tu te maîtrises. Parce que si tu perds le contrôle de toi-même, George... tu fiches tout en l'air.

– Je suis déjà fichu, alors... » Sa colère mourut, mais le cœur de Skye se serra, car elle fit place à la peur. « Tu crois que je ne sais pas que ce procès n'est qu'une comédie? Si cette petite garce continue à raconter ses mensonges... c'est perdu d'avance.

– Je vais essayer de lui soutirer la vérité. »

Le rire amer de George remplit la cellule en se répercutant sur les murs de brique. « La vérité? Quelle vérité, Skye? La vérité de l'homme blanc? La vérité de l'homme noir? Ce n'est pas la même. Absolument pas la même.

– Peut-être, mais cette fois-ci il n'y en aura qu'une. » Il refoula les mots qui se précipitaient à ses lèvres, se souvenant des paroles de Natalie lorsqu'il s'était plaint de ne plus pouvoir supporter l'apathie du procureur fédéral d'un côté et le courroux de George de l'autre : « Mais il n'a plus que toi, Skye. Bon sang, quand je pense à quoi il est confronté... »

Oui. C'était toujours là. Une petite pièce brillamment éclairée, avec une porte verte. Le fauteuil, avec tous ses câbles. Le pantalon que l'on fend pour fixer les serre-fils sur la peau nue. Le capuchon rabattu sur le visage.

Mais, pensa Skye, je n'ai pas besoin qu'en plus George me laisse entendre qu'il déteste l'idée d'être obligé de faire appel à un avocat blanc pour le défendre, même si cet avocat est un ami, il a autant de préjugés que les autres. Mais à juste titre. A juste titre. Et George avait raison : Skye ne savait pas ce que c'était que d'être noir, il ne pouvait même pas l'imaginer. Il n'avait aucune idée de ce qu'on éprouvait quand on avait faim, parce qu'aucun restaurant ne voulait vous servir. Il ne savait pas ce qu'on éprouvait quand on conduisait pendant des kilomètres et des kilomètres sans dormir, parce qu'aucun hôtel ne voulait vous accepter. Il ne savait pas ce qu'on éprouvait en voyant partout des pancartes avec la mention « Réservé aux Blancs ». Il ne savait pas ce que c'était que de se retenir douloureusement parce qu'on n'avait pas d'endroit où soulager sa vessie. Tandis qu'il prenait ainsi tristement conscience de toutes les choses qu'il ne connaissait pas, il se posa la plus cruelle de toutes les questions : défendait-il Harris parce qu'il croyait vraiment à son innocence, ou pour se prouver qu'il n'avait pas de préjugés, qu'il ne faisait pas partie des oppresseurs?

Tandis qu'ils traversaient le hall et montaient l'escalier pour se rendre à la salle du tribunal, Skye se força à repousser toutes ces pensées. Ce genre de rumination était inutile, et même nuisible face à un tribunal. Au lieu de cela il essaya de se concentrer sur les faits, les témoignages, y cherchant une arme pour transpercer la mince cotte de mensonges recouvrant la vérité, et ainsi libérer George... et lui-même.

Il s'installa à une table en face du procureur et de son assistant, et sortit des papiers de son porte-documents. Ses mains tremblaient, son cœur cognait dans sa poitrine. George restait immobile; il semblait ne faire qu'un avec le siège sur lequel il était assis, telle une statue noire dressée dans la salle du tribunal. Le bourdonnement des voix et des rires s'élevait autour d'eux. Les gens allaient et venaient entre leur place et le grand pot de café au chaud sur une plaque électrique, près du greffier. Ils s'arrêtaient pour échanger des plaisanteries avec le magistrat.

Skye avait épinglé une lettre de son père dans son porte-documents; bien qu'il l'eût apprise par cœur depuis longtemps, il la relut une fois encore. Beau la lui avait adressée lorsqu'il avait décidé de défendre George et lui avait fait savoir qu'il souhaitait s'en occuper seul. « Cher fils. Il est des moments où un homme sait combien il aime son fils. Il est des moments où il sait combien il est fier de lui. Il est des moments où il sait combien il le respecte. Le moment présent en est un, où je sais et ressens tout cela à la fois. Ton papa. » Skye sentit un flot d'énergie assurer sa main et calmer les battements de son cœur.

Il se retourna pour regarder la salle. Elle était pleine de curieux venus de kilomètres à la ronde pour participer au spectacle. Leurs regards interrogateurs se fixaient sur lui. Il les entendait presque se chuchoter les uns aux autres : C'est donc lui l'avocat du nègre. C'est le Blanc qui va le défendre. Hmmm. Il n'a pourtant pas l'air stupide. On m'a dit que c'est lui qui a voulu s'occuper de cette affaire. Et qu'il ne prendra pas d'honoraires.

Il revint à ses papiers, en souriant à George pour le rassurer. « Ça se passe sans cérémonie, ici. On permet des choses que les tribunaux des villes ne supporteraient pas.

– Je l'ai entendu dire. » La voix de George était pleine de sous-entendus, et Skye se souvint de la peur qui s'était installée entre eux, le premier jour, jusqu'à ce que Fielding arrive et que s'évanouisse le spectre du Ku Klux Klan. Skye et son beau-frère avaient été bouleversés par cette peur. A tous leurs arguments George avait répondu par des faits. Un lynchage ici. Un incendie là. Une exécution sommaire ailleurs. Comme jamais auparavant cette soirée avec George Harris avait fait danser la vengeance et la haine aveugles dans la tête de Skye, telles des silhouettes masquées. Des évidences qu'il avait niées, des vérités dont il avait détourné les yeux étaient devenues d'une clarté limpide. Il y avait deux codes de justice, deux systèmes de lois – séparés par une mince ligne de couleur.

« Il y a des tribunaux à un plus haut niveau, George. Si le verdict t'est défavorable, je porterai l'affaire aussi haut que possible.

– En te basant sur quels motifs ? » demanda George. Il jeta un coup d'œil par-dessus son épaule et se figea. Skye vit le masque impassible glisser du visage noir de George et il sentit le sien se crisper. Quel effet cela faisait-il d'affronter une salle pleine de gens et de voir en eux des ennemis mortels? George se retourna vers lui, de nouveau immobile.

« Même un Langlinais doit avoir des motifs, Skye. »

La colère dans la voix de George les séparait l'un de l'autre, de chaque côté de cette fine ligne de couleur. Juste à ce moment, Natalie entra dans la salle, un appareil photo sur la poitrine, un porte-documents à la main. Il commença à se lever puis se laissa retomber sur son siège. Il ne pouvait pas l'accueillir; il ne fallait pas que le tribunal soupçonne leur relation. Leurs yeux se croisèrent et il décrypta le message envoyé par ceux de Natalie : Bonne chance.

« Si je dois en venir là, je trouverai bien des motifs », reprit-il à voix basse tandis que le greffier annonçait la cour. « S'il le faut, j'engagerai un détective privé. »

George haussa un sourcil et pinça les lèvres. Engage cent détectives si tu veux, semblait dire sa mimique. Qu'est-ce que cela changera puisqu'il n'y a rien à trouver? Puisque c'est la parole de la fille de la victime contre la mienne?

Skye subit les préliminaires avec une impression croissante de décalage entre la réalité et lui. Le mur derrière le juge était percé d'une longue rangée de fenêtres couronnées par une baie vitrée en arc brisé, entourée de moulures surchargées. Chaque fenêtre ouverte découpait un fragment de ciel – un ciel d'un bleu lumineux, masqué par une branche de chêne ou un bouquet de pins. L'air était lourd, à peine agité par les ventilateurs fixés aux murs. La main de Skye laissait des marques moites sur la table et il sortit son mouchoir pour s'essuyer le visage, le cou et les mains, en se demandant comment le juge pouvait supporter sa robe par cette température. L'atmosphère étouffante le rendait somnolent; la salle d'audience perdait de sa réalité. Les questions du procureur aux futurs jurés lui arrivaient comme un bourdonnement au travers de cette brume de chaleur. Puis il se retrouva en train d'interroger les membres du jury, essayant de trouver ceux qui pouvaient être à quelque point de vue que ce soit les pairs de George Harris. La pause de midi survint rapidement, comme si la pendule avait avancé plus vite que le soleil, le laissant suspendu au milieu de la matinée, dans le ciel éblouissant.

« Je vais essayer de trouver un endroit frais, dit-il à George. Avec cette chaleur épouvantable, j'ai du mal à me concentrer.

– A tout à l'heure », dit George, puis il disparut par une petite porte près du banc des témoins, flanqué de ses deux gardiens. Skye tournait le dos à la foule qui se pressait pour sortir de la salle, afin de ne pas surprendre leurs propos, de ne pas croiser leurs regards. Il entendit alors la voix de Natalie.

« Pourrais-je vous poser quelques questions, monsieur Langlinais? » demandait-elle. Il se retourna et, en la voyant, se trouva subitement ramené à la réalité et à l'heure présentes.

Il fit semblant de regarder sa montre. « La suspension de séance n'est pas très longue. Nous pourrions peut-être parler tout en déjeunant?

– Très bien », dit-elle en fourrant son bloc-notes et son crayon dans son sac et en lui tenant la porte.

Ils se frayèrent un chemin parmi les gens qui, ouvrant des sacs en papier brun, en sortaient des sandwiches, des pommes et des gâteaux.

« Si j'avais su qu'il y aurait un pique-nique, j'aurais prévu quelque chose, fit remarquer Natalie.

– Emilie m'a préparé un petit repas. Mais je n'ai pas envie de manger dans la foule.

– Allons au cimetière. C'est l'un de mes endroits préférés par ici. »

Skye se hâta d'ôter sa veste et desserra sa cravate, puis remonta ses manches de chemise, tout en suivant Natalie derrière la vieille église assoupie au soleil.

« Ce lieu modifie ma vision des choses », dit Natalie en se perchant sur le petit muret de brique qui entourait une concession de famille. « Je lis tous ces vieux noms avec leurs dates et je m'aperçois que mes problèmes ne sont pas si graves que ça. Ou ne le seront plus, dans deux cents ans d'ici.

– J'aimerais bien partager ce point de vue. » Skye sortit son déjeuner du porte-documents et en étala le contenu sur l'étroit rebord. « Je me sens totalement impuissant, je suis un pion dans un simulacre de justice auquel personne ne peut mettre fin… mais où je dois tout de même jouer mon rôle. Et personne n'y mettra fin. Tu le sais aussi bien que moi. »

Elle le contempla un moment puis dit, calmement : « Que penses-tu du jury, jusqu'à maintenant ? »

Il mordit dans son sandwich et mâcha lentement, pensant aux quatre jurés choisis au cours de la matinée. « L'ex-institutrice ne nous est peut-être pas trop défavorable. Elle a au moins une certaine intelligence.

– Est-ce que sa sympathie n'ira pas automatiquement à la victime ?

– Natalie, c'est justement à cela que je me heurte : la sympathie de *tout le monde* ira à la morte. Elle est blanche. George est noir.

– J'ai pensé que tu pouvais faire objection au choix du fermier.

– Ce type qui ressemble à Hale ? » Skye revit les yeux de cet homme, se souvint du choc qu'il avait éprouvé en découvrant que ce fermier haïssait deux personnes dans la salle d'audience... George Harris et lui, Skye.

« J'en ai eu envie. Mais on doit choisir huit jurés. Il peut y en avoir un pire que lui.

– Il paraît tellement hostile, presque comme s'il ne t'aimait pas, toi non plus.

– J'ai découvert cela ce matin. C'est quelque chose que je n'avais pas prévu. Je ne suis pas un atout pour George, pas plus que son instruction et son bon anglais.

– Pourquoi ?

– Pour eux, j'appartiens à la classe des oppresseurs... je suis un ennemi qui vit grassement tandis qu'eux s'échinent à travailler.

– Oh, Skye, ce n'est pas possible ! Juste parce que tu es... ce que tu es...

– C'est comme cela qu'ils voient les choses. Le fait que je défende George n'est qu'un " privilège " de plus s'ajoutant à ceux qu'ont les riches. Ils savent que je ne vais pas demander d'honoraires, et ils me détestent à cause de cela.

– Demande un changement de lieu. Il faut absolument que le procès se déroule ailleurs qu'ici !

– Ce serait partout pareil. C'est une bataille de plus entre les riches et les pauvres. J'aurais dû y penser et trouver quelqu'un d'autre pour défendre George.

– Je ne supporte pas de t'entendre parler comme ça.

– Moi aussi je déteste cela. Plus que toi, parce que j'essaie d'obtenir la justice en face de la haine, de l'aveuglement et de l'ignorance.

– Oh, Skye ! »

Elle lui prit la main et le regarda de toute son

âme. Il vit son propre doute se refléter sur son visage et il le caressa doucement.

« Désolé. Je n'ai pas suffisamment de pratique pour avoir du recul. Si je vois la moindre chance... mais mon seul espoir est de démolir l'histoire de cette fille, et tu sais très bien ce qui arrivera si je me montre dur avec elle. »

Il sentit les doigts de Natalie trembler sous les siens; il y avait si longtemps qu'ils n'avaient pas fait l'amour. Depuis l'arrestation de George, il n'avait pour ainsi dire pas quitté Saint-Francisville, délaissant tout pour se consacrer entièrement à sa cause. Natalie, de son côté, n'avait pas pu s'absenter du journal, sauf pour le premier week-end de juillet. Brusquement, il eut envie d'abandonner le jeu inutile du procès et de l'emmener à Saint-Martinville pour se replonger dans le royaume doré qui pouvait être le sien. Puis il pensa à la lettre de son père. A son amour. A son respect. A sa fierté. Beau lui avait donné son amour, mais il avait dû gagner les deux autres. Et il n'allait pas y renoncer maintenant.

« Skye, j'étais en train de réfléchir. Au sujet de cette fille. » Elle le regarda et continua, en pesant ses mots : « Est-ce que ça te gênerait que j'essaie de lui parler?

– Qu'entends-tu par là?

– J'ai l'habitude des gens comme elle. Les filles de ces familles racornies qui gagnent à peine de quoi vivre. J'en ai rencontré pas mal durant l'été où j'ai travaillé à un projet d'aide sociale dans les montagnes de Blue Ridge. Parfois, si on sait les prendre...

– Natalie, la subornation de témoin, c'est aussi grave que le faux témoignage. »

Il ne comprit pas bien le regard qu'elle lui jeta. « Est-ce que cela veut dire que tu ne veux pas que je lui parle?

– Cela veut dire que si tu le fais je ne veux pas le savoir. » Il se leva, en regardant les miettes tomber dans le lierre épais qui recouvrait le sol. « Je ne sais pas ce qu'elle pourrait te dire qu'elle n'ait déjà raconté à tous ceux qui voulaient bien l'écouter. » Il avait l'air si abattu que la résolution de Natalie s'en trouva renforcée.

« Skye... si en venant témoigner à la barre elle raconte cette histoire...

– Je le sais bien. » Dans le miroir triste des yeux de Skye, elle vit la jeune fille fournir au jury le dernier clou à enfoncer dans le cercueil de George. Grâce à elle, ses membres trouveraient non seulement facile, mais nécessaire de déclarer George Harris coupable et de réclamer la peine de mort.

Les mots se brouillaient devant les yeux de Skye, des mots qui lui semblaient de plus en plus dépourvus de signification. Il repoussa le porte-documents et se renversa dans le grand fauteuil de cuir. Fermant les yeux, il laissa la brise du ventilateur qu'Emilie avait placé près de lui le rafraîchir. On était au deuxième jour du procès. Le matin, le jury avait prêté serment, et déjà le procureur avait commencé à présenter soigneusement l'enchaînement des présomptions qui s'avéreraient assez fortes pour mettre la corde autour du cou de George Harris. C'était une véritable torture pour Skye de ne voir aucun fragment de vérité émerger. Pour ouvrir le procès le procureur avait exposé la situation en faisant certaines remarques, et avait astucieusement présenté au jury des éléments suffisants pour déclarer l'accusé coupable de crime capital. La question des motifs et de l'occasion favorable, pierres d'achoppement qui auraient dû exiger des témoignages et des preuves solides, ne laissant pas l'ombre d'un doute, semblait selon lui ne pas poser de problème. George reconnaissait être allé frapper à la porte de cette maison. Voilà pour l'occasion favorable. Et le motif? Un Noir avait-il besoin d'un motif pour violer et tuer une Blanche? N'était-ce pas cela qui justifiait tous les préjugés et prohibitions? George n'était pas un homme mais un membre d'une classe de prédateurs. Skye, en étudiant les réactions du jury, avait lu la conviction sur leurs visages et compris que sa cause n'avait guère d'espoir.

Il n'avait jamais été aussi fatigué de sa vie. C'était une lassitude due à son état dépressif, il le savait bien. Il avait mal à la tête et ses épaules étaient douloureusement tendues. Demain ce serait à son tour d'entrer en action; il tenterait de répondre à des arguments irréfutables, de plonger dans les yeux ternes et stupides du témoin et d'y découvrir la vérité. Il se souvint des paroles de George : « La vérité de l'homme blanc, ou la vérité de l'homme noir? » Il ne lui servait à rien de se dire que la vérité judiciaire était forte parce que reposant sur des principes, des règles et des procédures. Elle reposait aussi sur des gens. Et la seule vérité dont il avait besoin présentement, il lui faudrait la soutirer à un témoin qui n'avait pas la moindre intention de la lui livrer.

Il songea à la manière dont Crystal Hale se tenait assise tout contre son père, ses cheveux blond pâle sévèrement tirés en arrière, sa langue passant et repassant constamment sur ses lèvres. Il savait qu'elle mentait. Mais il s'interrogeait : si elle avait été la fille d'un planteur, une jeune fille instruite, à la penderie débordant de vêtements tout droit sortis des pages de *Glamour* ou *Mademoiselle,* aurait-il pensé qu'elle mentait? Peut-être que non. Des filles de ce genre avaient peu de raisons de mentir. Mais celle qu'il affronterait demain en avait une. Si l'on vit dans la jungle, on apprend à s'adapter à ses lois. Si l'on devient une victime, on apprend à exercer des représailles sur les autres. Tout intrus pénétrant dans le territoire familial est considéré comme un ennemi. Et c'est ainsi qu'elle voyait George. Et Skye.

Il entendit des voix venant du vestibule. Celle d'Emilie et une autre... Natalie! Au moment où il se levait, la porte du bureau s'ouvrit. Emilie passa la tête. « Natalie est là, Skye. » Elle ouvrit la porte toute grande et recula pour la laisser entrer. « Vous voulez du thé glacé?

– Ce serait formidable », répliqua Natalie. Elle avait les traits tirés et l'air aussi las que Skye.

« Je reviens tout de suite », dit Emilie en refermant la porte derrière elle.

« Assieds-toi là. Tu seras plus près du ventilateur », dit Skye. Ils se regardèrent en silence, puis Natalie parla, d'une voix basse et hésitante.

« J'ai... J'ai quelque chose à te dire. » Ses yeux semblaient pleins d'une fatigue teintée d'horreur. « Au sujet de la fille. » Il vit une rougeur envahir lentement son visage, mais sans comprendre l'état dans lequel elle se trouvait. Durant un instant s'empara de lui la peur que George ait menti et Crystal Hale dit la vérité.

« Elle... Elle couche avec son père, Skye.

– Natalie, qu'est-ce que tu me racontes là? » Le ton de sa propre voix, pondéré, normal, le surprit. Il essayait encore de comprendre tout ce qu'impliquait ce que venait de dire Natalie, des questions lui montaient aux lèvres tandis qu'il sentait son esprit retrouver sa vivacité. Si c'était vrai...

« Laisse-moi reprendre au début, dit Natalie. J'étais hantée par une question... pourquoi cette fille mentait-elle? » Elle le regarda et il vit la raison revenir dans ses yeux pour chasser la laideur qu'il avait vue s'y refléter. « Bien sûr, c'est ce qui te rendait dingue, toi aussi. Et tu espérais le lui faire dire au banc des témoins. Mais je suis d'accord avec toi... il n'y a guère de chances qu'on l'amène à admettre devant la cour qu'elle a menti. Pas en présence de son père. Je pesais toutes les raisons qu'elle pouvait avoir de mentir. Elle détestait simplement les Noirs? Ou elle ne connaissait pas la vérité... qui avait tué sa mère. Mais tout cela sonnait faux. Aussi ai-je décidé de mener une petite enquête. Je suis passée à l'école hier après-midi et j'ai trouvé une enseignante qui a bien voulu me parler. Crystal n'était pas restée longtemps à l'école... dès le jour de ses seize ans on avait cessé de la voir. Et même avant, elle était presque toujours invisible. L'une de ces bonnes à rien qui s'assoient au fond de la classe et en font le moins possible. Pas même assez pour passer dans la classe au-dessus... Elle était en cinquième quand elle est partie. La seule raison pour laquelle l'institutrice se souvenait d'elle, c'était qu'elle donnait des cours d'enseignement ménager et que Crystal avait paru s'y intéresser un peu. » Natalie frissonna. « Tu vois. Je... Je m'étais doutée de ce qui avait pu se produire. Comme je te l'ai dit, je me suis occupée de filles comme ça. De cas semblables. Tu serais surpris, je pense – Dieu sait que je l'ai été, si " surpris " est le mot qui convient –, d'apprendre le nombre... d'incestes qui se produisent. Aussi, quand l'enseignante m'a dit que Crystal avait toujours été passive, renfermée – sans amie, sans aucun contact avec les enfants de son âge –, j'ai pensé qu'il y avait beaucoup de chances pour que mon hypothèse s'avère. Elle m'a dit que les Hale ne fréquentaient aucune des églises du pays... ils appartiennent à une secte qui ne parle que des feux de l'enfer et de la damnation, jamais d'amour ou de miséricorde... ils font cinquante kilomètres le dimanche pour assister à l'office. »

Skye revit le regard délavé, veule de Crystal

comme si elle était assise devant lui à la place de Natalie. Un regard éteint par la bigoterie et l'ignorance, scellé par la violence et la perversion. « Mais tu as dit que tu *savais* qu'elle couchait avec son père. Quelle preuve en as-tu ? »

La porte s'ouvrit et Emilie entra d'un air affairé avec un plateau. « Voilà votre thé. Avec des sandwiches au fromage et des biscuits. Skye n'a pas bien dîné, ce soir. » Elle sentit alors la terrible tension qui régnait dans la pièce. « Je suis désolée. Je bavarde... je vous laisse seuls maintenant.

– Merci, Emilie », dit Skye sans quitter Natalie des yeux.

Celle-ci attendit que la porte se soit refermée pour continuer : « C'est elle qui me l'a dit. Je ne suis pas fière du moyen que j'ai utilisé pour lui extorquer cet aveu mais, bon sang, la vie de George est en jeu.

– Qu'as-tu fait ? » Il était terriblement secoué; son appréhension de l'affaire, ce qu'il comptait faire, tout était remis en cause. Si Natalie avait raison... mais il ne pouvait pas encore se permettre d'espérer. Elle ne s'en rendait peut-être pas compte, mais on était encore bien loin d'un acquittement.

« A la suspension de séance de midi, j'ai foncé aux toilettes en espérant qu'elle y viendrait aussi. Ce qu'elle a fait. Pendant qu'elle se lavait les mains, je me suis présentée en tant que journaliste attachée à un magazine new-yorkais et lui ai dit que je souhaitais l'interviewer en exclusivité, et lui donnerais cinq cents dollars pour une heure de son temps. Elle n'a pas eu la moindre réaction. Elle s'est contentée de fixer sur moi ses yeux épouvantables et de me demander à quelle heure je voulais m'entretenir avec elle. J'ai dit : Pourquoi pas maintenant ? La suspension devait durer deux heures, nous aurions suffisamment de temps. Elle a accepté. Je ne lui ai pas demandé où était son père, c'est elle qui m'a dit qu'il travaillait en ville pendant la pause. Je lui ai proposé de venir avec moi en voiture jusqu'à un coin tranquille où nous pourrions pique-niquer. Puis, pour être sûre qu'elle n'allait pas changer d'avis, j'ai sorti deux billets de cent dollars que je lui ai donnés.

– Natalie...

– Attends, Skye. Nous sommes allées au parc, sur la falaise, au bord de la rivière, et j'ai mis assez de bourbon dans son Coca pour assommer un cheval; alors j'ai commencé à la questionner sur ses amoureux. » Natalie s'arrêta de parler et se mit à presser ses mains l'une contre l'autre. « Quand je lui ai demandé, à brûle-pourpoint, si elle avait jamais couché avec l'un de ses amoureux, elle a eu une expression effroyable et dit qu'elle n'avait pas d'amoureux. J'ai répondu que toutes les filles avaient des amoureux. Elle n'a rien répondu et alors, je crains bien d'avoir été impitoyable... j'ai dit que c'était probablement parce qu'elle n'attirait aucun homme, et cela a suffi. » Le visage de Natalie se décomposa. « Oh, Skye, c'était horrible! Dès qu'elle s'est mise à parler, impossible de l'arrêter! »

Skye se leva et la prit dans ses bras, mais son corps raidi refusa son étreinte et il comprit que la violence du récit de Crystal l'avait profondément marquée.

« Se souviendra-t-elle de ce qu'elle t'a dit? Et, surtout... le répétera-t-elle?

– Oh, Skye, je n'en sais rien. Je l'ai reconduite à la salle d'audience, bourrée de café, de sandwiches et de bonbons à la menthe pour masquer l'odeur du bourbon, puis je suis repartie en voiture et j'ai conduit dans la campagne presque jusqu'à ce que la nuit tombe... Je suis revenue ici pour te le dire.

– Il faut que je réfléchisse à ce que je vais faire. A la façon d'utiliser cela.

– Je sais que j'ai suborné un témoin. Mais je ne pouvais faire autrement, Skye. Il fallait que je le fasse.

– Natalie, si tu savais combien je t'en suis reconnaissant ! » Il l'attira à lui et sentit fondre un peu de sa raideur. « Finalement, tu me fournis le levier dont j'avais besoin.

– Mais que vas-tu faire ? Même si elle parle... ce sera pour tout nier.

– Il y a aussi le père.

– Il mentira forcément, Skye. L'inceste est un délit, sans compter le reste.

– Si je le prends au dépourvu... Bon sang, Natalie, que puis-je faire d'autre ?

– Je ne sais pas. » Elle se laissa retomber dans son fauteuil. « Mais si tu essaies et que cela ne marche pas... ce sera pire qu'avant, n'est-ce pas ?

– Je pense que les choses ne peuvent pas être pires que maintenant. Ça ne me plaît pas d'utiliser un moyen aussi bas, mais la situation l'exige. Et je suis content que ce soit toi qui m'aies fourni cette arme. » Il s'assit à côté d'elle et lui prit la main. « J'ai une proposition à te faire. Je suis las de toute cette histoire. Si nous cessions d'y penser et que nous passions une bonne soirée ici ? Je suis sûr que Fielding ne s'opposerait pas à ce que son bureau serve à un usage plus frivole.

– Rien ne pourrait me faire plus plaisir. »

Ils mirent des bûches dans la cheminée, un disque de Sinatra sur l'électrophone, éteignirent toutes les lampes sauf une et se retrouvèrent enfin dans les bras l'un de l'autre. « C'est toujours aussi bon que la première fois, chuchota Skye en sentant le corps de Natalie s'émouvoir sous sa main.

– Je crois qu'il en sera toujours ainsi », répondit-elle.

Il oublia tous ses soucis. La douce chair de celle qu'il aimait formait un rempart contre ce qui l'attendait. Sa passion pour elle était plus forte que la peur.

Plus tard, lorsqu'elle fut repartie chez son oncle Paul, il traversa la maison silencieuse, passant devant les portes des chambres où dormaient Fielding, Emilie et leurs enfants. C'est cela que je veux, pensa-t-il. Une maison. Une femme. Des enfants. C'était ce que lui voulait, et très bientôt il saurait si c'était ce qu'elle voulait, elle aussi.

27

Juillet 1950

Skye s'éloigna à reculons de la barre en étudiant attentivement l'effet que sa dernière question avait produit sur Whitney Hale. Il l'avait glissée après une douzaine d'autres, anodines, espérant l'amener par surprise à répondre d'une manière irréfléchie.

Il la répéta, en énonçant lentement chaque syllabe, afin d'être sûr que la salle l'avait bien entendue. « Pourquoi votre femme a-t-elle invité un nègre à entrer chez elle ? »

Les mains de Hale s'agrippèrent à la barre et ses yeux brûlants se fixèrent sur Skye comme pour le réduire en cendres. « Qui dit qu'elle l'a fait ? » finit-il par répondre, d'une voix si rauque que les mots étaient presque méconnaissables.

Skye commença à espérer; se balançant sur la pointe des pieds, il se sentit soudain léger, agile, et se pencha en avant. « Votre fille », dit-il.

Hale se passa la langue sur les lèvres, d'un geste si semblable à celui de Crystal que Skye dut repousser la vision de cet homme et de sa fille singeant avec une terrible perversion les actes que l'on fait habituellement par amour.

« Il a dû entrer de force », répondit-il enfin. Sa voix n'avait pas changé, mais on eût dit qu'un capuchon s'était rabattu sur son visage, celui derrière lequel s'abritent les hommes lorsqu'ils mentent délibérément et se laissent envahir par la haine.

Skye choisit une feuille de papier et lut les mots qui y étaient écrits : « " Question du procureur à Mlle Crystal Hale : Qu'est-il arrivé après que vous avez vu l'homme frapper à la porte? – Réponse : J'ai vu ma mère l'entrebâiller. Il lui a dit quelque chose, elle a ouvert la porte et il est entré. " » Skye roula le papier et le brandit comme une arme vers le témoin. « " Elle a ouvert la porte et il est entré. " Je répète, monsieur Hale. Pourquoi votre femme a-t-elle invité un nègre à entrer chez elle?

– Elle avait sûrement une raison. » Hale semblait acculé.

« Quelle raison? » Skye faisait des efforts pour contrôler sa voix. La tension contenue pendant des semaines se libérait maintenant. « Tout ce qu'il voulait, c'était de l'eau pour son radiateur... et vous le savez bien, monsieur Hale, tout nègre un peu sensé se garde bien d'entrer dans la maison d'une femme blanche. Surtout s'il sait qu'elle est seule. » Il roula de nouveau la feuille de papier et la pointa sur Hale. « Votre fille et vous, vous demandez à cette cour de croire qu'une femme comme votre épouse, toute seule chez elle comme tous deux l'affirmez, a ouvert la porte, a trouvé un nègre inconnu sur le seuil et lui a demandé d'entrer. Ni vous ni votre fille ne semblez trouver ça pour le moins inhabituel. Moi, je ne peux pas l'accepter. » Il pivota sur ses talons et fit face au jury. Ils le regardaient comme s'il avait ouvert toute grande une fenêtre pour laisser entrer l'orage qui sévissait à l'extérieur. « Et je ne pense pas que vous acceptez cela, vous non plus. Vous savez aussi bien que moi que toute femme blanche de cet Etat a été élevée dans la peur des nègres. Elevée dans la crainte de ce qui, paraît-il, est arrivé à Mme Hale. » Il vit l'acquiescement apparaître sur leurs visages. L'ex-institutrice hocha la tête et, comme une ficelle, ce mouvement entraîna tout le jury. Il sentit que l'extrémité de cette ficelle était dans sa main. Il pouvait la tirer et mener les jurés exactement là où il voulait qu'ils aillent. Il leur sourit puis se retourna vers Hale. « Peut-être, dit-il d'une voix plus douce, peut-être votre femme était-elle particulièrement charitable. Peut-être avait-elle l'intention de... donner quelque chose à l'accusé. » Sa voix se fit plus basse, devint insinuante. « Un verre d'eau? Un sandwich? Qu'en pensez-vous, monsieur Hale?... Votre femme avait-elle l'habitude d'inviter des étrangers à manger chez elle?

– Pas de danger qu'elle ait été aux petits soins pour un nègre. » L'intensité de sa haine bouleversa Skye.

« Mais elle l'a invité à entrer. Pour une raison que personne ne comprend.

– Je n'ai pas besoin de la comprendre. » Hale se leva brusquement. Sa longue et maigre silhouette se découpa sur les lumières qui luttaient contre les sombres nuées d'orage. « Ce nègre l'a tuée, il l'a fait, et c'est tout ce qu'il y a à comprendre. Les foutues questions que vous me posez n'y changeront rien.

– Peut-être que si. » La fatigue tomba sur Skye comme une chape de plomb. C'était l'un de ces moments de lutte épuisante où la volonté seule ne parvient pas à surmonter le manque de sommeil et la tension nerveuse. Il se sentit pris de vertige, comme si les terribles forces qui réglaient la vie de Hale s'étaient concentrées sur lui pour tenter de le détruire. Il leva les yeux, s'obligeant à croiser le regard du fermier. « Votre fille est le seul témoin qui ait vu George Harris sortir de l'appentis. Aussi, monsieur Hale, vous allez me donner la raison pour laquelle votre femme a demandé à un nègre inconnu d'entrer dans sa maison, et vous ne quitterez pas cette cour avant de l'avoir fait.

– Comment je pourrais savoir ce que ma femme avait dans la tête? » s'exclama Hale.

Skye entendit un bruissement de papier derrière lui et le procureur prit la parole. « J'étais en train de me dire la même chose. Votre Honneur, j'ai écouté la série de questions que vient de poser mon collègue... Après tout, il s'agit d'un crime capital et je veux être modéré et juste. Mais je dois confesser que je ne vois pas en quoi il est si important de savoir pourquoi Mme Hale a ouvert sa porte à l'accusé. Ne suffit-il pas qu'elle l'ait fait? »

Le cœur de Skye parut s'arrêter tandis qu'il attendait la réponse du juge. Il se remémora ce que Fielding et son père avaient dit du juge Charles Rowland : un homme juste, un conservateur, un gentleman de la vieille école. Il regarda la lumière se refléter sur sa chevelure argentée, vit ses yeux bleus se fixer sur Hale, puis sur George Harris.

« Je ne suis pas d'accord avec vous. » Le juge joignit le bout de ses doigts, formant un petit temple où rendre un culte à la vérité. « Il y a beaucoup de points, dans cette affaire, qui ne ressemblent guère à des preuves mais découlent des attitudes et des préjugés de la communauté. Vous le savez, je le sais, M. Langlinais le sait... et certainement l'accusé le sait aussi. Pourtant je ne peux vous laisser les utiliser et les rejeter à votre gré, monsieur McPherson. Je ne peux pas laisser les attitudes et les préjugés de la communauté travailler en votre faveur quand vous le souhaitez et en même temps les ignorer lorsqu'ils apportent leur soutien à l'autre parti. Si nous trouvons naturel que M. Harris, alors qu'il se rendait à un rendez-vous important, se soit mis dans la tête de violer et tuer Mme Hale pour la simple raison qu'elle était une Blanche et lui un Noir... alors je pense qu'il faut supposer, tout aussi automatiquement, que Mme Hale aurait vu en lui un ennemi naturel... et ne lui aurait pas ouvert sa maison.

– Etes-vous en train d'exposer la cause de la défense, Votre Honneur ? répliqua McPherson d'un ton cassant.

– Je peux prendre quelques libertés dans mon propre tribunal, monsieur McPherson. Si vous trouvez à redire à la manière dont je mène les choses, vous avez les moyens d'y remédier.

– Je vous demande pardon, Votre Honneur. Nous souhaitons tous la justice. » Il retomba sur sa chaise et murmura quelque chose à son assistant.

« Permettez-moi donc de vous répéter ma question, monsieur Hale, dit Skye. Pourquoi votre femme a-t-elle invité un nègre à entrer chez elle alors qu'elle était seule ? Ou si elle ne l'a pas fait entrer, pourquoi votre fille a-t-elle dit qu'elle l'avait fait ? »

Hale replia son corps maigre, sa langue épaisse courut sur ses lèvres comme pour les lubrifier en vue d'une tâche particulièrement ardue. Puis il se détendit, battant l'air de ses bras, silhouette d'un noir absolu contre le mur clair, issue d'un cauchemar, reliquat d'un passé innommable. « Parce que ce sont des putains. Toutes les deux, des putains. »

Le procureur sursauta. « Hale, contrôlez-vous. Votre Honneur... »

Mais il n'y avait plus moyen d'arrêter le flot de paroles qui jaillissait de la bouche venimeuse de Hale. Un mélange d'imprécations bibliques et de vulgaires grossièretés. Et il ponctuait sa tirade en éructant : « Putains. Putains. Putains. » La journaliste du tribunal laissa tomber sa plume et se boucha les oreilles, Rowland saisit son marteau et l'abattit plusieurs fois sur la table.

Un cri aigu perça les oreilles de tous. Crystal Hale sortit du banc où elle était assise en se frayant un passage parmi ses voisins. Elle avait écouté, impassible, les autres épisodes du procès, mais maintenant son visage était rouge de fureur. « C'est lui qui est un salaud! hurla-t-elle. Il m'a prise et puis il l'a prise. Et ensuite il l'a tuée. »

Le terrible regard de Hale se posa sur sa fille. « Putain! cria-t-il. Fille corrompue de Satan... »

Natalie vint prendre Crystal dans ses bras et appuya le visage de la jeune fille contre sa poitrine. Des gardes se saisirent de Hale et l'arrachèrent à la barre des témoins. L'un d'eux plaqua son énorme main sur sa bouche et la retira aussitôt, regardant d'un air stupéfait les gouttes de sang couler de l'endroit où Hale l'avait mordu.

Le marteau du juge Rowland continuait à rappeler la cour à l'ordre. McPherson, cloué sur son siège, avait l'air interdit.

« McPherson! Demandez à votre témoin de se maîtriser! *Immédiatement!* »

Le procureur se leva et s'approcha de Hale qui se débattait contre les gardes, la tête rejetée en arrière, bafouillant des mots dépourvus de sens. Sa voix, rauque, était déformée par la colère.

« Contrôlez-vous! *Hale!* » McPherson dit quelque chose aux gardes et recula pour les laisser l'entraîner de force hors de la salle, vers la prison. Brusquement le silence retomba, vite brisé par le juge Rowland.

« Monsieur McPherson, monsieur Langlinais, je déclare une suspension de séance de deux heures. Je veux vous voir tous les deux dans mon cabinet... sur-le-champ. » Il regarda Crystal, assise à côté de Natalie qui la berçait toujours. « Et je veux que

Mlle Hale m'apporte des éclaircissements sur ce que nous venons d'entendre.

– Votre Honneur... », commença le procureur. Il recula devant le regard furieux que lui lança le juge. « Oui, Votre Honneur. »

Skye rassembla ses papiers et les rangea dans son porte-documents. George Harris était assis, immobile, à côté de lui. Pendant l'explosion de Hale, son corps était devenu de plus en plus rigide; lorsque Crystal s'était levée et avait commencé à crier, la respiration avait failli lui manquer. Skye l'avait pris par le bras. « Reste tranquille. Essaie de garder ton calme. Fais-moi confiance », lui avait-il chuchoté.

Maintenant, George respirait largement. « Merde alors, dit-il à voix basse. Tu savais ce qui allait se passer?

– Oui.

– Est-ce que... on va me... libérer?

– Bien sûr. » Skye se retourna vers George. « Mais tais-toi. Ne dis pas un mot. Fais-toi oublier et sois patient un peu plus longtemps. D'accord?

– D'accord. » George se leva et marcha entre ses gardes vers la petite porte de chêne, le dos droit, la tête haute.

Skye se retourna pour voir Natalie arriver. « Skye, tu as été merveilleux. Je me retenais de respirer, je priais pour qu'il craque. Tout va bien, maintenant, n'est-ce pas?

– Je l'espère. Il faut encore convaincre le juge Rowland. Et cela dépend de ce que Crystal va dire... mais j'ai dans l'idée que Hale n'est pas près de se taire. » Il vit le dégoût se refléter sur le visage de Natalie au souvenir du flot de grossièretés vomi par Hale. « Il faut que j'y aille. On ne doit jamais faire attendre un juge. Et dans mon cas, ce serait particulièrement dangereux.

– Bonne chance, chéri. Je t'aime.

– Je t'aime. »

McPherson était déjà dans le cabinet de Rowland lorsque Skye entra; avachi dans un fauteuil, il fumait un cigare, les yeux plissés par la colère. « C'est un sacré tour de force que vous avez accompli là, Langlinais.

– Ce n'était pas un tour de force. » Skye ne sentait plus sa fatigue mais quelque chose pesait encore sur lui et il se laissa tomber dans un fauteuil, en face du procureur.

Rowland se pencha en avant et fouilla Skye du regard. « Saviez-vous que Hale allait réagir ainsi?

– Je ne savais pas ce qu'il allait faire, monsieur. Mais cette question me hantait depuis le début... Si mon client était innocent... alors quelqu'un d'autre mentait. Et pour une raison diablement forte.

– Mais l'inceste! intervint McPherson. Bon Dieu, Langlinais, quel panier de crabes!

– Est-ce pire que de faire exécuter un innocent?

– Ce n'est pas ce que je veux dire. Mais... vous pensiez que Hale allait nous faire ses aveux... comme ça?

– Hale ne m'intéresse pas. Mon client, c'est Harris. » Il regarda le juge Rowland. « Puis-je vous présenter ma version de l'affaire, Votre Honneur?

– C'est ce que j'attends de vous. »

Rapidement, Skye esquissa l'histoire que Natalie et lui avaient reconstituée. « Il semble que Hale... molestait sa fille depuis longtemps. Il a probablement commencé quand elle était très petite. Je ne sais pas si sa mère était ou non au courant de ce qui se passait. Elle n'a peut-être rien fait tout simplement parce qu'elle avait peur, ou parce qu'elle était terriblement passive... En tout cas, elle ne l'a pas protégée contre son père. Du moins jusqu'à ces derniers temps. La jeune fille dit que le jour où sa mère a été tuée, son père bricolait à la maison. Il l'entraîna dans sa chambre. Quelques instants après, la porte s'ouvrit et sa mère les surprit... Elle commença à les injurier. " Elle était hors d'elle ", a dit Crystal. Son père la laissa et tira sa femme hors de la chambre jusque dans la cuisine. La fille l'entendit crier mais elle ne se leva pas. Les cris cessèrent, elle tomba endormie – ou évanouie. Lorsqu'elle reprit conscience, elle entendit des voix. Elle regarda par l'entrebâillement de la porte de sa chambre et vit son père debout sur le seuil en train de parler à un Noir qui se tenait sur les marches du perron. Puis le Noir est parti. Son père est revenu à l'intérieur et l'a ramenée dans sa chambre... » Skye cligna les paupières et détourna les yeux, essayant d'effacer les images qui emplissaient la pièce. Il prit une bonne inspiration et poursuivit : « Au bout d'un moment, son père lui a dit que quelque chose de terrible était arrivé, qu'un nègre avait tué sa mère, qu'elle devait dire au shérif, lorsqu'il arriverait, qu'elle avait vu sa mère introduire le nègre dans la maison.

– Monsieur Langlinais, qu'avez-vous fait pour que Mlle Hale vous raconte tout cela? demanda le juge Rowland.

– Elle ne m'a rien dit. Elle a parlé à... une amie à moi. Natalie Watkins.

– La journaliste du *Picayune*? » Rowland regarda Skye avec attention. « Bon. Mlle Watkins me dira elle-même comment elle s'y est prise pour faire parler un témoin d'un procès criminel.

– Votre Honneur, dit McPherson, cela ressemble à de la subornation...

– Monsieur McPherson, je m'occuperai de cela plus tard. Pour le moment, il faut que j'aie un entretien avec Mlle Hale. Et j'ai fait venir de Baton Rouge le docteur Monroe. C'est un psychiatre qui a pas mal travaillé avec nous. Mon secrétaire l'a déjà appelé. Il arrivera après le déjeuner. Puis nous parlerons tous deux avec Hale. Si tout cela s'avère, votre client sera libéré demain matin, monsieur Langlinais.

– Votre Honneur. Vous croyez vraiment à cette fable? dit McPherson.

– Je ne crois à rien. Jusqu'à ce que j'aie parlé avec les Hale. Vous feriez mieux de rester dans les parages, je vais avoir besoin de vous. » Il sourit à Skye. « Vous pouvez partir. Je vous ferai savoir ce qui se passe. Vous avez l'air épuisé, mon garçon.

– Je commence à me sentir mieux. » Il se leva, étonné de ne pas éprouver plus de satisfaction. Il n'y avait plus de doute que George serait libéré et que, demain matin, il pourrait aller le faire sortir de sa cellule. Ce n'est qu'en arrivant à l'entrée de la salle d'audience qu'il reconnut le sentiment qui l'assombrissait ainsi. C'était l'impuissance. C'était de savoir que, sans l'intervention de Natalie, il n'aurait jamais gagné cette cause. Et George Harris, au lieu de se retrouver libre, aurait été attaché sur la chaise électrique, à la prison d'Angola, et précipité d'une seule secousse dans l'éternité.

Son parapluie semblait une frêle protection contre la violence de l'orage. Il se hâta de descendre les marches et traversa la rue en courant pour s'engouffrer dans le café où l'attendait Natalie. Il se laissa tomber sur une chaise en face d'elle et demanda à la serveuse de lui apporter du café. « Eh bien, je pense que tout se passera bien. Rowland va interroger Crystal et son père. Et il a mandaté un psychiatre de Baton Rouge. McPherson est plus enragé qu'un essaim de frelons, mais Rowland a pris l'affaire en main. Je pense que c'est gagné.

– Dieu merci! »

Il but avec plaisir son café car il avait bien besoin d'un stimulant.

« Vous voulez manger quelque chose? demanda la serveuse.

– Deux hamburgers », répondit Natalie.

La fille s'en alla et Natalie prit la main de Skye entre les siennes. « Chéri, tu as l'air épuisé. Toutes ces semaines de tension nerveuse...

– Je suis très, très fatigué. » Il reposa sa tasse et lui serra tendrement la main. « Sans toi... bon sang, Natalie, si tu n'avais pas imaginé ce qui s'était passé... » Il ne voulait pas penser que George Harris aurait vraiment été exécuté pour un crime qu'il n'avait pas commis. C'était trop terrible; il n'était pas encore prêt à envisager les conséquences de cette histoire. Il sourit à Natalie avec lassitude. « Je pense que c'est ce qu'on appelle un cas " de référence " dans la carrière d'un jeune avocat. Un cas sur lequel il peut se faire les dents.

– Tu as besoin de repos, Skye.

– Nous sommes sur la même longueur d'onde, toi et moi. Tu crois pouvoir prendre deux ou trois jours de congé? On retournerait au Grand Hôtel. »

Elle fut sur le point de dire quelque chose puis changea d'idée et hocha la tête. « Je crois que oui. Mais pas avant la fin de la semaine prochaine.

– C'est très bien. Si tout s'arrange... je vais retourner à Saint-Martinville, régler quelques affaires... » Il s'étira. « Mon Dieu, ce sera bon de partir. L'été est presque fini...

– Oui », dit-elle.

La serveuse leur apporta leur commande et ils parlèrent d'autre chose, laissant retomber l'excitation de la matinée. Puis Skye retourna à la salle d'audience et Natalie alla téléphoner au journal.

« Roberts veut vous parler », lui dit, lorsqu'elle eut fini de dicter ses notes, le journaliste qui les mettrait en forme.

L'air renfermé de la cabine était suffocant. Elle ouvrit la porte et regarda sans les voir les feuilles poussiéreuses et l'herbe qui poussait dans le fossé. Puis la voix de Ben résonna dans le récepteur. « On dirait que ce procès va devenir une histoire sensationnelle. Je vous ai écoutée sur un autre poste. J'ai besoin d'articles en plus. Il me faut un encadré sur Harris... »

Natalie sortit son crayon et prit des notes; Ben voulait au moins trois articles sur les principaux personnages de l'affaire. Un photographe débarquerait le lendemain et elle devait rester sur place. « Je pense que je n'ai pas besoin de vous dire que votre nom figurera en première page. Et je ne serais pas surpris qu'il soit remarqué par les agences de presse. »

Elle attendit en vain la joie qu'elle aurait dû éprouver. Je suis peut-être trop fatiguée, pensa-t-elle. J'ai travaillé tellement longtemps pour obtenir une chance pareille... pourquoi est-ce que cela ne me semble plus aussi important? En raccrochant, la réponse lui vint à l'esprit. Ces jours passés à travailler avec Skye avaient fait pencher la balance. Elle pouvait écrire n'importe où tandis que lui avait sa clientèle à Saint-Martinville. S'il lui demandait maintenant de l'épouser... Elle s'arrêta, glacée malgré la chaleur. S'il avait encore envie de le lui demander...

Il m'aime. Du moins, il le dit; il me le prouve. Mais peut-être s'est-il aperçu qu'une liaison amoureuse à distance, c'était tout à fait bien pour lui et n'a-t-il plus du tout envie de m'épouser.

28

Juillet 1950

Rien ne s'était déroulé comme elle l'avait rêvé, pensa Caro en plongeant dans la piscine de l'hôtel et en crawlant vers l'extrémité opposée. Sauf le jour de son arrivée... David l'attendait à sa descente d'avion et l'avait accueillie comme elle l'avait imaginé. Tandis qu'il l'étreignait, elle sentit la même passion, le même désir ardent que les siens. Ils se rendirent tout de suite à l'hôtel, presque incapables de parler pendant plusieurs heures, mais si proches qu'ils n'en éprouvaient pas le besoin.

Qu'était-il advenu de cette passion ? Vingt-quatre heures après son arrivée, David, absorbé, distrait, se comportait comme si elle était une invitée qu'il devait distraire et qui ne tombait pas tout à fait au bon moment. En se remémorant combien elle s'était sentie seule et malheureuse, elle nagea plus énergiquement et sentit ses muscles se détendre enfin. L'eau bleue et froide la purifiait de la poussière et de la fatigue de la journée passée avec Mollie Haskell, qui était venue de son kibboutz à Jérusalem pour rendre visite à Jake.

Elles avaient déjeuné à l'hôpital et étaient revenues à l'hôtel pour passer l'après-midi à « bavasser », comme disait Mollie. Maintenant Caro était seule, comme pendant la plus grande partie du mois passé à Jérusalem, pensa-t-elle avec dépit. Sauf lorsqu'elle participait à une activité organisée par David. Elle avait d'abord accueilli ces périples avec enthousiasme bien qu'elle les effectuât presque toujours en compagnie de quelqu'un d'autre, David étant trop absorbé par son travail à l'hôpital où était soigné Jake. C'est ainsi qu'elle partit visiter un kibboutz, en suivant la route qui longeait la frontière avec la Jordanie, plongée dans un silence respectueux lorsqu'ils passaient devant les restes rouillés de camions blindés encore ornés de couronnes et de rubans fanés. C'étaient, lui dit-on, les reliques des convois qui avaient essayé de forcer le blocus arabe pour ravitailler en nourriture et en munitions les défenseurs affamés de Jérusalem, en 1948.

Le kibboutz l'enthousiasma vraiment, ceux qui y vivaient accomplissaient leurs rudes tâches avec un esprit joyeux qui fit de ce jour l'un de plus agréables que Caro passa en Israël. Même Jake était de meilleure humeur que David, pensa-t-elle en faisant demi-tour pour un dernier parcours. Il plaisantait sur sa jambe de bois, dessinant d'invraisemblables appareils, qu'il se jurait de fabriquer afin d'éviter de porter le membre artificiel classique. Mais David... sauf lorsque la jambe qui restait à son ami commença à guérir, sauf lorsqu'il s'oubliait en faisant l'amour, restait renfermé, silencieux, presque morose.

Et ce que je viens de recevoir, se dit-elle, c'est la goutte qui fait déborder le vase. Elle avait caché son désappointement de ne pas assister à son vernissage et n'avait même pas parlé de l'exposition à David. En décidant de venir à Jérusalem, elle s'était dit qu'elle ferait tout pour que cela se passe bien et qu'elle resterait assez longtemps pour s'assurer que leur liaison tenait toujours. Mais le courrier de ce matin contenait une liasse de coupures de presse envoyées par Koenberg... les réactions de la critique à son exposition. Etait-ce vraiment de ses œuvres qu'ils parlaient ? « Emouvantes... » « Irrésistible véracité... » « Technique magistrale... » « Un talent subtil ». Plus que tout au monde, elle aurait voulu que David soit en ce moment auprès d'elle, pour lui passer chaque article, le regarder lire, voir ses yeux se remplir d'amour et de fierté... et sentir ses bras autour d'elle.

Elle se mit debout à l'extrémité du petit bain de la piscine, et des larmes de colère ruisselèrent sur son visage déjà mouillé. Koenberg lui avait envoyé autre chose, le compte rendu de la première vente aux enchères de ses reproductions, qui avait eu lieu à la galerie une semaine après le vernissage et rapporté trente mille dollars, somme aussitôt expédiée vers Israël. Elle avait contemplé ce chiffre avec de grands yeux, essayant de prendre conscience que c'était bien son travail qui avait rapporté tout cet argent... et continuerait à le faire. Il y avait aussi la liste des autres galeries qui exposeraient ses toiles et où une vente aux enchères était également prévue.

Le billet de Koenberg était bref : « Ma chère Caro... nous avons besoin de vous ici. Prenez connaissance de tout cela et vous comprendrez pourquoi. Tout le monde veut vous parler, tout le monde veut vous interviewer. Je vous en prie, rentrez. »

Elle avait remis les coupures de presse, le compte rendu de la vente et le mot de Louis dans l'enveloppe et avait rangé le tout à côté de celle contenant ses diapositives. Puis elle avait réservé par téléphone des places d'avion pour le surlendemain.

Je vais prévenir David ce soir, se dit-elle en

gravissant l'échelle et en s'enveloppant dans une grande serviette. Il a peut-être du travail ici... mais moi aussi j'en ai. Et je vais continuer à le faire.

Elle monta dans sa chambre, prit une douche et s'habilla, puis s'installa sur le balcon pour attendre l'arrivée de David. D'où elle était, elle voyait les murs de la Vieille Ville, la partie de Jérusalem encore aux mains des Arabes. Dès son arrivée, David l'avait fait monter sur le toit du monastère franciscain de Notre-Dame, d'où selon lui on avait la plus belle vue sur la ville. Il lui avait indiqué les points de repère : l'ancienne université, l'hôpital Hadassah, vide et abandonné, la porte de Damas, le mont des Oliviers, le jardin de Gethsémani, l'église du Saint-Sépulcre... Elle avait tout regardé à la jumelle, éprouvant une impression croissante d'unité, de continuité – debout là, dans le vent brûlant, elle s'était sentie en communion avec la cité et ses habitants, et s'était tournée ardemment vers David, certaine qu'il éprouvait la même chose.

Il n'avait pas paru comprendre ce qu'elle voulait dire et elle s'était tue, avec une impression croissante d'insécurité et de désorientation. Maintenant elle n'éprouvait rien de ce genre; elle était en colère contre David et contre elle-même, décidée à poser ouvertement des questions, une fois pour toutes, afin de savoir où ils en étaient.

Lorsque David arriva enfin, il avait l'air si épuisé qu'elle faillit revenir sur sa décision. Il travaille comme un fou depuis plus de six mois, se dit-elle en l'étreignant, ne lui inflige pas cela maintenant. C'est alors qu'elle comprit ce qui n'allait pas : David travaillait comme un fou; il ne partageait pas la joie des habitants du kibboutz, de Jake et de Mollie; David n'avait pas vraiment envie d'être ici, et il travaillait encore plus dur pour se punir de cela.

Mais oui, pensa-t-elle, cela explique tout... pourquoi il me traite si bizarrement, pourquoi il est aussi renfermé. Il n'avait pas envie qu'elle lui rappelle leur vie à San Francisco. Il s'autopunissait. « David, je vais te préparer un verre pendant que tu prends ta douche. Tu as l'air d'avoir tellement chaud... Je voudrais te parler de quelque chose d'important et je souhaite que tu te rafraîchisses d'abord.

– Une douche, c'est tout à fait ce dont j'ai besoin. Et d'un verre aussi. » Il disparut dans la salle de bains et elle prépara des boissons, puis attendit sur le balcon, plongée dans une espèce de torpeur, comme si cette nouvelle image de David était beaucoup trop difficile à supporter.

A son retour, pieds nus et vêtu d'un peignoir court en tissu-éponge, il se laissa tomber dans un fauteuil en face d'elle avec un soupir de satisfaction. « Bon. De quoi veux-tu parler?

– De ce qui me préoccupe depuis très longtemps, David. De toi et de moi.

– Caro...

– David, je ne me laisserai pas arrêter. Tu m'as dit, en décembre, que tu serais absent six mois. Pendant tout le printemps tu t'en es tenu là. Tu avais même fixé la date de ton retour!

– Je ne peux pas laisser Jake...

– Personne ne t'a demandé de laisser Jake. J'ai compris ça, David. Mais je comprends aussi autre chose, que tu sais et que tu ne veux pas affronter.

– Quoi donc? » Son visage était dans l'ombre, mais sa voix lui apprit qu'il n'était pas prêt pour cela, qu'il ne savait pas ce qu'elle allait dire mais que de toute façon il ne voulait pas l'entendre.

Elle tendit le menton en avant et continua : « Je ne crois pas que tu aies vraiment envie d'être ici, David. Je pense que tu te trouves de bonnes raisons de rester parce que tu te sens coupable. Tu penses que tu es une espèce de monstre parce que tu préférerais ne pas être ici, tu préférerais revenir à la maison.

– Ce n'est pas vrai !

– Je suis certaine de ne pas me tromper. Ouvre les yeux, David. Même Jake, avec une jambe en moins, est plus heureux que toi.

– Heureux ! Qu'est-ce que le bonheur vient faire là-dedans ! Caro, je ne suis pas venu ici pour être heureux.

– C'est bien ce que je dis. »

Il se leva et la regarda d'un air furieux. « Caro, il y a deux ans, Israël était encore en guerre. *Deux ans !* J'ai travaillé comme un fou depuis que je suis ici... d'abord à Ein Gev, et maintenant à Jérusalem. Il y a beaucoup trop à faire et pas assez de matériel... et tu dis que je ne suis pas heureux ! Caro, ce n'est pas digne de toi. »

Elle se leva pour lui tenir tête. « Et ton attitude n'est pas digne de toi non plus. Bon sang, David, quand je dis que tu n'es pas heureux, ce n'est pas parce que je voudrais que tu chantes et que tu racontes des histoires drôles. Bien qu'en y réfléchissant, l'une des choses les plus étonnantes, dans le kibboutz que j'ai visité, c'étaient les rires et les chansons que j'ai entendus. Je te parle de quelque chose de beaucoup plus profond que ça. David, presque tous ceux que j'ai rencontrés ici sont contents de ce qu'ils font. Du pays qu'ils ont créé et continuent de construire. Je ne sens pas cela en toi. Tu n'es pas satisfait de ce que tu fais. Tu n'es pas en paix avec toi-même. »

Il se détourna et regarda au loin vers l'horizon. Elle avait une envie folle d'aller à lui, de le prendre dans ses bras, de l'attirer vers le lit où, durant un moment, ils pourraient créer le monde qui les y attendait toujours. Mais elle tint bon. Il lui avait fallu beaucoup trop de temps pour en arriver là et maintenant elle ne battrait pas en retraite.

« Tu as raison, Caro. Je ne suis pas... satisfait. Je ne suis pas content de ce que je fais. Oh, je sais que mon travail est nécessaire. Mais... cela ne va pas assez loin. Je... je n'en tire rien, Caro. Tu as raison. Cela me ronge. »

Elle poussa un long soupir et vint se poster près de lui. « David. Cela fait presque sept mois que tu es ici. Tu as apporté ta contribution à l'édification d'Israël. Chéri, reviens avec moi. Je t'en prie.

– C'est cela que tu veux ? Que je renonce ?

– Renoncer ? David, il n'y a pas qu'une seule manière d'aider Israël, d'aider ton peuple ! Et il est évident que pour toi ce n'est pas la bonne.

– Je ne suis pas " heureux ", alors je reprends mes billes et je rentre à la maison ? »

La force de sa colère la rejeta loin de lui. Elle resta debout, dans un coin du balcon, à le regarder. « David, ce n'est pas ce que je veux dire. Tu ne vas aider personne si tu continues à faire quelque chose que tu n'as pas envie de faire.

– Bon sang, Caro ! Est-ce que ma famille " avait envie " d'aller à Dachau ? à Buchenwald ? " Avait-elle envie " de souffrir ? de mourir d'une mort ignominieuse ? Caro, est-ce ton critère dans l'existence ? Que je fasse ce dont " j'ai envie " ?

– Non, ce n'est pas cela et tu le sais bien, David Selbin ! Mais ce n'est pas ma faute si tu te culpabilises parce que tu n'es pas mort avec les autres ! »

L'expression de son visage lui échappa, mais elle vit son corps s'affaisser, le geste qu'il fit pour se retourner vers la balustrade et s'y agripper. « David... David, je regrette. Ce n'est pas... Je n'aurais pas dû dire ça !

– Non, tu n'aurais pas dû », répondit-il calmement.

Elle rassembla son courage et s'approcha de lui.

« Je n'aurais pas dû dire ça parce que c'est quelque chose dont il aurait fallu que tu te rendes compte tout seul. C'est une affaire entre toi et ta conscience... je suis désolée de m'être interposée.

– Que voilà des excuses intéressantes! Alors tu penses que j'ai quitté Los Angeles, que je me suis séparé de toi... parce que je me crois obligé de payer pour le fait que je suis resté vivant.

– Cela fait des mois que tu n'es plus le même, David. Dans tes lettres tu n'étais plus le même, et Dieu sait que depuis mon arrivée tu ne t'es pas montré le même. Comme tu le sais très bien, le seul moment où nous communiquons encore, c'est lorsque nous faisons l'amour. Et j'ai l'impression que, même là, ça va bientôt cesser de marcher. » Elle prit son verre et se dirigea vers la chambre, puis s'arrêta sur le seuil. « J'ai réservé des places d'avion pour après-demain. J'avais espéré te convaincre de rentrer avec moi – ou de me suivre dans quelque temps –, mais je m'aperçois que ce n'est pas la peine de te demander cela. Tu es trop enfermé dans ton arrogance, dans ton enfer personnel pour que je puisse te toucher. Je suis désolée, mais c'est comme ça.

– Mon arrogance. Cela te va bien de dire ça, Caro.

– Tu es arrogant. Et intolérant. Crois-tu que tu es le seul dans le monde à avoir souffert? Tu t'es mis à l'écart, dans ton propre monde de préjugés et de douleur et tu ne laisses personne d'autre y entrer, même ceux qui t'apportent amour et compassion.

– Tu persistes à ne pas comprendre, Caro.

– C'est toi, David, qui refuses de comprendre. » Elle se sentit brusquement très fatiguée; le poids de ces semaines passées dans un pays étranger, en compagnie d'étrangers, retombait sur elle. Elle était lasse à en mourir, abattue et triste, et elle ne fit rien pour le cacher, ni sur son visage, ni dans sa voix. « Tu penses que je ne comprends pas que quelqu'un comme toi, un médecin, un homme qui révère la vie et s'efforce de la préserver, de la sauver, puisse concevoir une horreur particulière à l'égard de ceux qui l'ont profanée d'une manière si impitoyable, si barbare. Tu penses que je ne comprends pas que tu te considères comme obligé de prouver que le respect de la vie existe toujours, que les nazis ne l'ont pas anéanti lorsqu'ils ont massacré six millions de Juifs... parmi lesquels beaucoup de membres de ta famille. »

Il tressaillit et elle hocha la tête. « J'ai vu ton grand livre noir, David. Je... je ne peux pas te dire l'effet qu'il m'a fait. » Elle pensa aux diapositives qu'il n'avait toujours pas vues. « J'ai pensé que je pouvais te prouver que... Mais peu importe. Ce qui m'importe, c'est toi, David. Il faut que tu comprennes... que tu essaies de te persuader que la vie vaut toujours la peine d'être vécue, à n'importe quel prix. Je ne peux pas le faire à ta place. Personne ne le peut. Il ne me reste qu'à espérer... et à prier. »

Il demeura longtemps silencieux puis dit, plus calmement : « Tu sembles avoir beaucoup réfléchi à tout cela.

– J'ai eu beaucoup de temps pour le faire.

– Oui. Oui, je n'en doute pas. Bien. Ainsi tu t'en vas après-demain ?

– Oui.

– Je... Je suppose que je ne vais pas te revoir alors. J'allais te dire que... je pars pour un kibboutz à cent kilomètres d'ici. Ils ont besoin de personnel compétent pour diriger un hôpital...

– Bien sûr. Je comprends.

– Caro...

– David. Je comprends vraiment. Je t'assure. » Elle lui fit un petit sourire triste. « Tu sais, d'un certain point de vue, tu as choisi la voie la plus facile.

– Que veux-tu dire?

– Eh bien... j'ai toujours pensé, quand j'étais petite fille et que j'écoutais les religieuses nous parler des martyrs, que si on réussit à supporter la souffrance, mourir ainsi, cela met fin à tout. A tous les péchés, petits et gros. C'est bien plus facile que d'essayer d'être bon tous les jours de sa vie.

– Je ne suis pas en train de jouer au martyr. » Il y avait toujours de la colère dans sa voix.

« Je ne prends pas ce mot dans le sens où certains l'utilisent. Je pense que les martyrs dont parlaient les religieuses avaient une opinion d'eux-mêmes qui exigeait qu'ils fassent le sacrifice de leur vie... Je pense que l'opinion que tu as de toi exige que tu sois ici. Tu sais, il y a beaucoup de souffrance chez nous, David. Beaucoup de travail à faire. Seulement, c'est une tâche incessante et solitaire. Tu sais cela mieux que moi.

– Tu veux dire qu'à ton avis je fuis quelque chose. » Il n'était qu'à quelques centimètres d'elle et pourtant tellement loin. « Tu as le droit de penser ce que tu veux, Caro, mais si ça ne te fait rien, je n'ai vraiment pas envie d'en entendre plus là-dessus.

– Non. J'en suis certaine. » Elle tendit la main, en un geste involontaire. « Je... Je suis très fatiguée. Et je sais que tu l'es aussi. Bonne nuit, David. »

Il regarda sa main, la prit, la retint un moment, puis la lâcha. « Bonne nuit. » Il marcha à grands pas vers la porte, puis se retourna. « Je suppose qu'il faut que je te dise... au revoir.

– Oui. Au revoir, David. Bonne chance.

– A toi aussi. » Il disparut dans la pénombre de

la pièce. Elle entendit des bruits de pièces de monnaie, le froissement de l'étoffe, tandis qu'il s'habillait. Puis il partit.

L'engourdissement l'avait gagnée tout entière, la protégeant de la douleur. Elle fit tranquillement ses valises, rangeant ses souliers dans leurs sacs de flanelle, pliant sa lingerie. Sa main rencontra l'enveloppe de diapos; elle la prit et la regarda. Puis elle la mit dans une enveloppe, avec ce que Koenberg lui avait envoyé, et adressa le tout au docteur David Selbin aux bons soins de l'hôpital.

Skye guida Natalie entre les couples qui dansaient sur la piste carrelée, afin de prendre place près du kiosque où jouait l'orchestre, endroit d'où l'on voyait mieux les eaux de la baie de Mobile éclairées par la lune. « J'aurais tout organisé moi-même que cette soirée ne pourrait être meilleure : de la musique douce, le clair de lune, une jolie femme dans mes bras... la belle vie en somme. »

Elle lui sourit et se blottit encore plus dans ses bras. Elle était comme ensorcelée par la magie de ce week-end. Jamais elle ne s'était sentie si proche de Skye, si heureuse, si comblée. Quelque chose a changé entre nous, se dit-elle tandis que leurs corps ne faisaient plus qu'un, au rythme de la musique. Une impression de calme, de bonheur... comme si des barrières étaient tombées avant même que je me sois aperçue de leur écroulement.

Ils continuaient à danser, savourant à l'avance les heures à venir. Natalie ne savait pas quand le changement s'était effectué en elle. Pendant longtemps elle avait considéré les Langlinais comme une entité dont Skye faisait inséparablement partie. Maintenant, il était seulement Skye... et les sentiments de Natalie pour lui n'avaient rien à voir avec sa famille.

Le procès évidemment avait tenu une grande place dans ce changement. Il lui avait permis de voir Skye sous un jour totalement différent : l'homme qui plaidait pour George Harris était capable de se frayer son propre chemin dans la vie et elle était retombée amoureuse de lui d'une manière très étrange, qu'elle ne comprenait pas encore.

Elle était rentrée à La Nouvelle-Orléans dans un état second, comme une adolescente amoureuse pour la première fois. Elle aurait voulu parler de ses sentiments à quelqu'un, mais il n'y avait autour d'elle personne d'assez intime. Elle avait appelé Caro à San Francisco, mais sans obtenir de réponse. Elle doit être encore en Israël, pensa Natalie lorsqu'elle rappela en vain les jours suivants.

Alors elle dut se débrouiller toute seule, réfléchir à la manière dont elle envisageait maintenant son travail. Elle dut reconnaître que son enthousiasme s'était refroidi; le journalisme la passionnait toujours mais elle était plus lucide par rapport à sa profession. Si elle continuait comme cela, elle devrait changer. Devenir quelqu'un comme Tom Burns de l'*Advocate* ou comme les autres journalistes politiques du coin. Non pas caustique comme Tom, mais froide – et capable de rester objective. Ou d'écrire en fonction d'une opinion défendable. Elle ne saurait pas épouser ouvertement un parti. Elle serait incapable de se déclarer ouvertement pour un candidat, de travailler à une campagne électorale. Un grand nombre de portes s'ouvriraient devant elle, mais beaucoup d'autres se fermeraient. En regardant Skye se battre devant la cour de Saint-Francisville, non seulement pour son ami, mais contre les préjugés raciaux et l'ignorance, elle avait pris conscience du fait que certaines causes comptaient pour elle. Et qu'un journal pouvait devenir une arme très puissante.

Elle avait pris une décision avant de quitter La Nouvelle-Orléans avec Skye, mais celle-ci dépendait en grande partie de ce qui allait arriver ici. Elle effleura de ses lèvres la joue de Skye qui lui chuchota à l'oreille : « C'est notre dernière danse, d'accord? »

Elle lui répondit par un baiser et ils quittèrent la terrasse brillamment éclairée. Ils logeaient dans le même bungalow que l'été précédent. Quoi que lui réservât l'avenir, jamais elle n'oublierait ce lieu.

Elle allait se diriger vers la chambre lorsque Skye lui prit la main. « Attends. Restons un peu ici. Je... Tu n'as pas envie de champagne?

– Si, bien sûr. Je me change?

– Reste comme tu es. J'avais mis le champagne à rafraîchir. Assieds-toi. Je vais l'apporter. » Il entra dans l'alcôve du salon où se trouvait le minuscule réfrigérateur et elle entendit le tintement des verres. Puis il revint portant un grand plateau d'argent, avec un seau à champagne et un vase de roses; il le posa sur la table devant elle puis entreprit de déboucher la bouteille.

« Skye... pourquoi tout cela?

– Chut... » Il versa le premier jet dans un verre et s'assit. « J'ai oublié quelque chose. » Il se releva et alla allumer la radio. Puis il revint, les servit et lui tendit son verre. « Avant de porter un toast, il faut que je te pose une question.

– Quelle question?

– J'aimerais te proposer de boire à la future Mme Skye Langlinais... mais elle n'a pas encore dit oui. »

Les battements du cœur de Natalie s'accélérèrent et le verre trembla dans ses doigts. Elle le regarda de ses yeux ambrés qui scintillaient. « Est-ce le début de cette campagne de harcèlement dont tu m'as menacée?

– Est-elle nécessaire?

– Non. » Elle posa son verre et lui prit la main. « J'ai beaucoup réfléchi, Skye, mais je... Eh bien, je ne savais pas comment te le dire sans... sans avoir l'air de te forcer la main. Mes articles sur le procès de George m'ont apporté une certaine célébrité. Et une chance de promotion. Mais j'ai décidé que ce n'était pas cela dont j'avais envie. Je n'ai pas envie d'écrire sur ce que les autres font. Je veux écrire pour changer les choses. Je ne sais pas encore bien ce que cela implique, mais je pense que je ne serai plus obligée de rester à La Nouvelle-Orléans.

– Est-ce que cela veut dire que nous allons pouvoir nous marier? » Il lui sourit et la prit dans ses bras. « Natalie. Tu veux bien m'épouser? » demanda-t-il en se penchant pour l'embrasser.

Elle eut tout juste le temps de dire oui.

Skye se sentait en communion avec Natalie d'une manière toute nouvelle pour lui, uni à la jeune femme qu'il tenait dans ses bras, et cela le remplissait d'un respect teinté d'émerveillement et d'un peu d'effroi. En répondant oui à sa question, Natalie avait tiré un rideau qui jusque-là lui avait dissimulé ce royaume idéal qu'ensemble ils auraient à construire.

29

Octobre 1950

Des feuilles de toutes les couleurs – écarlates, jaune citron, pourpres, orange – tapissaient la pelouse autour du dais que Paul Watkins avait dû dresser au-dessus de l'autel devant lequel Skye et Natalie allaient se marier. La famille de cette dernière n'avait pas élevé d'objection lorsqu'elle avait décidé que tout se déroulerait dans la plantation de son oncle plutôt qu'en Virginie, où il y avait bien longtemps que Natalie n'était pas retournée. La plupart de ses amies d'enfance s'étaient dispersées, et il était beaucoup plus commode que les noces aient lieu en Louisiane et que sa famille se déplace pour venir assister à la cérémonie.

Août et septembre s'étaient écoulés dans la fièvre des préparatifs qui, heureusement, coïncidèrent avec une accalmie dans la campagne de Beau Langlinais. Si Caro n'était pas arrivée de San Francisco deux semaines auparavant, pour aider à peaufiner les derniers détails, rien n'aurait été prêt à tcmps. Mais maintenant le grand jour était arrivé.

Un air frais et limpide, un ciel d'un bleu éblouissant, sur lequel se découpaient des pins noirs, faisaient de la propriété de Paul Watkins un lieu idéal.

– C'est si beau que j'ai l'impression de rêver, dit Natalie à Caro. Il faut que je me pince pour y croire.

– Je suis très heureuse pour vous deux. J'ai encore des choses à faire en bas. Je reviendrai dans un petit moment pour t'aider à t'habiller. »

Natalie regarda Caro s'éloigner d'un air affairé. Depuis qu'elle était arrivée, elle n'avait mentionné le nom de David qu'une seule fois, pour dire, d'un ton qui n'admettait aucune question, qu'elle l'avait laissé à Jérusalem très impliqué, très engagé dans la construction de l'Etat d'Israël. Caro elle-même avait été très occupée. Son exposition avait circulé dans plusieurs villes de Californie, et à travers le pays d'autres cités semblaient également s'y intéresser. Ces deux semaines à Saint-Francisville seraient sa seule pause avant des mois d'activité fébrile.

En dehors de Beau et Caroline, qui étaient venus en avion pour assister au vernissage, les membres de sa famille n'avaient pas encore vu l'exposition, mais il y avait les diapositives et leurs réactions avaient adouci la blessure encore à vif causée par l'indifférence de David, qui n'avait partagé ni son travail ni son succès. Après la projection, père était venu lui prendre les mains et ce qu'il lui avait dit semblait sortir du plus profond de son être : « Se charger de la douleur de quelqu'un d'autre, c'est faire preuve d'un immense courage. Tu es très brave, ma chérie. »

Je ne comprends pas la détérioration des relations de David et Caro, pensa Natalie. Bien sûr, c'est plus facile pour Skye et moi de concilier nos religions puisque je suis membre de l'Eglise épiscopale et lui catholique romain... il n'y a pas beaucoup de différence et je finirai probablement par aller à l'église avec lui. S'ils s'aiment vraiment, comment peuvent-ils se faire souffrir ainsi? Elle s'était aperçue que Caro supportait cela très mal. Elle admirait son courage : être venue participer aux festivités avant le mariage, alors qu'elle était probablement très malheureuse.

Le curé de Saint-Martinville allait venir célébrer l'union à dix-huit heures. Des lampes-tempête, attachées à des poteaux enrubannés, éclairaient l'allée que devaient emprunter les mariés et les invités; d'autres lanternes suspendues aux arbres mêlaient leurs lumières à celle de la lune nouvelle.

Caro, Emilie et Gennie, demoiselles d'honneur, portaient des robes longues en taffetas écarlate, qui formaient un brillant contraste avec le satin ivoire de la toilette de Natalie.

Caro passa la cérémonie dans un état proche de l'hébétude. Ces deux semaines consacrées à Natalie et à Skye, s'ajoutant à son chagrin et à sa fatigue, c'était plus qu'elle ne pouvait supporter et elle se dit, avec soulagement, que dans peu de temps tout serait terminé. Il y aurait encore la réception, puis il lui faudrait prendre congé de sa famille... et prendre l'avion pour San Francisco. Ensuite... elle devrait se montrer à des vernissages, répondre aux questions des journalistes, serrer des mains, voir des gens pleurer, s'exclamer, entendre des louanges... mais aucune de David.

Elle se redressa, se concentra sur ce que disait le prêtre, et alla prendre le bouquet de Natalie à l'autel, afin que celle-ci puisse unir ses mains à celles de Skye tandis qu'ils échangeraient leurs vœux. Lorsque la cérémonie fut terminée, elle descendit l'allée derrière les nouveaux époux et prit place parmi les membres de la famille pour recevoir les félicitations, en affichant un sourire forcé.

Maintenant les visages autour d'elle lui étaient familiers : c'étaient ceux d'amis venus de Saint-

Martinville, de La Nouvelle-Orléans et de Baton Rouge. Henri, très clérical dans son costume noir, lui tendit un verre de champagne. Son professeur favori l'accompagnait. Caro l'avait déjà rencontré et eut un sourire désabusé en se rappelant qu'elle avait espéré que cet homme pourrait les aider, David et elle. Les invités avaient tous défilé et elle était libre de se mêler à la foule, mais elle n'avait rien à dire à personne et elle s'esquiva en direction de la maison. Elle tira un fauteuil à bascule à l'ombre de la véranda et s'y installa.

Elle entendit l'orchestre accorder ses instruments, puis s'amplifier peu à peu le bourdonnement des voix. Je me demande... si je montais me coucher, est-ce qu'on s'apercevrait de mon absence? Elle ferma les yeux et commença à se balancer; le mouvement lent la calma. Elle sombra dans le sommeil.

Le bruit d'un moteur de voiture la fit sursauter. Elle se redressa et vit dans l'obscurité des phares remonter lentement l'allée. C'est quelqu'un qui s'est perdu et qui a manqué la cérémonie, pensa-t-elle en se levant. Elle alla se poster en pleine lumière afin que le retardataire, en la voyant, sache qu'il était enfin arrivé à bon port.

La voiture s'arrêta à la limite du cercle que traçaient les lumières du porche et le conducteur descendit, longue silhouette mince, qui marcha à grands pas vers elle. Il y avait quelque chose de familier dans cette silhouette et Caro s'avança en essayant de percer la pénombre. Puis l'homme se mit à courir et elle l'entendit crier : « Caro! Caro! »

David! Non, ce ne pouvait pas être David. Mais si, c'était bien lui. Les battements de son cœur s'accélérèrent; elle courut tout en continuant à douter que ce pût être lui. Lorsqu'ils se rejoignirent, hors d'haleine, incapables de parler, ils s'étreignirent et s'embrassèrent passionnément, comme pour combler les longs mois de séparation.

Alors tout redevint normal. La musique, les faibles rires au loin, tout cela cessa d'être une source de tristesse. Le monde fut de nouveau plein de chants, de rires et d'amour. Elle s'accrocha à lui, de peur qu'il ne reparte. « Oh ! David. Je croyais t'avoir perdu. »

Les bras de David se refermèrent sur son corps et elle se sentit en paix. C'était bien cela être heureuse, c'était bien cela être aimée.

« Tu as failli me perdre, dit-il. Mais tes tableaux ! Tu avais raison, chérie. Tellement raison.

– Chut », dit Caro. Plus tard ils parleraient de ce qui les avait retenus loin l'un de l'autre. Mais pour ce soir elle ne voulait plus y penser. Elle n'avait désiré qu'une chose, qu'un seul être, et, par un miracle de l'amour, cet homme était dans ses bras.

Littérature

extrait du catalogue

Cette collection est d'abord marquée par sa diversité : classiques, grands romans contemporains ou même des livres d'auteurs réputés plus difficiles, comme Borges, Soupault. En fait, c'est tout le roman qui est proposé ici, Henri Troyat, Bernard Clavel, Guy des Cars, Frison-Roche, Djian mais aussi des écrivains étrangers tels que Colleen McCullough ou Konsalik.

Les classiques tels que Stendhal, Maupassant, Flaubert, Zola, Balzac, etc. sont publiés en texte intégral au prix le plus bas de toute l'édition. Chaque volume est complété par un cahier photos illustrant la biographie de l'auteur.

ADAMS Richard	**Les garennes de Watership Down** 2078/**6**★
ADLER Philippe	**C'est peut-être ça l'amour** 2284/**3**★
	Les amies de ma femme 2439/**3**★
AMADOU Jean	**Heureux les convaincus** 2110/**3**★
AMADOU J. et KANTOF A.	**La belle anglaise** 2684/**4**★
AMADOU, COLLARO & ROUCAS	**Le Bêbête show** 2824/**5**★ & 2825/**5**★ Illustré
ANDREWS Virginia C.	Fleurs captives :
	-Fleurs captives 1165/**4**★
	-Pétales au vent 1237/**4**★
	-Bouquet d'épines 1350/**4**★
	-Les racines du passé 1818/**4**★
	-Le jardin des ombres 2526/**4**★
	-Les enfants des collines 2727/**5**★
	L'ange de la nuit 2870/**5**★ (Oct. 90)
ANGER Henri	**La mille et unième rue** 2564/**4**★
APOLLINAIRE Guillaume	**Les onze mille verges** 704/**1**★
	Les exploits d'un jeune don Juan 875/**1**★
ARCHER Jeffrey	**Kane et Abel** 2109/**6**★
	Faut-il le dire à la Présidente ? 2376/**4**★
ARSAN Emmanuelle	**Les débuts dans la vie** 2867/**3**★ (Oct. 90)
ARTUR José	**Parlons de moi, y a que ça qui m'intéresse** 2542/**4**★
ATWOOD Margaret	**La servante écarlate** 2781/**4**★
AUEL Jean M.	**Les chasseurs de mammouths** 2213/**5**★ et 2214/**5**★
AURIOL H. et NEVEU C.	**Une histoire d'hommes / Paris-Dakar** 2423/**4**★
AVRIL Nicole	**Monsieur de Lyon** 1049/**3**★
	La disgrâce 1344/**3**★
	Jeanne 1879/**3**★
	L'été de la Saint-Valentin 2038/**2**★
	La première alliance 2168/**3**★
	Sur la peau du Diable 2702/**4**★
AZNAVOUR-GARVARENTZ	**Petit frère** 2358/**3**★
BACH Richard	**Jonathan Livingston le goéland** 1562/**1**★ Illustré
	Illusions / Le Messie récalcitrant 2111/**2**★
	Un pont sur l'infini 2270/**4**★
BALLARD J.G.	**Le jour de la création** 2792/**4**★
BALZAC Honoré de	**Le père Goriot** 1988/**2**★
BARBER Noël	**Tanamera** 1804/**4**★ & 1805/**4**★
BARRET André	**La Cocagne** 2682/**6**★
BATS Joël	**Gardien de ma vie** 2238/**3**★ Illustré
BAUDELAIRE Charles	**Les Fleurs du mal** 1939/**2**★

BÉARN Myriam et Gaston de	L'Or de Brice Bartrès 2514/4*
	Gaston Phébus - Le lion des Pyrénées 2772/6*
	Gaston Phébus - Les créneaux de feu 2773/6*
BÉART Guy	L'espérance folle 2695/5*
BEAULIEU PRESLEY Priscilla	Elvis et moi 2157/4* Illustré
BECKER Stephen	Le bandit chinois 2624/5*
BELLEMARE Pierre	Les dossiers extraordinaires 2820/4* & 2821/4*
	Les dossiers d'Interpol 2844/4* & 2845/4*
BELLETO René	Le revenant 2841/5*
BELLONCI Maria	Renaissance privée 2637/6* Inédit
BENZONI Juliette	Un aussi long chemin 1872/4*
	Le Gerfaut des Brumes :
	-Le Gerfaut 2206/6*
	-Un collier pour le diable 2207/6*
	-Le trésor 2208/5*
	-Haute-Savane 2209/5*
BERBEROVA Nina	Le laquais et la putain 2850/2*
BERG Jean de	L'image 1686/1*
BERTRAND Jacques A.	Tristesse de la Balance... 2711/1*
BEYALA Calixthe	C'est le soleil qui m'a brûlée 2512/2*
	Tu t'appeleras Tanga 2807/3*
BINCHY Maeve	Nos rêves de Castlebay 2444/6*
BISIAUX M. et JAJOLET C.	Chat plume (60 écrivains...) 2545/5*
	Chat huppé (60 personnalités...) 2646/6*
BLIER Bertrand	Les valseuses 543/5*
BOMSEL Marie-Claude	Pas si bêtes 2331/3* Illustré
BORGES et BIOY CASARES	Nouveaux contes de Bustos Domecq 1908/3*
BORY Jean-Louis	Mon village à l'heure allemande 81/4*
BOULET Marc	Dans la peau d'un Chinois 2789/5* Illustré
BOURGEADE Pierre	Le lac d'Orta 2410/2*
BRADFORD Sarah	Grace 2002/4*
BROCHIER Jean-Jacques	Un cauchemar 2046/2*
	L'hallali 2541/2*
BRUNELIN André	Gabin 2680/5* & 2681/5* Illustré
BURON Nicole de	Vas-y maman 1031/2*
	Dix-jours-de-rêve 1481/3*
	Qui c'est, ce garçon ? 2043/3*
	C'est quoi, ce petit boulot ? 2880/4*
CARRERE Emmanuel	Bravoure 2729/4*
CARS Guy des	La brute 47/3*
	Le château de la juive 97/4*
	La tricheuse 125/3*
	L'impure 173/4*
	La corruptrice 229/3*
	La demoiselle d'Opéra 246/3*
	Les filles de joie 265/3*
	La dame du cirque 295/2*
	Cette étrange tendresse 303/3*
	La cathédrale de haine 322/3*
	L'officier sans nom 331/3*
	Les sept femmes 347/4*
	La maudite 361/3*
	L'habitude d'amour 376/3*

	La révoltée 492/4*
	Amour de ma vie 516/3*
	Le faussaire 548/5*
	La vipère 615/4*
	L'entremetteuse 639/4*
	Une certaine dame 696/4*
	L'insolence de sa beauté 736/3*
	L'amour s'en va-t-en guerre 765/2*
	Le donneur 809/2*
	J'ose 858/2*
	La justicière 1163/2*
	La vie secrète de Dorothée Gindt 1236/2*
	La femme qui en savait trop 1293/2*
	Le château du clown 1357/4*
	La femme sans frontières 1518/3*
	Le boulevard des illusions 1710/3*
	La coupable 1880/3*
	L'envoûteuse 2016/5*
	Le faiseur de morts 2063/3*
	La vengeresse 2253/3*
	Sang d'Afrique 2291/5*
	Le crime de Mathilde 2375/4*
	La voleuse 2660/3*
	Le grand monde 2840/8*
	La mère porteuse 2885/4* (Nov. 90)
CARS Jean des	Sleeping Story 832/4*
	Elisabeth d'Autriche ou la fatalité 1692/4*
	La princesse Mathilde 2827/6*
CASSAR Jacques	Dossier Camille Claudel 2615/5*
CATO Nancy	L'Australienne 1969/4* & 1970/4*
	Les étoiles du Pacifique 2183/4* & 2184/4*
	Lady F. 2603/4*
CESBRON Gilbert	Chiens perdus sans collier 6/2*
	C'est Mozart qu'on assassine 379/3*
CHABAN-DELMAS Jacques	La dame d'Aquitaine 2409/2*
CHEDID Andrée	La maison sans racines 2065/2*
	Le sixième jour 2529/3*
	Le sommeil délivré 2636/3*
	L'autre 2730/3*
	Les marches de sable 2886/3* (Nov. 90)
CHOW CHING LIE	Le palanquin des larmes 859/4*
	Concerto du fleuve Jaune 1202/3*
CHRIS Long	Johnny 2380/4* Illustré
CLANCIER Georges-Emmanuel	Le pain noir 651/3*
	La fabrique du roi 652/3*
CLAUDE Catherine	Le magot de Josepha 2865/2* (Oct. 90)
CLAUDE Hervé	L'enfant à l'oreille cassée 2753/2*
	Le désespoir des singes 2788/3*
CLAVEL Bernard	Le tonnerre de Dieu 290/1*
	Le voyage du père 300/1*
	L'Espagnol 309/4*
	Malataverne 324/1*
	L'hercule sur la place 333/3*
	Le tambour du bief 457/2*

CLAVEL (suite)	***L'espion aux yeux verts*** *499/3**
	La grande patience :
	1-La maison des autres *522/4**
	2-Celui qui voulait voir la mer *523/4**
	3-Le cœur des vivants *524/4**
	4-Les fruits de l'hiver *525/4**
	Le Seigneur du Fleuve *590/3**
	Pirates du Rhône *658/2**
	Le silence des armes *742/3**
	Tiennot *1099/2**
	Les colonnes du ciel :
	1-La saison des loups *1235/3**
	2-La lumière du lac *1306/4**
	3-La femme de guerre *1356/3**
	4-Marie Bon Pain *1422/3**
	5-Compagnons du Nouveau-Monde *1503/3**
	Terres de mémoire *1729/2**
	Qui êtes-vous ? *1895/2**
	Le Royaume du Nord :
	-Harricana *2153/4**
	-L'Or de la terre *2328/4**
	-Miséréré *2540/4**
	-Amarok *2764/3**
CLERC Christine	***L'Arpeggione*** *2513/3**
CLOSTERMANN Pierre	***Le Grand Cirque*** *2710/4**
COCTEAU Jean	***Orphée*** *2172/2**
COLETTE	***Le blé en herbe*** *2/1**
COLLINS Jackie	***Les dessous de Hollywood*** *2234/4* & 2235/4**
COLOMBANI M.-F.	***Donne-moi la main, on traverse*** *2881/3* (Nov. 90)*
COMPANEEZ Nina	***La grande cabriole*** *2696/4**
CONROY Pat	***Le Prince des marées*** *2641/5* & 2642/5**
CONTRUCCI Jean	***Un jour, tu verras...*** *2478/3**
CORMAN Avery	***Kramer contre Kramer*** *1044/3**
	50 bougies et tout recommence *2754/3**
COUSTEAU Commandant	***Nos amis les baleines*** *2853/7* Illustré*
	Les dauphins et la liberté *2854/7* Illustré*
CUNY Jean-Pierre	***L'aventure des plantes*** *2659/4**
DANA Jacqueline	***Les noces de Camille*** *2477/3**
DAUDET Alphonse	***Tartarin de Tarascon*** *34/1**
	Lettres de mon moulin *844/1**
DAVENAT Colette	***Daisy Rose*** *2597/6**
	Le soleil d'Amérique *2726/6**
DHOTEL André	***Le pays où l'on n'arrive jamais*** *61/2**
DICKENS Charles	***Espoir et passions (Un conte de deux villes)*** *2643/5**
DIDEROT Denis	***Jacques le fataliste*** *2023/3**
DJIAN Philippe	***37°2 le matin*** *1951/4**
	Bleu comme l'enfer *1971/4**
	Zone érogène *2062/4**
	Maudit manège *2167/5**
	50 contre 1 *2363/3**
	Echine *2658/5**
	Crocodiles *2785/2**
DORIN Françoise	***Les lits à une place*** *1369/4**
	Les miroirs truqués *1519/4**

	Les jupes-culottes 1893/**4***
	Les corbeaux et les renardes 2748/**5***
DUBOIS Jean-Paul	*Tous les matins je me lève* 2749/**3***
DUFOUR Hortense	*Le Diable blanc (Le roman de Calamity Jane)* 2507/**4***
	La garde du cocon 2765/**4***
	Le château d'absence 2902/**5*** (Déc. 90)
DUMAS Alexandre	*Le vicomte de Bragelonne* 2298/**4*** & 2299/**4***
DYE Dale A.	*Platoon* 2201/**3*** Inédit
Dr ETIENNE et DUMONT	*Le marcheur du Pôle* 2416/**3***
EHLE John	*Winter people* 2742/**4***
EXBRAYAT Charles	*Ceux de la forêt* 2476/**2***
FIELDING Joy	*Le dernier été de Joanne Hunter* 2586/**4***
FLAUBERT Gustave	*Madame Bovary* 103/**3***
FOUCAULT Jean-Pierre & Léon	*Les éclats de rire* 2391/**3***
FRANCK Dan	*Les Adieux* 2377/**3***
FRANCOS Ania	*Sauve-toi, Lola !* 1678/**4***
FRISON-ROCHE Roger	*La peau de bison* 715/**2***
	La vallée sans hommes 775/**3***
	Carnets sahariens 866/**3***
	Premier de cordée 936/**3***
	La grande crevasse 951/**3***
	Retour à la montagne 960/**3***
	La piste oubliée 1054/**3***
	Le rapt 1181/**4***
	Djebel Amour 1225/**4***
	Le versant du soleil 1451/**4*** & 1452/**4***
	Nahanni 1579/**3*** Illustré
	L'esclave de Dieu 2236/**6***
FYOT Pierre	*Les remparts du silence* 2417/**3***
GEDGE Pauline	*La dame du Nil* 2590/**6***
GERBER Alain	*Une rumeur d'éléphant* 1948/**5***
	Les heureux jours de monsieur Ghichka 2252/**2***
	Les jours de vin et de roses 2412/**2***
GOES Albrecht	*Jusqu'à l'aube* 1940/**3***
GOISLARD Paul-Henry	Sarah :
	1-La maison de Sarah 2583/**5***
	2-La femme de Prague 2584/**4***
	3-La croisée des Amours 2731/**6***
GORBATCHEV Mikhaïl	*Perestroïka* 2408/**4***
GRAFFITI Kriss	*Et l'amour dans tout ça* 2822/**2***
GRAY Martin	*Le livre de la vie* 839/**2***
	Les forces de la vie 840/**2***
GRIMM Ariane	*Journal intime d'une jeune fille* 2440/**3***
GROULT Flora	*Maxime ou la déchirure* 518/**2***
	Un seul ennui, les jours raccourcissent 897/**2***
	Ni tout à fait la même, ni tout à fait une autre 1174/**3***
	Une vie n'est pas assez 1450/**3***
	Mémoires de moi 1567/**2***
	Le passé infini 1801/**2***
	Le temps s'en va, madame.... 2311/**2***
	Belle ombre 2898/**4*** (Déc. 90)
GUIROUS D. et GALAN N.	*Si la Cococour m'était contée* 2296/**4*** Illustré
GURGAND Marguerite	*Les demoiselles de Beaumoreau* 1282/**3***
HADENGUE Philippe S.	*Petite chronique des gens de la nuit...* 2851/**6***

HALEY Alex	Racines 968/**4*** & 969/**4***
HARDY Françoise	Entre les lignes entre les signes 2312/**6***
HAYDEN Torey L.	L'enfant qui ne pleurait pas 1606/**3***
	Kevin le révolté 1711/**4***
	Les enfants des autres 2543/**5***
HEBRARD Frédérique	Un mari c'est un mari 823/**2***
	La vie reprendra au printemps 1131/**3***
	La chambre de Goethe 1398/**3***
	Un visage 1505/**2***
	La Citoyenne 2003/**3***
	Le mois de septembre 2395/**2***
	Le harem 2456/**3***
	La petite fille modèle 2602/**3***
	La demoiselle d'Avignon 2620/**4***
HEITZ Jacques	Prélude à l'ivresse conjugale 2644/**3***
HILL Susan	Je suis le seigneur du château 2619/**3***
HILLER B.B.	Big 2455/**2***
HOFFMAN Alice	La nuit du loup 2803/**4***
HOLLANDER Xaviera	Prisonnière de l'Oiseau de Feu 2629/**3*** Inédit
	Nouvelles aventures pimentées 2758/**3*** Inédit
HOMERIC	Ourasi 2826/**5*** Illustré
HORGUES Maurice	La tête des nôtres (L'oreille en coin/France Inter) 2426/**5***
ISHERWOOD Christopher	Adieu à Berlin (Cabaret) 1213/**3***
JAGGER Brenda	Les chemins de Maison Haute 1436/**4*** & 1437/**4***
	Antonia 2544/**4***
	La chambre bleue 2838/**7***
JEAN Raymond	La lectrice 2510/**2***
	Transports 2790/**2***
JONG Erica	Les parachutes d'Icare 2061/**6***
	Serenissima 2600/**4***
JULIET Charles	L'année de l'éveil 2866/**3*** (Oct. 90)
JYL Laurence	Le chemin des micocouliers 2381/**3***
KASPAROV Gary	Et le Fou devint Roi 2427/**4***
KAYE M.M.	Pavillons lointains 1307/**4*** & 1308/**4***
	L'ombre de la lune 2155/**4*** & 2156/**4***
	Mort au Cachemire 2508/**4***
	Mort à Berlin 2809/**3***
KENEALLY Thomas	La liste de Schindler 2316/**6***
KIPLING Rudyard	Le livre de la jungle 2297/**2***
	Simples contes des collines 2333/**3***
	Le second livre de la jungle 2360/**2***
KONSALIK Heinz G.	Amours sur le Don 497/**5***
	La passion du Dr Bergh 578/**4***
	Dr Erika Werner 610/**3***
	Mourir sous les palmes 655/**4***
	Aimer sous les palmes 686/**2***
	Les damnés de la taïga 939/**4***
	L'homme qui oublia son passé 978/**2***
	Une nuit de magie noire 1130/**2***
	Bataillons de femmes 1907/**5***
	Le gentleman 2025/**3***
	Un mariage en Silésie 2093/**4***
	Coup de théâtre 2127/**3***

	Clinique privée 2215/3*
	La nuit de la tentation 2281/3* Inédit
	La guérisseuse 2314/6*
	Conjuration amoureuse 2399/2*
	La jeune fille et le sorcier 2474/3*
	Pour un péché de trop 2622/4* Inédit
	Et cependant la vie était belle 2698/4* Inédit
	Le sacrifice des innocents 2897/3* (Déc. 90)
KOUSMINE Dr	Sauvez votre corps ! 2712/7*
KREYDER Laura	Thérèse Martin 2699/3*
L'AMOUR Louis	L'envol de l'Aigle 2750/5*
L'HOTE Jean	Confession d'un enfant de chœur 260/2*
	La Communale 2329/2*
LACAMP Ysabelle	La fille du ciel 2863/5* (Oct. 90)
LACLOS Choderlos de	Les liaisons dangereuses 2616/4*
LAFERRIERE Dany	Comment faire l'amour avec un Nègre... 2852/3*
LAFON Monique	Mon enfant, ma douleur, mon bonheur 2901/3*
LAHAIE Brigitte	Moi, la scandaleuse 2362/3* Illustré
LANE Robert	Une danse solitaire 2237/3*
LANGE Monique	Histoire de Piaf 1091/3* Illustré
LAPEYRE Patrick	La lenteur de l'avenir 2565/3*
LAPOUGE Gilles	La bataille de Wagram 2269/4*
LASAYGUES Frédéric	Bruit blanc 2411/3*
LAVAL Xavier de	Le songe de Thermidor 2528/6*
LAXER Gloria	Les vendanges du silence 2647/4*
LEFÈVRE Kim	Métisse blanche 2791/5*
LEVY-WILLARD Annette	Moi, Jane, cherche Tarzan 2582/3*
LIMONOV Edouard	Autoportrait d'un bandit dans son adolescence 2883/4* (Nov. 90)
LONDON Jack	Croc Blanc 2887/3* (Déc. 90)
LOTI Pierre	Le roman d'un Spahi 2793/3*
LOWERY Bruce	La cicatrice 165/1*
LUND Doris	Eric (Printemps perdu) 759/4*
LYLE Eva	Eros 1900 2304/3*
MAALOUF Amin	Les croisades vues par les Arabes 1916/4*
McCULLOUGH Colleen	Les oiseaux se cachent pour mourir 1021/4* & 1022/4*
	Tim 1141/3*
	Un autre nom pour l'amour 1534/4*
	La passion du Dr Christian 2250/6*
	Les dames de Missalonghi 2558/3*
	Amour et lumière 2771/4*
MACLAINE Shirley	L'amour foudre 2396/5*
	Danser dans la lumière 2462/5*
	Vivre sa vie 2869/3* (Oct. 90)
MACNEE Patrick	Chapeau melon 2828/5*
McNEILL Elisabeth	9 semaines 1/2 2259/2*
MAGRINI Gabriella	La dame de Kyôto 2524/6*
MALLET-JORIS Françoise	La tristesse du cerf-volant 2596/4*
MARGUERITTE Victor	La garçonne 423/3*
MARIN Maud	Le saut de l'ange 2443/4*
	Tristes plaisirs 2884/3* (Nov. 90)
MARKANDAYA Kamala	Le riz et la mousson 117/2*
MARTIN Ralph G.	Charles et Diana 2461/6* Illustré
MARTINO Bernard	Le bébé est une personne 2128/3*
MASON Bobbie Ann	Retour au pays 2678/4*

MASSART Thérèse	Les félins de cuir 1933/2*
MATHEWS Harry	Cigarettes 2708/4*
MAUPASSANT Guy de	Une vie 1952/2*
	L'ami Maupassant 2047/2*
MAURE Huguette	Vous avez dit l'amour ? 2267/3*
MERMAZ Louis	Un amour de Baudelaire - Madame Sabatier 1932/2*
MICHAEL Judith	L'amour entre les lignes 2441/4* & 2442/4*
MILES Rosalind	La vengeance aux deux visages 2723/5* & 2724/5*
MONNIER Thyde	Les Desmichels :
	-Grand-Cap 0206/2*
	-Le pain des pauvres 0210/4* (Oct. 90)
	-Nans le berger 0218/4* (Nov. 90)
	-La demoiselle 0222/4* (Déc. 90)
MONSIGNY Jacqueline	Michigan Mélodie (Un mariage à la carte) 1289/2*
	Les nuits du Bengale 1375/3*
	L'amour dingue 1833/3*
	Le roi sans couronne 2332/6*
	Toutes les vies mènent à Rome 2625/5*
	Les lionnes de Saint-Tropez 2882/4* (Nov. 90)
MONTLAUR Pierre	Imhotep 1986/4*
	Nitocris 2154/4*
MORASSO Françoise	L'Oreille en coin 2829/4*
MORAVIA Alberto	La Ciociara 1656/4*
	L'homme qui regarde 2254/3*
MORRIS Edita	Les fleurs d'Hiroshima 141/1*
MOUSSEAU Renée	Mon enfant mon amour 1196/1*
MOWAT Farley	Dian Fossey au pays des gorilles 2728/5*
MURAIL Elvire	Les mannequins d'osier 2559/3*
NASTASE Ilie	Le filet 2251/3*
NATHAN Robert	Le portrait de Jennie 1640/2*
NELL DUBUS Elisabeth	Beau-Chêne 2346/6*
	L'enjeu de Beau-Chêne 2413/6*
	Le dernier rêve de Beau-Chêne 2805/5*
NORRIS Bernard	La vallée de Chevreuse 2481/2*
NORST Joel	Mississippi Burning 2614/3* Inédit
NYSSEN Hubert	Les rois borgnes 2770/4*
ORIEUX Jean	Catherine de Médicis 2459/5* & 2460/5*
	Les Fontagre 2766/5* & 2767/5*
OVERGARD William	Les fous et les braves 2868/5* (Oct. 90) Inédit
PALLIÈRES C. & M.-F.	Quatre enfants et un rêve 2769/5*
PARTURIER Françoise	Calamité, mon amour... 1012/4*
	Les Hauts de Ramatuelle 1706/3*
PAULHAC Jean	Les herbes de la Saint-Jean 2415/5* Inédit
PAUWELS Marie-Claire	Mon chéri 2599/2*
PEGGY	Cloclo notre amour 2398/3*
PEYREFITTE Roger	Les amitiés particulières 17/4*
	La mort d'une mère 2113/2*
PIRANDELLO Luigi	Le mari de sa femme 2283/4*
PLAIN Belva	Tous les fleuves vont à la mer 1479/4* & 1480/4*
	La splendeur des orages 1622/5*
	Les cèdres de Beau-Jardin 2138/6*

	La coupe d'or 2425/**6***
	Les Werner 2662/**5***
POE Edgar Allan	**Le chat noir et autres récits** 2004/**3***
POUCHKINE Alexandre	**Eugène Onéguine** 2095/**2***
PROSLIER Jean-Marie	**Excusez-moi si je vous demande pardon !** 2317/**3***
PU-YI	**J'étais empereur de Chine** 2327/**6***
RACHET Guy	**Néfertiti, reine du Nil** 2348/**4***
	Duchesse de la nuit :
	Le sceau de Satan 2530/**6***
	Le Lion du Nord 2645/**4***
	Les chemins de l'aurore 2709/**5***
	Les vergers d'Osiris 2819/**8***
RAGUENEAU Philippe	**Les nouvelles aventures du chat Moune** 2581/**2*** Illustré
RASPAIL Jean	**Les yeux d'Irène** 2037/**4***
	Qui se souvient des Hommes... 2344/**3***
	Moi, Antoine de Tounens, roi de Patagonie 2595/**4***
	Le Camp des Saints 2621/**4***
	L'Ile Bleue 2843/**3***
REGINA Robert	**Ils croyaient à l'éternité** 2768/**5***
REGNIER Didier	**L'aventure du Grand Raid** 2342/**5***
REMY Pierre-Jean	**Le dernier été** 1882/**3***
	Orient-Express - 2e époque 2186/**5***
	Annette ou l'éducation des filles 2685/**5***
RENARD Jules	**Poil de carotte** 11/**1***
REY Frédéric	**La haute saison** 1967/**4***
RHODES Evan H.	**Le prince de Central Park** 819/**2***
RIPLEY Alexandra	**Charleston** 1760/**4*** & 1761/**4***
ROBBE-GRILLET Alain	**L'année dernière à Marienbad** 546/**2***
	Un régicide 1772/**2***
ROCHE liane	Châteauvallon :
	-La fortune des Berg 1856/**4***
	-L'or des Kovalic 1936/**4***
	Symphonie 2379/**4***
ROULAND Jacques	**Les amoureux du 7e Art** 2300/**4*** Illustré
ROULAND Norbert	**Les lauriers de cendre** 2315/**5***
	Soleils barbares 2580/**4***
SABATIER P. et CANNAVO R.	**Le jeu de la vérité** 2347/**5***
SADOUL Jacques	**Le domaine de R.** 2522/**6***
	93 ans de B-D 2561/**7*** Inédit Illustré
	L'île Isabelle 2623/**3***
	La mort du héros 1950/**3***
SAGAN Françoise	**Un peu de soleil dans l'eau froide** 461/**2***
	Des bleus à l'âme 553/**1***
	Un profil perdu 702/**2***
	Le lit défait 915/**3***
SAINT PIERRE Michel de	**Les cavaliers du Veld** 2378/**3***
	Le milieu de l'été 2713/**3***
SALLENAVE Danièle	**Adieu** 2563/**2***
SARRAUTE Claude	**Allô Lolotte, c'est Coco** 2422/**2***
	Maman coq 2823/**3***

SCOTT Paul	Le joyau de la couronne (Le quatuor indien) :
	-Le joyau de la couronne 2293/**5***
	-Le jour du scorpion 2330/**5***
	-Les tours du silence 2361/**5***
	-Le partage du butin 2397/**7***
SEGAL Erich	**Love story** 412/**1***
	Oliver's story 1059/**2***
SEGAL Patrick	**Quelqu'un pour quelqu'un** 2210/**4***
SERILLON Claude	**De quoi je me mêle** 2424/**2***
SEVERIN Claude	**Le voyage du Brendan** 2751/**6***
	Le voyage de Sindbad 2900/**6*** (Déc. 90) Illustré
SIM	**Elle est chouette, ma gueule !** 1696/**3***
	Pour l'humour de Dieu 2001/**4***
	Elles sont chouettes, mes femmes 2264/**3***
	Le Président Balta 2804/**4***
SINCLAIR-KHARBINE Noémi	**Le berceau mandchou** 2511/**4***
SOLDATI Mario	**L'épouse américaine** 1989/**3***
SOUPAULT Philippe	**Le grand homme** 1759/**3***
	Le Nègre 1896/**2***
	En joue ! 1953/**3***
SPALDING Baird T.	**La vie des Maîtres** 2437/**5***
STARR & PERRY	**Blaze** 2741/**3*** Inédit
STEEL Danielle	**Leur promesse** 1075/**3***
	Une saison de passion 1266/**4***
	Un monde de rêve 1733/**3***
	Celle qui s'ignorait 1749/**5***
	L'anneau de Cassandra 1808/**4***
	Palomino 2070/**3***
	Souvenirs d'amour 2175/**5***
	Maintenant et pour toujours 2240/**6***
STENDHAL	**Le rouge et le noir** 1927/**4***
	La chartreuse de Parme 2755/**5***
STRIEBER Whitley	**Communion** 2471/**4*** Inédit
	Transformation 2683/**4*** Inédit
SUMMERS Anthony	**Les vies secrètes de Marilyn Monroe** 2282/**6***
SWINDELLS Madge	**Tant d'étés perdus** 2028/**6***
	Ecoute ce que dit le vent 2280/**6***
	Comme des ombres sur la neige 2899/**7*** (Déc. 90)
SYLVEREAL Martin de	**La ruelle des dames** 2448/**2*** Inédit
THOMAS Eva	**Le viol du silence** 2527/**3***
THORNE Nicola	**Champagne** 2808/**8***
TINE Robert	**Tucker** 2506/**3*** Inédit
TOURNAIRE Hélène	**Jules empaillé** 2697/**2***
TROYAT Henri	**La neige en deuil** 10/**1***
	La lumière des justes :
	1-Les compagnons du coquelicot 272/**4***
	2-La barynia 274/**4***
	3-La gloire des vaincus 276/**4***
	4-Les dames de Sibérie 278/**4***
	5-Sophie ou la fin des combats 280/**4***
	Le geste d'Eve 323/**2***
	Les Eygletière :
	1-Les Eygletière 344/**4***
	2-La faim des lionceaux 345/**4***
	3-La malandre 346/**4***

2805

Impression Brodard et Taupin
à La Flèche (Sarthe) le 22 août 1990
6276C-5 Dépôt légal août 1990
ISBN 2-277-22805-2
Imprimé en France
Editions J'ai lu
27, rue Cassette, 75006 Paris
diffusion France et étranger : Flammarion